OS ESPÓLIOS DA GUERRA

AS CRÔNICAS DO APOCALIPSE

LIVRO TRÊS

Gerente Editorial
Roger Conovalov/Aline Assone Conovalov

Coordenação Editorial
Stéfano Stella

Diagramação
André Barbosa

Capa
Roger Conovalov

Revisão
Agatha Dias/Stéfano Stella

Dados Internacionais de Catalogação na Publicação (CIP)
(Câmara Brasileira do Livro, SP, Brasil)

P116e

Pacheco, Márcio Cardoso
Os espólios da guerra / Márcio Cardoso Pacheco. -- 1. ed. -- São Caetano do Sul, SP : Lura Editorial, 2024.

(As crônicas do Apocalipse - Livro três)

480 p.; 15,5 x 23 cm

ISBN 978-65-5478-153-4

1. Ficção. 2. Literatura brasileira. I. Pacheco, Márcio Cardoso. II. Título.

CDD: 869.93

Índice para catálogo sistemático
I. Ficção : Literatura brasileira
Bibliotecária Janaina Ramos – CRB-8/9166

[2024]
Lura Editorial
Alameda Terracota, 215, sala 905, Cerâmica
09531-190 – São Caetano do Sul - SP – Brasil
www.luraeditorial.com.br

MÁRCIO PACHECO

OS ESPÓLIOS DA GUERRA

AS CRÔNICAS DO APOCALIPSE

LIVRO TRÊS

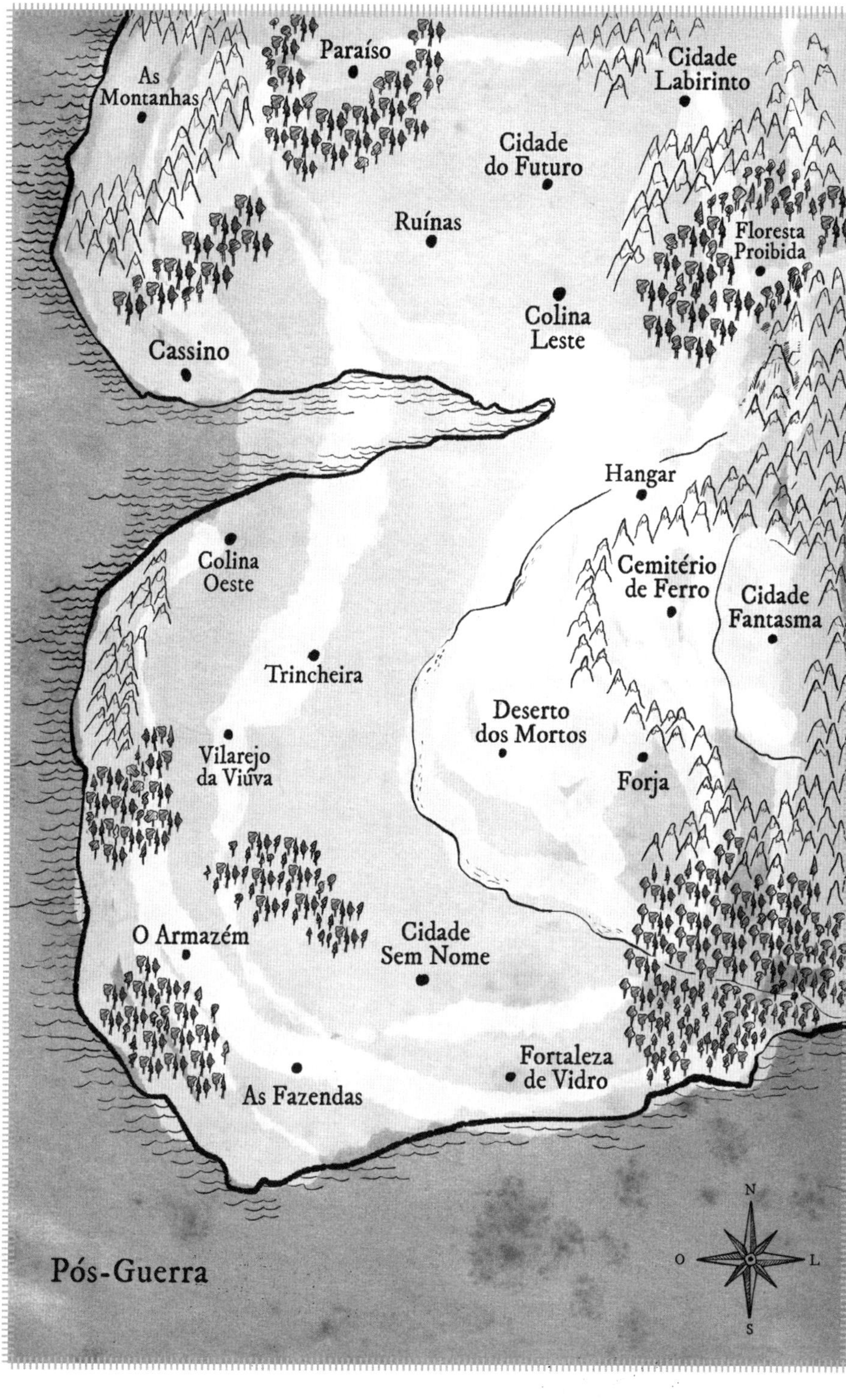
Paraíso
As Montanhas
Cidade Labirinto
Cidade do Futuro
Ruínas
Floresta Proibida
Colina Leste
Cassino
Hangar
Colina Oeste
Cemitério de Ferro
Cidade Fantasma
Trincheira
Deserto dos Mortos
Vilarejo da Viúva
Forja
O Armazém
Cidade Sem Nome
Fortaleza de Vidro
As Fazendas
N
O
L
S
Pós-Guerra

Para minha irmã Andréia, que não apenas me mostrou a força de um guerreiro através do exemplo, mas também me preparou para várias batalhas importantes da minha vida.

TE AMO, MANA.

“No inferno os lugares mais quentes são reservados àqueles que escolheram a neutralidade em tempos de crise”.

DANTE ALIGHIERI

Quando o Cordeiro abriu o segundo selo, ouvi o segundo ser vivente dizer:

"Vem e vê!"

Então saiu outro cavalo; e este era vermelho. Seu cavaleiro recebeu poder para tirar a paz da Terra e fazer que os homens se matassem uns aos outros. E lhe foi dada uma grande espada.

APOCALIPSE 6:3-4

Prólogo

Eric segurava o rifle enquanto espiava pelas frestas das tábuas pregadas à porta. A boca da arma saía além da casa, dotada da coragem de quem tinha poder de fogo. Na mira, o olhar do rapaz; no gatilho, o dedo pronto para o disparo. Sua prece era para que não precisasse fazer esse disparo.

— Tá vendo ele? — perguntou a voz cheia de receio do sofá carcomido da sala.

— Nada ainda, mãe — respondeu ele, girando a cabeça levemente.

Sobre a mesa, três copos vazios repousavam, ainda com resquícios da água com açúcar.

— Ele vai voltar — garantiu, em uma tentativa de encorajar a mãe, ainda que as palavras soassem sem confiança de sua boca. — Eu sei que vai.

Até o sol havia se retirado e a sensação era de que ele andava mais sumido nos últimos dias, escondido atrás das nuvens com medo de tocar aquelas... *coisas*. Só restava a penumbra, uma confusão de sombras e meias-luzes que fazia o pequeno horizonte além daquela fresta parecer tudo a mesma coisa.

— Ah! Não dá pra ver nada aqui! Eu vou lá pra cima.

Recolheu o rifle, bateu as calças e foi na direção da escada. Duas mãos apertaram seu braço como um imenso torniquete, fazendo-o vagar os olhos dos dedos levemente enrugados para o rosto da mãe. Ela chorava feito uma criança.

— Ele não vai voltar, Eric. Não vai! Você pode ficar repetindo o quanto quiser. Seu pai... Meu querido Terence... — Ela não conseguiu completar a frase. Fungou e limpou o nariz com a manga da camisa, deixando o ar escapar travado pela boca, como se estivesse descendo uma escada. O queixo tremia e logo as lágrimas se tornaram uma torrente de dor. — Por que ele tinha que sair, Eric? Por quê?

O rapaz sentiu a angústia da mãe em seu próprio coração, o choro lhe veio aos olhos, mas ele se recusou a chorar. Seu pai precisava que estivesse alerta e, no caso de a mãe estar certa, os dois dependiam dele agora.

— Você sabe que o pai foi buscar suprimentos, mãe. — Ergueu o rifle. — Eu só tenho quatro tiros aqui.

Helena ainda soluçava quando ouviram um som além das paredes. Ela o encarou com os olhos parecendo dois pires de chá. O filho esticou o indicador na frente dos lábios e pediu silêncio, aguçando o ouvido para captar melhor o som. Depois, se arrastou até a porta novamente, colocando o cano entre as duas tábuas e espiando pelo telescópio da mira. Do ângulo em que estava conseguia ver a estrada, parte da plantação alta de milho e nada muito além disso.

Não havia ninguém, mas os cacos de vidro que tinha espalhado mais cedo com o pai diziam exatamente o contrário.

— Quem é? — perguntou Helena.

— *Shhhhhhhhhhh.*

Eric fechou o olho direito, colou a bochecha na coronha do rifle e alinhou a visão com a mira.

Cadê você?

Um galho estralou não muito longe dali. O rapaz engoliu em seco e sentiu a saliva se arrastar garganta abaixo, na testa o suor começava a umedecer o cabelo e as sobrancelhas, enquanto a boca era um contorno poeirento no rosto. A trinta passos da casa, uma silhueta trôpega emergiu do milharal, farejou o ar, acobertada pela sombra crescente. As botas altas e o macacão bastaram para que reconhecesse a figura.

— É o Carl — falou baixo.

— Carl!? — Sua mãe despertou. — Glória ao bom pai! Vamos pedir ajuda.

Helena se levantou da cadeira, mas paralisou diante da mão espalmada do filho.

— O que foi?

— Ele está... — Eric buscou a palavra mais sutil do seu limitado vocabulário, sabia que os nervos da mãe estavam em frangalhos. Um cristal pronto para se estilhaçar — ... transformado.

— Ai meu Senhor! — ela deixou escapar antes de retornar às lágrimas.

Eric voltou a atenção para a mira do rifle, preso à dúvida de matar ou esperar que o vizinho, agora transformado em monstro, fosse embora. Carl havia dado mais alguns passos na direção da porta. Soltava um gemido ininteligível a cada passo, como se a tarefa lhe custasse mais do que estava disposto a pagar.

Merda! Será que tem mais deles na volta?

O rapaz deixou o pescoço pender para a frente, encostando a testa na madeira. A cabeça era um turbilhão de possibilidades. Seu pai fora enfático sobre as pessoas *doentes* que perambulassem na volta da casa: *se não atacarem vocês, deixe que vão. Só mate se for extremamente necessário. Ainda são pessoas.*

— O que está esperando?! — reclamou Helena da mesa.

— *Shhhhhhhhhh*! Fala baixo, mãe!

Voltou à mira. Carl reduzira a distância, atraído por algo que ainda não sabia o que era. Parecia sentir o cheiro dos dois. O cheiro do medo. Eric alinhou a cruz da mira à testa do antigo vizinho, pronto para uma bênção final. Puxou todo o ar para os pulmões e o travou lá para criar uma base sólida ao tiro. O dedo sentiu o gatilho, a resistência da mola, e o tiro ecoou pela boca da arma.

Pela luneta ele viu a bala transpassar os olhos leitosos de um homem de 120 quilos, com a pele fustigada por uma mancha azul-escura. A nuca se esmigalhou com o projétil, extraindo a vida do que um dia fora um homem risonho e preguiçoso.

— Você acertou? — quis saber Helena, com a voz trêmula e as mãos apertando a barra da camisa.

Eric recolheu o rifle e espiou pela fresta. O corpo de Carl não se movia mais. No céu um bando de pássaros voava assustado com o disparo.

— Acertei. Ele já era.

— Misericórd...

— *Shhhh, shhhh*! — O rapaz pediu silêncio de novo. — Está ouvindo, mãe?

Algo avançava entre as folhas do milharal com a velocidade de um raio, o farfalhar cada vez mais alto. O rifle pareceu escorregar de suas mãos e Eric percebeu que estava suando frio. Pelo telescópio viu surgir mais três deles na estrada, saídos diretamente da plantação. A penumbra havia se intensificado, tornando-os vultos demoníacos contra a fortaleza de madeira.

Mira alinhada. Gatilho puxado. Um no chão.

Faltam dois.

— O que aconteceu, Eric!? — perguntou Helena, com as mãos na cabeça.

— Tem mais vindo! — respondeu ele enquanto dava outro tiro.

Esses avançavam mais depressa do que o grande Carl, dificultando a mira. Quando ele alvejou o terceiro, viu mais deles surgindo na estrada. Lançou um olhar desesperançoso para o rifle vazio.

Merda!

— Temos que fugir, mãe! Eles estão vindo!

Helena estava paralisada pelo horror, como um animal diante do predador. Eric a arrastou degrau acima, levando o facão na outra mão. Seu pai provavelmente estava morto. Agora era tudo com ele. Se sobrevivessem, iria até a fazenda vizinha na manhã seguinte, em busca de proteção para sua mãe. Os Cole certamente os ajudariam. A porta começou a ser golpeada com violência, por uma, duas, três daquelas aberrações. Os grunhidos pareciam provocações daquelas monstruosidades, uma promessa de que eles não escapariam. Helena avançava com dificuldade, como se tivesse as pernas mergulhadas em areia movediça. Uma tábua rachou lá embaixo e logo explodiu em lascas para dar lugar a um braço ensanguentado.

— Nós vamos morrer... Nós vamos morrer... — sussurrava a mãe como um mantra maldito, segurando uma faca pequena nas mãos.

— Ainda não, mãe!

Chegaram ao andar superior e a porta ruiu. Os passos nas escadas ecoaram por toda a casa e logo Eric viu o primeiro no topo. Empurrou a cômoda que já estava destinada para a defensiva e ordenou que a mãe se escondesse no quarto principal. A criatura era Yolanda, vizinha da fazenda dos Gilmore, a dois quilômetros dali. Tinha as órbitas completamente brancas, a pele manchada pelo azul-escuro e uma agilidade surpreendente para alguém naquela idade, a mesma de sua mãe. O móvel travou seu avanço e a mulher foi recebida com um facão atravessando seu crânio. O corpo monstruoso desabou para dar lugar a outro homem, desconhecido para Eric. O inimigo saltou sobre ele, recebendo um golpe diagonal limpo no pescoço.

O rapaz o jogou para o lado e o terceiro avançou sobre ele, grunhindo com as mãos em seu pescoço. No quarto, Helena entoava uma oração alta, um clamor para que o seu senhor viesse resgatá-la. No andar de baixo, mais deles invadiam a casa. Eric lutou para se desvencilhar, aparando as mordidas com a lâmina do facão. Um corte entre os lábios do monstro fez uma chuva de sangue empapar seu pescoço e a camiseta. O corpo desabou sem vida sobre ele, sendo jogado para o lado para a próxima remessa.

— Tem mais vindo, mãe!

Os passos pesados pareciam mais uma manada de búfalos irrompendo contra a casa, uma avalanche destruidora que os arrastaria para as profundezas daquela praga maldita. Eric espiou pela descida da escada. O umbral da porta afunilou o ataque tanto quanto pôde, até a madeira se romper em milhares de fraturas e logo explodir em lascas, aumentando o tamanho da porta.

São muitos...

As pernas fraquejaram levemente, mesmo que a força de vontade e o instinto de sobrevivência lutassem contra. A silhueta disforme subiu os degraus, uma sombra do que dias atrás fora um homem, agora fustigado pelas chagas azuladas da doença. Mãos à frente do corpo e um olhar demoníaco na direção de Eric. O facão bradando de volta.

— Foge, mãe! — gritou antes de agitar o braço para golpear o pescoço do invasor.

Helena espichou o pescoço instintivamente para fora do quarto e viu o filho lutar contra um demônio azulado. O grito foi sua reação natural, atraindo o segundo que chegava com velocidade no topo das escadas.

— Mãe!

Prensado contra a parede, esquivando-se das duas fileiras de dentes que se fechavam para tentar abocanhar seu rosto, o rapaz viu o monstro avançar para dentro do quarto. Logo após vieram os gritos de Helena, despertando uma força oculta dentro dele. Então ele empurrou o agressor com os pés, atirando-o escada abaixo, e correu até o quarto para salvar a mãe. Encontrou os dois embolados no chão, com o monstro mordendo seu antebraço. Golpeou a nuca com a lâmina afiada, separando a cabeça do corpo. Helena gritava em pânico, as lágrimas escorrendo pelas bochechas. O sangue do monstro se despejou sobre ela, cobrindo-a de vermelho-escuro no pescoço e cabelo.

— Deixa eu ver! — pediu Eric, puxando o braço para si. A pele estava mutilada onde os dentes se fecharam em uma marca oval.

No andar de baixo um silvo rouco preencheu o ambiente antes dominado pelos grunhidos. Eric ajudou a mãe a se recostar na cama e voltou pelo corredor segurando o facão. Enfrentaria aqueles monstros e não deixaria que mais nenhum passasse do topo da escada. Sua mente trabalhava nos arquivos de memórias, buscando a informação de onde haveria algo para tratar o ferimento. Com sorte, seria apenas uma mordida.

A base da escada estava banhada de uma coloração alaranjada. Ele avançou com cautela e ouviu um segundo silvo. Uma rajada de fogo cozinhava um dos monstros no chão, parecendo as chamas da boca de um dragão do inferno. Eric seguiu o olhar até a origem e viu a boca de uma arma. Segurando a arma, estava seu pai.

— Pai!

Os olhares se cruzaram e Terence fechou o rosto com ar preocupado, talvez pela camisa de Eric, banhada em sangue.

— Está ferido?

— Não... — disse Eric, conferindo o corpo. — Não é meu.

— Onde está sua mãe?

— Lá em cima — disse, e espiou a rua além do pai, com pequenas fogueiras pela estrada, feitas de corpos carbonizados. — Foram todos?

Terence ergueu o lança-chamas.

— Eles odeiam fogo. Pegue sua mãe, vamos fugir daqui — instruiu o homem enquanto partia na direção dos armários, puxando uma caixa para colocar tudo o que fosse útil.

— O que mais conseguiu? — perguntou Eric, colocando a mão no corrimão da escada.

— Não muito. Os desgraçados querem uma carga de comida inteira por uma arma. E o rifle? — perguntou de volta.

— Está vazio.

— Leve ele junto. Podemos achar mais balas. — Então colocou alguns potes de conserva na caixa. — Ou fazer, se for preciso.

Terence puxou uma pistola das costas e a jogou para o filho.

— O que está acontecendo, pai? — Eric aparou a arma com as mãos trêmulas.

— É uma doença. Ninguém sabe nada a respeito. Está uma loucura lá fora. Vá buscar sua mãe, falamos no caminho.

O rapaz assentiu, feliz por ter seu pai em casa novamente. Quando subiu o olhar para o topo das escadas, viu a silhueta da mãe parada. Ombros caídos, pernas ligeiramente encurvadas e um olhar fixo para ele. As chamas iluminavam sua face, distorcida pela doença. Seus olhos, dois pontos brancos e aquosos.

— Mãe? — Ele recuou um passo. Terence direcionou a atenção ao filho na base da escada.

Helena abriu a boca lentamente e um som distorcido reverberou além dela. Um gemido de dor, um som que certamente não figurava no repertório do criador. Eric recuou. Pistola em punhos, apontada para cima. Sua mãe reagiu ao movimento e desceu na direção dele, fazendo o rapaz recuar para perto do pai. Não que estivesse com medo, mas atirar na própria mãe exigia um pouco mais de aço nos nervos do que ele dispunha no momento.

Terence se colocou entre o filho e a esposa, apontando o lança-chamas.

— Para, Helena!

O monstro coberto de sangue que um dia fora sua mulher ignorou a advertência, saltando na direção deles. Um clique e a chama piloto da arma se transformou em uma língua infernal, tornando-a um espectro de fogo. Eric assistiu à mãe se contorcer no chão enquanto as chamas queimavam pele e músculos. Suas pernas perderam as forças e ele buscou apoio no balcão da cozinha. Terence não tirava os olhos da esposa.

— O que houve com ela?

A cabeça de Eric girava.

— Eles entraram aqui. Eu tentei impedir, mas... um deles me atacou e o outro foi até o quarto e mordeu a mamãe. — Ele baixou a cabeça e aparou a lágrima com a palma da mão direita.

— Ela estava ensanguentada... — comentou o homem além da mesa. — ... que nem você.

— O quê?

Quando Eric levantou o olhar, viu o lança-chamas apontado na sua direção. O semblante do pai não tinha nada da sua habitual calma e compaixão. Parecia um homem inebriado pela insanidade, alguma loucura que viera com ele do Armazém.

— Pai, eu estou bem! — garantiu Eric com nervosismo, olhando para a chama piloto no bocal da arma.

Ambos engoliram em seco.

— Eu vi o que eles fazem, Eric. Não precisei ir muito longe para ver o inferno que está lá fora. Não quero que você se torne um deles. Você não quer se tornar um deles.

— Não, pai! Eu estou bem! Por favor!

Terence fixou o olhar derrotado na camisa do filho, soltando o ar pela boca em um suspiro exausto.

— Eu te amo, filho. Me desculpa.

Eric ouviu o clique do gatilho e a chama piloto se tornou uma torrente de fogo bem diante dos seus olhos. O calor veio lambendo a madeira da mesa, tornando o ar sufocante. Além delas Eric viu o rosto de um homem mergulhado na loucura.

Yohan

Aos poucos, o mundo foi tomando forma novamente.

Os sons começaram a ficar mais definidos. Havia vozes cochichando perto dele, passos um pouco mais distantes e, em algum lugar, um som metálico ecoava, parecendo a batida da marreta de um ferreiro esmagando o aço contra a bigorna para conformá-lo, para deixá-lo mais resistente. O corpo todo estremeceu e ele soltou um gemido involuntário. As feridas latejavam em seu peito, braços e pernas, como se o fio daquelas malditas adagas ainda rasgasse sua carne.

Cisco...

As imagens eram confusas, mas estavam ali: a cascata de sangue saindo do pescoço do amigo, o olhar vazio perdido ao longo do corredor, a adaga se enterrando no dorso da mão e aquela desgraçada partindo para o ataque.

Suas mãos se fecharam com força, como se o pescoço da assassina estivesse entres os dedos. A mão direita ainda latejava.

Eu falhei...

O pensamento doeu mais do que as feridas do corpo. Yohan desejou retornar à inconsciência ao recordar que sua missão havia fracassado e, ainda por cima, que havia perdido um de seus melhores amigos. As pálpebras dançaram sobre os olhos, pesadas, inertes. Pela pequena fresta que se abriu ele identificou um ambiente úmido e escuro. O cérebro enviou estímulos aos músculos, fazendo cada um deles trabalhar como as engrenagens de um motor parado por muito tempo. O corpo deu um espasmo, atraindo a atenção de alguém próximo.

— E aí, campeão! *Estás vivo* ainda?

Assim que a voz cruzou seus ouvidos, a mente processou o timbre, tentando reconhecer o interlocutor em seu banco de informações. Não era ninguém de quem ele se lembrava, apesar de isso também estar confuso ainda. Sob as costas, abaixo dele, a superfície era plana e rígida, como uma porta ou um bloco de pedra. A barba emaranhada pinicava o seu pescoço. Yohan fez mais força e a pálpebra esquerda se abriu. A pupila girou ao redor, percorrendo o ambiente e adaptando-se à pouca luminosidade para permitir que tentasse entender onde estava.

O teto era feito de rocha maciça, um concreto frio e encardido pela ação do tempo que só não havia criado limo devido à constante corrente de vento. Com algum esforço conseguiu erguer a segunda pálpebra, pesada como se fosse o próprio portão da Forja. A batida metálica seguia seu ritmo, ignorante ou indiferente com o seu despertar. Porém, as vozes se intensificaram, ainda baixas e indecifráveis.

Onde estou?

Mexeu os dedos de uma mão, depois os da outra. A vida voltava a fluir pelo seu corpo debilitado.

— Ei, gente! Tá acordando! O desgraçado tá acordando!

Ele girou a cabeça na direção da voz. Um borrão, uma figura distorcida tremeluzia mais além, atrás de linhas escuras. Era algum tipo de grade? O coração adormecido despertou junto com o mecânico, bombeando sangue para os quatro cantos do corpo, injetado com uma boa dose de adrenalina. Yohan ergueu a cabeça até o queixo encostar no peito e percebeu seu macacão coberto de poeira e sangue.

Nossa! Quanto sangue será que eu perdi?

Além dos seus pés havia uma grade, um corredor e outra grade. Dentro dela um homem esguio o observava com curiosidade, dando um sorriso maldoso.

— *Buenos días, mi amigo* — disse a mesma voz que escutara da primeira vez, vindo da sua esquerda.

Yohan girou o pescoço. Estava em uma imensa cela com pilares de rocha que ligavam o teto ao piso, conectados por grades de ferro. Além da parede de sua jaula, sentado na cama, havia um homem de bom porte físico e olhar inteligente. Usava calças largas e uma camisa aberta no peito. Um dos cotovelos estava repousado sobre o joelho, fazendo seu corpo inclinar-se para frente. O mecânico não respondeu. Com um esforço maior do que o normal, conseguiu usar as pernas para sustentar o peso do corpo, tirando as costas do chão. Sua cabeça parecia ter o mesmo peso do blindado.

— Não é de muita conversa, *hermano*? — retrucou o outro da cela do lado. — Na verdade, é bom que nem sejamos amigos. Podemos estar em lados diferentes na hora da batalha.

As mãos comprimiram a cabeça na tentativa de conter o cérebro pulsante e a dor aguda na nuca. Ele não captou bem todas as palavras, mas uma delas não passou despercebida: *batalha*.

— Onde estou? — balbuciou, sem ter certeza se falara alto o suficiente.

— Então você fala, *hermano*. — O homem riu e se levantou, caminhando até a grade e abrindo os braços. — Seja bem-vindo ao Inferno.

— Não me lembro de ter uma cidade chamada de Inferno no mapa — disse Yohan. A pressão diminuiu no pescoço.

Seu vizinho de cela riu.

— Se durar o suficiente, verá que esse é o nome certo para onde estamos. Como veio parar aqui?

A pergunta era boa e trazia lembranças que esmagavam seu peito. Yohan se colocou de pé, as pernas sentindo o peso de um corpo exausto. O estômago também roncava, indicando que já fazia um tempo que não recebia combustível para mandar energia ao resto do corpo. Do outro lado do corredor vários pares de olhos curiosos se aproximaram das grades para observá-lo. Ele viu jaulas ao longo do corredor até perder de vista e voltou a atenção ao outro.

— Perdi um amigo e fui derrotado por uma mulher magricela. — As palavras tinham um gosto amargo.

Ou seria sangue em sua boca?

O outro recebeu a informação com as sobrancelhas levantadas, aparentemente incrédulo. Tinha barba rala, cabelos lisos que caíam até a nuca e olhos negros.

— Uma mulher magricela? — Mostrou os dentes em um sorriso forçado. — Então não tenho boas notícias para te dar, *hermano*.

— Estou acostumado com más notícias. — Yohan foi até o portão de ferro e espiou pela fresta das grades. À sua direita o corredor se conectava perpendicularmente a outro, onde se via algum vestígio de luz do sol. Um caminho de fuga, talvez. — E quanto a você, como veio parar aqui?

— Fomos emboscados por alguns homens para lá de esquisitos. Cheios de armas e armaduras. Estávamos em cinco, mas só pegaram eu e um amigo. — Ele pareceu reflexivo, talvez um pouco pesaroso. — Acho que a essa altura eu também o perdi.

Yohan decidiu que gostava dele.

— Qual seu nome, *hermano*?

— Yohan. E o seu?

— Soza. Mas por aqui eles me chamam de Nacho.

— Por aqui?

Por um momento ele se lembrou da Forja, onde cada irmão de ferro tinha seu próprio nome de batismo, dado pelo Comediante. Nos bons tempos, pelo menos. Depois que o Homem de Ferro morr... deixou a irmandade, as coisas começaram a ficar estranhas, mesmo para a mente afiada de Alanna. Yohan só não entendia porque prisioneiros receberiam outros nomes. Soza, ou Nacho, mudou a sua postura, encostando o ombro na cela, com um olhar cético ao novo prisioneiro.

— Você não faz ideia no que está metido, não é? Vem cá — chamou-o para perto do pilar que unia as duas celas, apontando para a esquerda deles. — Está vendo o final desse corredor?

— O que tem lá?

Nacho adotou um ar misterioso.

— Lá, *mi hermano*, tem uma arena de guerra. Uma de várias dessa cidade. É onde *la muerte* faz sua dança e *la madre* não vigia.

— Que tipo de arena?

— De tempos em tempos eles vêm até aqui, escolhem meia dúzia de condenados que nem a gente e mandam para lá. Atiram facas, porretes, correntes e tudo o que sirva pra acertar o outro com força. As lâminas são cegas, então é difícil que se morra rápido, porque faz parte do espetáculo, mas te garanto que se você baixar a guarda, vai voltar com alguma coisa quebrada. Isso se voltar.

Yohan começou a entender no que estava metido.

— Qual o objetivo disso?

— Pra eles, entretenimento. Às vezes é na arena menor, cem pessoas, talvez. Em outras é na arena principal, aí teremos centenas, talvez milhares de pessoas assistindo às lutas. Acho que elas vêm de longe, mais ao norte.

— E qual o objetivo para nós?

Nacho deixou escapar um sorriso.

— Fique vivo, *muchacho*.

Yohan não precisou ligar tantos pontos dessa vez. Vasculhou a cela buscando alguma passagem, alguma rota de fuga, qualquer coisa que pudesse o tirar dali. Nada. As barras eram largas e bem forjadas, com soldas reforçadas de ferro derretido. A tranca não cederia facilmente, ainda mais com ele tão enfraquecido. Do outro lado do corredor, os olhares curiosos permaneciam pairando sobre a sua cela. Ele encarou de volta, fazendo alguns deles se esconderem.

— Você impõe respeito, *hermano*. Tirando as magricelas, *usted* é bom de luta?

— Não gosto de me envolver em lutas — ele respondeu com o olhar perdido para o corredor. — A não ser que seja extremamente necessário.

— Considere qualquer luta aqui extremamente necessária — respondeu Nacho, apontando para o fundo da cela, próximo à parede. — Deveria comer algo. Fraco assim você vai parecer um grande tronco podre.

Havia duas tigelas no chão que ele sequer tinha notado. O mecânico se arrastou até lá e o corpo protestou de dor quando ele se abaixou para conferir o que tinha. A primeira estava cheia de água, que foi entornada sem qualquer cerimônia. A garganta agradeceu e o líquido pareceu percorrer o corpo todo como sangue recém-bombeado pelo coração, revigorando seus músculos e facilitando os movimentos. A segunda tigela tinha carne de peru e batatas. Já tinham esfriado, mas o aspecto até que não era ruim. Ele farejou a refeição, tentando captar algum cheiro diferente.

— Pode comer à vontade, *hermano*. Eles não envenenariam um cara como você.

Yohan seguiu o conselho e pegou a grande coxa de peru. Deu uma mordida e, mesmo fria, a gordura desceu pela garganta e chegou ao estômago, que agradeceu. Só então ele percebeu o tamanho da fome que estava. A batata o fez se lembrar da comida do velho Bill, despontando saudades da Forja.

Espero que estejam bem.

— Por que fazem isso? — perguntou a Nacho, mesmo que estivesse quase de costas para o homem.

— Isso aqui? Com a gente? — retrucou o outro agarrado às grades. Quando Yohan confirmou com a cabeça, ele seguiu. — Porque o homem adora ver a desgraça de outro homem. Na verdade, desde que não seja a sua própria, o homem adora qualquer desgraça.

Dois pares de botas ecoaram enquanto caminhavam pelo solo poeirento. Cruzavam o corredor com um ritmo constante enquanto os insultos jorravam das celas. De onde ele estava era impossível ver qualquer coisa, ainda mais com Nacho bloqueando sua visão.

— Ai, *mi madre* — disse ele, com os braços jogados além das grades.

A mandíbula do mecânico interrompeu o movimento e ele se deslocou até as grades para ver o que estava acontecendo. Uma dupla de mercenários caminhava com passos firmes e olhar fixo na porta de sua jaula.

— O que eles querem? — perguntou Yohan a Nacho.

— Acho que é o seu batismo, *muchacho*.

O mecânico arrancou a última lasca de carne da coxa de peru, partiu o osso em dois e o prendeu entre os dedos, formando uma pequena estaca. Recuou alguns passos e ficou aguardando. Um dos mercenários trazia um molho de chaves e tratou de abrir a porta da cela. O outro segurava um rifle de assalto já apontado para o mais novo prisioneiro da cidade.

— Olha ele aí... tenho que admitir que você é casca-grossa. Quando os homens vieram me falar da sua situação, achei que não ia sobreviver. Mas parece que você é feito de algo... diferente.

A porta se abriu e Yohan apertou ainda mais o punho, a ponto de sentir o osso estalando entre os dedos. Analisou os dois homens: o rifle parecia ser a única arma que usavam.

Talvez se eu...

— Antes que pense em fazer algo estúpido, devo te falar que se você sair correndo por esse corredor, não chega vivo até o final dele — alertou o que estava armado. — Zack vai te colocar um par de algemas e você virá com a gente. Colabore, vai ser melhor para você.

Zack deixou as chaves penduradas na porta e entrou na cela com passos receosos, puxando as algemas do bolso traseiro das calças. Avançava na direção do mecânico como se ele fosse um imenso urso muito faminto. Yohan o encarou, fazendo-o encolher. Era pelo menos duas cabeças mais baixo.

— Aonde vão me levar? — perguntou ao homem armado.

— Considere isso um teste de aptidão. Para ver se é digno da estadia.

O dedo do mercenário estava no gatilho, fazendo a ideia de Yohan com o osso de peru parecer primitiva e inapropriada. Que chance teria contra ele? Além do mais, poderia apostar que ele mataria o próprio Zack sem titubear caso ele fizesse algo errado. Yohan colocou o osso partido no bolso do macacão e estendeu as mãos na direção dos sujeitos.

Enquanto Zack lhe colocava as algemas nos pulsos, ele avaliou o seu algoz parado fora da cela. Era um homem de bom porte físico, com algumas cicatrizes pelos braços e cabelo cinzento. A testa franzida era uma excelente moldura para o rosto desconfiado.

— Pode ir — disse Zack, depois de ter confirmado o aperto das algemas. O homem lá fora agitou a arma, corroborando o comando.

Yohan trocou olhares com Nacho, que sussurrou algo como *não morra, hermano*.

O corredor era imenso. As paredes de concreto eram grandes e altas, como se fosse um túnel feito para gigantes. O vento circulava livremente, rodopiando de tempos em tempos dentro de uma cela ou outra. Os demais prisioneiros acompanharam o trajeto dos três, dando gritos de incentivo para Yohan. Duas celas à frente, um prisioneiro de olhos fundos e cabelos ralos esticou o grande nariz por entre as grades.

— É contra quem, Stephen? Contra quem ele vai lutar?

O homem de cabelos cinzentos torceu o pescoço e deu um tiro contra a cela. A bala ricocheteou na grade e fez o homem se encolher com uma risada nervosa.

— É contra o Luther, não é? — gargalhou contra Yohan enquanto passavam pela cela. — Você tá ferrado, meu amigo! Muito ferrado! Aí, gente! Ele esse cara vai encarar o Luther!

O nome atiçou a curiosidade dos outros prisioneiros e todos correram para as grades com interesse renovado. Moscas sobrevoando a carcaça de um animal morto.

— Quem é Luther? — perguntou Yohan.

— Nosso melhor guerreiro em Ruínas — disse Stephen. — Mas não é com ele que você vai lutar...

Ruínas... Onde fica isso?

A areia rodopiou sob o efeito do vento, levantando-se em pequenos redemoinhos. Ao final do corredor eles desceram dois lances de escadas e entraram em um túnel parcialmente iluminado com uma luz avermelhada. Yohan fez o melhor trabalho que pôde em decorar todos os acessos que havia enxergado, não poderia vacilar em uma fuga. Outros dois homens armados o aguardavam ali.

— Aí está o homem — disse Stephen para eles. — Preparem-no, pois já vamos começar.

Ele e Zack sumiram pelo corredor de onde vieram, deixando Yohan para os outros dois. Ele foi empurrado pelo cano das armas até uma sala, desejando arrancar os dentes daqueles homens a cada passo. Mandaram que ele se despisse, tiraram suas algemas, atiraram água para lavar o seu corpo e lhe deram um macacão azul novo, bem parecido com o dele, mas com suspensório e uma camisa. O antigo macacão estava uma imundície, nem no pior dia de trabalho da Forja havia ficado daquele jeito. A água estava gelada, mas ajudou a limpar o sangue e a reanimar seus músculos.

De certo modo, ele ficou grato.

— Por aqui — indicou um dos homens.

De volta ao corredor eles seguiram em frente. Quanto mais ele avançava naquele túnel escuro, mais vozes escutava atrás das portas contornadas pela luz escarlate. Levou a mão espalmada para empurrar a porta, mas foi impedido por um dos homens.

— Ainda não. Espere chamarem o seu nome.

Além delas o agito continuava e uma voz se destacava de todas as outras.

— Nosso desafiante de hoje é um lutador muito promissor. Foi encontrado desacordado depois de ter vencido a batalha contra um exército inteiro. Ele até morreu, mas voltou do inferno só para lhes dar o prazer de vê-lo lutar. Senhoras e senhores: O Mecânico!

Quanta mentira.

— Vai! — ordenou um deles, o bocal da arma roçando-lhe as costas.

Yohan abriu as portas e foi recebido com um espetáculo de luzes coloridas. A arquibancada em formato de círculo contornava uma espécie de arena coberta de areia e cercada por grades. Havia muita gente para assistir à luta, pessoas que ele nem reconhecia.

Os homens o empurraram até entrar no ringue e as luzes caminharam para o lado oposto do salão. O sujeito que anunciava o espetáculo estava no ponto mais alto da arquibancada. Ao lado dele, Stephen e Zack.

— Do outro lado temos um dos nossos maiores lutadores, com 33 vitórias seguidas: Mike, "o racha-crânios!".

Racha-crânios?

A porta se abriu e Mike veio correndo até o ringue, seu nome era ecoado por toda a arquibancada.

Que merda de lugar é este?

A grade atrás de Yohan se fechou. Os homens lhe atiraram sorrisos sádicos, de quem coloca um coelho na jaula do leão. Mike entrou do outro lado. Cabelo moicano, olhos insanos, roupas rasgadas e uma pintura esquisita no rosto. Era menor e aparentemente mais fraco do que ele, mas parecia ser durão.

— Mike! Mike! Mike! Mike! Mike! — gritou a torcida, fazendo o lutador girar no ringue de braços abertos e língua de fora.

Um espetáculo. Yohan se sentiu como um fantoche. Não gostou nada daquilo. Entrou outro homem no ringue, trazendo uma lança bifurcada com uma pequena corrente elétrica na ponta. Pediu que ambos se aproximassem e Mike foi prontamente, enquanto o mecânico hesitava, sua mente trabalhava para assimilar o absurdo que era aquela situação.

— Vem logo! — exigiu o terceiro homem, fazendo o trabalho de um juiz.

Mike apenas lhe deu um sorriso debochado. Yohan odiava sorrisos debochados. Foi até o centro da arena, a areia fofa se conformava a cada passo. Sua mente buscou a memória da sua caminhada no deserto, minutos antes da sua sentença de morte ser frustrada por Fiapo. Agora parecia também uma sentença de morte, mas Fiapo não estava ali para salvá-lo.

Dessa vez eu mesmo terei que resolver essa merda.

— Quero uma luta limpa — declarou o homem da lança —, até um de vocês ser nocauteado ou desistir. Se quebrarem as regras... — Ergueu a lança para completar a frase.

Yohan fixou os olhos no adversário. Não tinha um porte que justificasse o seu acúmulo de vitórias, então deveria ser extremamente habilidoso. O juiz golpeou o ar com a faca da mão para dar início à luta e os dois começaram a se movimentar. A arquibancada irrompeu em gritos. O corpo de Yohan ainda latejava, mas mover pernas e braços não era mais uma tarefa tão dolorosa. O motor sempre funcionava melhor depois de aquecido.

Ele cerrou os punhos e partiu para a luta.

Mike exalava confiança: avançou contra Yohan, golpeou com ambas as mãos e deu um chute certeiro em sua cabeça, mas ele esquivou e sentiu o vento feito pelo pé do adversário passar pelo seu nariz. O campeão lutava com as mãos diante do rosto, girando todo o corpo para jogar a força na ponta dos punhos. Os braços do mecânico serviram de escudos, mas o adversário era rápido e logo um chute encontrou o buraco na armadura. A bota explodiu nas costelas de Yohan, roubando-lhe o ar e permitindo que Mike avançasse. Um soco encontrou seu peito e outro o seu rosto, logo abaixo do olho.

O mundo girou e Yohan fez dos braços uma muralha para se esconder, enquanto lá fora, Mike castigava a fortaleza com chutes e socos. A única coisa que conseguia ver eram os próprios pés e a areia remexida pelos movimentos do outro.

Eu não vou perder essa luta.

Saiu da guarda. Bloqueou um soco com o antebraço e devolveu o golpe em um movimento limpo e frontal. Mike não esperava e recebeu o punho do mecânico com a testa, cambaleando para trás com o supercílio sangrando. Então, tocou o sangue com a ponta dos dedos e sorriu de volta. A arquibancada vibrou em êxtase. Depois disso os golpes ficaram mais intensos e ambos tiveram seus momentos na luta. Yohan começava a se sentir cansado, um aviso do corpo de que ele estava excedendo os limites. Bloqueou um chute, segurou o pé de Mike no ar e lhe devolveu uma bofetada com as costas da mão.

O campeão voou de costas na tela e a torcida foi ao delírio.

— Mecânico, mecânico, mecânico, mecânico!

Saboreando o gosto amargo do desprezo, Mike deu um grito e puxou uma faca de dentro da bota. A arquibancada se levantou, o homem da lança fez um movimento para intervir, mas uma voz ecoou pela arena.

— Deixa ele! — Era Stephen, com o microfone do locutor. — Parece que nosso desafiante é resistente a lâminas. Vamos ver o que acontece.

O silêncio que precedera a fala do homem foi rapidamente subjugado por gritos de empolgação.

Não me admira que ele seja o campeão.

Mike avançou com a lâmina da faca para cima. Deu dois golpes desleixados, um diagonal e outro horizontal. Yohan se esquivou do primeiro, mas o segundo fez um corte profundo em seu antebraço. Em um relance, ele viu a mulher, a assassina de Cisco, bem diante de seus olhos, como um fantasma que volta para assombrar.

— Você falhou — declarou ela. — Patético.

Os dentes de Yohan quase trincaram de raiva. Ele atirou o peso para cima de Mike, derrubando os dois na areia fofa. Teve que atirar o antebraço direito contra o do adversário para evitar uma facada nas costelas. A testa encontrou o nariz de Mike e o estralo pareceu ecoar pelas arquibancadas. O campeão gritou, limpou o sangue dos dentes e cuspiu contra o rosto do mecânico, transformando o mundo em um borrão rubro. Um soco atingiu sua cabeça, fazendo-o rolar para o lado. O braço que limpou o sangue dos olhos se ergueu para evitar a punhalada destinada à garganta. Seu adversário se posicionou sobre ele, colocando o peso do corpo nos punhos que seguravam a faca.

Atrás de Mike ele viu o fantasma da mulher, de pé, sorrindo enquanto passava o dedo no próprio pescoço em um sinal de provocação.

— É desse jeito que vai morrer, Yohan? Igual ao seu amigo?

Filha da puta!

A batalha drenava as forças de Yohan, que ouvia a arquibancada gritar em êxtase por sua morte. Seu braço estava cedendo e a lâmina dançava cada vez mais perto do seu pescoço. A mente o recordou do osso de peru no bolso. Desceu a mão, tateando em desespero. A ponta da faca tocou o seu pescoço. Os dedos encontraram o osso partido e, em um movimento, ele o enterrou no rosto de Mike, logo acima do maxilar.

O oponente soltou a faca e cambaleou para trás, as mãos em concha contendo o sangue da bochecha. Ele arrancou o osso e encarou o mecânico.

— Filho da puta, trapaceiro! — bradou contra Yohan.

Os espectadores se deleitaram com a luta, ainda mais quando viram Mike *racha-crânios* sangrar. Nacho estava certo sobre a desgraça alheia, mas o espetáculo não seria sobre a desgraça dele. Do lado de fora do ringue, os homens trataram de trazer uma lâmina maior para o campeão, atirando-a por cima das grades. Quando Yohan estava prestes a praguejar algo sobre injustiça, foi surpreendido pelo narrador da luta.

— Senhoras e senhores... temos que admitir que esse mecânico é durão! É, ou não é?

A plateia confirmou, empolgada. Copos de bebidas e cigarros eram erguidos. Um verdadeiro show de luzes circulava entre os dois. Mike recolheu a espada no chão, uma lâmina esbelta do tamanho de um braço. Parecia estar bem afiada.

— Mas um mecânico não é um mecânico sem a sua ferramenta! — gritou o narrador.

Não acredito.

Atrás dele um dos homens que o acompanhara cambaleava com a sua chave grifo nas mãos. Precisou da ajuda de outro para atirá-la dentro da arena. A plateia foi à loucura, mas Yohan não perdeu o foco. Caminhou até sua ferramenta, puxando-a do chão com apenas um dos braços. Percebeu que do outro lado do ringue Mike se encolheu atrás da máscara de campeão, agora pintada com sangue.

— Pode vir! — gritou Yohan de volta.

Já estava aborrecido com aquela luta. Não era a porra de uma aberração para espetáculo. Seu adversário correu para o ataque com sangue nos olhos, como se o ímpeto fosse o suficiente para vencer a batalha. A lâmina desceu para o ataque, colidindo com o braço da chave grifo. Estava mais pesada do que Yohan se lembrava, ou ele mais fraco. O segundo golpe resvalou no metal e lhe cortou o braço.

Em um piscar de olhos, era ela quem estava ali. Lutando de forma plena, com aquele cabelo esquisito e olhar odioso, movendo os braços ágeis para outro ataque, obrigando Yohan a se defender. Direita, esquerda, direita, esquerda. Mais um corte no braço e outro na perna.

— Você é lento, mecânico. Vai sangrar até a morte.

Yohan sentiu algo queimando dentro do peito, como se o próprio coração estivesse em brasas. Um calor percorreu até os braços e pernas e a chave pareceu ficar mais leve. Se ele precisasse descrever a sensação, a palavra seria *fúria*. Ergueu o cabo da chave e aparou a lâmina, encarando os olhos sádicos da assassina.

— Você que vai morrer — rosnou de volta.

Defendeu um ataque lateral e jogou o cotovelo contra o rosto fino. Ela cambaleou. Depois ele girou a chave sobre a cabeça e acertou as costelas de Meredith, devastando tudo sob a pele. A assassina levou a mão à ferida e caiu com um joelho no chão. Mais um golpe e o outro joelho dela explodiu em migalhas, sujando a cabeça da chave com sangue.

— Você!

Mergulhado em um frenesi, Yohan jogou a chave para as costas e fez um arco na direção da assassina, mirando na cabeça e imprimindo toda força dos braços na ponta da sua ferramenta de matar. Na guerra entre ferro e osso, o primeiro levou a melhor, esfacelando o crânio e reduzindo o rosto dela a uma massa vermelha e gosmenta.

Então ele piscou de novo.

O mundo foi tomando forma novamente. Na arquibancada, a plateia estava de pé, com olhos sádicos e nervos à flor da pele, gritando o seu nome de lutador. Yohan olhou para a chave em suas mãos. Estava encharcada de sangue com pedaços de osso grudados no metal. Na sua frente, Mike, ou o que sobrara dele, jazia caído, com as costelas partidas, joelho aberto e a cabeça rachada ao meio.

O narrador falava algo, mas agora tudo era um ruído distante, um borrão. Seu mundo começou a girar novamente, as luzes se tornaram um turbilhão. A adrenalina abandonava o seu corpo, levando consigo boa parte da sua consciência. Ele procurou Stephen no meio de toda aquela gente e podia jurar que tinha visto outro rosto conhecido no lugar onde estava Zack. Ou seria outra alucinação?

Dante?

Então ele caiu na areia e apagou.

Isaac

— Seu tempo está acabando! — advertiu o líder dos homens do Negociador do outro lado do portão.

Não havia ninguém acima dos muros para respondê-lo, deixando-o ainda mais irritado. Por uma pequena fresta, Alanna espiava a movimentação do inimigo, todos agitados, preparando as armas para atacar, sedentos de sangue.

— Você quer que eu faça o quê? — perguntou Isaac, ainda sem acreditar no que ela havia solicitado.

— Você é surdo, por acaso? — Alanna respondeu, encarando-o brevemente. — Quero que exploda a merda da refinaria. Consegue fazer isso, ou não?

— Bem... Claro que consigo. De várias formas. Mas você sabe que isso será irreversível, não sabe? — Ele gesticulava com os braços na frente do peito para complementar o raciocínio. — Quero dizer... vocês não vão conseguir produzir mais uma gota de combustível aqui.

Alanna se virou para ele, agarrou-o pela gola do jaleco e o trouxe para perto, cravando um olhar cheio de sagacidade nos olhos de Isaac para garantir que sua mensagem seria transportada por um canal direto e objetivo.

— Produzir combustível nunca foi o propósito deste lugar, Isaac. Matar aquelas coisas desgraçadas que vocês criaram no passado e impedir que o mundo acabe desse jeito... isso, sim, é o propósito da irmandade de ferro, mesmo que os irmãos não saibam disso. — Ela voltou a espiar pela fresta. — Daremos nossas vidas por um bem maior, se necessário. Mas os homens aqui com certeza não concordariam com isso, então vamos deixá-los na ilusão de que trabalham para ficarem ricos. Um propósito aceitável para qualquer homem.

Alanna chamou um dos soldados mais próximos.

— Lembre-se, Isaac. Esse será nosso último recurso, usado apenas se o lado morto dessa guerra estiver vencendo. Até lá... nós lutaremos. — Olhou para o soldado, que segurava um fuzil tão limpo a ponto de não parecer digno daquela atmosfera desértica. — Leve-o para a refinaria, em um ponto onde possa acompanhar a batalha com uma visão privilegiada. Se tudo der errado, há uma moto pronta para a fuga. Use a rota das montanhas e leve-o até o Hangar. Cuide desse homem com a sua vida. Nada aqui é mais importante. — Encarou novamente o cientista. — Boa sorte, Isaac.

Antes que o cientista pudesse responder, já estava sendo arrastado na direção da refinaria. Quando Alanna viu o contingente de infectados no portão leste da Forja com os próprios olhos, dez vezes maior do que o último enfrentado, conforme palavras dela, não teve dúvidas sobre a sua estratégia. Os irmãos de ferro trabalharam rapidamente para que todos ficassem armados e as palavras do criador da Forja — de que agora todos eles eram soldados — nunca tinham feito tanto sentido.

O sol começava a se erguer atrás da montanha como uma criança curiosa. Os picos rochosos fizeram o trabalho de contê-lo tanto quanto possível, mas parecia prestes a derramar sua luz sobre a Forja, provando que algumas coisas no mundo são simplesmente inevitáveis. A poeira rodopiava pelo interior da comunidade, como se não soubesse bem ao certo para onde correr, muito menos que aquele solo logo estaria lavado por sangue, corpos, cápsulas de munição e fumaça. Talvez até fogo.

Isaac calculou que uma explosão daquela magnitude poderia fechar a garganta formada pelas montanhas, isolando o acesso para a Cidade Fantasma, o que seria propício, considerando os planos de Alanna. A refinaria cresceu diante dele, um emaranhado de dutos e tubulações imensas apontadas para o céu. Um organismo metálico, cumprindo sua função sem reclamar, e que agora poderia ser sacrificado por um bem maior. O homem sempre destruía as coisas por um *bem maior*.

O cientista olhou por sobre o ombro e viu a líder dando as últimas instruções. O sol começava a pairar acima dos muros, indicando que o tempo havia acabado. O soldado que o acompanhava, chamado pelos irmãos de Padre, o conduziu por um conjunto de escadas que os levaram até um patamar elevado, bem no topo da refinaria. As portas foram lacradas para que ninguém acessasse sem precisar de um explosivo, uma barreira mais eficaz contra os infectados do que contra os humanos.

O vento fluía diferente lá em cima, livre, sem as limitações impostas pelos paredões de pedra. Ele estava a mais de cinquenta metros do solo, e podia ver os contingentes inimigos além de ambos os muros. Os homens do Negociador escondiam um número muito maior além das montanhas. Já o grupo de infectados cobria toda a extensão da garganta da montanha, de um lado a outro, grunhindo e acotovelando-se. Isaac sabia dos efeitos daquela doença, mas ver milhares de pessoas transformadas sempre o fazia suar frio.

O que nós fizemos, Aidan?

A Forja estava vazia, como a rua principal de um velho filme de faroeste onde dois homens fariam seu duelo. As nuvens desaceleraram o passo, ignorando suas rotas para acompanhar aquele embate matinal como um bando de velhas fofoqueiras. No meio do pátio havia alguns barris de piche largados às pressas e os soldados estavam todos a postos, armados e esperando a ação. Foram os dez minutos mais produtivos de toda a história da comunidade.

O portão leste foi aberto por um soldado que liberou as travas e fugiu de moto antes que o primeiro dos infectados pisasse na areia de dentro dos muros. Outros dois soldados puxaram as folhas metálicas através de longas correntes, fazendo-as deslizar, abrindo os portões como um convite para a festa. A horda começou a entrar, marchando em um passo determinado.

— Vamos nos render, não atire! — alguém gritou no portão oeste.

Isaac viu o líder abrir os braços na direção dos seus homens em um arrogante e inocente ato de triunfo.

— Vamos lá, homens! — Dan fez um aceno para seu pequeno exército.

Motores foram ligados, armas engatilhadas e sorrisos sádicos vestidos nos rostos mercenários. Os portões foram se abrindo bem lentamente para o comboio de soldados que avançava para o interior da Forja. Se eles escutaram os grunhidos dos infectados, Isaac não saberia dizer, pois eram bem audíveis, pelo menos de onde estava. Mas com certeza não tinham a menor noção do que estavam enfrentando. Isaac acreditava que ele mesmo ainda não tinha noção da capacidade de devastação dos infectados, ainda mais de uma horda tão grande.

Os homens da Forja se esconderam, deixando a arena livre para ambos os convidados. De um lado o homem, armado com sua tecnologia em forma de armas potentes e veículos com alto poder de destruição, e do outro, a doença, violenta, contagiosa e sem qualquer piedade. Considerando tudo o que as histórias contavam, Isaac já sabia o resultado daquele embate. A humanidade jamais fora capaz de vencer algumas chagas, a ironia seria sucumbir a uma doença que ela mesma criou.

O mercenário Dan liderava seus homens com passos arrogantes e imponentes de quem sabe se portar como alguém superior. Quando viu o exército cambaleante do lado oposto da Forja, ficou confuso.

— Que porra é essa? — gritou aos quatro cantos da comunidade. — Hein!?

Um dos infectados foi alertado pelos gritos do homem no lado oposto, assumiu a liderança do grupo, se é que existia hierarquia entre eles, e bradou um rosnado de volta, correndo na direção de Dan. O mercenário resmungou alguma coisa, ergueu seu rifle de assalto e apontou para a cabeça do monstro em movimento através da mira telescópica. O som do disparo rasgou o deserto e o corpo caiu desfalecido. O sujeito abriu os braços e fez um giro teatral.

— É só isso que vocês têm? — Deu uma gargalhada convencida.

Não. É bem mais que isso.

Os infectados da linha de frente gritaram de volta, aceitando a batalha. Partiram na direção do pequeno exército arrastando os demais, como a espuma da crista de uma imensa onda que desejava engoli-los.

— Acabem com esses filhos da puta! — foi a ordem que precedeu uma torrente de disparos.

A horda avançava na direção deles como uma ponta de flecha, ignorando completamente os tiros. Dan deveria ter ordenado o recuo, mas a sua arrogância, somada à visão limitada do contingente inimigo, o fizeram achar que poderia sair vitorioso gastando algumas centenas de balas. Ele emitiu uma ordem ao tanque de guerra deles, similar ao modelo alemão Leopard 2, para que avançasse contra a horda.

O veículo de sessenta toneladas começou a deslizar sobre as esteiras com velocidade, e o homem acima da torre, com apenas metade do corpo para fora do tanque, atirava em direção ao flanco esquerdo. O canhão principal deu um disparo poderoso que fez o cano retrair e o blindado dar um pequeno salto. O projétil aterrissou no meio da horda, carbonizando e despedaçando dezenas de inimigos. Quando ele colidiu com a primeira linha, começou a esmagar o inimigo, deixando um rastro de massa podre e pestilenta para trás.

Isaac ficou feliz com o poderio bélico dos homens, de certo modo torcia para que eles ganhassem. Em hipótese alguma poderia torcer para a peste. Observou a garganta montanhosa e sua esperança quase desabou do topo da torre. O exército inimigo se estendia até perder de vista.

O restante dos homens de Dan seguia a luta bravamente. Mesmo com a recarga de munição, que causava uma breve pausa nos tiros aqui e ali, os infectados ainda não tinham chegado até eles. Lança-granadas foram trazidos para os mercenários da linha de frente e disparados contra o ímpeto da horda. As criaturas que não eram estraçalhadas incendiavam completamente, correndo feito espectros na direção do inimigo.

Dan ordenou que seus homens subissem nos muros a oeste e mandou trazer quatro dos caminhões de transporte. Os tiros estavam suportando o ataque, ainda um tanto distante, mas as balas não durariam para sempre e os infectados atacavam em um fluxo contínuo e impetuoso. Os caminhões foram organizados em um semicírculo atrás da linha de defesa, a uns cinquenta metros entre os homens e o portão oeste. Os infectados estavam mais perto agora, compensando os disparos com números. Bombas foram plantadas nos caminhões e o contingente recuou.

O tanque de guerra seguia fazendo um estrago significativo para um ataque solo, mas que se tornava desprezível se fosse considerado o tamanho da horda. Amontoadas sobre a torre, uma quantia considerável das criaturas tentava rasgar a pele de aço. Isaac não poderia afirmar, mas seria capaz de jurar que o artilheiro fora mordido. A potente máquina de matar ainda se movia, mas já não atirava mais. Se isso tivesse mesmo acontecido, apenas o motorista estaria vivo lá dentro, em um compartimento separado.

Houve uma explosão e os quatro caminhões começaram a pegar fogo perto dos muros. O exército de Dan bateu em retirada, buscando proteção mais próximo do portão, detonando os explosivos quando a linha de frente inimiga se aproximou. Um amontoado de massa infectada se projetou na direção dos céus, criando uma chuva de retalhos sobre a horda que vinha logo atrás. Eles já haviam eliminado uma boa quantidade daquelas coisas, mas a proporção de infectados em relação aos humanos ainda era absurdamente maior.

Dan convocou seus homens com maior poder de destruição: três mercenários armados com RPGS e quatro com lança-chamas se posicionaram na frente do portão, liberando o inferno contra a horda. Levando em conta o contingente de mercenários ainda escondido atrás dos muros, Isaac teve a certeza de que eles estavam mesmo dispostos a dominar o local. E agora o líder parecia relutante a abandonar sua missão, determinado a levar aquela luta até o final.

Enquanto a horda se derramava incansável sobre o pequeno exército, Isaac avaliou as outras construções, onde os irmãos de ferro seguiam escondidos, imaginando a tensão de estar cercado por aquelas coisas, rezando para que não os encontrassem. Alanna parecia convicta do seu plano que, até então, tinha funcionado muito bem. Mesmo com todo aquele armamento que ele tinha encontrado, o cientista calculava que a Forja não teria a menor chance se tentasse lidar com ambos os exércitos. Se os infectados ganhassem, seria uma quantia menor para matar; se os homens do Negociador ganhassem, estariam enfraquecidos.

Mas havia também a possibilidade de a situação sair do controle.

No fim do corredor entre as montanhas, a multidão pestilenta parecia dar indícios de que começaria a diminuir, mas os homens do Negociador, entre gritos e reclamações, também começaram a recuar, sem balas. Caso eles se retirassem a essa altura, a Forja estaria tomada por aquelas criaturas e não haveria outro caminho a não ser queimar tudo. Outra barreira foi criada fora dos portões. Granadas, fogo e balas eram despejados sobre o inimigo, que só sabia avançar e avançar. O inimigo ainda não tinha alcançado a linha de defesa, mas quando isso acontecesse, seria o fim.

Então aconteceu o evento que mudou o jogo.

O tanque de guerra começou a se mover a toda velocidade em direção ao portão oeste, os infectados sobre ele foram alvejados quando a máquina de guerra cruzou os caminhões incendiados, passando limpo pela entrada. O blindado estacionou atrás da linha de defesa dos homens do Negociador e três homens correram até a torre do veículo para falar com os tripulantes.

Não, não, não! Não façam isso!

A escotilha foi erguida, um dos homens projetou o corpo para dentro do tanque e logo suas pernas começaram a tremer. Ele foi puxado pelos dois, com o braço esticado, apontando para o interior do tanque. O segundo homem subiu armado na torre e atirou lá dentro, matando os tripulantes infectados. Ele pediu ajuda do terceiro para retirar os corpos e, nesse momento, o primeiro se transformou. Foi tudo muito rápido. Ele voou sobre o terceiro, mordeu seu pescoço e partiu na direção do tanque. O homem que havia entrado no tanque surgiu na escotilha para protestar e foi atacado também.

Com a linha inimiga cada vez mais perto do portão, os homens nem se preocuparam com o que acontecia atrás de suas defesas. O inimigo havia adentrado silenciosamente e agora contaminava a todos. Dois se tornaram sete, e sete se tornaram quinze. Quando perceberam o que estava acontecendo, já era tarde demais. A defesa se dividiu entre leste e oeste, tendo dificuldade em alvejar os homens recém-transformados para não matar os companheiros ainda vivos em um fogo cruzado.

Dan ordenou que os portões fossem fechados, para o desespero dos homens que ainda estavam lá dentro. Eles subiram os muros e saltaram para o outro lado. Quando as placas estavam quase se fechando, alguns conseguiram passar e uma batalha intensa se seguiu ali, até que, acidental ou intencionalmente, algo explodiu perto dos muros, derrubando uma boa parte do concreto, por onde o mar de infectados transbordou.

Já não havia mais nenhum emergindo pelo corredor rochoso, os últimos cruzaram a entrada leste e deveria ter alguns milhares ali dentro, fugindo através do destroçado portão oeste. Os homens do Negociador foram morrendo um a um, diante do ímpeto daquelas coisas. Mordidas garantiam que os números do exército pestilento aumentassem. Dan e mais dois homens bateram em retirada, entraram em um veículo menor e, junto com o piloto do tanque, abandonaram a batalha, frustrados, atirando contra os perseguidores.

A sirene do refeitório começou a tocar, chamando a atenção da horda, que voltou para dentro da Forja. Do alto da refinaria, Isaac observou os irmãos nos terraços dos prédios e casas de vigias, armados e nervosos, prontos para a batalha. O portão leste foi fechado por dois homens corajosos que não foram pegos por pouco. O blindado da Forja começou a deslizar para o centro do complexo, alvejando as criaturas mais próximas com a metralhadora.

O confronto agora consistiria em um tanque de guerra e pouco mais de duzentos irmãos de ferro contra milhares de infectados. E então, se as coisas não saíssem conforme o planejado, Isaac teria que explodir tudo.

Alan

Aidan praguejava contra eles no banco de trás do jipe. Alan quase não conseguia acreditar no que tinham enfrentado, nem no que tinham acabado de fazer, nem nas coisas que atacavam a cidade. Estava em alguma espécie de vertigem, um tipo de anestesia causada pelo furor da batalha que o fazia ver o mundo em borrões difusos. Como um espectro do mundo real. Ao seu lado, Fox dirigia determinada em direção à Fortaleza de Vidro. Mesmo à noite, não era difícil localizar aquela torre imensa, que parecia acabar só quando chegava no céu.

O veículo arrastava a carcaça da criatura amarrada na ponta de uma corda e foi ovacionado pela população quando passou pelo segundo círculo de muros. Ali, independentemente da notícia que viesse do círculo externo, já seria tarde demais. Então não era uma surpresa que a visão do veículo trazendo o homem por trás dos ataques era muito mais acolhedora do que a do exército de pessoas doentes azuis com sede de matança.

— Os idiotas comemoram como se já tivesse acabado — comentou Fox com aspereza.

— Estão comemorando a vitória — retrucou Alan. — Você também deveria.

— Não seja ridículo. Antes temos que acabar com essas coisas. Enquanto uma delas caminhar sobre a terra, ninguém está a salvo.

— Pelo menos não estão caminhando dentro dos muros. Graças a você.

— Vocês só podem estar brincando comigo! — reclamou Aidan, entre gemidos. — Eu fui subjugado por um casal de mercenários?

Fox olhou pelo espelho retrovisor.

— Vai se foder, ô tostado — disse, virando-se para Alan. — E vê se para com essa melação. Ninguém ganhou porra nenhuma e todo mundo pode morrer. Foco.

Alan fechou a cara. Tinha arriscado a vida para salvar Fox e parecia não ter avançado nem ao menos um passo na árdua estrada que era a aprovação dela. Espiou o homem no banco de trás, com pulsos e tornozelos presos com o mesmo laço que usava nas amarras da carroça. Quanto mais ele se mexia, mais a corda apertava. A armadura tinha queimado boa parte do corpo quando o metal elevou sua temperatura, e se ele não tivesse sido rápido o suficiente, teria cozinhado lá dentro. A pele estava horrível em várias partes, descascada e cheia de bolhas.

— Como você não morreu? — perguntou Alan, curioso. — A gente praticamente te assou dentro daquela coisa.

Mesmo sofrendo com as queimaduras, Aidan não assimilou muito bem a pergunta. Seu ego parecia ainda mais ferido.

— Eu não te devo satisfação, energúmeno — vociferou o cientista.

— Por que você não amordaçou esse babaca? — perguntou Fox.

— Achei que você poderia querer tirar alguma informação dele. — Alan deu de ombros.

— Tem coisa que dá pra arrancar na base da porrada — disse ela, concentrada no caminho que foi se abrindo para eles.

— É assim que vocês tratam tudo por aqui, não é? — Aidan cuspiu as palavras.

— Não vem bancar o superior, ô panaca! Não foi a guerra do "meu povo" que acabou com tudo.

O silêncio assumiu o controle do jipe enquanto eles acessavam a última barreira até o principal prédio da Fortaleza de Vidro. Alan imaginou que deveria haver bem menos guardas do que era considerado "normal". Pelo som dos tiros, muitos deles ainda estavam nos muros e tantos outros lá fora, limpando o perímetro. Ele não era um estrategista, mas poderia apostar que o maior número de guardas ficaria disposto nos muros externos a partir de agora.

Depois de apresentar o prisioneiro e a criatura trazida a reboque, a última barreira de acesso foi liberada para eles passarem.

— Como ele conseguiu? — Fox deixou escapar, observando a imponência da torre de vidro.

— O que disse? — resmungou Aidan.

Ela o encarou com as sobrancelhas arqueadas.

— Não falei com você.

O veículo acessou um corredor e seguiu o caminho indicado pelo guarda, parando em um espaço aberto atrás do imenso prédio de placas de vidro espelhadas que refletiam a imagem de uma cidade em guerra. Fox desligou o motor e todos desceram do carro, com exceção do cientista. Dois refletores forneciam uma boa iluminação ao local. Um semicírculo de homens armados encarava os dois a uma distância segura, mas não com ar de ameaça, e sim curiosidade. Pareciam cientes e impressionados com o feito da dupla.

Fox encarou de volta. O seu cabelo roxo, ainda que sujo de fuligem, chamava bastante a atenção. Um dos homens revistou os dois e depois o carro, deu um assovio e a porta do prédio se abriu, roubando todas as atenções. Um homem de roupas bem alinhadas emergiu das sombras, caminhando na direção do carro com passos imponentes. Alan não o conhecia, mas nem precisaria perguntar, pois tinha certeza de quem era aquela figura. As histórias contavam sobre o mercador que havia construído sua própria cidade. Era ele: o Chacal.

O homem mais poderoso da área sul, e um dos quatro de todo o Pós-Guerra, tinha um semblante implacável, de quem não admite falhas ou perda de tempo. Seus olhos de águia mergulharam no interior do carro, analisando o homem capturado. Alan esperava que ele também soubesse o que os dois tinham feito pela cidade, ou provavelmente estavam muito ferrados.

— Você é o Chacal? — perguntou Fox, com sua habitual objetividade.

— É óbvio. Quem mais eu seria? E vocês, quem são?

— As pessoas que salvaram o seu rabo.

Chacal estudava Aidan através do vidro quando as palavras insolentes chegaram até ele. Virou-se calmamente para os dois.

— O *que* vocês são eu sei muito bem. Quando chegaram, disseram que foram enviados pelo Corvo. Quero saber *quem* vocês são.

— Somos aqueles a *quem* você deve um grande favor por não estar segurando suas tripas agora — respondeu Fox com firmeza.

Ambos se fuzilaram com o olhar de tal forma, que Alan poderia jurar ter visto faíscas. Ele mesmo não ousou abrir a boca, pois não se atreveria a entrar no meio daquele embate. Como já dizia seu pai: entre o mar e o rochedo, quem se ferra é o marisco.

Chacal levou seu corpo alto e musculoso até os dois. Fox era menor e deveria ter metade do peso, mas nem por isso era uma figura menos ameaçadora. A atmosfera parecia pesar toneladas. Os tiros continuavam ao longe, desviando a atenção do anfitrião por um momento, para logo retornar a eles novamente. Ele deu um sorriso satisfeito.

— Não tem bebida aqui. Vamos conversar na minha sala.

Disse as palavras e então se virou na direção da porta. Fez um sinal para seus homens e foi o suficiente: um deles indicou o caminho para Fox e Alan, enquanto outros dois retiravam o cientista sob protesto de dentro do carro. Enquanto isso, o restante se dedicava a recolher aquela armadura metálica amarrada na corda, o monstro que atacara a cidade.

Alan engoliu em seco quando se deparou com os mais de vinte lances de escada, o corpo ainda reclamando da batalha mais cedo. Mas Chacal e seus homens entraram em uma grande caixa metálica, seguidos por ele e Fox, desconhecida para um humilde filho de fazendeiro, até então. Pouco tempo depois saíram no mesmo lugar. Pelo menos era o que Alan tinha pensado até olhar para o centro das escadas, mais abaixo. Estavam no topo do prédio. Os dois foram convidados a entrar na sala principal, enquanto o cientista foi levado para outra. Fox não protestou, sabia que ele seria uma moeda de troca.

Chacal entrou na sua sala e já foi em direção à garrafa de uísque. Um dos homens ficou fazendo guarda ao lado da porta. Fox e Alan foram convidados a se sentarem no bonito e solitário sofá. Ela recusou e ele a acompanhou, ficando ambos de pé. A vista dali era de tirar o fôlego. No momento, o que chamava atenção era a batalha que ocorria contra os infectados fora do portão. Ainda estava escuro, mas ele conseguia ter uma ideia do que havia além disso. Dava para ver boa parte das fazendas, a floresta mais ao norte e até o pico das montanhas. Alan achou que conseguiria até ver sua casa, mas decidiu se concentrar na conversa para não soar distraído.

— Aceitam uma bebida? — Fox fez um movimento negativo com a cabeça e o homem prosseguiu, notando o fascínio de Alan. — É uma bela vista, não? Precisa ver à noite. Dá pra notar uma fogueira sendo acesa lá no horizonte. — Ele sentou-se em sua cadeira e deu um longo gole no uísque. — Acompanhei daqui a luta nos portões, vi o que vocês fizeram. Como sabiam que fogo daria certo?

— Foi um palpite — respondeu Fox.

— Um palpite bem... assertivo para se apostar a vida, não acha? Como ele sabia e por que mandou vocês para salvarem a minha cidade?

— Porque a Fortaleza de Vidro é suficientemente fortificada para abrigar aqueles que ficarem vivos.

— Aqueles que ficarem vivos?

— Essas coisas estão matando todo mundo lá fora. As pessoas precisam de abrigo até que sejam eliminadas.

— De quantas pessoas estamos falando?

— De todas.

Ele largou o copo de uísque sobre a mesa e deu uma gargalhada.

— Vocês acham que eu sou a porra de um padre praticando caridade? As pessoas trabalham aqui e, se não são produtivas, eu as expulso. Não acolho desabrigados.

— Elas podem trabalhar aqui.

— Não tenho trabalho para todos — determinou Chacal, categórico.

Fox cerrou os punhos.

— Já saiu da sua redoma de vidro para ver como estão as coisas lá fora? O que essas criaturas são capazes de fazer? Uma mordida, uma só, já é capaz de acabar com qualquer um aqui dentro. Deixe as pessoas lá fora e elas virão todas para cá e entrarão vestidas de demônio.

— O que acontece além dos muros não é problema meu. Já tenho bocas o suficiente para alimentar.

— Eu tenho mais de quinhentas pessoas vindo para cá neste exato momento. Pessoas que viram suas famílias e amigos morrerem por essas coisas que nem sabem o que são. Quando chegarem nos portões, você assistirá a elas serem devoradas enquanto toma o seu uísque? Serão quinhentos a mais para matar.

— Permita-me usar a lógica, mercenária. Se lá fora está do jeito que você fala que está, é questão de tempo até que a comida acabe, porque eu duvido muito que as pessoas seguirão cuidando das suas plantações e ordenhando suas vacas com essas coisas matando todo mundo. Mesmo que eu decida receber essas pessoas para trabalharem aqui, sem comida, quanto tempo você acha que leva para iniciar uma guerra dentro dos muros? Eu não preciso e nem quero isso.

Alan compreendeu o raciocínio do Chacal, mas Fox pareceu receber apenas a última frase e endureceu as mandíbulas.

— Só estamos conversando agora porque o Corvo lhe entregou o cientista de bandeja para que o trocasse por armas com o Negociador. Armas que você não tinha e ajudaram a salvar sua gente. Eu não gosto de você, mas de alguma forma ele acredita que você pode ser um bom governante para as pessoas. Acho que ele estava errado.

Chacal largou o copo na mesa e ficou de pé. Parecia prestes a atacar a mulher de pele negra e cabelo roxo diante dele.

— Pois diga àquele filho da puta que eu sou um bom governante para a *minha gente*, garantindo que não haverá mais bocas famintas para disputar a comida que temos aqui dentro. — Ele apontou para os quadros e esculturas que ornamentavam a sala. — Eu estudei a história das civilizações. Não me recordo de um único governante próspero que tenha pensado muito além de suas fronteiras quando a coisa ficou feia. — Fez um sinal para o soldado. — Leve os dois daqui. Dê armas e comida o suficiente para que eles voltem de onde vieram. — Olhou para os dois novamente. — Considerem isso um sinal da minha gratidão pelo que fizeram. Estamos quites.

Alan viu saltar a veia na têmpora de Fox: levar desaforo para casa não fazia bem o tipo dela. Quando ela estava prestes a cuspir um punhado de ofensas que poderiam levar os dois à morte, ele resolveu se colocar entre o mar e o rochedo.

— E se a gente trouxer comida?

Chacal já tinha o olhar perdido na sua cidade, mas a proposta reanimou seu interesse. Ele girou na direção dos dois e fez um sinal para que o guarda esperasse. Deu um gole no uísque e encarou Alan, fazendo até os ossos do rapaz tremerem.

— Continue.

Fox não aprovou a atitude, mas não o interrompeu.

— Deixei minha fazenda às pressas há poucos dias. Tem muita coisa para colher lá. Ela não fica tão perto da cidade e acho que não teve tempo suficiente pra ser completamente saqueada. Do lado da nossa fazenda há várias outras das quais também podemos colher. Temos duas fazendas vizinhas que produzem farinha e sei onde podemos negociar insumos para plantar. — Ele caminhou até perto do vidro, retraindo o passo quando percebeu a altura que estavam. Apontou para além dos muros. — Não consigo ver muita coisa agora à noite, mas me parece ter uma boa área para plantar próximo daqui. Podemos criar uma área de cultivo e criação de animais. — Então se virou para o Chacal, com um ar decidido. — Se conseguíssemos comida o suficiente, você nos deixaria trazer essas pessoas para cá?

Chacal sorriu satisfeito e olhou para Fox.

— Viu só? *Isso* é uma proposta decente. — O sujeito se sentou à mesa e encarou os dois, segurando o copo de uísque. — Está bem. Acho que agora podemos falar de negócios.

Ethan

O golpe chegou a soltar faíscas quando as lâminas colidiram. Ethan recuou um passo e avaliou o oponente. O jovem, chamado apropriadamente de Fiapo, era tão esguio quanto a espada que segurava, e o encarava com respiração tranquila e seriedade invejável. Ao contrário dele, Ethan ofegava. Seus joelhos reclamavam e suas costas doíam, tensas, trabalhadas pelo movimento da espada. Fiapo não permitiu que recuperasse o fôlego. Arremeteu contra ele, dando três golpes consecutivos em direção ao ombro, costelas e cintura. Ethan aparou os três, o último com maior dificuldade.

Não havia nuvens no céu limpo acima deles, como se tivessem sido afastadas para que alguma divindade tivesse uma vista privilegiada da luta. Alguns dias tinham se passado desde que ele chegara junto com seu novo mentor naquela casa de madeira perdida nas montanhas. Há quanto tempo estavam ali, ele não saberia dizer, pois Fiapo o fazia aproveitar cada minuto de seu dia treinando, com as espadas para o combate corporal, com pesos para fortalecer os músculos e com as armas de fogo para melhorar a pontaria, parando apenas para as refeições, como o rigoroso treinador de um pugilista campeão.

Ethan até iniciou o treinamento disposto e empolgado. Mas o cansaço e a falta de respostas, que Fiapo justificava constantemente com a desculpa de não abalar o destino das coisas, estavam deixando-o aborrecido. Ele se afastou e esticou a mão, pedindo uma pausa, e a espada de Fiapo foi apontada para a sua garganta, fazendo-o desabar no chão. Ethan largou a espada ao lado do corpo enquanto passava os dedos entre os cabelos louros e suados. Massageou o pescoço, depois o ombro.

Fiapo o aguardou de pé, a espada esticada ao lado da perna esquerda.

— Você não se cansa, não?

— Não há tempo para descansar, partimos ao amanhecer — disse Fiapo.

— E para onde vamos?

— Ruínas.

— Matar os cavaleiros?

— Matar os cavaleiros.

Ethan se lembrou de Dante. Como será que ele estava, com seu jeito debochado de encarar a vida? Será que teria o sangue-frio necessário para encará-lo nos olhos e apertar o gatilho? As imagens que o Corvo mostrara traziam um certo conforto para seus pensamentos, mas ao mesmo tempo uma dúvida.

Seria certo matar uma pessoa para salvar tantas outras? No que isso me torna diferente dos caras maus?

— E se eu não conseguir? — perguntou com a cabeça baixa. — E se eu chegar lá e descobrir que não sou capaz de tirar a vida de alguém?

— Então todo mundo morre — respondeu Fiapo, dando de ombros.

Ethan o fitou com um olhar desesperançoso. Sentiu o peso do mundo repousar sobre seus ombros doloridos e deixou a cabeça pender. Uma mão esticada parou perto do seu rosto e, quando ele seguiu o braço, viu o olhar sereno de Fiapo lhe direcionando confiança.

— Por isso estamos treinando à exaustão. As coisas aconteceram rápido e o tempo é curto, mas terá que ser o suficiente.

Ethan segurou a mão do mentor e pegou a espada do chão. Ficou de pé e girou os ombros para ajustar os músculos, fazendo o mesmo com a espada no pulso. Uma bela e afiada arma.

— Acha mesmo que usarei uma espada? Não seria melhor treinar apenas com armas de fogo?

— O nome certo é Katana. E, sim, ela pode salvar a sua vida. Não subestime o poder de uma lâmina.

O treino seguiu pelo resto da manhã. Ao final dele, Ethan quase não precisava mentalizar o local certo para conduzir a espada. Seus reflexos tinham melhorado muito desde o início do treinamento, alguns dias antes. Fiapo solicitou que ele buscasse água no rio mais abaixo para fazer almoço. Ele obedeceu e acabou tendo que encarar seu reflexo na superfície cristalina, tarefa que sempre o fazia duvidar de tudo que estava acontecendo. Por que, dentre todas as pessoas mais capacitadas, ele seria o escolhido para matar os cavaleiros?

Toda a história parecia bem contada, mas, mesmo agora que ele sabia muito mais, ainda se sentia uma mera marionete. Atirou os pensamentos que o perturbavam para dentro do rio e subiu a encosta da floresta. Atravessou os campos de grama baixa e pedregulhos salientes e chegou na casa de madeira. A vista ao redor era maravilhosa, provida de campos extensos, brisa agradável e belas montanhas, um lugar que ele certamente viveria em uma vida onde as coisas fizessem sentido. Uma coruja de penas amarronzadas passou por ele, voando em direção a leste.

Fiapo estava acima de uma pedra mais adiante, com o olhar perdido na direção do pássaro. Segurava algo. Desceu de lá e veio ao encontro dele, na casa. Sua expressão era desprovida de felicidade.

— O que foi?

Seu mentor magricelo mostrou um bilhete.

— Todo mundo já começou a morrer.

Ethan largou os baldes no chão, na entrada da casa. O outro passou por ele, entregando-lhe o bilhete como se quisesse se livrar de algo ruim, catando as panelas para colocar os legumes. Havia capturado um coelho mais cedo, que já estava sem pele, aguardando para ser cozido. O fazendeiro saiu do pequeno casebre para ler a mensagem assinada pelo Corvo.

"Já começou e estamos perdendo. Fox está fazendo o possível no Sul, mas todas as cidades já estão sucumbindo e ela tem pouca confiança no apoio do Chacal. A guerra ainda não chegou ao Comediante, mas é questão de tempo. Espero que tenha melhor sorte. Nos vemos em breve."

Ele cruzou a porta e apontou o bilhete para Fiapo, que estava concentrado, cortando uma batata em cubos menores.

— Os ataques já começaram?

— Já — respondeu Fiapo sem olhar.

— Não deveríamos ir para lá ajudar as pessoas em vez de matar mais?

— Temos orientações.

— Orientações?

— Orientações claras de...

— Vá se foder! — bradou Ethan. — Você. O Corvo. Esse plano idiota. Esses barbantes amarrados na parede! Vocês não estão fazendo isso para salvar as pessoas? Então salvem as pessoas!

Fiapo não se abalou com a bravata. Estava visivelmente chateado, sim, mas não parecia ser alguém que perde a cabeça tão fácil. Ele seguiu fazendo o almoço, mas limpou a garganta para responder.

— Eu sei que está chateado. Acredite, eu também estou. Mas não importa quantas pessoas você salve, se não eliminar as certas, não sobra nada. Eu entendo a sua dificuldade de assimilar o mundo, já que viveu tanto tempo em um ambiente... pacífico. O Corvo acreditava que resolveria as coisas sem envolvê-lo. Infelizmente elas fugiram do controle e dependemos de você. Mas às vezes a morte de uma única pessoa no poder evita dezenas de milhares de outras mortes. Quem você acha que ordenou os ataques da Grande Guerra?

— Líderes políticos — sugeriu Ethan, amargurado. — Já estudei a história.

— Então sabe que bastaria a morte de um ou dois presidentes para evitar a guerra. Talvez ainda acontecesse, pois o ser humano tem essa tendência de ser autodestrutivo, mas não desse jeito. Não agora. Nós temos a chance de fazer diferente, de não repetir a história. Acabe com as suas dúvidas, ore, se precisar, mas quando entrar nisso, tem que ser para valer. — Fiapo deu um sorriso. — O almoço fica pronto em meia hora.

Consternado, Ethan saiu da casa, o bilhete esmagado entre os dedos e a palma da mão. Encontrou uma boa vista acima de uma pedra plana e sentou-se ali para tentar organizar o fluxo de pensamentos. Fez uma prece silenciosa e desejou que os pensamentos fossem levados até Olivia, na outra vida. Chorou de saudade da sua companheira e leu o bilhete novamente. Quantas Olivias deveriam estar morrendo agora? Quantos Joes, Dottys e até mesmo Alans?

Gostaria de poder fazer a coisa certa para salvar as pessoas. Mas... o que era a coisa certa? Até onde sabia, a humanidade tinha muito mais recursos no passado do que agora. Tecnologia, informação, facilidade de comunicação. Lembrava-se de ficar encantado com os livros de ciência que Olivia lhe mostrava, e seu cérebro cozinhava só de pensar minimamente em cada um dos conceitos. No ápice da evolução tecnológica humana, a sociedade ruiu perante o egoísmo e a falta de empatia, como se uma coisa automaticamente anulasse a outra.

E agora para acabar com isso eu preciso matar pessoas?

Parecia, e era, contraprodutivo. Mas se Corvo estivesse correto, era brutalmente necessário. Fiapo o chamou logo depois, tirando-o do seu mundo de divagações. O almoço foi humilde, mas muito saboroso. Um cozido de legumes e um coelho que o magricelo havia caçado com um arco e flecha improvisado. Sua mira era espantosamente certeira e seus movimentos com a espada, ágeis e precisos. Não era de admirar que tivesse sido escolhido pelo Corvo para treiná-lo. Ou seria protegê-lo?

— Se o Corvo morrer, eu morro? — perguntou ele de repente, surpreendendo Fiapo com a pergunta.

— Você não vai desistir, não é?

— Não mesmo.

— Está aí uma ótima pergunta — respondeu, e continuou comendo.

Ethan ficou esperando a resposta, mas ela não veio.

— E então? Morro ou não morro?

— Eu não sei — confessou Fiapo. — O cientista é a pessoa certa para responder a essa pergunta. Essa coisa de viagem no tempo não é comigo.

Ethan ficou frustrado com a resposta, mas não desistiu de saber mais.

— Mas se eu morrer, ele morre?

Fiapo parou de comer e limpou as costas da mão com a boca. Serviu mais um pouco de suco no copo e percorreu os dentes com a língua, em busca de um pedaço de carne que se perdera entre eles.

— Quer mesmo saber? — perguntou, em tom sombrio.

— Quero, sim.

— Eu não sei — respondeu Fiapo, rindo. — Achamos que sim. Trabalhamos com a possibilidade de estar tudo conectado, passado, presente e futuro. Mas também há outra possibilidade. Corvo me disse uma vez que ele era uma anomalia neste mundo, um número fora da equação. Quando ele mudasse as coisas, uma nova... — procurou a palavra — realidade se iniciaria e o lugar de onde ele veio não existiria mais. Quase uma linha paralela do tempo, ou algo do tipo. Essas coisas de tempo são complicadas.

— Então supomos que o plano dele dê certo. Para onde ele vai voltar quando tudo acabar?

— Não vai — determinou Fiapo, com uma expressão de indiferença. — O futuro de onde ele veio já era. Só temos o hoje, e nada mais. Então não podemos falhar.

Ethan espetou uma batata, raciocinando as informações.

— Você disse que a volta dele deu errado, que, ao retornar, ele antecipou as coisas.

— Aham.

— E por que ele não volta novamente e corrige o que fez de errado?

— Essa é uma pergunta que você deverá fazer ao próprio Corvo. Ele nunca me disse, mas sei que tem seus motivos para se apegar a esse presente.

Por um momento Ethan pensou no quanto gostaria que Corvo voltasse no tempo e ajustasse o que saiu de errado para não precisar envolvê-lo. Talvez então Olivia não tivesse morrido. Ou será que eles nem se conheceriam? Pensar nas possibilidades do tempo havia se mostrado uma tortura mental. Desistiu então de falar sobre aquilo. Conversaria com o próprio Corvo no momento mais apropriado.

Conversaria consigo mesmo.

Terminaram o almoço e Fiapo lhe deu um tempo para descansar. Desceu até o rio e ficou sentado na beirada, deitado na grama com a cabeça apoiada em uma pedra, admirando a natureza. O rio seguia seu fluxo, com as águas geladas serpenteando pelo caminho, desviando toda vez que surgia um obstáculo.

À tarde treinaram tiro ao alvo. Ethan aprendeu a manejar um rifle, a desmontá-lo e recarregá-lo. Fiapo lhe mostrou como segurar e apoiar a arma no peito, como mirar e finalmente como disparar. Quando o gatilho foi acionado, o fazendeiro chegou a se assustar com o coice da arma. Sua mão vacilou e a mira subiu na direção do céu.

— Você precisa domar a fera — comentou Fiapo, e então riu.

Com o tempo Ethan foi se acostumando e ficando, no mínimo, menos medíocre no disparo. Ainda não poderiam depender dele para salvar suas vidas se a guerra estivesse a mais de cinquenta metros de distância. Mas Fiapo estava animado com o seu progresso e ele ficou feliz com isso.

— Ainda tem dificuldade após apertar o gatilho, mas isso você aprende com o tempo. No calor da batalha você se descobre capaz de coisas que nem imaginaria.

— Tudo bem... — Ethan estava cético quanto a isso. Quando Olivia morreu, "no calor da batalha", ele só descobrira que era capaz de levar um golpe de pá no meio da cara.

Atirar consumia mais tempo do que ele imaginava e a tarde passou como em um disparo de metralhadora. Quando o rifle parecia pesar mais de uma tonelada e seus músculos faziam uma deliberação para mandá-lo parar à força, Fiapo deu por encerrado os aprendizados do dia e foi preparar a janta.

Não me admira que esteja sempre preocupado com a comida.

Ethan aproveitou para se lavar no rio, reclamando da temperatura da água corrente, que parecia indiferente ao calor do sol. Retornou à pequena cabana sobre a colina e Fiapo o aguardava com um mapa sobre a mesa, usando uma grande faca para apontar palitos que usaria como flechas. O homem pegou um lápis quando viu Ethan entrar.

— Creio que te deixar ciente da nossa jornada vai tranquilizá-lo um pouco.

— Sim. Muito.

— Estamos aqui. — O ponto estava a noroeste do mapa, próximo da Cidade Labirinto. — Ruínas fica aqui. — Correu com a ponta do lápis para oeste. — Entre aqui e lá, passaremos por diversas pequenas cidades e postos de segurança do Negociador. Aqui. Aqui. Aqui. E aqui. — Fez quatro grandes círculos no mapa. — Em cada um desses pontos cruzaremos com pessoas que querem nos matar. Ou passamos em silêncio, ou matamos todo mundo, o que eu acho menos provável.

O mapa parecia ter se tornado muito mais hostil agora. Após deixarem a cabana, estariam praticamente dentro das áreas inimigas e todo o treinamento de combate que tinha recebido consistia em alguns dias para luta e o pouco menos para tiro. Era uma missão suicida.

— E depois de Ruínas?

— Aí nos encontraremos com Corvo.

Isso, sim, era promissor.

— Está preparado? — perguntou Fiapo, com um sorriso confiante.

A verdade era que não estava, desde que saíra da sua fazenda, mas era a única forma de tentar entender tudo, de estar frente a frente com Corvo novamente e descobrir por que ele havia matado Olivia. Então, mesmo contra tudo o que sentia, deu a resposta que o outro esperava ouvir.

— Estou.

Meredith

Seu corpo ainda pulsava de raiva quando ela desligou o comunicador. Meredith saboreava uma profunda sensação de que estava sendo enganada novamente e algo na voz de seu chefe lhe dizia para não confiar nele. Ela já nem sabia mais se o fato de o irmão estar vivo era verdade, afinal, o Corvo tinha dito que ele havia morrido, junto com o seu pai. Por que ele mentiria? Por que o Apostador mentiria? Era terrível a sensação de se sentir manipulada.

Talvez você tenha matado a estrela da dupla, declarou o babaca.

— Não foi culpa minha — disse para si, como se isso a redimisse de não ter achado o tal cientista. — Além disso, quem fez a merda já pagou por isso.

Atrás dela a cachoeira seguia seu curso, indiferente à sua conversa com o Apostador. O som da queda d'água, intenso e constante, reconfortava seu ouvido e a fazia se lembrar de casa, de uma vida em família, uma memória distante e empoeirada em sua mente.

Onde ele escondeu o meu irmão? Estaria dentro do Cassino esse tempo todo?

Essa era uma ótima pergunta. Tão boa quanto o propósito de achar o irmão. Fatalmente o encontraria, mais cedo ou mais tarde. Mas e depois? As palavras rondavam seus pensamentos como abutres sobrevoando a carniça, mas ela se recusava a pensar nisso agora.

Cada coisa a seu tempo.

Guardou o comunicador e desceu a floresta até o jipe parado na estrada. Avaliou o caminho estreito e coberto por árvores à frente. Não conseguia ver muito além da primeira curva, mas a estrada estava vazia desde que cruzara a ponte, e ela esperava não ter problemas. O indicador de combustível estava abaixo do último quarto de tanque, quase tocando a área vermelha da reserva. Ela praguejou por isso, desviou o olhar e deu a partida. O motor consertado pelo mecânico da Forja deu um grito rouco e colocou o virabrequim para rodar, os pistões subindo e descendo em rotação mínima. A máquina estava morta no dia anterior e o homem a tinha trazido à vida novamente.

Temos habilidades completamente diferentes.

Enquanto os pneus largos se conformavam sobre as saliências rochosas da estrada, ela ficou pensando no homem estirado naquele corredor frio, com o corpo retalhado, ao lado do amigo morto banhado em uma poça feita do próprio sangue.

Eu devia era ter matado o desgraçado, pelo menos ele não sofreria tanto.

Mas inexplicavelmente ela não conseguiu. O primeiro tinha sido fácil, bastou deixar a raiva controlar os movimentos do seu corpo. Estava quase em um transe, um furor que a acompanhava desde sempre, intensificado pela notícia da fuga do cientista.

Mas o outro...

Talvez tenha sido a aparência semelhante à de Gunnar, e essa sim era uma morte da qual ela se arrependia sempre que se lembrava. *Não vê o quanto foi idiota?* A pergunta do Apostador martelava sua consciência, sempre inabalável, mas ultimamente frágil como uma casca de ovo.

— Fodam-se todos! — Ela balançou a cabeça para deixar as ideias de lado.

Não era hora de dar voz à consciência, e sim de cumprir sua missão. O jipe seguiu a estrada sinuosa e chegou a uma reta que lhe permitia maior visibilidade. Ela enfiou o pé no freio.

— Merda!

Uns duzentos metros à frente havia um acampamento militar. Uma fortificação bem semelhante à que ela tinha encontrado na base científica, com uma torre de vigia que se erguia perto do portão. Ela esperou que um laser viesse de lá, mirando no meio de seus olhos, mas a torre parecia vazia. Ou abandonada. O portão estava fechado, o que não colaborava para ver o contingente lá dentro.

Suas possibilidades se resumiam a encarar a base ou caminhar quilômetros no meio da floresta, e nem morta ela escolheria a segunda opção. Engatou a primeira marcha e meteu o pé no acelerador. Tinha algumas balas na metralhadora que havia confiscado do soldado degolado. Entraria lá e acabaria com os filhos da puta.

O jipe ganhou velocidade, avançando contra os portões metálicos com a força de mais de trezentos cavalos. Ela manteve a marcha baixa para aumentar o torque. Sobre os portões ainda não havia aparecido ninguém, mas ela seguiu observando no caso de surgir algum herói. Os muros cresceram junto com a sua determinação de botar a passagem a baixo e, a menos de trinta metros do portão, quando ela já estava decidida a saltar do carro para deixá-lo adentrar nas forças inimigas, a falta de movimentação a fez hesitar. Pisou no freio e torceu o volante, fazendo o jipe parar ao lado dos portões.

Desceu do carro com a metralhadora em mãos e as adagas por baixo do sobretudo. Já tinha gastado uma boa quantia de lâminas naquela cidade maldita, mas ainda tinha o suficiente para ceifar qualquer vida corajosa que se colocasse em seu caminho.

Mirou para a torre. Nada. Os muros adentravam a floresta, usando-a como parte da sua proteção. Meredith aguçou os ouvidos. Se alguém a tivesse avistado, certamente haveria gritos desesperados e comandos imponentes, mas só havia silêncio. Ela se esgueirou até o portão e espiou pela fresta entre as duas vigas metálicas. Conseguiu contar pelo menos três corpos caídos.

Parece até que eu já estive aqui.

Aquilo não tinha cara de emboscada. Talvez alguém escondido nas árvores? Não. Se tivesse alguém lá, já teria atirado. Subiu no jipe e pulou por cima dos portões, aterrissando com a arma em mãos.

— Que merda aconteceu nesse lugar?

O acampamento era uma zona de guerra. Havia mortos, sangue e pedaços de corpos por todos os lados, sobre a murada, próximo das construções, da fogueira central e nos postos de ataque. O mais intrigante era que quase todos estavam armados.

Ela parou ao lado de um dos mortos e trocou a metralhadora por um rifle de assalto mais mortal, com melhor mira, empunhadura confortável e munição quase completa. Revirando os corpos, conseguiu mais duas pistolas carregadas e um pouco de munição para a arma. Depois do que vira na Cidade Fantasma, munição nunca seria demais.

Será que Dante e o garoto se safaram ou aquele filho da puta arrastou os dois para a morte?

Seu melhor palpite era de que Dante tinha jogado o garoto para aquelas coisas e fugido sozinho, escutando a gritaria infernal. Colocar a vida nas mãos de Dante era a mesma coisa que confiar a vida de um rato às garras de uma águia, cedo ou tarde aquele maldito egoísta daria um jeito de ferrar com quem quer que fosse. Ele era esse tipo de pessoa, afinal.

Meredith avistou o conjunto de prédios que fornecia abrigo para os homens do acampamento. Eram construções retangulares de paredes lisas e sem telhados, com alguns sacos de areia sobre a laje para montar barricadas. Alguns furos de balas distribuídos davam um aspecto mais militar, mas seja lá o que tenha atacado aqueles homens, mal tiveram tempo de reagir. A porta estava aberta e Meredith entrou com a visão alinhada à mira da arma, sem fazer cerimônia. Encontrou a mesma situação que estava do lado de fora, homens mortos, mas sem sinal de luta intensa.

— Foi uma chacina.

O sol entrava com dificuldade nas pequenas janelas da construção e a baixa iluminação conferia um aspecto fúnebre ao lugar. No fim da primeira sala, um corredor se lançava para ambos os lados. Ela seguiu o rastro de corpos, que vinha do lado direito do corredor, passando por várias portas, que davam no amplo refeitório, outra no banheiro, e, finalmente, no arsenal. Com o dedo preparado no gatilho ela avançou a passos cautelosos, conferindo cada possível esconderijo. Alguns haviam sido assassinados durante o jantar. Aquilo pareceu cruel, mesmo para os padrões dela.

A porta do arsenal, cheia de furos de bala, estava praticamente encostada. Meredith empurrou-a com a ponta da arma e ouviu as dobradiças enferrujadas gemerem. O odor de morte atingiu suas narinas, fazendo-a cobrir o rosto e a boca em um movimento quase mecânico. A luz entrou antes dela, iluminando os corpos trucidados próximos das prateleiras, alguns ainda tinham as armas nas mãos. Ela achou o interruptor e a luz se acendeu, clareando a perspectiva daquela mortalha. Eles pareciam ter sido mortos com uma raiva ainda maior, provavelmente pelo revide.

Ela fechou a porta e, por um momento, se colocou no lugar do agressor, no seu ponto de vista. Atrás dela, as paredes que contornavam a passagem estavam esfareladas de tantos tiros. Os pentes e câmeras de munição vazias das armas corroboraram sua teoria.

Que merda é essa que não morre?

Os soldados apresentavam lacerações que atravessavam o corpo, como as garras de um imenso animal selvagem. Meredith só conseguia pensar em um inimigo com tais características. E ela não tinha o garoto e o mecânico para ajudá-la agora.

Quantas coisas daquela existem?

Resolveu que não perderia mais tempo por ali. O arsenal ainda tinha algumas armas. Ela carregou todas que encontrou, deixando o acampamento limpo de qualquer arma de fogo ou munição. Teria que invadir a Fortaleza de Vidro para pegar o cientista, então cada bala contaria. A menos que pudesse entrar furtivamente, uma possibilidade tão real quanto tirar cinco ases no pôquer. Conseguiu furtar um pouco de combustível de um velho caminhão e o restante de um antigo gerador desgastado pela ferrugem. Com o curto porta-malas do jipe abarrotado de poder de fogo e o tanque cheio, ela saiu pelo portão oposto ao que entrara.

Hora de seguir em frente.

A próxima cidade ficava localizada a cerca de cinquenta quilômetros dali. Metade do caminho consistia em uma estrada de saibro em que o jipe deslizou algumas vezes sobre o cascalho solto, até entrar no asfalto quente que mais parecia uma massa de piche efervescente. Um quilômetro antes de chegar na rotatória de entrada da cidade, Meredith passou por duas daquelas coisas que tinha visto na Cidade Fantasma, com manchas azuis, olhos sem vida e passos trôpegos sobre a pista.

— Como aqueles filhos da puta chegaram aqui? — ela se perguntou, lançando o olhar através do para-brisa.

Cruzou a rotatória e acessou a modesta avenida principal. Os prédios eram baixos, típico de uma cidade pequena cuja economia modesta não a obrigara a crescer para cima. Meredith conferiu a placa que indicava o acesso para a rodovia sul e, depois de cruzar duas quadras, estacionou o jipe. Precisava ver aquilo de perto.

O imenso baú vermelho do caminhão estava aberto, com as duas portas metálicas escancaradas. Ele fedia a morte. Os rastros de sangue seguiam até uma praça, onde alguma comemoração acontecia. A comida do banquete havia estragado com o sol, servindo de refeição para moscas e larvas, com seu cheiro pútrido sendo levado pelo vento. Ao que tudo indicava, mal tinha sido tocada.

As barracas de madeira tinham manchas vermelhas por todos os lados e uma delas havia sido derrubada, provavelmente pelo desespero. No centro da praça um tablado de madeira estava pintado com sangue seco. Ainda se podia ver algum resto de pele, carne, ou seja, lá o que aquela porcaria fosse.

Antes que pudesse perceber, Meredith estava segurando o cabo de uma das suas adagas.

— Parece que o próprio inferno aconteceu aqui.

Ela percorreu o olhar ao redor. Lojas fechadas se intercalavam com as abertas. Não havia sinal de luta, fora alguns sarrafos quebrados. Tinham sido pegos de surpresa.

Cobrindo boca e nariz, ela cruzou a praça novamente para conferir o tanque do caminhão, tendo que abanar as moscas que zuniam à sua volta. Não queria ficar checando cada maldito carro que encontrava, mas as palavras de Dante sobre o combustível não tinham abandonado a sua mente. Poderia não achar mais combustível, principalmente para a volta.

Voltar da Fortaleza de Vidro até Cassino a pé era, no mínimo, uma ideia suicida.

Talvez pudesse encontrar cavalos em um futuro próximo, mas não pensaria nisso por ora. Uma coisa de cada vez. Enfiou um galho seco no tanque, que voltou apenas com a ponta umedecida. Tinha tão pouco combustível que nem valeria o tempo perdido. Voltou ao veículo e partiu.

Em uma das placas que o tempo não conseguiu apagar ela viu o nome da cidade: Sete Quedas. Estava relacionada ao rio e às suas quedas d'água muito conhecidas na região, nos tempos em que "turismo" era uma palavra que ainda fazia sentido.

Aquela parecia ser uma cidade aconchegante. As ruas eram estreitas e o capricho podia ser notado por todos os lados, das construções aos jardins das casas. Parecia uma cidade de pessoas boas, se é que isso ainda existia. O Apostador certamente protestaria contra esse pensamento.

Ela pegou um mapa meio apagado da agência de turismo. Ali dizia que mais duas ruas e ela já estaria fora da cidade. Passaria por mais algumas cidades e chegaria à Fortaleza de Vidro. O nome também não era esse no mapa antigo, mas ela sabia que era a cidade. Antes de chegar no fim da rua, outros ruídos se juntaram ao ronco do motor do jipe. Era um grunhido que ela conhecia muito bem, acompanhado de um baque seco. Meredith reduziu a rotação do motor para escutar com atenção. A porta de uma casa era golpeada com violência pelo lado de dentro. Do lado de fora, pintado com tinta branca em traços grosseiros, havia uma frase escrita em letras garrafais: "POR FAVOR, SALVE A MINHA FILHA".

Meredith parou o veículo e ficou olhando aquela frase, imaginando alguma miniatura de demônio azulado perambulando dentro da casa. Aquela imagem doeu mais do que podia imaginar. Engatou a primeira marcha para ir embora, mas o pé não conseguiu acelerar, estava paralisado. *Ela* estava paralisada. Mordeu o lábio inferior ao ler a frase de novo. Uma morte decente era o mínimo para os vagabundos do Cassino, por que não seria para aquela menina?

— Ah, que se foda!

Desligou o carro, irritada. Tirou as chaves da ignição e bateu a porta com força. O que estava fazendo? Quase ouviu Gunnar falar: "Toda vez que você pensa, faz merda". Mas não estava pensando, quase conseguia acreditar que nem estava dominando o próprio corpo.

Quando deu por si, estava em frente à porta. Do outro lado, a criaturinha pareceu sentir o seu cheiro, pois aumentou a violência dos golpes, querendo atravessar a placa de madeira a todo custo.

A arma tinha ficado no carro. Dante teria trazido consigo, aquele trapaceiro medroso filho de uma puta, mas para ela seria uma vergonha. Uma menina monstro? Soltou o ar pela boca, ridicularizando a situação. Retirou uma adaga do sobretudo. Daria um golpe limpo e voltaria para a estrada. Não deveria nem ter descido do carro.

Girou a maçaneta.

Trancada, como era de se esperar.

Tentou derrubar a porta com alguns chutes, mas havia sido reforçada por dentro.

Se ela trancou a filha lá dentro, por onde saiu?

Recuou alguns passos e estudou a casa. Tinha um segundo andar, onde a janela estava encostada. Pensou em desistir, mas o grunhido começava a latejar na sua cabeça. Sabia que se não fizesse aquilo, seria atormentada até o fim de seus dias. Escalou a pilastra de madeira, praguejando sua decisão. Esgueirou-se pelo telhado e entrou na janela.

Era um quarto de menina. A cama colorida estava bagunçada. Acima dela havia uma prateleira cheia de ursos de pelúcia. Nas paredes, incontáveis folhas com desenhos infantis estavam pregadas de forma aleatória. O grunhido a puxou de volta para a realidade.

Desceu as escadas furtivamente, pé após pé, degrau após degrau. Conseguiu ver o monstro batendo à porta, mas não era bem o que ela esperava. Uma mulher de meia-idade com o pulso esquerdo ensanguentado, cabelos longos e cheia de manchas azul-escuras batia os punhos e a cabeça contra a madeira, buscando a liberdade.

Meredith segurou a ponta da adaga e atirou quase sem mirar. Depois de tanta prática, já não era mais necessário. A lâmina se enterrou na nuca da mulher, que deu dois passos cambaleantes para trás e desabou no assoalho de madeira, ao lado de um alçapão. A assassina caminhou até ela, tirou a faca da nuca e limpou na roupa da mulher antes de guardar.

— Filha da puta, só me fez perder tempo.

Removeu as trancas da porta, pronta para sair daquele lugar infernal. Um outro baque ecoou pela pequena casa, dessa vez vindo do alçapão. Meredith girou o pescoço com as sobrancelhas arqueadas. O alçapão dava pulos tentando se abrir, barrado pelo lingote de metal.

Então aí está você...

Meredith empunhou a adaga, puxou a trava e ergueu o alçapão. A passagem se abriu, mostrando um ambiente escuro abaixo da casa. Havia uma menina, sim, como o esperado. Mas não era um monstro. Estava chorando e não tinha nem uma mancha azul. Ao redor dela, potes e sacos vazios indicavam que a comida tinha acabado havia algum tempo. A menina lançou um olhar inocente e esperançoso para Meredith.

— Mamãe?

Dante

Puta que me pariu! O que ele tá fazendo aqui?

A convite do seu algoz, Dante assistia às lutas em uma arena reservada dentro da cidade de Ruínas com as mãos amarradas. A cidade era algo parecido com a Trincheira, com seus prédios e casas reduzidos até as entranhas do concreto, mostrando o quanto a guerra era capaz de castigar. Pelo menos ainda tinha alguma organização. Havia bares e bordéis igual a qualquer outra cidade que se preze em todo o Pós-Guerra, ainda que as pessoas fossem novidade para ele.

Por onde andavam esse tempo inteiro?

Rostos novos e, em alguns casos, bem interessantes. Dante não costumava circular muito pela parte norte do continente, talvez fosse daí a novidade. Ali também yinha uma nítida diferença social explícita nas roupas e nos comportamentos, como se o dinheiro fosse capaz de afastar as pessoas para longe de uma condição quase animalesca, para longe da essência do ser humano.

Dentro da pequena arena as lutas discorriam de forma um tanto enfadonha: os lutadores faziam seus malabarismos e trocavam socos até que um deles caísse deitado. A promessa do narrador era de que a última luta da noite seria imperdível. O povo gritou, as apostas foram feitas, aquela coisa toda. O que Dante não esperava era que pela porta do desafiante saísse... Ele. O mecânico andou meio trôpego até a arena, sem carregar a postura séria e intimidadora que havia apresentado na Cidade Fantasma.

Onde está Cisco? E a louca? Que porra tá acontecendo aqui?

A luta estava seguindo o roteiro das outras até o *campeão de Ruínas* tomar uma bofetada no meio da cara e puxar uma faca da bota em uma visível demonstração de covardia.

Guarda essa faca, seu otário! Não sabe a merda que tá fazendo. Ele ainda vai fazer você limpar o cu com ela!

O mecânico então se defendeu dos golpes desesperados do oponente e conseguiu uma reviravolta absurda com um osso de peru, o que fez Dante explodir em gargalhadas, arrancando um olhar do homem que o acompanhava.

Um osso de peru! E eu que achei que jogava sujo.

A verdade é que quando o seu cu está em jogo, todo homem joga sujo. Aí a luta tomou uma proporção que ninguém esperava, quando as armas foram atiradas para dentro da arena. Yohan com sua *chave-mata-wendigo* e o campeão com uma espada.

Uma espada? Que porra tu tem na cabeça, infeliz? Com uma bazuca tu já estaria mal.

Ele sabia que bastava um golpe para acabar com a luta. Uma costela quebrada, um braço trincado, um corte profundo. Mas alguma coisa aconteceu. Yohan encarnou algum tipo de demônio da matança e simplesmente acabou com o cara. Estraçalhou ele. Aquilo não parecia combinar com o mecânico que ele havia conhecido, mesmo que por um período de tempo tão curto. Dante era capaz de reconhecer um homem bom justamente por ele próprio não ser um. Aquilo estava estranho. Depois que Yohan transformou a cabeça de Mike em bosta, se recuperou do seu transe, perdeu as forças, rodopiou na areia e caiu. Mas antes o viu. Não um olhar vazio que apenas mirou na direção em que estava; Dante podia sentir que o mecânico tinha o encarado nos olhos.

Os homens estavam juntando o campeão com uma pá quando o sujeito mais poderoso de Ruínas chegou sorrateiro. Calçava botas pretas que combinavam com a calça e a camisa de brim, também pretos. Uma jaqueta verde-musgo cobria tudo, conferindo uma aparência militar. Os cabelos bem-aparados nas têmporas eram prateados, combinando com a barba que cobria um maxilar proeminente. A boca pequena e a testa franzida completavam o pacote do visual de *dono sádico de uma cidade destruída.*

— Então, o que achou do espetáculo? — ele perguntou com a voz rouca.

Ele acenou positivamente, comprimindo os lábios. O narrador encerrava sua encenação e o público já começava a se dispersar das arquibancadas. Para onde iam? Era a grande pergunta.

— Essa última luta... — Ergueu as mãos, unidas por uma cinta plástica. — Uau! Você tinha dito que eles não morriam aqui...

Com a cabeça esmagada por uma chave.

— ... então foi uma surpresa.

— Eles gostam muito mais quando morrem — admitiu Stephen, apontando para o público com a cabeça. — Estamos fazendo alguns testes, adaptando o espetáculo ao gosto do espectador.

— E esse cara que lutou por último, o mecânico, de onde você o tirou?

Dante olhou para a arena. O sangue de Mike ainda estava salpicado pela areia. Stephen começou a caminhar em direção à saída e o mercenário acompanhou seus passos.

— Acharam ele desacordado, banhado em uma poça feita pelo próprio sangue. Pensaram que estava morto porque tinha outro homem degolado do lado dele, mas o filho da puta resmungou qualquer coisa e resolveram trazer para cá.

Outro cara degolado? O que aquela filha da puta fez?

— Ele é promissor — completou o homem.

Promissor? Se soubesse o que ele enfrentou, arranjaria a ele uma boa caneca de cerveja e uma bela garota. Ruiva.

— Mal posso esperar para ver a próxima luta dele — comentou, e deu um sorriso forçado.

Stephen o avaliou de cima a baixo.

— Infelizmente, a sua temporada de espectador acabou. É hora do show.

O homem saiu por uma porta acima da arquibancada, entrando em um longínquo corredor que contornava a arena. Com as pernas amarradas por uma corda que permitia apenas um caminhar contido, Dante o seguiu, tentando acompanhar o algoz com seus passos largos e determinados. Seis homens armados faziam a proteção do chefe da cidade. Eram ainda mais mal-encarados do que os capangas do Apostador e os homens do Negociador. Das outras portas do corredor começou a sair o restante do público. Alguns lhe direcionavam olhares curiosos.

Para onde vocês vão agora? Tenho certeza de que não vão provar um maravilhoso chá da Irene ou o espetacular ensopado de batatas da filha do Ed.

— De onde vem tanta gente?

— Não faço ideia. Desde que paguem, podem vir do inferno — respondeu Stephen, sem olhar para ele.

Dante aquiesceu. Até mesmo ele sabia que homens como Stephen não tinham muita paciência com quem ficava zunindo em seus ouvidos. Eles saíram da arena e pegaram um carro até a área norte da cidade. As ruas haviam sido desobstruídas, abrindo passagem até o que um dia fora um antigo estádio de futebol imenso e majestoso, mas agora parecia mais um empilhado de escombros. Stephen lançou um olhar satisfeito para o lugar e seguiu com o trajeto até onde ficava seu posto de comando, na antiga sede do exército da cidade.

Saíram do carro e atravessaram o jardim decorado com armamento bélico retirado diretamente do museu do exército: morteiros e canhões antigos estavam limpos como se estivessem prestes a serem usados, junto com expositores cheios de antigas armas da guerra que talvez nem funcionassem mais. Mas tinha outra coisa naquele jardim que o mecânico provavelmente adoraria testar. Um tanque de guerra imenso que tinha pelo menos três vezes a sua altura. Dante sabia do apreço que Stephen poderia ter por aquelas armas, porque Johnny também viera de um museu.

— Que coisa magnífica, não acha? — disse Stephen.

— Realmente é um tanque monstruoso — concordou Dante.

— Eu me refiro à guerra — corrigiu o outro. — É nela que o homem é levado ao seu limite, que rompe suas próprias barreiras. Inovação, tecnologia e evolução. Tudo vem da guerra. O homem precisa disso, até gosta disso, por mais que não admita.

Dante ponderou as palavras e a intenção por trás delas. Sentiu as cordas apertarem suas pernas a cada passo que dava. Nos punhos, pequenos sulcos começavam a se formar abaixo das cintas.

Será que tudo bem se eu disser que prefiro resolver no pôquer?

Entraram na sede do exército e o interior estava incrivelmente bem-conservado. Dante tentou gravar cada fragmento daquela cidade, sabendo que a informação lhe seria útil. Um muro imenso cercava Ruínas, monitorado em todos os lados por homens armados. Fugir dali sozinho já seria difícil, com Johnny, quase impossível, e com a caravana da felicidade então... talvez tivesse que quebrar a promessa com o garoto e fazer de conta que não tinha visto o mecânico ali.

Antes que pudesse concluir seus pensamentos fugitivos, chegaram a uma sala e Stephen se sentou na mesa do comandante da instalação, indicando a ele a cadeira logo à frente.

— Bebe algo?

Com a sede que eu tô, até combustível.

— Claro — aceitou de bom grado.

Um meneio de cabeça do chefe foi o suficiente para que um dos seus homens surgisse com dois copos de uma bebida dourada. Com as mãos unidas, Dante ergueu o copo na direção do anfitrião em forma de agradecimento e deu um longo gole, sentindo a garganta queimar durante sua passagem.

— Dante — ele começou —, acredito que você saiba por que está aqui.

Pra beber uísque é que não é.

— Confesso que uma elucidação seria bem-vinda.

Stephen finalizou o copo e o empurrou de lado com as costas da mão, deixando claro que sobre a mesa apenas a conversa importava agora.

— As lutas que você viu... acho que compreendeu o que fazemos aqui.

— Colocam homens para se espancarem até a morte por esporte — ele sugeriu.

O outro riu daquilo.

— Cada homem tem um monstro enjaulado dentro de si. Esperando só para ser libertado. Cada coisa ruim que acontece em sua vida, derrotas, injustiças, frustrações, vai desgastando as trancas dessa jaula, e quando o monstro se solta... — Ele abriu os braços. — Veja o que o mundo se tornou. Isso foi resultado de uma sociedade que chegou no seu limite. Uma sociedade que entrou em colapso. O homem precisa extravasar.

Dante pensou nas palavras.

— Tá... então, se eu entendi direito, a forma de evitar que um homem faça guerra é colocando ele para lutar com o outro homem até a morte?

— A história diz que sim. E o império romano não é o único exemplo disso. — Stephen entrelaçou os dedos sobre a mesa. — Antes da Grande Guerra havia batalhas entre guerreiros em forma de espetáculo, nos mesmos moldes do modelo antigo. A diferença é que eles não tinham colhões para derramar sangue na arena. O público quer ver sangue, Dante.

Como eu vou falar isso pra esse cara?

— Olha. Eu entendo, de verdade. Também apreciei muito o *espetáculo*. Mas o seu homem... Salazar? Ele mencionou uma corrida e creio que eu não seja o mais exímio dos lutadores. Provavelmente cairia duro na primeira porrada.

— Você acha que eu quero que lute? — Stephen deixou a pergunta pairar no ar e logo irrompeu em gargalhadas. — Não, seu desgraçado, não! No máximo você serviria para limpar o sangue da arena. Eu não quero que lute, nem que corra. Já tenho bons corredores.

Defina "bons corredores", meu chapa.

— Então...

— Quero que você traga novos lutadores para mim. Que você saia por aí e volte com um caminhão inteiro de homens dispostos a lutar nas minhas arenas.

Dispostos a morrer nas suas arenas, você quis dizer.

— Você quer que eu saia de Ruínas pra trazer mais gente pra cá?

Stephen puxou o copo, fez um sinal e um homem o abasteceu de bebida. Fez o mesmo com o copo de Dante.

— Eu já ouvi falar de você, sua fama o precede. Sei que paga suas dívidas com *mentiras*.

Fato.

— Acho que está simplificando um pouco demais. — Dante deu um sorriso nervoso e se ajeitou na cadeira. Era difícil parecer confortável com braços e pernas amarrados.

— Eu não quero que você faça nada além do que é bom em fazer. — Stephen esticou o braço na direção do portão. — Vá. Saia por aí. Faça promessas vazias e me traga mais pessoas. Eu lhe garanto que será bem recompensado.

Eu? Bom em fazer promessas vazias?

Aquelas palavras eram secas e áridas como o solo que abrigava a Forja, mas eram verdadeiras. Ainda que a proposta não fosse das melhores, pelo menos ele teria uma chance de fugir. Mas tinha uma coisa importante para resolver.

— E quanto ao Johnny? — Dante deu um gole no uísque.

— Quem é Johnny?

Que pergunta idiota.

— Meu carro.

O anfitrião não gostou da resposta em forma de questionamento, lhe deu um olhar azedo e pareceu chegar ao mesmo raciocínio que ele. Afastou o copo para o lado novamente.

— Somente você sairá por aquele portão. Eu te consigo um bom carro.

— Comparado ao Johnny, nenhum carro é bom.

— Mas tenho um que vai servir.

— Eu não vou sem o meu carro e ele não funciona sem mim.

— Não tem negociação — declarou Stephen.

Exato.

Dante manteve o semblante sério e ergueu as sobrancelhas.

— Você quer mais homens e eu sei onde achá-los. Parto amanhã no nascer do sol e até o final do dia você tem seus lutadores. Mas eu vou com o Johnny.

Stephen o encarava como um pai diante de uma criança birrenta, parecia estar perdendo a paciência. Bebeu mais um pouco de uísque antes de responder.

— Nada feito. Nem o carro, nem o garoto. Só você sairá pelo portão e vai acompanhado para termos a certeza de que não vai fugir.

Mas nem fodendo. A viagem com aquela filha da puta já foi o suficiente para mim.

— Eu não ligo para o garoto, faça dele o que bem entender. Mas não vou embora daqui sem o meu carro.

Stephen endureceu o maxilar. O mercenário sabia que aquela conversa começava a ficar perigosamente tensa, mas não poderia ceder em hipótese nenhuma, ou sabe-se lá o que fariam com Johnny. Seu anfitrião fez a volta na mesa, pousou um pé na cadeira de Dante e apoiou o corpo sobre o joelho erguido, encarando o mercenário bem de perto.

— Acho que você ainda não entendeu que eu não negocio.

Ui, eu sou o Poderoso Chefão.

Dante soltou um suspiro, sentindo o peso da jogada que estava prestes a fazer.

— Então eu aposto uma corrida com você. Todos os seus homens contra mim.

Stephen estreitou os olhos com a proposta petulante.

— Eu dito as regras aqui.

O mercenário riu daquilo.

— Está com medo, Stephen? — E após Stephen hesitar, Dante repetiu. — Medo. Está com medo? Quantos "bons corredores" você tem? — perguntou, garantindo uma camada extra de deboche nos *bons corredores*.

— Vinte.

— Aposto com você que ganho de todos eles. Talvez até com as mãos atadas. — Ergueu os pulsos na direção dele. — Se eu ganhar, então posso ir embora dirigindo o meu carro.

O anfitrião ponderou a proposta, lhe deu um olhar sádico e apontou para ele.

— Três corridas. Você pode ter sorte em uma delas, mas vai precisar de habilidade para ganhar as três.

Agora vi vantagem. Você faz a sua jogada e eu faço a minha. Vamos ver se você é homem de verdade.

— Certo. Três corridas. Uma pela minha liberdade, uma pela liberdade de Johnny e outra pela liberdade do garoto. Claro, se você tiver bolas dentro das calças.

Stephen tentava ocultar a fúria no olhar. Certamente não tinha gostado dessa cláusula adicional no contrato tácito entre ambos, mas era uma batalha de egos, e de ego Dante entendia. Mesmo a contragosto, o homem que comandava Ruínas sequer buscou aprovação no olhar dos seus homens. Tentou soar confiante, comprimiu os lábios e acenou positivamente.

— Está bem. Se você ganhar, o garoto está livre. Mas se perder... eu mato você e jogo ele nas arenas. É pegar ou largar. Não abuse da minha paciência.

Porra! Ele queria que eu fosse seu capanga e agora quer me matar? Boa sorte.

Dante o encarou no fundo dos olhos e confirmou a aposta com a cabeça.

— Quando é a primeira corrida?

— Amanhã — respondeu Stephen, caminhando em direção à porta e, antes que o comandante de Ruínas sumisse pelo corredor, completou: — Dante... trapacear não vai funcionar dessa vez.

Agora foi a sua vez de devolver o olhar mais sádico e debochado que conseguiu fazer.

— Não se preocupe, Stephen, eu nem vou precisar.

Mordecai

Pessoas. Por todos os lados.

Mordecai quase não acreditou quando entrou na cidade de Ruínas, escoltado pelos homens daquele que se apresentou como Salazar. Quando foram abordados na saída da Cidade Fantasma, ele seguiu os conselhos de Dante, sem ter certeza se podia confiar no homem, mas também sem muita escolha. Tiveram suas armas confiscadas e ele não saberia dizer quem ficou mais triste: ele por se separar de suas espadas ou Dante por se separar do carro.

Provavelmente a segunda opção.

Os dois foram revistados e conduzidos para um dos carros com suspensão modificada e pneus adaptados para rodar no deserto. Salazar pediu que um dos homens conferisse a entrada da cidade para confirmar a história dos dois e, quando uma imensa onda de infectados cobriu o veículo, arrastando-o consigo, os homens começaram a atirar de volta para salvar o companheiro, mas já era tarde demais. Recolheram as armas e partiram.

Pelo vidro do carro, Mordecai ainda assistiu à horda sair da cidade, meio sem rumo. Até tentaram perseguir o comboio de Salazar, mas logo já não passavam de um vulto na escuridão da noite.

— Vão acabar com a Forja — comentou Salazar, rindo.

Vão mesmo.

Mordecai engoliu em seco, com a cabeça baixa, imerso em um profundo sentimento de que havia falhado. Mas como venceria? Como qualquer um venceria?

— Quantos vocês acham que tinha lá? — quis saber Salazar, sentado no banco da frente.

Um dos capangas observava a dupla segurando uma metralhadora.

Mordecai olhou para Dante. O mercenário respondeu.

— O suficiente pra encher Cassino uma porção de vezes.

— Caralho! E como conseguiram escapar?

Através da janela, Dante lançou um olhar triste para o seu querido carro, que cruzava o deserto a toda velocidade, dirigido por alguém que não era ele.

— Eu sou o mais rápido, lembra?

— É o que veremos — disse Salazar.

Mordecai deixou a cabeça repousar no encosto do banco e procurou Diana no céu. Quando a adrenalina baixou do corpo, o sono veio e ele apagou lentamente, observando o manto escuro da noite, repleto de nuvens cinzentas.

A vários quilômetros de lá, entretanto, as coisas pareciam bem diferentes. O céu azul e sem nuvens se erguia acima da cidade de tons terrosos e acinzentados. O que dava cor a Ruínas eram as pessoas. E havia várias delas, de todas idades e tamanhos: homens, mulheres, velhos e crianças circulavam e conversavam sobre o próximo espetáculo. Mordecai não notou qualquer expressão que denunciasse fome ou medo.

Parecia algo próximo de felicidade.

Subitamente ele se sentiu solitário, como se todo o tempo que passara na Cidade Fantasma lutando contra os infectados para torná-la habitável novamente tivesse sido uma grande mentira.

Por que o mestre me faria limpar a Cidade Fantasma se existe vida aqui?

Não parecia haver problemas ali, muito menos infectados. Mordecai tinha se acostumado a praticamente dormir com os olhos abertos, só não o fazia porque alguém zelava por ele. Então se deu conta: nada de Diana. Desde que havia sido interceptado junto de Dante em sua fuga digna de contar ao mestre, não se lembrava de ter visto a companheira. Será que ela o seguiria até tão longe?

— Por aqui — instruiu um dos homens de Salazar, abrindo a porta para eles.

Desceram do carro e se depararam com um grande prédio que um dia havia sido um hotel. Estava bem conservado, considerando o padrão da cidade. Mordecai conhecia bem aquele estilo de construção, pois estivera em muitas delas, passando a noite em algum quarto escuro, tentando dormir enquanto as coisas corriam lá fora, rezando para que a tranca improvisada na porta fizesse seu trabalho ao longo da noite.

— Receio que devem estar cansados da viagem. Toni vai levar vocês até um quarto para que possam descansar. — Então Salazar se dirigiu a Dante: — Depois levarei você até *Stephen*.

O nome saiu quase cuspido da boca de Salazar, e mesmo Mordecai, que não estava acostumado com as interações humanas, sentiu que havia algo errado naquele tom.

Estamos sendo presos?

— Não estamos cansados — rebateu Dante. — Vamos falar com ele agora.

— Mas eu estou — decretou Salazar, entrando no carro e dando a conversa por encerrada.

Mordecai e Dante trocaram olhares e seguiram para o prédio. Foram conduzidos até um quarto no segundo andar, um dos vários apartamentos desocupados. Toni ordenou que não saíssem sem permissão, mantendo a porta aberta e aguardando do lado de fora.

Dante se atirou na cama e colocou os braços sobre o rosto, enquanto Mordecai foi direto espiar pela janela.

— Você já viu tanta gente assim?

— Já, sim.

— Onde?

— Em qualquer lugar.

— Não na Cidade Fantasma — rebateu Mordecai.

— Como não? Estava cheio de pessoas lá — respondeu o mercenário, depois riu.

— Pessoas infectadas.

— Mas eram pessoas, não eram?

— Achei que estavam daquele jeito fora da cidade também.

— Agora estão. — Dante riu.

Mordecai não disse nada, apenas seguiu olhando pela janela.

— O que você realmente fazia lá, garoto?

— Eu já disse, estava eliminando os infectados da cidade.

Dante olhou para ele.

— Todos?

— Todos.

— Isso inclui aquela galera que seguiu a gente?

— Sim. Todos.

— Com duas espadas e uma coruja?

Ele não levou o deboche a sério.

— Eu vinha fazendo um bom trabalho até vocês aparecerem.

— Certamente estava tudo sobre controle. Desculpe acabar com a sua missão, garoto.

— Não, tá tudo bem. Você me ajudou. Nunca tinha matado tantos de uma só vez. Aquela metralhadora ajudou um bocado. — Fez uma pausa.

— E o que aconteceu lá em cima?

— Onde?

— Quando a maluca saltou do carro.

— Havia muitos deles. Tivemos que recuar. Subimos até o topo do prédio e Wendigo apareceu.

— Aquela coisa do estacionamento?

— Aquela mesmo.

— E o que ela queria?

Mordecai deixou seu olhar se perder nas ruas movimentadas da cidade.

— Acabar comigo, eu acho. Ela veio até mim, e agarrou meu pescoço.

Dante sentou-se na cama, empolgado com a história.

— E você a matou?

— Não. Eu estava prestes a ser rasgado ao meio. O Yohan que quebrou as pernas dela com a chave.

Dante deu um assovio.

— Puta que pariu. Queria ter visto essa.

— Devo minha vida a ele.

Dante riu.

— O que foi? — perguntou Mordecai.

— Considerando o que era aquela cidade, todos estamos em dívida uns com os outros. Até com aquela filha da puta.

— Fala da garota? Por que chama ela assim? Não parecia ser uma pessoa ruim — disse Mordecai.

— Você passou tempo demais com aquelas coisas que ficam grunhindo, então deixe-me te ensinar algo sobre as pessoas, meu amiguinho. Diferente dos infectados, que têm suas intenções devidamente declaradas, a maior habilidade de uma pessoa é mentir, ainda mais se a sua vida depender disso. Meu palpite é que nesse momento ou Yohan está muito puto com a assassina, ou está morto. Estar vivo e feliz ao lado dela não é uma possibilidade.

Cuide da garota. Era o que o bilhete dizia. Mas como cuidar de alguém que não precisa ser cuidado?

— Acha que Yohan pode ter matado ela?

Dante fitou o teto, estudando a ideia.

— Eu teria matado, mas não sei dizer. Imagino ela tirando-o do sério e o mecânico fazendo-a engolir os dentes. Eu ia rir muito.

Mordecai baixou o olhar. Será que falharia em mais uma missão?

Um dos homens de Salazar surgiu na porta.

— Está na hora.

Dante se levantou da cama em um salto e caminhou para fora do quarto. Mordecai o seguiu, mas foi barrado na porta por uma mão em seu peito. O homem que impedira sua passagem não tinha um semblante muito amigável.

— Você fica aqui.

Mordecai olhou para Dante, que retribuiu com uma piscadela que dizia algo parecido com "confie em mim".

— Descanse um pouco. Ninguém vai querer te morder aqui a não ser as garotas — brincou o mercenário, movendo as sobrancelhas para cima e para baixo.

Os dois sumiram pelos corredores e um dos guardas permaneceu ao lado da porta para vigiá-lo. Mordecai não estava com um bom pressentimento, mas precisava fazer o que lhe fora ordenado, ou iniciaria uma guerra com seus próprios punhos contra dezenas de homens armados. Então decidiu tomar um banho. Procurou roupas novas pelo quarto, mas os roupeiros velhos não armazenavam nada além de poeira e teias de aranha confeccionadas por um longo período. Foi até o banheiro e ligou o registro do chuveiro. Houve um ronco grotesco, como se um infectado estivesse tentando se comunicar do outro lado dos encanamentos, e foi ficando mais alto até que a água começou a sair. Um pouco suja, era verdade, mas nada a que ele não estivesse acostumado.

Ele tirou as roupas e entrou debaixo da água, que estava no ponto, nem fria nem quente. Não encontrou qualquer tipo de sabão que pudesse usar para esfregar o corpo, mas só em poder lavar o suor e a poeira já era uma grata experiência. Não saberia dizer se estava fedendo, mas provavelmente estava. Tantos dias sem um banho, correndo, suando e lutando pela sobrevivência destruíam o aroma de qualquer pessoa. A pior parte foi quando chegou aos cabelos, um emaranhado de fios secos que pareciam mais um arame farpado.

Preciso cortar isso.

Depois de se lavar, cuidou das roupas, esfregando-as embaixo da água corrente. Um caldo escuro escorreu delas até o ralo, em um tom que misturava sujeira e sangue. Pendurou as roupas nos suportes do banheiro e deixou o corpo secar um pouco, depois torceu as calças várias vezes até ficarem quase secas e as vestiu.

Então foi até a cama.

Seria apenas um sono, um cochilo rápido para descansar o corpo. Já sentia os músculos bem mais relaxados, os ombros não doíam tanto e as pernas não estavam mais prestes a estourar em câimbras. O colchão macio pareceu lhe massagear as costas, aninhando-o em seus braços como uma mãe com o bebê recém-nascido. Um conforto que não se lembrava de ter experimentado, não daquele jeito. Mordecai não saberia indicar o exato momento em que seu fluxo de consciência se desconectou do mundo real, apenas se deixou levar pelo cansaço e mergulhou no mundo dos sonhos.

Subitamente seus olhos se abriram. Ouviu explosões e tiros vindos além da janela e saltou da cama. Espiou pelo buraco e viu a cidade pegando fogo em diversos pontos próximos de uma imensa construção no coração de Ruínas. Lá fora ouviu gritos e grunhidos, os aterrorizantes sons de uma verdadeira guerra. Vestiu rapidamente suas roupas e espiou além da porta. O guarda havia sumido.

O que está acontecendo aqui?

A força do hábito o fez buscar a espada nas costas, e depois a faca na cintura, mas ele estava completamente desarmado. Ouviu vozes no saguão e se esgueirou com as costas apoiadas na parede do corredor até chegar no topo das escadas. Tinha uma figura lá embaixo, com o rosto coberto por um capuz e uma pistola posicionada ao lado da coxa direita. Sob seus pés havia dois corpos, um embalado em uma jaqueta de couro e o outro, corpulento, usava um macacão azul. Ao redor deles uma poça rubra se formava, alimentada pelo sangue que fluía das feridas de bala em ambos.

Yohan! Dante!

Mordecai disparou escadaria abaixo. Talvez ainda houvesse tempo de salvá-los. Quando a figura viu que ele corria em sua direção, apenas soltou uma risada e estendeu a mão contra ele. Das portas e janelas começaram a surgir infectados, correndo para dentro do prédio para atacar Mordecai. Ele estava próximo da base da escada, mas ainda distante do homem misterioso, quando as criaturas chegaram. Recebeu a primeira com um chute no queixo que fez a mandíbula deslocar, mas teve que recuar diante dos outros. Não tinha com o que se defender.

Além do pequeno grupo a figura o encarava, tranquila sobre o cadáver de seus amigos, com o rosto envolto nas sombras.

Desgraçado.

Mordecai subiu as escadas novamente, procurando algo para usar como arma. Pensou em entrar nos apartamentos, mas temeu ficar encurralado.

A opção era continuar subindo para abrir uma boa distância dos infectados e ter tempo de raciocinar. Uma das criaturas o alcançou e saltou sobre ele. Era um dos homens de Salazar, completamente transformado em aberração. Os dois desabaram no chão do corredor e o infectado projetou sua mandíbula sobre o pescoço do garoto, que teve tempo apenas de usar o antebraço para afastar aqueles dentes cobertos de saliva pestilenta. As mãos azuladas tentavam agarrar sua cabeça e o corpo do infectado saltava sobre as defesas de Mordecai, empurrando suas costas contra o piso do corredor, buscando uma brecha para atacar.

Eu não vou morrer assim.

O infectado deu um grito distorcido, atiçando os demais. Mordecai viu o grupo avançar no início do corredor. Se chegassem nele, estava perdido. Então percebeu algo que poderia ser sua salvação: presa na cintura do infectado dentro de uma bainha havia uma faca de caça. Ele encarou as órbitas leitosas do infectado, segurou-o com o braço esquerdo e tateou a faca com a mão direita. Deu um puxão forte e a arma se liberou da bainha. Com um giro no ar, ele fez a lâmina apontar para as costas do agressor e o apunhalou várias vezes.

Costas, pescoço e nuca.

O peso da criatura desabou sobre ele.

Mal teve tempo de empurrá-la para o lado e ficar de pé, as outras já haviam chegado. Segurando a faca bem firme, Mordecai fez sua dança mortal. Não era como as suas espadas, mas a pequena arma também era eficiente em matar, tudo de que ele precisava no momento. Com golpes precisos nas têmporas, nucas e abaixo do queixo, ele foi matando os inimigos e avançando em direção à figura encapuzada.

Dois. Três. Quatro. Cinco. Seis. Mande quantos quiser, seu desgraçado.

Um deles acertou sua mão e a faca voou pelo corredor. Mordecai girou para pegá-la e dois infectados voaram contra ele, derrubando-o no chão. A faca estava a menos de um metro, seus dedos quase podiam alcançá-la. Os infectados estavam em cima dele, impedindo-o de avançar, prestes a mordê-lo a qualquer momento. Mordecai forçou o braço direito no chão, tentando avançar, tentando arrastar o peso do próprio corpo e dos infectados sobre ele. Ainda não havia sido mordido, mas era questão de tempo. As criaturas, no entanto, grunhiam e gritavam pelos corredores, satisfeitas por imobilizá-lo. Pareciam estar saboreando a vitória sobre aquele que matara tantos de sua espécie na Cidade Fantasma.

— Eu vou acabar com vocês — sibilou Mordecai entre os dentes, buscando resquícios de força no corpo para contra-atacar.

Sentiu mãos segurando suas costas, pernas, braços e cabeça. A faca estava logo ali. A visão começava a ficar embaçada e as forças estavam abandonando seu corpo. Esticou o braço esquerdo na direção da lâmina, uma última esperança de se salvar. Subitamente duas fileiras de dentes se fecharam em seu antebraço. Imobilizado, sem poder fazer nada, Mordecai viu o infectado morder seu braço como se fosse um pedaço de carne.

— Nããããããooooooo!!

Seu braço tremia sob os dentes do infectado. Ele soltou um grito de dor, sentiu uma pancada forte na cabeça e apagou. Em algum lugar lá embaixo no saguão, sobre o cadáver de seus amigos, a figura de capuz ria da sua desgraça.

Skye

— Pai!

Ela não pôde evitar olhar para trás quando ouviu os tiros ecoarem pela Montanha da Caveira, sobrepondo o alarme que havia disparado antes de deixar o laboratório. Tomáz, porém, estava focado na missão que o pai lhe dera e praticamente arrastou Skye trilha acima sem sequer olhar para trás.

— Vamos! Ele sabe se cuidar!

Ouviram passos no caminho mais abaixo, além da curva formada pelas pedras. Será que tinham visto os dois? Era bem possível. Seja lá quem tivesse planejado o ataque, parecia conhecer bem o vilarejo acolhido pela montanha. Começaram então os gritos, principalmente das crianças.

— Mas e a mamãe? E Miguel? — Era praticamente uma súplica ao irmão para que voltassem.

— O pai vai cuidar deles — garantiu Tomáz, ofegante. — Anda!

Os passos apressados se tornaram uma corrida frenética. Um tiro ecoou tão perto que parecia ter sido disparado contra os dois, mas não foi o caso. A montanha era quase uma concha acústica, e se falava no vilarejo que um segredo contado no norte chegava ao sul quase na mesma hora. Seguiram o caminho arenoso, os pés golpeando a areia fofa, um após o outro.

— Eles vão ver as nossas pegadas!

— Não no caminho do afogado.

Tomáz estava certo. O caminho do afogado tinha sido descoberto pelo filho de um dos pescadores enquanto brincava com outras crianças. Ao se esconder, descobriu uma entrada na rocha que dava em uma longa galeria até o outro lado do continente. As crianças mantiveram a descoberta em segredo até o dia em que a maré encheu e uma delas ficou perdida no caminho. Orfeu e os outros encontraram o corpo do menino, proibiram o acesso àqueles túneis e marcaram o caminho como uma das rotas de fuga da Montanha da Caveira para o continente. Não poderia ser utilizado para uma fuga em debandada, mas para uma ou duas pessoas era perfeito.

Os adolescentes utilizavam muito quando queriam praticar atividades que entravam em desacordo com as ordens dos pais.

— Tem alguém vindo! — avisou Tomáz.

Então puxou Skye para a cobertura de uma pedra e os dois se arrastaram até próximo do paredão, evitando ficar imediatamente onde as pegadas terminavam. Ele pediu silêncio com o dedo indicador e os dois ficaram procurando qualquer som que denunciasse o seu perseguidor. O vento do mar soprava forte, acompanhado pelo som do vaivém das ondas. Ouviram passos. Eram pesados, no ritmo de marcha, e de repente o ritmo desacelerou, ficando mais cauteloso, hesitante até. Eles viram a figura surgir sobre a pedra em que estavam segundos antes, portando uma imensa arma e usando um capacete que o fazia parecer um astronauta.

Parece aquelas equipes de combate a ameaças biológicas dos livros. Por que será que estão aqui?

Tomáz lhe cutucou o braço, chamando sua atenção. Skye olhou para o irmão, que fez um sinal pedindo que ela distraísse o homem para que ele pudesse atacá-lo. Skye olhou para a arma do agressor. Armas não eram seu forte, mas ela podia apostar que aquilo conseguiria abrir um buraco do tamanho de uma laranja em alguém. Negou com a cabeça, de forma tão sutil e decidida que Tomáz não discutiu, apenas fez uma cara emburrada e continuou escondido.

Vai embora... vai embora...

— *Patrulha 5 na escuta?* — soou o rádio do homem.

Ele apertou o punho esquerdo e levou até a boca.

— Pode prosseguir.

— *Achou alguma coisa?*

— Negativo. Perdi a trilha deles, mas não foram longe.

— *Você sabe o protocolo. Não demore.*

— Positivo.

O sujeito soltou a mão, ergueu a arma e a apontou na direção da montanha, sem muita certeza de onde estavam. Elevou a voz para falar com os dois.

— Ei! Eu sei que estão aí. Vamos facilitar as coisas: vocês aparecem agora e ninguém se machuca.

Skye até sentiu vontade de erguer as mãos e sair de trás da pedra. Mas tinha lido livros o suficiente para saber que a palavra "protocolo" na maioria das vezes não significava uma coisa boa. Seria algum tipo de esquadrão de extermínio? O soldado ligou o feixe de luz da arma e seguiu procurando, dando passos em direção à costa rochosa. Ao longe, a sua sirene ainda soava, advertindo aos moradores que havia algo errado.

Ela girou a cabeça na direção do irmão para tentar se comunicar, mas ele tinha desaparecido.

Tomáz?

Skye passeou o olhar pela encosta rochosa, mas nada de ver o irmão. O feixe de luz passou sobre ela, iluminando uma pedra grande mais à frente. Os passos estavam aumentando, logo o soldado chegaria ali. Skye procurou outra pedra para se esconder, uma em que não ficasse exposta quando deixasse sua cobertura. Encontrou uma rocha alta e larga a uns dez passos na direção do paredão da montanha.

Se ele me vir, estou morta.

Será que Tomáz estava escondido lá? Skye pensou que o irmão provavelmente havia se escondido e não queria chamá-la para não denunciar a posição dos dois, pois também deveria supor que o objetivo do soldado não era nada amigável.

— Eu não estou brincando... — advertiu o soldado antes de dar um disparo no topo da montanha.

O som do tiro saiu seco e a bala ricocheteou em uma ou duas pedras. Skye só teve tempo de colocar as mãos nos ouvidos por instinto e se abaixar ainda mais. Talvez tenha lhe escapado um grito, mas não poderia afirmar. Os passos aumentaram em sua direção e Skye teve quase certeza de que havia gritado. Começou a andar agachada em direção ao próximo esconderijo, sentindo a areia úmida sob seus pés, abraçada ao diário que seu pai tinha dado menos de uma hora antes. O caminho que estava escuro então se iluminou, com a lanterna do soldado atingindo suas costas em cheio.

— Parada aí ou eu atiro — disse o soldado, apontando a arma para ela.

Skye hesitou, mas ergueu as mãos.

— Vire para cá. Devagar!

Ela se virou, vendo não mais do que uma luz forte contra o seu rosto e uma silhueta grande logo atrás.

— Base na escuta.

— *Alto e claro, patrulha 5. Prossiga.*

— Eu encontrei a garota.

— *Tem certeza de que é ela?*

— Absoluta.

— *Estamos enviando reforços. Mantenha ela viva, entendido?*

— Positivo.

Estão procurando por mim?

Skye não teve tempo de pensar muito. A luz continuava tornando difícil de se enxergar qualquer coisa. O soldado firmou a arma com a mão do comunicador e deu um passo em sua direção.

— Você ouviu, tenho que te levar viva. Então não faça nada estúpido.

Por que estão atrás de mim?

Ela cobriu o rosto e conseguiu enxergar melhor. Viu uma segunda silhueta se formar acima do soldado, parecendo um imenso monstro. Por um momento achou que estava imaginando coisas, mas logo seu cérebro identificou o que estava acontecendo. Tomáz saltou contra o soldado, munido de uma pedra imensa que usou para golpeá-lo na cabeça. O capacete absorveu a maior parte do impacto, mas não o suficiente para evitar que o sujeito fosse jogado no chão. A arma caiu da mão do soldado, ficando presa ao pescoço pela bandoleira.

Sem a luz para cegá-la, Skye pôde assistir à luta entre o soldado e seu irmão. Tomáz estava em cima dele, golpeando sua cabeça com a pedra. O capacete tinha caído durante a queda, rolado para perto da imensa rocha onde ela ia se esconder. O homem não reagia, mas mesmo assim Tomáz continuava acertando-o, a raiva manifestada em cada golpe.

— Tomáz! — Skye chamou o irmão para tentar tirá-lo daquele frenesi, mas ele só parou quando a pedra estava tão encharcada de sangue que escorregou de sua mão, aterrissando na areia um metro além. Tomáz estava ofegante quando encarou a irmã.

— Você está bem? — perguntou simplesmente.

Skye fez que sim com a cabeça.

— Foram eles. Esses filhos da puta que pegaram o Rojo e o Soza.

— Tem certeza?

— Tenho, sim. Estão vindo mais deles para cá, vamos.

Tomáz pegou a arma do soldado, tendo dificuldade para tirar a bandoleira do pescoço porque a inconsciência parecia ter adicionado uma tonelada ao corpo. O mar continuava o vaivém de ondas como se nada daquilo lhe dissesse respeito e logo o som da maré não era o único que podia se ouvir por ali. Mais passos e vozes ecoaram ao longe na curva da estrada. Os dois viram os feixes das lanternas se moverem para cima e para baixo, no ritmo da corrida dos soldados.

Eram quatro ao todo.

Skye foi empurrada pelo irmão na direção onde o mar se encontrava com o paredão de rocha.

— Eles não podem nos ver — disse ele, desligando a lanterna do rifle.

Os dois correram pela praia, Tomáz agarrado na arma e ela agarrada em seu livro. Foi apenas quando sentiu a água salgada beijar seus pés que Skye se lembrou.

Não vou poder levar o diário.

Parou sua corrida sem ao menos perceber. O irmão parou logo depois, voltando até ela para puxá-la novamente.

— O que foi? Vamos! — sussurrou para a menina.

— O diário! Não posso deixá-lo.

— Larga isso! Eles estão chegando.

— Não posso, Tomáz.

Não se tratava apenas de um conjunto de folhas de papel. Aquele livro, em especial, poderia se tornar a reconstrução da sociedade, algo próximo do que fora um dia ou pelo menos muito além do que era agora.

— Você não pode é ficar aqui — decretou o irmão, arrancando o diário das mãos dela. Indicou uma pedra mais alta, próxima ao paredão. — Aqui.

Skye relutou em gritar, com medo de alertar os soldados, mas seu coração palpitou com a possibilidade de o irmão estragar o livro. No entanto, Tomáz enfiou a mão atrás da pedra com o diário e voltou com ela vazia.

— Confie em mim — continuou ele. — Eu e os garotos temos nossos esconderijos.

— Não posso perder esse diário, Tomáz.

— Depois voltaremos aqui para buscá-lo. É uma promessa.

Tomáz a agarrou pelo cotovelo e praticamente a arrastou para dentro da água. Skye sentiu um frio na barriga e um mau pressentimento, mas decidiu confiar no irmão, então respirou fundo e mergulhou. Ela nadou para baixo, sentindo a parede descendo junto como se estivesse acompanhando os dois em sua jornada de salvação. O som da água era tudo o que podiam ouvir. Bolhas e um eco infinito nos ouvidos. Os dois seguiram tateando o paredão, acompanhando as fissuras feitas na pedra que indicavam o caminho.

Só mais um pouco.

Os pulmões começaram a implorar por oxigênio, antes mesmo de cruzarem a fenda existente na pedra. Era noite e a maré estava alta. Algo que poderia ser problema em um dia comum, mas que fora completamente esquecido diante da fuga alucinada, a cabeça ocupada demais em pensar nas pessoas que amava. Como estaria o seu pai? Como estaria sua mãe? E Miguel? E todos os outros?

Skye atravessou a fenda e começou a agitar os pés para subir novamente. A água salgada e escura insistia em entrar nas suas narinas. A agitação logo abaixo indicava que seu irmão já tinha atravessado também, e ela pôde confirmar isso pelas bolhas de ar subindo na sua direção. Pelo menos estavam salvos. Ela nadou em direção à superfície, por um momento até pensou que não havia ar dentro da passagem, que pudesse estar completamente submersa. Os pulmões clamaram por oxigênio, ameaçando bombear água como uma forma sombria de passar motivação. Skye emergiu da água com a boca aberta para buscar ar e o braço erguido buscando apoio. Nadou para o lado, abrindo espaço para o irmão, que logo apareceu.

— Tomáz!

Lá fora houve alguns tiros disparados, provavelmente uma tentativa frustrada de fazê-los sair de algum esconderijo. Quem não conhecia o caminho do afogado imaginaria que eles estavam tentando contornar a montanha a nado, o que seria suicídio, ou que estivessem escondidos em algum canto da costa.

— Tudo bem? — perguntou ele.

— Tudo.

— Então vamos.

Os dois nadaram até uma superfície rochosa que costeava toda a parede da passagem. Tomáz chegou primeiro e a ajudou a subir. Skye ficou aliviada por estar com os pés sobre terreno firme novamente e ainda mais por ter a certeza de que os soldados que os procuravam jamais imaginariam aquele refúgio no coração da montanha.

— Você está enxergando alguma coisa? — quis saber ela, forçando os olhos para se adaptarem à escuridão.

— Não vejo quase nada — admitiu ele.

— Será que eles demoram para ir embora? Podemos voltar para buscar o diário.

— O que tem de tão importante nesse diário? — perguntou ele, finalmente.

— Não tive tempo de ler ainda. — Skye vasculhava a sua mochila. — Mas se é o que eu estou pensando, tem o futuro.

— É atrás disso que eles estão?

— Não sei. O soldado deu a entender que procuravam por mim.

Há tempos havia deixado a mochila preparada para alguma emergência. A etiqueta não mentiu quando indicou que o tecido era impermeável. A água até entrou no interior, mas nem perto do que ela achou que seria, e se soubesse disso, provavelmente teria colocado o livro lá antes de mergulharem. Revirou as coisas na mochila até tatear o que procurava.

— Aqui!

Skye pegou dois bastões fotoluminescentes. Lembrava-se bem do dia em que Diego lhe dera ao retornar de uma das rondas nas cidades, um presente, além de ter conseguido tudo o que ela tinha solicitado. Segurando os bastões com as duas mãos, ela girou ambos os pulsos, dobrando-os bem no meio. Logo uma luz avermelhada se formou no interior dos tubos, iluminando a trilha rochosa, ainda que timidamente. Tomáz pegou um deles com todo o cuidado, como se fosse uma cobra prestes a dar o bote. Examinou o bastão e, dando-se por satisfeito, seguiu pela trilha.

— De onde você tira essas coisas?

— Foi o Diego que me deu, lembra? Daquela vez em que vocês saíram para conhecer a cidade mais ao norte e...

— ... o carro estragou e ficamos presos lá por duas semanas — completou ele. — Eu me lembro bem. Quando voltamos o papai ficou uma fera.

— Não escuto mais nada aqui. Acha que...? — Skye até formulou a pergunta na cabeça, mas ela simplesmente não veio.

— As paredes são imensas. Não dá para escutar nada daqui — tentou amenizar Tomáz.

Não se ouvia nada além das estalactites pingando no poço de água salgada. Mesmo assim Skye fez uma prece à virgem de Guadalupe e podia apostar que ouvira o irmão rezar também. A fé acabava se tornando o caminho de todas as pessoas quando as coisas não iam bem, fosse por falta de esperança ou excesso dela. A menina colocou a mão na parede para se guiar e sentiu a pedra fria e áspera lhe roçar a pele enquanto buscava equilíbrio. Sentia uma energia emanar em sua mão, a qual ela associou à montanha.

— Esse túnel é muito longo? — perguntou ao irmão.

— Você nunca esteve aqui?

— Não.

— Nem escondida? Nunca?

— Nunca. Meu lugar é no laboratório.

— Eu não achava que aquele lugar era tão importante para você.

— Você gosta de sair para explorar o mundo, eu gosto de explorar o mundo do meu laboratório.

— É verdade. Mas o que você fazia quando ficava entediada?

— Quem tem livros nunca fica entediado.

— Hum — respondeu ele, cético. — Você disse que esse livro que trouxe tem o futuro.

— Sim.

— O que quis dizer com isso?

— Tecnologia.

— Tecnologia é o futuro?

— Claro que é. Desde sempre. O fogo, a roda, a eletricidade. Coisas que revolucionaram a nossa sociedade. Esse livro fala de diversas inovações, algumas que já vimos e outras que nem sequer sonhávamos ainda.

— Achei que a tecnologia era o que tinha acabado com a humanidade.

— A tecnologia jamais destrói qualquer coisa. O mau uso dela é o que destrói. Antes da guerra, as pessoas tinham acesso ilimitado à informação através da internet, mas a mesma fonte que te ajudava a encontrar o antídoto podia te ensinar como potencializar o veneno. Sobre o que acha que pesquisavam?

Ele a encarou, sem saber como argumentar contra aquilo.

— O problema somos nós, não a tecnologia — concluiu Skye. — Sempre fomos nós.

Tomáz não falou nada. O bastão iluminando o caminho em sua mão e a arma na outra eram provas o suficiente de que as coisas poderiam ser criadas para propósitos bons ou ruins, se o ser humano assim o quisesse. Subitamente ele parou.

— O que foi?

— Vamos ter que mergulhar de novo.

— É longe?

— O suficiente, mas vamos conseguir.

Ele saltou na água, ficando submerso apenas da cintura para baixo. Esperou que ela descesse para só depois mergulhar na direção do túnel. Coisas de irmão mais velho. Skye buscou concentração, fez mais uma prece para Guadalupe, puxou a respiração e mergulhou. Tomáz nadava à sua frente, um ponto luminoso no meio da água escura, lembrando muito aqueles peixes esquisitos com uma lanterna na testa. Ela ia logo atrás, tendo apenas um vislumbre do que era o corredor em que estavam. Trinta segundos foram o suficiente para que ambos precisassem de mais ar. Ela tentou nadar mais rápido, pensando em quanto tempo aguentaria. A saída não parecia próxima dessa vez.

Mais cinco segundos se passaram. E outros cinco. A partir daí cada segundo parecia uma tortura. Ela começou a sentir um aperto no peito, como se os pulmões fossem sair dali por conta própria para buscar mais oxigênio.

Mais uma braçada.

Tomáz começava a se tornar um borrão logo à frente, perdendo os contrastes tão vivos de instantes antes.

Mais uma braçada.

Vamos lá.

Além do peito, a garganta também começou a doer. Nadar já exigia mais energia do que ela parecia dispor.

Onde está Tomáz?

Sentiu uma vontade insuportável de respirar e acabou abrindo a boca no exato momento em que a mão de Tomáz a agarrou pela gola do jaleco e a puxou para a superfície.

Ar. Finalmente.

Os pulmões de Skye encheram-se deles, várias vezes. Ela abraçou o irmão e chorou, sem ao menos saber por quê.

— Passou — disse ele, confuso, retribuindo o abraço. — Já passou.

Ela fez que sim com a cabeça.

— Onde estamos?

— Do outro lado.

Tomáz esticou o bastão para frente como se isso fosse iluminar muito mais o caminho, mas a caverna continuou escura. Ele conduziu a irmã por um labirinto de pedra, cheio de nichos e saliências, até dar em uma saída para fora da montanha. Skye suspirou aliviada, apesar de ainda ser noite. Tomáz pediu que ela ficasse escondida enquanto avaliava se havia alguém lá fora. Depois de alguns longos minutos ele voltou.

— Você precisa ver isso!

Ele praticamente a arrastou até as proximidades da estrada, onde era possível ver a entrada principal da Montanha da Caveira. O povo da montanha, seu povo, era conduzido em fila indiana para dentro de uma espécie de caminhão-baú. Os soldados formavam um corredor, todos armados. De cabeça baixa, sem muitas opções, as pessoas se deixavam levar.

— Consegue ver quantos são? — perguntou Tomáz.

— Difícil ver algo daqui, muito escuro.

— Vem, nós temos um abrigo mais ao sul, na estrada. Temos uma moto e suprimentos lá, mas vamos ter que contornar os soldados.

— Não estarão mais aqui pela manhã, vamos perdê-los de vista.

— Eles vão deixar rastros. Todo mundo deixa.

Skye não quis discutir. Estava escuro e ela estava cansada, mas não se conformava com a ideia de deixar seu povo para trás apenas para se salvar. Não se sentia especial a tal ponto. Esgueiraram-se entre as árvores para evitar os soldados e quando já estavam perto da estrada, Tomáz esticou o braço, fazendo-a parar.

— O que foi? — ela perguntou em um sussurro.

Tomáz fez sinal com o indicador, pedindo silêncio. Os dois se esconderam atrás de um imenso tronco de árvore. Então ouviram um ronco de motor crescente, um caminhão parou mais adiante na estrada e dois soldados armados desceram.

— Base na escuta? — chamou um dos homens. A resposta foi um chiado distante que eles não identificaram. — Estamos no local. Sem sinal deles.

Outra resposta inaudível.

— Positivo, vamos seguir a busca.

— O que disseram? — quis saber o outro.

— Que vão mandar mais gente para cá.

— Não me diz que o Jason e aqueles babacas vêm também.

— O que você acha? Melhor a gente encontrar essa garota logo antes que esse lugar fique cheio de idiotas. Já eliminamos o líder deles, deve ser rápido aqui.

Os dois soldados avançaram ainda mais, entrando na floresta mais ao norte, indo em direção à montanha. Ambos reclamavam da tarefa e faziam apostas sobre o paradeiro de Skye. Um achava que ela ainda estava escondida do outro lado, enquanto o outro apostava que estava morta. Apenas depois de eles sumirem mato adentro os dois irmãos conseguiram soltar a tensão dos ombros.

— Eles mataram o papá?

— Não temos certeza. Vamos — disse Tomáz.

— Espera — pediu Skye, segurando-o pelo braço.

— Espera o quê? Não ouviu os caras? Temos que ir agora antes que chegue mais gente.

— Eu sei. Por isso mesmo pensei em um lugar onde eles jamais vão nos procurar — respondeu ela, olhando para o caminhão.

Yohan

— Ei! *Muchacho?*

Yohan ouviu a voz como se viesse de um ponto distante da tubulação da Forja, um eco percorrendo o longo trajeto de canos. Levou a mão à cabeça, o braço protestando de dor, com as feridas recém-feitas pela lâmina. Tudo doía, novamente. Mais uma vez, a voz chegou aos seus ouvidos.

— Já consegue ver *mi madre* no mundo de *los muertos*?

Ele girou a cabeça na direção da voz, talvez o único movimento que pudesse fazer naquele momento.

— *Hijo de puta*, está vivo! — Alguns segundos se passaram e a voz soou mais decidida, como se estivesse fazendo um pronunciamento. — *El hombre* está vivo!

Gritos ecoaram pelo corredor. Se eram de incentivo ou incredulidade, ele não saberia dizer.

O corpo de Yohan começou a despertar, como se estivesse acordando de um sono que durara anos. Os pés formigavam, os braços latejavam e cada movimento demandava muito tempo, quase como se precisasse usar os músculos de outra pessoa para mover o próprio corpo. Quando conseguiu abrir os olhos, a silhueta do colega de cela foi se formando mais adiante, contornada pelas luzes amareladas do corredor. O homem que se autodenominava Nacho estava agarrado nas grades, o rosto tomado de empolgação.

— Entende o que digo, *muchacho*?

— Desde o primeiro "muchacho" — respondeu Yohan.

Ele decidiu que realmente gostava de Nacho.

— Te trouxeram *muerto, hombre*. Achei que tinha feito a passagem para o mundo de *los muertos* — confessou Nacho com preocupação. —

Então ouvi um dos homens falando que *usted* partiu o crânio do Mike no meio. É verdade?

O mecânico gostaria de confirmar o que aconteceu, mas a verdade era que ele não se lembrava. A luta havia terminado tão repentinamente quanto começara. Sangue fora derramado, isso ele sabia, mas os detalhes...

Posso jurar que vi aquela filha da puta.

Sentou-se na cama e sentiu a ferida no antebraço latejar. Passou os dedos no corte e sua mente trouxe as memórias do momento em que acontecera: a arena de luzes avermelhadas, a plateia gritando o seu nome, a areia fofa que deixava os movimentos pesados e lentos, a lâmina riscando o seu braço e, segurando o cabo da lâmina, ela...

— Ela estava lá — pensou Yohan em voz alta.

— Ela quem, *muchacho*?

— A mulher magricela.

— Na plateia? — perguntou Nacho, com os olhos arregalados.

— Na arena. Lutando comigo.

Nacho recebeu a informação com a testa franzida.

— *No estás bien, muchacho.*

Yohan lhe direcionou um olhar cansado. Seu estômago roncou, fazendo-o procurar no quarto qualquer porção de comida que pudesse saciar sua fome. Não havia nada.

— Não lembra o que aconteceu? — quis saber Nacho, insistente.

— Acho que eu venci — sugeriu Yohan.

— Fez mais que vencer, *mi* amigo. *Usted* acabou com o Mike racha-crânios. Fez guacamole da cabeça dele. Não se fala em outra coisa em toda Ruínas. Agora tu és o fabuloso "mecânico" — disse a última palavra de forma teatral, tal como o narrador da luta.

Vinte e sete cortes distribuídos pelo corpo, de acordo com a contagem de Yohan. Alguns mais profundos, outros mais superficiais, mas nenhum deles estava ali alguns dias antes. Teria mais do que a marca da Forja para contar sua história agora. Enquanto massageava a área ao redor dos cortes, percebeu que Nacho ainda aguardava qualquer tipo de declaração para o que havia acabado de contar.

— Eu achei que era ela — disse por fim.

Nacho deu um assovio alto.

— *Mi hermano,* tenho pena dessa *muchacha* quando te encontrar de novo.

Um rangido soou pelo corredor. Era o carrinho velho e enferrujado que trazia comida para os prisioneiros, empurrado por Zack, o mesmo homem que o tinha algemado. Sobre o carrinho havia uma imensa panela, um pote com pão duro e um amontoado de cumbucas. A cada cela, Zack servia a cumbuca com uma concha de caldo, colocava um pedaço de pão e deslizava a refeição para o interior por uma fresta na parte de baixo da grade. Quando chegou em frente à cela do mecânico, o olhar de Zack cruzou com o do prisioneiro e ele serviu a porção com as mãos trêmulas e os olhos arregalados: apenas deixou a cumbuca e partiu, visivelmente perturbado.

Yohan ergueu as sobrancelhas e Nacho apenas riu, escorando-se nas grades.

— Como eu disse, *muchacho*, estás famoso. Aí vem outro *pendejo* — avisou, apontando com a cabeça.

Yohan dava uma imensa mordida no pão quando viu a figura atravessando o corredor de olhares curiosos, acompanhada por mais dois homens.

— Ei, eu conheço esse *pendejo* — disse ele para Nacho antes de se aproximar da grade para melhorar a visão.

Jaqueta de couro, queixo empinado e passos confiantes. Passaram pouco tempo juntos, mas Yohan não se confundiria a respeito do homem com aquelas características. Dante vinha escoltado por dois soldados armados, analisando cada uma das celas. Deu um largo sorriso quando viu o mecânico.

— Aqui está o campeão. — Então se virou para os homens que o acompanhavam. — A partir daqui eu me viro sozinho, pessoal. Podem nos deixar a sós.

— Cinco minutos — anunciou o soldado.

— Só isso? Parece que alguém aqui não está acostumado a satisfazer as mulheres — ele debochou do soldado. E completou quando recebeu um olhar mal-encarado de volta. — Está bem! Está bem! Eu entendi. Vai ser só uma rapidinha.

A escolta pessoal do mercenário retornou pelos corredores, deixando-o a sós com o mais novo guerreiro de Ruínas. Dante o avaliou de cima a baixo, depois soltou um assovio curto.

— Você está um lixo… — E logo riu, enquanto formava alguma piada sórdida na sua própria cabeça. — Mas tinha que ver o outro cara.

— Onde está o garoto? — foi a primeira coisa que Yohan perguntou.

— Ei! Não me olhe desse jeito, não sou um completo irresponsável. Ele tá vivo, tá legal. — Avaliou o interior da cela. — Tá melhor do que você.

Yohan fechou a cara para a resposta, apesar de estar aliviado por saber que sua jornada através daquela cidade amaldiçoada não tinha sido em vão. Aparentemente incapaz de contemplar o silêncio, Dante continuou:

— Eu não vou perguntar o que aconteceu, porque até já imagino o que foi. Então vou te perguntar: *como* aconteceu?

As mãos do mecânico apertaram as barras maciças da cela enquanto ele revisitava as memórias e, mesmo que soubesse não ser verdade, poderia jurar que o metal se torcia entre seus dedos. Formulou a história toda na cabeça e começou a contar de onde se lembrava.

— Chegamos até o local aonde a assassina precisava ir. Vigiamos ela o tempo todo, desde onde nos separamos até chegar à base militar. Cisco estava armado, contava o que tinha passado lá. Eu estava de olho nela, não desgrudei o olhar por um segundo sequer. Quando chegamos em frente a uma sala estranha, ela perguntou por um... — Tentou recordar a palavra que não era comum em seu vocabulário.

— Cientista? — sugeriu Dante.

— Exato. Cisco disse que havia ajudado ele a escapar. Pisquei os olhos e quando os abri de novo, Cisco sangrava pelo pescoço feito um animal, tinha uma lâmina enterrada na minha mão direita e ela já estava tentando me matar.

Dante escutava a história com as sobrancelhas elevadas, demonstrando um interesse sórdido, aguardando Yohan completar.

— Quando acordei, já estava aqui.

— Eu não vou dizer que te avisei, porque nós dois sabemos que eu te avisei. Lamento pelo seu amigo.

— Ela vai pagar — garantiu Yohan.

— Entra na fila, meu amigo. Você não é o primeiro. Ao que tudo indica, matar aquela mulher é como tentar matar a própria morte. Quanto mais longe ela ficar, melhor.

Yohan se aproximou da grade, encarando o mercenário diretamente nos olhos.

— Ela vai pagar.

Dante ergueu os braços.

— Vocês que se entendam, eu é que não quero estar por perto.

— Mas e quanto a vocês, como vieram parar aqui?

O mercenário fez uma careta.

— Topamos com uns babacas no deserto. Vários. Sorrateiros. Atacaram de surpresa. Altamente armados. Sem qualquer intenção de negociar.

— E o que vocês fizeram?

— Negociamos, ué. — Apontou com a cabeça para o fim do corredor. — Estou indo para uma corrida.

— Uma corrida? — Yohan ergueu uma sobrancelha.

— Acha que as pessoas só sentem adrenalina com sangue, socos e cabeças esmigalhando?

— O que acontece se você ganhar?

Ele hesitou para responder, algo que Yohan sabia que não era comum ao mercenário.

— Eu e o garoto estamos livres.

— E o que acontece se você não ganhar?

— Estaremos todos fodidos.

Dante apostava alto com a confiança de quem sabia que nunca perderia. Mas até quando essa confiança iria durar? Quantas vitórias seriam necessárias para manter uma pessoa apostando tão alto? Ou melhor, quantas derrotas para acabar com tudo? Se tinha uma coisa que Yohan havia aprendido com Cisco era que quem apostava alto deveria estar disposto a pagar, seja lá o que fosse.

— Idiota.

Dante riu.

— Me julgue. Você também está apostando a sua vida, mesmo que não perceba isso. A diferença entre nós é que eu fico livre se ganhar.

— Mas pelo menos não estou apostando a vida de ninguém.

— Acho que o bom Mike racha-crânios discordaria — rebateu Dante, rindo. — Não existe outro jeito, Yohan. Para alguém ganhar, alguém tem que perder.

O corredor foi preenchido com o som de passos: os soldados estavam voltando. O mercenário não fez uma cara muito agradável quando os viu, ciente de que talvez os cinco minutos tivessem se passado muito rápido.

— Mas não se preocupe, eu vou tirar a gente daqui — prometeu Dante.

— Vamos! — chamou um dos homens.

— Você? Por que me ajudaria? — perguntou Yohan.

Dante deu de ombros.

— E quem consertaria o meu carro? — Piscou e se virou para os soldados, que já o agarravam pelo braço. — Não precisa encostar em mim! Não é assim que se trata o melhor corredor de todos os tempos.

— Cala a boca, babaca!

Dante olhou por cima do ombro.

— Eu volto pra te contar como foi. Tente permanecer vivo, mecânico!

Yohan encostou a testa nas grades, acompanhando a saída do mercenário. Quem diria que estariam juntos na Cidade Fantasma, e logo depois em um lugar tão distante? Era tudo muito improvável. Mas e quanto ao garoto? Yohan sabia pouco sobre ele, apenas que era algum tipo de protegido do Homem de Ferro, e isso já era o suficiente para se importar com ele.

Nossas vidas estão todas por um fio.

Nacho escutava tudo da sua cela com muita atenção. Depois que Dante foi embora, ele deu um pequeno assovio para chamar a atenção do mecânico, a curiosidade quase não cabia dentro da sua cela.

— Você conhece esse cara, *hermano*?

Yohan sentou-se na cama com a cumbuca de caldo e o pão nas mãos e seguiu com a sua refeição.

— Não acho que "conhecer" seja a palavra. Passamos por algumas coisas juntos.

— Ele disse que vai tirar *usted* daqui. Confia nele?

— Se confio minha vida a ele? Nem um pouco. Mas se confio que ele pode vencer uma corrida? Sim. Vi do que ele teve que escapar naquela cidade, alguns carros não devem ser problema.

— Onde estava antes de vir parar aqui, *hermano*?

— Na Forja.

Nacho não esboçou qualquer reação.

— Não conhece a Forja? — Yohan parecia surpreso. — Deserto? Combustível?

Novamente uma negativa.

— De onde você é?

— Da Montanha da Caveira.

O nome não dizia nada para o mecânico. Sua vida era simples desde que... tudo aconteceu.

— Onde fica isso?

— Alguns dias de viagem a pé. Um pouco menos de carro. E a Forja?

— Não faço ideia. Simplesmente acordei aqui. Sei que estamos ao norte de onde estava, mas não saberia dizer o quanto. — Deu de ombros, ainda comendo.

Nacho apoiou os braços entre as grades da parte frontal da cela, ponderando a conversa toda. Usava uma calça cinza e uma camisa da mesma cor, ambas sujas e desbotadas.

— Ele estava enganado sobre uma coisa, *hermano* — disse, e deixou a frase no ar.

Yohan ergueu o olhar até o homem.

— Ah, é? Sobre o quê?

— Sobre ganhar a liberdade após a vitória. Ninguém sai livre daqui.

— Como pode ter certeza disso?

Nacho então lançou um olhar sério para Yohan.

— Mike é o guerreiro com mais vitórias de Ruínas. Ele parece livre para *usted*?

O mecânico ficou ponderando a resposta enquanto o outro chegou ainda mais perto da cela lateral e completou seu raciocínio com um tom bastante sombrio.

— Escuta o que eu digo, *muchacho*. Temos que escapar daqui ou vamos todos morrer.

Meredith

— E por que as pessoas ficam com essas manchas azuis? — perguntou a menina, enquanto caminhavam lado a lado.

A assassina suspirou.

— Eu não faço a menor ideia.

— Por que não verde, ou rosa? Eu gosto de rosa. Eu já vi um unicórnio rosa, até roxo. Mas não lembro de um unicórnio azul. Não azul-escuro desse jeito.

Meredith já estava arrependida de ter salvado a menina. Parecia que sua boca havia se aberto junto com aquele porão, e desde então ela não tinha parado de metralhar perguntas absurdas. Se Dante tivesse uma filha, com certeza seria essa garota irritante.

— Vamos fazer assim: quando encontrarmos outra daquelas coisas, e acho que vamos encontrar logo, você pergunta para ela por que não é rosa ou roxa igual a um unicórnio. O que me diz?

A garota avaliou a sugestão enquanto coçava o queixo e olhava ligeiramente para o céu.

— Mas essas coisas falam?

— Não.

— E por que elas não falam? Se a doença é na pele, não deveria afetar a voz, não acha? Meu tio Charles já ficou mal da garganta. Ele tossia até ficar roxo, mas não sei se ao contrário é possível... — A menina seguiu tagarelando sua história.

Meredith imaginou uma adaga atravessando o pescocinho da menina, fazendo todas as palavras se esvaírem com o sangue. Era um pensamento radical, até para ela, mas sua paciência tinha se esgotado junto com o combustível do carro. Agora enfrentavam uma estrada deserta e as placas indicavam que estavam a uma boa distância da próxima cidade grande.

O sol estava começando a se pôr e logo a noite chegaria. Ela teria que se proteger daquelas coisas malditas com algumas poucas balas e suas adagas. E agora tinha também aquela menina que falava sem parar e reclamava de tudo com frequência.

Por que não a deixei para trás?

Meredith estava se perguntando isso desde que saíram da casa. Depois que viu a menina escondida embaixo do assoalho, mandou que ela esperasse ali, arrastou o corpo da infectada que acreditava ser a mãe da menina para fora da casa e a chamou para sair. Por mais irritante que fosse, ela não merecia ver a mãe naquele estado, transformada em uma aberração sem vida e coberta de sangue. Nenhuma menina deveria ter que encarar aquilo.

Talvez fosse isso que tivesse criado aquela conexão inexplicável entre as duas: o reflexo do passado que Meredith gostaria de mudar, se pudesse. Ela não pôde deixar de pensar em quantas meninas estavam presenciando a morte de suas mães, ou pior, o contrário.

— Mas eu sei que quando eu vir minha mãe de novo, tudo vai ficar bem.

Meredith chegou a atrasar o passo.

— Ver sua mãe de novo?

— Sim. Ela disse que quando eu saísse do esconderijo, era para encontrá-la em Colina do Leste.

Sim. Para que você achasse alguém que cuidasse de você.

Por um momento, ela admirou a mulher. Mesmo sabendo que estava prestes a morrer, protegeu a filha da melhor forma possível e ainda lhe deu uma esperança de futuro. Sabia que, às vezes, as mentiras eram necessárias.

— Fica muito longe daqui? — quis saber a menina, colocando ingenuamente a mão na testa como se isso permitisse a ela vislumbrar o horizonte mais ao sul.

— Caminhando? Com certeza é longe.

A menina se animou, dando pequenos saltos, ficando na ponta dos pés.

— E aquela lá, que cidade é?

Meredith olhou o horizonte. Uma pequena cidade estava distribuída pelo vale, alguns quilômetros à frente. Era rodeada de destroços e não deveria ter mais de duzentas casas inteiras, mas ainda assim era alguma coisa. Poderia oferecer abrigo para uma pausa ou, em um caso mais crítico, para passar a noite.

— Não conheço esse lugar — admitiu Meredith —, mas pode ser que tenha algo bom lá.

— Será que tem comida? — A garota abraçou a barriga. — Estou morrendo de fome.

— Só chegando lá para descobrir.

Meredith não queria fazer falsas promessas para a garota. Na verdade, era mais provável que elas virassem comida. A cada passo que davam, o sol se escondia mais, como se tivesse abandonado as duas à própria sorte. Quando já era possível ver a primeira casa da cidade, a escuridão ganhava a batalha contra o sol, deixando um lusco-fusco alaranjado que a fez lembrar dos campos de trigo da sua casa.

A assassina parou de caminhar.

A menina tinha se cansado de falar, mas, mesmo assim, Meredith pediu silêncio. Aguçou os ouvidos para captar qualquer grunhido que pudesse denunciar a presença daquelas coisas. Escutara o suficiente na Cidade Fantasma para detectar o timbre de longe. E, conforme o esperado, ouviu um som rouco reverberar pelas ruas desertas. Agachou-se na estrada, encarando a menina com um dedo na frente dos lábios.

— Não faça barulho. Eles estão aqui.

— Eles quem? — perguntou ela em um sussurro.

Como Meredith descreveria? Pensou em como sua mãe conduziria aquela situação.

— Os monstros. Os monstros que levaram embora as pessoas da sua vila.

— Eu não sei bem ao certo como eles são. — A menina estava com os punhos cerrados, e sua voz trêmula denunciou medo. — Minha mãe só disse que tinham manchas azuis e eram bravos.

— São como pessoas, só que feias e barulhentas — explicou Meredith. — Não se preocupe, é só ficar perto de mim.

— Mas não temos ninguém para defender a gente — sussurrou a menina.

— *Eu* vou defender a gente — disse Meredith, arrancando um olhar admirado da menina, como se a pequenina não tivesse considerado aquilo possível até então.

Avançaram pela estrada empoeirada e cercada de árvores. Meredith com os passos silenciosos de uma assassina e a menina logo atrás, tentando imitá-la, colocando o peso do corpinho na ponta dos pés. A primeira casa do vilarejo foi crescendo conforme avançavam. A assassina conferiu a janela aberta e espiou além da parede lateral, avaliando o vilarejo mais adiante sob a pouca iluminação natural que ainda existia.

Havia corpos espalhados por todo o vilarejo. Alguns tinham sido infectados e outros pareciam ter morrido antes disso, com facas e machados enterrados nos crânios. Uma dezena daquelas criaturas vagava pelas ruas e algumas ainda se banqueteavam nos cadáveres. Meredith até pensou em puxar o rifle das costas, mas se recordou da horda que enfrentaram na subida do edifício. Poderia ter algum grupo próximo, escondido nas sombras, esperando apenas um estímulo para que as coisas corressem alucinadas atrás das duas. Teria que matá-los de forma sutil, o que, por sorte, era sua especialidade.

Ela se virou para trás e pela primeira vez desde que se encontraram observou sua companheira com atenção. A garota mordia o lábio inferior enquanto esfregava as mãos. As duas tranças que haviam sido feitas nos cabelos escuros estavam desgrenhadas agora, prestes a se desfazer. Tinha o rosto delicado de menina, com uma boca bem desenhada, bochechas coradas e olhos negros muito atentos. Ela usava uma calça rosa, que combinava com a mochila, e uma camiseta branca. Seus tênis eram escuros, a única coisa que destoava da naquela figura inocente.

— Haja o que houver, não grite. Você me entendeu?

— Por quê?

— Porque os monstros não enxergam, mas escutam muito bem.

— Ah, tá! — ela confirmou com a cabeça, usou uma chave imaginária para fechar a boca e depois a jogou fora.

A assassina olhou para a menina e sorriu. Não parecia ser tão irritante assim, afinal. Levou a mão dentro do sobretudo e puxou duas adagas. Deu um passo e o rifle em suas costas chacoalhou. Apesar de ser extremamente útil no caso de as coisas ficarem feias, a arma só a atrapalharia agora, então ela ativou a trava de segurança e entregou a arma para a menina, mesmo a contragosto.

— Fique aqui abaixada. Se algum monstro se aproximar, você larga a arma e corre.

Ela confirmou com a cabeça, abraçando o rifle com seus bracinhos magricelos. Meredith seguiu pela rua até chegar a um cruzamento, onde mais ruas se iniciavam para todos os lados. A primeira das criaturas era uma mulher e estava quase parada no meio do corredor entre as casas, olhando para o céu como se admirasse as estrelas. Tremia a cabeça em espasmos, farejando alguma coisa, soltando pequenos gritos engasgados. Meredith girou a faca na mão e apunhalou a nuca com um golpe certeiro. Com um suspiro, a mulher infectada desabou.

Meredith conferiu a menina ao longe, que sorriu e lhe fez um sinal positivo com o dedo, comemorando silenciosamente. A assassina apenas revirou os olhos.

Eu mereço.

Mais à frente havia outros dois infectados debatendo-se enquanto caminhavam. Soltavam pequenos grunhidos, quase como se estivessem conversando. Um usava roupas rasgadas e tinha a pele coberta de esfoliações; o outro vestia roupas novas com manchas de sangue perto do pescoço. A assassina avançou contra o primeiro e apunhalou sua cabeça com a mão esquerda, depois fez um giro com o corpo, arremessando uma adaga certeira contra a têmpora do segundo. Os dois desabaram.

Meredith conferiu as ruas mais adiante. Havia mais uma meia dúzia, mas distante o suficiente para fazê-la perder a menina e a arma de vista. Então ela fez um sinal e a pequena correu em sua direção, segurando o rifle com a mesma dificuldade que teria se estivesse carregando um terneiro nos braços. Ela tropeçou em uma pedra, cambaleou abraçada na arma e por um momento pareceu que ia se espatifar no chão, mas se recuperou a tempo e encarou Meredith com os olhos arregalados.

— Atrás de você! — gritou na direção da assassina.

Meredith se virou a tempo de ver duas fileiras de dentes prestes a se fecharem contra o seu pescoço. Ela apoiou o peso do infectado com o antebraço e enfiou a adaga por baixo do maxilar, enquanto a mão esquerda golpeava a têmpora com raiva. A criatura gritou antes do golpe fatal, chamando a atenção dos demais.

— Ali, naquela casa! — indicou para a menina, antes de se preparar para o combate.

O grupo vinha de duas frentes de ataque em diagonais opostas. Meredith contou cinco de um lado e mais quatro do outro. Tateou as adagas escondidas no sobretudo para saber quantos arremessos poderia fazer. Quatro, ao todo.

Venham, seus filhos da puta!

Aparentemente eram todos moradores daquele vilarejo, homens e mulheres que jamais teriam imaginado que fim suas vidas levariam. Corriam irritados e sem consciência, haviam de fato se tornado monstros.

A assassina recebeu o primeiro com um golpe no olho. A adaga atravessou o globo esbranquiçado, se enterrando quase até o cabo. Quando puxou a lâmina, a criatura caiu sem vida. Então ela abriu uma cascata de sangue no pescoço do segundo e sentiu dedos infectados agarrarem seu braço. Tentou se desvencilhar, mas outro deles voou contra a sua perna. Os outros estavam próximos.

Meredith aparou a mordida de um deles com a lâmina, enquanto sentiu outro maxilar se fechar sobre o couro da sua bota. A menina gritou alguma coisa na varanda da casa e os dois mais próximos passaram direto pela assassina, correndo na direção dela. A garota tentou atirar com o rifle, mas vendo que nenhuma bala sairia dali, correu para o interior escuro do casebre.

Não!

Meredith reuniu toda sua raiva e rasgou a boca do agressor, deixando o maxilar pendurado apenas pela carne. Usou o peso do corpo para afastá-lo, enterrou a lâmina na cabeça do que estava mordendo sua bota e liquidou o infectado da boca deslocada. Livre novamente, arremessou as adagas naqueles que perseguiam a menina, acertando precisamente a nuca de cada um deles. Os infectados caíram de joelhos e grunhiram qualquer coisa antes de morrerem de verdade.

A assassina se virou para acabar com os que faltavam e um deles se jogou contra ela, fazendo ambos desabarem no chão. Os três restantes, um deles ainda criança, foram em busca da menina. Meredith se livrou do ataque colocando o pé no peito do infectado e arremessando-o para o lado. Eliminou a ameaça e percebeu que os últimos estavam quase acessando a entrada da casa. Arremessou duas adagas. Uma achou seu alvo, mas a outra apenas arrancou uma lasca da parede de madeira.

Dois deles entraram e ela ouviu o grito apavorado da menina.

Meredith correu o máximo que pôde. Entrou na casa e tudo o que via era um borrão escuro, algo com o qual ela já estava acostumada. Avançou pelos cômodos guiada pelos gritos da menina, que tinha subido as escadas, seguida pelas criaturas. Por sorte não tinham tanta agilidade com degraus e a assassina conseguiu pegar uma delas antes de chegar ao patamar intermediário. Atacou o calcanhar, rasgando o tendão do infectado, impossibilitando-o de correr. Passou por ele, prometendo que já voltaria para dar fim à sua vida medíocre, e chegou no segundo andar.

O corredor estava muito escuro, mas ela conseguiu ver uma pequena silhueta se empurrando contra uma porta, em uma guerra de forças. A cada investida, um grito saía lá de dentro, cada vez mais apavorado. Na terceira investida a porta se abriu, jogando a menina para trás. A criança infectada encarou a pequena com olhos opacos e dentes à mostra. Quando foi pegar impulso para saltar, Meredith voou contra o seu corpo. O chão fez um baque surdo com a queda dos dois. Logo depois de caírem, Meredith já estava com a adaga nas mãos, golpeando com fúria e rasgando o pescoço do menino transformado em monstro.

Acabou com ele e foi até a escada liquidar a outra criatura. Conferiu os outros cômodos da casa e só então foi até o quarto para ver como estava a menina, que tinha se escondido embaixo da cama.

— Já pode sair daí. Eu acabei com eles.

— Tem certeza? Não tem mais lá fora?

— Pode ser que tenha e por isso mesmo que não podemos ficar.

A menina concordou e, com as suas mãozinhas, puxou o próprio corpo para fora da cama.

— Me desculpa — pediu ela, envergonhada.

— Pelo quê?

— Eu gritei.

Meredith se lembrou do infectado que havia se esgueirado até ela. Como havia chegado tão sorrateiramente? Por acaso ela estava perdendo o jeito ou a menina que a deixava vulnerável?

— Está tudo bem. Você fez o que foi preciso fazer. Vamos.

Meredith recolheu todas as adagas que havia lançado e as duas saíram silenciosamente do pequeno vilarejo, evitando um segundo grupo um pouco maior que circulava a área central. Os infectados vagavam na direção de onde elas estavam minutos antes e foi uma excelente decisão não ter passado a noite ali. Conseguiram apenas um velho pão sovado que estava criando mofo em uma das extremidades e um pedaço de queijo já ressequido pelo contato com o ar, mas serviria como refeição.

Depois de alguns minutos caminhando no sentido oposto do vilarejo, quando Meredith considerou que estavam a uma distância segura, puxou as adagas e começou a afiá-las, roçando uma lâmina na outra.

Seria ideal achar uma boa pedra para isso.

Talvez pela manhã procurasse uma pedra de amolar, comida, água. Mas por ora só pensava em descansar um pouco. Precisavam disso. Mereciam isso. Sentiu os dedos pequeninos puxarem o sobretudo.

— O que foi? — perguntou em um sussurro.

— O que é aquilo? — quis saber a menina.

Meredith estreitou os olhos. Um ponto luminoso de cores quentes se destacava na estrada mais adiante, em meio às árvores. Havia uma casa lá. Elas avançaram com cautela e descobriram que havia mais do que isso. Um homem assava um pequeno roedor espetado em um galho. Ao lado da fogueira havia um carro com indícios de que ainda funcionava. Meredith viu uma esperança ali e se agachou na frente da menina, encarando os grandes olhos negros.

— Você fica escondida aqui e eu vou falar com o dono daquele carro para ver se ele nos empresta, tudo bem?

— Por que tenho que ficar aqui?

— Porque dessa vez você não pode gritar, mesmo.

— E se alguma coisa acontecer com você? — perguntou a menina, com um tom quase desesperado.

— Não vai acontecer nada comigo.

— Você vai matar ele?

Meredith não respondeu. Apenas bagunçou os cabelos da menina, retirou uma adaga e caminhou furtivamente entre as árvores. Os pés desviavam de folhas secas e gravetos, evitando qualquer barulho que alertasse o homem. O rifle batia levemente em suas costas, mas preferiu levar consigo dessa vez. A escuridão tinha se formado havia algum tempo e, para uma pessoa normal, só era possível ver o ambiente em um raio de alguns passos da fogueira. Com o olhar acostumado à luminosidade das chamas, provavelmente o homem nem a veria se girasse a cabeça em sua direção. Ele estava virado para Meredith, o que a obrigou a fazer um contorno amplo ao redor da casa para surpreendê-lo por trás. O sujeito amolava uma faca de caça quando a assassina segurou o seu queixo com a mão e tocou o pescoço com o fio da adaga.

— Não se mexa ou eu abro o seu pescoço aqui mesmo.

O homem retesou o corpo e engoliu em seco. Os cabelos negros eram curtos e as roupas comuns. Talvez um sobrevivente do vilarejo por onde passaram, ou algo do tipo. Com movimentos muito lentos, ele esticou as mãos fechadas para cima, colocando-as bem à mostra.

— Estou largando a faca e a pedra.

Ele cumpriu o prometido.

— Para qual lado fica a Fortaleza de Vidro?

A cabeça dele girou um pouco, na intenção de ver quem era.

— O que você qu... — começou a perguntar.

— Não. Se. Mexa! — Meredith pressionou a adaga para dar mais ênfase nas palavras. Já tinha matado por muito menos.

O homem ficou paralisado e ergueu mais as mãos para demonstrar que queria cooperar.

— Ok, ok. Estou parado.

— Para qual lado?

— O que você quer lá?

— Isso não é da sua conta.

— Não vai conseguir entrar. Foram atacados recentemente, não estão aceitando ninguém.

— Como sabe disso?

Meredith avaliou as coisas ao redor da fogueira. Duas mochilas, dois pratos e apenas um homem. *Merda!* Das sombras surgiu uma mulher de cabelo púrpura, segurando uma pistola cromada na direção da cabeça da menina. Tinha aquele olhar de quem era capaz de fazer qualquer coisa.

— Solta ele ou eu espalho os miolos da sua filha pela grama agora mesmo.

— Ela não é a minha filha.

— Não me importa o que ela é, eu mato.

Meredith firmou o braço e a adaga no pescoço do homem. A outra só podia estar blefando. A garota lhe direcionava um olhar desesperado, com a boca coberta pela mão enluvada daquela mulher.

— Mataria uma criança? — perguntou Meredith.

— Você não mataria? — a mulher rebateu.

— Antes que a bala atravesse a cabeça dela, seu namorado aqui já vai estar engasgando com o próprio sangue.

— Ele não é meu namorado.

— Não me importa o que ele é, eu mato — ela devolveu.

— Mas antes que você pense em fugir, já terá uma bala alojada na sua cabeça.

— Depende do quanto você enxerga no escuro — retrucou Meredith, pensando no seu ponto forte. — Com esse seu cabelo, não será difícil de te acertar.

— Fox... — Envolvido no abraço de Meredith, o homem direcionou um olhar de súplica para aquela desconhecida.

Meredith mantinha contato visual com a mulher o tempo todo. Ela estava armada, parecia perigosa e disposta a fazer qualquer coisa. Alguma coisa nela lhe soava familiar, mas não sabia dizer o que era.

— Eu só quero a chave do carro. Então, o que vai ser, *Fox*?

A mulher deu um sorriso debochado do outro lado da fogueira.

— Depende do quanto você gosta dessa menina. Não vai aparecer no meio da noite e levar nosso carro de graça.

— Ela não tem importância para mim — declarou Meredith.

— Tudo bem...

Fox puxou o gatilho e a pistola deu um disparo seco.

— Não! — gritou Meredith.

Por sorte, a arma estava sem munição. Com o susto, deslizara levemente a adaga no pescoço do homem, abrindo um filete de sangue. Percebeu que a menina, antes assustada com a situação, agora chorava copiosamente. Fox sorriu.

— Que estranho... parece que ela importa, sim. Essa não estava carregada, mas essa...

Fox guardou a pistola e sacou outra. Parecia estar gostando daquele exibicionismo, mas seu movimento foi o suficiente para dar uma oportunidade a Meredith. A adaga voou na direção da arma, arrancando a pistola da mão da mulher. A assassina voou sobre a fogueira e mirou o pescoço dela. Fox teve que recuar para evitar o golpe e soltou a menina, caindo de costas na grama. Ela tentou se recuperar, mas o rifle de Meredith já estava apontado para o seu peito.

— Não. Se. Mexa — advertiu a assassina.

Meredith olhou para o homem e percebeu que se esticava para pegar uma carabina abaixo da mochila.

— Nem pense nisso! — Meredith gritou e ele congelou. Ela pensou em acabar com os dois ali mesmo, bastava um disparo para cada. Mas a menina a encarava com um olhar apavorado de reprovação, o que a fez saborear um sentimento que há muito não provava: culpa.

— Você está bem, garota?

A menina sacudiu a cabeça em confirmação. Meredith voltou a olhar para os dois.

— Eu só quero saber para que lado fica a Fortaleza de Vidro e que me entreguem a porra da chave do carro.

Dessa vez foi o homem que falou e ficou claro que ele não queria brincar com a vida de ninguém ali.

— Para sudeste, além do vale. — Apontou na direção da casa. — Aqui estão as chaves. — Ele enfiou a mão na mochila e um tilintar metálico se pronunciou.

— Atire para cá.

Ele obedeceu e Meredith ordenou que a menina pegasse a chave. Também ordenou que o homem amarrasse os braços e pernas de Fox, chutando as pistolas para longe. Eles hesitaram a princípio, mas o cano do rifle e o olhar determinado da assassina foram argumentos bem convincentes. A garota já havia embarcado no carro. Fox estava amarrada, exalando raiva, e o homem estava ajoelhado diante de Meredith, rendido, com as mãos erguidas.

— Eu teria estourado a cabeça dos dois. Agradeçam à menina por viverem mais um dia — disse ela, dando um golpe com a coronha no rosto do homem.

Ele caiu desmaiado e Meredith caminhou até a pistola de Fox.

— O que vai fazer? — perguntou a mulher, imobilizada no chão.

— Garantir que vocês terão problemas o suficiente para não nos seguir.

Ela deu um único disparo para o alto, mas o eco se espalhou em todas as direções. Não mataria aquelas pessoas na frente da menina, mas sabia que deixá-las viver poderia ser um problema futuro, então faria o serviço através de terceiros. Atirou as pistolas sobre as mochilas, entrou no carro e partiu junto com a menina. Logo chegaria à Fortaleza de Vidro, capturaria o homem, o levaria até Cassino e finalmente saberia mais a respeito do seu irmão.

Ele era o motivo de tudo isso, e Meredith faria o que fosse preciso para encontrá-lo.

O que fosse preciso.

Alan

— Alan! Alan!

A voz parecia distante, vinda do mundo dos sonhos. Ele quase podia ver Olivia chamando seu nome, a face como um vulto que logo foi engolido pelas chamas. Depois de queimar, o rosto dela mudou e de repente era Lila quem o chamava, com uma voz doce e sedutora. Mas algo terrível também aconteceu e a pele de seu rosto foi se tornando uma coisa azul e grotesca. Os olhos ficaram brancos, os dentes apodrecidos e subitamente uma bala explodiu a cabeça de Lila. De repente era outro rosto que o chamava. De pele negra, olhar cético e decidido e um cabelo peculiar, Fox clamava por ele.

— Alan! Acorda, seu filho da puta!

Alan recobrou os sentidos lentamente. O mundo estava começando a transição entre noite e dia, mas ainda estava bastante escuro. A fogueira não passava de um amontoado de brasas ainda incandescentes. Ele piscou outra vez. O golpe que havia recebido latejava, fazendo-o sentir dor desde o meio da bochecha até a base da testa. Teve sorte em não quebrar o nariz.

— Alan! Seu desgraçado!

Ele girou a cabeça para entender o que estava acontecendo. Sua visão ainda estava um pouco embaçada, então seus ouvidos ajudaram na tarefa. Junto com a voz desesperada de Fox havia um grunhido rouco que denotava raiva.

Grunhido!

Alan forçou a visão e então compreendeu. Fox estava deitada de costas no chão, usando as pernas para impedir o ataque de um infectado. Com os pés da mercenária em seu peito, a criatura tentava agarrar o rosto dela com as mãos cheias de manchas escuras. Então o corpo de Alan despertou como se tivessem injetado uma boa dose de café direto na veia.

Tateou o chão em busca da faca que estava amolando, partiu na direção dos dois e derrubou a criatura, golpeando-a na têmpora com violência. Os gritos que o infectado soltou enquanto morria eram agonizantes e altos o suficiente para serem escutados a uma boa distância.

Quando não houve mais movimento abaixo de si, Alan foi até Fox para libertá-la das amarras e um som que conhecia bem chamou a sua atenção.

— Rápido! É um grupo grande — advertiu Fox.

O escuro não permitia a ele ver muito além das primeiras árvores e talvez ainda demorasse umas boas horas para que o sol colaborasse com eles, mas podiam escutar diversos grunhidos, sedentos para atacá-los. Trabalhou o mais rápido que pôde para cortar as cordas dos punhos e tornozelos de Fox.

— Por que amarrou tão forte?

— Ela mataria nós dois se eu não amarrasse. — Ele a repreendeu com o olhar.

Estava iniciando o amolar da lâmina quando foi abordado e a faca não estava colaborando muito para cortar a corda. O som dos inúmeros pés golpeando o solo do bosque aumentou consideravelmente.

— Vamos, Alan! Vamos! Vamos! Vamos!

— Eu tô tentando, merda! — ele deixou escapar.

Liberou os tornozelos e ajudou a colocar Fox de pé. O grupo estava bem próximo agora, talvez a não mais de cinquenta passos. Alan desistiu de cortar as cordas dos punhos de Fox, entregando-lhe a faca.

— Corre pra dentro da casa.

— O quê?

— Anda!

Ela saiu correndo enquanto passava a lâmina nas cordas dos punhos amarrados atrás das costas. Alan teve apenas tempo suficiente para pegar a pistola no chão antes que o primeiro deles surgisse da escuridão. Aqueles olhos brancos eram sinistros e constantemente o recordavam de seus pais. Ele ergueu a arma prateada e explodiu a cabeça do infectado com o tiro. Fez o mesmo com os outros dois, um tiro certeiro para cada. Se esse ataque acontecesse alguns dias antes, ele provavelmente estaria paralisado de medo, mas depois de enfrentar o cientista dentro daquela armadura que o fazia parecer o próprio demônio, e saber que os infectados não passavam de pessoas doentes, ainda que em uma forma assustadora, sentia-se bastante confiante para lutar pela própria vida.

Alan correu em direção às mochilas, atirou as duas por cima do ombro, pegou sua carabina e foi em direção à casa. Ouviu os passos pesados atrás de si, mas decidiu não perder tempo contando os agressores. Tinham poucas balas, então que diferença faria se tivesse cinquenta ou cem deles? As contas não fechariam de qualquer forma. Fez a curva na casa de madeira e sentiu uma mão agarrando a alça da mochila. Ele girou para atirar na criatura, mas Fox foi mais rápida, enterrando a faca na cabeça do infectado.

— Quantos são? — ela perguntou.

— Não parei pra contar. — Alan atirou contra dois que surgiram, jogou uma mochila para ela e esticou o pescoço para ver além da parede. Havia pelo menos trinta deles passando pela fogueira como uma manada de búfalos e parecia vir mais saindo das árvores. — Merda!

— Quantos?

— O suficiente pra matar a gente. Entra na casa!

— E quanto tempo espera que essa casa os segure? Eu não vou morrer dentro de uma casa velha! — declarou Fox, correndo para longe da construção.

— Merda! — reclamou Alan, seguindo-a. — Quanto espera correr até que nos alcancem?

Fox perdeu um certo tempo buscando munição das pistolas na mochila. Carregou as duas armas, colocou nos coldres, ajustou a mochila e seguiu correndo. Tinham se distanciado mais de cem metros da casa e um leve movimento no pescoço foi o suficiente para avistarem o grupo contornando a velha construção de madeira. O número de infectados parecia ter duplicado.

— Jesus Cristo! Olha quantos! — exclamou Alan.

— Vai lá se esconder dentro da casa, vai — provocou Fox, ofegante.

— Parece que escapei da morte mais de uma vez em menos de uma hora… — ele reclamou.

— Sério que quer falar disso agora?

— Não sei se vou estar vivo até o rio.

— Cala a boca e corre, Alan.

Os dois serpentearam entre as árvores, buscando o interior da floresta. Os troncos afunilavam o ataque e retardariam o grupo, que parecia correr tanto quanto eles, ou mais. A infecção parecia transformar os malditos em velocistas incansáveis, então os dois teriam que usar algo que aparentemente os infectados não tinham: a inteligência.

Nós vamos morrer.

A carabina sacudia demais presa ao ombro. Alan puxou-a das costas e começou a correr com a arma nas mãos, como um soldado faria na guerra.

— Estão nos alcançando — constatou Fox.

— Temos que retardar o ataque.

Ao redor, havia apenas árvores para todo o local que se olhasse. Nas mochilas não havia qualquer tipo de explosivo que pudesse eliminar boa parte daqueles infelizes.

— E o seu uísque? — gritou Alan, se virando para atirar nos infectados da linha de frente.

— Eu não vou gastar meu uísque com esses filhos da puta!

— Se você morrer, não vai gastar com nada e, se virar um deles, vai carregar nessa mochila para o resto da vida.

Alan errou um dos tiros. Era difícil acertar os malditos em movimento. Três dos infectados caíram, outros tropeçaram logo atrás e o grupo teve um atraso quase imperceptível. Quando ele se virou para seguir correndo, viu que Fox preparava um coquetel molotov com a garrafa de uísque. Sua cara não estava nada boa.

— Não quero nenhum comentário!

Alan riu e seguiu correndo, sabia que seria importante ganhar uma dianteira para cobrir Fox caso precisasse. Ela recuou na direção da pequena horda e lançou a garrafa com um pedaço da blusa em chamas enfiada pelo gargalo. A garrafa explodiu no bolo que estava caído e ergueu algumas chamas instantaneamente, queimando vários deles. O fogo não se manteve por muito tempo e logo estavam sendo perseguidos novamente. Os que haviam contornado a árvore estavam bem próximos de Fox agora. A mercenária corria com as pistolas em punho, atirando naqueles que chegavam perto.

O fim da floresta estava próximo, o som do rio se intensificava e o sol começava a despertar no horizonte para ajudá-los. Só precisavam aguentar as pernas mais um pouco e talvez saíssem com vida. Com a carabina engatilhada, Alan apoiou a coronha no ombro, segurando a arma com firmeza enquanto mirava na direção de Fox. Um erro poderia matá-la, do mesmo modo que poderia ter acontecido com ele um pouco antes. A diferença entre os dois era que ele não apostaria vidas alheias com tanta facilidade. Alinhado com a mira, viu a mulher de cabelo lilás com dois perseguidores manchados de azul muito próximos.

Não erre, Alan.

Ele respirou, calculou o ponto futuro e puxou o gatilho. A carabina cuspiu a bala e ele viu o infectado girar o corpo no ar como se uma marreta tivesse arrebentado a sua cabeça. Percebendo que estava amparada, Fox se preocupou apenas em correr. Alan liquidou mais dois antes que a carabina exigisse mais munição para seguir fazendo o seu trabalho.

— Merda!

Ele começou a correr enquanto buscava mais balas na mochila. Recarregar a arma em movimento era horrível e qualquer descuido poderia fazer as balas ficarem pelo caminho. Alan encontrou um punhado dos projéteis cilíndricos no bolso de fora e começou a abastecer a janela de alimentação da arma. Fox passou voando por ele.

— Esquece isso e corre! O rio parece estar perto! — Ela estava ofegante, parecia exausta.

Certamente ganhariam velocidade se largassem as mochilas, mas o preço seria deixá-las para trás. Perderiam comida, mantimentos e munição. Eles não sabiam o que poderiam encontrar pela frente, então largar as mochilas não era uma opção. Alan empurrou a alavanca de armar da carabina e se virou para contra-atacar. Um infectado agarrou o cano da arma e acabou recebendo o disparo assustado no meio da cabeça. O corpo desabou ao lado de Alan, que percebeu não ter mais margem de distância entre eles e a horda. Fox eliminou os dois mais próximos e então eles correram como nunca.

Depois de passarem a última fileira de troncos, se depararam com uma estrada. Havia um caminho que levava a uma grande casa de dois andares e, atrás dela, o som indicava que o rio seguia seu leito. Eles nem pensaram muito, partiram na direção da casa. As pernas de Alan imploravam por um descanso e ele rezava silenciosamente para que não sofresse de câimbras justo naquele momento. Fox não parecia muito melhor do que ele.

— Essa casa é suficientemente nova para você? — reclamou Alan.

— Ainda prefiro o rio — disse ela, decidida.

No que poderia ser considerado o amplo quintal daquela propriedade, havia algumas pilhas de feno distribuídas aqui e ali. Alan olhou para uma delas e notou que estavam acompanhadas de galões de combustível. Do meio das árvores o grupo surgiu, tomando conta da estrada e seguindo os dois, sem a menor vontade de desistir. Alan olhou para a casa novamente e percebeu o sol refletindo em uma das janelas. Parecia ter alguém lá.

Isso aqui é uma armadilha.

— Fox!

Tentou chamar, mas não foi rápido o suficiente. Escutaram um disparo, a bala passou zunindo em seus ouvidos e cortou a atmosfera ao redor dos dois. Logo o som do metal sendo deformado pelo projétil ecoou atrás deles e uma das pilhas se incendiou, erguendo uma imensa labareda. O fogo seguiu por uma trilha e logo incendiou outra pilha, iniciando uma reação em cadeia que queimaria tudo por ali.

— A gente vai queimar aqui! — gritou Fox, exigindo urgência, como se Alan não estivesse a par da situação.

O grupo de infectados era recebido pelas chamas das três primeiras pilhas, que incendiaram boa parte deles. Os que não queimavam vivos seguiam a caçada, contornando o feno e partindo na direção da casa. Alan e Fox estavam mais perto agora e ele percebeu que havia pelo menos mais três linhas de feno para queimar à frente deles antes de chegarem à varanda de madeira. A porta da casa se abriu e surgiu uma figura munida de um poderoso rifle de precisão.

Alan achou que esse seria o fim. Um tiro para cada um e estava tudo acabado. Mas a figura gritou algo que o surpreendeu.

— Rápido! Pela ponte de madeira!

Os dois se olharam sem entender por um momento, mas conforme avançaram a orientação ficou mais clara. Havia uma tábua de madeira sobre o gramado visivelmente mexido. Fox pulou no último instante, seguida por Alan. Eles correram pela ponte, sentindo-a balançar perigosamente em algumas partes. Quando chegaram na varanda da casa do desconhecido, viram um homem jovem, talvez tão novo quanto Alan. Ele acompanhava o avanço do grupo com um misto de confiança e preocupação.

Os infectados que sobreviveram ao fogo ainda estavam em um número considerável, mas foram poucos os que correram sobre a tábua. O restante seguiu pela grama mexida e logo caiu em um fosso de altura considerável.

— Acabem com os que chegarem desse lado — ordenou o desconhecido, sumindo para o interior da casa.

— Mas eles vão escalar seu fosso! — bradou Fox.

Ele sequer ouviu, já tinha entrado.

Alan e Fox cuidaram das criaturas que conseguiram transpor a armadilha. Não eram muitas, pois a maioria caiu lá dentro. Economizaram tantas balas quanto foi possível, dando tiros certeiros em sua maioria.

O fosso lamacento tinha estacas que empalaram boa parte dos infectados, mas alguns deles teimavam em sair, enfiando seus dedos contra as paredes de terra. Antes que Alan e Fox pudessem pensar em qualquer estratégia, o desconhecido retornou, portando um grande lança-chamas. Caminhou até a beirada, apontou o bocal da arma para as criaturas e disparou um jato flamejante contra os remanescentes, queimando todos que sobraram.

Os gritos de agonia recordavam os três de que um dia aquelas coisas tinham sido pessoas normais, agora fadadas a essa condição monstruosa e deplorável. Ali, presos naquele buraco e ardendo em chamas, morriam mães, pais, filhos, amigos e irmãos.

O desconhecido virou as costas, entrou na casa e fechou a porta. Alan e Fox ainda assistiam aos espectros de fogo quando repararam que haviam ficado do lado de fora. A mercenária foi até a porta e deu três batidas de punho fechado.

— Ei, quem é você?

Demorou poucos segundos até que viesse um grito lá de dentro.

— Vão embora!

— Só queremos descansar um pouco — insistiu Fox.

— Descansem aí na área. Tem água no poço, atrás da casa.

Alan achou tudo aquilo uma perda de tempo. Certamente também não acolheria dois estranhos que chegassem em sua casa trazendo um grupo daquelas coisas.

— Deixa o cara, Fox. Ele não quer conversa.

Fox, que ainda batia na porta, parou o movimento da mão e encarou Alan.

— Fale por você. Todo mundo que está sozinho quer conversa, mesmo que não admita. — Ela se virou para a porta. — Ei! Está sozinho aí? Não vamos te fazer mal.

— Vão embora! Já salvei vocês e ofereci água, o que mais querem de mim?

— Comida? — sugeriu Fox.

A voz do estranho era aborrecida, quase lamuriosa.

— Não tenho quase nada de comida.

— E quer um pouco? — perguntou Fox.

— Fox! — reclamou Alan em um cochicho. — Mal temos pra gente.

— Cala a boca, Alan! — ela devolveu. — Vamos precisar dele.

— Pra quê?

Ela esticou os braços para as dezenas de infectados carbonizados logo atrás. Alguns deles ainda se mexiam, gemendo debilmente. Ele precisava admitir que o fogo era muito eficiente para matar aquelas coisas quando se tratava de quantidade. Ela caminhou até Alan, ficando tão perto a ponto de ele poder sentir seu cheiro. Aqueles olhos negros inquisitivos o fitavam enquanto a boca carnuda sibilava algumas palavras.

— Quantas balas você tem? — sussurrou Fox.

Alan pensou por um momento, mas não soube responder. Puxou a mochila, que havia rasgado uma alça durante a fuga, e conferiu os bolsos.

— Sete.

— E quão longe acha que vamos com sete balas, valentão? O cara tem um lança-chamas e um rifle de verdade. Então vê se não estraga tudo abrindo sua boca de novo.

O cara tem um rifle de verdade.

Aquilo doeu mais do que ele esperava. Perdera as contas de quantas vezes sua carabina tinha salvado Fox, e o que tinha recebido em troca? Uma adaga na garganta que quase fora fatal. Tocou o pescoço e sentiu o sangue seco próximo à ferida. Devolveu um olhar carrancudo para Fox, mas resolveu ficar quieto. Ainda conversariam sobre isso.

— O que vocês estão falando aí? — veio a voz lá de dentro.

Fox ergueu as sobrancelhas em sinal de triunfo. Foi até a porta e tentou executar seu tom de voz mais sedutor possível.

— Temos uma longa jornada até o Armazém. Não dá para descansar aqui fora, você sabe disso. Fazemos assim: eu te dou um pedaço de pão e queijo fresco e você nos deixa entrar para descansar por uma hora.

A proposta foi lançada e Fox esperou a resposta enquanto apoiava as mãos na parede de madeira. Ouviram um barulho atrás da porta, sinalizando que as trancas estavam sendo movidas. Uma fresta se abriu e o rosto do desconhecido apareceu.

— Você disse que vão até o Armazém?

— Sim — Fox respondeu, sorrindo de lábios fechados.

O sujeito lançou um olhar desconfiado para ela, depois para Alan, e resolveu deixá-los entrar, abrindo mais a passagem e fazendo um aceno de cabeça.

— Entrem.

Fox aceitou o convite e fez uma careta convencida para Alan, que a seguiu a contragosto.

— Como podemos chamar o cavalheiro que salvou nossas vidas? — perguntou Fox.

Para o estranho que ainda não conhecia seu tom debochado, aquelas palavras pareciam até lisonjeiras.

O homem tirou o rifle de precisão do ombro, analisando os dois de cima a baixo.

— Eric. Podem me chamar de Eric.

Ethan

As águas do rio nunca eram tranquilas. Ethan estava agachado no leito, lavando os braços e o rosto. Era um refresco para o calor insistente que havia por ali, como se o sol também quisesse desfrutar daquela tranquilidade. A correnteza lembrava muito o vilarejo pacífico da Floresta Proibida e seu povo peculiar. Ele pensou que se buscasse outro lugar para morar com Olivia, seria lá.

Talvez em outra vida.

Os cabelos loiros ainda pingavam o excesso de água quando ele se levantou. Ao seu redor, um pássaro construía sua casa em um galho alto da árvore, enquanto outro chilreava mais além. O ar puro revigorou os seus pulmões, trazendo uma saudade de casa. Subitamente ele pensou que mais uma vez estava prestes a abandonar a tranquilidade por causa do que lhe havia sido dito como destino.

Por que eu? Por que o meu destino?

Não parecia justo simplesmente ter que aceitar perder o que havia perdido, passar pelo que havia passado e se preparar pelo que estava por vir, apenas porque era seu destino. Olivia costumava dizer que as pessoas geralmente usavam o destino como desculpa para não fazer esforço, para não buscarem aquilo que queriam. Uma forma de aceitar a sorte. Ethan estava se esforçando, mas a situação parecia engoli-lo cada vez mais, como areia movediça.

Pessoas que temos que matar.

Seria ele capaz de matar alguém com uma justificativa vaga de que estava salvando tantas outras pessoas? Seria capaz de apontar a arma para a cabeça de outra pessoa e puxar o gatilho? De enterrar uma faca no coração de alguém? Percorreu o caminho de volta até a cabana refletindo sobre o que precisava fazer. Por que ele? Por que esse destino não havia sido escolhido para a assassina?

Seria muito mais fácil.

Mas não, ele tinha sido escolhido. Ele tinha se escolhido.

Atravessou o campo onde treinaram incansavelmente com as armas de fogo. As marcas ainda estavam nos alvos improvisados de Fiapo. Um relance, um único piscar de olhos e eles se transformaram em pessoas, perfuradas e ensanguentadas. Ethan balançou a cabeça e tudo voltou ao normal: madeira e sacos de areia.

Não posso deixar isso me consumir.

Quanto direito ele tinha de fraquejar? De se sentir incapaz? Poderia chegar até a cabana e dizer a Fiapo que não, não estava pronto e não iria com ele. Que encontraria o caminho de volta para a Floresta Proibida e iniciaria uma nova vida lá, longe de tudo e todos. A cabana estava próxima, com seu telhado de palha resistindo sob o sol. Ethan empurrou a porta e nem esperou para falar.

— Fiapo, eu mudei de ideia. Não quero mais ir com você.

— Ora, ora. Vejam quem chegou, se não é o fazendeiro?

Aquela voz inconfundível.

— Dante?

Além do mercenário, havia mais três pessoas reunidas na mesa. Fiapo, que o encarava com olhar de reprovação, a assassina de Cassino, ou sua irmã, como tinha descoberto recentemente, e um homem alto que estava de costas para ele, com ombros tão largos que parecia capaz de abraçar uma montanha. Esse último nem quis olhar para ele, mas Ethan imaginava quem era.

— O que fazem aqui?

— Viemos cumprir nosso destino, fazendeiro — respondeu Dante em uma reverência teatral.

— É ele? — perguntou a assassina.

— É, sim — respondeu Fiapo. — Não vê o sangue em suas mãos?

Ethan olhou para sua mão, que agarrava o cabo de uma faca banhada em sangue. Na mesa, um fio de sangue se desenhou no pescoço dos três visitantes e foi aumentando, transformando-se em uma cascata escarlate.

— Então você conseguiu — disse Dante, com o pescoço vertendo sangue, em um sorriso vermelho macabro.

— Eu não matei ninguém — defendeu-se Ethan e largou a faca, que repentinamente pareceu pesar toneladas.

— Parece que matou — rebateu a assassina, rindo em deboche.

Em uma fração de segundo ela se tornou Olivia, com o corpo envolvido pelas chamas, mas logo voltou a ser a assassina novamente.

Ethan recuou um passo.

— Eu não vou participar disso — declarou, olhando diretamente para Fiapo. — Diga ao Corvo para escolher outra pessoa.

Fiapo, que estava limpando o cano do seu rifle de precisão, quase alheio à conversa deles, apenas levantou o olhar sem qualquer tipo de emoção, apenas uma frieza inexpressiva.

— Sim, faça isso. E milhares de pessoas morrerão.

O sangue que descia pelo pescoço dos três repentinamente inverteu o seu fluxo, retornando para o ferimento. As feridas se fecharam como um passe de mágica e um som se iniciou do lado de fora da casa. Parecia um cântico, mas Ethan sabia que eram grunhidos.

Vários deles.

Abriu a porta e seu coração quase parou.

Começando ao redor da cabana e seguindo até onde a visão não alcançava, milhares, talvez milhões de pessoas infectadas o encaravam com olhares brancos de raiva e dentes à mostra, prontos para o ataque.

— Você dizia o que mesmo? — perguntou Dante, rindo. — Vamos lá, fazendeiro, é eles ou a gente. A escolha é fácil. Pegue a faca.

Os três se levantaram da mesa e caminharam na direção de Ethan. Ele recuou um passo, depois mais um. Viu a faca no chão. Não ia matar ninguém. Outro passo, agora mais perto. Ethan recuou de novo e um dos infectados o agarrou pelos ombros.

— Ei!

Ethan deu um salto e se deparou com Fiapo inclinado sobre ele. Estava deitado no quarto ainda escuro da cabana. Deixou a cabeça cair no travesseiro, massageando a testa.

— Você está bem? — perguntou Fiapo.

— Estou, sim. Foi só um... sonho ruim.

— Está amanhecendo, precisamos ir.

— Ah, claro.

Ele se sentou na cama, lembrando o que havia sonhado. Mais uma vez fora tão real que ele jamais imaginaria ser fruto da sua imaginação.

— Você tem pesadelos? — perguntou ele a Fiapo.

— Não.

— Você mata pessoas e não sente nada?

— Tanto quanto um criador de porcos sente matando um porco. É o que ele *precisa* fazer. Por que com pessoas seria diferente?

— Não sei, talvez porque *nós* somos pessoas?

— Os infectados também são. Não deveríamos matar eles, então?

Talvez Fiapo tivesse uma certa razão, mas ainda assim sua frieza o assombrou. Ethan imaginou que se o homem esguio precisasse matá-lo em qualquer ponto da jornada, não pensaria duas vezes. Fiapo abriu um sorriso, como se pudesse ler seus pensamentos.

— Arrume suas coisas, hora de partir.

A bela cabana no topo da colina havia ficado para trás. O sol mal teve tempo de se erguer além das montanhas e eles já estavam na estrada, ganhando velocidade sobre a moto silenciosa que deixava uma trilha de poeira. Ethan observou admirado o céu de tons roxo-alaranjado do amanhecer, carregado de nuvens espalhadas como algodão. Guardou aquele momento na lembrança, pois não sabia quando teria outra oportunidade.

Será que ainda serei capaz de apreciar essas coisas depois de matar alguém?

Melhor não pensar mais naquilo, pelo menos por ora.

A moto levantava uma trilha de poeira na vastidão seca do deserto. A transição do tapete verde que cobria a montanha para o terreno seco e arenoso do deserto foi tão brusca que pareceu mudar em um piscar de olhos. Ethan agarrava-se nos apoios da traseira da moto, empurrando o corpo para frente em busca de equilíbrio. O grande rifle de Fiapo estava amarrado às costas dele, com a coronha caindo à esquerda da moto e o grande cano de disparo elevando-se acima do seu ombro direito. Uma arma poderosa, sem dúvida. Ethan viu o que ela havia feito com os homens que o abordaram na estrada, rachando as cabeças como melão e atravessando os corpos como se fossem feitos de carne podre.

Logo se aproximaram da estrada principal. Não havia uma viva alma para qualquer um dos lados que olhassem, apenas o calor escaldante descendo sobre a areia e distorcendo a paisagem além, fazendo-a parecer uma miragem. Havia uma cidade no horizonte, a oeste. E outra mais ao norte. Pelo que Fiapo tinha mostrado no mapa, Ruínas ficava ainda mais longe, indo na direção do mar.

O deserto até podia ser um local hostil e repleto de perigos, como o sol, a falta de água, a areia chicoteando a pele e o frio extremo à noite, mas mesmo assim Ethan achou belíssimo. Havia beleza naquela aridez. Por um momento desejou que Olivia ainda estivesse viva para poder lhe contar sobre os lugares que estivera e as emoções que vivera, mas, principalmente, para dizer o quanto sentia a sua falta.

Queria que estivesse aqui.

Quando estavam a poucos quilômetros da cidade mais próxima, os tiros começaram. Primeiro, ecos distantes, que preenchiam o deserto, para depois se transformarem em estampidos secos que agrediam os tímpanos. Alguém portava uma metralhadora, denunciada pela repetição sonora. Fiapo encostou a moto na estrada, desceu e sacou o rifle das costas. Ethan também pegou o rifle de assalto que tinha recebido, mesmo ciente de que naquela distância ele pouco ajudaria.

— Lá é Ruínas? — perguntou Ethan.

Fiapo espiava a cidade através da mira telescópica do rifle de precisão.

— Não. Depois dessa, ainda há uma ou duas cidades até chegarmos lá.

— Consegue ver alguém?

— Não — respondeu Fiapo. — Estão escondidos, atirando uns contra os outros.

— Vamos ajudar?

— Não é essa a nossa guerra.

— Achei que nossa missão se tratava de salvar pessoas.

— Não entrando no meio de um tiroteio — respondeu Fiapo, paciente.

— Dá para contornar então?

— Sim. — Fiapo jogou o rifle às costas. — Só queria saber o que estava acontecendo.

— Eu vi alguns caminhões carregados de armas descendo a estrada pouco antes de te encontrar.

— Homens do Negociador.

— Por que levariam armas para o resto das cidades?

— Proteção. Criaram a demanda, agora vão criar a oferta.

— Proteção contra os infectados?

— Exato.

Fiapo subiu na moto e aguardou Ethan fazer o mesmo.

— Mas isso não é uma coisa boa?

— Depende.

— Depende do quê?

— De qual o preço disso.

Ethan subiu na moto, ainda ponderando sobre o assunto. Não conseguia entender como poderia ser ruim dispor de uma arma para se defender, ainda mais com aquelas coisas soltas por aí.

— Você já viu algum infectado?

— Já, sim.

— Onde?

— Na Cidade Fantasma. Estava infestada deles.

— E como eles são?

— Rápidos e incansáveis.

— E no futuro eles vencem?

— Prefiro entender que a humanidade é quem perde. De um jeito ou de outro. De novo.

Fiapo empurrou o pedal da moto para baixo e ela deu a partida. Girou o manete do acelerador e seguiram pelo deserto, contornando de longe a cidadezinha que ainda ecoava seus tiros. Ethan ficou observando para ver se entendia o que estava acontecendo e logo viu um homem ao longe. Parecia estar olhando de volta, enquanto se escondia na cobertura de uma das pequenas construções da cidade. A moto seguiu erguendo a trilha de poeira. Fiapo não olhou para trás, e Ethan também não.

Quando o sol estava no ponto mais alto do céu, eles resolveram parar em uma casa em ruínas para descansar. Revistaram todos os cômodos e, quando julgaram que era seguro fazer algum almoço, se reuniram na sala, cuja parede lateral havia sido destruída. Fiapo colocou alguns legumes no fogo enquanto massageava o pescoço. Ethan também sentia a viagem, suas pernas doíam e os braços latejavam nas juntas.

— Estamos muito longe de Ruínas? — perguntou Ethan quando recebeu a tigela com um pouco de batata com caldo.

Fiapo calculou a distância mentalmente.

— Um dia de viagem, talvez menos. Tudo depende do sol, não vai querer delirar no meio do deserto.

O fazendeiro dirigiu a atenção à comida. Partiu a batata com a colher, reuniu um pouco de caldo e levou até a boca, jogando de um canto para outro para não queimar a língua. Não estava lá muito temperada, mas pelo menos mataria a fome. O estômago agradeceu. Tinham passado tanto tempo sob tensão na estrada que ele nem percebera o quanto estava faminto.

Parece que tudo por aqui quer nos matar.

Fiapo fazia a refeição com calma. Não era um sujeito muito expressivo e parecia nunca perder o controle. Como isso era possível, se tratando de um homem tão jovem, era um mistério imenso. Mas Ethan até que gostava dele. Desde que saíra da fazenda em busca de vingança, Fiapo fora a melhor companhia dentre as poucas que teve. Era mais confiável que

Dante, falava mais que Oka e era mais elucidativo do que a projeção holográfica do Corvo, ainda que mantivesse o tom enigmático.

— Como entrou nisso?

O magricelo o observou enquanto fazia a pergunta, depois seguiu com a refeição, parecendo procurar as palavras certas.

— Ah... acho que foi inevitável — disse, como se isso respondesse à pergunta de forma contundente.

— Você acredita no Corvo?

Fiapo nem pensou para responder.

— Acredito. Está tudo acontecendo como ele disse.

— E como ele sabe? Digo... Como pode saber o que vai acontecer?

— Eu não tenho todas as respostas. Tudo o que sei é que preciso te levar em segurança e você é a chave para tudo isso.

— Isso é o suficiente para você?

Fiapo refletiu um pouco.

— Você acredita em Deus, Ethan?

— Acredito.

— Que provas você tem de que um Deus existe? Ou que o destino manipula os acontecimentos de forma arbitrária para seguir sua vontade? Mesmo assim as pessoas acreditam em Deus e também acreditam no destino, não é verdade? Eu acho que tentamos encontrar tanto sentido para as coisas que, quando não conseguimos, deixamos ao encargo de algo maior para que isso nos traga paz. Então, sim, é o suficiente para mim.

Fazia sentido. Em muitas das missas de que participara na igreja, havia presenciado diversas vezes pessoas sendo curadas pela fé, acreditando com tanta força que Deus estava fazendo milagres nelas que aquilo realmente acontecia. Por um momento, sentiu-se envergonhado de questionar tanto uma pessoa que inspirava tanta confiança em outras, mas talvez a forma como havia sido arrastado para tudo aquilo tenha colaborado um pouco.

— Você também perdeu alguém, Fiapo?

Fiapo parou de comer. Pareceu atingido por alguma lembrança amarga demais. Pela primeira vez desde que se conheceram, ele encarou Ethan com um olhar triste e balançou a cabeça positivamente.

— Lamento — disse Ethan.

— Você precisa fazer mais do que lamentar, precisa mudar as coisas.

Um som entrou na velha casa pelo buraco que um dia tinha sido a janela. Um ronco alto, um tanto distante. Fiapo deixou a caneca que estava usando como prato de lado e espiou escondido. Voltou até a mochila, pegou o rifle de precisão que repousava encostado na parede decrépita e mirou lá fora. Ethan sentiu seu coração acelerar.

— Estão vindo pra cá?

— É o que parece.

— Você acha que querem nos matar?

— Trazer água é que não é. — Fiapo riu com o canto da boca. — Provavelmente eles estavam naquela cidade. Devem ter seguido o nosso rastro.

Ethan se levantou e largou o resto da batata sobre um móvel de madeira carcomido pelos cupins.

— O que vamos fazer?

Fiapo apontou para o rifle de assalto com a cabeça.

— Vamos escutar o que eles têm a dizer e depois veremos o que você aprendeu.

Aquilo foi difícil de escutar. Eram pessoas que estavam vindo ali, ainda que com más intenções. Mas eram pessoas. Ethan se lembrou de todos que conhecia e quantos realmente mereciam uma bala na cabeça. Não conseguiu pensar em um único nome sequer.

De repente fica mais fácil se eu não os conhecer.

Estavam mais perto agora. Ele se aproximou de Fiapo e espiou pela parede também. Viu dois rastros de poeira se aproximando com velocidade. Apoiou as costas na parede crua da casa, engatilhou a arma e fez uma breve oração. Se fosse para acreditar em alguma entidade superior, por ora seria naquela que sempre acreditou.

Que eles passem e vão embora. Que eles passem e vão embora.

O som ficou absurdamente alto pela falta surdina nos veículos e subitamente parou a uma boa distância da casa. Ouviram vozes e os passos de pessoas descendo dos veículos. Fiapo estava encolhido para não deixar qualquer parte do corpo vulnerável. Segurava o rifle com carinho e olhava para o chão, concentrado.

— Aí, seus otários! Vimos vocês vindo pra cá em uma moto. Sabemos que estão aí.

Ethan trocou olhares com Fiapo, que nada respondeu. Uma bala ricocheteou na parede do lado de fora, depois veio o eco do tiro e a risada do homem.

— Não vão falar nada, seus merdas? Abram o bico ou a gente enche vocês de bala.

Trocaram olhares novamente e o magricela fez um sinal positivo com a cabeça, indicando a Ethan para que falasse algo. Ele hesitou, mas um novo movimento o fez tomar coragem.

— O que vocês querem? — gritou, ainda escondido.

— A-rá! Eu não falei pra vocês, cambada? — disse o homem para os demais. Depois se direcionou para a casa novamente. — Nós queremos negociar.

Ethan tinha encontrado um furo na parede para espiar. Além do homem que parecia ser o líder do bando e andava de um lado para outro, havia mais seis homens, todos armados e com cara de poucos amigos. Estavam muito mais longe do que os alvos com que Ethan havia treinado, e ele se perguntava como acertaria qualquer um deles.

Como vamos ganhar?

Fiapo estava do outro lado da parede, preparando o rifle para a batalha, e parecia muito confiante. Ethan presenciara o que ele era capaz de fazer, mas os homens de antes estavam desarmados. Será que ele era tão bom quando havia balas voando de volta?

— Negociar o quê?

— Qualquer coisa que vocês tenham pra dar — respondeu o homem. — Na verdade, tudo o que vocês têm para dar. A moto, comida, mochilas. Queremos tudo.

— O que ganhamos com isso? — perguntou Ethan, mesmo que já soubesse a resposta.

— Vamos deixar vocês fugirem a pé. Se conseguirem chegar na próxima cidade, ficam com suas vidas. Muito justo, não acham?

— Eram vocês que estavam na cidade mais atrás? — perguntou Fiapo, colocando mais duas munições do tamanho de um dedo médio na câmara do rifle.

Houve risos entre o grupo.

— Era a gente, sim, ô babaca!

— Qual o motivo dos tiros?

Pelo buraco da parede, Ethan viu o homem erguer as mãos e dar de ombros.

— Eles não quiseram negociar.

— Nós também não queremos.

— Bom... — O homem fez um sinal para os outros e eles dispersaram. Ethan sentiu o estômago embrulhar e avaliou as velhas paredes, sem saber se aguentariam o tiroteio. Pelo aspecto farelento, supôs que não. — ... então não tem negócio. Mas só vou avisar uma coisa...

Fiapo se levantou, mirou e puxou o gatilho. Um estrondo ecoou pelo deserto e a bala saiu em disparada com um assovio. Antes que o homem pudesse dizer mais uma palavra sequer, ela já tinha atravessado a cara, quebrando o osso do nariz, espatifando carne e espalhando pedaços do cérebro longe. O homem nem percebeu que havia morrido. Segundos depois, seu corpo desabou.

— Filhos da puta! — veio um grito.

Então choveram balas sobre a casa.

A parede que cobria os dois começou a esfarelar, derrubando lascas de tijolo e poeira sobre a cabeça dos dois. Ethan se encolheu e tentou enxergar algo no meio da confusão, mas tinha a sensação de que se espichasse a cabeça o mínimo que fosse para espiar, levaria uma bala no meio da testa. Do outro lado, Fiapo estava encolhido, aguardando a recarga das armas, sem qualquer expressão de medo ou preocupação, apenas uma paciência resignada. Quando os tiros pararam, ele se levantou, mirou e puxou o gatilho. A máquina de matar em suas mãos soltou um estrondo e alguém gritou lá fora. Fiapo buscou cobertura novamente, puxou o ferrolho da arma para substituir a bala, fazendo voar uma cápsula vazia, e fez um aceno positivo para Ethan.

Implacável. Frio. Letal.

Ethan então encontrou coragem para atirar. Saiu da cobertura e puxou o gatilho do rifle semiautomático. A arma tremeu em seus braços e parecia bem mais difícil de controlar agora. Viu os tiros levantarem poeira no solo arenoso mais adiante e tentou conduzir os próximos até a elevação de pedras onde dois deles buscavam cobertura. Um disparo arrancou um tijolo bem perto dos seus olhos e ele caiu por instinto, encolhendo-se novamente. Lá fora, um dos que tinha se movimentado à direita deles gritava insultos sem parar.

— Quantos você viu? — perguntou Fiapo, parecendo mais curioso do que decepcionado.

— Dois — respondeu Ethan, ainda limpando a poeira dos olhos.

Fiapo deu mais um disparo e silenciou o que estava gritando.

— Estão nos cercando — disse Fiapo. — Ainda tem quatro deles por aí.

O fazendeiro começou a olhar para todos os lados como se a casa estivesse sendo invadida. Lembrou que não havia porta no cômodo dos fundos, as janelas remanescentes eram compostas por um vidro frágil que parecia ter ficado ainda mais fino com a ação do tempo e uma parte do telhado estava quebrada, coisas que permitiam facilmente o acesso daqueles homens. A parede às suas costas começou a trepidar e Ethan se afastou a tempo de não levar uma das balas que a atravessaram e se perderam na parede oposta. Sem apoio, a parede desabou, expondo aquele canto da casa.

— Pra cá! — chamou Fiapo, movendo-se para um segundo cômodo.

Ethan se arrastou até lá, rezando para não ser acertado enquanto ouvia as balas zunirem acima da sua cabeça. Quando estava perto da porta,

Fiapo o agarrou pela gola da camisa e o arrastou para dentro. Era forte para um homem tão magricela.

— Preciso que distraia eles.

— Como faço isso?

Fiapo deu um sorriso de canto de boca.

— É só tentar matá-los.

Depois de buscar cobertura, Ethan apontou a arma para fora e atirou a esmo, sem conseguir mirar muito bem. Fiapo saiu dali, foi até um dos quartos e disparou duas vezes. Não houve gritos dessa vez, mas considerando a precisão do magricela, era bem provável que só tivessem restado dois homens para matar. Ethan estava abraçado na arma quando o outro voltou agachado.

Um silêncio se fez lá na rua.

— Vão nos atacar pela porta de trás — avisou Fiapo, olhando além da janela. — Vem comigo.

Seguiram abaixados pela sala repleta de detritos, os pés atritando os pedaços de reboco no chão. Os ouvidos ainda zuniam, tentando voltar à normalidade. Fiapo o conduziu para fora da sala pelo amplo buraco que os homens haviam aberto após derrubarem a parede principal. A que havia ficado de pé parecia um grande pedaço de queijo. Conferiram ambos os lados. Nada. Estavam bem escondidos, onde quer que fosse.

Esgueiraram-se na direção dos carros. As mãos de Ethan suavam sem parar, deixando a empunhadura da arma escorregadia o suficiente para dificultar o manejo. O calor lá fora era opressor, uma força invisível que empurrava cada fibra do corpo para o chão. Só se escutava o vento assoviando agora. Os corpos dos homens estavam ali, inertes. Aquele que chegara falando, cheio de atitude e confiança, jazia no chão agora, com a cabeça aberta espalhando uma massa ensanguentada que um dia fora o cérebro.

— Onde estão? — Ethan sussurrou a pergunta.

Fiapo os procurava através da mira telescópica, girando sobre os pés. Quando o cano da arma ficou apontado para a parede da qual saíram, ele deu um disparo. A bala encontrou o peito do homem e o jogou para dentro da casa. Aquele jamais se levantaria outra vez.

O último que sobrou começou a correr para longe da casa, para longe deles. Fiapo acompanhou a corrida desesperada do homem com sua mira telescópica. Repentinamente, pareceu repensar a morte dele, abaixou levemente o rifle de precisão e disparou. Um esguicho de sangue saiu da perna do homem no local onde a bala atravessou e ele caiu aos berros no meio do deserto.

Ele errou?

Fiapo o encarou, apoiando o rifle nas costas.

— Esse é seu.

Ethan olhou para ele e depois para onde o homem estava. Engoliu em seco e caminhou até lá, determinado. Os gritos aumentavam conforme ele se aproximava. Quando o homem entendeu o que estava por vir, puxou a sua metralhadora, mas antes que pudesse mirar, ela foi arrancada de suas mãos com outro tiro de Fiapo. Então seus olhos se arregalaram ao encontrar os de Ethan.

— Não! Por favor, não! Eu lhe imploro! — Apontou para os carros. — Tem moedas de cobre lá. Um monte. E comida! É comida que vocês querem, não é?

O fazendeiro continuou caminhando, deixando o homem ainda mais desesperado, sua perna sangrava muito. Seu destino era a morte, mesmo que Ethan não fizesse nada.

— Tem galões de combustível! Não vai encontrar nada disso por aí! É tudo de vocês! Só levar.

Ethan apontou a arma para ele. Era um homem comum: nariz adunco, dentes tortos, olhos negros e cabelos ralos, com uma calça jeans um tanto surrada e uma camiseta vermelha. Os pés estavam calçados por tênis de corrida e tinha um coldre vazio no cinto. Estranho como os detalhes podiam ser tão perceptíveis agora. Diante do derradeiro fim, o homem começou a chorar.

Ethan sentiu um aperto no peito.

— Não! Por favor! Eu tenho família! Tenho uma mulher me esperando!

Eu também tinha.

Puxou o gatilho. O disparo foi seco e jogou a cabeça do homem para trás.

Um espirro de sangue manchou a areia, formando um leque que iniciava na nuca.

Estava feito.

O estômago do fazendeiro não estava preparado para aquilo, talvez nunca estaria. Em um impulso, ele vomitou perto dos próprios pés. Logo recebeu dois tapinhas nas costas. Era Fiapo. Nem o tinha visto chegar.

— Já passei por isso. Mas não se preocupe, você se acostuma.

Ethan passou a língua na boca e cuspiu no chão, tentando tirar o gosto azedo.

— Você acha?

— Você não tem escolha, vai ter de se acostumar.

Dante

O garoto me ferrou dessa vez.

— Como assim as coisas mudaram? — perguntou Dante com as mãos sobre a mesa de Stephen.

— Você não tinha me dito que o garoto era um lutador magnífico. Eu o quero na arena.

Porra! Agora fodeu.

Dante tinha tudo sob controle. Bastava ganhar três corridas e ele tiraria os dois daquela cidade maldita. Mas o garoto precisava dar uma demonstração do seu dom de fatiar as pessoas no meio e agora estavam naquela enrascada.

— Vai faltar com sua palavra, Stephen? — Ele sabia que muitos homens eram orgulhosos a ponto de não aceitarem ter a honra ferida, então talvez pudesse dar certo com Stephen.

— Não me venha com moralismo barato. Nós dois sabemos que, se existe uma pessoa em Ruínas que não pode falar sobre cumprir com a palavra, é você.

Mas eu sempre cumpro, apenas demora mais às vezes. Bem mais.

O silêncio pairou no escritório. Na porta, o segurança mascava um palito e foi possível ouvir a madeira se rachando entre as fileiras de dentes. O dia estava quente, parecia que o sol estava disposto a derreter cada pedaço da cidade. Faltava menos de uma hora para a corrida e Dante precisava ir com as melhores chances possíveis.

— Então, como ficamos agora?

Seu miserável filho da puta.

Stephen girou a cadeira e apoiou um pé na mesa, cruzando o outro por cima logo em seguida. Sabia que estava no controle da situação.

— Você corre pela sua liberdade. Se ganhar as três, leva o carro junto.

— Nada feito — rebateu Dante. — Corro duas apenas, até prefiro assim.

— Não está em posição de discordar.

— Não me interessa! Eu não negociei com uma criança ou uma prostituta. Honre a sua palavra, seu filho da puta. — As palavras saíram em um tom mais seco do que planejara.

Stephen fechou a cara e se levantou, apoiando os dois punhos na mesa.

Se eu não levar uma bala na cara agora, já estou no lucro.

— Você corre pela sua vida. Se quiser o garoto, terá que correr outra corrida que estou preparando. É pegar ou largar.

Puta que pariu. Será que ele me aceita no recrutamento se eu disser que mudei de ideia?

— Tudo bem. — Dante estendeu a mão para Stephen. — Fique com a sua corrida. Não tenho compromisso nenhum com o garoto.

— Lembre que se você perder...— Stephen colocou um revólver sobre a mesa.

Dante fez um aceno positivo e sorriu para o homem que comandava Ruínas.

— Nada como um bom argumento para dar motivação.

Estou fodido, muito fodido.

Na verdade, nada disso teria acontecido se o garoto não tivesse perdido a cabeça na noite anterior. Matar seis homens? No que estava pensando? E o pior era que o desgraçado não se lembrava de nada.

Eu já fiquei de ressaca, até dormi com mulher feia, mas nada nesse nível.

Não. Ele não tinha bebido. Tinha algo que esse garoto não estava contando. Dante deixou a sala de Stephen e perambulou pelos corredores, pensando no que faria. Não importava onde estivesse, era sempre vigiado. Não o acompanhavam no banheiro, mas sempre ficava um na porta.

Como eu poderia escapar daqui levando um garoto com espadas assassinas e um carro de alta cilindrada? Ah! E a coruja, não podemos esquecer a coruja.

Automaticamente ele olhou para o céu. Pelo que se lembrava, fazia pelo menos dois dias que não via a pequena ave. Mas sabia que ela circulava por lá, pois escutava o piado à noite, acima dos alojamentos que estavam. Dante entrou no carro e foi conduzido até o alojamento principal. Pediu para falar com o garoto antes da corrida e foi atendido. Quando entrou no quarto, Mordecai apresentava um semblante abatido. Estava sentado em uma cadeira, com as mãos e os pés amarrados. O garoto ergueu o olhar para Dante, com certo brilho de esperança.

— E então, como foi?

Dante soltou um suspiro, arrastou um banco e se sentou na sua frente.

— Se quer a versão resumida, estamos fodidos.

— Como assim, o que aconteceu? — Mordecai o encarava atentamente com seus olhos negros.

— Digamos que ele não aceitou bem o fato de você ter retalhado a guarda pessoal dele.

— Vão nos matar? Vão matar você por causa disso? — O garoto parecia genuinamente preocupado pela probabilidade de causar mal a Dante. O mercenário apreciou isso, é o que faria um bom amigo.

Não é o que eu faria, mas eu não sou um bom amigo.

— Talvez. Não sei ao certo. Ele quer que você lute nas arenas.

— Lutar? — Mordecai estava incrédulo. — Eu não sei lutar.

É só encarnar o demônio e sair matando, que nem você fez na noite passada, meu chapa.

— Depois de matar seis mercenários, o Stephen acha que você sabe — Dante deu de ombros. — Mas nem tudo está perdido, pelo menos não para você. Vou correr daqui a pouco, se eu ganhar três corridas, estaremos livres.

Mordecai ergueu as sobrancelhas, surpreso.

— Que ótima notícia! Contra quem você vai correr?

— É... basicamente contra todos os corredores do Stephen.

— São muitos?

— Uns vinte, eu acho.

O olhar de felicidade do garoto desmoronou como um castelo de cartas golpeado pelo vento.

— Ah...

Como assim "ah", seu merdinha? Eu sou sua melhor chance!

— Não se preocupe. Escapamos de milhares daquelas coisas azuis. Vinte idiotas que nem sabem dirigir não serão problema.

Mordecai ponderou a afirmação, tentando se convencer disso.

— Mas você não fez nada, por que tem que correr?

— Eles disseram que conhecem a minha fama, então eu meio que fui obrigado a mostrar do que sou capaz — respondeu Dante, com certo pesar. Não gostava de se sentir preso, apesar de estar sempre em dívida com alguém. — Isso que nem me viram correr ainda!

Ele riu, tentando disfarçar a preocupação. Mordecai refletiu o que aquelas palavras realmente queriam dizer.

— Você fez isso para me salvar? Está correndo por minha causa?

Dante foi pego de surpresa. A resposta mais certa e rápida seria "sim", mas estava tentando se lembrar quantas vezes na vida tinha feito isso.

Quantas vezes havia arriscado a própria vida para salvar uma pessoa? De forma consciente e intencional, talvez nenhuma. E isso o deixava preocupado a ponto de não ter uma palavra em seu arsenal infindável para formular uma resposta.

A verdade é que estou correndo por mim e Johnny. Isso nunca vai mudar.

— Eu te coloquei nessa — respondeu por fim. — E vou te tirar.

Não soube se foi o que disse ou a forma como disse, mas o garoto ficou com os olhos marejados, depois fungou e esticou a mão amarrada para o mercenário.

— Ninguém nunca fez isso por mim antes. Obrigado.

Pra quem não acreditava em mim, você até que parece bem confiante agora. É uma pena que nada do que eu disse seja verdade, mas eu realmente queria te salvar.

Dante não apertou a mão enluvada do garoto.

— Não me agradeça, eu não ganhei nada. Ainda. Mais tarde eu volto para apertar a sua mão.

Ele se levantou e caminhou até a porta, onde um dos homens o aguardava para levá-lo até a área da corrida.

— Ah, garoto... — Mordecai ergueu a cabeça para ele. — Dê um jeito de conversar com a sua *coruja*, ela deve estar com saudades.

Mordecai acenou a cabeça, dando a entender que tinha captado o código. Pois o garoto precisaria de um plano B caso Dante falhasse. Não que cogitasse cruzar a linha de chegada em qualquer outra posição além do primeiro colocado, mas Stephen não parecia o tipo de pessoa que jogava para perder. Tinha que estar preparado para qualquer coisa.

Foi levado até o centro da cidade. Diversas ruas já haviam sido fechadas com entulhos, tonéis e carcaças de veículos para a grande corrida, anunciada desde os primeiros eventos como uma das maiores atrações de Ruínas. O povo já estava reunido. Aqueles que queriam acompanhar a ação mais de perto ficavam nas calçadas, próximos à pista, e os que buscavam uma visão mais privilegiada subiam nos prédios deteriorados.

Os carros ficavam a duas ruas paralelas à avenida principal, onde seria a largada, em um grande galpão coberto. Quando eles entraram, Dante viu o nível de profissionalismo daquela competição. Boa parte dos pilotos contava com carros feitos exclusivamente para a corrida, modelos antigos, com chassi aerodinâmico e motores cujo bloco aparecia sobre o capô.

Johnny repousava em um canto próximo à entrada, destoando dos demais, sob os olhares curiosos dos outros corredores. Quando Dante viu seu precioso carro, mal pôde conter a empolgação, e correu para um carinhoso abraço.

— Estão olhando o quê, seus filhos da puta? — perguntou, direcionando o dedo do meio para os curiosos.

Aproveitem para ver ele pela frente, pois assim que a corrida começar, vocês verão apenas as sinaleiras no meio da poeira.

Dante foi avisado de que a corrida começaria em menos de quinze minutos e deu uma volta no carro, fazendo uma verificação completa. Acreditava que Stephen poderia tentar derrotá-lo de duas formas: sabotando o carro ou fazendo com que os competidores o tirassem da corrida. Ele ligou o potente motor e viu os adversários se impressionarem com o ronco. Acelerou três vezes com o pé no fundo do pedal para dar a eles uma amostra do que estava por vir. Aparentemente estava tudo certo com o carro, o que eliminava a primeira alternativa. Então provavelmente teria que tomar cuidado com a segunda.

— E aí? Quem de vocês vai ser o segundo colocado?

Eles o encararam com uma expressão fechada e ninguém respondeu.

Será uma excelente corrida, pensou Dante, divertido.

Quando chegou o horário, eles foram conduzidos em fila até a largada. Atravessaram dois quarteirões de prédios semidestruídos e chegaram em frente ao público, que gritava enlouquecido. O narrador dava seu show no microfone enquanto os carros se posicionavam lado a lado em linhas duplas, apresentando cada um dos carros que voariam pelas ruas devastadas de Ruínas. Dante pensou que aquele era um sujeito que valia a pena conhecer. Ele e seu Dodge Challenger sequer foram apresentados aos espectadores.

Deixe estar, narrador otário. Eles vão saber quem eu sou.

A cada competidor, gritos eufóricos vinham das arquibancadas. As lutas eram um bom entretenimento, mas quem não gostava de velocidade? Como esperava, Dante ficou na última fila de carros e, através do narrador, descobriu que teriam que dar três voltas pelo circuito de cinco quilômetros no meio da cidade. Os motores já roncavam, ansiosos pela partida, aguardando apenas o sinal para deslizarem aquela diversidade de chassis por uma cidade empoeirada e divertir algumas centenas de pessoas. Ou seriam milhares?

Um homem posicionado ao lado da linha de partida ergueu uma pistola para o alto.

Eu vou acabar com vocês, seus filhos da puta!

Dante fez o motor de Johnny rugir. O narrador preparou o público para a arrancada.

Vocês sentirão o gosto da poeira.

O gatilho foi puxado e a bala desapareceu no céu, ecoando contra o concreto castigado dos prédios e contra os tímpanos dos espectadores. Logo após, os giros dos motores se elevaram, transformando a força da combustão em tração assim que os pedais dos freios foram liberados. A poeira foi jogada para cima e a borracha gritou ao se atritar contra o asfalto. Os vinte e um carros começaram a se movimentar. A vida de Dante estava em jogo. A de Mordecai também.

Johnny tentou se lançar para a frente, mas os carros fecharam a passagem. Nas fileiras da frente os outros se acotovelavam pela troca de posições. Dante puxou o carro para o outro lado e conseguiu passar os dois carros velhos que lhe barravam a passagem, arrancando gritos da torcida e aparecendo no retrovisor dos adversários da fila da frente.

Podem tentar me fechar à vontade.

À sua direita, um dos carros feitos para a corrida veio em sua direção. Tinha listras coloridas e o número 45 desenhado no capô. O piloto o encarava como um cachorro faminto encararia um osso. Dante acelerou e escondeu Johnny entre o prédio e o carro logo à sua frente, os retrovisores passando muito perto de ambos. O piloto esbravejou do outro lado.

Dante percebeu que logo à frente havia uma curva para a direita, mas não estava no melhor lugar para fazê-la. Diminuiu a marcha e pisou fundo no acelerador, fazendo Johnny cantar sua sinfonia metálica de cinco mil giros. O chassi negro ultrapassou duas fileiras de carros, mesmo percorrendo um raio maior do que os concorrentes. Quando a curva chegou, aconteceu o que ele já esperava. O piloto asqueroso de um carro que nem deveria ser digno de estar naquela corrida simplesmente soltou o volante, deixando o carro seguir pela tangente, na direção de Johnny. Ele girou o volante e puxou o freio de mão, antecipando a curva. Cortou por dentro, assistindo ao piloto e seu carro fodido sumirem em uma rua perpendicular seguido pelo som de metal se estilhaçando.

Meu pau que você vai me tirar dessa corrida.

Sua manobra fez com que os carros que vinham atrás perdessem o controle da direção, iniciando uma múltipla colisão que tirou mais cinco da corrida.

Bom. Sobraram só quatorze. Stephen deve estar bem feliz agora.

De repente percebeu que, com tantas preocupações, não tinha colocado nenhuma música apropriada para o momento. Pegou a primeira fita que sua mão encontrou e colocou no toca-fitas. Girou o botão do volume até o máximo enquanto desviava dos destroços da pista e da investida de um dos carros, marcado com o número 99.

Da guitarra soaram três longas notas seguidas de dois *licks* rápidos e curtos. Era assim que começava aquela música que falava de um homem paranoico, que havia rompido com a sua mulher e precisava de uma distração para a cabeça. Ele não sabia, mas estava ouvindo um dos maiores clássicos do rock, *Paranoid*, do Black Sabbath.

— É agora que eu vou acabar com vocês — disse Dante entre os dentes antes de jogar o carro entre os competidores nas ruas decrépitas de Ruínas.

Conforme passou aquele grupo mais lento, foi encontrando espaços para avançar. Estavam no meio da primeira volta. Os primeiros colocados já não podiam mais ser vistos de onde ele estava. Dante não ficou preocupado, pois sabia que recuperaria a diferença na segunda volta. Subiram um elevado, atravessaram um cruzamento cheio de destroços e serpentearam ao redor de carros abandonados. Pela contagem, Dante já estava em oitavo lugar. Via torcedores por todos os lados, vibrando com a música que ele havia escolhido.

Estavam voltando para o centro, para a linha de partida. A pista havia se mostrado um desenho praticamente triangular, com os cantos arredondados. Dante evitou a investida de um dos idiotas e reduziu a velocidade, sentindo o chassi chacoalhar quando um dos que vinham atrás o empurrou. Johnny perdeu a estabilidade e só não rodopiou por sorte.

Então vocês querem jogar sujo, é?

No rádio o solo havia começado, o guitarrista brincava com as notas em um tom rouco e distorcido, acompanhado pela bateria precisa e baixo bem marcado. Dante acelerou e deu um toque suave na traseira do carro da frente. Foi o bastante para ele saltar sobre os pneus traseiros e rodar no meio da pista até dar um abraço caloroso nos que vinham logo atrás. Dante apenas sorriu e mandou todos se foderem quando o vocalista retomou a canção. Entrou na reta da linha de chegada. Viu apenas três dos cinco que ainda roubavam a sua liberdade, a de Johnny e talvez até a de Mordecai.

Será que o garoto está assistindo?

Acelerou o Dodge Challenger para se aproximar dos carros na dianteira, mesmo tendo que ignorar o protesto do motor a pouco mais de seis mil giros por minuto. A distância encurtou e a esperança aumentou. Avistou um dos primeiros entre as fileiras de construções deterioradas duas quadras à frente. Cortou pelo centro e sentiu o solavanco quando um dos carros tentou empurrá-lo para fora da corrida.

Esbravejou encarando o piloto, mas só teve desprezo como resposta. Então acelerou, obrigando o outro a correr junto com ele. Dante fulminou o homem com o olhar, acelerando mais e mais. Seu adversário o encarava com escárnio, uma certeza de que teria sucesso em tirá-lo da corrida. O público se empolgou com os dois veículos disputando espaço. Dante freou de súbito. O carro cruzou pela frente de Johnny, o piloto olhou além do para-brisa e só então entendeu que entraria parede adentro. Os espectadores foram à loucura.

Dante se aproximou dos carros que ocupavam o terceiro e o quarto lugar. Eles fecharam a pista, correndo lado a lado, impedindo que ele atravessasse. Ele tentou uma vez pela direita e foi bloqueado. Fez uma finta e tentou passar pelo centro, mas o outro fechou o caminho. Estavam claramente garantindo que ele não ganhasse a corrida, sem se importar com o pódio.

Como vou escapar desses filhos da puta?

Estavam se aproximando de uma curva quando Dante teve uma ideia. Avaliou as vielas esmagadas entres os prédios decrépitos, calculando se o espaço seria o suficiente. Quando teve certeza de que os dois haviam entrado na curva, puxou o freio de mão e atravessou a viela como se fosse uma flecha, chegando do outro lado em terceiro lugar. Se aquela manobra era permitida, ele não sabia, mas como aparentemente os competidores não estavam preocupados em seguir qualquer conduta honrosa, que se fodam as regras.

Ambos os pilotos assistiram a Dante sair do beco boquiabertos. Tentaram acelerar o carro, mas o Dodge Challenger já voava baixo pelas ruas de Ruínas em busca dos dois primeiros carros, um pouco de fama e a liberdade do garoto. A música tinha terminado e outra já começava. Não era bem a que Dante buscava, mas não tinha tempo para procurar outra. Era um bom rock e isso bastava.

Alcançou o segundo lugar um pouco antes da linha de chegada. Um carro de corrida pintado em tons de verde, com um aerofólio na parte traseira e motor urrando alto, a um passo da exaustão. Dante percebeu e colocou o Dodge Challenger ao lado, acelerando ao máximo na reta. O adversário acompanhou, pisando fundo também. Os espectadores acompanharam a corrida, estáticos, como se o mundo tivesse desacelerado diante da velocidade dos dois.

O ponteiro do conta-giros gritava por socorro, mas Dante ignorou. Conhecia bem o carro que tinha. Manteve o motor em seis mil giros, planejando o ponto em que teria que reduzir antes de fazer a curva. Pouco antes de chegar nela, o carro ao lado começou a soltar uma fumaça negra abaixo do capô, reduzindo drasticamente a velocidade quando o motor fundiu. Dante sabia que ele não aguentaria um giro tão alto.

Só falta um agora.

Reduziu a velocidade e entrou na curva. Para o seu desespero, tinha encontrado os retardatários. Diversos carros ainda estavam fazendo sua segunda volta, e bem na frente ia um carro vermelho, tendo a passagem liberada pelos demais. Dante não esperava por uma gentileza tão grande e sua expectativa foi atendida. Ao se aproximar do grupo de carros, os primeiros fecharam a passagem. Ele viu o carro vermelho se distanciando logo à frente, então teria que buscá-lo até o meio da pista se quisesse ter a mínima chance de vencer.

Vocês não vão me parar. Ou passo por bem, ou passo por mal.

Deu um toque na traseira do primeiro e empurrou o segundo, tirando ambos da pista. Um deles se chocou contra uma proteção lateral, fazendo o carro capotar e seu vidro estilhaçar. O piloto da frente pareceu repensar sua estratégia, pois liberou a passagem de Johnny. Dante avançou com cuidado, temendo levar qualquer encontrão que o pudesse tirar da pista. O último retardatário do grupo abriu para sua passagem, ele fingiu acelerar o carro e foi o suficiente para o outro atirar o veículo para a direita, onde Dante deveria estar. Ele passou reto e se chocou contra uma pilastra.

Hahahahah. Otário!

Dante não teve tempo de comemorar. Já tinham passado da metade da pista. Mais uma reta, uma outra curva ampla, e estariam se encaminhando para a linha de chegada. O carro vermelho estava à vista, alguns segundos à frente. Dante exigiu de Johnny o que nunca havia exigido antes. O carro respondeu, cortando o vento com facilidade. O mercenário esqueceu todo o pouco que sabia sobre fazer curvas com segurança, desacelerava depois da hora indicada, usando o freio de mão para ajudar a realizar as curvas mais intensas. Quase esbarrou em um prédio e subiu na calçada duas vezes, mas o primeiro colocado, antes um ponto vermelho no fim da rua, virou um carro grande e veloz a cinco metros de distância.

Dante colocou o braço para fora da janela e fez um sinal de "vai se foder". Cortou por dentro e o carro fez o mesmo para fechar a passagem. Pouco antes da curva, Dante abriu e o piloto percebeu que fora induzido a se posicionar mal para a manobra. Quando tentou abrir, o Dodge Challenger passou por dentro e saiu em primeiro colocado ao final da curva. Nas caixas de som, Dante escutava a narração enfurecida e os delírios da plateia. Mais um quilômetro e a corrida seria dele.

Você cometeu um grande erro, Stephen.

Mas nada estava ganho ainda.

Que merda é essa?

O carro vermelho fez alguma coisa que lhe deu uma velocidade imensa, crescendo rapidamente no retrovisor. Dante abriu o lado de fora da curva suave que eles traçavam e deixou o carro emparelhar. Quando estavam lado a lado, ele se atirou contra o adversário, empurrando ambos para fora da pista. O adversário foi parar na calçada, entre os pilares que sustentavam os prédios. Johnny o acompanhou do lado de fora, puxando o carro para a pista novamente. Dante constatou no retrovisor que não havia carros atrás deles no momento, apenas o carro vermelho preso no corredor de pilares. Um movimento fora do tempo e ele esbarraria em uma das colunas.

O carro acelerou e Dante entendeu o motivo. O corredor estava prestes a acabar. Já conseguia ver a linha de chegada e certamente o carro vermelho voltaria para a pista antes. O mercenário pisou fundo, ficando lado a lado com seu principal adversário. A linha de chegada se aproximou, o carro tentou voltar para a pista e Dante o amassou contra as muretas de concreto, vendo uma chuva de faíscas se erguer do outro lado.

Perde, filho da puta. Perde!

O piloto esbravejava do interior do carro, impotente enquanto seu carro de chassi mais leve era completamente amassado pelo imponente Dodge Challenger, sendo reduzido a uma carcaça mastigada pouco antes de Dante cruzar a linha de chegada. Foguetes foram lançados ao céu, indicando que havia um vencedor. Dante deu um grito de comemoração, acenando para o público. Ao final da corrida, os gritos eram para ele, e toda a arquibancada improvisada vibrou com a sua vitória.

O narrador foi recebê-lo após encostar o carro, eufórico com um microfone na mão, criando expectativa nos espectadores quanto ao desafiante misterioso que havia vencido a corrida.

— Grande corrida, meu rapaz!

— Isso não foi nada comparado à Cidade Fantasma.

— Nunca vi nada igual.

— As garotas sempre me falam isso.

— Qual nome devo anunciar como vencedor?

— Dante.

— Dante... — Ele pensou, com o microfone na mão. — Isso não dá impacto. A torcida precisa de um nome para se lembrar. Um nome que seja um símbolo. De qual cidade você veio, vou dizer que é o melhor de lá.

— Na verdade... — começou Dante. — Eu sou o melhor que você já viu. A melhor carta do baralho. Pode me chamar de o Ás de Espadas.

Isaac

— *O que você está vendo, Isaac?*

Ele hesitou com o comunicador na mão apenas por um momento e foi o suficiente para a voz ansiosa de Alanna soar no rádio novamente.

— *Isaac!*

Lá fora a sirene do refeitório ainda ecoava para reunir os monstros. Isaac apertou o botão.

— Estou aqui.

— *Me fale exatamente o que está vendo* — ela exigiu.

Como descrever isso?

— Ah... deve ter pelo menos uns oito mil deles, eu acho. Estão todos em volta do refeitório, uns por cima dos outros. Eu nunca vi nada igual.

— *Foco, Isaac. Foco. Você é os nossos olhos aí em cima* — repreendeu Alanna. — *Dá para atacar com o tanque?*

O cientista observou o tanque de guerra ao lado da construção principal. Havia uma distância boa para alguns disparos antes que a horda o alcançasse. Desde que ninguém saísse de dentro do tanque, poderiam ter algum sucesso.

— Até dá, mas não deixe ninguém colocar qualquer parte do corpo pra fora. Foi assim que o tanque deles saiu de combate.

— *Ok. Está na escuta, Canhoto?*

— *Sim, comandante.*

— *Vamos derreter esses filhos da puta.*

— Alanna... — chamou Isaac.

— *Fala, Isaac.*

— Há um grande risco de o refeitório ir pelos ares.

— *Estou com a visão limitada aqui, Isaac, mas não vejo muitas alternativas. Aceito ideias.*

Agora ela tinha tocado em um ponto delicado. Atacá-los onde estavam era praticamente o mesmo que detonar uma bomba dentro do refeitório, mas realizar o ataque em um dos portões, ou mesmo próximo aos muros, poderia dar aos infectados a liberdade que Alanna tanto receava.

— Quanta munição temos para enfrentá-los?

— *À mão, três recargas. Quatro, no máximo. Com exceção da metralhadora do tanque e do canhão. Tem mais lá embaixo, mas duvido que essas coisas esperem a gente buscar.*

— Quantos disparos tem o tanque?

A sirene continuava berrando a plenos pulmões.

— *Tem certeza de que temos tempo pra isso?*

— *Quantos?*

— *Canhoto?* — perguntou Alanna, repassando o questionamento.

— *Tenho cinco.*

Cinco.

A pilha de infectados já subia além da metade do refeitório, tentando alcançar a sirene como se suas vidas dependessem disso. Empilhados uns em cima dos outros, pareciam um bando de formigas carnívoras implacáveis cercando um inimigo. Isaac por um momento pensou que nem ele estaria seguro.

— *Isaac!* — suplicou Alanna.

Isaac teve uma ideia. Talvez ela pudesse funcionar, mas dependeria da coordenação de todos os irmãos para dar certo. Se agissem como uma equipe, talvez...

Um disparo ecoou na Forja.

De cima do prédio do almoxarifado, um dos irmãos pareceu amedrontado ou empolgado demais com as criaturas próximas e atirou contra elas. Derrubou duas, mas o restante os encontrou lá em cima, com gritos cheios de raiva, incitando as que estavam mais próximas. Rapidamente a horda foi identificando o chamado e se virando para atacar o prédio também.

— *O que aconteceu?* — perguntou Alanna.

— Alguém não conseguiu esperar — lamentou-se Isaac.

— *Filho da puta. Canhoto, consegue disparar sem acertar as construções?*

— *Vou tentar, comandante.*

O tanque de guerra então começou a se deslocar. Colocou o imenso chassi a rodar sobre as esteiras, indo em direção ao centro da Forja. Do interior do veículo de guerra, os irmãos dispararam contra os infectados mais próximos e logo tudo se tornou um verdadeiro caos. O canhão do blindado cuspiu fogo e Isaac viu o míssil estourar no meio da horda, fazendo chover sangue negro sobre a areia. A multidão de infectados se espalhou, revidando contra quem os atacava.

Isso não vai funcionar...

Levou o rádio comunicador até a boca.

— Alanna!

Quando o rádio dela abriu o áudio, parecia que estava sendo metralhado, ou até que cuspiria balas em Isaac. Ele realmente estava em uma posição privilegiada lá em cima.

— *Isaac! O que está acontecendo?*

— Virou um caos! Estão indo para todos os lados.

— *E a sirene?*

— Não está funcionando!

— *Exploda tudo.*

— O quê?

— *Faça o que tem que fazer, porra!*

Se eu fizer isso agora, todos nós morremos.

O rádio ficou mudo, a voz de Alanna sucumbindo em meio ao tiroteio que se misturava às explosões, à sirene insistente e aos grunhidos incessantes daquelas criaturas. Isaac havia recebido ordens claras: explodir a usina, entrar no carro e fugir da Forja. Para Alanna, o resto pouco importava. Os irmãos de ferro pouco importavam. Vidas humanas pouco importavam.

Mas para ele tudo aquilo importava.

Mesmo que tivesse viajado até o futuro para salvar o passado, aquelas pessoas importavam. Ele se negava a aceitar o discurso de que os fins justificam os meios. Se pudesse salvar todo mundo, salvaria. Mas como faria isso?

Então teve uma ideia. Usaria aquilo que os colocou em risco para salvá-los: a máscara da peste.

Quando soubera que o seu experimento havia trazido o exército inimigo até os portões, rapidamente parou de emitir o sinal, mas já era tarde demais. Agora, porém, se conseguisse chegar até lá e ligar a máscara no sistema de som da sirene, talvez conseguisse concentrar aquelas coisas, ou parte delas, pelo menos, dentro da refinaria. E então explodiria tudo.

Isaac ergueu o rádio comunicador até o queixo.

— Canhoto, está me ouvindo? — perguntou ele, vendo o tanque combater um grupo raivoso que se aproximava.

— *Estou meio ocupado aqui!*

— Leva eles para longe do casarão principal.

— *No que está pensando, Isaac?* — Alanna surgiu novamente.

— Tive uma ideia para reunir todos eles na refinaria.

— *Como?*

— Preciso da máscara.

Ela hesitou enquanto pensava.

— *Pode funcionar. Como eu te ajudo?*

— Mantendo o dedo no gatilho. Chamando a atenção deles.

— *Está bem. Tome cuidado.*

Isaac correu para o fim da passarela e desceu as escadas para o interior da refinaria. Lá embaixo, eles se espalhavam como um enxame de insetos prestes a devorar o milharal. Eram rápidos, raivosos e caoticamente organizados. Atacavam concentrados, mais de cinco em cima de cada irmão de ferro. Os números da linha de defesa foram baixando rapidamente, caindo como as cápsulas de uma metralhadora.

O tanque fazia o maior estrago agora, liquidando parte dos inimigos fuzilada, outra parte bombardeada e a restante esmagada pelas esteiras. A horda voltou boa parte da sua atenção ao blindado. Escalavam e arranhavam as grossas placas de metal, arrancando unhas e pintando o veículo de sangue com uma determinação que exército nenhum teria.

Um verdadeiro exército para uma guerra de verdade.

Isaac entendeu o motivo da criação do vírus. Jogue-o contra a cidade e o inimigo se transformará no seu próprio inimigo. Lutarão entre si e cada morte resultará no aumento desse exército. Era sádico, mas era perfeito. O que não contavam era que o exército de infectados não poderia ser contido ou controlado. Ou contavam? Seria esse o motivo da máscara? Seria ela um protótipo com defeito ou algo enviado até ali com a intenção de fazer o estrago que tinha feito?

Só havia uma forma de descobrir.

Ele desceu alguns lances de escada e chegou até a sala onde as máquinas seguiam seu trabalho, alheias a todo o caos que acontecia lá fora, corroborando a máxima de que a ignorância é uma bênção. O próprio Isaac não ouvia muita coisa de onde estava, o que lhe deu algum conforto momentâneo. Avaliou então o maquinário antigo e rudimentar, agradecendo pelos comandos não serem totalmente eletrônicos, pois do contrário já teriam entrado em curto-circuito naquele ambiente hostil que era o deserto.

Não terei muito tempo depois de trazer a máscara aqui.

Continuou a descida até o primeiro patamar. O soldado chamado Padre o aguardava com o corpo recostado ao lado da porta, os ouvidos lá fora e o dedo de prontidão no gatilho. Uma moto estava parada ao lado dele, ansiosa por ação.

— Vamos ter que chegar no casarão principal.

O soldado espiou pela fresta.

— Acho que conseguimos.

— E depois voltar para cá — completou Isaac.

O homem arregalou os olhos.

— Tá falando sério?

— Se a gente quiser ter uma chance, sim.

Isaac pegou o comunicador.

— Canhoto, como tá aí?

A resposta demorou um pouco.

— *Eles tomaram conta do tanque! Eu não tô vendo nada.*

— Sabe se está longe do casarão?

Foi Alanna que respondeu.

— *Estou vendo ele, Isaac. Está perto da torre seis. Pode ir.*

O cientista fez um aceno positivo para o soldado, que prontamente ligou a moto e acelerou. O motor começou a trabalhar e a surdina deu um ronco estridente. Isaac abriu a porta, esperou a moto passar e a fechou logo em seguida, para garantir que não haveria infectados lá dentro no retorno. Apenas quando foi subir na moto entendeu o desespero de quem estava ali embaixo, no campo de batalha. A massa de infectados parecia uma onda insana prestes a engolir tudo. Por todos os lugares balas passavam zunindo, explosões jogavam pedaços de carne azulada por todos os lados e gritos rasgavam a atmosfera árida do deserto. A guerra estava relativamente longe deles, mas bastou a moto roncar alto para atrair alguma atenção. Uma quantidade considerável das criaturas que circulavam pelos arredores da refinaria foram as primeiras a atacar.

— Vai! Vai!

A criatura viu os dois sobre a moto e correu com toda velocidade. Padre acelerou, fazendo os pneus deslizarem contra a areia, jogando uma cortina de poeira na direção do monstro. A moto começou a andar e a criatura se atirou, emergindo da cortina de fumaça, seus dedos passando a centímetros do jaleco já não tão branco de Isaac. Conforme ganharam velocidade, os que estavam atrás já não eram problema, pois apesar de o vírus aparentemente melhorar as capacidades motoras dos infectados, ainda se tratava de humanos. Ou quase isso. O problema eram os que estavam no caminho entre eles e o casarão, que avançavam na direção da trajetória da moto, formando quase um corredor afunilado.

— Segura aí, cientista — pediu Padre.

Ele conduziu a moto em zigue-zague, passando longe dos que vinham correndo na direção deles. Isaac se prendeu na moto como se suas mãos fossem duas morsas agarrando as alças de apoio laterais. Em um dos movimentos, olhou na direção do almoxarifado e constatou que estavam em apuros. O pequeno grupo de soldados resistia no telhado, atirando contra a horda que subia cada vez mais. Um dos soldados, portando um lança-chamas, despejava o próprio inferno contra aquelas criaturas, que não paravam de avançar, agarrando-se ao que pudessem para chegar até o inimigo. O vidro de uma das mansardas se estilhaçou e um soldado caiu sobre a chapa metálica do telhado, seguido por mais infectados que estavam em seu encalço. O fugitivo se juntou ao grupo, que foi perdendo área, recuando e atirando, até que sucumbiram diante da horda, parte despencando para a morte, parte sendo transformada ali mesmo.

Não vamos escapar.

— Merda! Merda!

Isaac nem teve tempo de compreender o motivo da reclamação de Padre. Quando girou a cabeça, os dois já estavam colidindo com uma das criaturas. A moto empinou feito um cavalo arredio e os dois caíram na areia. Isaac bateu a cabeça e ficou desnorteado. O mundo desacelerou e ele viu o almoxarifado completamente tomado por aquelas coisas, o tanque de guerra atirando a esmo para tentar se livrar da horda. Do outro lado o casarão, a poucos metros de distância. Os estampidos dos tiros que ecoavam em seu ouvido foram sobrepujados pelo grito de dor do soldado caído ao lado. Isaac virou o pescoço e se deparou com os olhos negros lhe suplicando ajuda e várias dezenas de dentes se enterrando na carne do pescoço, braço e pernas dele.

Então caiu em si.

Preciso continuar!

Uma das criaturas avançava em sua direção, os olhos fixos nele como uma águia olha uma lebre. Isaac começou a se arrastar para trás, ainda sentado, os pés chutando a areia e as mãos empurrando o corpo. A criatura esticou as garras e, quando estava pronta para saltar, uma bala na testa a obrigou a recuar. Ela caiu e não se levantou mais. Os outros que estavam por perto foram alvejados com tiros certeiros, incluindo os que estavam atacando o soldado e o próprio soldado.

Pobre Padre.

Uma mão surgiu, estendida na direção de Isaac para lhe oferecer apoio.

— Como eu te ajudo, cientista?

Era Alanna.

— Mantendo o dedo no gatilho.

Isaac segurou a mão dela para se levantar e os dois correram na direção do casarão, onde mais armas estavam apontadas para além deles, dando-lhes cobertura. Fecharam a porta e a atravessaram com uma pesada barra de ferro. Mais seis irmãos de ferro aguardavam do lado de dentro, todos com olhares esperançosos para o cientista.

— A porta não vai aguentar, então vamos ser rápidos — disse Alanna sem hesitar. — Isaac tem uma ideia que pode acabar com essas coisas. Mas ele precisa voltar para a refinaria levando algumas coisas daqui.

A porta principal sofreu um baque. Já haviam descoberto que estavam ali. Alanna ignorou.

— Protejam a entrada e deixem o acesso livre para os carros. Vem comigo, Isaac.

Os dois começaram a caminhar em direção ao pequeno laboratório no subsolo e ela pegou o comunicador.

— Canhoto, como vai aí?

O áudio dele abriu e grunhidos inundaram o corredor principal do casarão. A voz de canhoto emanava desânimo.

— *Não consigo mover o tanque, aconteceu alguma coisa.*

— Ainda tem disparos com o canhão?

— *Só um.*

— Derruba o almoxarifado, então.

Outro baque na porta lá atrás, os infectados começavam a chegar aos montes. A fechadura rangeu, os parafusos começaram a ceder e os homens se posicionaram para a luta.

— *Acho que não ouvi bem... atirar contra o almoxarifado?*

— É, porra. Detona aquela merda. Tá todo mundo morto lá. Queima o rabo de quantos conseguir.

— *Ok.*

Bastou desligar o comunicador para escutarem o som do disparo ecoar além das montanhas. Talvez fosse por estarem concentrados, talvez por estarem tensos com a situação, mas pelo som Isaac conseguiu acompanhar toda a trajetória do míssil, desde a saída do cano do tanque de guerra, passando pelo silvo agudo que o projétil emitiu em sua trajetória, até a colisão no almoxarifado, que mais parecia uma colmeia com um enxame de infectados.

A Forja tremeu e eles seguiram.

Isaac desceu as escadas para o laboratório já pensando em tudo o que deveria levar. Não teria a chance de buscar nada, se faltasse. Era um daqueles momentos em que o primeiro erro não permitiria o segundo.

— Tem tomadas normais lá? — perguntou, enquanto reunia os ingredientes para sua receita mortal.

— Deve ter — respondeu Alanna com impaciência, segurando a arma com força.

— "Deve" pode nos matar — sugeriu ele.

— Qualquer resposta pode nos matar, Isaac. Temos que chegar lá ainda. Achou tudo?

— Só um momento, só um momento... — Revirou algumas caixas atrás de algo específico. — Sim!

Não tinha tanta certeza, mas estava confiante e isso teria que bastar. Os tiros começaram no corredor lá em cima, seguidos pelo som do estilhaço dos vidros, alguma granada, gritos e grunhidos. Uma verdadeira sinfonia do inferno. Ao chegar ao topo da escada, Alanna se virou e começou a atirar também, gritando para que o cientista corresse até a sala de comando. Isaac obedeceu e, quando olhou sobre o ombro, viu que o corredor estava tomado pelas criaturas azuladas também. Dos soldados que estavam fazendo a guarda, talvez um estivesse vivo, se muito.

Alanna recuou atirando, deixou uma granada cair perto do pé e correu para longe. Quando o primeiro da linha inimiga cruzou sobre a granada, ela explodiu, eliminando boa parte das criaturas ao seu redor. Massa ensanguentada de infectado pintou o vidro da sala de comando e o silêncio se fez por um breve momento, até ser atropelado novamente pela cacofonia do ataque. A comandante da Forja trancou a porta e quebrou o vidro da janela.

— Vai, vai!

Isaac saltou para a rua e novamente, sentiu-se no meio de umas das guerras as quais tanto assistia nos filmes, mas sabia agora que o som não chegava nem perto dos horrores que seus ouvidos captavam, por mais realistas que tentassem parecer. Havia um dos carros da Forja estacionado ali atrás. Ele colocou tudo no banco traseiro, tentando equilibrar pressa e cautela para não estragar nada. ouviu um estouro dentro da sala e viu Alanna saltando pela janela com um braço surgindo logo atrás, que não a pegou por pouco. Ela se virou e atirou na cabeça da criatura e de mais duas que surgiram, para só depois olhar o cientista.

— O que você está esperando?

Isaac estava quase paralisado.

— Eu vou dirigir?

— Sabe atirar, por acaso? Anda, porra!

O cientista entrou no carro às pressas e deu a partida enquanto a soldado alvejava o pequeno buraco na parede que não parava de brotar infectados, recuando na direção da porta do carona, no lado oposto. Quando a arma reclamou da falta de balas, ela saltou para dentro do carro e o mandou acelerar, puxando um pente do colete para repor a munição. Sua pequena guerra no casarão havia chamado a atenção de uma boa parte da horda, que agora contornava a construção, envolvendo-a por completo como haviam feito com o almoxarifado.

— Quanto tempo precisa para armar tudo? — perguntou ela sem rodeios.

Isaac acelerou o carro para longe do inimigo, enquanto pensava na resposta.

— Uns quinze minutos, se eu for bem rápido.

— Merda! Não vai dar tempo — disse ela, mais pensando alto do que reclamando. — Temos que levá-los para longe da refinaria. — Ela olhou para a máscara. — Essa coisa funciona?

— Eu tirei o neurotransmissor para amplificar o sinal com o rádio.

— Funciona ou não funciona?

Um infectado que vinha pela direita se atirou contra o carro, obrigando Isaac a desviar.

— Não desse jeito. Preciso ligá-la no rádio, dentro da refinaria.

— Merda! — Alanna apontou para os conjuntos das torres de petróleo. — Vai na direção das torres.

— O que pretende fazer?

— Ganhar seus quinze minutos.

Isaac acelerou enquanto Alanna projetava metade do corpo para fora do carro e atirava contra o inimigo. Derrubou alguns, mesmo diante da dificuldade de ver a horda através da cortina de areia que o carro levantava. O cientista seguiu a orientação dela e fez uma curva aberta para entrar no conjunto de torres extratoras de petróleo, que ficavam relativamente perto umas das outras. Ela puxou uma bolsa do banco de trás, pegou duas bombas e configurou o *timer* para vinte segundos.

— Estavam lá no arsenal?

— Sim — respondeu ela, concentrada. — Pare aqui! — Entregou uma pistola para ele. — Não sendo em mim, atire em qualquer coisa que se mexa.

Alanna desceu do carro e o coração do cientista acelerou. Acompanhou a trajetória do soldado até implantar a bomba em uma das torres e depois correr cinquenta metros até a outra. A horda estava perto, muito perto. Isaac apertou a empunhadura da pistola, sentindo o peso intimidador da arma.

Só por um milagre vamos escapar daqui.

Sua vocação para a ciência o ensinara a ser cético em toda e qualquer situação, a se apegar apenas a fatos e estatísticas. A razão não deixava espaços para emoções ou qualquer tipo de crença, mas ele sabia que havia determinados momentos na vida em que a fé era tudo o que existia para se agarrar.

Então fez uma prece. E curiosamente não foi a primeira desde que chegara em 2153.

Os primeiros infectados já estavam chegando a toda velocidade, com a determinação de um atleta olímpico. Alanna pegou a arma presa pela bandoleira e eliminou os dois mais próximos, depois correu na direção do carro. Isaac tentou atirar em três que vinham logo atrás, mas, se Deus o havia abençoado com algum dom, certamente não era o da mira precisa, então os tiros passaram longe dos infectados.

— Vai! Vai! Vai! — gritou ela.

Entraram no carro e Isaac fez os pneus levantarem poeira. Uma das criaturas se atirou contra a traseira, emitindo um estrondo ao se chocar na lataria. Alanna colocou a cabeça para fora da janela e atirou nos outros.

— Me dá a pistola — pediu, esticando a mão.

Isaac entregou a arma, ainda ofegante. Ela seguiu disparando contra a horda como se a sua determinação pudesse fazê-los diminuir o ímpeto.

— O que quer fazer agora?

— Vamos atraí-los para cá e voltamos até a refinaria para explodir os desgraçados.

— Tem certeza de que vai acabar com tudo aqui?

— Não tem outro jeito — respondeu ela, conferindo os retrovisores.

— Por que não levamos eles de volta para o deserto?

— Acha que eles voltariam pra cidade e esperariam a morte, Isaac? Essas coisas devem sentir o nosso cheiro, mesmo que encoberto por petróleo e areia do deserto. Se deixarmos que eles cruzem aquele portão, falhamos miseravelmente com o nosso propósito.

Isaac ficou impressionado com tanta determinação. Poucas pessoas estavam dispostas a morrer por um propósito, e ter alguém assim ao seu lado em um momento como aquele era o que os mais religiosos chamariam de "uma bênção". Sem argumentos, ele acenou positivamente. Se tivesse mais tempo, poderia fazer outros testes na máscara até encontrar algo que os ajudasse, mas ao mesmo tempo não poderia deixar de se culpar por colocar tudo a perder com o seu experimento.

Um pequeno temor precedeu a explosão.

As bombas detonaram simultaneamente e uma imensa labareda de fogo se espalhou para todos os lados, carbonizando instantaneamente o grupo de infectados que corria entre as torres. Isaac poderia afirmar que era a mesma explosão das bombas das guerras mundiais, mas em um formato muito reduzido. O estouro fez tremer até o maciço rochoso das montanhas mais além. O petróleo que continuava saindo das profundezas se incendiou, e o solo agora cuspia dois chafarizes de fogo como se dragões estivessem enterrados ali.

O restante da horda então voltou a atenção para a origem do som e começou a descer na direção de onde estavam. Alanna pediu a ele que parasse o carro e esperasse, matou um dos que tinham escapado da explosão e aguardou. Pelo volume de pessoas azuladas enraivecidas correndo, Isaac calculou o quanto haviam eliminado. Talvez uns cinco por cento? Não. Parecia ser muito mais, centenas de infectados pereceram ali.

Se as torres já fizeram isso, imagina a refinaria.

Certamente o raio seria bem maior, talvez o suficiente para acabar com todos eles, talvez com toda a Forja. Então uma pergunta lhe ocorreu. Ele chamou a soldado, que colocou seu rosto bonito na janela do carro, ainda que sua atenção se mantivesse na horda mais distante.

— O que faremos depois de colocarmos a máscara na refinaria e prepararmos as máquinas para explodir?

— Lembra a saída que encontramos no arsenal? Deixei dois dos nossos homens preparando um caminhão com todas as armas que achamos lá embaixo.

— Deve ser o suficiente para acabar com os infectados.

— Na verdade... não pensei em usar neles. — Isaac encarou Alanna e viu o rosto ruivo, cheio de sardas e preocupação. — Não sabemos como está o mundo lá fora, Isaac, mas há uma recompensa por qualquer irmão de ferro que seja devolvido vivo ou morto. — Ela tocou a marca no pulso. — Pode não ser um bom lugar para se estar.

O cientista baixou a cabeça, compreendendo a situação.

— Vamos sair dessa primeiro, depois pensamos nisso — disse ela. — Se Yohan estivesse aqui, já teria acabado com aquelas coisas com o tanque, mas tinha que ir com aquela, aquela... com eles.

— Estão chegando perto — observou Isaac, olhando pela janela.

— Vamos.

Ele acelerou o carro e seguiram em uma trajetória paralela aos enormes muros da Forja. A horda se movia como uma torrente de água escorrendo por uma calha. No fim das contas, as criaturas tinham algum tipo de organização, lembrando muito uma colmeia de abelhas contra-atacando quando uma delas era ferida. Não que considerasse qualquer relação direta, mas a analogia lhe parecia interessante enquanto comunidade.

Se tivéssemos qualquer tipo de consideração pelo próximo, certamente nosso mundo não teria acabado.

— Acelera — ordenou ela.

Isaac não era como Dante, mas fez o melhor que pôde e logo viu a horda diminuindo no espelho.

Talvez pudesse dar certo.

Quando entraram na área das construções da Forja novamente, entenderam o real estrago que já tinha sido feito. Havia corpos espalhados e o sangue manchava tudo o que os olhos podiam ver, a maioria com uma tonalidade escura, diferente do sangue humano. Os prédios estavam tão esburacados quanto um pedaço de queijo e o chão completamente salpicado de pedaços de carne. Em algumas das janelas, irmãos de ferro os fitavam admirados e paralisados de medo ao mesmo tempo. Alanna fez sinal para que fugissem, depois pegou o rádio.

— *Alguém na escuta?*

— *Sim, comandante.*

— *Aqui* — respondeu uma voz.

— *Positivo* — respondeu outra.

— *Ainda vivo* — declarou mais um.

Ela sorriu e colocou o comunicador perto da boca.

— Prestem bastante atenção porque só vou falar uma vez: tem um caminhão preparado atrás do prédio principal e logo terá um carro também. Levem todos que conseguirem até lá. Uma equipe entra no carro, espera meu sinal e vai até o portão oeste. Aguardem lá. O restante segura a onda dos filhos da puta o quanto der, precisamos dar tempo para o cientista. Depois todo mundo vai para o caminhão. Eu sei que estão com medo, mas façam como eu mandei, senão todo mundo morre.

— *De quanto tempo precisa, comandante?*

Ela olhou para Isaac, que fez um aceno positivo.

— Quinze minutos.

— *Depois disso vamos para onde, comandante?*

— Teremos que sair daqui, soldado. — Ela esboçou uma expressão de desgosto, sabia que as próximas palavras não seriam fáceis de dizer. — Vamos mandar a Forja pelos ares.

Skye

Skye acordou com o solavanco do caminhão. O ambiente estava escuro e o ar era pesado pela falta de circulação. O calor ainda estava suportável dentro da caixa metálica sobre rodas. A única fonte de luz era uma lâmina lânguida de sol que se esgueirava por uma fresta na porta. Ela massageou o ombro para aliviar um pouco os músculos tensos. Considerando o tempo que calculou estar ali dentro, deviam ter rodado bastante. Na penumbra, conseguiu distinguir a silhueta de Tomáz dormindo ao seu lado, em um sono aparentemente conturbado que lhe conferia uma expressão brava. Cutucou-lhe o ombro e o chamou em um sussurro.

— Tomáz! — Sacudiu o ombro do irmão. — Tomáz!

Ele abriu completamente os olhos em um único movimento. Uma vez lhe contara que as rondas com os rapazes o ensinaram a desfrutar de um sono quase sempre alerta. Então, em muitas das noites em que saíam juntos para explorar o mundo, ele não bebia nem fumava, apesar da insistência de Rojo para se divertir por estarem longe de casa. Tomáz levava as ordens a sério.

— O que foi? Você está bem? — perguntou ele, instintivamente conferindo o interior do baú do caminhão.

— Nós paramos? — quis saber Skye.

— Parece que sim — respondeu ele, ainda se orientando.

Tomáz passou a mão no rosto e ficou quieto por um momento, como se precisasse trabalhar os sentidos para deixá-los confiáveis. Em um salto, colocou o corpo em movimento e caminhou agachado até a porta do baú. Espiou pela fresta. Do lado oposto, Skye o observava com o coração apertado. Bastava que um dos soldados decidisse abrir aquela porta para que eles estivessem perdidos.

Não se arrisque tanto, Tomáz.

O sol desenhava uma linha quente no rosto do irmão, que ia do topo da cabeça até o peito. Ela observou sua expressão forte e decidida e pensou que ele seria um bom líder para a comunidade um dia, assim como seu pai era. Como seu pai *tinha sido*.

— É. Paramos mesmo — disse lá da porta, a uns três metros de distância dela. — Vem cá ver isso, já aproveita para respirar um pouco.

A tranquilidade na sua voz atiçou a curiosidade da moça, que também se levantou e caminhou pelo assoalho revestido de borracha do caminhão. Contornou a bancada de ferramentas e se esgueirou ao lado da prateleira cheia de caixas e peças. Tomáz deu espaço para que espiasse pela porta. Ela apoiou o corpo na placa de metal, fechou um dos olhos e lançou um longo olhar na direção da rua. O ar puro lhe preencheu os pulmões, trazendo um alívio que ela nem sabia que desejava.

— Onde estamos?

A cabeça de Tomáz surgiu logo acima para acompanhar a sua exploração. A estreita fresta de que dispunham para contemplar o mundo exterior não lhes permitia enxergar muita coisa, mas algo chamou a atenção de Skye: havia concreto no meio da paisagem. Entre o verde da relva e o emaranhado de nuvens no céu azul acinzentado, ela pôde notar algumas construções poeirentas de tons alaranjados.

— É uma cidade — disse Tomáz.

— Isso eu imaginei — retrucou ela —, mas você sabe qual cidade?

— Você não quer que eu reconheça uma cidade inteira pela lateral de um prédio, quer?

— Achei que você fosse um explorador — ela provocou.

Tomáz lhe deu um cutucão na cabeça.

Uma moto passou lá fora, apenas um vulto escuro cruzando a fresta de um lado para o outro, repentino o suficiente para assustar os dois. Tomáz caiu sentado para trás e puxou a irmã de forma protetora. Atrás da moto surgiu um carro, e mais outro. O contingente aumentou e os veículos foram parando ali, um após o outro, agrupando-se como para uma reunião. Ouviram vozes, mas afastadas e difusas, o sentido das palavras perdido em uma cacofonia que mal chegava ao interior do baú.

— Será que vão usar o caminhão? — perguntou Tomáz.

— Só se algum veículo estragou — sussurrou ela de volta —, mas é melhor não arriscarmos.

Os dois voltaram para trás da bancada, próximo do esconderijo que haviam preparado atrás das caixas, caso fosse necessário. Tomáz havia separado um pé de cabra para o caso de um conflito inevitável, ainda que Skye considerasse a pior opção de todas.

Precisamos saber onde estamos.

— É aqui? — veio uma voz abafada além da chapa de metal.

Uma conversa se iniciou na cabine do caminhão, agora mais compreensível. Skye encostou a orelha direita na parte interna do baú, tentando ouvir o que diziam, e convidou o irmão a fazer o mesmo.

— Eu acho que sim — respondeu a outra voz.

— A mesma coisa?

— Mesma coisa — respondeu o outro, sem muito interesse.

— Não parece um lugar muito disposto a lutar.

— Não, não. A montanha foi o pior de todos, o homem disse que seria assim. Aqui vai ser rápido.

O outro não respondeu de imediato. Skye e Tomáz trocaram olhares. Depois de a pessoa conferir alguma coisa, a conversa seguiu.

— Tem essa aqui... depois aqui... ih... vai faltar caminhão.

— Eles que não queiram meter ninguém na oficina.

— Tem alguma dúvida?

Vozes se elevaram no lado oposto, os soldados gritavam ordens para alguém. Os dois pararam de conversar. Alguns tiros foram dados e um motor grave roncou mais ao longe. Skye tentava montar o cenário real, mas estava um pouco difícil, mesmo para sua mente acostumada a tecer hipóteses e complementar situações com o raciocínio apurado que a ciência e os livros lhe haviam conferido.

— Mas se não é o idiota do Jason — reclamou um dos homens da cabine. — Ele vai matar metade da cidade.

— Deixe que morram — devolveu o outro. — Menos gente para reclamar que está com sede, fome e essa merda toda.

— Pelo menos o caminhão chegou.

O som do motor aumentou e eles não conseguiram ouvir mais nada. O outro caminhão pareceu estacionar bem próximo do veículo em que estavam, e apenas quando o motor foi desligado, os dois irmãos conseguiram ouvir algo novamente. Os homens haviam abandonado a cabine e o zunido de vozes lá fora se assemelhava a uma reunião de moscas sobre a carcaça de um animal.

Tomáz se esgueirou sorrateiramente pelas prateleiras, para o desespero de Skye, e espiou novamente pela fresta da porta torta do caminhão.

— Acho que estão pegando mais prisioneiros — disse ele. — Igual fizeram na montanha.

— Dá pra ver alguma coisa?

— Não — admitiu ele.

— E agora?

— Só nos resta esperar — respondeu Tomáz, resignado.

Ela, porém, nunca tinha se contentado em esperar. *A curiosidade é mais importante do que o conhecimento*, dizia o físico Albert Einstein, citado em inúmeros livros. A única imagem dele que Skye tinha visto era de um homem mais velho, em um retrato preto e branco, olhando para a câmera com os cabelos penteados e mostrando a língua em um tom jocoso.

Ela precisava saber o que estava acontecendo.

Rapidamente, começou a procurar nas caixas, tentando fazer o menor ruído possível. Procurava qualquer coisa que pudesse usar para satisfazer a sua curiosidade. Encontrou uma máscara de solda do modelo antigo, de plástico, ressequida pelo tempo, com uma lente retangular. Esticou diante do rosto, mas a lente não refletiu qualquer imagem.

— O que está fazendo? — quis saber Tomáz.

Ela nem notou sua pergunta. Continuou vasculhando a caixa e encontrou algo mais útil, um par de óculos para maçarico. Olhou contra as lentes e, percebendo que refletiam, as retirou da armação.

Agora eu só preciso de...

Continuou a busca e achou o que procurava na prateleira de cima. Uma caixa cheia de tubos, luvas, terminais e joelhos de plástico. Agora ela entendia por que o homem da cabine não queria ninguém em seu caminhão. Pela organização das coisas, ele devia ter um zelo imenso por aquela oficina móvel. Ela sentou-se no chão e começou a montar seu artefato, atraindo a curiosidade de Tomáz, que apenas a observou, deixando-a em paz para trabalhar.

Enquanto Skye encaixava as lentes redondas de vidro dentro dos joelhos de plástico, os homens lá fora continuavam com o seu trabalho de recolher as pessoas da cidade. Vez ou outra um grito de comando era dado, em casos mais críticos, um disparo, mas aparentemente conseguiram realizar a atividade sem maiores surpresas, como havia previsto o motorista do caminhão.

— Aqui está — disse ela, erguendo sua invenção e a inspecionando na frente do rosto.

Tinha unido um joelho em cada lado do tubo, apontando para lados opostos.

— O que é isso? — perguntou Tomáz.

— É um periscópio.

— Peris-quê?

— Veja você mesmo. — Ela esticou o objeto para o irmão, orientando que olhasse através do buraco do joelho.

— Eu não vejo nada.

— Vai ver — prometeu.

O motor dos caminhões roncou e o baú metálico começou a tremer sob o efeito da baixa rotação. Estavam deixando a cidade. Os homens que conduziam o veículo estavam retornando para a cabine.

— Reagrupar? Por quê? — quis saber um deles, indignado. — Será que acharam a garota?

— Não. Não. Parece que algum caminhão furou o pneu ou coisa do tipo.

— Ué. Eles não sabem trocar um pneu?

— Os filhos da puta não conseguem segurar o pau pra mijar e tu quer que troquem um pneu?

Nada mais foi dito. Skye e Tomáz trocaram olhares esperançosos. Reagrupar significava que estariam perto de sua mãe e de Miguel novamente, o que era bom. Quando os veículos começaram a rodar, ela conduziu o irmão até a porta e enfiou parte do periscópio pela fresta, observando do lado oposto. Deu um sorriso satisfeito.

— Veja.

Tomáz espiou pelo aparelho.

— *Madre de Dios*. Como você sabe fazer essas coisas?

— Reconhece a cidade?

— É San Tomáz del Nacho.

— San Tomáz del Nacho?

— Soza e eu a descobrimos, uma das primeiras. Não sei qual o nome de verdade, mas me lembro por torre da igreja sem sino. Encontramos ele na base da torre, parte do metal retorcido com a queda.

— Já tinha pessoas morando aqui.

— Poucas, sim. Mas eram boas pessoas. Ajudamos a construir uma calha para trazer água do rio e demoramos três semanas aqui. *Papá* ficou uma fera quando voltamos.

— Eu me lembro. Você não pôde sair por pelo menos dois meses. Ele te fazia acordar cedo para pescar com o velho José como punição. — Ela riu.

Tomáz se sentou com as costas apoiadas em uma das prateleiras.

— Ah... nem me fala. Aquele velho demorava uma hora para subir no barco. — Fixou o olhar no solo emborrachado enquanto a mente retornava ao passado para reviver o momento. Ele riu, soltando ar pelo nariz. — Sinto falta do papai.

— Nem me fala.

Tomáz vasculhou a mochila dela e ofereceu uma maçã.

— Fome?

Skye fez que sim com a cabeça e pegou a fruta, dando uma mordiscada. Quando o pedaço de maçã caiu no estômago, ela percebeu o tamanho da fome que estava. A fuga havia sido apressada, sem deixar qualquer possibilidade de pensar em outras coisas.

— Eu estava pensando... — começou Tomáz, enquanto o caminhão sacolejava pela estrada de onde tinham vindo. — Se eles estavam atrás de você, ou daquele livro que deixamos lá, por que levaram todo mundo?

— É uma ótima pergunta — confessou Skye, buscando na referência dos livros alguma passagem similar que pudesse explicar aquele tipo de estratégia.

Aprisionar uma comunidade inteira? Não faz sentido.

Apesar de ser um fato recorrente na história da humanidade, escravidão não parecia algo pertencente ao mundo como estava. Além disso, o soldado que Tomáz tinha abatido havia sido muito específico. Encontrei *ela*. Mas o que ela seria?

O que eu teria de tão especial?

Skye pensara sobre o assunto pouco antes de adormecer dentro do caminhão. Era bem verdade que na comunidade em que morava ela se destacava pelas suas ideias inovadoras e engenhosas, que acabavam facilitando o cotidiano da montanha. Mas não tão espetacular quanto os grandes nomes da ciência que ela mesma lera tantas vezes, com suas genialidades e invenções muito além do tempo. Não, não estava nem perto desse nível.

Então o que queriam? Só podia ser o diário. Afinal, seu pai aparecera com ele e logo depois houve o ataque. Tinha que ter alguma relação.

Preciso ler ele. Assim que salvarmos a nossa comunidade.

— Tomáz...

— Fala — disse ele, espiando a estrada com o periscópio.

— O pai te disse alguma coisa sobre mim?

— O que quer dizer com isso?

— Sobre minha origem.

O irmão parou de olhar pelo periscópio, engoliu em seco e voltou a olhar. Ela percebeu.

— Como assim, "origem"?

— Então você já sabia?

— Sabia do quê, Skye?

Ela riu e balançou a cabeça. Tomáz então largou o dispositivo no chão emborrachado, se virou para ela e lhe deu um afetuoso abraço.

— Olha... não importa se você veio da nossa mãe, se foi achada na caverna ou trazida pelas águas do mar. Você é minha irmã e é tudo de que preciso saber.

— Obrigada — foi tudo o que ela respondeu.

Duas horas de estrada sinuosa e esburacada os separavam do acampamento. Com o auxílio do periscópio e das coordenadas da memória de Tomáz, Skye conseguiu identificar que estavam retornando para as proximidades da rodovia principal, mais ao norte. As imagens captadas pelo artefato espião de Skye foram mudando de uma vegetação mais rasteira para uma mata densa e cheia de árvores. Ouviram um motor acelerar ao lado do caminhão, em algum ato de exibicionismo, mas depois disso foi apenas tédio até chegarem ao local.

— Se esconda — instruiu Tomáz quando ouviu o sistema de ar do caminhão dar um longo suspiro, indicando o acionamento dos freios.

Ouviram mais vozes. Na verdade, muitas vozes. Tinham chegado de fato em algum tipo de acampamento. Skye se encolheu no fundo da prateleira de baixo, de onde havia remanejado uma caixa para criar o esconderijo, o mesmo que tinha criado no outro lado, para Tomáz. Ouviu a trava de metal sendo manipulada e logo depois o ranger das dobradiças de metal. O sol invadiu o baú do caminhão, seguido pelo vento fresco e por dois homens mal-humorados.

— Como é que esses filhos da puta conseguem fazer isso? — perguntou um deles, saltando para dentro do caminhão.

— Será que foi uma pedra? — sugeriu o outro.

— Eu não sei, mas o pneu já era — respondeu o primeiro, revirando uma das caixas de ferramentas.

Skye conseguia ver apenas dois pares de pernas caminhando rapidamente. Do outro lado, Tomáz estudava a situação, segurando o pé de cabra junto ao corpo, tenso, pronto para atacar. Ela fez que não com a cabeça. Precisavam esperar o momento certo, usar a estratégia certa. O primeiro passo estava concluído, chegar perto deles, o segundo seria sair dali e montar um plano com calma.

O homem entregou uma ferramenta ao outro e girou nos calcanhares para sair dali. Quando estava quase na porta, se deteve.

— Tu mexeu nas minhas coisas? — perguntou ao outro.

— Não — veio a resposta lá de fora.

— Não... deve ter sido a tua mãe, filho da puta — resmungou o homem para si enquanto pegava uma caixa e caminhava na direção de Skye.

O coração dela acelerou. Ela olhou para Tomáz, que estava tenso também. Deveria ter previsto que alguém organizado daquele jeito reconheceria uma caixa fora do lugar.

Os passos estavam próximos. Sua respiração acelerou e ela teve a horrível sensação de que algo muito ruim estava prestes a acontecer. Os pés se posicionaram diante dela e o homem baixou a caixa para guardá-la no lugar, mas antes de deixá-la tocar o chão, percebeu algo estranho, colocou a caixa de lado e se agachou, revelando uma face nada amistosa, a barba bem-feita, os olhos de predador a encarando.

— Ei, ei. Olha o que temos aqui.

Skye tentou se encolher ainda mais, como se fosse possível fugir daquele homem, burlando as leis da física e atravessando o metal da parede do baú. Uma imensa mão se fechou sobre seu braço como uma morsa de bancada, arrastando-a para longe. Ela deixou escapar um grito enquanto seu corpo era puxado para fora da prateleira. Enquanto se contorcia, ouviu uma batida seca e a mão do homem afrouxou ao redor do seu braço.

O corpo desabou para o lado, revelando Tomáz, segurando o pé de cabra coberto com sangue da nuca do homem.

— Vem. Vamos sair daqui. — Ele pegou a mão dela e os dois dirigiram-se para a saída do caminhão.

— Por que acha que eu mexi... — Surgiu o outro homem, procurando o amigo no interior do baú.

Os olhares se cruzaram. Os três ficaram estáticos. O sujeito rapidamente encarou Tomáz, Skye e viu o companheiro caído no fundo do baú. Enquanto seu cérebro processava o que estava acontecendo, Tomáz saiu da inércia e lhe jogou o pé de cabra na cabeça, acertando-o antes mesmo que pudesse reagir. Ele caiu no chão e soltou um grito.

— Ai! Aqui! Eles estão aqui!

Os dois desceram do caminhão, sem saber muito bem para onde deveriam correr. Tomáz golpeou o homem caído e o apagou, procurando alguma arma que pudesse usar, mas não encontrou nada. Ouviram passos e gritos vindos do lado esquerdo, além do caminhão com o pneu furado. Instintivamente, Tomáz puxou a irmã para o lado direito do caminhão-oficina. Havia mata fechada a pouco mais de vinte metros. Talvez fosse uma alternativa, mas não era o tipo de infiltração no acampamento inimigo que ela tinha planejado.

— Por ali — sugeriu.

— Parados!

Um soldado surgiu da dianteira do caminhão. Empunhava alguma arma curta, segurando-a em ambas as mãos. Skye ergueu os braços. Já tinha perdido os pais, não poderia perder também o irmão. Diante da sua rendição, Tomáz também ergueu os braços.

— Eu achei eles — gritou o homem para os demais, depois cuspiu a ordem aos dois: — De joelhos e mãos na cabeça, ou eu mato vocês.

Não demorou para estarem cercados de soldados. Todos apontando armas terríveis para os dois. Qualquer tentativa de fuga seria suicídio. Teriam que colaborar. Ao seu lado, Tomáz encarava os algozes do seu povo, rosnando feito um cachorro acuado. Os soldados riam dele.

Então surgiu um homem no meio dos demais. Era uma figura peculiar. Tinha o cabelo cortado nas têmporas, mas rebelde no topo da cabeça. Um cavanhaque contornava a sua boca, apertada em uma expressão de constante raiva, e algumas cicatrizes despontavam na maçã do rosto e na testa. Uma tira de couro servia para cobrir o olho direito, um fio de sangue seco descendo da órbita ferida. E, naquele que ainda lhe restava intacto, Skye foi capaz de identificar traços da mais pura loucura.

Ele avaliava os dois com a desenvoltura de uma ave de rapina, mas foi em Skye que o seu deleite se revelou.

— Então você não fugiu... — disse de forma retórica.

— É ela, Jason? — perguntou um dos homens.

— É, sim... pode apostar que é ela. — Ele sacou um revólver da parte de trás da cintura. — Igual ao que o velho Rojo nos mostrou.

Ao escutar o nome do antigo parceiro, Tomáz perdeu o juízo.

— Onde está aquele desgraçado do Rojo? *Puto. Pendejo.*

Fez menção de se levantar, mas foi empurrado pelos ombros por um soldado que era ainda maior do que Soza. Livrou-se do aperto e desferiu um soco no homem, sendo golpeado pela coronha do que estava ao lado e caindo no chão. Skye se agarrou ao braço do segundo homem, chorando, pedindo qualquer tipo de misericórdia, e recebeu um tapa no rosto como resposta.

Não!

Ela desabou no chão e o mundo girou ao redor. Viu Tomáz caído, agora imobilizado pelos soldados, o peito esmagado contra o chão, o rosto erguido, altivo, encarando os agressores. De todas as virtudes que tinha, nunca lhe faltara coragem. O tal Jason assistia à cena com um sorriso sádico no rosto e se agachou em frente a Tomáz, coçando a testa com a mira da pistola.

— Ui, ui. Cuidado, senhores, esse aqui morde. — Ele riu, acompanhado do restante. — Era você que estava junto com ela, não era?

Tomáz tentou se desvencilhar, mas foi em vão.

— O tempo todo, *hijo de la puta*.

— Então agora estamos quites — sentenciou Jason, apontando a pistola para a testa de Tomáz. — Pode deixar que vamos cuidar bem dela.

— Não! — Skye protestou, também em vão.

O disparo ecoou por toda a floresta. A cabeça de Tomáz foi atirada para trás e depois desabou no chão coberto de sangue. Skye sentiu o coração explodir de raiva. Desvencilhou-se do homem que a segurava e atacou Jason, arranhando-lhe os ombros e o pescoço. Recebeu outro tapa na cara, ainda mais pesado. Foi agarrada e suspensa do chão, e tudo o que lhe restou foi chorar e gritar enquanto era arrastada na direção do acampamento.

Alan

— Meu pai estava completamente enlouquecido! Segurava um lança-chamas, aquele mesmo que eu usei para salvar vocês. Quando viu minha mãe descendo as escadas, com o corpo todo castigado pela doença, não pensou duas vezes e torrou ela. — Eric mordeu um naco de queijo. — Depois disso, ele achou que eu estava doente também, aí apontou a arma para mim e puxou o gatilho. Eu gritava que estava bem, mas ele sequer me ouviu. A sorte é que eu fui rápido, me atirei atrás da mesa e dei um tiro na perna dele.

Eric era alto, loiro e tinha um porte físico característico de quem passava os dias trabalhando na fazenda. Os olhos eram claros, os dentes brancos e o nariz nem grande nem pequeno. Tinha uma aura de humildade forçada, que parecia existir só para impressionar os outros, enquanto na verdade olhava as pessoas de cima. Era daquele tipo que as mulheres disputavam para dançar nas festas da igreja e que as mães das mulheres queriam para genro.

Alan não teve uma boa impressão dele.

— E o que aconteceu depois? — Fox parecia bem interessada.

— *E o que aconteceu depois?* — retrucou Alan baixinho, sentado na escada, fazendo um biquinho para imitar a voz dela.

— Ele caiu gritando, xingando. Estava maluco, mas pelo menos tinha largado a arma. Quando fui ajudá-lo, outra daquelas coisas entrou na casa e deu uma mordida no ombro dele. Pouco tempo depois ele também estava transformado. — Eric lançou um olhar triste para a faca. — Então tive que matar meu pai.

Fox segurou a mão dele sobre a mesa.

— Eu nem imagino como seja a dor de ter que matar o próprio pai.

O quê?

— Não deve ser maior do que a dor de ter que matar sua mãe *e* o seu pai, não acha, Eric? — perguntou Alan, da escada.

— Sem drama, Alan — retrucou Fox. — Deixa o cara vivenciar o luto aqui.

Alan pensou em retrucar, mas não quis. Massageou as pernas que doíam e tentou fazer um remendo na mochila enquanto se alimentava. De uma hora para a outra tudo havia mudado. Aquela louca apareceu, quase o matou e ainda colocou uma multidão daquelas coisas no encalço dos dois. Uma bela filha de uma puta, era isso o que ela era.

Sem sons de infectados lá fora. A horda havia se dispersado ou, na melhor das hipóteses, tinha sido completamente eliminada. Alan duvidava disso. Havia muitos deles na floresta, tantos que não conseguiria contar, mesmo se quisesse. Nem nas maiores festividades da cidade tinha visto tanta gente assim. O mundo estava se transformando, e não era em algo bom.

— Você já pensou o que vai fazer agora? — perguntou Fox, sentada à mesa com Eric de uma forma despojada.

— Eu não sei... ficar aqui, talvez. Esperar as coisas melhorarem.

— Pode ter certeza de que as coisas não vão melhorar — advertiu Fox. — Isso está se espalhando por todos os lugares.

— Eu estou preparado — disse Eric, confiante. — Vocês bem viram que estou.

Alan deu uma risada espontânea na escada, com um pedaço de queijo espetado na faca.

— Do que está rindo?

— Já ouviu falar dos muros da Fortaleza de Vidro?

— Já, sim. Dizem que são tão altos que nenhuma escada alcança o topo.

— Aquelas coisas pularam o muro — disse Alan. — Você acha mesmo que a sua casa é tão segura assim?

— Não foi você que queria se esconder na casa velha? — perguntou Fox.

— Não foi você que não queria? — ele devolveu.

Houve uma troca de farpas através dos olhares. Fox parecia diferente do habitual, e isso era estranho. Era como se ela quisesse esconder sua real personalidade do anfitrião.

— Nossa... — comentou Eric, se ajeitando na cadeira e espetando outro pedaço de queijo com a faca. — Vocês estavam lá?

— Pode apostar — respondeu Fox.

— E lutaram contra as coisas?

— Se lutamos? A cidade só sobreviveu porque estávamos lá. Tinha uma criatura diferente das outras, maior e mais forte. De alguma forma ela conseguia controlar os outros, coordenar os ataques. Tinha pele dura. Bala nenhuma entrava lá. — Fox pegou o pedaço de queijo da ponta da faca de Eric e colocou na boca, com um sorriso maroto. — Então nós a matamos.

Eric alternou o olhar de Fox para Alan.

— Se ela não morria com tiro, como conseguiram isso?

Fox apontou para o lança-chamas com o queixo.

— Você não é o único que brinca com fogo. — Deu um sorriso de canto de boca.

Ela está mesmo flertando com o cara?

— Acho que já deu a nossa hora — anunciou Alan, se levantando. — É uma longa jornada até as fazendas e temos que ganhar o máximo de terreno possível até o pôr do sol.

Fox o encarou com as sobrancelhas em linha reta.

— Como vocês vão até lá? — perguntou Eric com um tom genuíno de curiosidade.

— A pé. Uma filha da puta com uma criança roubou nosso carro — contou Fox, dirigindo a Alan um olhar de acusação, ainda visivelmente irritada com o desfecho da situação.

— Talvez a gente encontre cavalos no caminho — sugeriu Alan, dando de ombros.

— Olha só quem resolveu ficar otimista...

— Mas e depois? — perguntou Eric.

— Há pessoas que dependem da gente — disse Alan. — Precisamos pegar comida e levá-las em segurança para a Fortaleza de Vidro ou morrerão. Seja de fome ou pela doença.

— Quantas pessoas, mais ou menos?

— Quando saímos da cidade eram quase mil — disse Fox. — Se não morreram, ou se mataram, ainda estão lá.

Eric avaliou os dois.

— Acho que posso ajudar vocês — declarou então, se levantando da cadeira. — Venham comigo.

Ele contornou a mesa e saiu por uma porta na parte de trás da casa. Era possível ouvir o som da correnteza do rio mais adiante, misturado com o vento nas folhas das árvores. Um bom lugar para tirar uma soneca, lembrando a Alan da sua vida pacífica na fazenda dos pais. Tempos bons que jamais voltarão. Chegaram em uma garagem. Lá dentro havia um carro dos grandes, coberto por uma lona. Quando ela foi removida, uma caminhonete antiga surgiu, ainda conservada do tempo.

— Meu pai era louco por essa caminhonete, cuidava dela melhor do que cuidava da gente. — Deu um sorriso triste. — Ficarei feliz de saber que ela serviu para ajudar pessoas.

Eric estendeu as chaves para eles.

— E nós ficaremos felizes por não ter que caminhar tanto. — Fox sorriu. — Mas e quanto a você? Por que não vem com a gente?

Por que não vem com a gente?

Alan só queria ir embora de uma vez. Eric o irritava de uma maneira que não conseguia explicar, mesmo que tentasse muito. Pegou a chave das mãos dele e foi buscar as mochilas. Atirou-as na parte de trás da cabine e assumiu a direção. Fox ainda conversava com Eric.

— Vamos? — perguntou alto para que ela escutasse.

A mercenária o encarou como se ele subitamente tivesse se transformado em um estorvo. Agradeceu mais uma vez ao anfitrião e entrou no carro, se atirando no banco do passageiro enquanto Alan dava a partida. Depois da terceira tentativa, o grande motor deu um ronco alto e começou a funcionar, trepidando todo o chassi e fazendo um barulho similar a um velho soltando a fumaça do cachimbo pela boca.

— O que achou? — perguntou Fox.

— Parece uma boa caminhonete. Só a estrada poderá nos dizer agora.

— Estou falando *dele*.

O "dele" saiu com um tom tão alto de empolgação que chegou a lhe dar nojo.

— Um imbecil que está louco para morrer aqui.

— Ele salvou nossa vida.

Alan engatou a marcha do carro.

— Você salvou nossa vida. Eu salvei nossa vida. Quer ficar?

Fox ergueu uma sobrancelha, mas não deu nenhuma de suas respostas sagazes. Definitivamente não parecia a mesma. Alan soltou o freio estacionário e colocou a grande carcaça metálica em movimento. De fato, ajudaria muito no transporte de pessoas e alimentos, mas não mudava o fato de que o cara era um babaca.

Contornou a casa e chegou ao acesso lateral, os olhos focados na estrada mais além. Eric surgiu do nada, saltando no capô do carro, vindo da varanda da frente. Alan enterrou o pé no freio, chamando-o dos apelidos carinhosos que Fox dava às pessoas de que não gostava.

— Mudei de ideia — disse Eric através do para-brisa, com uma mochila e o grande rifle de precisão apoiado nas costas. — Eu vou com vocês!

Fox parecia bastante satisfeita, comemorando com soquinhos no painel, enquanto Alan só conseguia encará-lo com a mesma expressão consternada com que assistia à missa do terrível padre substituto. Pensou em arrancar e deixá-lo para trás, mas quando deu por si o cara já estava no banco traseiro falando sem parar.

Vai ser uma longa viagem.

Saíram da propriedade e logo chegaram à estrada de asfalto principal. Havia pelo caminho uma ou outra das criaturas, mas nada nem perto da quantidade que haviam encarado horas antes. Eles sabiam que havia muito mais, mas felizmente não precisariam lidar com isso tão cedo. Não demorou para que pegassem um bom trecho de asfalto que lhe permitiu avançar rapidamente.

Fox se aninhou no banco, deitou-se na porta e adormeceu.

A verdade é que estavam exaustos. Não haviam parado para descansar um minuto sequer desde a prisão do Chacal. O que mantinha Alan acordado era a adrenalina, mas ele se sentia prestes a desabar.

— Vocês estão juntos há quanto tempo? — veio a pergunta lá de trás.

No retrovisor, os olhos escuros de Alan cruzaram com os olhos claros de Eric.

— Perdi as contas.

— Ela parece incrível.

— Ela lidera um batalhão de homens mal-encarados e fortemente armados, arrisca a vida para salvar as pessoas e, apesar dos discursos amargos às vezes, tem um bom coração. É muito mais incrível do que você imagina.

O outro se recostou no banco e ficou pensando sobre aquilo. Alan seguiu com a atenção na estrada e Fox continuava seu sono reparador com a respiração leve. Um pouco antes do ponto que subia para a área das florestas, aquele mesmo que eles tinham visto o grupo de criaturas se deslocando atrás do caminhão dias antes, a mercenária acordou e se dispôs a dirigir um pouco. Alan até quis protestar, mas o cansaço já o estava fazendo perder alguns detalhes da estrada. Trocaram e foi a sua vez de dormir um pouco, deixando o embalo do carro e o vento da estrada realizarem um competente trabalho.

Quando Alan acordou, a Cidade Sem Nome já estava próxima deles, no fim da estrada, mais abaixo. Fox havia parado a caminhonete para observar um pouco de longe, como sempre gostava de fazer antes de entrar em uma cidade. Ela cobriu o rosto do sol com as mãos formando uma espécie de aba de um boné imaginário.

— Parece vazia — comentou Eric.

— *Shhhhh* — disse ela, estreitando os olhos. — Devem estar escondidos.

As mesmas características caóticas de todos os lugares anteriores estavam lá: prédios carcomidos, vidros estilhaçados, portas arrombadas e coisas espalhadas pelo chão.

— Não dá pra ver muita coisa daqui — disse ela.

— Ei, Alan. Alcança meu rifle daí — pediu Eric, fazendo Alan parar na metade do caminho entre eles e o veículo.

Voltou até a caminhonete repetindo as palavras em tom zombeteiro e pegou a grande arma. Era pesada, mais do que ele imaginava. Como aquele cara correria com aquilo nas costas? Provavelmente se tornaria só mais um peso morto quando as coisas ficassem feias. Caminhou até os dois e entregou o rifle para Eric, que por sua vez entregou para Fox.

— Tente olhar por aqui — ele indicou a mira telescópica.

Fox apontou o rifle para a cidade, varrendo-a de ponta a ponta. Os ônibus aos quais havia se referido não estavam mais lá, mas também não haviam passado por eles, pelo que se lembrava.

— Os ônibus sumiram.

— Para onde foram? — quis saber Alan.

— Vamos ter que ir lá e descobrir — Fox respondeu, entregando o rifle para o dono.

Embarcaram no carro e Fox conduziu a caminhonete até a entrada da cidade. Ao contrário das anteriores, onde os ataques foram confrontados com barreiras improvisadas por todos os lados, a Cidade Sem Nome mal teve tempo de se preparar, restando agora apenas as ruas desertas retocadas de sangue seco em um ponto ou outro. Uma vez que haviam acessado as ruas com cheiro de morte, ela moveu a caminhonete vagarosamente, temendo uma emboscada. Já passava do meio-dia e o sol fazia a cidade exalar o calor pelos poros. Dobraram uma esquina e viram uma das criaturas mais à frente, lutando para manter o corpo de pé. Estava próxima de uma antiga mercearia, os braços pendendo ao lado do corpo e o olhar perdido no interior da loja.

— Isso aqui estava infestado antes. Pode ser que tenha alguma comida lá — disse Fox.

— Eu vou — falou Alan, puxando uma faca da bolsa e segurando sua carabina com a outra mão.

— Vai matar ele com isso? — Eric apontou para a faca. — Vai que eu te dou cobertura.

— Não preciso de cobertura.

Alan saltou do carro. Caminhou perto da linha de construções, um olho na criatura e outro dentro da mercearia. A mão direita se apertou em volta do cabo da faca, deixando a lâmina apontada para baixo, preparando a punhalada. A coisa vagava em direção à loja como se sentisse o cheiro de algo lá dentro, hipnotizada de certa forma. Alan se agachou, apressou o passo e preparou o ataque.

O tiro ecoou pela cidade.

A bala acertou em cheio a testa da criatura, jogando-a para trás.

Filho da puta exibido!

Alan se virou para o carro e viu Eric tirando o olhar da frente da mira, com uma cara igualmente surpresa. Depois olhou para a criatura caída no chão de novo. Ela havia tombado para trás com o impacto da bala, em uma direção totalmente oposta de onde estava o mais novo membro da gangue de Fox. O que só podia dizer que...

O tiro veio de dentro da mercearia!

Alan correu, buscando cobertura. Colou as costas na parede e fez um sinal para que os outros dois se escondessem também. Até descobrirem quem estava lá, nada era seguro.

— Eu te vi — veio a voz do interior da loja, claramente dita entre uma mastigada e outra.

Ele preferiu não responder e puxou a carabina das costas. Talvez não tivesse chance contra uma metralhadora ou um rifle semiautomático, ainda mais que o portador da arma parecia ser muito bom de mira. Ou estava apenas em uma posição limpa para um tiro.

— Se você se fizer de morto, vou te tratar como um — insistiu a voz grave da mercearia. Era um homem, com certeza.

— Quem é você?

— Eu estava aqui. Você chegou depois. Eu que faço as perguntas.

Alan conferiu se Fox e o outro já tinham se escondido. Eric estava se deitando e posicionando a arma para ter uma mira limpa da entrada da mercearia.

— Tá — disse, tentando ganhar tempo. — Pode falar.

— Quem é você?

— Apenas um fazendeiro.

— Que veio comprar um vaso de flores para a mãe? Qual é, idiota? Eu passei pelas fazendas, estão todas queimadas. Sei que pra ter chegado até aqui você deve ser... algo mais.

— Só tive sorte — respondeu Alan, sendo bastante sincero.

— Sorte e estômago forte — concluiu o outro. — Está sozinho?

Alan hesitou. Deveria falar a verdade? Manter segredo sobre Fox e Eric poderia ser uma vantagem.

— Estou.

— Está mentindo.

— Como pode ter certeza?

— Reconheço um mentiroso pelo tom de voz. Quem está com você?

Merda. Espero que Eric seja realmente bom de mira.

— Apenas uma pessoa. E você?

— Eu que faço as perguntas. O que faz aqui?

— Estamos procurando alguns sobreviventes.

— Também estou procurando alguém. Uma mulher. Magra. Cabelo raspado de um lado. Uma assassina de olhos frios.

— Usa uma roupa comprida e um tipo de faca? — Alan perguntou, levando a mão ao pescoço, ainda sentindo o toque frio da lâmina que por pouco não lhe ceifara a vida.

O homem lá dentro não falou mais nada. Logo um tilintar metálico começou a ressoar no interior da loja, no ritmo dos passos dele. Quando se revelou, Alan ficou impressionado. Era incrivelmente alto e musculoso, com um queixo quadrado e um semblante de impor respeito. Usava roupa escura, combinando com os olhos. Tinha um rifle semi-automático nas costas e grandes pistolas nas laterais do corpo, parecendo um tipo de soldado do inferno.

Ele encarou Alan e deu um sorriso sádico.

— Diga para o seu amigo guardar a arma, acho que podemos nos ajudar.

Mordecai

As imagens voaram bem diante dos seus olhos.

A figura de capuz estava ali. Segurava uma pistola e trazia uma espada nas costas. Mordecai não conseguia ver os olhos escondidos sob o capuz, mas sabia que o encaravam, decididos, acusadores.

— Quem é você?

Então tudo mudou. Ele estava dentro do carro de Dante, dirigindo em uma espécie de estrada de areia no interior de uma construção imensa. À frente havia um tanque de guerra parecido com aquele na Cidade Fantasma, quando viu Yohan pela primeira vez. Dante apenas ria, como se tudo não passasse de uma história engraçada. Lentamente a parte superior do veículo girou e o cano apontou para eles. Mordecai segurou-se no banco, esperando Dante fazer alguma das suas manobras inesperadas para evitar o disparo. O tanque deu o tiro e o projétil voou na direção deles, atravessando o vidro e explodindo tudo em uma fração de segundo.

Tudo mudou novamente, e dessa vez as imagens duraram poucos segundos.

Um vilarejo em chamas.

Uma horda de infectados cercando um carro.

Pessoas matando umas às outras em uma espécie de abrigo subterrâneo.

Um prédio circular feito de metal explodindo em milhares de pedaços.

Uma cidade semidestruída ecoando tiros por todos os lados.

Guerra.

Mordecai acordou com um balde de água lavando seu rosto. Tentou levar a mão até os olhos para esfregar, mas estavam amarradas com uma corda grossa. Olhou ao redor e não gostou do que viu. Seus tornozelos também estavam amarrados às pernas da cadeira. Quatro homens armados o vigiavam, com os dedos no gatilho e expressões nada amistosas.

O que foi que eu fiz?

Assim que ele acordou, um dos homens desapareceu pela porta e retornou momentos depois acompanhado por um sujeito de cabelos grisalhos, rosto duro e olhar imponente. Segurava um copo com um líquido dourado dentro. Certamente era alguém importante ali.

— Ele não tinha me falado que o mais interessante da dupla era você — declarou o homem.

Mordecai tentou encontrar a lógica nas palavras, mas estava meio zonzo e nada fazia muito sentido.

— Não sei do que está falando — defendeu-se, tentando se livrar das amarras. — Por que estou amarrado? O que querem de mim?

O sujeito encarou os homens, que riram um bocado.

— Você só pode estar achando que tenho cara de idiota.

— Eu não disse isso.

— Disse, sim. Com certeza disse. Quando fez a sua festinha ontem à noite. Estão limpando a bagunça até agora.

Festinha?

Mordecai já imaginava o que viria depois, mas mesmo assim aguardou o outro continuar com a conversa para ver o que mais descobriria.

— Não me lembro de nada sobre ontem à noite.

Os homens armados não gostaram nem um pouco do tom de descaso, apesar da sinceridade. Ele percebeu que os dedos se ajeitaram sobre os gatilhos, mas o sujeito que comandava tudo manteve a calma.

— Então vamos refrescar a sua memória, garoto. Basicamente ontem à noite você matou seis homens meus, seis bons homens meus, com uma faca pequena. Golpes certeiros na veia do pescoço — O homem simulou o ataque a inimigos imaginários com uma faca imaginária nas mãos. — A sua sorte é que eu estava voltando para a minha sala quando vi a perseguição. Mandei que os homens apenas o detivessem, porque sabia que seria útil para usarmos suas habilidades aqui em Ruínas.

Eu fiz o quê?

A última coisa que Mordecai se recordava com clareza era de ter tomado um banho, recostado a cabeça no travesseiro e acordar amarrado. Ter matado tanta gente não estava em nenhum recanto de sua memória, nem a mais vaga das lembranças, apesar de Dante já ter lhe antecipado o assunto.

Será que o sonho...? Não pode ser.

— Eu... não me lembro disso.

— Eu tenho um palpite que envolve duas possibilidades — disse o homem, passando a mão sobre a barba branca: — Ou você é um filho da puta mentiroso, e acho que essa é a mais provável. Ou a sua cabeça está completamente ferrada, garoto. Seja o que for, temos seis homens mortos e um problema para resolver.

Mordecai não respondeu. Não sabia se o que dissesse a seguir ajudaria ou pioraria a sua situação. Dante era o cara das palavras. Sentiu falta dele.

— Já sei como vamos resolver isso — determinou o homem. Bebeu o resto do conteúdo do copo e foi na direção da porta. — Tragam ele.

Os homens se aproximaram e Mordecai sentiu que algo ruim estava prestes a acontecer. Havia um olhar sádico naqueles homens, um ar de superioridade de quem lida com um animal. Desamarraram seus pulsos da cadeira, mas mantiveram suas mãos para trás enquanto o conduziam pelos corredores sem vida do amplo saguão. O homem que parecia estar no comando ia na frente, passos decididos sem sequer olhar para ele.

Onde será que está Dante?

Se pelo menos soubesse onde o mercenário estava, talvez pudesse pedir ajuda dele para resolver aquela situação. Enquanto Mordecai caminhava em direção ao seu destino incerto, pensava se era verdade o que haviam dito. Seis homens? Parecia que não podia ficar perto de pessoas, pois elas sempre morriam. O mesmo havia acontecido quando estava com Cisco e os irmãos de ferro, fora as vezes em que acordava em lugares dos quais não se recordava de como havia chegado. Ele começava a entender porque seu lugar era na Cidade Fantasma, longe de tudo e de todos, cercado apenas por coisas que precisavam ser mortas.

Siga o seu coração. Que grande tolo eu fui.

Será que havia abandonado a sua missão para morrer ali? Achava que poderia salvar pessoas fora da Cidade Fantasma, mas considerando as pessoas que tinha visto até agora, perguntava-se se valia a pena salvá-las. Tudo o que havia experimentado dos outros até então eram mentiras e uma imensa necessidade de demonstrar superioridade. Pararam em frente a uma porta. O homem o olhou com um sorriso no rosto.

— Aqui você paga suas dívidas, garoto.

Empurraram as folhas de metal e a escuridão do ambiente quase escapou pelo corredor. Mordecai não se assustou, estava acostumado com os prédios escuros em que precisava se esconder dos infectados à noite, quando havia não mais do que uma faca para se defender daquelas coisas. Mas também havia luzes coloridas ali, tons de vermelho, azul e púrpura passeavam pelo lugar. Ele foi empurrado para dentro.

Onde estamos?

Havia pessoas, muitas pessoas. A maioria tinha os rostos pintados com alguma tinta que brilhava no escuro e segurava copos com líquidos luminescentes, pareciam estar se divertindo. Os brutamontes o conduziram por entre a multidão. Atravessaram um grande *hall* e logo o ambiente começou a descer em uma escadaria que formava uma arquibancada em volta de uma espécie de arena. O espaço era um tanto amplo, considerando as batalhas que ele já teve com aquelas coisas.

O homem havia parado logo à frente, admirando sua arena de batalhas, voltou a falar quando Mordecai parou ao lado dele.

— Eu quero uma luta limpa. Se estiver vivo ao final dela, não tente nada esperto ou meus homens vão te partir no meio — ele apontou para a parte superior das arquibancadas e Mordecai percebeu soldados com roupas e armamento similar ao que escoltaram os contêineres de infectados naquela noite em que estava com Cisco, atentos e prontos para ação.

— Contra o que eu vou lutar?

O homem se limitou a sorrir.

Algo me diz que não vai ser nada bom.

Os brutamontes o levaram para o centro da arena enquanto o homem falava com as pessoas com sua voz ampliada por algum tipo de dispositivo que ecoava das paredes. Muitos olhares curiosos o acompanharam quando entrou naquele ambiente, mas todas as atenções eram dele enquanto descia para a arena. As pessoas chegavam mais perto para ver o guerreiro que estava sendo anunciado como ágil e letal. Quando o homem terminou de contar a sua história, apontou para ele com o braço esticado e o apresentou como "O guerreiro das sombras".

Mordecai considerou que, pela história contada, parecia um nome adequado.

As pessoas da arquibancada ficaram empolgadas com a apresentação, como uma fogueira que tinha passado do ponto de brasa e começava a incendiar. Mais delas se juntaram e de repente Mordecai se viu sendo analisado por dezenas, talvez centenas, de olhares curiosos.

O homem seguiu com o discurso.

— O guerreiro veio de longe e trouxe consigo suas armas mortais!

Surgiu uma mulher na arena, com um caminhar esquisito que fazia seus quadris dançarem, segurando algo que ele conhecia bem: suas tão estimadas espadas. Ela caminhou até o centro e deixou ambas ali, encarando Mordecai com uma expressão de medo sem deixar que os outros percebessem. Parecia até que estava largando um pedaço de carne perto de um infectado faminto. Mordecai caminhou até as espadas e retirou ambas dos estojos, verificando as lâminas sob a luz neon que iluminava a arena. Pareciam estar afiadas.

O show continuou.

— Sei que nesta arena vimos muitas lutas de um contra um. Mas correm boatos que nosso guerreiro é capaz de liquidar vários adversários ao mesmo tempo. — A arquibancada soltou um "Oh!" de surpresa. — Hoje vamos descobrir se isso é verdade.

Mordecai viu entrar pelos acessos laterais diversos homens armados com marretas, facões, maças e espadas que reluziam diante dos olhares apreensivos. Ele contou doze inimigos.

Isso não parece muito justo.

— Hoje vamos colocar suas habilidades à prova.

Os homens se espalharam, tentando cercar Mordecai, e ele recuou para manter as costas perto de uma parede. Tinha sido caçado tempo o suficiente para saber que um ataque por trás nunca poderia ser uma opção. Percebeu a respiração ofegante e tratou de acalmá-la, pois o nervosismo não o ajudaria na batalha. Com o olhar transitando de um oponente para outro, concentrou-se no ar entrando e saindo de seus pulmões, na textura da empunhadura das espadas e na luz refletindo em suas lâminas.

Já lutei com muito mais de doze. E eles não tinham medo.

Seu olhar vagou para a esquerda. Os homens o encaravam, pareciam receosos, como se prestes a lutar contra o próprio Wendigo. O olhar vagou para a direita. Respirações pesadas, sobrancelhas retas e medo. Medo do que suas espadas poderiam fazer. Por fim, ele olhou para a arquibancada baixa e encarou olhares ansiosos e empolgados, à espera de uma luta muito sangrenta. Cruzou as espadas em "X" na frente do corpo e encarou o homem que mandava no local.

— Eu não quero matar ninguém — declarou em alto e bom tom para que todos escutassem.

— Então você vai morrer aí — disse o homem de volta. — Podem começar!

Os primeiros avançaram, vindo da esquerda e direita, com armas preparadas para retalhar, estraçalhar, esmagar e matar.

Mas também não quero morrer. Então vamos lutar.

Mesmo que não gostasse de pensar assim, lutar era tudo o que lhe fora ensinado e o que havia feito durante muito tempo. Nem precisou antecipar os ataques em sua mente, o corpo já reagia sozinho, como um instinto. Aparou o golpe que veio pelo lado e atacou com a outra espada, abrindo a barriga do primeiro. Esquivou de uma marretada direcionada ao crânio, descendo um ataque com a espada que antes o defendera. Abriu um rasgo no ombro do segundo.

Nas costas.

Girou aparando com o gume da espada o punho que o atacaria. A mão segurando a faca se separou do braço e desabou, passando por seu peito e caindo no chão. O dono da mão perdida demorou para entender o que tinha acontecido e o sangue esguichou do coto, enquanto ele recolhia o braço e gritava em desespero. O quarto oponente chegou segurando uma maça, uma bola de ferro cheia de espinhos que pendia na ponta de uma corrente. Fez um giro sobre a cabeça e lançou a bola pontiaguda na direção dele. Mordecai saltou para o lado, tentando evitar que as suas costelas fossem esfareladas com o golpe. Pressentiu outro golpe vindo por trás e se abaixou, golpeando na diagonal, acertando um joelho grande e carnudo que se partiu ao meio, fazendo a perna do agressor se dobrar ao contrário e ele despencar no chão.

Talvez esse não precise morrer.

Dois deles estavam a salvo, ou pelo menos algo perto disso. Mordecai recuou para levar a luta para longe do homem caído. O guerreiro com a maça era grande, imponente e atacava com ferocidade. Não entregaria sua vida tão fácil assim. Mordecai esquivou-se de uma facada, golpeou a parte interna de uma coxa e imobilizou mais um. Recuou atacando e se defendendo, depois viu que o guerreiro alto avançava em sua direção. Logo ele percebeu que o que ele pensava ser determinação era, na verdade, algo além. A maça golpeou a cabeça do que estava caído com o joelho ferido, fazendo-a se rachar ao meio e retornando banhada em sangue e miolos.

Havia crueldade ali.

Logo à frente de Mordecai, o que tinha sofrido um corte na coxa começou a gritar, prevendo seu fim. Virou de barriga para o chão e começou a se arrastar em direção ao taco de madeira com pregos que havia soltado na queda. Chegou perto de pegar sua arma, mas antes a maça abriu sua nuca, fazendo-o revirar os olhos. Vieram mais gritos, mas agora das arquibancadas. Puro deleite. Os espectadores estavam gostando do show.

Isso é insanidade. Tantas pessoas morreram com a doença e as que sobraram estão se matando por diversão?

Ele aparou um golpe da direita e rolou para frente quando a marreta desceu sobre sua cabeça. Atacou o abdômen de alguém e separou a perna de outro. O chão começava a ficar banhado pelo sangue, obrigando Mordecai a fugir para uma parte mais limpa da arena.

Isso é ruim, muito ruim.

O sangue quente recém-saído do corpo tornaria a arena escorregadia. Se ele estava em desvantagem com a quantidade numérica, pelo menos tinha sua agilidade para equilibrar as coisas, mas ela não adiantaria muito se ele desabasse de costas no chão, porque certamente a maça não o deixaria se levantar dali. Avaliou rapidamente ao redor e percebeu que cinco dos doze já haviam morrido, metade por sua mão, metade através da bola de ferro pontiaguda e o guerreiro que a segurava. O restante dos combatentes estava perto agora, fechando o cerco e fazendo Mordecai se lembrar do ataque de infectados no shopping.

Preciso abrir espaço, ou vão acabar comigo.

As pessoas nas arquibancadas acompanhavam a luta completamente hipnotizadas. Mordecai estava cercado, com seus oponentes longe o suficiente do alcance da espada. Encarou cada um deles rapidamente, fazendo um giro rápido com a cabeça. Queria mostrar que não tinha medo e que estava determinado a sobreviver. Percebeu o golpe de facão vir da esquerda e o aparou na espada na mesma hora que um bastão de ferro acertou sua costela. Mordecai se contorceu, mas não diminuiu seu ímpeto.

Saltou para trás e golpeou o oponente mais próximo, abrindo um sorriso escarlate no pescoço do homem, que desabou sobre os joelhos e depois caiu no chão. Mordecai aproveitou a hesitação dos outros, golpeou a perna de mais um e saiu do círculo. Contando o ferido, ainda restavam seis. Quando se virou para encarar os remanescentes, uma faca enterrou-se no seu ombro esquerdo, arremessada pelo guerreiro da maça. Uma dor lancinante percorreu toda a extensão do seu braço. Mordecai a puxou pelo cabo e o sangue veio, empapando suas vestes escuras.

Se é um guerreiro das sombras que vocês querem, é um guerreiro das sombras que terão.

Nada de poupar vidas. Seu objetivo agora seria liquidar qualquer um que caminhasse naquela arena. Sabia que não teriam misericórdia com ele, então por que ele teria? Os seis avançaram em um semicírculo, os outros lutadores deixaram o guerreiro mais cruel tomar a dianteira do ataque, como se tivessem medo de acidentalmente roubarem sua glória ao matar o guerreiro das sombras. Mas Mordecai sabia que a luta contra ele sozinho já não seria fácil. Tendo que se preocupar com mais cinco inimigos, então, seria impossível.

Tenho que matar os outros primeiro, depois lido com ele.

O ombro ainda latejava, como se a faca ainda estivesse enterrada ali. Será que conseguiria atacar com o braço esquerdo com a mesma agilidade? Tinha as suas dúvidas. Os inimigos avançaram mais um passo, então ele decidiu que não esperaria mais. Girou a espada na mão esquerda, segurando a empunhadura por baixo e apontando a lâmina na direção de um deles como se fosse uma lança. O ferimento doeu ainda mais, mas ele não poderia dar importância para isso agora. Antes que qualquer um dos inimigos pudesse reagir, ele atirou a espada contra o guerreiro da extremidade direita. A lâmina lhe atravessou a garganta sem dar a chance de qualquer reação, seus joelhos nem haviam tocado o chão e Mordecai já estava removendo a arma para golpear o homem ao lado.

A plateia estava enlouquecida. Praticamente todos que estavam aproveitando a festa foram até a arena para assistir à luta, todos extasiados, sedentos por sangue. Havia nas pessoas um prazer imenso em ver um homem fazer mal a outro. Não era necessário contexto, tampouco um lado para torcer, bastava haver o conflito.

Mordecai jogou a cabeça para trás e sentiu o bastão de alumínio passar de raspão em seu rosto. Um passo em falso no recuo e teria sido nocauteado. Enquanto seu corpo recuava, a espada avançava em um contra-ataque calculado na direção do estômago. O inimigo não contava com isso e desabou eviscerado logo depois.

Faltam quatro.

O guerreiro da maça avançou contra ele visivelmente ofendido por ser negligenciado. Tinha quase a altura de Yohan. Mordecai recordou-se do ataque ao Wendigo, de como Yohan tinha transformado o joelho da criatura em migalhas. Comparou os músculos do guerreiro aos do mecânico, uma indicação de que um único golpe poderia ser extremamente letal. A esfera cheia de espinhos cortou o ar, procurando suas costelas. Ele saltou bem a tempo, tentou contra-atacar, mas acertou apenas as correntes, e o atrito dos metais emitiu faíscas e fez sua mão vibrar. Recuou de um golpe, depois de outro. Quase perdeu a rótula do joelho no terceiro ataque seguido.

Tentou causar danos ao guerreiro, mas a potência de seus golpes não deixava tempo de reação suficiente para revidar. Para piorar a situação, viu que os outros três avançavam logo atrás deles, dominados por algum tipo de confiança cega na vitória. Mordecai recuou novamente. Uma, duas, cinco vezes. Estava ficando encurralado.

Quando pensou em retaliar, aconteceu algo que não esperava.

O pé direito aterrissou em cima de uma poça de sangue e, onde deveria encontrar um terreno firme para apoiar o corpo, havia apenas a falta de atrito. O público viu o guerreiro das sombras ter sua perna deslocada para trás, ficando sobre um joelho. A maça estava sendo girada naquele momento, cumprindo a trajetória de arco nas costas do guerreiro, buscando impulso para um golpe certeiro. A esfera espinhosa cortou o vento na direção de Mordecai e só não esfacelou sua cabeça porque ele se jogou no chão bem na hora. O movimento foi rápido demais para os espectadores acompanharem, talvez para o guerreiro também, que quando percebeu o que havia acontecido, já estava recebendo alguns ataques de volta.

Logo os outros três se juntaram à luta, dificultando as coisas. Mordecai identificou um corte na perna, próximo à panturrilha, e não fazia ideia de como tinha ido parar ali. Outra coisa que não importava agora. Depois de desviar de três ataques e aparar mais dois, deu um salto para trás para recuperar o fôlego. Eles haviam decidido atacar juntos, prevendo uma maior probabilidade de vitória.

Como eu venço esses caras?

O peito subia e descia. Os músculos começavam a doer e suas mãos estavam cheias de feridas. O suor escorria pelo seu rosto e o cheiro do sangue e das entranhas dos guerreiros caídos era tudo o que ele sentia. O fedor da morte. Pensou nas palavras que o seu mestre provavelmente diria.

Encontre uma vantagem. Seja no ambiente ou na fraqueza do seu oponente.

A arena era circular, sem nada que pudesse usar como arma. Estava lavada de sangue e as armas caídas não lhe dariam maior vantagem em batalha do que suas lâminas. Na verdade, era difícil fazer uma avaliação decente com toda aquela escuridão.

A escuridão.

Enquanto aparava o golpe de um dos facões, avaliou melhor o que iluminava a arena. Quatro refletores baixos tinham a árdua tarefa de fornecer luz à batalha. Poderia encontrar neles uma vantagem.

Rolou sobre o corpo, escapando dos golpes da marreta e do porrete. Correu para longe dos adversários, deixando todos, no mínimo, confusos. Avançou em direção ao primeiro dos refletores, instalado logo no topo da parede da arena, a menos de três metros de altura. Saltou usando a parede como apoio e o golpeou com as costas da lâmina da espada, confiante que o impacto seria o suficiente para fazer a lâmpada quebrar.

O aço colidiu com a caixa de alumínio e provou que ele estava certo, fazendo a escuridão tragar aquela parte do campo de batalha. O grupo de inimigos que vinha com o ímpeto aflorado reduziu o passo ao imergir na escuridão. O que vinha na frente deu o primeiro passo no breu e viu apenas o pálido reflexo das luzes distantes na espada de Mordecai quando a lâmina abriu sua garganta, cortando mais da metade do pescoço para dar vazão a uma cascata de sangue. Ele caiu de joelhos e desabou no chão.

A torcida enlouqueceu com aquele ataque.

— Guerreiro das Sombras! Guerreiro das Sombras! — gritavam em coro.

Mordecai permaneceu escondido na escuridão, aguardando que viessem atacá-lo. Os três oponentes restantes hesitavam, apontando as armas na direção do canto mal iluminado como se a escuridão tivesse se tornado uma entidade devoradora de almas.

E talvez tivesse mesmo.

O impasse durou pouco. O guerreiro da maça, que estava atrás dos outros dois, visivelmente mais cauteloso àquela altura, empurrou o companheiro de batalha na direção do escuro. O som das espadas fatiando a carne misturou-se com os gritos abafados do homem e ele foi cuspido pela escuridão completamente retalhado. Os espectadores poderiam dizer que ele tinha sido literalmente mastigado pelas trevas.

Restavam apenas dois homens e quase nenhuma coragem neles.

O silêncio começou a fazer parte da batalha, revestido pela expectativa por parte da plateia e pelo medo da morte por parte dos dois guerreiros. Depois que o grandalhão empurrou o companheiro, o outro se afastou dele, com medo de sofrer o mesmo destino. Nenhum deles avançou e as vaias começaram a ecoar das primeiras fileiras de espectadores.

O medo deles é a sua fortaleza.

— Então, qual dos dois vai morrer primeiro? — veio a voz do interior das sombras.

Os dois trocaram olhares e encararam algum ponto do escuro onde pensavam estar Mordecai. O grandalhão não gostou da provocação.

— Por que não sai daí e luta como um homem, seu covarde? — rosnou entre os dentes.

— Você traz onze homens para uma luta contra um e eu que sou o covarde? — A voz de Mordecai não vinha de um ponto fixo, parecia sibilar pelo ar, sorrateira como uma serpente.

A raiva era palpável no inimigo. A mão imensa apertou o cabo da maça, ele agitou a grande bola espinhosa, fez um giro e avançou contra o companheiro restante. O golpe desceu pesado sobre a cabeça do homem, rachando o crânio ao meio. Ele nem teve tempo de se defender, apenas revirou os olhos e desabou ali mesmo. O gigante se virou para o canto escuro.

— Somos só nós dois agora. Saia daí e venha me encarar.

— Sabe o que me manteve vivo por tanto tempo? — veio a pergunta da escuridão.

Não houve resposta do guerreiro da maça, apenas um olhar apreensivo, procurando o inimigo em meio ao breu. Ele enrolou a corrente na mão livre, pressentindo o que estava por acontecer. Uma das espadas de Mordecai voou em sua direção, arremessada da mesma forma que havia feito antes. O guerreiro girou a tempo desviar a trajetória da espada com a corrente.

Logo atrás dela veio Mordecai, correndo com a espada restante. Ele ergueu a lâmina para o ataque e viu que o guerreiro girava a maça para contra-atacar. Sua mente o levou até a memória onde Yohan acabava com o joelho de Wendigo, fazendo todo o resto desabar.

Acerte o joelho e ele desaba.

Mordecai se atirou de joelhos na arena e a maça passou voando sobre sua cabeça. Depois fechou ambas as mãos na empunhadura da espada, fez um giro sobre a perna esquerda e golpeou o joelho do inimigo como se a sua vida toda dependesse daquele ataque. A plateia segurou a respiração para não perder um segundo do desfecho, e mesmo os que esperavam ver sangue ficaram horrorizados com a brutalidade do ataque.

A perna do guerreiro foi partida ao meio com um golpe tão preciso que ele mesmo demorou para entender o que havia acontecido. Somente quando tentou dar um passo para o lado e a metade da perna não acompanhou o movimento foi que ele desabou do lado do coto, aos gritos. O corpo pareceu ter recuperado a consciência e o jorro escarlate encharcou a arena.

Mordecai encarou o guerreiro caído, apertando o joelho decepado na tentativa de conter o sangramento. Retirou um pedaço de roupa de um dos cadáveres, limpou o sangue das espadas e caminhou em direção à saída.

— Eu consigo me adaptar a qualquer situação.

Ethan

Então é aqui que cumpro meu destino.

Ethan observava a imensa cidade de Ruínas. Era imponente, com altos prédios e rodeada por muros quase tão altos quanto a figueira da casa do velho Joe, e, apesar de decrépita, tinha um tom ameaçador, como se as grandes barreiras de concreto estivessem protegendo o mundo exterior dela, e não o contrário. As construções tinham suas cicatrizes em forma de rasgos no concreto e vergalhões aparentes como se fossem fraturas expostas. A guerra parecia não apenas ter passado por ali, mas também ter feito morada por tempo indeterminado.

A viagem tinha exigido um tempo considerável. Depois que se livraram dos homens do negociador, procuraram algo que tivesse valor em cada um dos corpos, reunindo ao todo vinte e três moedas de cobre, um arsenal de armas sem munição, um pouco de combustível, comida e um revólver de cano longo com aço negro, que estava sem munição, gasta contra eles, mas era muito bonito. Ethan perguntou a Fiapo se poderia ficar com a arma e o magricela assentiu, deixando mais do que óbvio sua predileção pelo rifle de precisão. O fazendeiro tomou a liberdade de pegar também o coldre de couro preso à perna do falecido dono.

Se terei que matar, preciso me acostumar com o peso de uma arma.

O revólver repousava ao lado da sua perna enquanto ele lavava o rosto em um antigo cocho. Quase não acreditaram quando operaram a bomba manual e a água saiu em jorros engasgados. Estava suja, mas era água. Ethan esfregou as mãos por tempo suficiente para conseguir limpar o sangue seco que o acompanhara desde o ataque. Não importava o quanto lavasse, parecia que as suas mãos permaneciam sempre cobertas de sangue, como se a morte não quisesse abandoná-lo. Ainda conseguia ver o rosto do homem suplicando misericórdia e algo lhe dizia que esse sentimento o acompanharia pelo resto da vida.

— O que achou? — perguntou Fiapo, apontando com a cabeça para a cidade.

— É bem maior do que a Cidade Sem Nome — disse Ethan — Parece fácil de se perder lá dentro.

— De várias formas — completou Fiapo. — Por isso temos que ser objetivos.

Ethan ponderou aquela alegação por um instante, sem perceber, seus dedos desceram até o revólver e tocaram o aço frio.

— Por que precisa de mim aqui?

Fiapo franziu a testa, tinha acordado particularmente impaciente naquele dia.

— Não entendi a pergunta.

— Desde que nos conhecemos já vi você matar mais pessoas do que tenho dedos nas mãos. Não errou nenhum tiro, seja de perto ou de longe. Você poderia muito bem entrar na cidade, subir em algum prédio, atirar neles e acabar com a história.

— Não dá — refutou Fiapo. — Não com esses caras.

— Por que não?

— Não foi assim que o destino foi visto.

— Foi visto? — indagou Ethan. — Como assim?

— Eu não tenho todas as respostas, Ethan. Por ora, apenas sei que se você está aqui, é porque precisa estar aqui. Quando encontrarmos o Corvo, você poderá perguntar o que quiser, mas, por ora, Ruínas nos aguarda.

— Está bem... — suspirou.

Ethan encarou a cidade mais uma vez. Cada passo em direção a ela fazia seu estômago se revirar, aumentando a ansiedade a ponto de lhe corroer as entranhas. Ouvia vozes e gritos trazidos pelo vento. Havia vida lá, talvez como em nenhuma outra cidade que ele tivesse passado na sua jornada para fora de casa.

— O que está acontecendo lá? — perguntou a Fiapo.

— Também quero descobrir.

— Como pretende invadir a cidade?

— Eu não vou invadir a cidade, você vai invadir a cidade — disse Fiapo, confiante.

— Eu?

O magricela espiou o céu pelo buraco da janela.

— A noite está chegando. Com a capa eles nem vão ver que você entrou.

— Mas e quanto a você?

Fiapo abriu sua mochila e vasculhou dentro dela. Retirou um disco preto pequeno, um tanto similar com aquele que ele havia recebido na vila do Mestre Osho para conversar com sua versão do futuro.

— Eu já ganhei um desses — disse ao receber em suas mãos, pronto para apertar o botão.

— Não é o mesmo que aquele. Está maluco? — advertiu Fiapo, pegando o dispositivo de sua mão e lhe mostrando diante do rosto como o padre fazia com a hóstia em cada celebração de missa. — Depois de entrar na cidade, você vai procurar uma parte do muro onde não haja vigias no lado oeste. Posicione o dispositivo no muro e só aperte o botão quando for usar. Depois de apertar, saia dali imediatamente.

— O que acontece?

— Você abre as portas de Ruínas para mim.

Ethan acenou positivamente, mas não estava confortável com o plano. Entrar em uma cidade cheia de inimigos sozinho, confiando apenas que uma capa o protegeria de ser visto, não parecia nada sensato.

— Vou precisar de uma arma para matar o mecânico.

— Use a espada — disse Fiapo. — É silenciosa e extremamente efetiva.

Ethan olhou para o estojo pendurado na cintura e sentiu um arrepio atravessar seu corpo. Seria capaz de matar um homem a tanto sangue-frio? Reuniram as coisas e partiram em direção aos portões no início da noite. Usaram a moto até um ponto onde Fiapo julgou que não seriam vistos, ainda protegidos pelas elevações rochosas que o deserto projetava acima do manto de areia alaranjada. Ethan precisou caminhar o restante a pé, com passos relutantes, sentindo que seria pego a cada passo.

Aproximou-se dos portões, guarnecidos por soldados vigilantes caminhando sobre os muros de um lado para outro. Sentiu-se pequeno, mas toda vez que pensava em desistir, as imagens de um futuro no qual a humanidade tinha dado lugar àquelas coisas infectadas tomavam conta de seus pensamentos.

Não posso desistir agora.

Reuniu a coragem necessária e se dirigiu até os portões. Aproveitou que a atenção dos guardas estava direcionada a um veículo que ingressava na cidade e cruzou os portões. Ninguém o abordou, ninguém chamou sua atenção ou sequer reclamou sobre sua presença. Havia conseguido, estava dentro de Ruínas.

Agora, Fiapo.

Deixando as comemorações de lado, deu foco no seu próximo objetivo: abrir uma passagem para o seu mentor e companheiro de viagem. Lutou contra o impulso de caminhar no longo corredor existente entre os muros e a primeira fileira de prédios, ficaria fora dos principais acessos, mas havia soldados demais para arriscar. Então decidiu ir pelas ruas mais próximas do centro e se surpreendeu com a estrutura que a cidade oferecia. A iluminação misturava-se entre energia elétrica, tochas fixadas nas paredes e tonéis que queimavam lixo, resto de comida e galhos secos.

E havia pessoas. Muitas pessoas. Tantas que ele podia apostar que a Cidade Sem Nome não comportaria todas. Caminhavam de um lado para outro, em êxtase, bebendo, comendo e falando sobre os jogos. Mal sabiam elas o risco que estavam correndo.

Se os dois são capazes de causar tudo o que o Corvo prometeu, essa cidade está com os dias contados.

Ethan tentou andar nas sombras tanto quanto pôde. Segurou a espada perto do corpo e contornou o labirinto feito entre os prédios arruinados. Esbarrou em um bêbado, que tropeçou e, ao olhar na direção do fazendeiro camuflado pela capa e não ver nada, atribuiu o fato à quantidade de álcool que havia ingerido e riu sozinho, feito um idiota.

Lado oeste, lado oeste.

Após cruzar uma grande praça onde o comércio acontecia através de diversas barraquinhas, e um conjunto de prédios altos onde algumas pessoas haviam reclamado como moradas para si, ele viu o muro novamente. Ao passear pela cidade, quase se esqueceu que estava preso ali dentro e se perguntou se as pessoas sentiam o mesmo.

Vamos ver onde estão os soldados…

Espiou de um lado a outro, pelas janelas e vielas entre os prédios. O vigilante mais próximo estava a pelo menos uma quadra de distância, entediado, limpando as unhas com uma faca. No outro lado, soldados jogavam cartas na sacada do quarto andar de um prédio. Ethan viu ali uma oportunidade. Retirou o dispositivo do bolso e caminhou até os muros.

Colocar, apertar o botão e sair de perto. Colocar, apertar o botão e sair de perto.

Aproximou-se do muro para que a capa mantivesse suas mãos escondidas e pressionou o disco contra a parede. Depois que estava fixo, com o polegar, ele acionou o botão, ligando uma luz vermelha muito pálida. Então Ethan se virou, e correu até o beco de um prédio mais ao sul, espiando o dispositivo a uma distância segura.

Não houve barulho, explosão ou qualquer tipo de estrondo. A parede simplesmente começou a se esfarelar na volta, como um corpo que vai apodrecendo, os detritos desabaram no chão e o acesso que Fiapo havia pedido estava criado. Ethan conferiu os guardas. Aparentemente ninguém tinha visto nada.

Vinte minutos depois, Fiapo juntava-se a ele.

Escolheram um daqueles prédios abandonados e estabeleceram um ponto de contato. Fiapo estudou a cidade da janela de um dos andares mais altos e identificou onde o mecânico poderia estar. Nem deu a Ethan o tempo de esticar as pernas.

— Vou mandar uma mensagem ao Corvo dizendo que estamos na cidade. Você vai investigar onde o mecânico está.

Ethan sentiu o coração apertar.

— Terei que matá-lo agora?

Fiapo hesitou um momento e por fim deu de ombros.

— Viemos aqui para isso. Se tiver a chance, não desperdice.

O fazendeiro aquiesceu. Quanto mais próximo do momento ele chegava, mais o seu corpo reagia. O coração ficava acelerado, o estômago revirava-se e um cansaço apoderava-se de seus músculos.

Está bem. Está bem. Vai ser fácil. É só um cara.

Tentou controlar a respiração, acenou para Fiapo e desceu as escadas. Evitou ficar próximo da multidão e desviou de alguns guardas no caminho até um dos quatro grandes prédios que Fiapo havia indicado, supondo que houvesse algo de valor devido à quantidade da guarda. O magricela era bom de palpite. No primeiro estavam guardados vários carros de corrida e veículos de apoio dos soldados. No segundo, onde Ethan quase foi pego ao pisar em uma garrafa de vidro, eles guardavam o arsenal de armas.

Foi no terceiro que ele teve sucesso.

Era o amplo prédio de uma antiga delegacia, como ele pôde ler na fachada. Havia diversos vigias ali na frente e Ethan calculou que fazer o que estava fazendo sem o artifício da capa seria praticamente impossível. O Corvo sabia mesmo das coisas. Evitou os soldados da entrada e mais outro que ficava no saguão principal. Rodou pelo prédio em busca do mecânico. Errou o caminho. Precisou se esconder em uma sala destinada aos antigos arquivos para não ficar cara a cara com um soldado e, após ouvir dois homens conversando sobre a performance do mecânico, identificou o caminho.

Chegou a uma antessala, onde o homem que cuidava da passagem para o corredor de celas fazia sua refeição despreocupado. Ethan segurou o punho da espada e considerou matá-lo ali mesmo, mas sabia que isso poderia chamar uma atenção desnecessária. Então foi na sala ao lado e derrubou um arquivo do alto da prateleira, a caixa caiu no chão e fez um barulho abafado. Bastou esperar o guarda ir conferir o que havia acontecido para que ele pudesse acessar o corredor das celas.

Tudo o que seu corpo tinha manifestado no início da noite acontecia agora de forma ainda mais intensa.

Mecânico, mecânico...

Seus passos foram ainda mais sutis para não chamar a atenção, pois sabia que os presos poderiam denunciar a sua presença. Ele o encontrou logo na primeira cela.

Estava lá, deitado na cama, o braço sobre a testa, olhando para o teto.

É ele.

Apertou o cabo da espada. *"É silenciosa e extremamente efetiva"* havia dito Fiapo. Ethan desejou ter uma arma silenciosa para dar um tiro e acabar com o trabalho, pois seria muito mais fácil. De qualquer modo, já estava preparado para usar a espada, mas como chamaria a atenção do mecânico?

Antes mesmo da sua mente poder processar uma resposta, surgiu um homem perto dele, na cela ao lado. Era grande igual ao mecânico e tinha um ar de diversão na voz.

— Ei, *muchacho* — disse ele. — O que achou da janta?

— Uma porcaria — veio a voz rouca da cama. O mecânico se sentou no colchão — Tinha um velho que cozinhava lá na Forja e a comida era muito melhor do que isso que eles servem aqui.

— Essa... Forja. Morou sempre lá?

O mecânico hesitou diante da pergunta e seus olhos pousaram no chão escuro da cela.

— Não — ele se levantou da cama e caminhou até a entrada da cela, como se ninguém mais pudesse saber o que estava prestes a dizer.

O mecânico escorou-se na porta da cela, ficando com a lateral direita do corpo virada para Ethan. Apenas algumas barras de metal separavam os dois. Os outros presos dormiam. Bastaria ele matar o mecânico e o seu companheiro, que ficaria tão confuso que nem teria tempo de esquivar da espada longa. Os dois sangrariam como porcos e tudo estaria feito.

Se tiver uma oportunidade, não desperdice.

Ethan segurou firme no cabo da espada e o ergueu levemente para tirar a lâmina da bainha, quando as palavras do mecânico o atingiram.

— Tive família uma vez. Uma mulher e uma filha.

Ele ficou ali estático, escondido na capa, alguma força oculta segurou sua mão, seu braço, seus músculos. De repente, decidiu que queria escutar mais. O companheiro da cela ao lado lançou um olhar complacente ao mecânico.

— E o que aconteceu com elas, *hermano*?

— Eu trabalhava para o velho Wilmot em Colina do Leste. Ele consertava carros, me ensinou tudo o que sei — disse o mecânico em um tom de nostalgia. — Um dia apareceram uns caras, queriam arrumar a suspensão de um carro velho que encontraram. O carro estava um lixo, mas podia ser consertado. Quase tudo pode, na verdade. O velho Wilmot avaliou e disse que precisava trocar todas as peças e fazer ajustes no motor, pois logo ele ia fundir. Os caras mandaram o velho ir atrás das peças para fazer o serviço, ameaçaram ele dizendo que voltariam em três dias e matariam ele se o carro não estivesse funcionando. Eu estava arrumando uma camioneta na outra sala e tinha a cabeça quente na época...

— Você confrontou os caras — sugeriu o homem da outra sala.

— Mais do que isso, Nacho. Brigamos feio e eu acabei com os caras. Achei que fossem só uns filhos da puta querendo botar medo no velho, mas eles tinham uma gangue. Descobriram onde eu morava — o mecânico apertou as barras da porta da cela e por um momento Ethan achou que elas se dobrariam no meio. Lágrimas começaram a escorrer pela bochecha do mecânico. — Não consigo dar nome ao que senti quando cheguei em casa e encontrei elas lá. Eles não só mataram elas...

Yohan se afastou da grade e caminhou pela sua pequena prisão. Ele movia os dedos da mão rapidamente e a raiva parecia pulsar em seu corpo. Acessar aquelas memórias haviam custado muito caro e Ethan sabia bem o que ele estava sentindo naquele momento. Nacho o observava enquanto escolhia bem as próximas palavras, parecia ser um homem de tato.

— Você conseguiu matar os *pendejos, hermano*?

— Não — disse Yohan. — Mas estão mortos.

Ethan se conteve para não perguntar o que havia acontecido, mas Nacho pareceu ler a sua mente.

— Como aconteceu?

— Recebi uma mensagem de um garoto da cidade dizendo que a gangue estava usando uma antiga fábrica como base. Fui até lá pronto para me vingar a qualquer custo, queria matar cada um deles, nem que isso custasse a minha vida, já não tinha mais nada a perder. Quando cheguei na fábrica achei tudo quieto demais e até pensei que pudesse ser uma armadilha deles, mas não era. Estavam todos mortos, foram assassinados brutalmente, um verdadeiro banho de sangue.

Nacho estava boquiaberto.

— *La madre de Dios*! Quem matou eles, *hermano*? Não vai me dizer que foi o velho que era seu chefe?

Yohan riu daquilo.

— Não. Não. Foi o Homem de Ferro, o cara que me recrutou para trabalhar na Forja. Ele me deu um propósito, disse que todos merecemos a chance de recomeçar — ele voltou para a grade e apoiou os cotovelos, jogando os braços para fora e encostando a testa na barra de ferro. — Fiquei algum tempo lá como mecânico, fui para a Cidade Fantasma, a mulher magricela me fez sangrar e agora estou aqui. Não faço a menor ideia de como teria sido se eu tivesse matado os caras, mas queria muito poder ter matado aqueles desgraçados.

Eu sei como teria sido.

— E agora estou aqui, tendo que matar pessoas que não têm nem escolha. — Yohan completou.

Ethan estava diante da oportunidade novamente. O mecânico estava ali, frente a frente, bastaria enfiar a espada entre as barras de metal e transpassar o homem que tudo estaria acabado, mas seu coração o impedia de agir. O que fazia do mecânico uma pessoa ruim?

A porta de acesso se abriu, colocando Ethan em alerta. Vieram três homens, um deles era tão grande quanto o mecânico, tinha cabelos lisos que pendiam até os ombros, uma testa protuberante e um olhar decidido. Eles caminharam até a cela do mecânico e o homem avaliou o prisioneiro por um momento.

— Você deve ser o mecânico de que tanto falam — disse ele.

— E você deve ser o tal do Salazar — sugeriu Yohan.

— Tragam ele — ordenou Salazar aos outros dois e olhou de novo para Yohan. — Hora do show.

O mecânico recebeu um par de algemas e foi retirado da cela. Ethan os acompanhou, evitando fazer movimentos bruscos que pudessem denunciar sua presença. Os seguiu até um prédio próximo onde luzes coloridas fugiam pelas janelas retangulares, indicando algum tipo de festa. Ethan conseguiu acessar o local por uma porta na parte de trás.

Juntou-se à festa e procurou Yohan por todos os lugares. Havia perdido ele de vista. Em uma arena localizada no final da pequena escadaria cheia de pessoas, similar ao ginásio onde aconteciam as festas na Cidade Sem Nome, uma pequena batalha estava acontecendo. Um jovem de vestes negras lutava contra vários homens, usando apenas duas espadas.

Inicialmente Ethan achou a batalha um tanto desleal, mas após ver a sua habilidade com as espadas, pensou que os inimigos estavam condenados. Um a um ele liquidou todos eles, cortando membros, abrindo gargantas e lavando o chão com sangue com uma brutalidade que o fazendeiro não imaginou nem em seus piores sonhos. Esperava jamais precisar lutar contra um inimigo daqueles.

O *Guerreiro das Sombras*, como o jovem foi chamado pelo apresentador, foi retirado da arena e o público aplaudiu o espetáculo, praticamente ignorando que vários homens morreram apenas para sua diversão. Ethan se manteve em um canto onde tivesse uma boa visão para a arena e ainda assim continuasse relativamente fora de vista, mesmo com a capa. Varreu o local com o olhar novamente, procurando pelo mecânico, mas não viu nada além da plateia emocionada, homens que faziam a segurança e pessoas que trabalhavam na festa.

De repente tudo ficou escuro e um show de luzes passeou pelo local, a música subiu de volume e o apresentador começou a falar.

— Depois de apreciarmos o espetáculo do Guerreiro das Sombras, quero apresentar a vocês um dos lutadores mais formidáveis que já vimos nessas arenas. Chegou recentemente, mas já nos mostrou do que é capaz, vencendo o multicampeão Mike racha-crânios — a torcida gritou de volta, pois já sabiam de quem se tratava. — Senhoras e senhores, o meeeeeeeeeecânicooooooooo!

Então Ethan entendeu. Por um momento pareceu se desprender da realidade e pegou-se observando aquelas pessoas. Todas em êxtase, sedentas por sangue, clamando pela presença dele. Quando o mecânico surgiu na arena, os gritos aumentaram e copos foram erguidos na direção dele em uma saudação. Todos queriam ver o mecânico matar. Todos queriam ver o Cavaleiro da Guerra em ação.

Yohan segurava sua imensa chave ao lado do corpo. Seu semblante estava fechado, as sobrancelhas próximas dos olhos e um olhar impassível, quase como se o rosto fosse esculpido em uma rocha. O apresentador anunciou o desafiante, que entrou na arena e, pela falta de empolgação da plateia, não parecia ser ninguém especial. Era alto e forte, estava armado com uma lâmina longa, mas nada digno de nota.

Algum sino soou e a luta começou.

Ethan continuou observando os espectadores e o quanto eles ansiavam pela violência, parecia algum tipo de droga. O oponente balançou sua arma e deu estocadas no ar para provocar Yohan, que ficou parado aguardando o ataque, parecendo estar aborrecido demais para entrar no jogo. A torcida começou a entoar um cântico de incentivo que continha apenas uma palavra:

— *Mata. Mata. Mata. Mata. Mata. Mata* — diziam em uníssono.

O oponente girou a espada para cima do mecânico, que desviou do ataque com facilidade, deu um passo para trás e preparou a grande chave para o golpe, atirando-a para as costas.

— *Mata, mata, mata, mata, mata, mata.*

Estão todos loucos.

— *Mata mata mata mata mata mata.*

O ritmo da plateia aumentou como se pudessem prever o que estava prestes a acontecer. Yohan fez um arco com a pesada chave vermelha e atingiu o oponente no rosto, quebrando seu queixo, mandíbula, dentes e nariz. Ele caiu sentado, completamente desorientado, mas Yohan não lhe deu tempo sequer para respirar. Bateu de novo, de novo e de novo, quase no ritmo da plateia.

— *Mata-mata-mata-mata-mata-mata.*

Quando acabou, o oponente estava no chão, o corpo todo sofrendo com espasmos. Sua cara era uma bagunça de carne, sangue e ossos. Então o prédio todo estremeceu em comemoração. A plateia delirava, gritando pelo mecânico. A loucura era visível em seus olhares.

Como pode uma pessoa causar tanto furor nas outras?

— Ah! Esplêndido, esplêndido! Vocês querem mais mecânico? — perguntou o apresentador.

— Siiiiiimmmmmm! — responderam os espectadores. — Me-cânico. Me-cânico. Me-cânico.

Para o delírio do público, outro oponente entrou na arena, parecendo um coelho na jaula dos leões. Mais gritos de êxtase ecoaram pelo prédio. O espetáculo ia continuar. Resignado, o mecânico aguardou parado, pronto para esmigalhar mais um inimigo. Ethan recusou-se a ver aquilo. Virou as costas e deixou aquele espetáculo de horrores. Se reagruparia com Fiapo, daria a notícia de que tinha encontrado o mecânico, rezaria para reunir a coragem necessária e se prepararia para matar o Cavaleiro da Guerra.

Dante

— Olha! É os Ás de Espadas!

Um pequeno grupo se reuniu em volta dele em um dos prédios menos castigados de Ruínas que Stephen usava para dar festas a convidados seletos. Era início de noite e o sol já não fazia mais parte da diversão.

— Ás de Espadas, você é o melhor!

— Acabou com eles!

— Posso dar uma volta no seu carro? — perguntou uma moça jovem de olhar gatuno.

Até que esse lugar não é tão ruim...

Em três dias, três corridas e três vitórias. Dante já era uma celebridade em Ruínas, seu nome começou a ser entoado nas arquibancadas antes mesmo da segunda corrida. No último dia, ele encontrou a música perfeita em uma das fitas que tinha ganho recentemente de Malcolm, antes de ser capturado em Cassino. Entrou no *grid* de largada ao som de *Ace of Spades* do Motörhead, e apesar dos alto-falantes não serem potentes o suficiente para espalhar a música pela cidade inteira, as arquibancadas vibraram com os *riffs* das guitarras e a bateria frenética. Na última corrida, a própria equipe de Stephen tocou a música durante sua entrada, reverberando o bom e velho rock no concreto castigado dos prédios. Os espectadores cantaram o refrão, erguendo os punhos cerrados.

Agora havia um favorito ali.

Os adversários ficaram cada vez mais agressivos, dando investidas perigosas contra Dante, que conduzia Johnny com maestria, fazendo suas manobras evasivas em uma pista coberta de areia e cheia de detritos. Nenhum daqueles pilotos tinham a menor noção de como usar a força centrípeta para entrar em uma curva em alta velocidade deslizando com os pneus. Dante era um astro.

O astro de Ruínas. O melhor de todos. O Ás de Espadas.

Dante se inclinou para alcançar o ouvido da moça.

— Em uma volta, não consigo fazer com você tudo o que quero — ele se afastou e sorriu.

Ela devolveu o sorriso. Os outros avançaram, cercando Dante, falando todos ao mesmo tempo, segurando seu braço, implorando por atenção. O mercenário levou o copo que segurava até a boca e só então reparou que estava vazio. Abriu espaço entre o grupo para ir até o bar recarregar a cerveja. O ambiente escuro era iluminado por luzes coloridas que passeavam de um lado para outro e animado com uma música eletrônica dançante. Havia um número considerável de pessoas ali, bebendo, fumando e se divertindo, lembrando até uma representação de baixo orçamento do Cassino. De repente, Dante sentiu saudades de lá, dos jogos, das garotas.

Da assassina, não.

Por onde andaria aquele ser insuportavelmente chato? Pelas descrições do mecânico, ela teria saído ao sul da Cidade Fantasma, isso se ainda estivesse viva, considerando sua ideia maluca de enfrentar um exército daqueles seres pestilentos com meia dúzia de lâminas.

Deve estar morta a uma hora dessas.

Um calafrio lhe percorreu a espinha, fazendo-o olhar para um dos cantos da casa de festas. Não havia nada. Pelo menos era o que seus olhos relatavam. Dante apertou a visão e jurou ter visto um vulto distorcido, uma entidade lhe encarando de volta, escondido nas sombras. Alguém se sentou do seu lado, chamando sua atenção. Ele girou o pescoço e se deparou com uma ruiva estonteante observando-o de volta.

— Oi...

... delícia.

— Sou Lili.

E eu sou seu escravo sexual.

— Dante, o Ás de Espadas — ele deu de ombros. — Mas imagino que você já saiba.

— Stephen quer falar com você — enquanto ela falava, tudo o que Dante via era um par de lábios carnudos dançando em sua frente, ávidos por serem ocupados com algo além de palavras.

Parece que todo mundo sabe o meu fraco.

Ele acenou com a cabeça, confirmando. A mulher saiu do bar, indo em direção a uma escada de acesso para uma área privada protegida por um soldado que, quando a viu, girou sobre os pés e abriu caminho para que Lili passasse.

— Ele está comigo — ela avisou o guarda, tocando-lhe o ombro.

Subiram as escadas e chegaram a um mezanino onde outra festa acontecia, muito mais intensa e interessante. Um vapor era lançado constantemente no ar, dando ao ambiente um aspecto de fumaça metálica quando iluminada pelas luzes neon disparadas dos canhões. Os diversos sofás de couro estavam sendo bem utilizados por pessoas fazendo bom uso da lascívia.

Até que esse lugar não é nada ruim.

Stephen estava no sofá central, onde uma mesa à frente acomodava garrafas e copos de bebida o suficiente para embebedar a Forja inteira. Quando o viu, o homem que comandava Ruínas veio em sua direção, envolvendo seu ombro com um abraço.

— Dante, Dante, Dante! Então Lili conseguiu te fisgar.

Dante olhou para Lili em seu vestido vermelho que envolvia perfeitamente a cintura fina e descia até as coxas grossas.

— Ainda não, mas estou bastante disposto.

O homem deu um soco no seu ombro e riu; visivelmente já havia bebido um pouco além do que parecia estar acostumado.

— E eu achei que não ia gostar de você na primeira vez que te vi.

Dante não respondeu dessa vez. Tentava estudar o comportamento de Stephen para determinar o objetivo daquela visita, ciente de que ele não era o tipo de homem que perdia tempo fazendo qualquer coisa. Notando sua hesitação, Stephen tratou de seguir com o assunto.

— Bela corrida. Bela corrida. A cidade te adora! Não é, pessoal? — ele ergueu o copo e deu um grito, sendo correspondido por todos com a exceção de dois homens, tão entretidos em um beijo que nem uma horda de infectados os tiraria do transe.

— Ás de Espadas! Ás de Espadas! Ás de Espadas!

— É verdade — ele concordou.

Dante sorriu, pegou um copo na mesa, ergueu na direção deles e bebeu tudo em um só gole. Os gritos sobrepujaram a música e logo todos retornaram suas atenções aos próprios desejos. Stephen o convidou para sentar-se no imenso sofá, fazendo um gesto com a mão.

Desembucha logo, Stephen.

— Eu estava pensando em deixar as coisas mais... interessantes, sabe?

Tá querendo é me foder bonito que eu sei.

— O que considera como "interessantes"?

— Apostas altas, caro Dante.

— Por mim você pode fazer as apostas que quiser. Estou livre conforme combinamos, amanhã pego o Johnny e vou embora.

— Quero fazer uma aposta alta com você, garoto.

E eu lá tenho cara de idiota, Stephen?

— Já fiz uma aposta alta, não pretendo fazer outra.

Lili chegou até eles, trazendo um copo de cerveja que entregou na mão de Dante. Cochichou algo no ouvido de Stephen enquanto o mercenário dava um gole, estava deliciosamente gelada.

— Tem mais de onde saiu essa — Lili sussurrou no seu ouvido, deslizando a mão em seu peito antes de deixá-los novamente a sós.

Stephen sorriu diante de sua cara de bobo.

— Ela é atordoante, não?

Atordoante é uma horda correndo atrás do seu carro enquanto uma metralhadora cospe balas sem parar. Ela é fabulosa.

Dante deu de ombros.

— Já tive melhores. Apostas, mulheres. Tenho uma vida intensa.

De dívidas.

— Quero fazer o maior espetáculo que Ruínas já viu. Uma corrida diferente de todas que você já correu.

Hum... fale mais.

Stephen deu um gole na bebida do seu copo.

— Mas primeiro gostaria de te convidar para assistir um espetáculo especial.

Ele se levantou e chamou Dante, dirigindo-se a uma porta no final do corredor do mezanino. Dois homens guardavam a passagem, armados com grandes rifles e expressões de poucos amigos. Dante encarou cada um deles antes de entrar, já tinha visto homens daqueles o suficiente para se deixar intimidar. Quando atravessou o umbral da porta, percebeu que o ambiente era um pouco mais iluminado. Alguns refletores estavam apontados para o centro de uma antiga quadra esportiva e as arquibancadas estavam repletas de pessoas, elevadas a uma altura considerável, evitando que lutadores e torcidas tivessem contato. Acontecia uma luta lá embaixo, muito similar à que assistira quando Yohan esfacelou a cabeça do tal Mike, onde dois homens duelavam com armas rudimentares improvisadas. Stephen o convidou para sentar-se em uma cadeira central. Lili surgiu com mais bebidas, piscando para Dante.

Preciso terminar a noite com as pernas enroscadas nessa mulher.

Dante tomou um gole da cerveja e direcionou sua atenção à luta. Um deles estava perdendo, e perdendo feio. Tentava defender o ímpeto do outro homem, bloqueando os ataques da barra de ferro com o antebraço.

Recuou muito, a ponto de perder o equilíbrio e ficar apoiado em um dos joelhos, encolhendo-se no intervalo dos ataques. O quarto golpe consecutivo quebrou algo no seu braço, o quinto golpe encontrou sua cabeça e no sexto ele desabou inconsciente após um espirro de sangue voar sobre a quadra. A torcida foi à loucura com o sobrevivente, que erguia sua barra de ferro ensanguentada em comemoração.

— Quem é o que ganhou? — perguntou a Stephen.

— Luther.

Fez um bico e um aceno positivo.

Já ouvira falar de Luther em Ruínas. Era referido como o melhor guerreiro de todos os tempos, com uma determinação tão mortal quanto implacável. Finalizava suas lutas com brutalidade, banhado de sangue, sendo chamado nas arquibancadas de Cavaleiro da Guerra.

Um nome até que bem legal. Não é melhor do que Ás de Espadas, mas, ainda assim, bem legal.

O locutor caminhou até o centro da arena, ao lado de Luther, enquanto o corpo do perdedor era arrastado para fora.

— Mas que belo espetáculo, senhoras e senhores! Luther, o Cavaleiro da Guerra!

A torcida comemorou, extasiada, aplaudindo de pé. Dante observou que alguém na arquibancada recolhia e pagava apostas, não muito diferente de diversos locais que já havia passado, mas em uma escala de espetáculo muito maior. O conflito humano sempre fora a maior fonte de entretenimento existente, não havia por que ser diferente ali. Luther fez sua exibição e caminhou em direção ao túnel de saída, onde outra figura aguardava. O apresentador retornou ao seu púlpito na arquibancada, e então retomou a palavra.

— E agora... O maior espetáculo da noite! O confronto pelo qual todos vocês estavam esperando!

As atenções estavam voltadas para a arena e Dante já imaginava o que estava por vir. O apresentador apontou para o túnel.

— De um lado, o nosso lutador: A máquina de matar! A montanha de músculos! A revelação de Ruínas: o Mecânico!

Os gritos ecoaram pelo ginásio escuro quando Yohan entrou. Parecia concentrado e decidido a lutar por sua liberdade ou, pelo menos, para não morrer. Trazia em mãos a sua boa e velha chave grifo, a mesma que usara na Cidade Fantasma para esmigalhar infectados. O mecânico girava os ombros para prepará-los para o combate, dando pequenos passos de um lado para o outro enquanto aguardava o oponente. Então um refletor iluminou a boca do outro túnel.

Pobre o coitado que sair de lá.

— E para desafiar o nosso guerreiro, um lutador como vocês nunca viram igual. Outra revelação da nossa cidade de Ruínas, que já provou sua bravura contra vários homens.

As portas do túnel se abriram, revelando uma silhueta nas sombras, segurando duas espadas curtas.

— Façam barulho para o Guerreiro das Sombras!

Filho da puta.

— Eles não vão lutar — Dante advertiu Stephen.

— Calma... não tenha tanta certeza — ele riu. — E se eu te disser que descobrimos uma forma de motivar o seu amigo?

O quê?

Mordecai viu Yohan na arena e partiu em sua direção, correndo com as duas espadas em punho. Parecia mais rápido do que Johnny na pista, sem qualquer indício daquele rapaz cheio de boa vontade que Dante conhecia. Yohan, por sua vez, estava confuso. Assistiu à investida do garoto, estático, incrédulo, sem ao menos montar uma guarda. Mordecai saltou com as duas espadas erguidas, prontas para partir o mecânico em três pedaços. Só houve tempo da chave grifo ser erguida horizontalmente e os metais colidiram, lançando uma chuva de faíscas.

A torcida se levantou. Dante também.

Que porra tá acontecendo? Por que o garoto tá atacando o mecânico?

Mordecai brandia suas espadas de lâmina curta com uma ferocidade que Dante nunca viu em toda sua vida. O mecânico estava perdido, usando a chave para aparar os golpes e esquivando das lâminas tanto quanto possível. Retirou a perna da trajetória da arma e recuou a cabeça a tempo de evitar que a lâmina fizesse um novo sorriso logo abaixo dos seus olhos. Ele gritava com o garoto, tentando devolvê-lo à razão, mas Mordecai apenas atacava e atacava, como uma daquelas criaturas infernais.

O mecânico não vai aguentar. Ou ele termina fatiado, ou o garoto arrebentado.

— Tá legal. O que você quer? — disse para Stephen.

— Eu já te disse — riu ele. — Quero deixar as coisas mais interessantes.

Yohan aparou um golpe lateral com o cabo metálico da chave, cuspindo faíscas na arena. Com o pé, ele empurrou Mordecai para trás.

— Fiz uma promessa e não vou quebrar! — o mecânico gritou para o garoto.

A agitação na arena deu uma pausa para a curiosidade. Mordecai encarava o mecânico de volta, ofegante, em silêncio, os ombros subindo e descendo. Estava longe o suficiente e a luz vinda de cima criava dois círculos sombrios nos olhos do garoto, mas Dante conseguiu vislumbrar que a sua expressão não tinha nada do Mordecai que conhecia. Ele avançou de novo contra o mecânico, primeiro um passo e depois outro.

— Mas eu também não vou morrer aqui! — advertiu Yohan.

Para Mordecai, porém, o aviso não surtiu efeito algum, que retomou a corrida com as espadas estendidas para trás. Yohan preparou o corpo para receber o impacto do golpe. Pela postura, parecia saber exatamente o que significava um corte daquela arma.

— Vai deixar que dois excelentes lutadores se matem? — perguntou Dante para o homem, a forma que encontrou de não aparentar tanto interesse. Sabia onde Stephen queria chegar com aquele show.

— É até bom que o público não se apegue. Pode ser perigoso — respondeu ele com sarcasmo, piscando para Dante. Esticou os braços e cruzou as mãos atrás da cabeça, esticando as pernas sobre a cadeira da frente. — Campeões nascem e campeões morrem. Deixe que se matem.

Na arena as coisas não estavam nada boas para o mecânico, encurralado entre não matar e sobreviver a uma fera raivosa. As espadas de Mordecai agitavam-se feito um furacão, exigindo de Yohan toda sua concentração e habilidade de luta. Uma mancha de sangue na coxa esquerda e outra próxima ao peito indicavam que a defesa não havia sido plenamente eficaz e, pelo andar da luta, haveria mais delas. Por um momento, Dante desviou sua atenção dos lutadores para a torcida. Uns gritavam incentivos para que o garoto acabasse com a raça do mecânico, enquanto outros gritavam o contrário. Tudo dependia da aposta feita.

Não são minha responsabilidade.

Dante tentava se convencer de que, independentemente do que acontecesse, nenhuma das mortes, ou as duas, era da sua conta. Mas os pensamentos vieram como um filme em sua cabeça: imagens do grupo reunido na Cidade Fantasma, Dante sugerindo que se dividissem, condenando o mecânico e seu amigo a partirem com a assassina. Na verdade, dando um passo para trás na história, a presença deles lá também fora devido a Dante ter levado a assassina. Meredith tinha muito mais culpa do que ele, mas, de qualquer forma, parte da responsabilidade era sua, sim. No entanto, diferente de centenas de pessoas que passaram pelo seu caminho, o mercenário se importava com aquelas. E, se não fosse por Dante, o garoto ainda estaria solitário enfrentando aquelas coisas na Cidade Fantasma e o mecânico ainda estaria consertando veículos enferrujados na Forja. Ainda que ambos estivessem prestes a se matar em uma arena, pareciam ser homens decentes. Muito mais do que a maioria.

Foda-se.

Abriu a boca para falar, mas foi tarde demais. Sua atenção foi sequestrada para a arena, onde Yohan tinha uma das lâminas a centímetros do pescoço, em uma batalha de forças com o garoto possuído. Havia largado a chave, caída no centro da arena, e agarrara os punhos do garoto para se afastar das espadas. Mordecai, por sua vez, usou o giro do punho esquerdo para direcionar a ponta da espada contra o pescoço de Yohan.

Estava decidido a matar o mecânico.

Não faz sentido algum. Ou faz?

Tentando ligar os pontos, Dante buscou na memória sua passagem com o garoto. Houve aquele incidente na Cidade Fantasma, que fez a assassina correr atrás dele feito uma maluca. Ela recebeu pouco crédito quando falou a Dante que Mordecai queria matá-lo, pois não condizia com o garoto. Depois veio o caso dos homens mortos de Stephen, o que Dante pensou ser outra mentira. Mas agora, vendo-o lutar na arena com tanta ferocidade, tudo fazia sentido.

Parece que o garoto tem segredos além da coruja.

Um tilintar metálico ecoou no ginásio. Usando a força das imensas mãos, Yohan conseguiu fazer o garoto soltar uma das espadas, enquanto a outra girava próxima do seu pescoço, tentando dar o bote como uma cobra presa pela cauda. Stephen estava extasiado ao seu lado, bebendo e fumando. As pessoas nas arquibancadas estavam nas pontas dos pés, tensas como se estivessem elas mesmas segurando a lâmina, ou empurrando-a para longe do próprio pescoço. Tudo dependia da aposta feita.

Então, o mecânico decidiu que estava mais determinado a sobreviver do que o garoto estava em matá-lo. Soltou o braço desarmado e usou o movimento para dar uma cotovelada na testa do garoto. Mordecai cambaleou brevemente, dando tempo para Yohan torcer o punho que segurava a espada e completar o golpe com uma cabeçada certeira no nariz dele, fazendo-o voar de costas na arena. O ginásio prendeu a respiração com a cena e quase foi possível ouvir o som do vento do deserto mais ao longe, não fosse a festa acontecendo além da porta logo atrás. O mecânico recolheu ambas as espadas e a sua chave, sem tirar os olhos do garoto.

Começaram os gritos na multidão, divididos entre incentivos para o garoto levantar-se e para o mecânico acabar com ele enquanto estivesse caído. Yohan estava alheio a tudo à sua volta. Parecia genuinamente preocupado com o garoto, ainda que mantivesse uma distância segura. Lentamente, Mordecai foi recuperando a consciência, como se estivesse acordando de uma ressaca épica. Apoiou as mãos no chão e encarou a montanha que era o mecânico na sua frente, provavelmente perguntando-se que comunhão de acontecimentos os colocaram naquela situação, se é que conseguia pensar algo.

Demorou para agir, o que era um bom sinal. E enquanto a torcida gritava para que o mecânico esmagasse a cabeça de Mordecai feito um melão podre, ele fez algo que deixou até Dante perplexo: falou algo e esticou a mão para que o garoto pudesse se levantar. Mordecai conferiu o sangue saindo do nariz, agarrou a mão do mecânico e se colocou de pé, avaliando a plateia ao redor. Parecia muito confuso, mas não estava mais possuído por seja lá o que fosse. Yohan, por sua vez, deixou as três armas caírem no chão, deixando claro que não haveria sangue ali.

O mecânico me salvou nessa.

Indignado, Stephen foi até a borda da arquibancada, pegou o microfone do apresentador e encarou o mecânico.

— Ou morre um, ou morrem os dois.

Yohan cuspiu no chão, as sobrancelhas formavam uma linha reta sobre os olhos.

— Mande o covarde vir bem armado então.

Porra! O mecânico me fodeu nessa.

O burburinho de descontentamento tomou conta dos apostadores, que nem ganhavam, nem perdiam com aquele resultado. Stephen tampouco gostou do tom petulante do mecânico.

— Que seja, eu já contava com isso. O primeiro que morrer é o que conta para as apostas.

Ele fez um sinal com a cabeça para seus homens e a arena foi se enchendo de lutadores armados com porretes, lanças, facas e todo o tipo de arma porcamente improvisada com metal enferrujado. Yohan puxou o garoto, ainda assustado e atordoado para trás de si, entregou-lhe as espadas e ficaram ambos um de costas para o outro, aguardando a investida.

— Quem matar qualquer um deles, estará livre — disse Stephen, antes de virar as costas e retornar ao assento.

Os homens partiram para o ataque, gritando e erguendo suas armas. A torcida explodiu em euforia e Stephen virou a cabeça para Dante.

— Viu? Deixar as coisas mais interessantes. É disso que eu tô falando.

Filho da puta! Eu vou acabar com a tua raça.

Dante deu um impulso para esganar o comandante de Ruínas com as próprias mãos e sentiu o cano frio da pistola encostando em sua cabeça. Um rápido olhar bastou para ver o olhar malicioso de Lili mais acima, fitando-o pelo alinhamento da mira da pistola. Parecia deliciosamente perigosa, o tipo de mulher que Dante gostava.

— Você não vai conseguir me dar prazer com um buraco na cabeça.

— E eu que pensava que prazeres e buracos tinham uma forte relação.

Ela torceu o nariz para o deboche.

— Senta aí e aproveita a luta.

Porra...

A primeira linha ofensiva já tinha chegado até Mordecai e Yohan, resultando em um queixo quebrado, meia dúzia de costelas fraturadas e um braço amputado, do inimigo, obviamente. Uma bela dupla na arena, diga-se de passagem. Alguém para se ter como companhia em um campo de batalha, se a sua vida dependesse disso. Enquanto Mordecai era agilidade pura, fazendo suas espadas cortarem o vento e tudo mais o que encontrasse pelo caminho, Yohan era um tanque de guerra, agitando os braços como dois pilares de rocha enquanto balançava sua chave grifo para acertar os inimigos com o que parecia ser uma tonelada bruta de aço. Um dos desafiantes que vinha correndo na direção do mecânico recebeu o golpe no joelho, quebrando a perna em um ângulo que fez a plateia prender a respiração enquanto ele urrava de dor.

— Parece que vai faltar gente — Dante debochou de Stephen.

O filho da puta apenas sorriu para Dante, piscando o olho esquerdo.

Deixar as coisas mais interessantes. Já entendi.

— Como se eu me importasse com eles... Vá em frente Stephen.

— Está bem — disse ele, fazendo um sinal.

As luzes ao redor da plateia e do ginásio se apagaram, deixando apenas um domo de luz no centro da arena, onde estavam Yohan e Mordecai, e se estendendo em um raio de não mais do que um metro além deles. Além desse círculo, era escuridão total, o que fazia os inimigos surgirem como fantasmas.

A luta ficou tensa e perigosa. Yohan levou um corte no braço e Mordecai um golpe no pescoço. O mecânico só não teve o peito atravessado por uma lança porque o garoto desviou o golpe a tempo e a recíproca foi verdadeira quando uma espada foi aparada com a chave grifo a centímetros da cabeça de Mordecai. Os inimigos pareciam se multiplicar na escuridão, como aquelas coisas da cidade. Aquilo não acabaria bem.

Porra. Merda. Merda! Merda! Merda!

— Tá legal, Stephen — disse Dante. — Eu corro na sua corrida. Mas você tem que soltar os dois.

Stephen tomou um gole da cerveja calmamente.

— Nada feito.

— Vai se foder, Stephen! Você já devia ter soltado o garoto desde o começo! Eu ganhei a merda das três corridas!

— Não se faça de idiota. O garoto quem mudou as coisas.

Na arena, um taco se partiu contra o braço de Yohan, Mordecai atravessou alguém com a espada e esquivou de um pedaço de pedra que raspou sua bochecha esquerda.

— Que tipo de corrida é essa?

— Do tipo mortal.

Porra.

— Solta o garoto e libera o mecânico para preparar o meu carro — esticou a mão buscando um acordo.

— Vai ter que fazer melhor.

O som de um crânio se partindo chegou nas arquibancadas, precedido de um grito confuso de dor. Dante olhou para a arena. Estava uma confusão. Mordecai tinha sumido, havia um rastro de sangue indo para o escuro e Yohan cuidava de dois.

Onde está o garoto?

A torcida estava enlouquecida. Na escuridão, duas lâminas dançavam, atravessando pele, músculos e ossos. Os gritos da plateia subjugavam os gritos de morte dos lutadores. Um espetáculo brutal. A luz sobre Mordecai foi acesa, cegando-o por um momento. Recebeu um golpe na cabeça com um porrete, caiu atordoado e quase não conseguiu defender o golpe do machado que desceu sobre ele.

— Se qualquer um deles morrer, eu não corro na porra da sua corrida, Stephen.

— Então parece que você se importa.

Dante cerrou o punho e o cano da arma fez ainda mais pressão contra sua cabeça. Lili estava atenta e preparada.

Filhos da puta!

— Nós dois sabemos que sem mim você não terá o maior espetáculo que essa cidade já viu. Aperta a porra dessa mão. O garoto livre e o mecânico prepara meu carro. Depois você faz dele o que bem entender.

Stephen deixou o olhar pairar sobre a arena, onde ambos lutavam bravamente pela vida, retornou à mão de Dante e finalmente o encarou nos olhos, tomando sua decisão.

— Está bem. É justo — apertou a mão de Dante e olhou para um de seus homens. — Acabe com isso.

Yohan já estava encurralado quando os tiros retalharam o teto de zinco enferrujado, atraindo a atenção de todos. As luzes foram acesas e Stephen estava em posse do microfone novamente.

— Já basta. Os dois vivem essa noite. Larguem as armas agora.

Havia uma frustração generalizada, tanto na arena quanto nas arquibancadas. Um homem empunhando uma faca ainda tentou saltar na direção de Mordecai, mas foi alvejado pela metralhadora de um dos guardas, desabando morto no piso de concreto. Foi o suficiente para acalmar os ânimos. Então o comandante de Ruínas lançou um olhar triunfal para Dante antes de se dirigir à torcida.

— Aos que fizeram suas apostas, não fiquem desapontados, meus amigos. Em breve teremos o maior espetáculo que já viram. Vocês não perdem por esperar — e encarando o mercenário, ele complementou sorrindo. — Não é, Dante?

Yohan

Esfregou os pulsos quando lhes tiraram as algemas. Nas primeiras vezes em que foi levado de um lado para outro por qualquer motivo que fosse, Yohan achava que as pulseiras de metal faziam parte de algum jogo psicológico para mostrar poder, lembrá-lo de que ele era o prisioneiro, mostrar quem estava no comando. Mas cada vez que alguém ia tirar as algemas e o mecânico o encarava diretamente nos olhos, podia ver o mesmo, em todos eles.

Medo.

Agora não era diferente. As algemas haviam sido atiradas para dentro da cela e a porta fora aberta apenas depois que ele comprovou estar com os pulsos presos. A fama do mecânico tinha circulado por toda a cidade devastada. Homens armados deram comandos à distância, indicando que ele seguisse pelos corredores até chegar no carro. Além do motorista, dois homens o acompanharam na parte de trás do furgão, ambos tremendo feito vara verde.

A última vez que algo assim aconteceu, quase fui morto no meio do deserto. Se não fosse por Fiapo...

Dessa vez, porém, a viagem foi rápida e logo ele ouviu um ruído estridente, aço sendo cortado por disco diamantado. Yohan saiu do carro e avaliou os velhos galpões, que não se diferenciavam muito dos que tinham na Forja, com suas longarinas de metal adoecidas pela ação do tempo. Parecia que a ferrugem era a única coisa que havia ganhado força com o tempo, assim como a peste assolou a humanidade, ela tinha acabado com quase todo o metal que era para durar.

— Ali — indicou um dos soldados com a ponta da arma.

Yohan acessou o galpão indicado e se deparou com o carro preto e o seu motorista. Apesar de tudo, Dante não parecia aborrecido. Ele nunca parecia aborrecido. O mercenário abriu os braços e um largo sorriso quando percebeu a chegada do mecânico.

— Aí vem o cara que vai me dar a vitória.

Com os punhos abaixados à frente do corpo, Yohan parou logo na entrada. Havia uma oficina de respeito ali. As paredes estavam abarrotadas de ferramentas dos mais variados tipos. Sujas e desgastadas, era verdade, mas, ainda assim, boas ferramentas. Aquele lugar lembrava muito seu tempo na Forja, onde a maior de suas preocupações era aturar os desaforos e a ingratidão dos irmãos de ferro. Foram bons tempos.

Como estaria a Forja agora?

Dante veio em sua direção e lhe deu um abraço sem cerimônias.

— Bom ver você — disse ele, com o que parecia ser sinceridade. Olhou para as mãos de Yohan e logo para os homens de Ruínas. — Ei! Ele não vai conseguir trabalhar com as mãos presas desse jeito!

— O problema não é meu — rosnou um dos soldados, lá da porta.

Dante sussurrou algo como *filho da puta* e caminhou até lá.

— O problema é muito de vocês, seus idiotas. Querem que eu fale para o Stephen que vocês não estão querendo colaborar? Quem sabe eu digo que não vai ter Ás de Espadas na corrida porque o carro não ficou pronto a tempo. Fazem ideia da quantidade de apostas nesse carro?

Os dois soldados trocaram olhares, buscando um no outro qualquer informação que corroborasse ou contrariasse o discurso do piloto maluco. Dante estendeu a mão.

— Atirem as chaves para cá. Depois que ele finalizar, eu mesmo vou algemá-lo.

— Vai se ferrar — o soldado recolheu a mão que segurava a chave como se tivesse tomado um choque.

Dante massageou as têmporas com o polegar e dedo médio.

— Vocês estão fazendo a gente perder tempo, seus filhos da puta. Eu fiz um acordo com Stephen. Querem confirmar com ele? Tudo bem, é só ir, mas tenho certeza de que ele vai ficar muito puto quando souber que o mecânico precisou ficar mais um dia por culpa de vocês.

— Entrega essa merda de chave de uma vez — disse Yohan, já cansado de tanta argumentação. — Eu não vou fugir.

As chaves voaram até a mão do mercenário.

— Vamos ficar vendo vocês aqui do lado de fora. Não tentem nada — advertiu os soldados.

— Não irei.

Dante se virou para ele e deu um assovio.

— Tenho que confessar que você impõe respeito — disse Dante enquanto soltava as algemas. — Não se fala em outra coisa na cidade toda. Ainda mais depois da sua última luta com o garoto.

— Como ele está? — perguntou Yohan enquanto massageava os punhos, caminhando em direção ao belíssimo Dodge Challenger.

— Continua preso, mas vai ficar bem. Há quanto tempo você sabia que ele fazia aquilo?

— Fazia o quê?

— Ah! Coisa pouca — riu Dante. — Ele meio que encarna o demônio, fica com os olhos pretos e sai matando todo mundo. Retalhou seis com uma faca de pão. Sério, como sabia que dar uma pancada na cabeça dele ia funcionar?

Yohan balançou a cabeça, não sabia de nada disso. Bem verdade que não sabia nada sobre o garoto, apenas o que o Homem de Ferro tinha lhe contado. Dante não se conteve com a resposta.

— Mas você me pediu para cuidar dele lá naquela cidade infestada. Sei que você significa algo para ele, então posso deduzir que ele deve significar algo para você. O que é aquele garoto?

Yohan virou o rosto, voltando a atenção para o carro.

— Fiz uma promessa. Não sei nada além disso. Estamos perdendo tempo, então diga logo o que você quer.

Dante torceu a boca como se tivesse levado um soco.

— Sutil. Então tá! Quero que você transforme meu carro em um carro de guerra.

— O quê?

— Carro de guerra. Tiros. Foguetes. Bombas. O que sua imaginação de mecânico lutador lhe permitir.

— Você vai precisar me explicar isso melhor.

Dante explicou tudo pelo que havia passado desde que saíram pelos portões da Cidade Fantasma. Não de forma objetiva e nem sem o seu habitual toque de sarcasmo, mas deixou claro que desde o início tentara soltar os três, primeiro correndo de forma limpa e, agora, como último recurso, participando de uma corrida mortal.

— Está ciente que não consigo fazer o carro ficar impenetrável, certo? O que está prestes a fazer é uma loucura.

— Se não fosse, não seria eu — riu Dante.

— Você disse que o tanque de guerra também deve correr. Basta um tiro para ele te arrebentar no meio.

— Ele tem que me acertar primeiro.

— Desisto — disse Yohan, dando-se por vencido. — Quer se matar, que seja.

Caminhou até as prateleiras para avaliar os recursos disponíveis.

— Vou ter que soldar o seu carro.

— Eu sei.

— Vai queimar a pintura.

— Eu sei!

— Provavelmente ele não volta inteiro dessa corrida. Isso se você tiver sorte.

— Caralho! Eu sei!

— Tudo bem, então. Vamos lá.

Yohan pegou o maçarico, a esmerilhadeira, a máquina de solda e os metais destinados aos suportes. Conversaram sobre o que seria feito no incrível Dodge Challenger, pois a estratégia contaria muito para a sobrevivência do mercenário. Ele havia sugerido revestir o carro com chapa grossa para proteger a estrutura, mas Yohan trouxe outra perspectiva da mesma corrida.

— Ganha o último que ficar inteiro ou quem chegar em primeiro lugar?

— O que acontecer antes.

Yohan coçou a barba.

— Olha, não adianta encher o seu carro de aço. Ficará lento, sem controle e qualquer coisa que o atingir tem um potencial de estrago muito grande, mesmo com a chapa. Além disso, eu não tenho tempo para fazer um trabalho decente, ficaria um lixo.

Dante coçou o queixo.

— O que sugere então, melhor mecânico de todo o Pós-Guerra?

Foi inevitável pensar em Alanna e sentir um aperto no peito.

— Você provavelmente tem o carro mais rápido da corrida. Eu trabalharia com essa vantagem.

O mercenário assentiu.

— Sou todo ouvidos.

Yohan contou seu plano, que foi visto com bons olhos pelo mercenário. Havia lógica na sua estratégia, talvez a única que pudesse mantê-lo vivo. Deixariam o carro leve o suficiente para se manter na dianteira, mas com recursos o suficiente para atacar e defender. No galpão havia todo o tipo de ferramenta, principalmente as manuais que tanto faziam falta, como extensores, cabos de força, cachimbos de todos os tamanhos e chaves allen, que geralmente eram improvisadas por Yohan na Forja, além das máquinas de cortar e dobrar. Um verdadeiro arsenal para mecânico nenhum colocar defeito. No quesito matéria-prima também estavam bem abastecidos: chapas, cantoneiras e barras de aço para a confecção das placas de proteção, parafusos dos mais diversos tipos para fixação, ferramentas para movimentação de peças e muito material de solda devidamente acomodados em uma estufa.

Ao contrário do que Yohan esperava acontecer, Dante pegou junto no serviço, perguntando constantemente como poderia adiantar qualquer atividade. Trabalharam por pelo menos três horas sem falar qualquer palavra, algo que o mecânico considerou quase um milagre. Dante queria instalar uma metralhadora no centro do capô do carro, mas o mecânico não concordou, pois atrapalharia a visão e ele já teria preocupações demais pilotando o carro. Em vez disso, instalou uma de cada lado, acima das caixas de rodas dianteiras, com um manete abaixo do painel, permitindo ao mercenário disparar quando quisesse.

O mercenário sorria ao apertar os gatilhos do manete, fazendo o som dos disparos com a boca, seguido de uma explosão que só aconteceu em sua mente. Yohan o achou um idiota, mas não pôde evitar um sorriso.

— O quanto da cidade você viu?

Dante retomou a atenção para o mecânico, pensando um pouco na resposta.

— A corrida contemplou toda a cidade, creio eu.

— Muitos soldados?

— Não sei se podemos classificar como "soldados", mas tem bastante gente armada.

— E sabe onde ficam as armas por aqui?

— Vi um lugar, próximo ao prédio de Stephen. Três quadras da arena principal. Passamos por lá quando voltamos da sua luta com o racha-crânios. Me lembro de ver um carregamento chegando, acredito que homens do Negociador.

Uma sombra invadiu o galpão iluminado com o sol do meio da tarde, era um dos guardas vindo trazer um prato de comida para os dois, encarando-os com um semblante carrancudo. Ambos ficaram em silêncio, comunicando pelo olhar que a conversa seguiria mais tarde.

Assim que o guarda os deixou sozinho novamente, retomaram a conversa sobre as defesas da cidade. Yohan relutou em contar a Dante sobre os planos de Nacho, temendo que ele fosse tão confiável quanto Miles era ao Homem de Ferro. Dante, por sua vez, relatou alegremente tudo o que havia visto até então. Desde a entrada principal, passando pelos subúrbios até a parte mais destruída da cidade, chegando ao prédio do homem que comandava o lugar.

— Vi contêineres chegando em caminhões — disse ele, aproveitando o barulho da solda para contar a Yohan sem que os homens lá fora escutassem.

— Quantos? — quis saber o mecânico, perguntando quase em um sussurro.

— Quatro pelo menos.

— Mortos da cidade?

— Eu não me surpreenderia.

— Onde?

Dante apontou na direção, e caminhou até a prateleira de ferramentas, fingindo estar procurando algo, pegou uma chave qualquer e voltou até o mecânico. Yohan assentiu e voltou a trabalhar.

A maior parte das armas ficou na dianteira, enquanto o reforço estrutural ficou principalmente nas laterais e na traseira, as partes mais expostas aos inimigos, pelo menos na primeira volta. O suporte para o implemento que chamaram de "escudo" foi o mais complicado de fazer. Basicamente tinham que prender quase trezentos quilos de chapa na traseira do carro de forma que ficasse firme, mas que pudesse se soltar ao puxar a alavanca do lado esquerdo do banco. Yohan fez um teste, a placa se soltou e levaram mais um bom tempo para colocá-la no lugar de novo.

— Nem por brincadeira encoste nessa alavanca sem a real intenção de se livrar daquilo.

Dante ergueu as duas mãos em um sinal debochado de confirmação.

Fizeram o trabalho de quase três dias em apenas um e, quando finalizaram, o sol já tinha se escondido há muito tempo. Os soldados surgiam na porta de tempos em tempos, confirmavam se estavam trabalhando e retornavam para a vigilância à distância. Dante caminhava ao redor do veículo pronto, avaliando o trabalho que havia sido realizado. Ainda era o mesmo carro, sem sombra de dúvida, mas agora estava reforçado como um soldado em uma armadura de batalha.

— Devo admitir que você fez um bom trabalho.

Yohan gostou do elogio, mas não se permitiu sorrir. Ainda achava aquilo tudo um suicídio.

— Poderia ficar trabalhando aqui, já pensou nisso? — disse Dante.

— Trabalhando aqui?

— Você é bom com carros e pelo que vi vão precisar muito de serviço como o seu. Eu não sei quem conserta os carros desses caras, mas duvido que consigam fazer — apontou para o Dodge Challenger — isso.

— Não tenho a intenção de ficar aqui.

— E para onde pretende ir?

— Tenho que voltar à Forja — disse Yohan com convicção, enquanto conferia visualmente os parafusos de fixação que foram adicionados no carro para segurar toda a armadura. — Não era para ficar tanto tempo longe, precisam de mim lá.

Dante hesitou para responder e não soou nada bom.

— Não quero desapontar você, mas a menos que a Forja tenha também os melhores combatentes do Pós-Guerra, nesse momento devem estar todos mortos. Ou azuis. Ou mortos azuis — completou com um sorriso forçado.

— O que quer dizer com isso? — Yohan perguntou, sério.

Dante coçou a cabeça.

— Quando eu e o garoto saímos da cidade tínhamos tantos deles atrás de nós que não dava para ver nada. Parecia uma avalanche de mortos. Surgiam de todos os cantos, vinham de todos os lados. O pessoal do Salazar nos encontrou e viemos em direção ao norte. Pelo retrovisor vi que eles marchavam em direção à Forja.

— Estão com Alanna. Saberão se defender. Já vencemos os mortos uma vez, podemos vencer novamente.

— Não tem como vencer tantos, Yohan.

O mecânico encarou Dante.

— Já vencemos uma vez, podemos vencer novamente.

O mercenário cruzou os braços e se encostou no carro.

— Pode até ser, mas seja qual for o resultado, essa é uma batalha da qual receio que você não irá participar.

— Posso, se você me levar até lá.

— Eu o quê? — Dante riu. — Não conte com isso, meu amigo. Não volto para lá nem amarrado. Johnny não gosta do deserto e já tivemos emoções demais para aqueles lados.

— Acabei de preparar seu carro com armamentos e blindagem — apontou para a porta. — É só você cruzar essa porta e fugir da cidade. Em menos de dois dias estaremos lá.

Dante deu um olhar hesitante para a porta, enquanto sua mente ágil formulava um meio de viabilizar aquela ideia.

— Mesmo que as armas estivessem com munições e conseguíssemos fugir, o seu garoto ainda está preso no prédio do Stephen para nos dar... motivação. Sabe o que aconteceria a ele se fôssemos embora? Se não se importar em deixar ele para trás é só entrar no carro.

Merda.

Se fosse qualquer promessa feita a qualquer pessoa, estaria pouco se importando em embarcar no carro e tentar uma fuga. Mas havia feito a promessa para uma das últimas pessoas que ainda respeitava em todo o Pós-Guerra.

Mantenha ele a salvo, custe o que custar.

Mas ao custo da Forja? Uma pessoa pode mesmo valer a vida de tantas outras? Não tinha ele sobrevivido tanto tempo sozinho para precisar de proteção agora? Afinal, morava numa cidade infestada com milhares de mortos que o caçavam dia e noite. Ou que eram caçados por ele dia e noite? As pilhas de corpos, as armadilhas. Tudo fazia sentido agora.

Sim. Ele era o fantasma que diziam haver na Cidade.

Costumava pensar que era essa "entidade" que estava matando os soldados criada pelas mentes dos irmãos de ferro. Se talvez não tivesse lutado contra aquele monstro, jamais poderia considerar que um garoto era capaz de matar tantos homens a sangue frio. Mas, pensando bem, aquelas espadas eram capazes de fatiar um homem ao meio e Dante havia contado algo que não acreditaria em uma conversa de bar, além de ter presenciado toda a fúria do garoto na arena.

Retalhou seis com uma faca de pão. Mas também salvou minha vida pelo menos umas duas vezes naquela batalha. O que realmente é aquele garoto?

— Então, grandão, o que vai ser? — Dante perguntou com as sobrancelhas levantadas, quebrando seu fluxo de ideias. — Quer deixar o garoto-capeta aí e tentar a sorte?

Yohan atirou a chave para ele.

— Não costumo julgar um homem por suposições, nem por um momento ruim. Se vamos sair daqui, o garoto vai com a gente.

— Um homem honrado — disse Dante de forma teatral. — Gosto disso. Leva à morte, mas gosto disso.

Yohan caminhou até a porta e assoviou para os guardas, esticando os punhos para frente. Os guardas se aproximaram e o algemaram, indicando o mesmo caminho pelo qual vieram pela manhã. Só então o seu estômago roncou e ele percebeu o quanto estava com fome.

— Ei, mecânico — chamou Dante, escorado em seu carro, fazendo os três girarem os pescoços ao mesmo tempo. — Não vá morrer naquela arena.

Yohan deu um sorriso com a boca fechada.

— Nem você.

O mercenário assentiu.

— É como eu sempre digo: seria bom não morrer hoje.

Meredith

O veículo parecia ter combustível o suficiente para elas chegarem até a Fortaleza de Vidro. Enquanto dirigia, Meredith se recriminava por várias coisas que tinha feito errado: levar a menina consigo, não ter matado aqueles dois idiotas, deixar as armas com eles. Se Gunnar a visse agora, diria que a garota havia amolecido seu coração. Ela conferiu a menina no banco do carona, emburrada e de braços cruzados.

— Por que está assim?

— Você ia deixar ela me matar — sibilou a menina entre os dentes.

Mas que bela filha da puta mal-agradecida!

— Não ia deixar ela te matar.

— Se a arma não tivesse falhado, ela tinha me matado!

— Eu sabia que não estava carregada — mentiu Meredith.

A garota girou o pescoço, olhando para ela, incrédula.

— Como você sabia disso?

— A câmara da arma estava vazia, dava para ver. Já tive muitas armas apontadas para mim, sei dizer exatamente as que estão carregadas e as que não estão — outra mentira.

— Você conseguiu enxergar com toda aquela escuridão?

Meredith devolveu o olhar com um ar soberano.

— Sim.

Ambas ficaram em silêncio por um tempo, até que a menina franziu a testa, pensativa.

— Você é algum tipo de super-herói mulher?

Meredith não pôde deixar de achar graça.

— Não existe essa coisa de super-herói, garota. Quanto antes descobrir isso, melhor.

— Eu não acho — declarou a menina.

De todas as respostas possíveis, essa era a que Meredith menos esperava escutar.

— Ache o que quiser — resumiu sua resposta.

— Não quer saber por quê? — perguntou a garota, confusa.

— Não. Eu não quero — disse Meredith, com os olhos na estrada.

A menina ficou sem resposta. Balançou as pernas além do banco, olhou as árvores pela janela e brincou com a maçaneta da porta. O carro subia e descia a estrada de chão batido e Meredith seguia as placas que indicavam a rodovia principal. A menina não se conteve.

— Mas eu vou te falar mesmo assim. Você usa essa roupa que parece uma capa. E me salvou. Os heróis usam capas e salvam as pessoas. Depois você me protegeu dos monstros, igual um herói. E quando aquela mulher ia atirar em mim, você não fez nada porque sabia que ela estava desarmada com sua supervisão de herói. E, mesmo brava, você deixou eles vivos... — ela levou a mão ao queixo. — Por que deixou eles vivos?

Essa era uma boa pergunta. Pegou o homem desarmado e estava sendo ameaçada logo depois. Poderia ter acabado com aquilo logo. Talvez custasse a vida da menina, mas quem daria falta? Estava sozinha no mundo mesmo. Estava *sozinha*, igual Meredith havia ficado um dia. Ela deu de ombros e tentou responder à pergunta da melhor forma possível.

— Acho que foi para dar uma chance a eles.

— Viu? — disse a menina. — Parece a fala de um herói.

— Acredite em mim, garota. Não existem heróis, só gente ruim que quer se aproveitar de você.

Gunnar não foi o meu herói.

— Eu não acho — disse a menina de novo, cruzando os braços e fazendo um bico.

Uma bifurcação surgiu na estrada, unindo o trajeto de onde vinham com outro vindo do sul para conduzir em direção à rodovia principal. Um disparo ecoou pelo vale, fazendo os pássaros saírem em revoada no céu de tons alaranjados do amanhecer.

— O que foi isso? — perguntou a menina, assustada.

Meredith girou levemente o rosto na direção da menina.

— Isso são eles aproveitando a chance.

Não sabia dizer se a menina não entendeu ou apenas não quis falar, mas elas permaneceram em silêncio durante o resto da viagem. Ouviram mais alguns prováveis disparos da dupla, mas o som foi ficando cada vez mais longe e distante até que não podia se escutar mais nada. Ou estavam mortos, ou as balas haviam acabado. E se as balas haviam acabado, então estavam mortos. O que era bom.

Quando pegaram a rodovia principal, a estrada mudou consideravelmente. Onde antes havia terra, buracos e deformidades, agora tinha um asfalto plano e liso, ainda que apresentasse rachaduras como pele seca. O manto asfáltico estendia-se sobre os montes, conduzindo-as em direção ao sol nascente. Meredith desviava dos carros abandonados na estrada, alguns tomados de ferrugem e outros completamente carbonizados parecendo esqueletos feitos de fuligem, pouca coisa tinha sobrevivido ao tempo.

Chegaram a uma pequena cidade vizinha da Fortaleza de Vidro, talvez a última que encontrariam até chegar lá. A menina, que havia se acomodado contra a porta para dormir um pouco, acordou com o solavanco do carro, espichando o olhar assustado através da janela. A imagem não era muito diferente do que haviam encontrado pelo caminho: ruas desertas, casas abandonadas e corpos por todos os lados. Dessa vez não se depararam com tantos infectados. Sugiram um ou dois, distantes o suficiente para desistirem da caçada assim que o carro se distanciou.

— Os monstros atacaram aqui também? — a menina se virou para Meredith.

— Atacaram por todos os lugares — disse a assassina.

Isso não era bem verdade. Provavelmente Cassino estava intacta, assim como muitas das cidades mais ao norte do Pós-Guerra. Como Meredith nunca havia visto esses monstros e eles fugiram pela parte sul da Cidade Fantasma, a lógica indicava que estavam atacando as cidades próximas à saída, mas também indicava que era questão de tempo para dominarem todas as regiões.

Por isso a Forja tinha muros altos e ficava na saída do vale.

Meredith pensou naquela comunidade de mercenários sendo iludidos, acreditando que estavam garantindo as suas vidas. Eram apenas a linha de frente, a ponta da lança, a lâmina da adaga. Todos morreriam sob o comando de alguém. Isso a fez pensar por um momento se era tão diferente daqueles homens. Também estava se arriscando por ordens de um superior, poderia ter morrido há poucas horas.

E pelo quê?

Seu irmão realmente ainda estava vivo ou seria mais um truque do Apostador? Tocou o comunicador no ouvido e tentou contato. O aparelho não respondeu, pois provavelmente estava sem bateria. A menina seguia olhando a estrada, mas agora os ombros estavam caídos em uma posição melancólica e apática que destoava da sua essência.

— No que está pensando? — perguntou Meredith.

Queria fugir dos próprios pensamentos e talvez conversar com ela pudesse ajudar na tarefa. Por um momento se sentiu como o idiota do Dante e isso a fez se perguntar se estar no volante tinha alguma influência nisso. A menina demorou um pouco para responder, perdida nos próprios pensamentos.

— Estou pensando se minha mãe caminhou tudo isso ou se tinha algum carro. Será que ela está viva? E se estiver precisando de ajuda?

Meredith sentia uma ponta de culpa cada vez que a menina falava da mãe. Talvez fosse melhor lhe contar a verdade logo. Ela não gostou de descobrir que havia sido enganada por tantos anos, então não tinha motivos para proceder da mesma forma.

— Sua mãe não caminhou tudo isso... — a garota a encarou com os olhos arregalados e Meredith continuou — ... nem tinha um carro.

— Como você sabe?

— Ela nunca saiu daquela casa.

— Mas a gente não a viu. Onde ela estava? — a garota começava a embargar a voz.

— Estava lá o tempo todo — Meredith fixou o olhar na estrada para não encarar a menina. — Ficou morta naquela cidade.

— Mentirosa! — bradou ela. — Você é uma mentirosa! Minha mãe está viva, sim!

— Quando eu cheguei lá, ela já estava transformada. Tinha a pele azul e os olhos brancos, iguais aos monstros que a gente viu no caminho.

— Minha mãe não é um monstro... — ela se encolheu e começou a chorar.

Meredith seguiu firme, tentando ignorar a menina. Por que tinha que trazer ela? Poderia ter acabado com seu sofrimento lá mesmo. Virou na estrada e pôde ver a imponente torre de vidro que dava nome à cidade sobressaindo acima das árvores. Mais alguns quilômetros e chegariam ao destino. Levaria o cientista até o Apostador e o obrigaria a falar mais sobre seu irmão, nem que precisasse arrancar as palavras com suas adagas.

— Ela estava morta? — sibilou a menina, abraçada aos joelhos.

Meredith inspirou profundamente antes de dar a resposta. Já que estava sendo honesta, que fosse até o final.

— Não. Eu a matei.

Ela chorou ainda mais. O carro fez uma grande curva que contornava o vale e a menina fungou duas vezes antes de perguntar.

— E por que me trouxe com você?

— Porque você ia morrer, mas lá você tem chance.

Meredith apontou para o para-brisa. A menina parou de chorar e seguiu a indicação do seu dedo, esticando o pescoço na direção do painel e girando a cabeça para admirar a imensidão da Fortaleza de Vidro, mais abaixo na estrada.

— Nós vamos para lá? — quis saber a menina.

— Agora, não. Vou achar um lugar para você ficar e eu vou lá.

— Por que não posso ir com você?

— Porque vai me atrapalhar — respondeu a assassina de forma ríspida enquanto procurava algum lugar.

Percebeu um pequeno pórtico de madeira que dava acesso a uma propriedade modesta e resolveu que seria um bom lugar para esconder a menina e o carro. Eles não deixariam as duas entrarem na Fortaleza de Vidro, então teriam que realizar a missão naquele modo que chamariam em Cassino de *abordagem sutil*. Ela era uma figura conhecida fora de Cassino, estava ciente desse fato e, além disso, sair com o cientista da cidade já seria um problema, levar a menina junto seria suicídio.

Depois que o carro atravessou o corredor de árvores, elas chegaram em uma propriedade simples, mas bem charmosa até. Era uma casa de madeira recém-pintada que foi construída sobre um tapete verde de grama, na frente havia uma varanda com uma pequena sineta que balançava com o toque suave do vento. Ao lado dela tinha um pequeno galpão onde eram guardados o maquinário e as ferramentas para a lida do campo. Um rastro de rodas grandes indicava que o trator havia deixado a propriedade.

Ela pegou uma adaga debaixo do sobretudo.

— Fique aqui — ordenou à menina.

Meredith desceu do carro e conseguiu escutar a menina lhe imitando com uma voz engraçada. *Fique aqui. Fique aqui.*

Menina chata e irritante.

Talvez fosse mesmo a hora de se livrar da menina. Não era sua responsabilidade.

Com sua lâmina em mãos, abriu a maçaneta da casa e entrou sem muita cerimônia, conferindo todos os cantos de todos os cômodos. Saiu pela porta na parte de trás da casa e percebeu quão privilegiada era a vista dali. Conseguia ver a Fortaleza de Vidro, a estrada de acesso e diversas casas no vale ao sul e ao norte. Considerando que a casa estava fechada, era bem provável que os antigos moradores haviam avistado os problemas à distância e partido dali com o que puderam levar.

O sumiço do trator fazia sentido.

Decidiu que era um bom lugar para a garota ficar e voltou até o carro.

A garota estava encolhida no banco, abraçando as próprias pernas com cara de choro.

— O que foi? — quis saber Meredith.

— Eu não quero ficar sozinha — disse a menina.

A assassina suspirou fundo.

— Olha só... Quando eu tinha a sua idade, eu vi a minha mãe morrer — a menina lhe encarou com um olhar desconfiado e ela continuou. — Sei o que você está passando. Eu também não tinha ninguém para cuidar de mim. Fui levada para um lugar onde me ensinaram a mat... a lutar. Perdi tudo naquele dia.

— Qual era o nome da sua mãe? — perguntou a menina.

Meredith lembrou da mãe com saudade.

— Meridiana.

A menina sorriu.

— É um nome bonito. O da minha era Isadora.

Meredith devolveu o sorriso e prendeu seu olhar no da menina.

— Tenho certeza de que ela te amava muito e fez o que fez para que você pudesse estar aqui agora. Não deixe que o sacrifício dela tenha sido em vão.

Levou o pouco de comida que tinham até a cozinha e foi no galpão ver o que poderia encontrar para reforçar a casa, retornando logo depois com martelo, pregos e madeira. Pregaram as janelas, isolaram um quarto e construíram trancas para as portas. Meredith usou aquilo que havia aprendido nos tempos em que precisava ajudar seu pai.

Quando terminaram já era quase final da manhã. Meredith encontrou um lugar para descansar no patamar mais alto do galpão, junto ao telhado. Queria esperar a noite para acessar a cidade, pois sabia que a escuridão seria sua aliada naquela missão. A garota pediu para descansar com ela, aninhando-se no colchão improvisado com palha que a assassina havia construído. Não demorou para que ambas adormecessem embaladas pelo vento, exaustas.

Meredith acordou pouco após o meio-dia, desceu de lá, preparou milho cozido para as duas e, depois disso, arrumou suas coisas para ir até a Fortaleza de Vidro.

— E se você não voltar? — quis saber a garota, coçando os olhos sonolentos.

— Então terei morrido — Meredith pensou um pouco. — Na verdade, espere até amanhã. Se eu não voltar, você pega suas coisas e caminha até lá — apontou para a Fortaleza de Vidro — Eles vão te acolher se chegar sozinha nos portões.

Meredith deu um passo para longe da casa e a menina agarrou sua mão.

— Mas você vai voltar, não vai?

— Eu não costumo fazer promessas que não posso cumprir.

— Precisamos de um código para eu saber que é você.

— Um código? — perguntou a assassina.

— Eu tinha um código com a minha mãe, para saber que era a gente. Uma de nós fala: "a menina foi até a mesa e bateu na madeira com o nós dos dedos: *toc, toc-toc-toc, toc*". Aí a outra responde: "*toc, toc*".

Que coisa mais idiota.

— Vou lembrar disso se eu voltar.

A garota começou a chorar e abraçou a assassina. Meredith não esperava por aquilo, fechou os braços e envolveu a criança, sentindo o calor dela contra o seu corpo. Poderia jurar que até sentiu seu coração esquentar com aquele abraço. Seria aquilo que chamam de felicidade?

— Obrigada por ter me salvado — disse a menina.

— Se cuida.

Foi só o tempo de ela virar as costas para a menina lhe chamar.

— Ei! Qual é o seu nome?

— Meredith. Meu nome é Meredith.

— O meu é Zoe.

— Até mais, Zoe.

— Até mais, Meredith.

Ela mandou a menina fechar a porta da casa e deixou uma mensagem parecida com a que havia encontrado, tanto na porta quanto no acesso da casa. Depois disso, voltou para a sua missão. Não podia esquecer o motivo de estar ali. Teria que encontrar o cientista na Fortaleza de Vidro e tirá-lo vivo se quisesse ver seu irmão novamente.

Isaac

— Anda logo, Isaac! — gritou Alanna enquanto atirava por uma fresta da janela.

Aquelas não eram palavras fáceis de serem ouvidas, principalmente quando eram repetidas a cada meio minuto.

— Tá quase! Tá quase.

Do lado de fora, a horda cercava a refinaria, arranhando as paredes metálicas na tentativa frustrada de entrar. Parecia o som da chuva caindo sobre um telhado de zinco, porém mais infernal. A máscara já fazia o seu trabalho, atraindo todas as criaturas para a refinaria principal. As portas haviam sido trancadas por grossas barras de ferro que estavam prestes a ceder, obrigando Alanna a conferir as entradas sobre a motocicleta e com a arma em punho.

Os grunhidos pareciam um cântico demoníaco entoado em harmonia com as engrenagens das máquinas que trabalhavam indiferentes a toda aquela situação. Isaac desconfigurou os pressurizadores, colocou mais petróleo nas tubulações e desligou os sistemas de segurança. Estava cuidando das últimas configurações quando ouviu os vidros de uma das janelas explodir e começar a cuspir infectados para dentro da refinaria.

— Eles entraram! — gritou Alanna.

As criaturas correram em busca do sinal da máscara. Isaac e Alanna estavam entre a horda e o artefato e a comandante da Forja ergueu a metralhadora, apontando para elas.

— Não! Não! Não! — disse Isaac baixando a mira da arma. — Se você acertar alguma das tubulações, estaremos mortos.

Ela se livrou da mão dele com um movimento brusco e irritado.

— Então fico aqui e espero nos matarem? — ela ergueu a mira da metralhadora novamente. — Estou disposta a morrer se for preciso.

— Vai matar a todos! Até os irmãos! — advertiu Isaac.

Os primeiros infectados acessaram o corredor, a menos de vinte passos de distância.

— O que eu faço então, Isaac?

Ele engoliu em seco.

— Não erre.

Ele voltou a girar botões para terminar o que estava fazendo, tentando lutar contra o instinto de olhar para o inimigo. Não era o momento para deixar o medo paralisá-lo, pessoas dependiam dele. Elevou a pressão das caldeiras e deixou tudo preparado para entrar em colapso. Teriam pouco tempo para sair dali.

Nunca achei que faria uma coisa dessas.

Alanna havia deixado a metralhadora pendurada pela bandoleira e agora usava a pistola para neutralizar os infectados que se aproximavam.

— Isaac! — deu um grito de aviso e não precisou dizer mais nada.

— Terminei! Terminei!

Quando ele se levantou e virou na direção dela, viu uma onda das coisas invadindo o corredor metálico, acotovelando-se entre tubulações, válvulas de controle e medidores de vazão. O ataque estava afunilado, mas ainda era assustador. Se eles entrassem por qualquer uma das janelas da parte de trás, estariam cercados. Alanna começou a recuar e, quando a pistola acusou a falta de munição, ela pegou a metralhadora.

Que Deus nos proteja, foi a única coisa que Isaac conseguiu pensar.

A comandante disparou uma rajada e retardou a frente de ataque, aproveitando o tropeço da segunda linha para recuar. Passou pelo cientista puxando-o pelo braço.

— Vem!

Correram paralelamente às tubulações, vendo uma ou duas janelas laterais estourarem com a entrada de mais invasores. A moto estava parada sobre o pé de apoio, pronta para ação. Isaac olhou sobre o ombro e viu as coisas retomando o ataque, correndo a uma velocidade sobrenatural. Alanna passou a bandoleira da metralhadora sobre a cabeça e entregou a arma a ele enquanto pedalava o arranque da moto.

— O que eu faço com isso? — perguntou Isaac, encarando a pesada arma nas mãos.

— Não erre!

Isaac colocou a bandoleira no pescoço e segurou a arma. Mirou para o corredor à frente enquanto ouvia Alanna esbravejar dando a partida na moto. Na sua frente, viu pelo menos vinte deles e sua mente o transportou imediatamente para 2045, quando assistiu à invasão do laboratório do interior da cápsula do tempo, os infectados voando contra os soldados, Capitão Strauss atirando em tantos quanto pôde antes de dar cabo da própria vida.

Uma doença que ele havia ajudado a desenvolver, ainda que não tivesse percebido na época.

O primeiro infectado estava a menos de vinte passos agora.

O que a doença fazia com as pessoas era cruel. Mantinha as características principais, mas desfigurava todo o traço de humanidade, transformando os olhos em duas órbitas sem vida, a pele em um conjunto ressecado coberto aleatoriamente por manchas azul-escuras, como se as veias tivessem se rompido pelo corpo. As cordas vocais pareciam ser completamente retorcidas, emitindo apenas grunhidos ininteligíveis. E, assim que o corpo consumia todo o estoque de gordura que tinha disponível, os ossos ficavam salientes sob a pele.

Muito pior que nos filmes. Muito pior que na literatura.

Pior que nos pesadelos.

Os olhos esbranquiçados cresciam em sua direção. Raivosos, famintos. As bocas abertas quase podiam sentir o gosto da sua carne. Poderiam aquelas criaturas serem curadas? Poderiam voltar a ser pessoas normais? Os movimentos ainda estavam lá. Os órgãos, os músculos. A casca. Tudo o que era preciso para um humano viver ainda estava lá, controlado por uma mente desfigurada pelo vírus, mas ainda estava lá.

Há cura para isso?

Menos de dez passos. As mãos à frente do corpo quase podiam tocá-lo. Isaac sentiu um aperto no peito ao se lembrar de sua esposa do outro lado do vidro da varanda, gritando por ajuda com o mesmo rosto desfigurado. Queria poder segurar aquela mão, pedir desculpas por seu erro. Para sua esposa e todos os que morreram por causa daquele vírus.

— Puxa a porra do gatilho! — gritou Alanna, arrancando-lhe dos devaneios.

Isaac agiu quase por instinto. O dedo indicador se retraiu no guarda-mato e a metralhadora vomitou balas no infectado. A criatura sacudiu os ombros conforme os disparos a atravessavam e foi jogada violentamente para trás, o sangue escuro encharcando o piso de aço enferrujado. Se virou para Alanna e encarou os olhos verdes e zangados abaixo das sobrancelhas escarlates. Era uma mulher bonita demais para estar naquela situação.

— Anda logo! — disse ela com a moto ligada.

Pareciam vir de todos os lados agora. A fuga trazia uma desorientação inapropriada para o momento e, se dependesse apenas do cientista, certamente daria a si o mesmo fim que o Capitão. Jamais se tornaria uma daquelas coisas. Subiu na moto, deixou a metralhadora pender pela bandoleira até suas costas e segurou firme nas alças laterais. O pneu cantou contra o metal quando Alanna girou o punho do guidão e eles se colocaram em movimento. Bastou segundos para que o local onde estavam se tornasse um amontoado de infectados. Alanna guiou a moto na direção de uma rampa, subindo a estrutura metálica da refinaria.

— Aonde você vai? — gritou Isaac.

— Você quer sair pela porta? A única saída é lá por cima — gritou ela de volta.

O ar estava tomado por uma poeira grossa que se prendia ao suor e pela mistura de sons feita de grunhidos, o ronco da moto e o apito das válvulas de pressão. A horda começou a se dividir. Parte deles seguiu com a perseguição e a maioria correu em direção à máscara, colocada abaixo de uma passagem metálica. Isaac não queria que as criaturas alcançassem o aparato, temendo que desativassem o sinal.

Todos deveriam estar ali dentro quando tudo voasse pelos ares.

Alanna seguia determinada, com o olhar fixo na janela pela qual sairiam. Quando Isaac entendeu o que ela queria fazer, seu coração disparou.

— Você vai saltar por... ali?

— Não tem outra opção!

A janela retangular ficava do outro lado da instalação, depois de um vão de quase seis metros. A reta em sua direção era curta e não permitia que pegassem muito embalo. Um olhar rápido para baixo foi suficiente para concordar com Alanna. Não havia outra saída. A base da refinaria estava tomada por infectados que se agitavam como as águas de um mar em plena tempestade. No passado, o cientista tinha assistido às imagens pela televisão, mas nada do que havia sido mostrado poderia se comparar ao horror de estar tão próximo de milhares daquelas coisas.

Lá fora, os tiros ainda ecoavam. O desespero daqueles que tentavam sobreviver podia ser ouvido a cada disparo contra um inimigo que não tinha medo, nunca se cansava, e não parava até acabar com tudo à sua frente. Nos acessos laterais da plataforma, começaram a surgir criaturas de todos os lados, vindas do amontoado da horda se atirando contra os canos. Uns escalavam o corpo dos outros como se fossem partes vivas do mesmo organismo.

— Segura firme! — gritou Alanna, impondo velocidade na moto.

Isaac sentiu o corpo ser empurrado pelo impulso e abraçou a cintura de Alanna. Ficou constrangido com a situação, mas, se ela se importou, pelo menos não demonstrou, pois estava concentrada no salto. Viram dois mais adiante, esgueirando-se entre os tubos para tentar chegar à plataforma. O segundo pavimento também já estava tomado e, por um instante, parecia que toda a doença do mundo estava dentro daquela refinaria.

A rampa surgiu mais à frente, no final da plataforma. Ele calculou a velocidade da moto e a dos infectados para prever se passariam sem problemas ou se mãos azuladas os puxariam para a morte. A metralhadora às costas sacudia violentamente e, agora, alcançá-la não seria uma opção. Os canos começaram a expelir um vapor quente com a pressão do sistema, chiando em agonia, indicando que as máquinas não aguentariam tanto tempo.

Sobre o ombro, Isaac percebeu o cerco se fechando. Quase não se via nada além de infectados grunhindo com raiva. A rampa se aproximou deles rapidamente e, antes que Alanna pudesse adverti-lo de qualquer coisa, já estavam no ar. O salto não durou mais do que cinco segundos, mas a cabeça do cientista pareceu distorcer o tempo, fazendo-o durar uma eternidade. O frio na barriga era intenso. Seus dentes estavam cerrados de puro pavor, mas ele nem percebeu. Havia uma dezena de coisas que podiam dar errado naquela manobra, então ele se recusou a trabalhar com probabilidades.

Olhou para baixo.

O aglomerado de infectados seguia tentando escavar o chão de aço em busca da máscara, formando uma cúpula humana de pestilência. Pelos retrovisores da moto, viu os perseguidores pulando no vazio, com mãos estendidas e gritos ameaçadores. Alanna se encolheu na moto e, quando retomou a atenção ao ponto de chegada, a janela, que antes parecia ter o tamanho de uma tela de algum *smartphone* de última geração, agora tinha o tamanho de uma parede inteira. Abaixo dela havia placas de metal, o que certamente faria muito estrago no caso de um impacto.

Isaac se sentiu como um daqueles manequins de testes de batida e se encolheu também, repousando a lateral da cabeça nas costas de Alanna. Fechou os olhos, mais por medo dos cacos de vidro do que pelo medo da morte. Estranhamente, Alanna lhe passava uma inexplicável confiança de que mal algum o aconteceria, mesmo que isso não fosse verdade. O pneu chocou-se com o vidro, estilhaçando-o em milhares de partículas em uma fração de segundo. Os cacos de vidro salpicaram o rosto do cientista e o jaleco branco já manchado pela areia alaranjada do deserto. Pousaram no telhado do saguão de entrada, que era mais baixo do que a construção inteira. Ele teve a impressão de que as folhas de zinco não suportariam o peso da motocicleta, mas aquela parte em particular parecia mais reforçada do que o resto. Considerando que o criador da Forja era o mesmo homem que tinha vindo do futuro, Isaac não ficaria impressionado se descobrisse que era proposital.

Alanna calculou bem a manobra para atravessar o vidro, mas não teve tanta sorte ao aterrissar. Os pneus da moto deslizaram no metal liso e eles caíram no telhado, enquanto o veículo seguiu deslizando até despencar. A comandante se levantou rapidamente e estendeu a mão para o cientista.

— Você está bem?

Isaac sentiu as costas latejarem, mas não ousou reclamar, segurou a mão de Alanna e se colocou de pé. Mesmo com o maior volume daquelas coisas na refinaria, ainda havia um contingente imenso do lado de fora, começando a escalar a construção, uns agarrados aos outros. Alanna sacou a pistola e Isaac puxou a metralhadora das costas. Da janela por onde saltaram os primeiros infectados surgiram, determinados a matá-los.

— E agora? — quis saber Isaac.

Alanna avaliou a situação.

— Lá tem uma escada. Vamos — disse ela antes de sair correndo para a ponta do telhado.

Isaac a acompanhou, cada vez mais certo de que morreriam ali mesmo. Pelo menos, destruiriam a Forja e uma quantidade considerável daquelas monstruosidades. Vidas que jamais retomariam o seu curso.

Não são mais humanos, não tem como voltarem a ser humanos.

A metralhadora parecia pesar uns vinte quilos quando estava disparando. Alvejaram os que apareceram no caminho até Alanna ficar sem balas.

— Tem uma escada de segurança ali na frente. Vai!

— Você vem junto, não vem?

Alanna derrubou três, barrou o ataque vindo da janela e trocou o pente da arma.

— Desça pela escada, eu te dou cobertura — disse ela antes de seguir atirando.

— E quanto a você?

Ela parecia não estar escutando, preocupada demais em não desperdiçar munição.

— Alanna! — puxou-a pelo braço e só então percebeu que a comandante estava chorando.

Lágrimas de raiva.

— Saia daqui, Isaac — ela o encarou, seus olhos eram duas turmalinas verdes, as mais bonitas que ele tinha visto na vida. — Acaba com essa merda, seja lá o que for.

O cientista segurou o apoio da escada que o conduzia para um corredor suspenso paralelo à refinaria, usado antigamente pela equipe de manutenção para chegar à tubulação. Havia infectados nos corredores também, então sua fuga não duraria muito tempo. A metralhadora de Alanna emitiu um clique seco característico da falta de balas.

Estamos mortos.

— *Tá na escuta aí, comandante?* — perguntou a voz do rádio de Alanna.

Alanna levou o aparelho até a boca enquanto encarava a corrida feroz dos infectados no telhado, a menos de cinquenta passos.

— Seja breve, soldado, não temos muito tempo.

— *Dá tempo de olhar pra baixo?*

Alanna franziu a testa e caminhou até a beirada do telhado. Surgiu um caminhão, fazendo a curva na refinaria a toda velocidade, desviando dos tubos e atropelando os infectados pelo caminho. Parou logo abaixo deles, chamando a atenção dos inimigos próximos. O grupo acima do telhado havia diminuído a distância e a comandante e o cientista quase podiam sentir o hálito pútrido que acompanhava os gritos. Mãos à frente, prontas para o bote. Isaac teria apenas se encolhido se Alanna não o tivesse arrastado telhado abaixo.

Foi uma queda de dois metros e meio, com uma aterrissagem nada sutil na chapa metálica do teto do caminhão. Os joelhos de Isaac reclamaram do impacto, impulsionando seu corpo para frente, fazendo-o cair espatifado sobre o baú.

— Vai! Vai! Vai! — gritou Alanna, dando socos na chapa lateral.

Isaac se virou a tempo de ver uma cascata de infectados cair do telhado. O caminhão se moveu, fazendo a maioria despencar para a morte no solo duro do deserto, espatifando crânios e quebrando ossos. Alguns ainda conseguiram pousar no baú, obrigando a comandante a chutá-los para fora. O terreno era muito instável para qualquer tentativa de levantar-se. Isaac e Alanna se agarraram nas beiradas das chapas tentando evitar que o vento os arrancasse dali.

Conforme se afastavam, cada vez menos infectados seguiam na perseguição, atraídos para dentro da refinaria pela potência do sinal da máscara. Havia tantos deles indo para lá que a impressão de Isaac era que, se não explodisse devido à sobrecarga nas máquinas, certamente seria pelo acúmulo de infectados. A horda gritava e arranhava as paredes lá dentro como ratos presos em um balde de metal aquecido, uma praga que precisava ser exterminada.

Próximo ao portão, o carro menor os aguardava com soldados armados. Eliminaram todos os perseguidores que restaram e aguardaram o caminhão passar. Entraram no carro e foram atrás. Um segundo caminhão-baú já seguia mais adiante, com as portas abertas, abarrotado de irmãos de ferro, pelo menos dos que sobraram, todos olhando atentos para a refinaria. De onde Isaac estava não conseguia dizer se os olhares eram de tristeza, decepção, expectativa ou raiva. No final das contas, pareciam apenas olhares perdidos no deserto.

Acompanhando-os, vinha também um caminhão comboio, com o tanque cheio de combustível.

Afastaram-se dos portões o suficiente para não ver mais infectados até onde os olhos podiam alcançar. Era a primeira vez que isso acontecia em muito tempo. A intensidade da luta pareceu diluir as horas. Isaac só conseguiu pensar no quanto a passagem de tempo se tornava irrelevante quando se estava lutando pela vida. Não existem horas, minutos ou segundos, apenas uma distorção no tempo, um limbo em que, no final, se sai vivo ou morto.

O primeiro caminhão esperou os outros veículos chegarem mais perto e todos pararam. Os irmãos de ferro desceram. Isaac ficou pendurado na lateral e depois se soltou, caindo no solo laranja e arenoso do deserto. Alanna também saltou de lá, ainda encarando a Forja enquanto recuperava o fôlego deixado na fuga. Os outros se reuniram ao redor deles.

— Já era para ter ido tudo pelos ares, ou estou enganada? — perguntou Alanna, consternada.

Todos os olhares se voltaram para Isaac, mas ele manteve sua atenção nos portões.

— Sabe uma coisa que nunca falha, comandante? A ciência.

Então, veio o tremor na terra, depois o estrondo, bagunçando a atmosfera do deserto. A nuvem de fogo e fumaça subiu além da altura das montanhas, engolindo os céus com um vermelho intenso. Vermelho de sangue, de guerra. Tudo o que o Homem de Ferro havia construído em anos, agora estava sendo destruído pelos seus homens em questão de horas. Era por uma causa nobre, o último recurso que eles tinham, mas ainda era destruição. A explosão abalou a montanha e logo eles viram grandes blocos de rocha despencarem no acesso do portão leste, fechando a garganta rochosa que levava à Cidade Fantasma.

Os irmãos de ferro assistiram àquele desastre com o mesmo olhar hipnotizado que Isaac e sua família acompanhavam os fogos de artifício no final do ano. Quando o fogo atingiu as torres e tanques de armazenagem, outras explosões seguiram a primeira, apenas para confirmar que a Forja estava mergulhada no inferno. Com a garantia do sucesso da missão, Alanna se virou para os homens.

— Vamos nessa, já vimos o que tínhamos que ver.

— E para onde vamos? — perguntou um dos homens. — Estamos livres agora.

Outro sentiu-se encorajado com as palavras.

— É, não existe mais Forja. Acabou.

Alanna quase riu.

— Você está brincando? Acabou? É apenas o começo.

Corvo

A porta da cabana se abriu com um solavanco. Estava trancada por uma pequena trava de metal que cedeu com um chute. Por ela passaram três pessoas. Um homem de capa escura, outro com uma grande mochila usando vestes leves e uma mulher usando uma capa cobrindo seus cabelos crespos.

— Acha que essa serve? — perguntou o homem de vestes leves, chamado pelo outro de Coringa.

Após uma volta pela casa e garantirem que não corriam perigo de serem atacados por alguém escondido ali dentro, o primeiro homem, chamado de Corvo, assentiu.

— Vou procurar algo para fazer o fogo.

A mulher bateu com a mão no estofado do sofá para tirar o pó e deitou-se nele, repousando a cabeça em uma almofada velha para descansar um pouco.

— Vai achar uma pilha de lenha na caixa de metal no canto do armazém, atrás da casa — disse sem muito interesse.

Corvo apenas deu um sorriso de canto de boca, sabia com o que estava lidando.

Sabia muito bem.

Saiu pela porta avaliando tudo ao redor. A cabana ficava localizada a alguns quilômetros ao norte de Cassino, perto da cordilheira que a Montanha da Caveira, mais ao norte, fazia parte. Não havia nenhum tipo de civilização à volta, seja cidade ou vilarejo, o que tornava o local um bom esconderijo. Além disso, a cabana era coberta por uma floresta de bétulas e localizada em um terreno elevado que permitia a vista para a estrada, tornando um ataque surpresa mais difícil de ser realizado.

A montanha é o último lugar que eles virão.

Pelos relatos de Fox e Comediante, os infectados, como era previsto, haviam se espalhado pelas cidades ao sul, atraídos pelo cheiro das pessoas. A Forja estava sob ataque e provavelmente não aguentaria, mesmo considerando que Alanna era leal e tinha se comprometido com o propósito. Comediante comandava Trincheira agora e os poucos ataques de mercenários que haviam acontecido lá, tinham sido rechaçados.

Mas tudo vai mudar com o Apostador mandando seus homens atrás dela.

Fez uma nota mental para avisar o Comediante de que haveria retaliação e que deveriam estar preparados. Enquanto a cabeça era inundada de problemas, suas pernas o conduziram até o armazém que Amber havia mencionado. Era um antigo estábulo, amplo e ainda bem conservado. Ele precisou estourar o cadeado para entrar. As baias estavam vazias e as ferramentas no lugar, como tinha deixado. Pensou que pudessem tentar saquear a casa, mas não era caminho para vagabundos. Para chegar até lá, era necessário querer chegar lá.

Abriu a caixa de lenha e se surpreendeu pelo fato de a madeira estar conservada mesmo após tanto tempo. Pegou pedaços o suficiente para encher os braços e retornou para a casa. Amber e Coringa conversavam animadamente.

— Isso faz mal para a carne do coelho — dizia ele com uma faca e um coelho esfolado nas mãos. — Você vai ver que o meu cozido vai ficar muito melhor do que aquilo que você comia no Cassino.

Os dois olharam Corvo entrar pela porta e o assunto morreu. Ele largou as madeiras na lareira, formando uma pirâmide, e no meio colocou gravetos secos e um pouco de barba-de-velho. Esfregou dois gravetos por um tempo até que a fricção criou um ponto de fagulha. Ele olhou para Amber.

— Um isqueiro seria bem-vindo.

— Nem sempre escolho o que vejo — disse ela, na defensiva.

Não era totalmente verdade, mas ele não ia discutir por causa de um isqueiro.

— Isso não vai chamar a atenção? — perguntou Coringa enquanto cortava os legumes.

— Quem ver isso já estará atrás de nós, então não faz muita diferença.

— Eu fiz como você orientou — ele interrompeu o corte da batata, considerando a possibilidade. — Acha que eles virão até aqui?

— Não — disse Corvo, decidido.

— Ele vai nos achar — disse Amber.

Coringa alternou o olhar entre os dois, sem saber muito bem o que falar.

— Ele acha que fomos para outro lugar — rebateu Corvo.

— Ele vai nos achar — repetiu Amber decidida. — É só questão de tempo.

Corvo sentou-se no sofá à frente dela.

— Está bem. Temos que aproveitar esse tempo então.

Ele puxou a mesa de centro para próximo de si. Na mochila pegou um papel dobrado e o abriu sobre ela. Continha um mapa do Pós-Guerra, feito à mão. Junto dos papéis ele pegou algumas peças feitas de madeira e as distribuiu pelo mapa, em seguida pegando um caderno cheio de anotações contendo nomes, datas e diversas informações.

Ficou olhando para Amber, que o encarou de volta.

— O que foi?

— Estou esperando — e quando ela deu de ombros ele complementou. — Informações. Diga o que vê.

— Estou com fome. Não consigo ver nada muito claramente quando estou com fome.

Maldição.

Ele esfregou as mãos no rosto, seu fardo estava ficando mais pesado a cada dia e já não via nenhuma solução. Aparentemente retornar não foi uma boa solução.

Eu só antecipei as coisas.

— Quanto tempo para o cozido? — perguntou ao Coringa.

— Não apresse o meu talento — disse ele em tom divertido. Corvo não riu e ele tratou de se corrigir. — Quarenta minutos para saborear o melhor coelho da sua vida.

— Ótimo. Vamos repassar como estão as coisas e depois ela nos diz o que vê.

Coringa puxou uma cadeira e sentou-se próximo da mesa de centro, apoiando os cotovelos no encosto enquanto roía uma cenoura. Amber, por sua vez, alinhou a postura no sofá e direcionou seus olhos amendoados para o mapa que Corvo havia aberto diante deles.

— Os infectados saíram daqui — Corvo apontou para a parte sul da Cidade Fantasma. — E se espalharam por toda essa região — circulou as cidades da parte sul com lápis.

— Não iam destruir a ponte? — quis saber Coringa.

— Aidan não deixou. Tinha seus próprios planos.

— Onde ele estava? — Perguntou Coringa.

Corvo torceu a cara como se a resposta fosse amarga demais para atravessar sua boca.

— Na própria Cidade Fantasma.

— Caralho — disse Coringa, levando as mãos à cabeça. — Faz sentido.

Percebendo que o outro se satisfez com a resposta, ele prosseguiu.

— Além dos vilarejos nos arredores da montanha, naturalmente a horda seguiu o curso do rio e foi guiada até Fortaleza de Vidro por uma criatura sinistra que depois descobrimos ser o próprio Aidan em um tipo de armadura.

— E como está o Chacal?

— Bem. Na verdade, bem demais. Acho que é a única cidade que ainda deve estar de pé. Depois só o Armazém, até onde tenho informações.

— Vai tentar falar com ele?

— Fox salvou o couro dele e conseguiram fazer um acordo para abrigar pessoas em troca de comida e mão de obra.

— Acha que vai funcionar?

— Honestamente, não. Não confio no Chacal. Ele só pensa nos próprios interesses. Teremos que achar uma forma de usar isso em nosso favor.

Coringa anuiu e Corvo encarou Amber.

— Algo que eu disse faz sentido para você?

Ela fez que não com a cabeça.

— Ótimo.

— Trincheira está com o Comediante, que tem recrutado homens para formar um exército.

— Mercenários?

— De todos os tipos. Não poderemos ter o luxo de escolher — ele baixou a cabeça —, ou não vai sobrar ninguém.

— Quantos ele tem lá?

— Pouco mais de quinhentos. Mas a comida é escassa por lá, talvez precisem partir para Colina do Oeste.

— E Fiapo?

— Fiapo está junto com... — ele pensou em como falar isso. — Com a versão mais nova de mim. Foram à Ruínas para garantir que Yohan e Dante morram. Assim teremos dois cavaleiros a menos. Aidan não está morto ainda, mas Fox me disse que está gravemente ferido e, considerando a medicina do nosso tempo, não deve ir muito longe. Duvido que ele nos forneça a cura para o vírus, mas vai servir para termos um voto de confiança do Chacal por enquanto.

Coringa começou a contagem nos dedos.

— Peste, Guerra e Fome. E a Morte?

Corvo girou o lápis entre os dedos, ponderando a pergunta.

— Eu o matei. Já está feito.

— Não está — disse Amber pela primeira vez, chamando a atenção dos dois. — A morte ainda há de despertar. E há o homem que se denomina o Quinto Cavaleiro.

— Quinto Cavaleiro? — perguntou Corvo com as sobrancelhas quase unidas.

— Eu vi ambos caminhando sobre essa terra, liderando um exército mortal. Sua luta está longe do fim.

— O que seria o Quinto Cavaleiro? — perguntou Coringa arrancando outro naco da cenoura.

Amber deu de ombros.

— Eu não sei.

— Precisamos de mais do que isso — disse Corvo, dedicado.

— Já disse que não escolho o que vejo. E ainda estou com fome.

Corvo contornou a mesa de centro e a agarrou pelo braço, trazendo-a bem para perto.

— É bom começar a escolher, porque estamos perdendo feio.

— E a culpa é minha por isso? — ela o questionou sem perder o contato visual.

Ele a soltou e desabou no sofá.

— De certa forma é. Suas visões levaram a isso.

— Minhas visões? Não me lembro de ver nada assim.

— É… difícil explicar.

— Eu aposto que não — ela ralhou —, mas me deixe dizer algo sobre minhas visões: fale e pense o que quiser, mas não me culpe pelo que está acontecendo. Eu digo o que vejo, e como isso funciona é um mistério para mim, mas sei que os homens não precisam de previsões para cometerem os próprios erros. O que tiver que acontecer, vai acontecer.

Era o que ele temia. Por muito tempo tinha a suspeita de que pudesse mudar o rumo das coisas se voltasse no tempo e alterasse alguns acontecimentos. Ele e Isaac haviam conversado muito sobre paradoxos e a inexorabilidade do que os antigos chamavam de destino.

O que tiver que acontecer, vai acontecer. Devo então me contentar com isso?

— Então você vê as coisas darem errado e não faz nada para mudar isso?

— Já pensou que ao fazer, pode ser justamente o que levou àquele resultado? Considerou se o que eu disse que vi já tinha envolvimento das suas ações desesperadas?

— Já. Mas prefiro fazer algo a cruzar os braços — respondeu Corvo decidido.

— Quem é você ou eu para mudar um mundo todo? — questionou Amber. — Se você pensa que é capaz, não é melhor do que o Chacal, o Apostador ou todos os outros.

Coringa alternava o olhar entre ambos como uma criança que vê os pais discutindo. Os únicos sons presentes na sala eram o da madeira estralando na lareira, da água borbulhando no fogo e o estalar da cenoura a cada vez que era partida, seguido pela mastigação dos dentes do homem de confiança do Corvo. O ar estava pesado e o cheiro da carne do coelho começou a pairar pelo ambiente. Coringa aproveitou a deixa para ir até o fogão mexer a panela.

Corvo percebeu. Gostava da sutileza naquele homem de mil faces. Depois que ele saiu, direcionou o olhar para a vidente. Não com raiva, ou beligerância, mas complacência. Decidiu que daria a ela a bênção da ignorância.

— Não a culpo por achar que sou uma pessoa má, mas posso te garantir que apenas não quero que o mundo inteiro se acabe diante da doença e do ego de alguns homens.

— Então não seja um deles. Há tantos homens querendo mudar o mundo inteiro enquanto não percebem que a maior mudança deve vir de dentro. Vencemos o mal a cada homem que decide ser uma pessoa boa.

Ela se aproximou dele e pousou a mão sobre o seu ombro. Ele sabia o que acontecia quando ela fazia isso. Os olhos negros da vidente reviraram-se nas órbitas, como se uma onda de choque percorresse de um para o outro. Então ela retirou a mão e o encarou com um traço de pena no olhar.

— Me parece que você tem tanto sangue nas mãos quanto os homens que deseja matar.

— Eu não criei o mundo e não faço as regras do jogo, mas sei que você não vence de quem trapaceia jogando limpo. Sacrifícios devem ser feitos.

Ela lhe devolveu um olhar severo.

— Todo o tipo, ao que me parece.

— Quase pronto! — disse Coringa, tentando quebrar o clima tenso que havia se estabelecido. Veio esfregando as mãos, contemplando ambos. — Falamos sobre os nossos aliados. E quanto aos inimigos?

Amber se afastou lentamente, demorando-se no olhar de Corvo. Ele sabia que ela sabia de tudo. Era impossível para qualquer ser humano normal compreender como seu dom funcionava de fato, mas ele tinha vivenciado muita coisa para saber que não poderia confiar apenas na própria razão. Sentou-se próximo ao mapa para atualizar Coringa, pois ele seria uma peça útil nos desdobramentos que estavam por vir. Corvo massageou o ombro direito antes de prosseguir, a jornada estava finalmente começando a cobrar o preço.

— Considerando o que aconteceu antes — ele usava o termo "antes" para falar sobre o os acontecimentos que precederam a sua viagem para o passado, vindo do ano de 2158. Coringa sabia da história, mas ele considerou importante contextualizar para a vidente. — Os infectados se espalharam rapidamente pelo Pós-Guerra, devastando tudo. Ninguém estava preparado o suficiente para combatê-los. Cidade após cidade, o continente todo sucumbiu. Fomos empurrados na direção da Montanha da Caveira, onde construímos uma resistência. Semanas após uma horda imensa nos atacar, eles conseguiram se infiltrar e acabaram conosco.

— O que mudou dessa vez? — quis saber a vidente.

— As coisas aconteceram antes...

— Ótimo.

— Não necessariamente — Corvo tentou soar otimista. — Consegui fazer um acordo com um homem chamado Negociador. Ele forneceu uma grande quantidade de armas e as distribuiu para todos os lados do Pós-Guerra. Considerando que o mecânico está... controlado, creio que a Guerra se limite aos vivos contra os mortos, o que nos dá uma vantagem que não tivemos antes.

— Se tudo está ocorrendo melhor que antes, por que precisa de mim?

— Há novas peças no tabuleiro. Aidan estava trabalhando com recursos que o permitiram criar algo para controlar essas coisas. O Negociador fica escondido em algum lugar além do deserto, mas tomou conta de todos os pontos de distribuição de combustível. Em Ruínas estão surgindo alguns jogos de guerra para entretenimento e não sei nada sobre o homem que comanda lá. O Cassino tem crescido muito e sabemos que o Apostador não quer apenas entregar diversão. Há pouco tempo um padre viajou por várias cidades, dando um discurso sobre a bíblia e o apocalipse, causando um pânico crescente que agora estourou. Sinto que tudo está interligado de alguma forma, mas não sei como.

— E o que pretende fazer? — perguntou Coringa, visivelmente apreensivo.

Corvo deu um leve suspiro. Estava precisando de uma boa noite de sono, mas sabia que aquilo não era uma coisa que pertencia mais ao seu mundo.

— Resistir, em primeiro lugar. Depois, vamos juntar os cacos e ver o que acontece. Se conseguirmos antecipar o que estão tramando, podemos tentar equilibrar o jogo em vez de ir tateando às cegas e perder gente pelo caminho — olhou para Amber. — Por isso você é importante.

Como que por instinto, Coringa foi até a panela e provou a carne. Julgando que a refeição estava pronta, procurou pratos e talheres e improvisou uma mesa de jantar. Corvo e a vidente se juntaram a ele e partilharam de uma boa refeição, como há muito não faziam. Coringa era uma pessoa excelente de se ter por perto, pois, além de suas inúmeras habilidades e mente perspicaz, ainda cozinhava bem. Perguntava-se constantemente como conseguiu reunir tantos talentos.

Propósito.

Por um momento o único som presente era o tilintar dos talheres nos pratos de vidro e, apesar de o coelho ser grande, o cozido durou apenas para aquela refeição. Amber comeu tanto quanto os outros dois, surpreendendo o cozinheiro com o tamanho da sua fome. Quando Coringa lhe deu um olhar surpreso com os lábios comprimidos, ela se justificou.

— O Apostador acreditava que meu dom se manifestaria mais fácil se eu aprendesse a controlá-lo e para isso ele me fazia passar fome como forma de incentivo.

— O que ele queria tanto que você visse? — perguntou Corvo entre uma colherada e outra.

— Basicamente? Qualquer coisa relacionada a você.

— Hum...

— Parte das informações ele mesmo tirava dos devedores com a sua brincadeira doentia de roleta russa.

— E por que decidiu vir com a gente? — quis saber Coringa.

Amber o encarou.

— Se passar fome não for motivo o suficiente, posso dizer que eu vi esse momento. Era o meu destino.

Coringa pareceu satisfeito e Corvo não quis instigar mais sobre aquele assunto. Terminaram a refeição e o homem de várias facetas foi lavar a louça e, depois disso, começou a fazer o chá que a vidente trazia consigo, fazendo o vapor fumegante rodopiar pela velha cabana. Corvo tentou deixar Amber à vontade. Para isso empurraram a mesa para um canto, afastaram os sofás e colocaram um tapete no centro da sala.

Ela olhou para Corvo com seriedade.

— Quando eu tomar o chá vou começar...

— Eu sei.

— Mas eu posso...

— Eu sei

— Então espero que...

— Eu. Sei. — disse ele com mais ênfase.

Amber deixou o seu olhar se perder no dele. Corvo reviveu muita coisa naqueles cinco segundos e teve a certeza de que a vida poderia ter sido ótima se as coisas tivessem sido diferentes. Mas agora não havia volta.

— Lamento pela sua tristeza.

— Eu também.

A vidente se sentou no centro do tapete, cruzou as pernas e segurou o caderno em uma das mãos e o lápis na outra. Coringa surgiu com uma caneca cheia de chá quente, com algumas folhas flutuando sobre o líquido.

— Veja se está bom — ele pediu.

— Está ótimo — disse ela.

Coringa se aproximou de Corvo.

— E agora? — perguntou em um cochicho.

— Agora esperamos.

— Quanto tempo?

— Quanto for necessário — quando isso aconteceu antes, não houve muito tempo para esperar. Ele esperava que isso fosse possível agora.

Amber deixou o caderno e a caneta na frente das pernas cruzadas, bebericou o chá e começou a girar as mãos em movimentos suaves e delicados, como se estivesse dançando. Sua boca sibilava palavras incompreensíveis, uma série de ruídos que formavam um tipo de dissonância. Uma das mãos buscou a caneca e a levou à boca novamente. Após beber, ela seguiu com seu estranho ritual, e quem não a conhecesse diria que estava invocando alguma entidade sobrenatural.

Corvo sabia que não tinha nada a ver com isso.

A vidente estava apenas buscando a sintonia do próprio corpo enquanto o chá ajudava sua mente a funcionar melhor. As mãos dançantes lhe davam calma e concentração, e o chiado da boca, que mais parecia uma cantiga desordenada, era para limpar a mente de ruídos externos. A caneca pousou no chão pela terceira vez e os olhos se abriram. Estavam completamente brancos e tremiam sem parar, revirados para cima, como se ela estivesse tentando enxergar algo oculto dentro da própria cabeça.

Havia começado.

Coringa olhava boquiaberto, provavelmente com a mesma expressão que Corvo fez quando presenciou a cena pela primeira vez.

— Ela está bem? — Perguntou ele.

— Melhor que nós. Venha, encontrei um pouco de café na vinda.

Improvisaram uma forma de coar o pó com uma toalha de pano. Quando a água quente caiu sobre o pó torrado, o aroma permeou a cozinha, invadindo as narinas de ambos. Corvo sentiu seu estômago revirar, ansiando por aquilo. Suas memórias o levaram até sua antiga vida, antes das coisas começarem a desmoronar do dia para noite.

Queria não ter saído de lá.

Lembrava-se de sua mulher com a barriga tão grande que mal conseguia se deslocar sem girar o corpo todo a cada passo. Lembrava-se das manhãs de outono em que os dois caminhavam pelo bosque, pisando nas folhas de tons que oscilavam entre o amarelo e o marrom, ouvindo-as quebrarem sob os pés. Da brisa amena da estação e do som da cachoeira caindo enquanto faziam um piquenique sobre uma toalha vermelha, imaginando o dia em que aquele bebê estaria ali com eles.

Coisas que foram roubadas de si.

Coisas que precisou esquecer.

Coisas que poderiam ter acabado com ele se não tivesse encontrado um propósito.

O mundo não era mais o mesmo que havia conhecido, mas queria mudar aquilo.

— Chefe! — Coringa o resgatou do mundo das memórias.

Quando ele deu por si, a água estava transbordando no filtro, virando café sobre a pia. Ele rapidamente tirou o coador improvisado de cima do bule e deixou o restante escorrer diretamente pelo ralo. Olhando dentro do bule ele confirmou que havia o suficiente para os dois. Serviu uma xícara para cada um e entregou a de Coringa.

— Não vi se tem açúcar.

— Não sou fã de açúcar — disse ele e logo depois apontou para Amber com a cabeça. — Ela faz isso desse jeito mesmo?

Corvo olhou para a sala e percebeu que não havia sido chamado por causa do café. Amber escrevia compulsivamente no caderno, falando coisas como se estivesse em uma conversa real. Eventualmente, ela mudava o tom de voz e até o jeito de pronunciar as palavras, parecendo uma pessoa com múltiplas personalidades. As mãos não paravam nunca, hábeis na tarefa de registrar tudo o que seus olhos estavam vendo.

Era do jeito que ele se lembrava.

— O que espera conseguir com ela?

— Orientações — disse Corvo sem titubear, bebendo um gole do café, que, para seu gosto, estava delicioso, talvez pelo fato de fazer muito tempo que não provava.

— E o que ela é?

— Algo muito especial. Ela é a pessoa que pode mudar o rumo das coisas. Fez uma vez e pode fazer novamente.

— O senhor disse que as coisas deram errado no passado...

— É verdade. Mas, se não fosse ela, nem estaríamos conversando agora. Tudo teria acabado lá. A humanidade teria sucumbido para uma doença que não sabemos o que é e nem como curar. Ela nos deu uma nova chance.

Coringa também deu um gole no café, erguendo as sobrancelhas, surpreso com o sabor.

— Esse é de onde?

— Encontrei quando estava levando o Isaac para a Forja.

— Acha que ele vai encontrar uma cura?

— Acho que ele é capaz de encontrar.

A vidente havia virado a página pela quinta vez e seguia escrevendo sem parar. Fazia sentido terminar as sessões tão exausta. Corvo terminou sua xícara, recolheu a de Coringa e lavou as duas, aproveitando a água encanada da cabana. Caminhou até a rua e avaliou a estrada abaixo. Aparentemente o Apostador havia perdido o seu rastro, mas, certamente, mandaria atacar os lugares onde seus homens estavam. Então pensou que seria sensato mandar uma mensagem para Fox, Alanna e o Comediante.

— Chefe! — Coringa apareceu ofegante na porta. — Ela acabou.

Corvo voou para dentro de casa e se deparou com Amber inconsciente no sofá.

— Ela apagou, como se tivesse sido desligada. O que eu faço?

— Acomode-a melhor no sofá e deixe-a descansar. Veja se encontra uma coberta para ela — ele respondeu enquanto pegava o caderno caído entre a mesa de centro e o sofá.

Começou a ler as palavras da vidente, escritas com fúria e determinação. O primeiro parágrafo fez seu estômago se embrulhar, pois não estava mais acostumado com a brutalidade que a verdade trazia consigo. Não havia sugestões ou sutilezas naquelas palavras, apenas os fatos que estavam para se concretizar. Horríveis, caóticos e, ao que tudo indicava, irreversíveis.

— Não acredito — deixou escapar. — Não pode ser verdade.

Coringa estava acomodando a cabeça de Amber no braço do sofá. Ergueu o olhar para Corvo rapidamente, como se ele estivesse tendo algum tipo de ataque cardíaco.

— O que foi?

Corvo arrancou algumas folhas em branco do caderno, pegou o lápis e colocou ambos na mochila, atirou-a sobre as costas e caminhou em direção à porta.

— Preciso mandar algumas mensagens. Cuide dela até eu voltar.

Ele já havia desaparecido pela porta quando Coringa o chamou tão alto que pensou ser possível escutar da estrada. Retornou alguns passos e olhou além da porta. Seu companheiro de multifaces estava perplexo, encarando a porta como uma criança abandonada.

— O que tá acontecendo?

Corvo ergueu os escritos de Amber na mão direita.

— Se o que está escrito aqui for verdade, eu acabei com a nossa chance de salvar as coisas.

Dante

Os olhos negros o encaravam com uma boa dose de incerteza.

— Tem certeza disso? — perguntou Mordecai. Parecia angustiado.

Dante sorriu para ele.

— Quero te dar uma coisa — disse ao garoto, abrindo o porta-luvas do carro e pegando sua pistola de festim. — Esconda isso e leve com você. Ela não atira pra valer, mas eles não sabem disso, não é verdade? — completou com uma piscadela.

O outro estudou a pistola brevemente e a guardou na cintura, abaixo da roupa.

— Estou torcendo por você — disse o garoto. — Se cuida lá, Dante.

— Eu? — ele riu. — Olha o que o mecânico fez com esse carro, os caras que precisam se cuidar.

Mordecai segurou seu braço e fez um aceno afirmativo com a cabeça. Seu olhar triste dava um tom melancólico à despedida.

— Ah, qual é, garoto? Não fica me olhando assim. A gente se fala depois da corrida. É uma promessa — esticou a mão pela janela do carro.

O companheiro de fuga da Cidade Fantasma retribuiu o gesto. Seu rosto era uma bagunça de hematomas, principalmente no local onde o mecânico o atingiu com a cabeçada, mas, apesar de tudo o que havia passado, ele parecia bem. O garoto era duro na queda.

— Agora, me deixe mostrar a eles tudo o que eu sei.

O garoto saiu em direção às arquibancadas, deixando Dante e Johnny a sós no corredor de pedras. O mercenário saiu do Dodge Challenger e foi até o acesso à arena, espiando pela fresta da porta.

É isso o que eu chamo de um espetáculo.

Ele passeou com o olhar sobre as arquibancadas do principal estádio de Ruínas. Onde, no passado, o povo se aglomerava para assistir a uma partida de futebol, agora se reunia para ver qual dos pilotos sobreviveria. Uma dança, um flerte com a morte, a adrenalina em sua forma mais pura. Fora assim em algum ponto da história: homens lutando contra a morte em busca de glória, com o único objetivo de entreter o povo com um espetáculo para quebrar sua vida pacata, seja qual for.

Seu querido Johnny estava quase irreconhecível. Com a blindagem reforçada nas laterais e o grande escudo de chapa metálica na traseira do carro, ele parecia a miniatura de um tanque de guerra. Yohan instalara duas metralhadoras em suportes de ferro, uma em cada lado do veículo, o que permitia a ele um bom raio de disparo. Ainda não tinha visto seus adversários, mas estava confiante de que se sairia bem. Talvez Mordecai dependesse disso. Yohan também.

E nós dois, parceiro.

Acariciou o Dodge Challenger, relembrando tudo o que viveram até ali. Passaram poucas e boas nesse tempo juntos, mas nada como o desafio que estavam prestes a enfrentar, porque, dessa vez, os participantes estavam realmente dispostos a acabar com os dois.

— Já fugimos de uma cidade inteira de infectados querendo nos pegar. O que é meia dúzia de idiotas pilotando carros de guerra?

Johnny não respondeu. Sua resposta seria na pista, fazendo o que sabia fazer de melhor. O que os dois sabiam fazer melhor. O Dodge Challenger não responderia tão bem com outro piloto, assim como Dante não conseguiria dirigir outro carro da mesma maneira. Eles estavam conectados em um nível difícil de ser explicado, como cavalo e cavaleiro.

Nas arquibancadas, mais e mais pessoas se aglomeravam, extasiadas com o espetáculo que estavam prestes a assistir. Já imaginava que o mecânico fosse bom em combate pelo tamanho descomunal que tinha. Afinal, se existe mesmo um Deus, Ele não te faz o que é para você se tornar outra coisa. Não se renega o próprio dom. Yohan mostrou que, além de ser bom em combate, era bom em comandar pessoas durante um combate. Pelo menos foi o que Mordecai relatou ter acontecido na Cidade Fantasma. Ele foi um verdadeiro líder quando a coisa ficou feia.

O que de nada vai importar se eu for metralhado ou explodido. Ou coisa do tipo.

Perguntou-se onde Mordecai estaria no meio de toda aquela gente, mas sabia que não conseguiria vê-lo durante a corrida. Entretanto, se Stephen mantivesse a sua palavra, liberaria o garoto após sua vitória. Do contrário, teria que tentar a própria sorte em uma das arenas de batalha, e, apesar do seu histórico na Cidade Fantasma, parecia não ter grandes chances de sair vivo daquela cidade, pois certamente seria posto à prova até a morte.

Pelo menos um de nós deveria sair vivo daqui.

Um dos homens de Stephen surgiu do corredor, carregando um rifle de assalto.

— Está na hora. Você entra primeiro.

— Por que eu primeiro?

Era, no mínimo, de se desconfiar.

— Não é você o grande Ás de Espadas, idiota?

Dante processou a acusação.

— Faz sentido.

Entrou no carro e ligou o motor, que roncou alto, como uma fera prestes a ser solta. Yohan havia feito alguns ajustes, consertado a turbina e melhorado o torque para compensar o peso extra da blindagem. Ele realmente sabia o que estava fazendo e Dante se perguntou a todo o momento por que não trabalhar fora da Forja? Provavelmente lucraria muito mais em qualquer cidade grande do que naquele buraco no deserto.

Conduziu o Dodge Challenger até a entrada do antigo estacionamento, abaixo do estádio. Dali, já conseguia ver a pista ao centro e a torcida nas arquibancadas. O lugar fazia jus ao nome da cidade. Seja lá o que a tenha atingido, corroeu o concreto como ácido, deixando alguns pilares expostos até a trama de aço. Uma cidade deteriorada para uma espécie deteriorada, parecia justo.

Lá dentro, o apresentador começava seu discurso empolgado, preparando o clima para a corrida.

Aguardou até ser anunciado, enquanto escolhia a música perfeita.

— ... e agora ele vem desafiar a morte...

Mal sabe ele que eu já dei carona para a morte.

— ... o campeão da corrida de 7 milhas! O grande e incomparável...

Ás... de... Espadas...

— Ás! De! Espadas!

Dante simulou o grito das arquibancadas, que logo ecoou pelo estádio. Mal conhecia aquelas pessoas, mas elas o adoravam e ele as amava por isso. Qualquer pessoa com o mínimo de ego se sentiria excepcionalmente bem no lugar dele. Engatou a primeira marcha, deixou que o som das guitarras preenchesse o interior do veículo e avançou pelos corredores escuros até o interior do estádio. Pouco antes da rampa de acesso, pisou fundo no acelerador, entrando na arena, levantando poeira e fazendo barulho enquanto Johnny vibrava com o rock n' roll vindo das caixas de som potentes que Yohan havia instalado. A torcida foi à loucura ao som de *Runnin' Wild* do Airbourne.

— Ás de Espadas! Ás de Espadas! Ás de Espadas! Ás de Espadas!

Ele sorriu dentro do carro e acelerou, fazendo círculos com os pneus traseiros. Parecia estar se exibindo, mas na verdade estava aproveitando o momento para testar o equilíbrio do carro com o peso adicional, já que isso seria vital para a corrida. Levantou uma cortina de fumaça, alucinando o público ainda mais.

Vocês ainda não viram o que é um espetáculo de verdade.

Assim que a poeira baixou, ele conduziu o carro até a linha de partida, próximo a uma das saídas. Enquanto se deslocava, agora lentamente, observava cada metro da pista. Decorou as curvas, subidas e descidas, onde precisaria acelerar e onde os freios trabalhariam mais, e cada ponto em que poderia ganhar ou diminuir a distância entre os adversários. Reparou que as arquibancadas estavam protegidas por placas de vidro grossas, provavelmente resistentes a balas.

Posicionou o carro e aguardou. O apresentador seguia seu discurso.

— Mas não é só o nosso campeão que veio desafiar a morte hoje! Outros sete bravos pilotos também trouxeram suas máquinas de matar para a corrida!

Vamos ver quem são os pilotos que vão comer poeira hoje.

Um a um os carros foram anunciados. Para a surpresa de Dante, o acervo do museu do carro não estava tão perdido assim. Dos sete, cinco pertenciam ao museu, com as mesmas linhas aerodinâmicas do Dodge Challenger, altamente armados, e dois eram picapes reforçadas, todos prontos para a guerra. Os pilotos alinharam ao lado de Johnny e Dante reconheceu o olhar raivoso dos derrotados da chamada corrida de sete milhas. Todos à sua esquerda o encaravam.

Parece que vamos ser o centro das atenções novamente, meu chapa.

Dante deu um tapinha no volante, tentando trazer conforto a Johnny antes mesmo da corrida começar. Sabia que não seria decepcionado e sabia que não o decepcionaria. Então o apresentador entrou em êxtase ao anunciar o último competidor.

— E agora, o competidor mais promissor de hoje...

Como assim, o mais promissor?

— ... ele que vem para abalar as estruturas, para oferecer um espetáculo de verdade...

Você já me anunciou, seu idiota!

— ... com vocês: Salazar! E o seu incrível Coração de Ferro!

Puta. Que. Pariu.

Então o monstro de aço surgiu, deslizando a toda velocidade. O tanque de guerra subiu a rampa de acesso, voando baixo na arena. A torcida elevou a saudação a um novo patamar. Se era morte que queriam, a garantia acabava de chegar flutuando sobre esteiras de aço. Salazar também sabia conquistar o público, girando as esteiras ao contrário para fazer o blindado dar círculos. Em seguida, girou a torre, apontando a boca do cano de disparo para todos os lados.

Um tiro desses deve doer.

Após se apresentar ao público, o tanque entrou em formação, ficando na ponta esquerda. Dante tentou encarar Salazar através de qualquer maldita portinhola que o veículo tivesse, mas ele estava lacrado em seu cofre sobre esteiras. Para garantir, estendeu seu dedo do meio para a máquina, certo de que a mensagem atravessaria a espessura do metal.

— Competidores! — chamou o apresentador do seu posto elevado nas arquibancadas, a voz ressoando nos alto-falantes do estádio.

Dante estendeu o olhar até o telão que mostrava os veículos alinhados no ponto de partida.

— Preparados?

Os semáforos acima deles mostravam cinco pontos vermelhos. Quando todos ficassem verdes, a matança começaria. Dante apertou as mãos no volante e Johnny lhe deu conforto, certo de que sofreria muito mais que seu piloto.

— E vocês — o apresentador falava para as arquibancadas —, estão preparados?

— Vou tirar a gente daqui, parceiro — sorriu para Johnny, preparando a música que ficaria marcada na memória dos espectadores.

Não sei como ainda, mas vou.

O narrador elevou o tom para incendiar o espetáculo.

— É hora...

Um ficou verde. Os motores roncaram.

— ... do maior espetáculo de Ruínas...

Dois verdes. Os pilotos começaram a encará-lo, famintos. Dante imaginava que, provavelmente, combinaram algo do tipo "vamos matar o filho da puta primeiro e, depois, é cada um por si".

— ... do maior espetáculo da terra...

Três verdes. Um rangido de metal. Dante virou a cabeça a tempo de ver o longo cano do blindado deslizando sobre o chassi, girando em sua direção.

E pode isso, Stephen?

Ele procurou nas arquibancadas, mas não encontrou o homem. Provavelmente estava em algum lugar, bebendo uma taça de vinho e dando um sorriso sádico.

— É hora de...

Quatro verdes. Canhão apontado para Johnny.

Eu não vou morrer na largada.

Esperava que houvesse o mínimo de honra em uma corrida, mas não podia contar com isso. Dante puxou o freio de mão e pisou fundo no acelerador, criando uma cortina de fumaça ao redor dos veículos. Não se via nada além da poeira rodopiando pela atmosfera decrépita da linha de partida.

Cinco verdes. Os carros arrancaram, erguendo ainda mais poeira. Os mais potentes avançaram primeiro, seguidos pelas picapes, que sofriam um pouco mais com o peso. E então o blindado disparou em direção à nuvem de areia, erguendo uma explosão de dois metros de altura. A torcida gritou, um misto de espanto e excitação. Satisfeito, Salazar começou a deslizar o blindado pela pista com seu rangido metálico, em busca dos outros competidores.

Então a música começou.

O baixo distorcido rugiu alto com palhetadas nervosas. Logo vieram as baquetas em uma crescente, dando início à música com o restante da banda.

"Se você quer jogar, então eu sou seu homem. Perder ou ganhar, tanto faz para mim..."

Johnny surgiu do meio da poeira, desviando da fumaça negra da explosão, que só não o atingira porque Dante havia recuado o carro, esperando para ver o que aconteceria. Sua intuição estava certa.

Salazar, seu trapaceiro filho de uma puta.

O som que veio da arquibancada indicava felicidade na sua fuga da morte, a primeira de várias que precisaria executar naquela corrida. Ciente que era o último na pequena pista em formato quase oval, e que se tratava de apenas três voltas, precisaria buscar os outros competidores para diminuir a distância. Além disso, não tinha tanto poder de fogo para atirar em todos os carros à sua frente.

"Você é mais rápido que eles, tem que cuidar da retaguarda", dissera Yohan.

Como eu passo por aquele tanque sem tomar um tiro no meio do rabo?

Então, avaliou o grupo de carros mais à frente, poupando munição, e teve uma ideia.

Botando outro rabo na mira!

Trocou de marcha para ganhar torque e partiu para cima do tanque, que já o havia percebido, iniciando um movimento da torre para alvejá-lo. O nariz pontudo veio em sua direção, pronto para rachar o chassi de Johnny ao meio.

Dante atirou de volta com a metralhadora, só para irritá-lo.

— Vai se foder, seu apelão!

O cano estava quase alinhado em sua direção, quando veio a primeira curva e Dante aproveitou a oportunidade para ultrapassar *o competidor mais promissor do dia*. Jogou o Dodge Challenger para a margem da pista, próximo da parede. O canhão acompanhou sua trajetória, tentando mantê-lo na mira. O motor urrou como uma fera selvagem, impulsionando a carcaça metálica, agora blindada, para a ultrapassagem.

Um giro no volante foi o suficiente para enganar Salazar. O tiro veio rasante, passou por cima deles e abriu um buraco imenso na pista. Dante gargalhou ao volante enquanto passava pelo tanque de guerra com o dedo apontado. Não importava o quanto evitasse ou tentasse se enganar, havia nascido para aquilo. A música chegara ao primeiro refrão, gritando a plenos pulmões o nome do melhor piloto da corrida.

O Ás de Espadas.

A plateia parecia gostar do espetáculo, mesmo que fosse uma completa manipulação. Por mais que negassem, eles gostavam de ser enganados, de torcer para um herói, mesmo contra todas as probabilidades, mesmo que o resultado fosse inevitável, mesmo sabendo o final da história. Mas Dante não daria esse gosto a eles. Nem a Stephen e, principalmente, a Salazar.

Na terceira curva, o grupo de competidores disputava espaço de forma irritantemente pacífica, como um bando de amigos jogando pôquer sem valer dinheiro. Dante conferiu o retrovisor para constatar o que já esperava: Salazar estava acelerando o grande tanque enquanto apontava o cano de disparo para frente novamente. O blindado ganhava pouca velocidade devido às toneladas de metal, mas certamente teria dificuldades em parar depois de embalar.

Hora de colocar mais rabos na mira.

Johnny não fez feio na hora de mostrar sua capacidade. Com o giro do motor nas alturas, deslizou pela pista feito as águas de uma corredeira, com os pneus derrapando nas curvas para ganhar tempo na manobra e retomando o torque quando necessário. A menos de cinquenta metros do último carro, Dante mirou a metralhadora e puxou o gatilho. As balas ricochetearam na lataria de uma das picapes. O piloto se assustou e ela dançou na pista, desacelerando e sendo ultrapassada.

Cuidado com o tanque, pensou Dante, olhando pelo retrovisor.

O piloto ficou tão concentrado no Dodge Challenger que não viu o tanque de trinta toneladas crescendo no retrovisor. Até tentou retomar a velocidade, mas foi atropelado pelas esteiras metálicas. As arquibancadas foram à loucura, sedentas pelo sangue de alguém. Dante constatou que o ser humano adora um conflito, desde que não esteja envolvido. Uma vez que a casa esteja a salvo, o mundo pode se acabar em guerras. Como se, no fim das contas, isso não afetasse a todos.

O primeiro carro havia cruzado a linha de partida, completando a primeira volta. Dante calculou estar a, pelo menos, uns cem metros de distância dele. Precisava se aproximar, pois a vitória dele também comprometia sua liberdade e, se tinha algo que Dante apreciava, era a sua liberdade.

O filho da puta é rápido!, constatou o mercenário, vendo o tanque no retrovisor.

Mira alinhada. Curva chegando. Freio de mão. Disparo. Manobra de última hora. Esquiva.

O míssil errou Johnny por milímetros, mas não foi em vão. Entrou pelo vidro traseiro do terceiro colocado, explodindo o carro de dentro para fora. O belo Plymouth Hemi Barracuda, nascido no mesmo ano de Johnny, que parecia mais uma imitação barata do Dodge Challenger, foi reduzido a uma lata de sardinha, onde o piloto era a própria sardinha.

Caralho! Fizeram uma corrida para o Salazar brincar de matar gente.

A explosão dividiu o bloco de carros, fazendo-os contornar o fogo. Dante seguiu pela esquerda, pois queria ganhar espaço para entrar fechado na curva. Logo que passou pelo fogo, foi recebido com uma saraivada de balas. O capô de Johnny levantou faíscas e o para-brisa também recebeu o impacto, mas o vidro se manteve intacto.

Ele apontou as metralhadoras e contra-atacou, mirando os pneus. Sabia que seria perda de tempo atingir a lataria e a verdade é que não precisava acabar com eles, apenas deixá-los para trás. A menos de vinte metros do grupo de carros, viu algo sair de um Porsche amarelo e pular na pista arenosa, vindo em sua direção.

Uma granada.

Seus filhos da puta.

Dante desviou, perdendo o melhor movimento da curva e saindo da pista. Mas a granada também não foi perdida, explodindo perto da esteira do tanque. O gigante de ferro deu um pequeno salto quando uma das esteiras saiu do chão por alguns segundos. A torcida ficou em silêncio e só voltou a comemorar quando o tanque voltou ao jogo, são e salvo.

Interessante...

A torre voltou a girar, buscando o carro preto de Dante. Era hora de agitar as coisas. Ele reduziu a marcha e pisou fundo no acelerador, o motor respondeu e deu a ele a velocidade que precisava. Cortando a curva por dentro, ele começou a passar pelos competidores. Ouviu os tiros tentando perfurar a lateral do carro e fez uma prece silenciosa para que as balas não encontrassem a caixa de pneus parcialmente protegida por chapas.

Então, o som característico do míssil saindo da boca do canhão ecoou pelo estádio. Golpeou logo atrás de Dante, à esquerda. O segundo acertou à direita.

Ou sou muito bom, ou tenho muita sorte, ou o artilheiro do Salazar é muito ruim de mira. Acho que os três.

Talvez a última afirmação não fosse tão verdadeira, visto que os dois disparos acertaram os competidores. Um capotou no meio da pista e do outro sobrou apenas a metade de trás, para a infelicidade do piloto.

Faltavam duas voltas e havia apenas cinco competidores. Quatro eliminados apenas na primeira. Algo dizia a Dante que aquela corrida não chegaria até o final, pelo menos não com mais de um corredor. O apresentador agora havia virado narrador, comentando cada grão de poeira levantado na pista. A música de Dante seguia em seu ritmo intenso, falando de apostas pelo prêmio mais alto, a dança com o Diabo e sobre nascer para perder.

— E não esqueça do Coringa! — cantou Dante.

Aquele maldito filho da puta me colocou nessa. Mas ele não perde por esperar.

Dante e Johnny estavam em segundo lugar. A lataria do carro não tinha sofrido tanto quanto ele esperava. Agora restava buscar o maldito primeiro colocado. Mas a onda de ataques só se intensificaria, pois, além do tanque, os outros dois também tentariam fazê-lo parar à base de tiros. Não demorou para que a chuva de balas ricocheteasse no grande escudo traseiro que Yohan havia instalado. Dante fechou para fazer a curva, temendo ser acertado caso tentasse deslizar o carro, colocando-o de lado.

O Maserati vermelho que estava à frente já havia chegado à segunda curva do circuito. Dante aproveitou o espaço para diminuir a distância entre o primeiro e, proporcionalmente, aumentar entre os outros. Salazar já era um ponto distante no retrovisor. O tanque parecia ter um excelente motor, mas o peso daquele monstro metálico era descomunal em comparação com os outros competidores. Então o tanque foi ficando para trás e Dante sabia o motivo.

Ele sabe que não precisa vencer correndo, basta acabar com todos os competidores.

Correram por um tempo sem maiores emoções. Os outros não se atacavam, o tanque não atacava ninguém e Dante ainda estava a uma boa distância do carro vermelho. A música acabou e ele voltou a fita para tocá-la novamente, pois o primeiro colocado se aproximava do tanque e a emoção estava prestes a retornar. Nas arquibancadas, o público assistia à corrida hipnotizado, olhos completamente sequestrados pelos carros, explosões e rock n' roll.

Então Salazar entrou em uma reta e começou a alinhar a mira. O mercenário percebeu a malícia e se apressou a fazer a curva antes que desse a chance de ser atingido por um disparo de canhão. O carro vermelho passava ao lado do tanque.

Protegido do caralho!

Johnny deslizou os quatro pneus, entrando na curva. Mais uma e completariam outra volta. Viu que, além de Salazar, o carro vermelho já retomava a velocidade. Outra saraivada de balas tilintou na lateral do Dodge Challenger, lembrando-o que os dois mais atrás ainda eram um problema.

Vocês me pagam, seus filhos da puta.

Girou o volante para a direita, alinhou o carro na extremidade da pista e acelerou. O tanque corrigiu a mira e disparou. Dante puxou para a esquerda quase tarde demais, e o míssil lambeu a lataria do carro, o deslocamento de ar fazendo o chassi tremer. Pelo retrovisor, ele viu o disparo arrebentando a última picape.

A desvantagem de não estar esperando um míssil é que você não está esperando um míssil.

O narrador foi à loucura e levou a torcida com ele. Mas, ao invés de elogiar a genialidade de Dante no volante, a notícia era de que o tanque havia eliminado mais um. Cinco no total. Dante teve que dar o braço a torcer, pois Salazar tinha comprovado ser o competidor mais promissor. Exceto se não ganhasse. Como ele e Johnny não estavam dispostos a perder também, colocaram toda a força do motor nas quatro rodas, jogando-os contra o tanque. A máquina de matar tentou fechar a passagem. Uma. Duas. Três vezes. Dante serpenteava atrás dele para evitar o disparo do canhão, já devidamente carregado. O carro vermelho havia duplicado a distância, chegando perto do terceiro colocado, que se tornara um retardatário.

Esse filho da puta já tá quase me passando, pensou Dante, irritado.

A curva estava chegando. Ele abriu a trajetória do carro e o tanque o acompanhou instintivamente. As portinholas traseiras se abriram e as submetralhadoras começaram a trabalhar, ricocheteando pelo capô e para-brisa. Dante se encolheu no banco e, quando estava perto da curva, cortou por dentro e passou o tanque. Era tarde demais para o blindado ajustar a velocidade e acabou saindo da pista.

Chupa essa, seu otário!

Dante completou a manobra, seguido do primeiro colocado, que ia para sua última volta, e do terceiro, ainda vivo na corrida. O tanque já retornava para a pista, não havia acabado ainda. O Dodge Challenger era, sem dúvidas, o carro mais rápido ali. Foi só ter pista livre para correr que a distância entre eles aumentou consideravelmente. Os tiros se chocavam contra o escudo na traseira do carro e, enquanto o mercenário traçava sua estratégia, aconteceu algo que não esperava: um homem colocou o corpo para fora do carro vermelho, pegou uma RPG e disparou contra Johnny.

Preocupado com o tanque, Dante só percebeu o míssil quando era tarde demais. A explosão atingiu o solo, quase ao lado dos pneus traseiros, e o deslocamento de ar levantou um pouco o carro. Johnny saltou no ar e Dante perdeu o controle da traseira por um momento, permitindo que o Maserati crescesse no retrovisor.

A desvantagem de não estar esperando um míssil é que você não está esperando um míssil.

Ele recuperou o controle e abriu para curva, o primeiro colocado fungando em seu cangote.

Mas sabe o que esse otário não está esperando? Isso.

Puxou a alavanca do lado esquerdo do banco. A grossa placa de metal que protegia a retaguarda do carro se desprendeu, abraçando o carro vermelho a mais de cem quilômetros por hora. Foi como se recebesse um coice. Aquele golpe repentino que joga o lutador na lona. O Maserati foi atingido bem no capô, rodopiou no ar e se reduziu a estilhaços e metal retorcido.

Parece que sou o primeiro agora.

A torcida estava em êxtase.

— Ás de Espadas! Ás de Espadas! Ás de Espadas! Ás de Espadas!

O narrador elogiou a manobra, surpreso com o que acabara de presenciar.

Eu prometi um espetáculo de verdade, não prometi?

As balas zuniram ao seu lado e ele se lembrou de que ainda faltava mais um carro. E a porra do tanque.

— Falta pouco agora, aguenta aí — Dante deu um tapinha no volante.

Viu a curva à frente e logo após estava o imenso blindado, só esperando que ele entrasse em sua mira.

Então, Dante teve uma ideia.

Vai ter que funcionar.

Soltou o acelerador e beliscou o freio, quase parando o carro fora da pista. A torcida não entendeu o que significava aquilo, mas Dante estava com a estratégia toda montada na cabeça. Deixou o Porsche que estava em segundo lugar chegar perto e evitou os disparos da metralhadora giratória instalada no lugar dos faróis. O carro passou por ele a toda velocidade e o seu piloto também não entendeu nada. Dante retomou a perseguição e logo estava no encalço do carro.

Vamos ver se você também gosta disso, seu filho da puta.

Segurou o manete da metralhadora e abriu fogo contra o carro amarelo. Teve sorte, pois mais da metade dos tiros castigou a lataria já suja de poeira e fuligem. O tanque se aproximava dos dois, tudo estava se desenhando conforme ele havia planejado.

Se isso funcionar, eles vão fazer uma estátua nossa nessa porra, Johnny.

O carro amarelo passou pelo tanque. A mira do canhão já estava alinhada com Dante, e o tiroteio começou. Serpenteando pela pista, o Dodge Challenger acelerou para cima do blindado. Sem a proteção, ele ficou muito mais leve e encurtou a distância em poucos segundos. Um dos tiros voou sobre o teto, acertando a pista logo atrás. O deslocamento de ar empurrou Johnny levemente para frente, lembrando Dante de que qualquer falha agora era o fim da linha.

A curva chegou e ele disputou espaço com o tanque de guerra. Salazar jogou a máquina pesada para cima dele, fechando a curva. Dante fintou, fazendo parecer que faria a curva aberta e, quando as esteiras carregaram a máquina de matar para o lado oposto, ele avançou. O canhão não o deixava em paz, girando freneticamente sobre a torre, tentando encaixar a mira. Ficou entre os dois, correndo o risco de ser alvejado por ambos os lados.

E era isso que ele queria.

Faltava pouco mais de meia volta para que seu destino fosse selado. E o de Mordecai. E talvez até o de Yohan.

Sem pressão, não é mesmo, Johnny?

O canhão alinhou a mira e começou a cuspir fogo. Dante disparou contra o carro da frente, mirando os pneus. A primeira saraivada não surtiu o efeito que ele esperava, mas a segunda, desferida após desviar do míssil que quase reduziu ele e Johnny a retalhos de carne e metal, acertou o alvo, estourando os pneus traseiros do carro amarelo. Ele começou a dançar na pista enquanto o piloto tentava recuperar o controle. As rodas levantaram uma cortina de fumaça que tomou conta da atmosfera. Não fazia parte dos planos de Dante, mas era tudo ou nada.

Puta que pariu! Se a gente não morrer agora, não morre mais.

Dante enxergava apenas três metros além dos faróis de Johnny. Não via o tanque, nem o carro amarelo, somente um turbilhão de pó. Puxou o carro para o canto da pista e acelerou para sair logo dali. O estádio todo se calou para acompanhar o desfecho da corrida. Com a visão restrita ao carro amarelo levantando poeira, a única coisa que se via eram as explosões dentro da nuvem, como relâmpagos se formando no céu cinzento antes da tempestade.

O carro amarelo, por sua vez, ciente que não cruzaria a linha de chegada em primeiro, não perdeu tempo e começou a deixar suas granadas na pista. Dante acompanhou uma delas passando na sua lateral direita e explodindo mais atrás, provavelmente embaixo do tanque. O estrondo foi imenso. Salazar revidou, cuspindo o restante dos mísseis que tinha à disposição. O tiroteio virou um pandemônio. Johnny roncava seu motor a mais de cinco mil giros para sair antes que fosse pego no fogo cruzado. Dante aumentou o volume do rádio, tentando sobrepor o som da guerra com o rock, como se aquilo não lhe dissesse respeito.

Vamos ganhar nossa liberdade, parceiro.

Passaram pelo turbilhão e ultrapassaram o carro amarelo segundos antes do disparo de Salazar arrebentá-lo no meio. Dante viu, pelo retrovisor, os olhos arregalados do piloto no momento em que as chamas preencheram o habitáculo do veículo. Até pensou em sentir pena, mas o sentimento logo passou.

Que se foda. Antes ele do que eu.

A pista de chegada estava logo à frente e o tanque logo atrás. Ele esperou por um disparo de canhão ou metralhadora, mas nada veio. A linha de chegada estava muito próxima e a euforia no estádio atingiu o ápice com sua vitória iminente. Dante conferiu a cortina de fumaça, a poeira já começando a se assentar. Salazar deveria sair dali a qualquer momento, furioso, cuspindo fogo. Mas isso também não aconteceu.

Johnny cruzou a linha de chegada.

O mais rápido.

O primeiro.

O melhor.

O Ás de Espadas.

Dante quase não acreditou. Aumentou o volume do rádio e fez círculos com o carro após a vitória. O rock tomou conta do estádio. A torcida pulava. O narrador gritava seu nome, a emoção à flor da pele. O melhor piloto de Ruínas levou o carro para perto das arquibancadas e desceu do veículo, agitando os braços. Viu na pista que o tanque de guerra havia capotado com uma das granadas, estava caído de lado, derrotado.

Que se foda você também, Salazar.

Procurou Stephen, Mordecai, Yohan. Qualquer um com quem pudesse compartilhar a alegria da vitória. Via apenas torcedores vibrando, gritando seu nome, como se a vitória também fosse deles.

Até que o chiado rompeu a atmosfera de comemoração.

Dante se virou para ver o que era. Um míssil descia na direção de Johnny, mais rápido que uma bala, sua trajetória traçada de um ponto alto nas arquibancadas.

Dessa vez não deu tempo de nada, nem de desviar, nem de se esconder. O projétil atingiu Johnny, erguendo uma explosão alta. Dante viu tudo em câmera lenta: o chassi se contorcendo com o impacto, a explosão se deslocando em sua direção e seus pés saindo do ar. Antes que o mercenário fosse entregue nos braços da morte, seu registro ocular não poderia ser mais doloroso: Johnny, seu querido Dodge Challenger e parceiro de tantas roubadas, explodindo em mil pedaços.

"Seu comportamento suicida vai te matar um dia", dissera a assassina.

E ela estava certa.

Yohan

— E aí, Mecânico, qual o plano?

— Não morrer — disse Yohan, categoricamente.

Estavam em oito homens, equipando as armaduras que poderiam protegê-los de uma morte rápida. Todos foram escolhidos por Yohan, como uma espécie de ato misericordioso do tal Stephen. Após colocá-lo em uma arena com aquela versão assassina do garoto e enchê-la com outros homens decididos a matá-los logo depois, por algum motivo desconhecido, Stephen mandou que parassem de lutar tão subitamente que deixou até os lutadores surpresos.

Yohan não reclamou daquilo. Estava apanhando de três homens simultaneamente e um troglodita com uma marreta se aproximava com rapidez. O garoto, por sua vez, estava encurralado, golpeando com as espadas curtas como uma fera acuada. Provavelmente seria morto também. Quando os homens foram dispersados da arena e Stephen desceu até eles, escoltado por mais dois brutamontes armados, Yohan olhou fundo nos seus olhos, pronto para morrer de forma digna se fosse necessário. Mas, ao contrário do que imaginava, Stephen fez uma nova proposta. Como ele mesmo disse, queria deixar as coisas *mais interessantes*. Deixou que o mecânico escolhesse sete lutadores para encarar Luther, o campeão de Ruínas, e seus homens em uma batalha corpo a corpo. Quem ganhasse a batalha, ganharia a liberdade.

Ele havia vivido o suficiente para saber que promessas de homens como Stephen são tão frágeis quanto a lataria dos veículos mais modernos, mas que alternativa tinha? Já tinha sobrevivido a mais lutas do que esperava e, especialmente nessa última, quando conseguiu devolver a razão ao garoto, foi surpreendido por um contingente imenso e, mesmo assim, seguiu caminhando com as próprias pernas.

Fez uma prece silenciosa em agradecimento, pois alguém estava cuidando dele. Duvidava muito que era o próprio Homem de Ferro. A resposta era mais lógica e óbvia, Alanna o censuraria se ele não tivesse ligado os pontos.

Foi Dante que nos salvou. A pergunta certa é: quantas vezes ele teve que fazer isso e por quê?

A faixa vermelha dava voltas em sua imensa mão para deixar a pegada firme e evitar que o suor fizesse o cabo da chave escorregar. E, apesar de sua resposta ter sido contundente o bastante para evitar a necessidade de outras, a pergunta do homem ainda perambulava sua mente.

Qual o plano?

Yohan ergueu a cabeça e avaliou sua equipe. O primeiro a ser escolhido, naturalmente, foi o próprio Nacho. Além de parecer confiável, o mecânico já o havia visto lutar enquanto esperava a sua vez. Era forte e inteligente para atacar, mas paciente o bastante para buscar os momentos em que o golpe tinha mais chance de cruzar as defesas do inimigo. Além dos dois, Yohan procurou selecionar uma equipe balanceada, formada por dois homens ágeis e de estatura média, Hernandez e Rodriguez, um homem grande feito de pura massa muscular e pouco cérebro, conhecido pelos cativos como Tonto, dois lutadores jovens de olhar rápido, Isaías e Iago, e outro mais experiente, talvez na casa dos quarenta anos, chamado Orlando.

Enquanto ele cobria os antebraços com armaduras de couro e metal leve, Nacho se sentou ao seu lado.

— E então, *hermano*, tem alguma ideia do que vamos enfrentar?

— Stephen não é o tipo de homem que impõe uma vantagem injusta no início, mas pode ter certeza de que as coisas podem ficar feias se estivermos bem.

— E o que você quer que a gente faça? — perguntou o brutamontes, encaixando o capacete de metal na cabeça enorme.

Yohan percebeu que todos estavam atentos às instruções e o tilintar das armaduras parou por um momento. A equipe se reuniu em volta de Yohan para escutá-lo e o mecânico enrubesceu. Nunca havia vivido nada perto daquilo, sempre a escória, sempre deixado de lado. Pensou em algo inteligente para falar, algo que o próprio Homem de Ferro pudesse dizer.

— Se lutarmos sozinhos, vamos morrer um a um. Precisamos começar na defensiva, esperar para ver como eles vão nos atacar, se são os mesmos números e que tipo de armas eles têm. Quando estava na Forja, aprendi que, em uma linha de defesa, o seu escudo é o companheiro que está ao lado. Quem buscar a liberdade sozinho vai encontrá-la na ponta de uma espada.

Encarou cada um dos seus companheiros e percebeu que as palavras faziam sentido para eles, estavam atentos, e haviam comprado a ideia. Flexionou o cotovelo esquerdo, trazendo o punho em direção ao peito como se segurasse um escudo.

— Vamos erguer nossa defesa e aguardar eles cansarem enquanto preparamos nosso ataque. E quando eles menos esperarem... — ele posicionou a mão direita ao lado da barriga, como se segurasse um punhal, que logo depois usou para dar uma estocada contra o vento. — Vamos acabar com eles.

— Será a equipe do Luther — observou um dos pequenos, segurando o capacete com ambas as mãos.

Yohan olhou para ele e assentiu. Ergueu a manga do macacão e mostrou um dos cortes que a assassina tinha feito, indo do ombro até próximo ao cotovelo.

— Está vendo isso aqui? Quando eu estava na Cidade Fantasma, lutei com algo maior que eu, era rápido e feroz, com garras que tinham mais ou menos esse comprimento — fez um gesto com as mãos.

O homem ficou boquiaberto.

— E você conseguiu matar essa coisa?

— Claro que conseguiu, seu idiota, senão ele não estaria aqui! — disse o outro.

— Não — disse Yohan. — Não consegui matar — ergueu o punho —, mas acertei o joelho daquela coisa com tanta força que ela nunca mais poderá andar. No final das contas, ela tinha o que todos nós temos: pele, carne e osso. O mesmo que Luther e todos os seus homens têm. Não deixem que nos intimidem. Temos um acordo?

Todos concordaram, porque era a coisa certa a se fazer, e voltaram para colocar suas armaduras, agora com ânimo aparentemente renovado.

— Foi um belo discurso, *hermano* — disse Nacho satisfeito, olhando para os homens. — Acha que eles têm chance?

— Sendo bem honesto? — Yohan baixou a cabeça e diminuiu o tom de voz, prestes a compartilhar um segredo. — Tenho dúvidas de que sairemos daquela arena caminhando com as próprias pernas, mas vamos considerar que tudo corra bem. Você vai ter coragem de atacar a guarda de Stephen?

— *Para salvar a mi gente, hermano. No hay duda.*

Yohan assentiu. Além da proteção dos antebraços, colocou proteções nas pernas e nos locais onde as espadas de Mordecai o tinham atingido, causando novos ferimentos. O Homem de Ferro não havia mentido sobre sua condição quando disse que ele tinha um lado sombrio que despertava nos piores momentos.

Pelo menos ele está a salvo agora.

Em algum lugar de Ruínas, uma música alta tocava, anunciando os jogos prestes a começarem. Yohan só conseguia pensar no que Dante havia dito.

Seria bom não morrer hoje.

Yohan abominava o pouco valor que se dava à vida em Ruínas. Quem em sã consciência colocaria homens para duelar até a morte apenas por entretenimento? No entanto, uma coisa ele não podia negar: toda vez que olhava para a arquibancada se deparava com um olhar inebriado pela loucura e adrenalina do que acontecia lá dentro. Cada morte, cada gota de sangue derramada, levava a torcida ao êxtase.

Então que seja o sangue deles.

A porta de madeira se abriu e um soldado armado conferiu o grupo ali dentro, fazendo uma contagem silenciosa.

— Em quinze minutos, vocês vão para a arena — ergueu o rifle de assalto. — Quem não estiver pronto nem sai daqui.

Assim como foi a sua entrada, foi a sua partida, abrupta e vazia de emoções. Yohan olhou para Nacho, que devolveu o olhar no mesmo tom. Ambos sabiam que não seria fácil atacar a guarda da cidade e, apesar de não conhecerem o tamanho do contingente armado de Stephen, tinham a certeza de que seria uma batalha dura e desigual, que poderia resultar na morte de todos. O que, no fim das contas, não seria muito diferente caso continuassem ali, lutando pela vida um dia após o outro.

Os homens terminaram de se vestir e Hernandez propôs uma oração antes de entrarem na arena, a qual foi bem recebida, apesar da falta de entrosamento do grupo. O guarda não demorou para voltar, com arma em punho e dedo no gatilho, pronto para atirar diante da mínima demonstração de má-fé. Yohan foi o primeiro a sair, ganhando os corredores e sentindo a energia que pulsava nas arquibancadas. O estádio estava cheio. Haveria muito mais olhos observando sua performance desta vez. O pensamento o fez lembrar do quanto odiava aquele lugar.

O grupo de lutadores foi conduzido por um labirinto de pedra desgastada pelo tempo. Com exceção de Yohan, Nacho e Tonto, o restante havia se equipado com escudos de madeira, aparentemente fortes o suficiente para aguentar o impacto de uma maça ou coisa pior. Quando chegaram próximo de uma porta de ferro, outro soldado o fez aguardar o anúncio para entrarem. De onde estava, Yohan conseguia ver a arena onde a batalha aconteceria, repleta de escombros e deformidades, a maioria causada por blocos de concreto do estádio que desabaram em algum ataque no passado.

A mente do mecânico começou a trabalhar em uma forma de tirar vantagem disso.

— Ora, ora... Que grupo seleto de lutadores — disse uma voz conhecida.

Era Stephen, vindo de um corredor lateral para uma bênção final, escoltado por cinco homens usando rifles, metralhadoras e escopetas. Parou próximo de Yohan.

— Pelo que vejo, já estão prontos para a luta.

— Imagino que podemos esperar uma luta justa — sugeriu Yohan.

— As apostas na sua vitória estão pagando 5 para 1 — respondeu Stephen. — O que você acha?

— Acho que se você quer fazer esse tipo de coisa, deveria ter um equilíbrio.

— Meu dever é com o divertimento do meu público, mecânico. Além disso, aquele que mostra ser mais capaz é o que será mais exigido. Dante aprendeu da pior forma, espero que você nunca se esqueça disso.

Stephen fez um sinal para seus homens e as grades começaram a ser erguidas. Uma luta já estava acontecendo na arena e o narrador aquecia a torcida para o espetáculo principal. As arquibancadas estavam lotadas de pessoas nos lugares onde a guerra não havia deixado sua marca. Na arena, um dos lutadores transpassou o outro com uma espada, fazendo a lâmina sair nas costas e o sangue escorrer pela boca. A torcida foi ao delírio vendo o homem desabar na arena. Yohan sentiu a adrenalina percorrendo o corpo, apertou os dedos contra a palma da mão. Se falhasse, aquela poderia ser sua última batalha.

Dante aprendeu da pior forma. O que ele quis dizer com isso?

O vencedor celebrou com as mãos erguidas e o perdedor foi arrastado pelos punhos, a cabeça pendendo sobre o peito, deixando um rastro de sangue que servia para lembrar o que acontecia aos perdedores. Yohan girou levemente o pescoço e avaliou sua equipe. Todos ansiosos. Todos com medo de morrer.

— E agora o evento pelo qual vocês mais esperavam! — anunciou o narrador nas caixas de som do estádio. — De um lado, o homem que chegou recentemente e vem provando que não está para brincadeira. Ele derrotou alguns dos melhores guerreiros de Ruínas. Senhoras e senhores... uma salva de palmas para a equipe do Mecânico!

Os guardas cutucaram as costas de Yohan com as armas.

— Anda logo!

Entraram em fila na arena de batalha, marchando decididos. O sol estava forte e dificultava a visão de qualquer coisa acima da linha do nariz. A torcida estava dividida entre gritos de incentivos e vaias e Yohan pensou que, no final das contas, ter a empatia deles pouco importaria se eles seguissem lutando até o dia em que deixariam a arena arrastados pelos punhos.

Chegaram ao local indicado com um grande círculo no chão e aguardaram. Ele começou a avaliar quantos guardas havia ao todo. A imensidão do estádio diminuía os números, mas era possível ver um volume considerável. Nacho também estudava as defesas de Ruínas, acenando para Yohan com uma expressão confiante. Vendo que a emoção tinha arrefecido nas arquibancadas, o narrador retomou as rédeas da apresentação.

— E do outro lado, o homem que venceu todas as lutas, o invencível, o imbatível, a felicidade dos apostadores, o favorito da arena, o encomendador de covas: Luther, o destruidor!

Revirando os olhos para o exagero de adjetivos, Yohan voltou toda sua atenção para o grupo que entrava na arena pela grade do lado oposto, fazendo uma pequena corrida até o outro círculo, o que despertou a emoção da torcida lá no alto.

Não são lá grandes coisas.

O grupo parecia estar bem equipado em termos de armaduras, sim, mas não passava de um bando de homens mal-encarados. Mercenários. Na Forja, se perderiam fácil entre os irmãos. Yohan já tinha lidado com gente assim e não seria agora que recuaria, estava pronto para a batalha. Entre as equipes, dois estandes de armas estavam dispostos com espadas, facas, lanças e todo o tipo de arma de mão. Não dava para ver o que havia no estande de armas da equipe de Luther, mas, contanto que não houvesse armas de fogo, eles até poderiam ter uma chance.

O narrador esperou os espectadores se acalmarem para dar sequência ao espetáculo.

— Hoje veremos a maior batalha que já houve em Ruínas! Uma batalha mortal que só acaba quando uma das equipes estiver completamente no chão — um rápido olhar para certificar-se de que estava tudo pronto na arena e ele se dirigiu à equipe de Luther. — Estão prontos? — Luther e seus homens gritaram erguendo os punhos. O narrador olhou para Yohan. — Prontos?

Como se tivéssemos escolha.

Yohan acenou com a cabeça, sem desfazer a linha que as sobrancelhas formaram. Alguém morreria naquela arena, mas não seria ele. Não se pudesse evitar.

O narrador iniciou uma contagem regressiva.

— 3...

— Corram o mais rápido que puderem até as armas — gritou Yohan para que todos escutassem.

— 2...

Flexionaram os joelhos se preparando para a corrida e encararam seus adversários. Yohan contou dez do outro lado. Uma desvantagem injusta, mas já esperada. Se Stephen fosse dificultar algo, não seria para o seu campeão. Afinal, as apostas pagariam muito menos se Luther ganhasse.

— 1... vão!

Yohan sentiu a botina deslizar pelo terreno arenoso e correu o mais rápido que suas pernas lhe permitiram. Nacho estava bem ao seu lado, Isaías e Iago estavam à frente, seguidos por Hernandez e Rodriguez, enquanto os outros dois vinham na retaguarda.

A equipe de Luther chegou primeiro ao estande do lado oposto. Se eram mais rápidos ou se a distância era menor, Yohan não saberia dizer, mas o fato é que, quando sua equipe estava chegando nas armas, uma lança veio do céu em uma trajetória de arco, com a ponta descendo feito um cometa.

— Cuidado! — gritou Yohan para Tonto.

O gigante demorou para perceber o ataque, abaixando-se com a agilidade de um urso panda. A lança passou a centímetros do seu ombro e se enterrou na areia. Tonto não perdeu tempo, arrancou-a do chão e a jogou de volta sem sequer mirar. Ouviram um grito assustado, mas aparentemente ninguém ficou ferido.

Nacho havia sacado duas espadas do arsenal e vigiava a ofensiva inimiga para avisar sobre novos ataques. Yohan não precisou procurar muito para ver que Stephen o havia agraciado com a possibilidade de lutar com sua chave grifo. A arma vermelho-sangue se destacava no meio do ferro acinzentado das demais. Tonto pegou uma maça, Isaías e Iago se armaram com lanças e os outros optaram por porretes e machados.

A equipe de Yohan entrou na arena e, seguindo sua orientação, buscaram cobertura nos destroços para fugir das lanças que continuavam chovendo em sua direção. Encostado em um bloco imenso de concreto que fazia parte do antigo anel superior do estádio, o mecânico espiou o avanço inimigo. Estavam abrindo o ataque para pegá-los por ambos os lados. No centro, vindo em linha reta, Luther caminhava, usando algum tipo de manoplas mecânicas que desciam desde os cotovelos e terminavam em uma soqueira na frente dos punhos. Eram imensas e tinham cabos que indicavam algum avanço tecnológico que conferia potência ao soco.

Yohan pensou que levar um golpe daquilo deveria doer.

— Estão abrindo o ataque — gritou para Nacho.

O recado foi passado e os homens passaram a cuidar dos flancos. Os oito homens aguardaram resignados atrás dos blocos de concreto, empunhando suas armas, ansiosos pelo primeiro ataque. As arquibancadas gritavam insultos, exigindo sangue como deuses sedentos por sacrifícios. Yohan percebeu que a equipe de Luther não esperava essa atitude dos inimigos, acostumada com homens se lançando em um ataque suicida, de modo que avançavam contra a equipe do mecânico com cautela.

O sol escaldante tornava a superfície dos escombros quente demais para ficarem encostados. A areia pairava na arena sem se distanciar, como uma espectadora privilegiada. Yohan aguçou os ouvidos e tentou ignorar os gritos da torcida para identificar apenas o que estivesse na arena de batalha. Então, ouviu um grito vindo do flanco esquerdo.

— Estão aqui! — gritou Isaías, esquivando-se de uma lâmina que tentava separar sua cabeça do corpo.

Yohan correu até outro escombro quando teve certeza de que não havia nenhuma lança vindo na direção deles e conseguiu olhar para Isaías no momento em que ele e Iago atravessavam suas lanças pelo peito do agressor. Tonto também observava e não percebeu o homem que havia escalado a imensa base retangular que ele usava de proteção para atacá-lo de cima. Nacho foi quem previu o ataque, empurrando o brutamontes para o lado e aparando o ataque da marreta com uma espada para logo revidar com a outra. Os golpes do *hermano* eram mais ágeis e mais bem coordenados do que os do homem, fazendo-o recuar em direção à parede para defender-se tanto quanto podia, até que uma das espadas de Nacho lambeu sua panturrilha e a outra cortou o braço que segurava a marreta, fazendo-o se abaixar. Nesse momento, a maça de Tonto veio em um arco horizontal e acertou em cheio a face do inimigo, afundando o seu rosto, explodindo os olhos e espalhando miolos pela parede de pedra.

O corpo sem vida desabou no chão.

Yohan conferiu o restante da equipe. Por enquanto, todos ainda estavam vivos.

Ótimo. Pelo menos assim equilibramos as coisas.

Tonto agarrou o homem morto e o atirou no meio da arena, além dos escombros, fazendo o mesmo com o outro morto por Isaías e Iago, como uma forma de mostrar a Luther e sua equipe que não estavam brincando com qualquer um. Quando o segundo corpo aterrissou na areia quente, levantando uma nuvem de poeira a mais de um metro do chão, a torcida explodiu em comemoração, percebendo que o entretenimento finalmente começara.

— Está vendo eles? — perguntou Yohan a Nacho, que espiava além da proteção rochosa.

— *Los putos* se esconderam — disse ele. — Devem estar atrás dos escombros.

— Tonto, recolhe as lanças e vem comigo — ordenou Yohan, esgueirando-se para o lado direito do ataque. — Nacho, leva o Orlando e cuida do lado esquerdo. Eles tão tramando alguma coisa.

O brutamontes, que era uma cabeça e meia maior que Yohan, juntou as lanças cravadas no chão e seguiu o líder da equipe até onde estavam Hernandez e Rodriguez.

— Alguém vindo aqui? — perguntou Yohan, tentando espiar pelo labirinto de pedras.

Hernandez espiou por uma fresta enquanto segurava um bastão de baseball ornado com pregos e um escudo.

— Tem dois além daquela rocha. Estavam prestes a atacar, mas acabaram recuando quando o grandão jogou os mortos de volta.

O mecânico avaliou o terreno à frente. Havia uma coluna caída na areia, onde um homem agachado poderia buscar cobertura facilmente. Se conseguissem avançar por aquela área, chegariam ao flanco da equipe de Luther, o que poderia dar uma boa vantagem a eles.

— Coloque o escudo nas costas e corra até aquela rocha. Nós vamos cuidar deles — disse Yohan a Hernandez.

Apesar de estar receoso por ser uma isca, o homem não questionou, talvez pelo tom de voz do mecânico, talvez pela seriedade que envolvia as palavras, passando uma certeza de que tudo daria certo. Ele prendeu o escudo nas costas e aguardou o sinal de Yohan.

— Tonto, quando quiser.

O brutamontes assentiu, segurando a primeira lança pronta para o arremesso. Hernandez saiu correndo, passando perto do bloco de concreto e fazendo os homens saírem da proteção para correrem ao seu encalço. Tonto então mirou em um deles e arremessou a lança, que cortou o ar feito uma bala, enterrando-se no peito do inimigo com tanta força que o jogou na areia fofa.

O desgraçado é bom de mira.

A morte do primeiro fez o segundo buscar a cobertura novamente antes que a outra lança o encontrasse. Ouviu-se um grito do outro lado da arena, seguido pela comemoração da torcida. Alguém havia morrido e Yohan esperava que não fosse um dos seus. Principalmente Nacho.

Subitamente a voz do narrador preencheu as caixas de som do estádio.

— Uma bela batalha, senhoras e senhores, que está prestes a melhorar!

Ouviu-se um ronco de motor distante, que foi aumentando cada vez mais. Yohan tentou espiar entre os escombros para entender o que estava acontecendo. De um dos portões vinha um caminhão velho erguendo um rastro de poeira, trazendo um contêiner comprido sobre a carroceria. O estádio ficou em silêncio, observando o curioso veículo que se intrometera na batalha. O caminhão era escoltado por uma moto que acompanhava o seu avanço até o meio da arena.

Merda...

Não havia outro som além do motor a diesel, o que levava Yohan a acreditar que a equipe de Luther também estava surpresa. O caminhão parou no centro da arena e a moto, logo atrás. O motoqueiro desceu e usou um grande alicate de corte para remover o cadeado do contêiner. Auxiliado pelo motorista, eles ergueram as travas das portas, subiram na moto e fugiram dali, criando uma cortina arenosa que cobriu as portas do contêiner.

O estádio prendeu a respiração por um momento, aguardando o que viria a seguir. Um ruído agudo e contínuo saiu dos alto falantes, intenso e ensurdecedor, obrigando os lutadores a cobrirem os ouvidos com as mãos. Quando parou, foi substituído por outro som, um baque metálico vindo direto do contêiner. Yohan já sabia o que estava prestes a enfrentar mesmo antes da porta se abrir. Já havia escutado aquele mesmo som na Cidade Fantasma.

Dante estava certo.

— Tonto! Reúna os homens! Hernandez! Rodriguez!

Um dos homens de Luther hesitava diante do caminhão abandonado, encarando a parede de partículas de areia, segurando um machado e uma espada fina. Ouviu-se o rangido das portas se abrindo com violência. Os grunhidos invadiram a atmosfera da arena e logo o primeiro deles saltou contra o homem de Luther, ignorando o golpe de machado recebido no peito e mordendo-lhe o ombro direito. Mais deles começaram a deixar o contêiner. Pareciam ainda mais ferozes e mortais do que na Cidade Fantasma. Após o choque inicial, a torcida recuperou a empolgação, ainda curiosa sobre o que eram aquelas coisas do contêiner, mas clamando por sangue, certa de que fazia parte do espetáculo.

Yohan se encontrou com seus homens na parte sul da arena, onde haviam pegado suas armas nos suportes de madeira. Estavam confusos sobre o novo inimigo que havia ingressado na batalha. Yohan tentou resumir da melhor forma que conseguiu.

— Acertem na cabeça, para matar. E não sejam mordidos!

A equipe abandonou os escudos e os trocou por outras armas do arsenal. Não demorou para os primeiros mortos surgirem em uma corrida enfurecida, com os braços à frente, garras em riste e as bocas escancaradas. Orlando foi o primeiro a receber o impacto, esquivando habilmente enquanto golpeava com o machado na altura do pescoço do agressor azulado, que só não foi decapitado porque a lâmina do machado não estava bem afiada, deixando a cabeça pendurada ao corpo por um fio de carne. Dois vieram na direção de Tonto, que agitava a maça em um golpe certeiro quando uma lança desceu do céu para enterrar-se em seu peito. O grandalhão observou a arma espetada em seu corpo com um olhar incrédulo, baixando a guarda o suficiente para que um dos mortos atacasse seu antebraço com uma mordida certeira. O ataque o fez voltar a si, agarrando a cabeça do monstro, atirando-o no chão e espatifando seu crânio com um pisão. O outro morto saltou na direção dele, mas foi empalado embaixo do queixo pela lança de Iago.

Yohan só percebeu que Tonto havia sido mordido quando ele cambaleou para trás, com o braço erguido na altura dos olhos, ainda processando o que estava acontecendo. Os sentidos do brutamontes foram abandonando seu corpo e ele desabou, primeiro sobre os joelhos e depois com a cara na areia fofa.

Aquilo seria um problema se ele não fosse decapitado.

— Yohan! — gritou Nacho.

O mecânico voltou a atenção para sua própria batalha a tempo de ver duas fileiras de dentes se fecharem a centímetros do seu pescoço e, em seguida, a espada de Nacho separando-as de novo. Yohan sabia que aquela pequena distração poderia ter lhe custado a vida e, se não fosse pelo amigo, estaria caminhando na direção da morte agora. Gostaria de ter agradecido, mas havia mais deles chegando, dezenas, fazendo-o questionar quantas daquelas coisas cabiam em um contêiner.

Sua chave grifo partiu o crânio de um dos mortos e ele teve alguns instantes para avaliar o resto da equipe. Isaías havia enfiado a lança no abdômen de uma das criaturas e agora estava com as costas na parede, tentando afastá-la com o pé. Outra das coisas surgiu pelo lado esquerdo do homem esguio, atacando o seu pescoço. Tonto começava a tremer no chão em uma série de convulsões que faziam o seu corpo todo saltitar. Iago, próximo dele, encarava duas das criaturas, esquivando dos ataques e tentando estocar a lança.

— Iago! Mate o Tonto! Mate o Tonto! — gritou Yohan desesperado, antes de aparar uma mordida com o cabo da chave e devolver a ofensiva com uma cabeçada que desorientou o inimigo, permitindo-o finalizar com um golpe de chave certeiro na face da criatura caída, espalhando sangue, carne podre e miolos pela areia.

Ele olhou na direção dos outros novamente. Iago tentava salvar Isaías, apunhalando os mortos que o cercavam com uma adaga pequena, sem perceber que, atrás dele, Tonto se levantava, completamente transformado em uma daquelas coisas.

— Merda!

— Que foi, *hermano?* — perguntou Nacho, a tempo de observar Tonto e Isaías atacando Iago. — *Por la madre de Dios!*

Três haviam sucumbido. E pior, haviam se tornado inimigos também. Yohan não conseguia mais direcionar sua atenção às arquibancadas, mas os gritos indicavam que o público estava mais do que satisfeito com aquela batalha. As lanças vindas do lado oposto não paravam de voar, fazendo-os se perguntar como a equipe de Luther encontrava tempo para atacá-los à distância. Felizmente, nenhum deles foi atingido e o mecânico indicou que adentrassem ainda mais os escombros para afunilar o ataque.

Iago e Isaías chegaram rápido até o grupo, provando ser realmente homens ágeis. Hernandez matou o primeiro, atacando-lhe as pernas com o porrete e esmagando sua cabeça após a queda, e Orlando acabou com o segundo, separando a cabeça do resto do corpo com o golpe limpo de uma espada. As atenções foram direcionadas para o lado de onde Tonto vinha e, por um momento, foi fácil esquecer que os mortos estavam por todos os lados. Rodriguez foi atacado por trás, mas dessa vez era um dos homens de Luther, que o agarrou pelas costas e apunhalou sua barriga diversas vezes. Nacho tentou ajudar, mas chegou tarde demais, seu companheiro de equipe caiu de joelhos e sucumbiu. O agressor encarou Nacho e apontou a faca em sua direção no exato momento em que foi atacado por outra criatura em um frenesi caótico, sendo derrubado na arena, gritando enquanto o infectado lhe mordia as costas.

Para qualquer lado que Yohan observasse havia a batalha, pessoas matando e pessoas morrendo. Os mortos não paravam de surgir, as lanças não paravam de cair e seus companheiros não paravam de morrer. Uma ofensiva surgiu logo à frente, formada por cinco daquelas criaturas correndo contra eles, movidas por uma fúria cega. Yohan apertou o cabo da chave grifo e gritou para os companheiros ficarem próximos, pois só assim teriam chance de escapar. Orlando gritou algo para os demais. Tonto havia chegado até eles, uma criatura azulada de cento e oitenta quilos e mais de dois metros de altura. Com um tapa da parte externa da mão, ele atirou Orlando deitado na areia.

— Hernandez! Vai! — gritou Yohan, encarando os cinco que estavam bem próximos agora.

Hernandez correu para socorrer Orlando. Yohan e Nacho encararam os cinco infectados a menos de dez passos. O *hermano* preparou suas espadas enquanto o mecânico jogou a chave grifo para as costas, segurando o cabo com as duas mãos para dar potência ao golpe. Esperou que chegassem mais perto e fez um arco pela lateral do corpo, jogando a ponta da chave contra a cabeça do primeiro e arremessando-o na direção do segundo. Nacho atacou outros dois, um pelo pescoço, abrindo uma torrente de sangue escuro, e o segundo eviscerando o abdômen, de onde penderam as tripas já consumidas pela doença. Enquanto seu parceiro finalizava o ataque, Yohan cuidava do último, que teve sua mordida aparada no cabo da chave grifo. O mecânico o empurrou contra um dos blocos de concreto, fazendo o corpo debilitado ser atravessado por um vergalhão. A criatura tentou se livrar em vão e afrouxou os músculos quando a chave grifo lhe arrancou a cabeça.

— *Hermano*! — Nacho gritava olhando para além da pedra, de onde Orlando e Hernandez retornaram transformados naquelas coisas medonhas.

— Merda! — reclamou Yohan ao chegar perto de Nacho, já cansado daquela luta.

— Quantos mais vão sair daquele caminhão? — perguntou o amigo.

O caminhão.

Havia uma chance de escaparem se o caminhão funcionasse. Talvez aquela poderia ser a única alternativa. Yohan puxou Nacho pelo braço e começou a correr na direção do veículo, ignorando os infectados que estavam em seu encalço. Foram cruzando a arena, indo em direção ao veículo abandonado, saltando sobre blocos de concreto e esquivando dos infectados que vinham da direção oposta.

Logo o contêiner ficou visível, quase como se fosse uma miragem no meio da areia suspensa. Tinha pintura de um bordô desgastado e vários pontos de ferrugem. As portas estavam escancaradas e o interior era um túnel negro. O cheiro pútrido que vinha lá de dentro era repugnante. Fedor de doença e morte. Os dois contornaram o veículo e chegaram à cabine pelo lado do motorista.

— Consegue ganhar tempo para mim? — gritou Yohan para Nacho. — Deve estar sem chave.

— *Andate, hermano*! — disse o outro de volta.

Yohan tentou abrir a porta, mas a maçaneta não respondeu ao seu comando. Através do vidro, ele percebeu que o pino de trava estava fechado.

Desgraçados!

Ergueu a chave grifo e deu uma batida seca na janela, fazendo os estilhaços voarem pela cabine, puxou o pino e entrou no caminhão. Como previra, a chave não estava na ignição, exigindo que ele puxasse a fiação sob o volante para tentar uma partida manual. Nacho avisou que estavam chegando e logo ele ouviu o barulho de algum corpo sendo arremessado na lateral do contêiner. Olhou pelo retrovisor e percebeu que seu amigo lutava ferozmente contra três deles. Suas espadas pareciam ter perdido o fio da lâmina, mas ele atacava sem parar, rasgando pele e atravessando carne. Yohan havia descascado os fios e agora encostava uma ponta na outra enquanto seu pé apertava o acelerador compulsivamente. Seu olhar transitava entre os fios em suas mãos e a batalha de Nacho no retrovisor.

Havia mais dois chegando na traseira do caminhão, um deles usava roupas similares aos outros homens de Luther. E atrás deles vinha Tonto, correndo tão veloz quanto um tanque de guerra, fazendo o estádio todo tremer a cada passo.

— Vai. Vai. Vai. Vai. Vai. Vai. Vai.

O som do motor tentando dar a partida fazia parecer que o caminhão estava debochando dele.

Vai. Vai. Vai. Vai. Vai. Vai. Vai. Vai.

Os fios não estavam oxidados, o que era uma boa notícia, cada vez que se tocavam, pequenas faíscas saltavam pela cabine, resultantes do contato. Depois de algumas tentativas, o motor do caminhão roncou, arrancando um sorriso da boca de Yohan. Rapidamente conferiu o retrovisor para avisar ao *hermano* que já podiam partir. Nacho estava deitado no chão, segurando um dos infectados pelo pescoço enquanto tentava alcançar sua espada. Tonto se aproximava perigosamente e, junto dele, mais infectados.

— Os filhos da puta não acabam nunca! — resmungou Yohan, já enfurecido.

Desceu do caminhão e foi ajudar o amigo, com a chave grifo já pronta para a ação. Preparou o golpe e acertou em cheio a cabeça do infectado, banhando o peito de Nacho de sangue. Ofereceu a mão para ele se levantar.

— Te devo a vida, *hermano*.

— Não acabou ainda — disse ele, olhando para Tonto. Apontou para a cabine do caminhão — Sabe dirigir?

— *Claro que si, cabrón!*

Nacho escalou os estribos com a agilidade de um esquilo e assumiu a direção no mesmo momento em que os alto-falantes começaram a berrar aquele som agudo novamente, intenso como a sirene que indicava as refeições da Forja.

— Rápido! — gritou Yohan, apertando o cabo da chave com ambas as mãos.

Nacho tentou soltar os freios do caminhão, liberando um rápido silvo de ar das cuícas, agitando a areia que pairava ao redor. Precisaria fazer mais ar para liberar o sistema e Tonto estava perto agora. Ele era realmente grande e, transformado daquele jeito, parecia ainda mais ameaçador de perto. O gigante deu um urro e partiu para o ataque, esticando os braços na direção de Yohan. O mecânico se abaixou e atacou a perna de Tonto com a cabeça da chave, tentando desequilibrá-lo. O brutamontes bateu com as costas no contêiner, mas se recuperou rapidamente. Yohan pressentiu um ataque vindo das costas e virou-se a tempo de golpear mais um infectado antes que pudesse ser mordido.

Nacho o observava da cabine enquanto acelerava o motor em alta rotação para fazer o compressor de ar trabalhar depressa.

— Quase lá, *hermano*! — gritou para dar alguma esperança a Yohan.

Ele viu que além dos escombros, vários infectados corriam na direção do caminhão. De onde vinham era um mistério. Quando ele se virou para informar Nacho do que lhes aguardava, as mãos lhe agarraram pelo pescoço e duas fileiras de dentes se projetaram em sua direção. Yohan esticou a cabeça para trás, mas pareceu não ser o suficiente. Tonto estava a centímetros do seu rosto, a boca se fechando com a ferocidade de uma armadilha de urso que tritura a perna da presa. Então uma manopla metálica surgiu bem diante dos seus olhos, pegando em cheio o rosto de Tonto, empurrando-o contra o contêiner e espatifando o crânio com um poderoso gancho. As mãos que seguravam Yohan afrouxaram e o corpo sem vida desabou. O braço revestido com a manopla se recolheu após o golpe e o lutador que a vestia deu um aceno afirmativo para Yohan.

— Vamos sair daqui — disse Luther. Ele tinha a cabeça raspada, barba rala e sobrancelhas expressivas. A regata que usava estava rasgada no peito, as calças puídas sujas de areia e tinha alguns machucados e arranhões espalhados pelo corpo, indicando que ele havia enfrentado um inferno também. Suas manoplas faziam parte de um exoesqueleto que reforçava seu corpo com uma estrutura metálica até as pernas.

O mecânico não soube o que falar. Imaginou por um momento que talvez aquele golpe tivesse acertado o oponente errado, que era para o seu crânio estar rachado agora, os seus miolos espalhados pela parede desbotada do contêiner de metal e o seu sangue confundido com o bordô desbotado. Mas o aceno de Luther mudava as coisas, pois, se quisesse matá-lo, já o teria feito ou, no mínimo, deixado acontecer.

— Obrigado — foi o que conseguiu responder de volta.

— Qual o plano?

— Sair com vida dessa merda — disse Yohan.

— Eu tô dentro.

Os infectados, porém, pouco estavam interessados naquela aliança inesperada. Com sua fúria embalada pelo soar da sirene aguda das caixas, eles seguiam correndo em direção aos dois, prontos para o ataque. O motor do caminhão trabalhava como nunca, com o pé de Nacho enterrado no acelerador enquanto ele olhava pela janela da cabine.

— Falta muito? — quis saber Yohan.

— Quase, *hermano*! *Solo un poquito más.*

Luther avaliou o grupo que vinha correndo pela arena. Podiam contar facilmente três dezenas e ainda estariam longe da quantidade real.

— Se chegarem aqui, a gente tá morto — disse Luther.

A plateia parecia estar gostando disso. Protegidos por um fosso que circulava todo o estádio, os espectadores estavam de pé, aguardando o desfecho daquele ataque que parecia inevitável. Houve uma movimentação de guardas nas arquibancadas, empunhando armas, próximos das saídas, prontos para atacá-los. Yohan e Luther deram a volta no caminhão para entrar na cabine e perceberam que do outro lado a coisa estava pior. Havia no mínimo sete chegando até eles.

— Entra aí! — gritou Luther. — Eu acabo com eles.

O campeão de Ruínas correu na direção dos infectados, estourando a cabeça do primeiro, jogando o segundo para longe e fazendo o terceiro recuar em um voo baixo. Aquelas manoplas eram realmente armas magníficas e Yohan ficou feliz por não ter que lutar contra elas. Apesar disso, gritou para Nacho seguir o plano e foi ajudar Luther. Haviam eliminado mais cinco criaturas quando os freios do caminhão finalmente foram liberados e o chassi começou a deslizar sobre os pneus.

Quando o final do contêiner passou por eles, o grupo já estava a pouco menos de cinquenta metros, avançando com ferocidade. O mecânico e seu mais recente aliado correram na direção da traseira do caminhão, que se movia lentamente, aguardando o embarque dos dois. Os movimentos de Luther estavam mais rápidos por causa do exoesqueleto, fazendo o campeão de Ruínas subir primeiro. Ele se virou e estendeu o braço para Yohan.

— Vamos, mecânico!

As pernas de Yohan já não respondiam como antigamente. Era como se o sangue não trabalhasse em todos os músculos do corpo, refletindo a falta do volume perdido na Cidade Fantasma. Em contrapartida, as criaturas pareciam velocistas, como cachorros de caça atrás de um coelho. Ele sentiu uma mão tocar seu ombro em uma tentativa de captura de um deles e percebeu que outro havia se espatifado no chão após saltar em sua direção. Em um último esforço, ele saltou na traseira do caminhão e segurou o braço de Luther, que deu três pancadas no contêiner para indicar a Nacho que já podia acelerar.

O caminhão ganhou velocidade, levantando uma camada caótica de poeira no ar. Auxiliado pela armadura, Luther conseguiu puxar o mecânico para dentro do contêiner, o que seria impossível se contasse apenas com a própria força. Um grito abafado de Nacho veio lá da frente, pedindo que se segurassem. O caminhão começou a fazer uma curva e os tiros ricochetearam na grossa parede de metal.

— Não achou que nos deixariam viver de verdade, não é? — perguntou Luther, mostrando ter mais sagacidade do que Yohan havia suposto.

Os infectados seguiam correndo atrás do caminhão e os dois sabiam que qualquer parada seria o fim deles, estariam encurralados dentro do contêiner de metal que tinha apenas uma entrada e uma saída. Yohan caminhou até o fundo do contêiner para tentar se comunicar com Nacho. Havia os tiros, os grunhidos, os gritos da plateia, muita coisa para processar. Mesmo assim, gritou o mais alto que pode.

— Nacho! Tá vendo algum portão?

Alguns segundos se passaram até que veio a resposta também abafada.

— Tem um ali! Mas tá fechado!

— Você tem que achar uma saída! Se parar, a gente morre!

Yohan olhou para trás no momento em que Luther eliminava uma tentativa de invasão, acertando o infectado na cabeça. Mais dois alcançaram a parte traseira do contêiner, sendo rechaçados. Luther tentou fechar uma das portas, mas os tiros quase acertaram seu braço.

— Merda! — gritou ele.

— *Hermano*! — veio o grito de Nacho. — Segura aí. Vou abrir caminho!

O caminhão acelerou ainda mais e os tiros voltaram a atingir o contêiner, agora por cima. Yohan e Luther se atiraram no chão para buscar cobertura. Subitamente, voaram em direção ao fundo do contêiner, quando o caminhão colidiu com alguma coisa. Ficaram desorientados por um momento, sem entender o que havia acontecido.

— *Hermano! Hermano!* — gritou Nacho do outro lado. — *Estás vivo, muchacho?*

Yohan sacudiu a cabeça para colocar as coisas em ordem. Avaliou o fundo do contêiner e viu o grupo se aproximando de novo, rapidamente. Luther também estava se recompondo. O campeão de Ruínas foi até a porta para espiar e as balas voltaram a zunir contra a chapa do contêiner.

— O que aconteceu? — perguntou Yohan a Nacho.

— Eu atravessei a parede, mas o contêiner ficou preso — disse Nacho, quase um sussurro do outro lado. — Vamos! Saiam daí!

O mecânico avaliou rapidamente a situação. A única abertura existente se encontrava na traseira do contêiner, que apontava para uma arena devastada cheia de espectadores ainda confusos com o que estava acontecendo, como se a fuga deles fosse algum tipo de manobra planejada por Stephen e seus homens. Como se fizesse parte do espetáculo. Havia ainda os infectados, dezenas deles correndo em direção aos dois, estimulados pelo ruído agudo que saía dos alto-falantes. E havia também os soldados. Quantos, não se sabia ao certo, mas o suficiente para transformar em uma peneira qualquer um dos dois que deixasse o contêiner.

Luther também parecia ciente de que não poderiam esperar a investida dos infectados na boca do contêiner ou não teriam chance de sobreviver. Ele passou por Yohan e caminhou em direção ao fundo do contêiner.

— Cuide para que não subam — ordenou como se fosse uma tarefa simples.

Yohan o observou, tentando entender sua estratégia.

— O que vai fazer?

— Abrir uma nova porta.

O campeão de Ruínas fechou os punhos metálicos como se estivesse prestes a enfrentar um inimigo imaginário. Um silvo soou enquanto algo percorria pelos braços da armadura, como uma energia velada. Ele levou o cotovelo direito para trás, preparando o golpe, e desferiu a cotovelada contra a parede metálica do fundo do contêiner. Houve um estrondo e o metal se deformou seguindo o desenho do punho. Luther olhou para Yohan satisfeito.

— Pode funcionar — disse antes de preparar o próximo golpe.

Ele começou a golpear a parede com ambas as mãos, fazendo o tilintar metálico ecoar pelo estádio. Logo Yohan ouviu os gritos dos homens de Stephen do lado de fora e a chuva de balas começou a cair sobre o contêiner, atingindo a metade da caixa metálica que estava apontada para a arena, criando vários pontos de metal no teto e furando os pontos em que a espessura da chapa já havia sido desgastada pelo tempo. O mecânico correu até onde estava Luther, buscando fugir dos disparos.

O fundo do contêiner já começava a se abrir diante dos golpes, sofrendo um pequeno rasgo. Yohan pensou por um momento que os guardas pudessem descer até lá para matar os dois encurralados no fundo contêiner, mas havia dezenas de motivos azulados chegando rápido para fazê-los repensar a ideia. O pequeno grupo chegou à traseira do contêiner e as balas cessaram. Do outro lado, Nacho pedia pressa, imaginando que logo os guardas apareceriam.

Após Luther abrir o primeiro buraco no metal, foi mais fácil torcer a placa metálica para aumentá-lo. Já era possível atravessar uma criança pela passagem quando o primeiro infectado embarcou no fundo do contêiner, usando o corpo dos outros como uma espécie de rampa. Yohan se preparou para o impacto. Teria que dar golpes curtos, uma vez que as paredes não lhe permitiam os movimentos amplos que tornavam a chave grifo uma arma tão letal. Com essa restrição, ele apostou no simples, segurando o cabo com as duas mãos e acertando o queixo da criatura com a cabeça da chave, jogando-a no piso do contêiner.

Um segundo golpe resolveu a questão.

Ergueu o olhar e avaliou a confusão de braços e grunhidos das criaturas tentando subir no contêiner. Os olhos brancos e inexpressivos pareciam uma súplica. Logo, os que estavam na frente começaram a ser pisoteados, servindo de apoio para os que vinham atrás.

O contêiner foi invadido.

— Mecânico! — gritou Luther lá de trás, além do contêiner, já abrindo outra passagem na parte traseira da cabine do caminhão.

Yohan colocou suas pernas em movimento, ignorando toda a dor que sentia. A dor seria sua companheira agora, pelo menos até sair daquela cidade. O buraco não era bem do seu tamanho e, por sorte, Luther havia torcido as rebarbas metálicas para fora, evitando que se cortasse. Ele atravessou a passagem, ficando no espaço entre a cabine e o contêiner. Ergueu a cabeça e viu um dos guardas sobre a murada apontando uma pistola para ele.

Pressentiu que sua jornada terminaria ali.

O guarda puxou o gatilho e a pistola cuspiu a bala em uma trajetória que levou questão de segundos e foi recebida no metal da manopla de Luther. O corpo de Yohan chegou a saltar, sentindo o impacto de uma bala que nunca chegaria. Após defendê-lo do tiro, o campeão de Ruínas o puxou através do buraco da cabine e da parede, acessando o corredor. Nacho os aguardava, ansioso, conferindo os dois lados do corredor.

— *Hermano! Estás vivo!*

Luther encarou o *hermano* e depois Yohan.

— Logo isso aqui vai estar cheio de guardas e monstros. Qual o plano agora?

Os infectados começaram a surgir pela brecha na parede e logo jorrariam feito água pelo furo de uma represa.

Nacho matou um com sua espada. Luther e Yohan cuidaram dos outros dois.

— Vamos soltar os prisioneiros e fugir dessa cidade — disse Yohan analisando as saídas.

No final do corredor, surgiu uma figura inesperada, mas extremamente bem-vinda. De vestes negras e olhar melancólico, Mordecai surgiu, procurando por eles. Abriu um sorriso quando viu o mecânico e Yohan sabia que tê-lo ao seu lado seria um excelente apoio para sair da cidade.

— Yohan! — gritou ele para o grupo. — Por aqui!

— Não foi esse que quase te matou? — perguntou Luther.

— Foi.

— E está com você?

— Está.

— Você é esquisito, mecânico.

Começaram a se mover e, logo atrás deles, mais mortos saíam pelo buraco na parede. No extremo oposto do corredor, homens de Stephen começavam a surgir, armados e com sede de sangue. Yohan, Nacho e Luther correram na direção de Mordecai, deixando que as criaturas e os guardas se divertissem entre si.

Então, algo curioso aconteceu.

O caminho entre eles e Mordecai pareceu se distorcer por um momento, como uma miragem translúcida criada sobre as areias do deserto. Eles só pararam de correr quando uma cabeça flutuante surgiu no meio do corredor, antes escondida sob uma espécie de capuz invisível. Era o rosto de um jovem com cabelos loiros castigados pelo clima árido do deserto. Tinha os olhos determinados e direcionados para o mecânico.

— Yohan — disse ele, antes de erguer uma pistola na direção do mecânico. — Me desculpe.

O disparo surpreendeu a todos. Foi seco, rápido e vazio de emoções.

Dessa vez, não houve tempo de Luther protegê-lo.

A cabeça de Yohan foi jogada para trás como se tivesse levado um coice. Seus olhos reviraram e ainda pôde sentir o sangue quente escorrer pela testa antes de soltar a chave grifo e seu corpo desabar de costas no chão frio do estádio, mergulhando na escuridão eterna.

Mordecai

— Nããããããoooooooo!!! — seu grito ecoou pelo corredor do estádio. Mordecai ainda tentava entender o que estava acontecendo.

Acompanhara das arquibancadas a jornada heroica de Yohan para fugir da arena com o caminhão que havia trazido os infectados, igual aqueles que vira junto com Cisco na Cidade Fantasma. Acompanhou o movimento do veículo, atravessando as arquibancadas até um dos acessos, porque imaginava que o mecânico poderia precisar de ajuda. Quando eles arremeteram contra a parede e os infectados estavam perto, Mordecai achou que era o fim, mas um estrondo indicou que algo acontecia dentro do contêiner. Ele correu o máximo que pôde, cruzando a multidão de espectadores, descendo as escadas e chegando no corredor a tempo de ver três homens saltarem pela cabine do caminhão. Um deles era Yohan. Sua felicidade, porém, não durou o tempo de um bater de asas de Diana, quando o mecânico foi alvejado na cabeça de forma inexplicável.

Então percebeu que a ondulação disforme no ar não era uma miragem, mas sim alguém.

Sacou suas espadas sem pensar muito. No outro lado do corredor, um dos homens segurava Yohan nos braços, tentando fazê-lo retornar à consciência como se estivesse apenas tirando um cochilo pesado. E, conforme aquela deformidade invisível se movimentou para tentar fugir do outro lutador, anunciado nos alto-falantes como Luther, Mordecai percebeu que se tratava de algum tipo de capa com camuflagem. Sem dúvida, era o homem que havia aparecido em seu sonho, o responsável pelas mortes de Yohan e Dante.

Então era você.

No fim do corredor, os soldados de Ruínas começaram a chegar para lidar com a situação, e pela passagem criada na cabine do caminhão, os infectados encontraram um caminho e iniciaram a investida, colocando--se entre os companheiros de Yohan e seu assassino. O corredor havia se tornado um verdadeiro caos. Preocupado com os novos inimigos, Luther precisou esquecer o estranho, que gastou a munição da pistola contra os infectados que vinham da parede. Matou cinco antes de começar a fugir, já havia cumprido sua missão.

Eu vou te matar, seu desgraçado.

Para Mordecai, entretanto, tanto os infectados quanto os homens de Ruínas eram insignificantes agora, pois todo o ódio em seu coração estava destinado a uma única pessoa. Preparou o ataque, erguendo a espada. O outro percebeu suas intenções e ergueu a pistola contra Mordecai, fazendo--o hesitar também. O capuz caiu e ele viu um homem jovem de cabelos loiros e olhar determinado correndo em sua direção. Parecia ter coragem suficiente para matá-lo se fosse preciso, mas não puxou o gatilho, apenas passou correndo por Mordecai com a arma apontada contra ele e sumiu no lado oposto do corredor.

— Volta aqui! — gritou Mordecai, partindo em seu encalço.

O corredor havia se tornado uma guerra e Mordecai lutou contra o impulso de salvar os outros homens. Algo queimava em seu coração, um sentimento muito similar ao dia em que a horda de infectados ganhou liberdade devido às suas atitudes. Bem-intencionadas, é verdade, mas ainda fracassadas. A camuflagem do estranho não era tão eficiente quando ele corria, causando uma distorção bem mais perceptível ao tentar reproduzir o ambiente ao seu redor.

Chegaram a outro corredor e os grunhidos diminuíram um pouco, mas os tiros continuavam zunindo pelas paredes. Seu corpo estava dolorido e sua visão turva pelas lágrimas. Dante havia ajudado ele a escapar da morte na Cidade Fantasma, além de tentar negociar a liberdade dos dois. E Yohan havia poupado sua vida na arena, ignorando o fato de que ele estava em um frenesi inconsciente, e ainda o havia protegido na luta que ocorreu depois. Havia sobrevivido a um ataque desleal e a uma perseguição insana para morrer de forma tão medíocre.

Aquele homem não escaparia com vida.

O estranho acessou as escadas do estádio, descendo em direção ao antigo estacionamento do subsolo.

Não vai escapar.

Mordecai o seguiu, segurando o corrimão e fazendo as pernas trabalharem rapidamente para que pudesse diminuir a distância entre os dois.

Viu o vulto quase invisível girar na escada abaixo para acessar o segundo lance de degraus. Fez a curva aberta para evitar sofrer um golpe de surpresa. Quando chegou ao topo do segundo lance, percebeu que o outro já estava acessando os degraus do terceiro. Ele não parecia ter intenção de enganá-lo, estava realmente tentando fugir.

— Ei! — gritou em vão.

Desceram mais dois lances de escada e chegaram ao subsolo, onde a escuridão engolia os últimos degraus como uma fera faminta. Lá de cima, os sons da batalha chegaram aos seus ouvidos. Tiros e gritos misturando-se de forma quase harmoniosa, indicando que o número de mortes em Ruínas estava prestes a subir muito. Para Mordecai, nada disso importava. Dois de seus amigos haviam morrido naquele dia e tudo o que ele conseguia sentir era uma necessidade enorme de matar alguém.

Mergulhou no breu com as espadas à mão.

O amplo estacionamento era sustentado por pilares distantes um do outro. Uma rampa no final do outro lado recebia um pouco de luz, mas, tirando isso, o lugar estava escuro e gelado feito uma caverna. Ele ficou parado e aguçou os ouvidos, tentando localizar o estranho. Nada.

— Pare de se esconder, covarde!

— Eu não quero te machucar — veio uma voz mais além.

— Eu duvido que isso aconteça — Mordecai girou a cabeça, buscando a voz.

— Você não é meu inimigo — disse o outro.

— Matou Yohan e acredito que você também tenha matado Dante. Acabei de me tornar seu inimigo.

Fechou os olhos e tentou ouvir além da própria respiração. Ouviu o arrastar da bota no piso de concreto atrás de uma pilastra e começou a se mover lentamente naquela direção, aguardando o outro falar.

— Foi preciso — disse ele de forma simplória. — Yohan e Dante tinham que morrer.

— Por quê? Eles só estavam tentando escapar.

— Matando outros homens.

— Que outra escolha eles tinham?

O estranho hesitou um pouco e Mordecai ouviu seus passos indo em direção à rampa.

— Os dois não são quem você pensa.

— Do que está falando?

— Eles são como os cavaleiros do apocalipse. Tinham que morrer.

— Yohan e Dante? — ele disse os nomes para ter certeza.

— Sim.

Aquilo soou confuso. Cavaleiros do quê? Quem era aquele estranho e o que ele sabia?

— Quem é você?

— Eu vi o futuro — respondeu o outro, saindo de trás da pilastra, a silhueta no escuro era um vulto fantasmagórico. — E ele não é nada bom. Tudo começa com os cavaleiros. Eles vão espalhar a peste, a guerra, a fome e, por fim, a morte de todos nós.

— O que os dois têm a ver com isso?

— O mecânico era o Cavaleiro da Guerra. Percebe quanta morte ele causou só no tempo em que esteve nessa cidade?

— Está enganado — disse Mordecai. — Ele é um homem bom. Não queria estar aqui.

— Dante era o Cavaleiro da Fome — continuou o outro, sem parecer se importar com a sua opinião. — Egoísta e mesquinho, pensava só nos próprios interesses, tirando tudo o que pudesse dos outros.

Não parecem ser os homens que conheci.

— Não acredito em você — declarou Mordecai, girando uma das espadas. A lâmina negra e afiada cortou o ar. Caminhou ao redor do estranho para que a luz da entrada do túnel ficasse às suas costas. Buscava a escuridão. — Dante me salvou mais de uma vez desde que o conheci.

— Se ele fez isso, é porque era conveniente para ele — disse o estranho.

— Ele morreu naquela arena. Onde está a conveniência disso?

— Guarde a espada, eu não vou te atacar.

— Você não tem escolha — disse Mordecai.

Saltou em direção ao outro com a espada em posição de ataque, sedento por sangue. As duas mortes não ficariam impunes, aquele homem precisaria pagar. Com as duas mãos firmes na empunhadura de couro trançado, ele preparou o primeiro golpe, fazendo um arco na escuridão. O estranho sacou sua espada quando percebeu que o combate seria inevitável, recuando o pé direito para absorver o impacto do golpe. As lâminas colidiram e as centelhas iluminaram o combate por alguns segundos. Mordecai viu um rosto sombrio surgir embaixo da máscara e desaparecer logo depois.

Atacou os flancos, cabeça e depois os pés com golpes ágeis, cheios de raiva. Todos defendidos ou esquivados pelo estranho. Após uma investida, Mordecai levou um chute no peito e caiu de costas no chão, levantando-se com os dentes à mostra.

— Você morre aqui. Hoje — prometeu ao estranho.

— Não — disse ele, determinado. — Ainda tenho dois cavaleiros para matar.

Mordecai não queria escutar sobre aquela história de cavaleiros. Era apenas um monte de palavras sem sentido para justificar a morte de pessoas com quem ele se importava. Atacou com a lâmina da mão direita e aproveitou o bloqueio do oponente para atacar com a esquerda. O estranho esquivou, girou a sua lâmina e tentou golpear as pernas de Mordecai. Não parecia um exímio lutador, mas estava longe de ser ruim. Percebendo que o escuro não o favorecia, esquivou-se de mais dois golpes e conseguiu se desvencilhar do combate, correndo em direção à saída.

Você não vai escapar do que fez.

Mordecai o perseguiu e chutou suas pernas, fazendo-o desabar no chão. O estranho se virou a tempo de ver a espada erguida, apontando para o teto de concreto, pronta para o golpe fatal. Quando ela desceu, deveria ter cortado pele, carne e triturado osso, mas ao invés disso ela encontrou outra lâmina. A espada de uma terceira pessoa. Mordecai tentou identificar quem impedia sua vingança, mas o rosto também estava escondido pelas sombras e por um capuz. Encarou a figura, ainda que não visse seu rosto.

Aliviado por estar a salvo, o estranho levantou-se e correu em direção à rampa, fugindo para a luz do dia. Mordecai sentiu ainda mais raiva do segundo indivíduo que surgiu das sombras para frustrar seus planos. Mataria ele e depois o estranho.

— Procure no mercado. Há um homem magro que atende por Fiapo. Ele vai te indicar o caminho — disse a figura, para sua surpresa. E, ainda que Mordecai não conseguisse ver seu rosto, sabia que o outro o encarava de volta, diretamente nos olhos.

— Quem é você? — se as coisas estavam confusas antes, agora havia ficado muito pior.

O outro não respondeu. A espada simplesmente afrouxou sua defesa e o homem que estava ali há um segundo agora não passava de poeira flutuando pelo estacionamento frio.

Mordecai ficou sozinho na escuridão, decidindo se seguia o estranho que havia escapado ou essa nova figura. Optou pelo primeiro. Subiu a rampa e a luz do sol assolou seus olhos, exigindo que cobrisse o rosto com a mão direita até que as pupilas se ajustassem. Quando a claridade já não era mais um problema, ele avaliou o lugar em que havia saído, a parte externa de um centro comercial. Viu pessoas correndo no final da rua, o caos estava começando a se formar em Ruínas.

Se os infectados saírem do estádio, vai virar uma carnificina.

Uma porta se fechou ao longe e ele imaginou que o estranho pudesse ter se refugiado lá. Partiu em seu encalço saltando sobre os destroços que salpicavam a calçada de concreto. A cidade parecia um animal em decomposição, com seus prédios carcomidos caindo aos pedaços. Um excelente local para o que estavam fazendo ali. De perto, o centro comercial duplicava de tamanho e Mordecai lembrou-se das vezes em que precisara reunir coragem para revistar locais grandes como aquele, com a certeza de que encontraria uma porção de infectados.

Empurrou a porta com cautela, prevendo algum ataque surpresa.

Nada aconteceu.

Procurou pelo vulto invisível correndo pela vastidão do prédio, mas encontrou apenas estruturas metálicas parcialmente dominadas pela natureza, em contrastes de ferrugem e verde-musgo. Seguiu pelos corredores onde um dia já houvera vida, mas agora não havia nada além de uma porção de coisas velhas e acabadas. Percebeu que no extremo oposto do prédio, de frente para uma rua, havia uma movimentação de pessoas.

Ouviu tiros mais adiante e se perguntou se os infectados haviam sido dominados ou se Ruínas estava prestes a se tornar a nova Cidade Fantasma. Não que isso realmente importasse. Durante toda a sua vida fora treinado para lutar contra os infectados e tornar melhor a vida das pessoas, mas, exceto por Dante e Yohan, as pessoas que havia encontrado naquela cidade se mostraram ainda piores do que os infectados. Descobriu que a perversidade do ser humano pode ir além das expectativas de qualquer um.

Ele se aproximou da porta e buscou cobertura. Espiou pela fresta, rastreando com cuidado ambos os lados da rua destruída, procurando o estranho assassino. Aquela capa que ele usava como camuflagem era extremamente eficiente para cruzar uma cidade inteira despercebido. Uma dessa teria sido útil nos seus tempos como exterminador de infectados. Mordecai procurou pela ondulação característica que a capa causava no ambiente, perceptível apenas aos olhares mais atentos, mas não achou nada que lhe interessasse. O estranho havia sumido de vista.

Os sons dos tiros elevaram-se na direção do seu caminho de origem, indicando uma pequena guerra próxima ao estádio. Mordecai percebeu que isso chamou a atenção das pessoas que circulavam pelo mercado, mas não o suficiente para despertar desespero ainda, uma vez que a guerra era espetacularizada em Ruínas. Não avistando nenhum guarda local, ele puxou o capuz das costas para cobrir a cabeça e deixou o prédio semidestruído, contornando a esquina para acessar o mercado.

"Procure no mercado. Um homem magro que atende por Fiapo".

Fiapo...

Aquele nome não lhe era estranho.

Apesar de o mercado não estar tão cheio quanto já o vira algumas vezes, o turbilhão de vozes era notável. Pessoas iam e vinham, passando em cada uma das tendas parcamente montadas que vendiam de tudo: artesanatos, remédios, pedras supostamente preciosas e até entorpecentes.

— Contemplem! — gritava um vendedor, segurando um crânio humano praticamente rachado ao meio. — A cabeça de Mike racha-crânios, o campeão de Ruínas que provou do próprio veneno pelas mãos do Mecânico. Limpo e conservado! É seu por apenas dez moedas de cobre!

Ele ofereceu o artefato a Mordecai, esticando-o contra seu peito. Com um olhar intrigado, Mordecai apenas balançou a cabeça e seguiu seu caminho imaginando que logo os ossos de Dante e Yohan estariam à venda também, e provavelmente valeriam muito mais do que dez moedas de cobre.

Uma sombra pairou sobre as tendas, cruzou o chão de pedregulhos, atravessou a rua e subiu a parede de um prédio. Era um formato conhecido para ele, pois já o vira diversas vezes. Mordecai olhou para o topo do prédio a tempo de reconhecer sua amiga pousar no terraço.

Diana!

Não lembrava desde quando ela estava sumida, mas estava feliz por vê-la bem, talvez fosse a única coisa que lhe restava naquela cidade desconhecida.

O prédio estava a uns cem metros à frente, depois de diversas barracas. Mordecai tentou espiar entre as tendas para ver se havia guardas, mas não conseguiu ver muito além do aglomerado de pessoas que circulavam pela rua central. Uma explosão ecoou mais além, fazendo todos se encolherem brevemente, diminuindo as vozes por um instante até que os burburinhos curiosos preenchessem a atmosfera novamente.

Mordecai avançou entre eles com a cabeça baixa para não ser reconhecido. Atravessou o primeiro conjunto de tendas e, ao espiar à frente, viu dois guardas caminhando em sua direção. Não tinha certeza se o haviam visto ou não, mas achou melhor evitar o conflito. Dobrou à direita para pegar o caminho por trás das tendas e percebeu que havia mais três, conversando despreocupadamente enquanto um deles comia uma maçã. Girou nos calcanhares para pegar o caminho da esquerda e esbarrou em uma mulher que carregava uma caixa cheia de ossos. Ela foi jogada para trás e a caixa caiu, espalhando os ossos pela rua em uma cacofonia de estalidos secos.

Quando Mordecai conferiu os guardas novamente, percebeu que havia atraído todas as atenções. Não esperou que viessem atrás dele, pois sabia que as espadas o denunciavam. Começou a correr, forçando passagem entre as pessoas, buscando um lugar para se esconder. Não demorou muito para iniciarem a perseguição. Os guardas saltavam sobre as tendas e empurravam as pessoas.

Ele olhou para o topo dos prédios, calculando a vantagem que poderia ter lá, pois, uma vez que não conhecia a cidade, poderia se perder facilmente, ou ser surpreendido por qualquer um deles que pegasse um atalho. Entrou em uma das construções abandonadas, saltando pela abertura que um dia fora uma janela. Encontrou uma escada e começou a subir. Ouviu os passos apressados no andar de baixo, gritos de comando e tiros mais além. Sobre sua cabeça, o teto ecoou o som de passos, indicando que havia alguém no andar de cima.

Mordecai saiu pela porta do quarto que estava e seguiu pelo corredor. Um guarda subia a escada mais à frente, com o objetivo de encurralá-lo. Mordecai sacou a espada e golpeou o homem no pescoço quando ele chegou ao topo da escada, fazendo-o desabar pelos degraus com uma cascata de sangue jorrando no peito. Uma saraivada de tiros ricocheteou pela parede próxima dele, fazendo-o se virar instintivamente. No fundo do corredor, um dos guardas empunhava uma metralhadora, mandando-o parar. Ele seguiu, virando a esquina e acessando outro corredor.

Estava próximo da escada de acesso para o terceiro andar quando um braço o agarrou, puxando-o para um compartimento embaixo da escada. Ele tentou se mexer, mas o braço era forte, apesar de magro. Seu agressor o virou para encará-lo e Mordecai percebeu que havia encontrado quem estava procurando: o homem magro do mercado.

— Fiapo? — sussurrou a pergunta.

Ele fez que sim. Estava com o dedo indicador na frente dos lábios, solicitando silêncio.

Mordecai obedeceu e logo eles escutaram os passos na escada acima de suas cabeças. O homem magro espiou os corredores e, após ter certeza de que os guardas haviam ido embora, fez um aceno com a mão, pedindo que o garoto o seguisse. Cruzaram um apartamento, saltaram para o prédio vizinho e chegaram ao final de um corredor, entrando em um escritório com portas de madeira. Só então Mordecai pôde dar uma boa olhada no tal homem.

Ele era jovem, na verdade, parecia ter quase a sua idade. Os cabelos eram curtos e o corpo tão magro que parecia desprovido de músculos. A roupa escura era de boa qualidade e ele trazia um enorme rifle de alta precisão nas costas. Tinha uma expressão séria, nada que demonstrasse medo, ou ansiedade, apenas uma seriedade característica de quem está focado em um objetivo muito importante.

— Precisa sair da cidade e ir para o oeste — disse Fiapo sem rodeios. — Um comboio estará lá vindo em nossa direção, e haverá muitos soldados, mas você precisa salvá-la. As coisas vão ficar feias por aqui, não podemos deixar que a levem e você é a única chance.

O quê?

— Estão lá! — veio o grito além da janela. Era um dos homens de Salazar, vendo os dois do prédio vizinho.

Em um movimento absurdamente ágil, Fiapo sacou o rifle das costas e atirou contra o homem, jogando-o a pelo menos dois metros para trás, pintando a parede de vermelho escarlate.

— Vou te guiar até o final dos prédios. Quero que vá para a parte oeste da cidade, vai encontrar uma fenda nos muros — disse ele, puxando o ferrolho do rifle para preparar outro disparo. — Devem ter dois guardas, mas acho que você consegue lidar com eles.

Outro guarda surgiu onde o primeiro caiu e foi eliminado com a mesma eficiência, um tiro certeiro entre os olhos que fez sua cabeça explodir em uma massa de osso esfacelado, miolos e pólvora.

— Salvar quem? — perguntou Mordecai, intrigado.

O corredor além da porta foi preenchido pelo som de gritos e passos. Fiapo observou um ponto fixo na parede, captando o movimento como se pudesse ver através dela. Pela porta do prédio ao lado, começaram a sair mais soldados, vindo em direção aos dois. Um guarda surgiu na sacada vizinha e começou a atirar, as balas ricochetearam na parede e estilhaçaram o pedaço lascado de vidro remanescente do que um dia fora uma janela. Fiapo puxou Mordecai contra a parede para protegê-lo.

— São cinco no corredor e mais sete lá embaixo — ele tateou os bolsos e carregou a munição do rifle. — Não vamos subir as escadas, só vai piorar nossa situação. Os prédios vizinhos não têm altura o suficiente para seguirmos por lá. Eu não tenho uma arma para você, mas vamos pegar o que achar dos que caírem. Está preparado?

Mordecai acenou com a cabeça, puxando suas espadas.

— Fica abaixado. Eu te aviso quando puder sair.

Fiapo abriu a porta, esticou o cano do rifle e deu três disparos, puxando o gatilho e o ferrolho quase em um único movimento. Mordecai poderia jurar que ele havia disparado à esmo, para assustar os homens, mas quando ele buscou cobertura no outro lado da porta estava com um sorriso satisfeito no rosto.

— Menos três. Os outros estão vindo — puxou a munição do bolso, pequenos projéteis cilíndricos e pontiagudos que tinham o tamanho de um dedo médio. — Tenho só mais uns cinco disparos.

Um tiro retumbou na madeira da porta e outro castigou a parede do lado de fora. A estrutura do prédio degradada pelo tempo transformara tijolo e concreto em uma farinha macilenta que se quebrava facilmente. Não seria uma boa ideia acreditar que aquela cobertura os oferecesse segurança por muito tempo. Uma granada chegou voando pela janela, aterrissando próximo aos dois, tirando-os da inércia. Fiapo foi o primeiro a sair pela porta, empunhando o rifle para abater os homens do corredor. Mordecai partiu logo atrás, deixando o escritório segundos antes da granada explodir.

O prédio todo tremeu e uma chuva de fragmentos foi cuspida porta a fora. O deslocamento de ar jogou Mordecai contra a parede, fazendo-o bater a cabeça e um zunido contínuo se apoderou dos seus ouvidos. Tudo à sua frente era um borrão, mas conseguiu identificar Fiapo ainda íntegro caminhando na sua frente com o rifle apontado, dando disparos que ecoavam de forma abafada. Mordecai chacoalhou a cabeça para recuperar os sentidos. Viu um vulto levar um tiro no final do corredor e desabar contra o piso quebrado. Fiapo o ajudou a levantar, falando coisas que não entravam em seus ouvidos.

— Consegue caminhar? — perguntou Fiapo com tom de preocupação.

— Sim, eu acho — Mordecai apoiou a espada no chão, forçou os joelhos e se colocou de pé.

Seguiram pelo corredor, Fiapo e seu rifle mortal iam na frente enquanto Mordecai conferia os mortos pelo caminho em busca de armas. Conseguiu uma metralhadora, que entregou para Fiapo, por considerá-lo muito melhor atirador, e levou uma pistola e uma escopeta consigo. A segunda arma o fez lembrar de Cisco e dos dias que passaram juntos na Cidade Fantasma. Os inimigos eram mais fáceis de eliminar, apesar de mais numerosos, pois não representavam perigo desde que não chegassem tão perto. Mordecai conferiu a munição da arma de cano longo. Dois disparos. Teriam que bastar.

Ao chegarem no topo da escada de acesso do saguão principal, os dois foram recepcionados por uma saraivada de balas. Ambos se encolheram contra os degraus, um de cada lado da escada, aguardando os tiros cessarem. Fiapo esperou a última bala esbarrar na parede e buscou o vão para contra-atacar, fazendo a metralhadora trabalhar furiosamente. Mordecai ouviu alguém gritar lá embaixo. Eles desceram até o patamar intermediário e Fiapo ergueu um dos ouvidos por alguns segundos, logo depois fez um sinal silencioso apontando para o corredor de onde vieram.

Mordecai acenou positivamente com a cabeça, subiu os degraus em silêncio, segurando firme na escopeta e espiou o corredor. Um dos guardas havia entrado pela janela e caminhava sorrateiramente com uma faca, tentando surpreendê-los por trás. Ele aguardou pela chegada do homem e, quando ele virou a esquina e se deparou com uma escopeta apontada para o seu peito, seus olhos se arregalaram em um primeiro momento, sumindo nas órbitas logo depois, quando o gatilho fora puxado. O tiro abriu um buraco enorme no corpo do homem, fazendo-o desabar contra a parede.

A troca de tiros recomeçou. Mordecai foi até a janela mais próxima e observou a rua. Haviam chamado muito a atenção. Dezenas de homens corriam na direção do prédio, armados até os dentes. Ele voltou até o topo da escada e gritou para Fiapo.

— Estão vindo mais!

— Eu sei! — o outro respondeu logo depois que a metralhadora emitiu um clique seco.

Fiapo abandonou a arma, pegou o seu rifle e veio até Mordecai, arrastando-o de volta pelo corredor e entrando no segundo apartamento, fechando a porta logo em seguida. Ele usou a mesa para bloquear a porta atravessando-a contra a placa de madeira, trancando a passagem. Olhou a janela do primeiro quarto e depois do segundo, chamando Mordecai.

— Tem um contêiner de lixo lá embaixo, a queda não é tão grande. Espere eu distraí-los e depois você foge. Vou tentar levar eles para o outro prédio — Fiapo levou a mão ao bolso de trás e pegou um disco escuro, estendendo-o para Mordecai. — Aperte no centro por cinco segundos. Uma luz vermelha vai ficar piscando, então você o coloca na parede. Depois disso terá apenas dez segundos para sair de perto, não erre. Não confie em ninguém a não ser na garota, você é a nossa única chance.

Os passos aumentaram no corredor e a porta do apartamento vizinho foi arrombada com violência.

— Rápido — disse Fiapo, empurrando Mordecai.

— Espera! — ele pediu, firmando o pé no chão. — Chance de quê?

— De desfazer toda essa merda.

Alan

De repente Alan se sentiu pequeno.

Após os ânimos se acalmarem e ambos os lados guardarem as armas com muita relutância, o homem que se chamava Gunnar chamou os três para conversar na antiga mercearia. Fox teve suas desconfianças, mas pareceu mais à vontade quando ele afirmou que também desejava matar aquela mulher. Eric atendeu à solicitação prontamente quando viu que ainda havia algumas daquelas coisas circulando nas ruas ao redor. Alan foi o primeiro a entrar, pois algo o dizia que, se fosse para morrer, já estaria morto.

Agora os quatro conversavam em volta de um mapa aberto sobre a mesa, iluminado por uma lâmpada amarelada. Fox era quem falava, segurando um giz de cera vermelho que encontrou em uma das gavetas.

— Tem certeza de que não tinha nada em Trincheira? Nenhuma dessas coisas?

— Tenho. Encontrei a primeira aqui — apontou uma encruzilhada no mapa onde as estradas se dividiam, bem mais próximo de onde estavam do que do Vilarejo da Viúva. Ao que tudo indicava, a guerra ainda não havia chegado na parte oeste do Pós-Guerra.

— A maior parte delas ficou nessa região — Fox circulou a estrada entre Fortaleza de Vidro e a Cidade Sem Nome. — Tem certeza de que ainda quer ir para lá?

— Foi onde vocês disseram que ela estava — disse Gunnar, com um tom inquisitivo, buscando confirmar a informação.

— Sim — disse Fox, apontando para o mapa. — Encontramos com ela aqui, mas tem toda aquela horda pela região.

— E ela está levando a menina — complementou Alan.

— Menina? — Gunnar parecia confuso.

— Não deve ter dez anos — sugeriu Fox. — Significa algo para você?

Ele negou com a cabeça.

Era o homem mais alto que Alan já havia visto, talvez o mais forte também. Já tinha encontrado algumas figuras parecidas nos festivais organizados pela igreja, mas nada sequer parecido. O simples olhar do homem já era suficiente para incitar o medo, parecia uma máquina de matar. Eric seguia observando a conversa e Fox não parecia impressionada. A verdade era que homem nenhum parecia impressioná-la, pelo menos não ao ponto de fazê-la expressar isso.

— Viu algum movimento aqui na cidade? — quis saber Fox.

— Algumas dezenas daquelas coisas, mas nada além disso. Também não rodei muito, achei que pudesse haver algo de útil aqui e já estava de saída.

Fox acenou positivamente, ainda com uma sobrancelha levantada enquanto avaliava o homem.

— Você disse que vem do norte. Me pergunto o que ela levou de você para fazê-lo vir tão longe em busca de vingança.

Gunnar encarou-a de volta por um tempo. Por fim, decidiu que um pouco de sinceridade não faria mal e colocou o pé sobre um dos bancos, batendo levemente na panturrilha com a ponta da faca. O tilintar metálico ecoou pelo ambiente empoeirado.

— A filha da puta levou minhas pernas.

Eric falou pela primeira vez.

— Mas se... ela levou... como é que?

Gunnar subiu um pedaço da calça para mostrar a perna metálica.

— Incrível... — disse o fazendeiro, boquiaberto.

Alan assimilou a ideia sem esboçar muita reação e Fox apenas acenou com a cabeça.

— E quem as devolveu para você?

Gunnar avaliou a pergunta e por fim decidiu que eram perguntas demais.

— Aqui nos despedimos.

O mercenário pegou a bolsa em que havia reunido os suprimentos, virou as costas e os deixou ali na bagunça que era aquela loja.

— O cara tinha pernas de metal? — Eric deixou escapar logo depois da saída de Gunnar. — Eu nem sabia que isso era possível.

— Acontece muita coisa fora daquela sua fazenda — disse Fox sem se abalar, completando o mapa com algumas informações em diferentes cores de giz. Coisas que a princípio não diziam exatamente nada para Alan. Pensou em perguntar, mas ela não parecia estar de bom humor naquele dia. — Vamos embora daqui. Quero saber se sobrou alguém.

Voltaram para a luz do sol. Até o vento pareceu ter abandonado a cidade, pois nenhuma brisa soprava por ali, deixando permanecer o calor refletido na rua e nos prédios como se estivessem em um imenso forno. Duas quadras à frente, Alan reconheceu a viela onde ficara encurralado alguns dias atrás, quando Fox surgiu do nada e salvara a sua vida.

A mesma pessoa que quase me matou na noite passada.

O cheiro da carcaça seca dos infectados estava insuportável. Com as paredes pintadas de sangue, aquele corredor se parecia muito com o brete que eles usavam para abater as vacas. Fox ia na frente para conduzir os passos dos outros dois e colocar ritmo na marcha. Ninguém falava nada. A mercenária parecia estar prevendo o que encontraria lá embaixo, lidando precocemente com a angústia de encontrar tanta gente morta. Eric parecia ainda estar pensando nas pernas metálicas de Gunnar e Alan tentava se lembrar onde poderia encontrar mais comida, sementes e equipamentos para cultivo. Precisariam muito de cada uma dessas coisas se quisessem a proteção da Fortaleza de Vidro.

Fox tentou abrir a porta de acesso do prédio. Trancada. Ela deu alguns chutes e usou o peso do corpo para tentar abrir. Nada. Eric usou seu ombro para tentar arrombar a porta, arremessando o corpo diversas vezes contra a placa de madeira, que sequer cedeu.

— Tem outra passagem por aqui — disse Fox.

Contornaram a construção e acessaram o prédio vizinho. Na antiga despensa, Fox mostrou uma passagem feita recentemente para o interior do prédio antigo. Alan e Eric ficaram impressionados.

— Eu mandei fazer. Saída de emergência — Fox deu de ombros.

Acessaram o alçapão de metal e logo estavam perambulando pelos túneis escuros cheio de tubulações onde repousavam os fios de eletricidade. Fox puxou um de seus revólveres, fazendo com que os dois prontamente deixassem suas armas à mão.

— Estejam preparados para correr. Pode ser que estejam todos infectados.

— De quantas pessoas estamos falando? — quis saber Eric.

— No mínimo umas quinhentas.

— Não parece muita coisa.

— Nesse corredor será o suficiente, valentão — Fox cuspiu de volta. — Estejam preparados.

Eric se calou e Alan não pode evitar rir sozinho. Não se convivia muito com Fox sem receber uma farpa vez ou outra. Acompanharam os dutos elétricos por pelo menos uns quinze minutos até chegarem na passagem para a antiga estação de trem, onde a porta metálica estava escancarada para trás. O cheiro de morte os advertia que tinha algo muito errado antes mesmo de acessarem o local. Um rastro de sangue manchava as paredes do corredor à frente, alguém ferido que havia buscado apoio para não cair.

— Fiquem atentos — pediu Fox, espiando dentro do terminal.

O silêncio era sepulcral e quase se podia ouvir as batidas do coração dos três. Fox puxou o outro revólver do coldre e deu um passo em direção ao breu. Alan segurou seu ombro e ela devolveu com um olhar de reprovação.

— Eu vou primeiro — disse ele, determinado.

— Guarde seu heroísmo, Alan. Ainda vamos precisar dele.

Ela sumiu pela entrada, deixando os dois homens trocando olhares receosos. Eric apenas indicou a abertura com a cabeça.

— Não queria ir primeiro?

Alan empurrou a alavanca da carabina, conferiu se tinha munição suficiente, engatilhou a arma e entrou. O ambiente estava ainda mais escuro que o corredor e os olhos demoraram um pouco para se acostumarem. O primeiro sentido a trabalhar foi o olfato. Havia cheiro de sangue ali e, considerando a intensidade no ar, já fazia alguns dias. As lâmpadas que antes iluminavam todo o terminal, agora estavam desligadas e não era possível identificar se por falta de energia ou por estarem quebradas.

Fox estava fora de vista e ele não ouvia qualquer som lá dentro. Começou a encarar o escuro com a ponta da sua arma, pronto para alvejar qualquer coisa que aparecesse em seu caminho, principalmente se alguma daquelas coisas ainda estivessem lá. O solado da sua bota tocou algo úmido e escorregadio, provavelmente mais sangue.

Será que ainda estão aqui?

— Fox? — chamou sussurrando. — Fox!

Algo tocou seu ombro, fazendo-o dar um salto. Era Eric.

— Te assustei?

— O que você acha?

— Cadê a Fox?

— Eu não sei.

Eric colocou as mãos ao redor da boca para amplificar o som.

— Fox! — chamou a plenos pulmões.

— Você enlouqueceu? — sussurrou Alan, empurrando-o para que parasse.

— O que foi? — Eric tentou equalizar o tom do sussurro.

— Essas coisas podem estar por aqui.

— Se estivessem, já teriam atacado.

— E se estiverem dormindo?

— Espera aí... — Eric pareceu confuso. — Elas dormem?

— Eu não sei. Mas ainda são pessoas, não são?

— Minha mãe não parecia mais minha mãe — disse Eric antes de seguir adiante.

Nem meu pai.

Alan guiou os dois instintivamente até a sala onde acompanhara a reunião que Fox havia feito com seus homens. Chutou pelo menos três corpos pelo caminho, cutucando-os com a ponta da carabina para garantir que não os surpreenderiam. Chegaram na escada em frente à plataforma e uma luz cegante os atingiu. Cobriram os olhos e apontaram as armas de volta. A voz de Fox chegou até eles e logo uma lanterna foi jogada para cada um.

— Se eu tiver que esperar pelas donzelas, morro aqui tamb...

Sua voz morreu no meio da palavra, como se algo a tivesse atingido. Mas a lanterna continuava apontando para o mesmo lugar além deles. Alan e Eric saíram do foco da luz e se depararam com uma mulher fitando algo boquiaberta. Alan girou sobre os calcanhares para ver o que era.

E então ficou boquiaberto também.

Dezenas, talvez centenas, de corpos estavam espalhados pelo terminal, praticamente o mesmo número de pessoas que estavam ali na primeira passagem de Alan. Fox desceu os degraus com a lanterna que havia encontrado nas mãos, tentando entender o que estava acontecendo. Eric parecia não entender a reação deles.

— Por que a surpresa? Pelo cheiro, era óbvio ter essa gente morta aqui.

Alan não respondeu. Alcançou Fox, que agora revirava os corpos em busca de respostas.

— Não foram mordidos. Olha esse aqui — indicou a Alan.

O cadáver era de um menino que provavelmente não tinha nem oito anos ainda. Usava um moletom verde com sapos, que estava manchado com o próprio sangue. Seguindo o rastro, Fox encontrou a origem do ferimento: um furo de bala bem próximo ao pescoço.

— Foram assassinados.

— Todos eles? — perguntou Alan, consternado.

— Pelo menos todos que vi até agora.

Havia cadáveres espalhados por onde se apontava a lanterna. Homens, mulheres, velhos e crianças, todos fuzilados.

— Acha que... — Alan tinha a pergunta muito bem formulada na cabeça, mas não ousaria fazê-la. As primeiras palavras lhe escaparam por um instinto da sua curiosidade, mas não deixaria que as demais escapassem. Sabia o quanto dar aquela resposta doeria em Fox.

— Meus homens são uns porcos desgraçados, mas não fariam isso. Crianças? Não — balançava a cabeça, determinada a acreditar naquilo, o que convenceu Alan também.

— Então deve ter alguma explicação — tentou reconfortá-la. — Vem. Vamos descobrir.

Retornaram o caminho até a sala de comando. A porta estava trancada por fora com uma barra de ferro atravessada na maçaneta. Eric ajudou a remover a fechadura e os três entraram lá, cobrindo a boca e o nariz com a gola da camiseta. Estava vazia, com exceção do corpo de um homem grande que Alan reconheceu na hora, pois era um dos que estavam presentes na reunião. Repousava como se estivesse em um sonho angustiado. Fox conferiu a artéria do pescoço em busca pulso, mas não havia mais vida ali. Um corte horizontal imenso cruzava a barriga dele, deixando as vísceras expostas. Sua mão repousava sobre o peito, com o dedo indicador ensanguentado. Fox girou levemente a lanterna e entendeu que ele havia usado o dedo como pincel e o sangue como tinta. Na parede, havia um recado curto, mas que resumia tudo o que aconteceu.

FOME.

Fox se agachou ao lado do amigo e segurou a mão dele contra o peito. Alan empurrou Eric para fora da sala.

— Dê um tempo a ela. Vamos achar algo que seja útil.

Procuraram armas no entorno da sala e depois entre os cadáveres, pois a mensagem indicava que uma rebelião entre o próprio povo havia acontecido ali. Não encontraram nada útil e então tatearam alguns dos corpos em busca de pertences, fósforos e suprimentos que pudessem tornar a jornada menos tortuosa.

Jornada para onde?

Alan tinha tudo muito bem desenhado na cabeça. Chegariam até lá, conseguiriam a comida necessária nas fazendas aos arredores da cidade e retornariam à Fortaleza de Vidro em busca de abrigo. Mas o primeiro passo já havia saído completamente fora do planejado. Como deveriam estar as fazendas? Considerando que aquelas coisas não pareciam se interessar pelo que crescia da terra, apenas os animais corriam risco de estarem mortos. Poderiam se sustentar sem carne por um tempo. Seria estranho, mas bem possível.

— O que acha que aconteceu aqui? — perguntou Eric atrás da sua lâmpada, verificando o cadáver de uma mulher.

Alan tinha uma ideia da resposta, mas preferiu não dizer.

— Você tem um palpite?

— Acho que alguém ficou infectado, começaram a brigar e todos acabaram mortos.

— Não foi isso — determinou o outro. — Não há manchas nas peles, nem mordidas.

Eric ergueu as sobrancelhas.

— O que acha que aconteceu então?

— As pessoas não queriam ficar aqui esperando por respostas. Demoramos demais.

— Vocês estão errados — decretou a voz de Fox vindo de trás deles. — Foi a comida.

— Fizeram isso uns aos outros por causa de comida? — perguntou Eric.

— Não. Alguns dos meus homens fizeram isso a eles por causa de comida. Foi um motim.

Ela foi em direção à porta.

— E o que fazemos agora? — perguntou Eric, coçando a nuca com a palma da mão.

— Seguimos o plano — disse Fox, sem se virar. — Não temos alternativa. Tenho certeza de que encontraremos eles lá.

— No Armazém? — perguntou Alan.

Fox fez um sinal positivo, tão sutil que quase não perceberam.

— É para onde todo mundo deve estar indo.

Skye

— Alguém me tira daqui! Socooooorrrrroooo! — Ecoava o grito pelo acampamento.

Indiferente àquilo, Skye ainda chorava a morte do irmão. O retrato de Tomáz levando um tiro na cabeça estava vívido em sua mente, uma marca dolorida que jamais a deixaria. Ela havia insistido para irem atrás dos homens que aprisionaram o seu povo e agora amargava a solidão de uma cela improvisada no porta-malas de uma camioneta, assistindo a tudo o que acontecia de um vidro retangular minúsculo.

Antes fora o seu pai, agora o seu irmão.

Se tivesse um jeito de reverter tudo isso...

O grito ecoou contra a noite novamente, uma lamúria chorosa que irritava até ela. A mulher de garganta incrivelmente barulhenta era Marinez, que sempre fora dramática com tudo o que lhe acontecia, vivia chamando atenção para si, mesmo diante do menor dos problemas. O grito saía abafado de dentro do caminhão-baú, cuja uma portinhola fora aberta em cada lado para não matar todos asfixiados. Quantos deveriam ter ali dentro era um mistério para Skye, mas, independentemente do número, aquilo era desumano.

Para onde estariam levando-os?

Ainda que a morte de Tomáz fosse o evento mais traumático e notório do dia, a mente de Skye, habituada a ser útil, independente das situações, havia registrado o pôr do sol acontecendo mais cedo, em suas costas, indo dormir atrás da Montanha da Caveira.

Estamos indo para o leste. O que tem no leste?

Estudara mapas frequentemente com seu pai e seu irmão, tentando identificar pontos onde poderiam ter mais sucesso na coleta de recursos, ferramentas e mantimentos. Infelizmente não havia nenhum mapa que indicasse a distribuição atualizada das cidades, um modelo rudimentar feito à mão era o que tinham de mais atual, sendo modificado constantemente conforme as incursões de Tomáz e seus homens. Havia algumas cidades indicadas, florestas e ruínas de uma torre de comunicação que há muito não era utilizada, mas nada muito além do raio de cinquenta quilômetros da Montanha da Caveira. Pelos cálculos de Skye, eles já haviam passado desse ponto, e o que tinha além era um completo mistério.

Alguém reprimiu Marinez dentro do caminhão-baú. Sabiam que a paciência dos guardas era frágil como a cadeia de átomos de carbono na composição do grafite, bastaria pensarem que estavam sendo aborrecidos o suficiente para irem até lá resolver o problema. Skye ainda sentia o rosto queimando por causa do tapa que levara quando tentou, inutilmente, lutar contra aqueles homens que mataram Tomáz. Se ela soubesse os seus nomes, os colocaria em uma oração com os dos outros que causaram tudo aquilo, como fizera Arya Stark.

Com dificuldade, trocou de lado para ampliar seu campo de visão e evitar que a perna esquerda inteira ficasse dormente de vez. Viu a fogueira mais distante, os guardas rindo e se divertindo, bebendo alguma coisa em velhos canecos de plástico. O contingente não era algo absurdo, mas estava armado o suficiente para dominar qualquer cidade sem poderio bélico. Quando a vida está em jogo, não são todos que demonstram a coragem necessária para lutar.

— Eu preciso ir ao banheeeeeirooo! — gritou Marinez, mudando a estratégia para tentar ganhar um pouco de atenção.

— Cala a boca, Marinez. Isso não vai terminar bem — disse Skye baixinho para si, como se o sussurro pudesse viajar através do vidro e da chapa metálica do caminhão para advertir a mulher.

Sua mente tentava traçar uma infinidade de alternativas para escaparem dali. Se pudesse chegar à Montanha da Caveira, procuraria no diário do cientista a localização da máquina do tempo e viajaria até o dia em que os homens invadiram a comunidade.

Não.

Na verdade, precisava ir até o dia em que seus dispositivos detectores de movimentação falharam, permitindo a entrada daquele estranho Rojo na montanha.

Não.

Precisava mesmo ir até o dia da saída de Tomáz e seus homens, pois foi naquele dia que Rojo e Soza foram sequestrados e tudo havia começado.

Não...

Ela esmagou as têmporas com as mãos.

É difícil determinar com exatidão onde os eventos que mudam uma vida tem início, pois os acontecimentos influenciam uns aos outros. Uma pequena atitude pode ocasionar milhares de coisas, como indicava o chamado efeito borboleta que ela vira e estudara em tantos livros de ficção.

O bater de asas de uma borboleta numa floresta é capaz de provocar um tsunami no outro lado do mundo.

Se isso era mesmo verdade, ela não tinha como confirmar, pois todas as suas provas se encontravam em livros de ficção, mas Skye gostava de pensar que nenhum escritor inventava algo inteiramente baseado em suas divagações. A maioria das coisas era pavimentada em relatos, acontecimentos ou o que quer que fosse. Então a teoria do caos poderia ser apenas uma teoria, mas fazia sentido para ela. E, se fosse verdade, uma pequena alteração de rota lá atrás mudaria completamente a situação atual.

— Me tirem daqui! Eu preciso tomar água!

Situação a qual Marinez não fazia a menor questão de colaborar.

Os guardas se empertigaram próximos da fogueira, olhando com raiva para o caminhão-baú. Um deles atirou o fumo na direção das árvores, chamou outro, que finalizou sua caneca com três longos goles, e ambos caminharam até a jaula metálica. Carregavam armas consigo e pareciam embriagados, uma combinação extremamente perigosa. Abriram a tranca, arrastaram Marinez para fora e apontaram as armas para os outros. Não houve qualquer indício de reação, o que era bom naquele momento, pois serviria apenas para causar mais mortes. Skye não podia deixar de pensar que sua mãe e Miguel deveriam estar ali também e não queria que corressem riscos.

Marinez usava um vestido simples de alças finas. Os cabelos desgrenhados estavam suados e ela fez uma cara que misturava alívio e choro quando finalmente deixou o baú. Segurava a barra do vestido, olhando para baixo, esperando o comando dos homens.

— Até que ela não é feia — disse um dos homens, agarrando o rosto de Marinez e virando-o para conferir. O outro riu em concordância.

— Acha que dá conta da gente? — perguntou o outro para Marinez, que enrijeceu o corpo e arregalou os olhos, tentando se libertar. — Você vai poder gritar o quanto quiser, igual uma cabrita. — ele colocou a língua para fora e fez um sinal com os braços, levando os cotovelos até cintura com os punhos fechados.

Skye nunca estivera com um homem em sua vida, mas sabia exatamente do que aquilo se tratava. O segundo homem agarrou o braço de Marinez e aquilo despertou em Skye um sentimento de revolta.

— *Não!* — começou a gritar e bater no vidro traseiro. — Soltem ela, seus desgraçados!

Os dois olharam na direção da camioneta e ela se encolheu. Queria salvar Marinez, era verdade, mas de repente se deu conta de que o seu impulso heroico não resultaria em boa coisa também. Apenas não conseguiu ficar indiferente diante de um homem machucando uma mulher, ainda que apenas moralmente, por enquanto. Convivera com homens incríveis, mas sabia que a perversidade do homem não tinha limites. Os livros lhe contavam e, agora, estava vendo com os próprios olhos.

— Quem é aquela ali? Por que ela está separada? — perguntou o homem, ainda com as garras nos braços de Marinez.

O outro olhou atentamente para Skye, pareceu lembrar-se de algo muito importante e sussurrou algo no ouvido do companheiro, que arregalou os olhos.

— Tá brincando comigo? — o outro negou com a cabeça. — Então acabamos de mudar as coisas. Enfia essa vagabunda no baú de novo.

Abriram a porta do caminhão-baú e empurraram Marinez para dentro. Ela parecia feliz ao voltar para lá. Depois disso, ambos se viraram na direção da camioneta. Skye se abaixou, como se isso pudesse torná-la invisível de alguma forma. Seu coração disparou, batendo contra o peito com violência. A boca ficou seca e seus pelos arrepiaram em estado de alerta. Ouviu o som dos passos deles aumentando cada vez mais. A conversa era baixa, mas ela conseguia ouvir.

— Se o chefe descobrir isso, ele acaba com a gente.

— Ele não vai saber. A gente arrasta ela pra um canto, faz o que tem que fazer e devolve aqui. Pronto. Nada aconteceu.

— E se ele vir alguma marca?

— É só tratar ela com carinho — deu uma risada. — Se ela se comportar, a gente pode até fazer ao mesmo tempo.

Skye segurou-se para não vomitar ali. Procurou algo que pudesse usar para se defender, mas estava completamente só na traseira do carro.

— Mas e se ela falar pro chefe?

— Relaxa, cara. É a palavra dela contra a nossa.

A porta traseira se abriu. Skye viu dois homens encarando-a como lobos famintos encarariam um coelho encurralado. Um deles lambeu os beiços.

— Essa é mais gostosa do que a outra — ele deixou escapar.

— Me deixem em paz — disse Skye com a voz trêmula, quase inaudível.

— Claro. Podemos te conseguir até um travesseiro — disse o outro —, mas primeiro você vem com a gente.

Agarraram Skye pelos braços, que se arqueou e lutou para se libertar, gritando talvez até mais do que Marinez. Arrastaram-na em direção a floresta, passando perto da fogueira. Seus gritos despertaram a atenção dos outros soldados. Havia pelo menos mais cinco. Todos pararam o que estavam fazendo para observar os companheiros arrastarem a moça pelos braços.

— O que estão fazendo? — perguntou um dos homens, mordiscando um pedaço de carne.

— Que porra pensa que estamos fazendo? — rebateu um dos agressores.

— Não podem levar ela — disse o homem, causando um alívio momentâneo em Skye.

— Prometo que devolvo. Considere isso um pequeno espólio — ele riu em escárnio acima de Skye.

O homem se calou e os dois continuaram levando-a através do solo fofo salpicado de galhos secos.

— Me solta! — gritou Skye, prevendo o mal prestes a lhe ocorrer.

Então um grito alto ecoou, vindo de uma das tendas.

— NÃO!

Os homens pararam instantaneamente, como crianças pegas pelos pais em pleno ato de desobediência. Uma figura se ergueu abaixo da tenda, estava jogando cartas com os outros. Levantou-se com calma e caminhou até eles carregando uma caneca metálica, observado por todos no acampamento. Usava um tapa-olho improvisado com um pedaço de couro e, por onde passava, fazia os homens se encolherem, ainda que moralmente. Chegou próximo deles e Skye viu seu rosto. Era um rosto bem conhecido. O mesmo homem que havia atirado em Tomáz, com o semblante de alguém entregue à loucura.

— Essa é minha — rosnou para os homens.

— Vai se ferrar. Sei a quem ela pertence agora e não é você — rebateu um dos captores de Skye, encarando o homem.

— Sei o que vocês querem fazer. Eu a achei. É minha — ele repetiu.

Skye não sabia o tamanho do significado daquela frase, mas, se aquilo evitasse passar pela situação aterrorizante que estava se construindo, poderia ser algo bom.

O outro captor de Skye se pronunciou.

— Se quiser ser o primeiro, tudo bem. Mas vai ter que dividir.

O assassino de Tomáz ponderou o argumento e deu um gole no que quer que tivesse na caneca, limpou a boca com as costas da mão e fez um aceno para os dois.

— Fechado. Eu vou com vocês.

O terror de Skye aumentou quando adentraram a floresta. A vegetação cobria tudo até a altura da cintura e as árvores ficavam próximas umas das outras, tornando a trilha claustrofóbica. Gritou pedindo ajuda, tão alto quanto suas cordas vocais permitiram, e foi silenciada com um tapa na primeira vez e amordaçada na segunda. Abriram uma pequena clareira onde um tronco grosso jazia deitado, cansado de lutar. Skye chorava, impotente, pensando em seu pai, morto tentando defendê-la, em Tomáz, morto tentando defender a honra da irmã. Pensava em sua mãe e seu irmão, vivos em algum lugar daquele acampamento, precisando de sua ajuda, com o coração em dúvida se preferia morrer ou passar por aquele tormento.

Jogaram seu corpo por cima do tronco. Vangloriavam-se por desfrutar de algo que haviam conquistado à base de violência, rindo de cada lágrima apavorada que ela derramava.

— Amarrem os braços dela — disse o assassino de Tomáz —, já vi que essa é das brabas.

— É porque ela nunca esteve com um homem como eu — disse o outro —, senão já estaria tirando a roupa.

Sem ter qualquer ideia do que poderia fazer, Skye fechou os olhos, como se isso pudesse ajudá-la a passar por aquele momento, ou pelo menos não o guardar na memória. Rezou para a Virgem de Guadalupe, com a qual sempre pudera contar, pedindo ajuda, clemência. Qualquer coisa.

As mãos do homem seguraram firme os seus quadris.

— Não... Por favor... — ela implorava sob a mordaça, gerando ainda mais risos nos que esperavam a sua vez.

O homem se inclinou sobre ela, pressionando seu corpo contra o tronco e sussurrou em seu ouvido.

— Eu ia esperar pra te encontrar mais tarde, depois que dormissem. Mas não via a hora de sentir o seu cheiro e ver você gritando. Você me deve isso, sabe que deve. E tenho certeza de que vai gostar. Sei disso.

O hálito dele fedia a cerveja azeda e o estômago de Skye ficou embrulhado. Sentiu a calça ser puxada para baixo com violência pelas mãos brutas do homem e o choro explodiu na garganta. Ele acariciou suas nádegas. Skye contraiu as coxas, tentando fechar-se como uma concha. Então o homem afastou seus tornozelos. Ela o ouviu cuspir em uma das mãos e o sentiu segurar firme seus quadris.

Não! Por favor, minha mãezinha. Eu te imploro.

Ela apertou os olhos, tentando pensar apenas que havia salvado Marinez daquele terror.

Ouviu um grito abafado, quase engasgado. A mão que a segurava ficou lívida, seguida de um baque surdo do corpo desabando no chão. À sua frente, os homens embriagados se agitaram. Olhavam além dela com o pavor de quem vê um fantasma. Um puxou uma faca e o outro uma pistola, ambos apontando diretamente para Skye, que não fazia ideia do que estava acontecendo.

Um farfalhar de folhas no lado esquerdo dos homens os colocou em alerta. O primeiro empurrou o segundo na direção do som, exigindo que verificasse. Ele deu dois passos, segurando a faca, pronto para uma punhalada, quando uma faca curta de arremesso surgiu voando do meio do arbusto, enterrando-se no olho do homem que segurava a pistola mais atrás. O guarda se virou instintivamente para assimilar o grito do companheiro e então uma lâmina surgiu dos arbustos às suas costas, rápida como o bote de uma cobra, golpeando sua perna, que se dividiu em duas. Antes que o homem pudesse sentir a dor da perna, uma segunda lâmina amputou o braço que segurava a faca e a primeira lâmina retornou para atravessar-lhe a cabeça.

O homem desabou no chão sem entender o que havia lhe matado com tanta brutalidade.

Skye tremia vendo a cena. Que ser humano teria a capacidade de atacar daquele jeito? Aquilo só poderia ser obra de algum animal e, se fosse o caso, ela estava ali amarrada, à mercê da criatura. Os arbustos se movimentaram e um homem surgiu, guardando as duas espadas em estojos que lhe atravessavam as costas diagonalmente. Parecia algum tipo de samurai, daqueles que vira nos livros, mas com menor imponência visual. Tinha os cabelos compridos e as vestes negras.

Ele avaliou os homens caídos, mapeou se havia mais alguma ameaça ao redor e finalmente se virou para Skye, encarando-a pela primeira vez. Skye sentiu o coração bater mais forte, sem saber o que esperar dali para a frente. Pensou em pedir ajuda, mas além de estar amordaçada, algo lhe dizia que, se ele estava ali para ajudá-la, o faria de qualquer forma. O mesmo aconteceria se a intenção não fosse boa. O samurai desconhecido caminhou em direção à Skye, sem tirar os olhos dos dela. Tinha um olhar intenso e enigmático e ela gostaria de dizer que havia bondade, mas não tinha certeza se era essa a mensagem que aquelas esferas negras passavam.

Percebendo que ela estava amarrada pelos pulsos, ele sacou uma das espadas das costas e cortou a corda. Em seguida, tirou sua mordaça enquanto fazia um sinal de silêncio para que ela não gritasse.

— Você está bem?

Skye ainda chorava quando teve as mãos liberadas, vestiu as roupas e secou as lágrimas da bochecha. Conseguiu apenas sacudir a cabeça em sinal afirmativo.

— Eu sou Mordecai — disse ele.

— Eu... Eu sou Skye.

— Preciso da sua ajuda.

Ela definitivamente não esperava aquela resposta.

— Minha ajuda? — ela repetiu a informação para dar ao cérebro tempo de processá-la.

— Vem. Não podemos ficar aqui — ele advertiu. — Logo os outros virão atrás desses.

Mordecai segurou sua mão e a puxou para dentro da floresta, por um caminho perpendicular ao que os homens a haviam arrastado. Claramente estavam contornando o acampamento através da cobertura fornecida pela vegetação. A noite era mais silenciosa e todos os sons elevavam-se, mas, curiosamente, aquele homem movia-se sem emitir qualquer ruído além do leve roçar das roupas, quase como um gato preto na escuridão. A mão dele ainda segurava a de Skye, não de forma rude, mas de uma forma... protetora.

Quem é ele?

Distraída com os pensamentos e toda a situação repassando em sua cabeça, ela não viu um galho seco do qual Mordecai desviara cuidadosamente, quebrando-o em um estralo seco que pareceu reverberar da montanha até o extremo leste do continente, seja lá onde isso daria. Ele parou instintivamente segurando-a mais firme para que fizesse o mesmo. Skye congelou por um momento, esperando para ver se algo na noite reagia ao barulho e, quando constataram que nenhuma alma viva se indignou a procurá-los, seguiram contornando as árvores. A fogueira do acampamento se tornou um ponto distante e a movimentação para procurar o trio morto começou apenas quando eles estavam longe o suficiente, sendo evidenciada pelos gritos indignados.

Mordecai a soltou apenas depois de estarem a uma distância segura. Skye apreciou aquele gesto.

— Como sabia que eu estaria lá? — perguntou Skye, desconfiada. — É um tanto fora de rota, não?

— Fiapo me disse — respondeu Mordecai.

— Fiapo? — ela perguntou o nome para ter certeza de que tinha entendido, franzindo a testa.

— Não faz sentido para você? — ele quis saber. Algo em sua voz indicava que esperava uma resposta diferente.

— Nenhum.

— Nem para mim — ele confessou.

Os dois ficaram pensativos por um momento enquanto caminhavam lado a lado.

— Disse que precisava da minha ajuda... — Skye falou de repente, querendo manter a conversa com aquele jovem misterioso. — Como eu poderia te ajudar?

— Tenho que desfazer uma coisa que aconteceu.

— Que tipo de coisa?

Mordecai abaixou a cabeça, as palavras pareciam ásperas demais para cruzarem sua garganta.

— Dois amigos meus morreram hoje. Fiapo me falou que só você pode ajudar a desfazer isso.

Skye ponderou o que estava ouvindo enquanto caminhava. Do jeito que ele falava, parecia até que ela era algum tipo de feiticeira, xamã ou algo do estilo dos livros de fantasia, como se fosse aquele único ser das histórias, iluminado o suficiente para acabar com o mal do mundo. E quem era esse tal Fiapo para fazer tantas afirmações?

— Eu agradeço por me salvar, mas não posso te ajudar, Mordecai. Lamento.

— Como assim não pode? — ele não parecia nada feliz com a resposta.

Ela encolheu os ombros.

— É que eu não posso reviver pessoas, e acredite, eu gostaria. Também perdi pessoas que amo nos últimos dias.

— Quem você perdeu? — ele perguntou com interesse genuíno.

— Meu pai e meu irmão.

— Sinto muito — disse Mordecai.

— Eu sei. Também queria poder voltar atrás.

Os dois desceram um barranco em direção a uma estrada de terra completamente cercada por árvores. Skye colocou o cérebro a trabalhar no objetivo de encontrar uma forma de salvar as pessoas da sua comunidade ainda presas naquele comboio infernal. Os homens deveriam estar bravos com a sua fuga e provavelmente puniriam alguém. Se o seu pai estivesse ali... se o seu irmão estivesse ali... Eles teriam alguma boa ideia. Queria poder estar com eles, queria poder...

Voltar atrás... Meu Deus!

— É isso! — disse ela subitamente, um pouco mais alto do que vinham conversando.

Mordecai a puxou para a proteção de uma árvore e a avaliou com interesse.

— É isso o quê?

Skye colocou o cabelo para trás da orelha com um dos dedos. A outra mão passeando na testa e os olhos piscando rápido enquanto a mente processava. Esticou ambas as mãos para Mordecai.

— Não posso prometer nada, mas acho que sei como podemos voltar atrás.

O rosto dele se iluminou.

— Como?

— Temos que ir para a Montanha da Caveira — disse ela determinada. — Preciso pegar o diário.

— Tá... E para que lado fica isso?

Skye olhou para o céu, mas as estrelas não lhe diziam muita coisa.

— Oeste, até dar no mar.

— Tudo bem — disse ele caminhando até um arbusto fechado —, eu sei para onde fica. Me deixa só... Merda!

— O que foi — Skye se espichou para ver.

— A minha moto estava aqui.

O arbusto estava vazio.

— Tem certeza? À noite, esses arbustos ficam todos iguais.

— Tenho certeza — disse ele perdido, olhando ao redor.

— Achei o rastro dela! — veio o grito lá de cima.

Alguns feixes de luz oscilavam entre os troncos das árvores, subindo e descendo conforme os homens corriam. Certamente não a deixariam escapar assim tão fácil. Mordecai, mais uma vez, pegou sua mão e a puxou para trás da cobertura da relva. Desceram uma pequena encosta e viram a estrada mais adiante, que seguia muito além do ponto que estavam.

— Mordecai! — sussurrou ela. — Olha, é um carro.

Havia um carro estacionado próximo a uma árvore, mais abaixo na estrada, quase imperceptível. Era escuro e tinha a porta aberta, convidativa. Eles se esgueiraram até lá. Os homens chegaram até a trilha minutos depois de avistarem o carro e, se não fosse a escuridão da noite e a proteção da floresta, já teriam sido capturados. Agachados, seguiram contornando árvores e arbustos, sentindo o peso dos feixes de luz passeando próximos de onde estavam. Alcançaram um conjunto de raízes grossas e Mordecai passou uma perna sobre elas para chegar até o carro.

— Espera — disse Skye, segurando-o.

— O que foi? — ele devolveu em um cochicho.

— E se for uma armadilha?

— E se for a solução? — rebateu ele novamente, saltando por cima da raiz.

Sem perceber, Skye estava dando um sorriso bobo. Desfez o sorriso e espiou estrada acima, os flashes de luz percorrendo cada canto da descida que eles tinham feito. Conseguiu contar quatro homens. Voltou a atenção para Mordecai e percebeu que ele contornava o carro, uma das espadas na mão. Fez a volta no perímetro do veículo e a chamou com um aceno de mão. Skye correu, desajeitada, o coração pulsando dentro do peito em um compasso muito acima do normal. Não se lembrava da última vez que tinha se sentido assim e, talvez, o mais perto que tenha chegado disso foi quando recebeu a visita de Diego convidando-a para assistir ao pôr do sol na praia. Não estava habituada a quebrar regras ou fugir das coisas, mas para tudo há uma primeira vez.

— Você sabe dirigir um carro? — perguntou ela quando se sentou no banco do passageiro.

Mordecai estudava o painel, como se os instrumentos fossem ditar os comandos necessários.

— Eu... acho que sim — disse ele, tateando o volante para encontrar a chave.

Felizmente estava na ignição e, quando Mordecai girou até o primeiro estágio, o painel se iluminou. Ele girou mais um pouco e o motor de arranque emitiu um ruído semelhante à tosse constante de um velho e, em seguida, o motor deu partida. Os dois se olharam com entusiasmo e as balas zuniram pela lataria do veículo.

— Ela está ali! — veio o grito distante. — Tem alguém com ela.

Mordecai engatou a marcha e enfiou o pé no acelerador. O motor roncou alto e tirou o carro da inércia, jogando ambos contra o encosto dos bancos. Os faróis lançavam-se sobre a estrada de terra, sinalizando os buracos e as deformidades da pista com um curioso jogo de luz e sombras. Ao redor, apenas troncos e mais troncos passando rápido por eles, em uma velocidade capaz de causar vertigem. De início, o jovem teve certa dificuldade em domar o carro, traçando uma trajetória perigosa em zigue-zague enquanto as balas zuniam do lado de fora, mas, conforme avançaram, ele firmou as mãos no volante e conseguiu alinhar as rodas, levando os dois para longe dos guardas. Logo, o barulho caótico do ataque deu lugar ao ronco constante do motor.

Os tiros haviam cessado.

Vagaram entre as árvores por um tempo e finalmente a estrada de terra encontrou o asfalto, que seguia uma reta indo muito além da linha do horizonte. Skye olhou para o garoto, que não parecia ser muito mais velho do que ela, apesar das roupas estranhas e do cabelo comprido preso em uma trança, que o faria ser facilmente confundido com uma garota. Suas mãos estavam envoltas em uma luva de couro negra e as espadas repousavam entre os bancos.

— Posso ver? — disse ela apontando para os estojos iguais aos que lera nos livros de samurai.

— Uhum — disse Mordecai, com uma rápida olhada.

Ela pegou um dos estojos carinhosamente, segurou-o firme e puxou o cabo negro da espada, tirando a lâmina um pouco para fora enquanto olhava admirada.

— Tome cuidado — disse ele —, é afiada.

Skye estudou a lâmina, que também era de um preto fosco, tornando a arma ainda mais incrível. Retirou-a ainda mais da bainha e percebeu que a lâmina tinha um pouco de sangue. O sangue daquele que havia matado seu irmão e tentado estuprá-la. Sangue de homens ruins, que estavam levando as pessoas de sua comunidade para um lugar desconhecido. Lembrou-se de Mordecai brandindo a espada contra aqueles homens, atravessando pele e osso com uma facilidade incrível. Ele não demonstrava ser tão perigoso, com seu bom-humor e otimismo, o que a deixava intrigada, pensando no quão difícil seria confiar em qualquer um fora da Montanha da Caveira. Guardou as espadas no lado do banco, esperando nunca mais precisar vê-las trabalhar novamente.

Passaram por alguns veículos carbonizados na estrada.

— De onde você é? — perguntou ela.

— Vim de uma cidade chamada Ruínas — disse ele.

— Mas você mora lá?

— Não! — disse depressa. — Eu estava... preso, eu acho.

— E antes disso? — Perguntou Skye.

— Estava na Cidade Fantasma.

Cidade Fantasma...

Skye tentava se recordar se vira algo parecido nos mapas que havia desenhado, mas tinha certeza de que se tivesse catalogado alguma Cidade Fantasma teria acesso imediato à recordação.

— Lá era a sua casa?

Ele demorou a responder, como se estivesse lapidando a ideia na cabeça.

— Pode-se dizer que sim.

— Mas e a sua... família? — Skye quase não completou a pergunta, com medo da resposta.

— Eu nunca tive uma família. Talvez nem algo que eu possa chamar de casa, eu acho.

Skye assentiu. Por um momento teve pena de Mordecai, pensando no quanto sua vida seria triste sem o apoio dos pais, ou as perturbações de Tomáz e Miguel.

Voltar atrás...

— Como é ter família? — perguntou Mordecai.

Ela deu um sorriso melancólico.

— É incrível. Às vezes você se aborrece e só quer um pouco de espaço, mas na maioria das vezes você se pega sorrindo só por estar perto deles. É muito bom poder contar com alguém que se importa com você. As coisas ficam mais fáceis, como se a felicidade fosse algo que estivesse ao nosso alcance.

— Quem mais é a sua família?

— Meus irmãos se chamam Miguel e Tomáz. Miguel é aquela criança que está sempre sorrindo, mesmo quando você briga com ele por algo que fez. Tomáz é... — ela suspirou — Era um bom jovem. Forte, independente. Certamente seguiria os passos do meu pai. Minha mãe se chama Maria, uma mulher forte e muito generosa. E meu pai... Ele se chamava Orfeu. O melhor homem que já conheci.

Falar das pessoas que amava era difícil com duas mortes ainda tão latentes. As refeições jamais seriam as mesmas. Na verdade, sua vida jamais seria a mesma. A menos que pudesse consertar tudo.

— Deve ser legal — sugeriu o garoto.

— Com certeza é — ela confirmou, sentindo o corpo relaxar sobre o banco, após a injeção de tanta adrenalina. Seus músculos doíam um pouco, mas ela sabia que era temporário, logo ia passar. Viu a lua mais distante, não viu carros no retrovisor e, diante de uma estrada vazia, seu corpo achou que era um bom momento para descansar, embalando-a afetuosamente até o mundo dos sonhos.

Considerando que agora ela tinha a chance de salvar sua família, já tinha pelo quê sonhar.

Meredith

Meredith estava sentada no topo de um prédio alto, observando a Fortaleza de Vidro. Passou boa parte da tarde analisando o movimento das pessoas da cidade: a ronda dos guardas e o povo indo para lá e para cá. O pão duro e o pedaço de queijo que havia comprado por duas moedas de cobre estavam perto dela, sendo devorados por um pequeno roedor que lhe fazia companhia. Na verdade, os alimentos eram um brinde comparado ao que realmente havia ido comprar: informação.

Descobriu onde ficava o Chacal e o tamanho da guarda que protegia o imenso prédio de placas de vidro que dava nome à cidade. Porém, descobrira também, ao custo da segunda moeda, que a construção já havia sido invadida pelo temível Corvo, arrastando um bom número de guardas para as garras da morte. Meredith quase riu da afirmação, questionando a habilidade daqueles homens, mas sabia que nem todas as pessoas eram adeptas à escuridão e isso era uma arma poderosa nas mãos de quem era aliado das sombras. Feliz com as moedas, o comerciante lhe deu de brinde o pão, o queijo e uma história sobre a batalha que ocorrera nos muros, onde um homem corajoso e uma mulher de cabelo roxo salvaram a cidade de uma criatura do inferno. Não precisou muito para que Meredith ligasse os pontos.

Imagina se souberem o que fiz com os heróis deles.

Depois de algumas horas analisando a cidade, havia encontrado uma possível saída pela parte norte do anel externo. Havia poucos guardas e as rondas não chegavam até lá. Tudo o que precisava agora era entrar no interior da cidade, passar por toda a guarda, entrar na imensa torre de vidro do Chacal, pegar o cientista e sair. Parecia um plano estúpido, com um planejamento miserável, mas ainda era um plano.

Quando o guarda que fazia a ronda próximo ao seu prédio desceu a rua mais abaixo, ela começou a se mover. Desceu pelas escadarias, tateando as adagas para decorar a posição de cada uma. Se esgueirou até o homem e esperou ele acessar uma das ruas com pouca iluminação para abordá-lo. Em um movimento rápido, envolveu o pescoço dele com o braço, arrastando-o para as sombras e apontando sua adaga para a veia principal do pescoço.

— Como eu chego até o Chacal?

O homem fedia a bebida e deu uma risada de deboche.

— Morta.

— Assim você não me serve — declarou ela e deslizou a lâmina na pele macia do pescoço do homem, fazendo jorrar uma cascata de sangue.

Arrastou o corpo dele até um prédio em destroços e seguiu adiante. Estava perto do círculo interno de muros. Era mais baixo do que o externo, mas tinha sua guarda e uma certa imponência. A fortaleza dentro da fortaleza. Viu uma nuvem de fumaça rodopiar do segundo andar de um prédio em destroços, um dos guardas fumava entediado com a monotonia do trabalho. Ela subiu por uma construção vizinha, agradecendo a iluminação daquela área ser provida apenas por tonéis incendiados.

— Se quiser fumar mais um cigarro, responda o que quero saber. O primeiro não me deu uma resposta inteligente e se arrependeu — disse ela, com a lâmina no pescoço do homem e a mão cobrindo sua boca para abafar um grito.

Apavorado, ele acenou a cabeça prometendo colaborar.

— Como entro na Fortaleza de Vidro? Não grite ou eu arranco a sua cabeça.

Ela soltou a mão aos poucos sem diminuir a pressão da adaga.

— Tem um caminho, pouco patrulhado, mas vai levar mais tempo...

— Continue.

— Há uma rede de esgotos que você pode acessar por ali — apontou para uma tampa de bueiro próxima ao muro. — Ela te leva a duas quadras da Fortaleza de Vidro.

— E onde está o cientista?

— Dentro da fortaleza, não sei o lugar ao certo.

— Você o viu?

— Toda a cidade viu. Foi levado de carro até o Chacal. Estava com o corpo todo queimado e...

Um corte profundo se abriu no pescoço dele, fazendo-o engasgar-se com o próprio sangue enquanto falava. Meredith não seria idiota de deixá-lo vivo apenas para alertar os demais. Não falharia, não dessa vez.

Seguiu o conselho do guarda, em dúvida se o desgraçado mentiria com uma adaga no pescoço como Dante faria. Por um momento, desejou que o mercenário estivesse morto, mas que o outro garoto pudesse ter escapado. Abriu a tampa do bueiro tentando fazer o menor barulho possível e observando os principais guardas da área. Quando o buraco se abriu e Meredith encarou o túnel, viu apenas a escuridão e sentiu o cheiro pungente de esgoto atingir suas narinas.

— Ah! Excelente — disse antes de descer as escadas, fechando a tampa.

A rede de esgotos era um tanto ampla. Não estava sendo mais utilizada, mas ainda fedia a merda. A água que levava os dejetos até o local de despejo estava parada, no centro da galeria, e dois estreitos corredores seguiam paralelamente às paredes. Meredith logo se viu em um cruzamento e seu senso de direção indicou que deveria seguir à direita. Caminhou tocando as paredes, usando a ponta dos dedos como guia. Sua visão logo se ajustou e ela começava a ver melhor os contornos maiores. Chutou um rato sem querer, ouvindo o grito de agonia estridente do roedor.

Você que estava no meu caminho, seu merdinha.

Em pouco tempo circulando a rede de esgotos ela entendeu o que o guarda quisera dizer. Parecia um imenso e nauseante labirinto. A escuridão não lhe permitia saber para onde estava indo e alguém que não conseguisse se deslocar no escuro, ou que não tivesse o mínimo senso de direção, certamente ficaria dando voltas por ali. Não se deparou com um soldado sequer, tampouco viu qualquer iluminação. Isso só podia significar duas coisas: ou o caminho fora abandonado pela dificuldade do ambiente ou o guarda a havia enviado para uma cilada. Fosse o que fosse, o idiota já estava ensopado com o próprio sangue.

Depois de caminhar pelo que pareceram ser horas por aquela podridão, Meredith encontrou uma escada. Já não aguentava mais cobrir a boca com a manga. Subiu os degraus cobertos de musgo, seus pés deslizando cada vez que precisava apoiá-los. Próximo da saída, ela aguçou sua audição. Havia algumas vozes conversando a uns vinte passos dali, ao que tudo indicava. Ela ergueu a tampa com muita cautela e espiou pela fresta, sentindo o ar gélido da noite limpar suas narinas. Havia dois guardas de costas para ela. Meredith puxou seu corpo para fora e fechou a tampa sem fazer barulho. Ainda que o metal insistisse em ranger a cada pequeno movimento, ela teve sucesso em sua furtividade. Avaliou a opção de acabar com aqueles dois, mas ainda não fazia ideia do tamanho da guarda do Chacal e preferiu evitar o conflito. Apoiou as costas em uma das paredes e seguiu na direção oposta.

A construção que dava nome à cidade estava lá, imponente, iluminada por diversas luzes ao redor. Suas paredes eram feitas de grandes placas de vidro espelhadas que não permitiam ver qualquer coisa lá dentro. Poderia haver uma arma de precisão apontada para o seu peito agora mesmo e ela nunca saberia. A vantagem era que, diferente do Cassino, os guardas não tinham um sistema de comunicação eficiente, o que fazia toda a diferença. Dependiam de gritos e alarmes, uma coisa tão ultrapassada que chegava a ser desprezível.

Meredith entrou em um beco escuro, pretendendo atravessar uma quadra inteira para evitar o enfrentamento. Ouviu pessoas no interior do prédio, comendo, conversando, transando. Aquela cidade não era muito diferente de Cassino, afinal. Quantos vagabundos se esgueirando pelas vielas à procura do seu chefe ela já havia pegado? Faltavam dedos para contar. Se agachou próxima à saída do beco, estudando o seu caminho até a parte de trás da fortaleza. Parecia que os números de guardas se intensificavam conforme ela avançava. Enquanto pensava, lançou um olhar para as latas de lixo na parede oposta. Havia alguma coisa escrita atrás delas com uma tinta verde limão que se destacava na escuridão. Ela arrastou as latas para ler a frase "entre pela porta da frente", acompanhada pelo desenho de um corvo.

Como ele saberia que eu estaria aqui?

Corvo não tinha o poder de saber tudo sobre todo mundo. Não podia ter. Mas ele havia conseguido invadir a Fortaleza de Vidro e até mesmo atirado uma adaga contra o Chacal. A grande pergunta era: poderia confiar nele?

Fez uma promessa a si mesma de que mataria o desgraçado se a estivesse enganando novamente e avançou para o lado oposto que estava indo. Curiosamente, o caminho que o homem mais odiado por Meredith durante sua vida inteira havia sugerido se provou a melhor opção. Poucos guardas e apenas duas mortes depois, ela chegou na fortaleza. Entrar no prédio quando todos estavam distraídos foi um jogo de paciência. Como sairia com o cientista dali?

Diferente dos principais prédios de Cassino, não havia ninguém na recepção. O interior do prédio era ainda mais bonito, limpo e conservado. Ela ouviu uma movimentação nas escadas e buscou cobertura atrás de uma viga. Dois soldados conversavam enquanto faziam o caminho até a porta.

— Estou morto de fome, cara — reclamou um deles.

— Nem me fala. O prato tá cada dia menor.

— Só espero que o Chacal não tenha mentido sobre a comida.

— Eu não contaria com isso — afirmou o outro, cético. — Você acha que eles vão ir até o Armazém e voltar cheios de comida? Já devem ter morrido na estrada. Ou virado uma dessas... coisas.

— Ah, não sei não, cara. Você os viu lutando contra o filho da puta. O fazendeiro até era um idiota, mas aquela mulher é osso duro de roer.

— Com a fome que eu tô, bem que eu queria roer aquele osso.

Eles riram ao cruzar a porta e a conversa se perdeu. Meredith prosseguiu pelos andares. Calculou quatorze andares enquanto esperava pelo lado de fora, baseando-se nos tamanhos das placas de vidro, mas, ao entrar, percebeu que a altura dos andares era menor do que aparentava, então provavelmente havia muitos mais. Os inferiores eram destinados à guarda de Chacal. Os homens responsáveis por sua segurança não dormiam lá, obviamente, mas havia todos os recursos para executarem seu trabalho, principalmente armas.

Meredith observou a entrada do arsenal particular do Chacal ser vigiada por dois homens fortemente armados. Até poderia eliminá-los e pegar armas de fogo, mas, provavelmente, não teria chance contra tantos e morrer não estava nos seus planos para aquela noite. Então, teria mesmo que evitar o confronto.

Pegar o cientista e dar o fora. Vai ser fácil.

A repetição daquela frase em sua mente lhe dava muito mais do que confiança para executar o serviço. Dava a certeza de que conseguiria. Passou do sexto andar e começou a se deparar com as relíquias de Chacal, armazenadas elegantemente por todo o amplo andar, como se estivessem na exposição de um museu. Precisou nocautear um guarda no décimo andar e teria matado outro no décimo primeiro, se o desgraçado não tivesse desistido de conferir a origem do barulho que havia escutado antes de ser degolado pela adaga.

Localizou o cientista no décimo sétimo andar. Resmungava feito uma criança de castigo, atrás de uma porta protegida por dois guardas. Sem dúvidas, esse era o andar mais vigiado e Meredith quase foi encontrada ao chegar. No topo da escada, ouviu a movimentação e recuou. Um guarda passou pelo corredor e olhou para o local onde ela estava antes de se esconder. Depois que foi embora, ela avançou e buscou cobertura atrás de um grande vaso.

A porta estava a uns vinte metros.

Ela se esgueirou atrás do balcão central, evitou dois guardas e se aproximou dos algozes do cientista. Chegou a preparar o ataque, mas achou que poderia chamar uma atenção indesejada. Optou pela *abordagem sutil*. Analisando o bonito andar onde se encontrava, observou que havia um duto de circulação de ar, por onde poderia chegar até o cientista. Localizou um acesso ao duto no banheiro feminino, que há muito tempo não era utilizado, e começou a arrastar o corpo pelo duto sutilmente para não ser pega. Sobre o quarto do cientista, espiou o prisioneiro, estirado na cama, com as mãos amarradas e parte da cabeça maculada com queimaduras feias.

Agora teria algumas de suas respostas.

Decidiu que era hora da verdade e desceu.

O sujeito deu um salto, assustado, vendo aquele corpo esbelto invadir seu quarto. Ela colocou o indicador na frente da boca, pedindo silêncio.

— Veio para me matar ou me salvar? — perguntou o cientista em um sussurro, movendo levemente o pescoço logo que Meredith aterrissou.

— Se você colaborar, vou te tirar daqui.

— Ele te mandou para me buscar? — quis saber o cientista.

— Não era bem atrás de você que eu estava, mas vai ter que servir.

Meredith trabalhou para remover as amarras que prendiam as mãos do cientista. Parecia que Chacal superestimava as habilidades dele. Ou seria sensatez?

— Se tentar qualquer coisa, eu corto a sua garganta.

— Impetuosa... — disse o cientista. — Como ele tinha falado.

— Não me lembro de ver você em Cassino.

— Eu nunca estive em Cassino — disse o cientista.

— Então quando falou com o Apostador?

— Ah... — o cientista riu. — Não conheço o Apostador.

Meredith sentiu o maxilar endurecer e os nós dos dedos estralarem. Parecia se tratar de mais um filho da puta que sabia mais do que ela. Puxou uma adaga do sobretudo e apontou para a garganta do prisioneiro.

— Desembucha.

Ele ergueu levemente o pescoço para fugir da navalha, mas seguiu a encarando nos olhos. Tinha a mesma arrogância de Dante diante da morte, mas desprovido de sarcasmo.

— Se não estava me procurando, o que veio buscar, garota?

— A cura para aquelas coisas lá fora. Você criou a doença, pode acabar com ela.

O homem processou a linha de raciocínio e começou a rir, fazendo com que sua pele se retorcesse ainda mais. Tossiu no processo, uma tosse profunda e rasgada que mostrava o quanto seus pulmões sofriam em agonia.

— Não existe cura — declarou após se acalmar.

Não existe cura?

— O que quer dizer com isso?

— Exatamente o que disse. A humanidade é a doença. Você, que ficou tanto tempo no Cassino, me diga, Meredith: acha que a humanidade pode ser curada?

— Não me venha com metáforas, seu idiota. Você criou a doença, pode muito bem criar uma cura.

— A cura é a própria doença — disse o cientista. — Olhe bem essa cidade — ele apontou para o vidro —, ela representa muito bem o que era o mundo antes da guerra. Um homem poderoso que controla a tudo e a todos, cercados por aqueles que garantem a segurança da sua posição. E no círculo exterior, o povo. Trabalhando feito condenados para sustentar quem está no poder com a ilusão de que são protegidos, de que possuem liberdade. Veja aqueles muros... você chamaria isso de liberdade?

— Não me importo com essas pessoas, então seja objetivo.

— Não, claro que não se importa. Tudo o que você quer é voltar para sua cidade e obedecer a todas as ordens sem precisar questionar muito. Você não é diferente das pessoas do meu tempo. Vá embora. E diga a ele que não existe cura. Que nunca existirá.

— Vou te levar até Cassino e você mesmo dirá isso ao Apostador.

Ele apontou para as pernas encolhidas sob a coberta fina.

— Eu não vou a lugar algum, a não ser que você consiga me carregar nas costas. E quando me refiro a "ele", não estou falando do homem que comanda Cassino.

— E quem seria?

— Me refiro ao seu pai.

Alan

Alan espiava o esquilo correndo pelo tronco da árvore. Agachado entre os arbustos, ele procurava não fazer qualquer tipo de barulho que pudesse denunciá-lo. Se o esquilo o percebesse ali, certamente fugiria para o topo da árvore de onde veio, da qual havia saído apenas para pegar o amontoado de sementes que ele havia colocado embaixo da armadilha de gravetos amarrados com as fibras de uma árvore barbuda.

Vamos lá, vamos lá...

A floresta estava curiosamente silenciosa, sem qualquer barulho além do leve assovio do vento embalando as folhas mais altas. Algum córrego seguia seu curso mais ao longe, mas distante o suficiente para não perturbar, fazendo-o lembrar dos dias pacíficos em que ia pescar no final de uma tarde de trabalho junto ao pai, contemplando a natureza e o pôr do sol além do vale.

Dias que não voltariam mais.

O esquilo farejava o amontoado de comida, balançando o focinho compulsivamente como se pudesse detectar o perigo pelo cheiro e, pelo fato de ainda estar vivo, talvez pudesse mesmo. Era isso ou apenas o fato de ter feito um amontoado de escolhas sensatas na vida. Pensando nisso, Alan criou uma hipótese em sua cabeça onde as coisas aconteciam de forma diferente: seu pai não saía para combater o que pensava ser os garotos fazendo um trote, não seria atacado, sua mãe não seria atacada e, talvez, até conseguissem se defender ou fugir de carroça. Não sabia bem para onde os teria levado, mas talvez pudessem ter alguma chance.

Apenas uma escolha errada bastou para acabar com tudo.

Enquanto observava o pequeno roedor, Alan perdeu o equilíbrio e segurou-se na carabina, deslizando a coronha nas folhas secas e emitindo um leve farfalhar. Os olhinhos assustados do esquilo se viraram para o ponto onde ele estava e o focinho trabalhou ainda mais. O pequenino corpo já estava metade projetado para dentro da área da armadilha e repentinamente voltou, hesitante, pressentindo o perigo.

Merda!

Ele prendeu a respiração e aguardou pacientemente, como havia feito à tarde toda. O sol estava quase se pondo e seria uma vergonha voltar com algo tão pequeno para o jantar, mas aquela era a sua melhor, e talvez única, oportunidade. Estava com fome, seu estômago não o deixaria mentir. Havia ainda Fox e Eric, e por um momento preferiu que estivessem sozinhos, apesar da grande ajuda que foi a caminhonete do pai de Eric, além das balas de seu rifle. Gostando ou não, o rapaz agora fazia parte do grupo e Fox parecia apreciar sua companhia.

Apertou a empunhadura da carabina, pensando em acabar tudo com um disparo, apesar de saber que um tiro despedaçaria o animal e deixaria um gosto ruim de pólvora no resto da carne, além de poder atrair aquelas coisas azuis para onde haviam feito sua pequena base para passar a noite. Não, teria que ser à moda antiga. Puxou a faca da cintura e, se tivesse segurança no arremesso, o faria.

Então um disparo ecoou pela floresta e o esquilo sumiu.

Alan apertou os olhos para ter certeza de que estava vendo bem. O tronco estava lá, a armadilha fora acionada, mas nada de esquilo. Nem no tronco, nem subindo nas árvores. O roedor havia evaporado. O tiro ainda zunia nos ouvidos quando ele ouviu o farfalhar das folhas, mais à direita. Seu olhar foi atraído e ele percebeu os arbustos se moverem em linha reta. Rapidamente se levantou e começou a correr atrás do que quer que fosse, segurando a carabina firme com ambas as mãos.

Eric, seu desgraçado!

Correu pela trilha atrás da coisa. Ela era rápida. Saltou um tronco, usou a carabina para livrar o rosto dos arbustos e viu que mais à frente havia uma clareira, de onde poderia dar um tiro limpo agora que sua presença passava de uma surpresa desagradável para uma ameaça fatal. O bicho corria escondido entre os arbustos, dificultando a identificação para Alan, que não sabia se perseguia uma doninha, uma cobra ou coisa pior. A única dedução que poderia fazer era que aquilo pegara o seu esquilo.

Alan olhou mais à frente para ver onde a trajetória da sua presa a levaria. Ficou apreensivo quando percebeu que estava correndo na direção da mata densa, onde a distribuição das árvores não lhe permitiria uma mira limpa. Mas havia um pequeno espaço entre a mata fechada e o início das árvores, de onde poderia tentar um único disparo. Decidido que não poderia gastar mais do que uma bala com aquela refeição, parou a corrida, empunhou a carabina e alinhou a mira com a visão, acompanhando o movimento do fugitivo.

Não erre, Alan.

O cano da arma acompanhou a trajetória do animal e, percebendo a linha reta que ele traçaria, mirou no ponto futuro e esperou... esperou... O animal corria sem perder velocidade, ciente que sua vida dependia do sucesso daquela fuga. Esperou... controlou a respiração, estava perto. O dedo pousou suavemente no gatilho para não mexer no ângulo da mira. O bicho estava quase no final da trilha.

Puxou o gatilho.

O eco da carabina foi mais espalhafatoso que o emitido anteriormente. Não mais alto, nem mais grave, mas... mais engasgado, indeciso. Comparada ao rifle de Eric, sua carabina não parecia uma arma de verdade. Ele baixou a arma e correu na direção do disparo, saltando as raízes e sentindo a vegetação rasteira roçar a sua calça. Pensou que, para o animal, devia ter sido uma experiência parecida com a de correr entre uma plantação de milho. Ao chegar na primeira fileira de árvores, ele não achou a presa abatida, mas encontrou um rastro de sangue indo para trás de uma árvore.

Seguiu o rastro e encontrou o que procurava.

Uma raposa sangrava através do buraco feito em suas costas e tinha um esquilo na boca, o qual estava com o pescoço quebrado.

— Melhor do que eu esperava — disse Alan, puxando a faca da cintura. — Desculpe, amiguinha.

Caminhou com o fruto de sua caça até a armadilha que havia feito e a ergueu novamente. Poderia pegar algo durante a noite, talvez. Depois disso, seguiu o som do córrego, pois precisava limpar os animais, que provavelmente alimentariam os três. As águas eram cristalinas e o leito do pequeno rio deveria dar algo em torno de um passo de um homem grande.

Alan se agachou e começou pela raposa, pois sabia que ela daria mais trabalho e queria aproveitar a luz do sol. Estava satisfeito com seu desempenho, considerando que há tempos não caçava. O animal era pequeno e estava em alta velocidade. Considerou um excelente tiro. De repente, um javali aterrissou do seu lado, com um furo de bala tão precisamente no meio dos olhos que poderiam dizer que nascera com três deles e um havia sido arrancado. Era um javali grande, com presas retorcidas, daqueles capazes de matar um homem em uma única investida. Ele girou o pescoço e se deparou com Eric, contornado pelo sol no horizonte, uma luz quente que lhe ofuscou a visão.

— Vejo que hoje teremos um banquete! — disse ele, comemorativo, antes de se abaixar e puxar a faca para começar a limpar o porco selvagem.

— É o que parece...

Eric avaliou a raposa e o esquilo, ainda intocado e sem qualquer tipo de ferimento.

— Você fez uma armadilha? Que incrível! Gostaria de saber fazer armadilhas.

— Não parece que você precisa de armadilhas para pegar o que quer — disse Alan, apontando para o javali com a faca.

— Eu tive sorte — disse Eric com uma humildade que só deixou o outro mais irritado.

Eu tive sorte! Convencido!

— Mas estou impressionado com você — continuou Eric. — Quebrou o pescoço do esquilo com as mãos e pegou uma raposa. Não é todo mundo que consegue pegar uma raposa.

— Preferia pegar um jantar para três dias.

Eric olhou o javali e depois para Alan.

— Isso aqui? *Pffff*! Qualquer idiota acerta um porco de cinquenta quilos. Pergunte à Fox.

— Fox não quer responder às minhas perguntas — Alan fez um corte vertical na barriga da raposa, libertando as vísceras para que o córrego as levasse embora. A água subitamente ganhou uma coloração rosada, mas logo voltou ao normal.

Eric riu com o comentário.

— Já deu para ver que ela é uma mulher e tanto, não é?

Alan não respondeu. Terminou de esfolar a raposa e passou a cuidar do esquilo, cujo corpo não era maior do que sua mão. O trabalho no pequeno roedor, apesar de infinitamente menor, tomava um tempo considerável por exigir mais cuidado. Agachado ao seu lado, Eric começava a limpar o javali, separando o couro da carne com uma faca de caça. Subitamente, ele parou e repousou o braço sobre o joelho erguido.

— Qual o lance de vocês?

— Lance? — Alan parou o que estava fazendo para encará-lo.

— É! Quer dizer... Vocês já tiveram algo?

— E por que eu teria algo com a Fox?

— Não tente me enganar, Alan. Eu vejo o jeito que você olha para ela...

— O sol está quase se pondo, tente não perder tempo.

Alan endureceu a mandíbula, levantou-se, pegou a raposa e o esquilo e seguiu pela trilha. Caminhou em direção à casa de madeira da grande propriedade que haviam encontrado no início do caminho entre a Cidade Sem Nome e o Armazém. Uma fazenda de dimensões consideráveis com uma plantação que ainda apresentava verduras e legumes em condições de consumo. A caminhonete estava estacionada na frente da varanda, quase sem combustível. A chaminé do fogão a lenha exalava fumaça na direção do céu, lembrando Joe quando fumava seu paieiro depois do almoço. Alan sorriu com a lembrança, um sorriso que fez doer o coração.

Fox surgiu na porta quando ele estava muito próximo, fora denunciado pelo roçar das botas na estradinha de cascalho. Ela tinha trocado a blusa por uma que achara na casa, fazendo uma regata improvisada pelos cortes da tesoura. Encarava Alan com uma das mãos enluvadas na cintura.

— Sucesso?

— Se você considera que não comer apenas batatas é um sucesso, então tivemos sucesso.

— O que você pegou? — ela perguntou, tentando decifrar a qual animal pertencia a carne que ele trazia.

— Peguei a raposa que pegou o meu esquilo. Com isso, peguei o esquilo também.

Fox deu um assovio.

— Uma caça e tanto. E quanto a Eric? Posso jurar ter ouvido dois tiros.

— Ah, o Eric... Ele já está vindo aí.

Alan entrou na casa para deixar a carne na cozinha. As coisas pareciam estar mais em ordem do que quando chegaram ali mais cedo. Não que Fox subitamente tivesse sentido o desejo de se tornar uma dona de casa. As coisas ainda não estavam limpas nesse nível, mas podia notar que os quadros de fotos espalhados pelo chão foram arrumados, a louça havia sido limpa e o chão varrido. Pouco se via do caos que encontraram mais cedo.

A casa tinha apenas uma mulher, já transformada pela doença, vagando pelos cômodos lentamente. Quando Eric arrombou a porta, ela percebeu, ficando agressiva e correndo na direção deles, recebendo uma coronhada no rosto e, depois de cair no chão, um pisão que esmagou seu crânio. Pela forma que as coisas estavam espalhadas dentro da casa, o trio criou diversas hipóteses para o que tinha acontecido com a mulher, sendo a de Eric a mais aceita: ela havia sido mordida e se trancou dentro de casa para fugir do agressor. A doença a consumiu e ela tentou fugir dali, espatifando tudo em que esbarrava.

Ele tinha pegado o cutelo para preparar a carne quando viu Eric pela janela, surgindo do meio da floresta com o javali nos ombros. Fox o recebeu com animação, dando-lhe um soco nos ombros enquanto caminhavam lado a lado em direção à casa, um rindo do que o outro falava. Alan desceu o cutelo na direção da raposa para separar as coxas da carcaça. Quase acertou um dedo por acidente. Encontrou uma boa panela para fazer o cozido e foi jogando os pedaços de carne dentro ainda com a cara amarrada.

— Alan! Vem aqui!

Por que ela precisa de mim?

Ele suspirou, não respondeu e seguiu com o trabalho.

— Alan! — veio o segundo grito, mais incisivo. — Rápido!

Resmungando, ele cravou o cutelo na tábua de cortar carne e foi ver o que precisava tanto de sua atenção. Ao chegar na rua, Fox caminhava com uma porção de madeira reunida nos braços.

— Olha esse javali que Eric pegou! Vamos fazer um assado! — disse ela, animada, largando a pilha próxima da casa.

Eric terminava de limpar o javali, pois decidiu que seria melhor fazer isso perto da casa, caso fosse atacado.

— Tem sal? — perguntou ele.

— Tem um pouco na cozinha.

— Traz para cá? — pediu ele, colhendo algumas folhas da horta. — Quero temperar o porco.

Alan fitou os dois com as sobrancelhas retas.

— Vamos mesmo fazer uma fogueira ao ar livre?

— Mas é óbvio — disse Fox, largando mais um punhado de gravetos. — Eu nem me lembro da última refeição decente que comi na vida.

— Vocês sabem que a fumaça e a luz do fogo vão denunciar onde estamos, não sabem?

Em vez de ir até a pilha de lenha, Fox caminhou até ele.

— Eu sei o que você quer dizer, Alan, mas podemos morrer amanhã de qualquer jeito e eu não quero gastar meu tempo precioso com preocupações essa noite. Deixe que venham, sejam homens ou infectados.

Eric apenas deu um sorriso complacente enquanto suas mãos trabalhavam no javali.

Alan relutou, mas resolveu ir buscar o sal.

O sol não demorou a se pôr, movendo-se na linha do horizonte, cansado de ter trabalhado em mais um dia intenso. Com o passar das horas, a luz do sol deu lugar a do fogo. O javali girava em um tipo de espeto improvisado que eles haviam confeccionado, apoiado sobre dois galhos grossos com a ponta bifurcada que encontraram nas árvores mais próximas. A manivela era outro galho amarrado com barbante, permitindo o giro da carne do animal.

Os três estavam sentados ao redor da fogueira, compartilhando um conhaque que encontraram escondido no armário do quarto do casal. Beberam o suficiente para que as risadas saíssem com um pouco mais de facilidade. Agora era Fox quem contava a Eric como tinha conhecido Alan, enquanto ele cortava algumas tiras de carne para distribuir.

— Tinha que ver ele naquele beco! Mais apavorado do que o cavalo! — ela deu um tapa na perna e riu. — Aí o bicho disparou e deixou ele para trás e as coisas começaram a vir de um lado e de outro e ele se encolheu feito uma criança apavorada sem saber o que fazer. Eu pensei *vou esperar que matem esse cara para pegar a carabina dele*, mas aí percebi que ele até que atirava bem. Então pensei, *que se dane, vou dar uma chance para esse cara*.

Alan, que estava sentado em um tronco com os cotovelos repousados sobre os joelhos e a cabeça baixa, ergueu o olhar para Fox. Eric riu e entregou para ela uma fatia da carne do javali.

— Então você só me salvou porque eu atirava bem?

Fox arrancou um fiapo da carne com o dente e começou a mastigar, surpresa com o sabor. Fez um sinal de aprovação com a cabeça para Eric e só depois voltou a atenção para Alan.

— Achou que eu estava buscando novas bocas para alimentar? Já não bastava o que tinha na estação de trem?

Eric estendeu um pedaço de carne a Alan, que pegou de má vontade, mastigando-o quase inteiro. Estava realmente macia e saborosa, mas ele não daria o prazer de dizer isso ao outro.

— Achei que tivesse me salvado por ser a coisa certa a se fazer — rebateu emburrado.

— Nem sempre a coisa mais certa a se fazer é a coisa a se fazer.

— Então se eu fosse ruim de mira você me deixaria morrer lá? — questionou Alan, entre uma mordida e outra.

— Pode apostar que sim — Fox deu um gole no conhaque e o entregou para Eric, que prontamente levou a garrafa até a boca. — Por que você decidiu salvar a gente, Eric?

O rapaz loiro se engasgou no meio do gole, percebendo que havia sido arrastado para uma questão de relacionamento dos dois.

— Eu?

— Sim — confirmou Fox. — Por que salvou a gente? Desembucha!

Ele coçou a nuca com a palma da mão.

— Porque era a coisa certa a se fazer, eu acho…

— Rá! — Disse Alan, triunfante. — Está aí a sua resposta.

Fox fechou a expressão e seguiu comendo a carne de javali enquanto formulava uma nova pergunta. Alan já a conhecia há tempo o bastante para saber que não abandonava um argumento tão fácil.

— Em nenhum momento você pensou que poderíamos te ajudar de alguma forma? Que essa ajuda poderia se tornar um benefício a seu favor?

Eric processava as perguntas de Fox, tentando encontrar qualquer mensagem subliminar que ela pudesse estar passando. Cortou mais uma tira generosa do lombo do porco e a distribuiu enquanto a testa franzida denunciava o processamento da resposta.

— Acho que não pensei nada na hora. Só vi vocês dois fugindo feito doidos na mira telescópica do rifle, percebi que precisavam de ajuda e ajudei. — diante da perplexidade de Fox, ele perguntou: — Acha que fiz errado?

— Não acredito que as pessoas se ajudem por pura benevolência. Interesses e relações humanas estão intimamente ligados — ela arrancou o conhaque da mão de Eric, deu um gole e apontou para Alan. — Então você pode reclamar o quanto quiser, mas as coisas são como são. Não espere benevolência de um ser humano, principalmente em tempos difíceis.

Alan pensou em discordar, mas entraria em um daqueles debates em que nunca ganhava. No entanto, foi Eric quem curiosamente trouxe outro argumento.

— Eu discordo de você — disse decidido para Fox.

Ela o avaliou com o olhar cheio do brilho que só o álcool concedia.

— Você decidiu se aliar ao Alan hoje, né? Por que não concorda?

— Tempos difíceis só fazem vir à tona a essência de cada pessoa. Então se ela ajudar alguém sem esperar nada em troca, é porque realmente é boa.

Fox fez uma cara de quem mordeu algo azedo e deu mais um gole no conhaque.

— Eu acho muito bonitinha essa coisa sonhadora de garotinhos do campo, mas se vocês saíssem mais da fazenda para conhecerem o mundo de verdade, descobririam que, quando a coisa aperta, as pessoas só conseguem pensar no próprio rabo. Não esperem bondade genuína sem uma boa dose de interesse.

Fox se deu por satisfeita com o seu argumento e Eric pareceu não querer impor sua opinião. Com isso, os três ficaram olhando as chamas crepitarem em direção a um céu nublado, sem qualquer vestígio de estrelas. Alan tinha certeza de que Fox estava errada e mais ainda de que ela mudaria de ideia se tivesse conhecido sua mãe, pois não se recordava de uma única atitude de dona Dothy que tivesse qualquer tipo de interesse, mesmo que velado. E, mesmo se tivesse, era em benefício de outras pessoas.

Os três continuaram comendo durante um tempo, cada um mergulhado em seus próprios pensamentos. Alan se perguntou se eles também pensavam nas pessoas que perderam e percebeu o quanto era importante se manter em movimento para não deixar que a dor o envolvesse. Subitamente, decidiu que estava saciado, apesar da quantidade abundante de carne que ainda estava na carcaça do javali, e precisava apenas descansar um pouco. Despediu-se dos outros dois com um aceno de cabeça, pegou sua mochila e entrou na casa, escolhendo um dos quartos do segundo andar, que dava vista para a estrada.

Haviam combinado que Eric faria o primeiro turno da vigia, Fox o segundo e ele seria o último, já quando a madrugada estava prestes a se tornar dia novamente. Milagrosamente, a bomba perto do celeiro ainda puxava água, ainda que não tão cristalina quanto a do rio, mas em condições para um bom banho, fazendo Alan sentir-se revigorado depois de conseguir tirar a poeira, o sangue e o suor do corpo. Encontrou uma camisa que lhe servia, um par de meias e uma cueca. Relutou em pegar roupas tão íntimas, mas teve a impressão de que ninguém mais se importaria com aquilo. Coisas que ficaram para trás.

Quando se deitou na cama de banho tomado e roupas limpas, o colchão pareceu lhe abraçar feito uma mãe saudosa. Os músculos relaxaram, colocando o corpo todo em repouso, e o sono não demorou a chegar.

Tiros. Ecoando ao longe, quase como se fossem em outra realidade, mas definitivamente eram tiros, despertando Alan do limbo entre o mundo real e o mundo dos sonhos. Estava debruçado na cama, o travesseiro coberto de saliva e os músculos preguiçosos se queixando por precisarem colocar-se em movimento ainda tão cedo. Quando ele teve consciência de que estava acordado e o som dos tiros ainda penetrava seus ouvidos, sentiu uma dose de adrenalina percorrer o corpo. Agarrou a carabina e buscou cobertura na parede. Estariam longe mesmo, ou seus ouvidos que ainda estavam dormindo?

Onde está Fox?

Então ouviu um cochicho próximo da janela. Se fossem invasores, poderiam estar planejando matá-los, caso não tivessem dado cabo de Fox e Eric ainda. Esgueirou-se até a parede remoendo aquela hipótese e chegou à conclusão de que era ridícula. Se tivesse alguém para atacá-lo, já o teria feito antes que acordasse. E se por acaso a pessoa estivesse mal-intencionada, a denúncia feita pelos tiros a faria agir, causando tumulto e barulho.

No entanto, tudo permanecia calmo.

Alan aguçou os ouvidos. Era a voz de Eric. Parecia emocionado.

— ... entrou pela cozinha com um lança-chamas disposto a me matar. Disse que eu estava doente igual a minha mãe e que tinha que morrer também. Foi terrível. Até dias atrás, estávamos pescando junto no riacho. Eu não sei o que aconteceu com ele no Armazém, mas não quero que aconteça com a gente.

Havia uma fresta na janela, pela qual um brilho alaranjado tentava se esgueirar para o interior da casa. Alan fechou um dos olhos e espiou por ela. Eric estava sentado no telhado da varanda, segurando o imenso rifle de precisão, olhando algum ponto no horizonte onde as chamas consumiam tudo. Ao seu lado estava Fox, com ambos os cotovelos apoiando o peso do corpo, inclinada para trás. Estavam próximos. Próximos até demais, na opinião de Alan.

— Como você entrou nessa? — ele perguntou com curiosidade genuína.

— Você sabe a história. O idiota do Alan prometeu levar comida e aqui estamos.

— Não falo disso — Eric pegou uma garrafa que estava do seu lado, quase acabada. — Você devia ter um lar, o que te fez sair de lá?

— Ah... — disse Fox para ganhar tempo, assimilando a pergunta enquanto roubava a garrafa das mãos do outro. — Eu tinha um lar, mas não sentia que lá era o meu lugar, sabe? Um dia, um cara apareceu e disse que precisava da minha ajuda para não deixar que o resto da humanidade acabasse.

— Sério? — Eric assimilou a informação. — Que conversa maluca.

— Eu sei, também pensava isso. Mas esse cara salvou minha família e as coisas que prometeu começaram a acontecer do jeito que ele falou que aconteceriam. Eu poderia dizer que era um truque, ou acreditar.

— Então resolveu acreditar?

— Sim.

— Por quê?

— Com a exceção de um único filho da puta que conheci, os olhos de um homem falam muito mais do que a boca.

— E o que meus olhos te dizem? — perguntou Eric, pegando a garrafa para outro gole.

E o que meus olhos te dizem?

Pelo pouco que conseguiu ver através da fresta, Alan poderia jurar que ele estava se aproximando furtivamente da boca de Fox, como em uma hipnose envolvente.

Por que ela não o esmurra?

Fox riu e pegou a garrafa de volta.

— O que eles estão fazendo lá — ela apontou na direção das chamas —, vai acontecer por todos os lugares. Com essas coisas à solta e a comida escassa, as pessoas vão se matar feito loucas ao invés de se unirem. Verão uns aos outros como inimigos.

— Acha que podemos mudar isso?

— Se não mudarmos, estaremos condenados. Alguém tem que dar o primeiro passo, fazer alguma coisa.

Os dois ficaram olhando para o horizonte de um céu alaranjado pelas chamas de alguma plantação ardendo em silêncio. Os tiros tinham cessado, indicando que o confronto fora resolvido de forma não muito pacífica. Eric se virou para Fox de novo, aparentemente determinado em tornar o momento uma oportunidade de cortejá-la.

— O que espera encontrar no Armazém amanhã?

— Alguém que pergunte antes de atirar — ela ergueu a garrafa —, pelo menos mais uma dessas e, se Deus for bom de verdade, alguém que eu possa matar. Mas a verdade é que não sei o que esperar, as coisas podem ficar feias por lá.

— Se ficarem, eu estarei lá para cuidar de você — disse Eric, encarando-a nos olhos.

Fox o encarou de volta, as chamas dançando no fundo dos seus olhos negros, os lábios carnudos semiabertos de uma forma provocante. Ela deixou a cabeça pender na direção do outro.

— Vá descansar, seu turno acabou.

— Você pode vir comigo se quiser — propôs ele.

Alan sentiu os dedos apertarem a carabina como uma cobra enrolando-se em sua presa.

— Agradeço a oferta, Eric, mas meu único interesse no momento é poder dormir com os olhos bem fechados.

Fox se levantou e caminhou em direção à janela. Alan rapidamente se esgueirou até a cama e fingiu estar dormindo. Não demorou para que os dedos dela tocassem seu ombro em um movimento brusco. Fingiu estar desorientado e surpreso ao ver as chamas na plantação mais além. Recebeu instruções, tomou o lugar de Eric e ficou sentado sobre o telhado, fazendo a vigia. Sua mente não registrou nada das últimas informações, em vez disso, a voz rouca de seu pai martelava sua mente com uma única pergunta.

Vai deixar que outro roube essa de você também?

Isaac

Foi uma jornada melancólica pelo deserto.

Após se afastarem o suficiente da Forja, os caminhões diminuíram o ritmo, acompanhando o cansaço dos homens de ferro. Muitos dormiam, escorados uns nos outros. Isaac estava sentado próximo da porta, encarando as sombras alongadas que o caminhão desenhava na areia. As imagens perambulavam por sua mente, insistentes, como um *déjà vu* do que havia vivido há uma centena de anos. Começava a pensar que não teria como vencer aquela doença, que jamais conseguiria dar uma esperança à humanidade.

— Para onde estamos indo mesmo? — perguntou um dos homens mais no fundo do caminhão ao companheiro e, apesar do seu tom de voz estar baixo, o silêncio era tamanho que se tornava possível ouvir a conversa. O único som presente era o ronco do motor, calmo como o ronronar de um gato.

— Ouvi que vamos para a cidade — respondeu o amigo. — Trincheira.

— A primeira coisa que quero fazer é tomar um banho.

— Eu vou procurar uma prostituta — riu o outro. — E você, Canhoto? — direcionou a pergunta ao outro.

— Eu vou procurar uma bela garrafa de conhaque e sei que o meu amigo Frango aqui — abraçou o companheiro que estava ao lado — vai nos arranjar um cigarro mais forte.

Os quatro riram entre si e seguiram detalhando seus projetos futuros focados em prazeres imediatos, uma conversa similar ao que Isaac já ouvira em plataformas de petróleo onde trabalhou no passado.

Os prazeres mais básicos.

Era engraçado perceber que, mesmo após centenas de anos e uma completa devastação da Terra, o ser humano continuava apresentando os mesmos comportamentos. Refletindo sobre isso, ele ponderou as suas expectativas sobre o futuro quando acionou a cápsula do tempo. As imagens que os filmes sobre o final do mundo traziam não estavam tão fora da realidade. E, agora que ele havia vivido aquele período, ainda que por pouquíssimo tempo, pôde constatar que o fator que causava retrocesso na sociedade não se limitava a recursos ou ameaças, mas, principalmente, às relações humanas.

Mais atrás, outro caminhão cheio de homens armados os acompanhava, distorcido pelas ondas fustigantes do calor do meio-dia no deserto, como uma pintura desfigurada composta pela areia vermelha e as elevações de rocha pequeninas ao fundo.

— As coisas eram assim no seu tempo? — perguntou Alanna, sentada do outro lado do caminhão, tão próxima da beirada quanto ele.

Isaac percebeu mais olhares se virando para ele.

— "Assim" é muito relativo, comandante — disse evasivamente.

— Como vocês lutaram contra essas coisas?

— Não lutamos — respondeu Isaac. — Diante do caos, os seres humanos perdem a capacidade de colaborar uns com os outros, sem perceber que a melhor forma de contornarem uma situação desse tipo é unindo forças — ele suspirou e fez a memória trabalhar. — Quando tudo começou, cada um juntou o máximo de comida que conseguiu e se escondeu o mais longe que pôde.

— Então ninguém lutava? Só deixavam tomarem conta de tudo?

Ele deu um sorriso de boca fechada. Mais homens voltaram seu interesse para a conversa.

— Não. Não era bem assim. Havia as forças armadas, exército, equipes de elite e grupos especiais de combate. Homens treinados para esse tipo de situação, com armamento tecnológico pesado. Eles lutavam contra os infectados, mas não era uma guerra de igual para igual, como fizemos lá. Vocês são completamente malucos.

Isaac riu e o grupo o acompanhou.

— Você fazia parte de um desses grupos especiais? — perguntou o homem ao lado de Alanna.

— Eu faço parte de outro grupo — disse Isaac —, daquele que luta contra a doença, não contra o doente. Se não acabarmos com a doença, essa guerra só vai terminar quando o último homem tiver morrido de fome ou tiver sido transformado.

— E como se acaba com essa doença? — perguntou Alanna.

— Curando o doente ou evitando o contágio. Eu esperava encontrar alguém que fosse imune. No meu tempo, muitas doenças mataram milhares de pessoas nas primeiras infecções, mas conforme as vacinas iam sendo produzidas, nós deixávamos a população resistente à doença. Com o tempo ela não poderia infectar mais ninguém. Achei que pudéssemos ter alguém imune aqui para estudar, mas não sei se é o caso.

— Não conheceu todas as pessoas daqui ainda, cientista — disse Alanna.

— Agradeço o otimismo, mas, infelizmente, as coisas não funcionam assim — ele lançou o olhar para o deserto. — O... Homem de Ferro disse que eu já tentei achar essa cura centenas de vezes e falhei. Meu livro ficou para trás, então não vou saber nem onde errei. Eu posso ter acabado com a chance de salvar a humanidade.

— Acho que está pegando muito pesado consigo — disse Alanna. — Se a humanidade precisa ser salva, ela que levante o rabo e faça alguma coisa.

Os homens riram.

— Por ora, pense em descansar um pouco — disse ela gentilmente.

— E em um banho! — gritou o homem lá atrás.

— E uma prostituta — disse o outro.

Isaac riu de volta. Por um momento, tentou apenas limpar a mente, mas sabia que não seria simples assim. Sua viagem ao futuro tinha um propósito claro e definido: retornar ao passado com uma cura. Já tinha decidido que faria isso ou morreria tentando.

Levaram o restante da tarde para saírem da região arenosa do deserto. Isaac acordou com o solavanco do caminhão quando os pneus passaram da trilha dura feita de chão batido para o toque mais fofo da grama. Árvores começaram a surgir em seu campo de visão, dando um contraste vívido para a imagem desoladora do deserto.

Não me admira que eles prometessem uma imensa recompensa para quem trabalhava na Forja. Quem trocaria uma vida tranquila para trabalhar no deserto?

Antes que o sol se escondesse no horizonte, encontraram uma cidade. Parecia estar completamente abandonada e Alanna enviou três equipes de reconhecimento antes de se instalarem. Em menos de meia hora, estavam de volta, alegando que não havia nada nos arredores além de animais selvagens e a vegetação tomando conta.

— Vamos passar a noite aqui — ela decretou. — Quatro turnos de vigia de duas horas, estão todos cansados e pretendo arrumar bebida para todos. Precisamos celebrar.

Houve uma comemoração e tarefas foram distribuídas. Um antigo prédio comercial de três andares foi escolhido como base por ter uma boa visibilidade e boas rotas de fuga. Parte dos homens trabalhou para tornar o local uma espécie de quartel-general e a outra parte foi em busca de recursos ao redor da cidade. Alanna convocou uma reunião em uma grande sala do prédio, com Isaac e mais três homens: Canhoto, Insano e Queixo Duro.

O cientista ficou surpreso por ter sido chamado, ainda que julgasse coerente lhe prestarem respeito depois de ter surgido lá junto com o criador da Forja. O tempo havia sido generoso com aquela sala. Fora o característico cheiro de mofo de um ambiente que fica fechado por muito tempo, as cadeiras tinham os estofados inteiros e quase nenhuma ferrugem. O quadro branco, usado para escrever ideias com canetas coloridas, estava intacto, mas a tinta das canetas já havia secado há muito tempo. A televisão fora saqueada e a folhagem havia se tornado um fio seco acinzentado, mas as paredes feitas de placa de vidro continuavam ilesas, como se o tempo fosse apenas uma criança inconveniente lhe perturbando de vez em quando.

Alanna estendeu um mapa sobre a mesa e os cinco se debruçaram sobre ele.

— Aquelas coisas que nos atacaram estão sendo espalhadas por todo o continente — apontou para a parte sul do mapa. — Começaram por aqui. Estão pegando essas cidades aqui e devem subir. Temos alguém cuidando das pessoas de lá, mas, considerando o que vi hoje, não sei o quanto conseguem suportar.

— Sabe quantos estão espalhados por aí? — perguntou um dos soldados.

Alanna direcionou um olhar cansado para ele.

— Milhares. Se as informações que tenho estão corretas, o que nos atacou é só uma parte.

— O que vamos fazer? — perguntou o outro. — Na Forja, a gente tinha armas, muros, pessoas, o blindado, e mesmo assim eles acabaram com a gente.

— Não subestime o que aconteceu lá. Conseguimos acabar com uma horda imensa, foi uma enorme vitória. O que acha, Isaac?

Isaac tinha o olhar perdido no mapa, ainda que seus ouvidos estivessem atentos à conversa. Tentava analisar a geografia buscando alguma vantagem para vencer os infectados. Montanhas poderiam barrar o ímpeto do ataque, ainda que fosse difícil estabelecer uma base em um lugar elevado. Recursos básicos como comida e água deveriam ser transportados para lá e, com a engenharia atual que dispunha, a tarefa se provava algo quase hercúleo. Alanna o chamou novamente e ele ergueu os olhos, encontrando os dela.

Duas esferas verdes dispostas no centro de um rosto bonito o encaravam, às vezes era fácil esquecer quão durona ela era. Sabia que Alanna precisava de algumas palavras de afirmação, então decidiu ajudar.

— Tínhamos um bom arsenal à disposição, não levamos nem metade das armas, mas eu nunca vi matarem tantos assim, mesmo no meu tempo.

Era uma mentira das grandes.

A primeira coisa que o exército fez para tentar conter a pandemia foi lançar uma ogiva em uma metrópole de grande porte, a qual consideravam "perdida". A explosão eliminou tudo em um raio de cinco quilômetros, matando infectados, não infectados, animais, vegetação e tudo o que encontrou pelo caminho. Era assim que os governos tratavam a população quando a coisa ficava feia, como membros de um corpo doente que precisavam ser amputados. Enquanto não atingisse alguma parte vital, seguiam fazendo o quanto fosse necessário. Mutilavam o corpo para tentar acabar com a doença.

Alheios a tudo isso, os homens sorriram, contentes com o feito. A verdade era que, considerando a falta de recursos, tinha sido um feito bem impressionante. Alanna agradeceu Isaac sem mover muito os músculos do rosto. Seus olhos falaram ao cientista tudo o que tinham para falar, fazendo-o sentir um calafrio no estômago.

— Agora estamos por aqui — ela indicou um ponto intermediário do mapa, onde o lugar mais próximo era uma cidade chamada Vilarejo da Viúva. — Temos que ir ao encontro de Comediante e seus homens em Trincheira.

— E depois? — perguntou Insano.

Alanna deslizou o dedo pelo mapa lentamente, subindo em direção ao norte. Passou por Colina do Leste, foi em direção ao Cassino e no meio do caminho subiu de novo, passando por uma cordilheira próxima ao litoral e chegando no ponto mais ao norte do mapa.

— Para cá.

— O que tem aí? — Canhoto perguntou, curioso.

— Um refúgio.

— Como assim, um refúgio?

— Depois que o Homem de Ferro estabeleceu a Forja, veio para cá e preparou uma cidade segura para abrigar as pessoas que pudéssemos salvar.

— Sabe quanto tempo vamos levar para caminhar tudo isso? — perguntou Queixo Duro.

— Temos outro agravante — ela continuou. — Chacal não quis proteger ninguém que já não fosse seu. Então estamos trazendo todos que salvamos daqui. Vamos ter que levar essas pessoas em segurança.

— Gosto do seu otimismo, comandante — disse Insano. — Mas mal cabem os nossos nesses caminhões e a viagem já foi uma merda. Não acho que em alguma dessas cidades encontraremos equipamentos em condições.

— Eu sei. Por isso que temos que passar aqui antes — disse ela, arrastando o dedo para o centro do mapa, sobre um lugar chamado Hangar. —

Aqui, encontraremos os recursos necessários para montarmos uma nova base bem longe dessa doença.

— Uma nova Forja? — perguntou Canhoto.

— Não. O Homem de Ferro me disse que batizou essa cidade de Cidade Paraíso.

Queixo Duro se levantou e caminhou pela sala com os braços cruzados e uma mão no queixo. Sua expressão denunciava certa incredulidade em relação ao plano todo.

— Sabe que os homens já estão cobrando pelo tempo de trabalho, não sabe?

Alanna abriu a boca para responder, mas não houve tempo. Escutaram um silvo cortando a noite, seguido imediatamente de uma imensa explosão. A comandante correu até a janela para ver o que estava acontecendo. Um dos caminhões havia sido atingido e estava partido no meio, suas entranhas de metal completamente expostas e retorcidas. Seus homens corriam em direção ao outro caminhão, buscavam proteger as armas e munições enquanto tentavam contra-atacar. Um novo míssil rasgou a escuridão, jogando o veículo de doze toneladas pelos ares, erguendo uma imensa língua de fogo na direção dos céus e mandando pelo menos uma dezena de irmãos de ferro para o inferno. Um terceiro disparo foi emitido contra o caminhão comboio e a explosão foi enorme, espalhando-se por todos os lados. Suas forças de ataque foram completamente dizimadas.

Tudo em questão de dez segundos.

— Merda! Estão acabando com a gente — disse Alanna para seus homens, que ainda estavam em estado de choque. — Canhoto e Queixo Duro, levem o Isaac pela parte sul da cidade. Trincheira não é mais um lugar seguro. Vocês precisam chegar no Hangar! Insano, você vem comigo. Vamos chamar a atenção desses desgraçados para dar tempo a eles! Vamos! Vamos!

Os três homens de confiança da comandante começaram a conferir a munição das armas. Queixo Duro espiou pela janela. Homens armados moviam-se na escuridão com passos decididos, acabando com os irmãos de ferro que tentavam reagir. Cada tiro era letal.

— O que está fazendo, Queixo Duro?

— Esse seu plano só tem um problema, comandante — disse ele, pensativo.

— Qual? — disse Alanna, enquanto puxava uma pistola da cintura para conferir a munição.

— Não estamos mais na Forja — decretou ele. — Você não dá mais ordens.

Insano ergueu sua metralhadora e acertou a cabeça da comandante da Forja com a coronha da arma, fazendo-a desmaiar. Isaac estava paralisado. Primeiramente, com o ataque surpresa, que devastou os três veículos em um piscar de olhos, e depois com aquele motim que havia se formado de forma velada. Rapidamente, sua mente entendeu que as coisas estavam interligadas. Quando Alanna desabou, o corpo do cientista se retesou, pois sabia que era o próximo e, antes que pudesse fazer qualquer movimento, já havia uma arma apontada para ele.

— Nem pense nisso, cientista — disse Canhoto. — Você e essa puta são todo o prêmio que nos resta. Se você se comportar, não vamos te machucar.

Isaac ergueu os braços enquanto olhava Alanna no chão, ferida e desacordada. Ela havia se arriscado por aqueles homens e agora era agradecida dessa forma.

Alimente um cachorro por três dias e ele lembrará de você por trinta anos. Alimente um ser humano por trinta anos e ele o esquecerá em três dias.

Os tiros estavam cessando lá fora e um grito ingressou pela janela.

— Sabemos que o cientista está aí. Entreguem-no se quiserem sobreviver — veio uma voz lá de baixo.

Os três homens trocaram olhares e fizeram acenos positivos com a cabeça. Queixo Duro foi até a janela.

— Estamos levando-o. A comandante também. Não atirem — olhou para Isaac e riu em um tom de deboche. — Venha comigo, cientista... hora de provar do que você é capaz.

O coração de Isaac pulava dentro do peito. Novamente havia se tornado uma mercadoria, um fardo, algo a ser negociado. Gostaria de poder reagir, pegar uma arma e salvar o dia, mas essa não era a sua especialidade. Tudo o que conseguia pensar enquanto descia as escadas era que estava dando mais um passo para longe do seu objetivo. O Homem de Ferro havia levado ele ali para estudar sobre a cura e, ao que tudo indicava, não poderia haver uma opção mais equivocada.

Os cinco desceram as escadas. Isaac caminhava na frente, sob a mira da arma de Queixo Duro, e Alanna era carregada pelos braços por Insano e Canhoto.

— Ela é mais leve do que eu pensava — observou Insano.

— Sem roupa deve ficar ainda mais leve — riu Canhoto. — Pergunte ao mecânico. Do jeito que ela olhou para ele naquele dia, tenho certeza de que o grandão brincou no meio do mato vermelho.

— Nem preciso falar com aquele idiota, também fui um herói e quero meus privilégios.

— O que acha disso, Queixo Duro? — perguntou Canhoto.

— Tá na hora da comandante fazer um pouco mais pelo seus... irmãos de ferro — completou Queixo Duro.

Os três riram.

Animais.

Não importa quanto tempo se passasse e quantas guerras assolassem a civilização, quando tivessem a oportunidade, os homens sempre se portariam como animais. A maldade humana é como o universo: ainda não haviam encontrado seus limites e talvez jamais encontrariam. Ficaram em silêncio no último lance de escadas e tudo o que se podia ouvir era o arrastar dos pés de Alanna. Deixaram o prédio sob o véu escuro da noite. Um grupo de homens armados usando roupas pretas que lhes conferiam um aspecto de seres das sombras os aguardava com todas as armas apontadas, uma recepção bastante calorosa.

— Larguem as armas — disse um deles, que parecia ser o líder do grupo.

Queixo Duro atirou o fuzil no chão e fez um sinal para Canhoto e Insano fazerem o mesmo.

— Aqui está o cientista — empurrou Isaac, que cambaleou para a frente.

O líder do grupo o observou com certa admiração.

— Então você é o tal cientista... — olhou para o companheiro mais próximo. — Coloquem ele no carro e esperem por mim — então encarou Queixo Duro novamente. — E ela, quem é?

— A comandante da Forja.

— Uma mulher? — ele ergueu as sobrancelhas e olhou para outros dois companheiros. — Levem ela também.

Prontamente, quatro homens do grupo desconhecido caminharam até eles, dois dedicados a conduzir Isaac e outros dois para levar Alanna. Queixo Duro deu um passo à frente, firmando o pé no chão.

— Ei! Espera aí. Ela tem uma dívida com a gente.

Uma troca de olhares entre os dois foi o suficiente para a mensagem ser transmitida. O líder do grupo ergueu o queixo, mantendo sua postura de superioridade.

— Só tenho algumas perguntas a fazer para ela, depois ela é de vocês para fazer o que quiserem.

Queixo Duro pareceu satisfeito, sorrindo para os companheiros de motim enquanto suas armas eram recolhidas. Isaac foi conduzido a um tipo de SUV modificado, com bastante espaço interno, um veículo de luxo se considerasse aquele mundo destruído. Alanna foi levada para outro veículo que ele não conseguiu acompanhar, não queria nem pensar na sorte que aguardava a comandante.

Sentou-se no banco de trás e ficou olhando a cidade destruída pela janela enquanto esperava. Minutos depois, o líder chegou ao carro, acomodando-se no banco da frente e outro homem assumiu o volante.

— Como se chama, cientista? — disse ele, enquanto puxava um cigarro do bolso.

— Isaac.

— Aceita um? — ele lhe esticou o pacote de cigarros.

— Não, obrigado.

— Faz bem. Ouvi dizer que isso acaba com os pulmões. É verdade?

— Verdade.

O líder riu.

— Hum. Que se foda.

Um dos homens que havia levado Alanna surgiu na janela.

— Colocamos ela no carro, tudo certo. Mais alguém que temos que levar?

— Não, não — disse o líder. — Nós vamos na frente. Limpem a bagunça. Nos encontramos lá.

— Certo — disse o homem e desapareceu para o centro da cidade novamente.

O líder fez um sinal e o motorista começou a rodar. Segundos depois, Isaac ouviu os tiros rasgando a noite, a sinfonia de um paredão de fuzilamento. Contrariando o que Alanna havia dito, a Forja realmente havia sucumbido. Não que estivessem morrendo homens decentes, mas na batalha entre humanos e infectados, a que realmente importava, o contingente estava ficando cada vez menor.

— Conhecia aqueles homens? — perguntou o líder, enquanto soltava a fumaça do cigarro pela boca na direção da janela.

— De verdade, não — confessou Isaac.

— É uma pena acabar assim, mas, de qualquer forma, vocês não tinham chance. Pelo menos está vivo. E a *comandante* não vai ter que pagar sua *dívida*. Porcos.

Chegaram em uma estrada e seguiram para o norte. O som dos tiros havia acabado.

— Para onde estamos indo? — Isaac arriscou a pergunta.

O líder havia acendido outro cigarro.

— Ah... é um lugar que você vai gostar muito, tenho certeza.

— E o que tem lá?

Ele se virou, encarando o cientista de uma forma que o fez se encolher.

— Tem um cara muito especial que quer te conhecer — sorriu. — Conhecer de verdade.

Skye

— Ei! Acorda.

Skye sentiu um leve empurrão nos ombros e abriu os olhos. Os raios de sol entravam pela janela lateral, trazendo luz e calor. Mordecai a encarava com um sorriso gentil. Ela esticou os braços para tirar a preguiça do corpo e colocar os ossos no lugar, sentindo a coluna estralar, o que foi muito bom.

— Onde estamos? — saltou do banco e abriu a porta para esticar as pernas um pouco.

Estavam parados no descampado de algum lugar alto. Ao longe, viu a estrada e a vastidão de mata que seguia em direção ao deserto, no leste; no lado oposto, viu o horizonte montanhoso que conhecia muito bem, com a imponente Montanha da Caveira no centro, cercada por suas irmãs de menor escala, ainda que imensas para um humano. Ela se virou e entendeu onde estava. Uma imensa estrutura metálica, enferrujada em boa parte, ainda resistia à ação do tempo, como uma árvore lentamente devorada por cupins que relutava em desabar. Era a torre de rádio da qual já ouvira Tomáz contar várias vezes após voltar das rondas com os outros rapazes.

— Meu irmão vinha muito aqui — disse ela.

Mordecai avaliou a estrutura da antena, esguia e enferrujada. Ao lado dela havia uma pequena estação de comando, cuja porta estava encostada.

— Achei que poderia ser um bom lugar para descansar. Nos permite ter uma visão ampla para todos os lados. Vem, eu preparei algo para a gente comer.

Ele caminhou até a estação e Skye o seguiu. Ele empurrou a porta como se estivesse entrando na própria casa, atravessaram uma antessala e foram na direção da cozinha, onde algum animal assado exalava vapor e um cheiro gorduroso. Mordecai sentou-se em uma cadeira e apontou a outra com a mão. Além do animal assado, havia dois copos com um suco laranja-avermelhado. Ele pegou uma faca e dividiu o animal no meio, cuja carne tenra parecia bem assada, entregando um pedaço para Skye.

— Isso é coelho?

— Uma lebre.

— Foi você quem caçou? — ela perguntou após uma mordida.

Ele fez que sim com a cabeça.

— Estava perto das árvores frutíferas.

— Parece bom com isso de se virar sozinho — ela observou.

— Eu geralmente tenho ajuda — disse ele, dando um sorriso triste —, mas tive que aprender a me virar sozinho.

Skye se perguntou se ele falava dos amigos que haviam morrido, o motivo de tê-la procurado e, consequentemente, salvando-a de ser vítima da crueldade daqueles homens. Seu corpo arrepiou só de pensar no que teria sido sua noite se ele não tivesse aparecido. Ela voltou sua atenção para a carne quente e macia, deu outra dentada e sentiu a gordura na língua. Geralmente não comeria carne de animal, mas estava faminta e não queria ser rude com Mordecai. Além disso, rejeitar a refeição não mudaria o fato de que o coelho já havia morrido.

— Como achou a estação de rádio?

— Você apagou ontem à noite, eu tentei me manter acordado, mas quase saí da estrada duas vezes, então vi uma placa indicando esse lugar e achei que poderia ser uma boa ideia.

De fato, era.

— Quanto tempo dormimos? — perguntou ela, tirando um cabelo da frente dos olhos com as costas das mãos.

— Faz menos de duas horas que o sol nasceu — disse ele e apontou para o horizonte no oeste. — A montanha que precisamos chegar é aquela?

— É sim. A Montanha da Caveira.

— O que estamos procurando exatamente? — perguntou Mordecai.

Skye hesitou. Levou o copo à boca e tomou um longo gole de suco para dar tempo à sua mente. E se Mordecai estivesse junto com aqueles homens e tudo não passasse de um plano arquitetado para construir uma confiança com ela? As mortes daqueles soldados pareceram brutalmente reais, mas será que não foi uma encenação? Ainda que fosse real, isso era o suficiente para dar crédito àquele homem misterioso? Será que esse tempo todo estavam atrás da invenção do cientista amigo de seu pai e por isso limparam a Montanha da Caveira, para que pudessem procurar? Talvez fosse melhor não revelar muita coisa, pelo menos por ora.

— Um livro — disse ela.

Mordecai dava um gole no seu suco e parou na metade.

— Um livro?

— Uhum.

— Como um livro pode desfazer as coisas? — ele perguntou um tanto cético, ainda que isso não combinasse com sua personalidade.

— O livro vai nos levar ao que buscamos de verdade.

— O que seria essa outra coisa?

— Não faço a menor ideia — disse Skye com sinceridade. — Nas histórias que li, havia diversas formas: uma máquina, uma mala, um relógio com uma corrente que se coloca em volta do pescoço, um diário, eu não tenho certeza. Nunca achei que voltar no tempo fosse uma possibilidade, sempre pareceu apenas... ficção.

— Voltar no tempo? — perguntou Mordecai e ela percebeu que o conceito poderia escapar do acervo mental dele.

— É como dormir hoje e acordar alguns dias atrás — ela explicou.

— Acha que vai funcionar?

Skye deu de ombros, não queria fazer falsas promessas. Terminou a carne, o suco e por hábito levou os pratos para a pia. Chegou a abrir a torneira, mas ela não emitiu nada além de um suspiro cansado. Havia alguns pratos sujos ali, com restos de comida que os deixavam fedidos e bem nojentos, porém dois deles chamaram a sua atenção.

— Comeu algo mais cedo?

— Uma laranja — disse ele enquanto finalizava seu pedaço de coelho.

— Não. Pergunto se usou algum prato.

— Não usei — disse ele, virando-se para Skye. — Por quê?

Eles trocaram olhares e foi o suficiente para ele entender. Levantou-se em estado de alerta, olhando o interior da estação como se tivesse sido invadida por um bando de mercenários.

— Vamos embora.

Saíram pela porta e voltaram para o carro. Skye entrou e reparou que Mordecai ainda olhava para a parte leste da estrada com seriedade. Ela espichou o pescoço e espiou pela janela, identificando um ponto escuro emitindo fumaça na estrada, deslocando-se em direção aos dois.

— Acha que são eles? — ela perguntou.

— Quem mais seria? Entre.

Mordecai deu a partida e desceu a estrada de acesso ao morro, que apresentava sulcos fundos causados pela água da chuva. Ela agradeceu por estarem de carro, pois provavelmente não aguentaria passar por aquilo em uma moto. Logo pegaram a estrada novamente e o carro deslizou suavemente sobre o asfalto, provavelmente agradecido. Ele dirigia o veículo concentrado, conferindo o retrovisor com bastante frequência.

— O que acontece depois? — perguntou repentinamente.

— Quando?

— Você dá a entender que podemos voltar atrás... — ele começou. — Eu vou me lembrar do que está acontecendo agora? Serei o mesmo eu?

Skye pensou na pergunta.

— Na teoria, sim. Por que dessa preocupação?

— Como vou saber o que fazer para salvá-los se eu esquecer o que aconteceu?

A pergunta era pertinente, apesar de inocente. Ela pensou na melhor forma de explicar, baseado no que havia aprendido com os livros. Viu um fio de sua camiseta prestes a se desfiar e o puxou com cuidado, obtendo uma linha um pouco maior do que a palma da mão.

— Você já costurou roupa?

— Se costurei?

— É. Linha e agulha — ergueu a linha para ele.

— Sim.

— Imagina que a nossa linha do tempo é essa reta constante. Vamos descartar outros universos e realidades alternativas, porque nem quero pensar nessa loucura, vamos nos concentrar apenas na nossa — disse e, conforme ele não deu resposta, provavelmente tentando compreender as palavras, ela continuou. — Quando voltamos no passado, é como se a linha voltasse sobre ela mesma, correndo agora em paralelo. Teríamos dois Mordecais no espaço-tempo, até o momento em que você decide voltar. — Ela girou o barbante em volta do dedo, formando um looping.

Mordecai espiou o retrovisor e ponderou as palavras.

— Acho que entendi, mas...

— Mas...?

— Eu estou voltando para salvar os meus amigos. Certo?

— Certo.

— E o que me fez voltar foi a morte dos meus amigos. Certo?

— Certo.

— Então, se eu salvar eles, como vou voltar? Mas, se eu não voltar, como vou salvar eles?

Ele era esperto para alguém que parecia tão solitário. Skye pensou em perguntar se ele gostava de livros, mas resolveu deixar isso para uma próxima conversa. No momento, sua atenção estava na resposta que precisava dar.

— Aí estamos diante de algo intrigante para a ciência, pelo menos nos livros que li. Estamos falando de um paradoxo temporal.

— Paradoxo?

— Sim — disse Skye, pensando em como explicar de forma mais simples. — O passado só acontece por causa do futuro e o futuro só acontece por causa do passado. Estão amarrados e são dependentes um do outro.

— Há alguma chance de conseguir salvar Dante e Yohan?

— Eu não posso nem te prometer que vamos conseguir voltar, mas, se isso acontecer, existe uma chance.

Mordecai acenou a cabeça, satisfeito. A simples possibilidade de dar certo já era o suficiente para deixá-lo otimista a respeito do futuro. Skye era um pouco mais cética. Mesmo que a chegada de Mordecai lhe desse motivos para acreditar que poderia mudar o destino da sua família, instintivamente algo lhe dizia que o destino já estava selado. De todos. Contudo, dirigindo confiante, ele parecia determinado a não desistir. Então ela decidiu que, enquanto houvesse esperança, não desistiria também.

A Montanha da Caveira foi crescendo acima das árvores, além do para-brisa, com suas milhares de toneladas de rocha bruta que abrigaram bravamente toda uma comunidade. Skye tentava evocar boas recordações, mas tudo o que vinha em sua cabeça eram as imagens dos homens armados arrastando sua família para dentro dos caminhões. Havia deixado todos para trás, mas por um bom motivo: teria a chance de corrigir as coisas.

Isso tem que funcionar.

— Temos companhia — anunciou Mordecai, observando o retrovisor.

Skye se virou e espiou entre os bancos. Dois veículos chegavam rápido pela estrada, sem sequer reduzir a velocidade nas curvas. Estavam a menos de um quilômetro quando os tiros puderam ser ouvidos além da estrada, fazendo um bando de pássaros sair em disparada da copa de uma árvore. Ela se encolheu no banco e observou Mordecai, que alternava a atenção entre a estrada e o retrovisor. A entrada da montanha ficava poucos quilômetros à frente, mas mesmo que Mordecai estivesse pisando fundo no acelerador, a distância entre eles e os homens continuava diminuindo.

— Estão chegando! — ela deixou escapar.

Uma imensa camioneta se aproximou deles e um dos guardas se posicionou para fora da janela tentando buscar o ângulo de disparo. O veículo abriu para a esquerda, aparentemente tentando alinhar o cano da arma com as costas de Mordecai. O atirador já estava posicionando a mira quando Mordecai jogou o carro para cima deles. Os tiros picotaram a lateral e estouraram um dos vidros traseiros. Skye se encolheu. Mordecai fechou a frente da camioneta, empurrando-a para fora da estrada. Um dos pneus estourou e ela foi puxada para a esquerda, virando sobre o pneu e capotando para fora da pista.

O outro veículo avançou contra eles, um carro mais comprido, com a lataria recuperada através de vários pedaços de outras chapas, formando quase um quebra cabeça apocalíptico. O cano de uma metralhadora saiu pela janela.

— Cuidado!

Foi tudo o que deu para falar antes que as balas varressem o teto do carro em busca dos dois. A lateral do veículo recebeu outra saraivada de balas, transformando a porta de trás em uma peneira. Mordecai moveu o volante para os lados, traçando uma rota em zigue-zague, tentando evitar ser um alvo fácil. A entrada da montanha estava logo à frente, com sua imensa boca aberta para a estrada, a menos de duzentos metros.

— Tem como entrar na montanha com o carro?

— Sim, mas é perigoso.

Os tiros acertaram o pneu esquerdo traseiro deles.

— Mais do que isso? — perguntou Mordecai, sorrindo.

Será que ele não sente medo?

Adentraram a montanha, com o carro logo atrás. Precisaram desviar da primeira barreira que seu pai mandara construir, feita de madeira e arame farpado. O carro perdeu um pouco da tração pelo pneu estourado, mas conseguiu manter uma trajetória minimamente linear, saindo da frente da barreira segundos antes de bater. O carro de trás não esperava aquilo e, quando freou, já estava muito próximo, colidindo com a barreira após os freios ecoarem o som agudo pela caverna.

— Ali tem outra! — orientou Skye. — Agora, por ali!

Mordecai conduziu tão bem quanto pôde. O solo rochoso da caverna era bem diferente do asfalto, escorregadio e cheio de fissuras e pontas de pedra. O pneu dianteiro não resistiu e estourou também, fazendo o lado esquerdo do carro dar um salto.

— Segura! — disse Mordecai, vendo os faróis avançarem contra uma parede.

Ele pisou no pedal central e o carro até apresentou uma intenção de parar, mas ao serem acionados, os freios apenas serviram para fazer as rodas deslizarem, levando o veículo em direção à parede. Mordecai ainda conseguiu girar o volante antes de bater e o carro diminuiu um pouco a velocidade antes de colidir com a parede. Os dois chacoalharam dentro do carro, mas os cintos fizeram bem os seus trabalhos.

— Você está bem? — perguntou ele, conferindo Skye.

— Acho que sim — disse ela, massageando a cabeça.

Ouviram vozes vindo da entrada da garganta de pedra.

— Achei que tivessem morrido! — ela sussurrou.

— Eu também — disse ele. — Vamos sair logo daqui.

Skye soltou o cinto. Seu braço estava doendo bastante, não o suficiente para considerar uma fratura, mas pelo menos para lembrá-la de que não era a mulher certa para esse tipo de aventura. Abriu a porta do carro e saiu, seguida por Mordecai. Os faróis haviam se quebrado, mas as lâmpadas ainda iluminavam as paredes da caverna, projetando sombras além das estalagmites mais próximas.

Ele pegou uma pedra do tamanho de um punho e golpeou as lâmpadas, mergulhando a caverna na escuridão. Sem os faróis do carro, havia apenas a fraca luz do sol para iluminar o túnel, que não adentrava mais de dez passos na caverna. Mordecai a segurou pela mão e seguiu até um canto do túnel, onde havia uma pedra de porte médio em que ela poderia se esconder.

— Espere aqui. Vou cuidar deles.

Ela ouviu o som da outra espada sendo desembainhada e ele se afastando com passos calmos.

Não morra!, ela quis falar, mas deixou apenas no pensamento com medo de alertá-los.

Esperou pelo que pareceu uma eternidade. Escondida, ela só conseguia pensar no pai e no irmão, como se apenas agora entendesse a real relevância deles em sua vida. Ouviu um som abafado logo à frente, seguido de um grito, tiros e um súbito silêncio.

— Filho da pu… — novamente a voz fora silenciada.

Mordecai era tão hábil em matar quanto era gentil e isso causava arrepios em Skye. Ele retornou logo depois, como um espectro em meio às sombras.

— Eles não vão mais nos incomodar. Podemos seguir — disse estendendo a mão para ela, sorridente, como se acabasse de retornar de uma pescaria.

Skye nem quis perguntar o que ele tinha feito com os homens que os perseguiam, já havia presenciado o suficiente na noite anterior. Sabia que, apesar de parecer confiável, ela não poderia ficar entre ele e sua missão. Segurou a mão de Mordecai e seguiram em direção ao interior da montanha. Caminharam toda a extensão de túneis que conectava a comunidade na beira da praia ao mundo exterior e Skye percebeu que sua linha de monitoramento feita de sensores ainda estava lá, aquela que permitiu o ingresso de Rojo na montanha e provavelmente colaborou para a ruína da sua comunidade. A luz piscava, mas não tinha ninguém para olhar.

Estavam quase na saída da caverna quando Mordecai simplesmente saiu do trajeto. Sua atenção foi chamada por algo muito comum a Skye: a Pedra da Caveira. Uma única vela ainda queimava próxima à pedra onde diversas caveiras coloridas foram pintadas para representar os antepassados. A caveira branca e preta do seu avô permanecia no centro, uma memória sólida e invulnerável às ações do tempo. O jovem guerreiro de cabelos compridos parou, admirado, e tocou as pinturas feitas na pedra lisa.

— O que significa? — perguntou à Skye, que já estava do seu lado.

— Aqui é onde honramos a memória dos nossos antepassados. Acreditamos que seus espíritos estão no mundo dos mortos, esperando o dia em que podem nos visitar, desde que não sejam esquecidos por nós. Então meu pai construiu esse lugar como uma forma de honrar a lembrança dos que já partiram.

Ele olhou para a parede com novo interesse.

— Gostaria de ser lembrado depois que eu morrer — disse ele com certo pesar, mais como um pensamento que lhe escapou do que propriamente um pedido, e voltou a caminhar em direção à luz do dia.

O sol da manhã ainda estava escondido atrás da montanha, o que conferia uma sombra imensa sobre o humilde vilarejo de casas coloridas. Quando saíram da caverna, ela pôde notar o olhar maravilhado de Mordecai contemplando seu vilarejo, trazendo-lhe um sentimento de orgulho do trabalho do seu pai. Os únicos sons que deliciavam seus ouvidos eram o agito da água do mar, no seu ir e vir alheio a todos os problemas do mundo, e as gaivotas sobrevoando o litoral à procura de peixe.

— É lindo — disse ele, sem tirar os olhos do mar.

— Você já tinha visto o mar antes? — Skye perguntou, sentindo o vento salgado acariciar seu rosto como uma mãe saudosa.

— Eu vi um rio uma vez, mas não era nem perto disso — ficaram em silêncio por alguns segundos e, subitamente, ele pareceu se lembrar do motivo de estar ali. — Queria ter mais tempo para aproveitar a vista.

— Quem sabe um dia? — disse Skye, como forma de confortá-lo.

— Onde disse que estava o livro?

— Por aqui.

Desceram entre as casas da vila, muitas delas marcadas com furos de bala e sangue. O vento havia soprado areia sobre o sangue derramado no chão, como se a praia estivesse tentando amenizar o cenário resultante da brutalidade daquela fatídica noite. Contornaram o caminho até o Túnel do Afogado, onde alguns homens procuraram por ela e Tomáz. A maré havia subido um pouco e, por um momento, ela pensou que o diário pudesse ter sofrido algum dano irreversível, mas ficou tranquila quando enfiou a mão atrás da pedra e sentiu que ele estava intacto no local onde havia deixado. Mordecai, que até então apenas a acompanhava com uma curiosidade genuína, dirigiu um olhar esperançoso para o diário que Orfeu havia dado a ela.

— E agora? — ele quis saber, olhando curioso para o caderno.

Skye sentou-se em uma pedra retangular, abrindo o diário com cuidado. Não gostava de ninguém lhe especulando enquanto estudava.

— Me dê um tempo — pediu a Mordecai enquanto pesquisava o livro, pensando no quanto ia compartilhar com ele caso realmente achasse o que estavam procurando.

O jovem misterioso fez um aceno positivo, buscando uma pedra mais elevada para se sentar. Retirou as espadas e ficou lá contemplando o mar, como se estivesse meditando em uma espécie de transe. Skye seguiu com seu estudo, folheando o diário do suposto cientista, que parecia uma mistura entre manual de sobrevivência, contendo a fórmula de diversos medicamentos que podiam ser feitos de forma caseira, armas improvisadas, fortificações estruturais, refinamento de petróleo, alguns conceitos sociais e políticos e um diário real, que trazia diversas reflexões sobre o que o mundo havia se tornado, sobre uma determinada doença e sobre uma resistência. Os relatos iniciavam com a data de 2156, três anos no futuro, e seguiam uma breve narrativa triste e melancólica sobre o declínio da humanidade, que só não prosseguia porque as páginas da sequência haviam sido arrancadas.

A próxima página que ainda estava íntegra tinha uma letra um pouco diferente. Havia algumas páginas escritas por essa pessoa que visivelmente não era o mesmo autor de todo o conteúdo anterior do diário. Em sua leitura dinâmica, Skye percebeu a palavra "Máquina do Tempo" em uma delas e retornou ao início do relato.

"Foi aqui onde tudo acabou. Os infectados contornaram a montanha, adentraram as fendas da pedra como insetos invertebrados, jorraram na comunidade, reduzindo nossa gente, rápida e consideravelmente. Nem a montanha foi capaz de pará-los, nem todas as armas que reunimos, nem mesmo aqueles que pensavam ser possível controlá-los. Eles acabaram com tudo, como uma doença terminal que se instala no corpo, ansiosa para devorar cada célula boa que encontra.

Não posso cometer os mesmos erros do passado, deixar que as pessoas que amo se machuquem novamente. Essa montanha terá uma missão, um legado, do qual espero nunca ter que recorrer, pois, do contrário, terei falhado miseravelmente. Minha missão nesse tempo é evitar que tudo aconteça de novo, com o agravante de que agora tenho mais vidas para zelar. Como posso desejar o bem daqueles que fizeram tanta crueldade com as pessoas? Será que serei capaz de reverter aquilo que o destino já deu como selado? Pode uma pessoa ter sua vida transformada apenas com uma ação? Eu não tenho nada além de uma fé cega de que as coisas vão sair conforme as coordenadas que recebi, pois apenas um tolo pediria mais do que já me foi provado. Preciso acreditar nisso, caso contrário, nada que eu faça nesse tempo cumprirá o seu propósito.

A máquina do tempo está segura agora, provavelmente não tem energia para avançar ou retroceder no tempo mais do que uma fase da lua. Tenho receio de ter piorado as coisas de forma irreversível. Não que estivessem boas, mas o meu retorno deveria trazer um brilho de esperança no mundo, ao invés de morte e escuridão. Começo a pensar que as coisas são como tem que ser e nada pode mudar isso. Vivemos sob o rígido domínio da inevitabilidade, condenados a reviver os mesmos erros e acertos, independentemente do que aconteça. Eu sinto que poderia voltar mil vezes e, provavelmente, teria os mesmos resultados de formas diferentes.

Talvez a Máquina do Tempo funcionará outra vez, comigo ou com outro viajante, mas sei que, até lá, ela permanecerá incólume, segura no local mais importante de toda a Montanha da Caveira. E as instruções estarão lá."

Depois de terminar a página do diário Skye ficou pensativa, mapeando mentalmente a comunidade para tentar encontrar onde poderia estar a Máquina do Tempo. A página se tratava de uma caligrafia diferente do mesmo cientista ou seria realmente de outra pessoa? Outro viajante do tempo? Ele leu o último parágrafo, deixando as palavras ecoarem na direção do mar como se ele pudesse lhe dar uma resposta.

— Local mais importante de toda a Montanha da Caveira... local mais import... Sim! — disse alto demais, cobrindo a boca instantaneamente e olhando para Mordecai, que desviou o olhar do horizonte azulado para encontrar os seus.

— Sabe onde está?

— Tenho um palpite — ela confirmou, levantando-se da pedra e retornando pelo caminho e, quando Mordecai ficou lado a lado com ela, perguntou: — A palavra "infectados" faz sentido para você?

O rapaz pareceu tenso por um momento, o olhar triste perdido na trilha.

— Muito.

— O que são?

— Pessoas contaminadas por uma doença que se transmite pelo sangue ou pela mordida.

Era igual aos livros de zumbis que ela tanto lera.

— Você já viu alguma dessas pessoas? — perguntou Skye.

Ele riu, mas nada que soasse debochado.

— Passei boa parte da minha vida toda matando essas coisas — disse com serenidade.

— E como elas se parecem?

— Como eu e você, mas cheios de manchas azuis espalhadas pelo corpo, como veias saltadas e sangue coagulado embaixo da pele. E os olhos são brancos, como névoa da manhã. Se encontrar um deles, fuja, pois vão querer te atacar.

— Nossa... E não existe uma cura para isso?

Mordecai a encarou, demorando os olhos dele nos seus.

— Eu quero acreditar que sim.

Nos diversos livros que Skye havia lido, sempre havia uma cura, um antídoto, alguma coisa que pudesse livrar a humanidade da doença. A realidade talvez não fosse tão otimista quanto nos livros. Seguiram sem conversar, ela pensativa e Mordecai, curioso. Um vento litorâneo passeava pelas casas de madeira da comunidade, movendo uma janela aqui e uma porta ali, fazendo a cidade parecer habitada por fantasmas. Skye não pôde deixar de notar como o mundo parecia mais morto do que o normal. Ainda que a natureza persistisse, eram as pessoas que davam vida a tudo.

— Por aqui — disse ela, indicando a entrada da caverna.

— Aqui?

Ela ergueu o livro.

— Se esse diário estiver certo, a Máquina do Tempo está escondida no lugar mais importante de toda a Montanha da Caveira e não consigo pensar em qualquer outro lugar que se encaixe nessa descrição.

Ambos haviam chegado novamente na parede que homenageava os antepassados e Mordecai encarou novamente o conjunto de caveiras pintadas um tanto confuso.

— A máquina está aqui?

Skye deu de ombros e encostou a orelha na parede tentando captar alguma coisa além da rocha. Bateu com os nós dos dedos, emitindo estalidos secos no bloco maciço de pedra. Fechou os olhos para buscar concentração e caminhou ao longo da parede, dando pequenos toques, como um médico examinando o peito de um paciente. Mordecai imitou seu movimento, explorando a outra ponta da parede.

— O que estamos procurando?

— Algum ponto que soe diferente — disse ela com o olhar para o teto.

Ele não falou mais nada e seguiu testando diferentes partes da parede até que os seus olhos se arregalaram.

— Assim?

Skye foi até ele, colou o ouvido na parede e bateu com os dedos. *Toc, toc, toc.* A parede parecia ser mais fina ali ou, pelo menos, ter alguma saliência diferente do bloco maciço. Ela testou em uma área próxima e percebeu que boa parte tinha a mesma característica, indicando algum tipo de nicho feito na rocha. Deu um passo para trás e avaliou a área.

— Tá bem... Como vamos quebrar isso agora?

Mordecai levou a mão ao bolso e puxou um objeto, parecendo um pequeno disco, a cor era de um preto fosco.

— Fiapo me entregou isso. Disse que eu ia precisar.

Ele entregou o objeto na mão de Skye, que o avaliou com cuidado. Havia um botão na parte frontal e quando ela foi passar o dedo sobre ele, Mordecai segurou seu braço.

— Só depois de colocá-lo na parede. E temos que sair de perto.

— Tá bem... — disse ela com as sobrancelhas franzidas.

Será que esse Fiapo é o viajante do tempo?

Colocou o pequeno objeto sobre uma caveira pequena, da qual não se recordava que antepassado representava. Mordecai pediu que ela se afastasse e apertou o botão, saindo correndo logo depois. O disco começou a emitir um zunido crescente, vibrando freneticamente contra a rocha. Eles ouviram um pequeno estouro e, depois que parecia não haver qualquer risco, voltaram para ver o resultado. Uma fenda havia se aberto na rocha, revelando um nicho oculto onde um aparelho cilíndrico pouco maior do que uma pessoa aguardava, adormecido.

— É ela? — quis saber Mordecai.

— Eu acho que sim.

Skye entrou na fenda e puxou a maçaneta quadrada do que parecia ser a porta da Máquina do Tempo. O interior era simples e minimalista, não havia bancos, cintos ou qualquer coisa necessária para a segurança do viajante, apenas um painel de controle na altura da cintura. Presa à parede da cápsula estava uma folha indicando as instruções. Ela puxou para si, devorando com curiosidade cada uma das palavras provavelmente escritas pelo cientista, ou pelo viajante.

— Parece fácil de operar — disse a Mordecai. — Primeiro, ligue a chave geral.

Ela girou o manete no painel central, que iluminou os botões de comando como uma fera acordando depois de um longo sono. Skye ficou impressionada ao perceber que a máquina ainda funcionava. Leu o trecho das instruções que falava sobre a energia necessária para transportar uma pessoa pelo tempo. Ao conferir o painel, percebeu que a máquina realmente não dispunha de muita. Retornou às instruções, mas nada indicava o que poderia ser usado para energizar a máquina do tempo. Mordecai parecia ansioso.

— Vai dar certo?

Ela não podia afirmar que daria certo, mas fez um aceno com a cabeça e ergueu a mão, pedindo um tempo para pensar. Precisava se livrar dele para raciocinar com calma.

— Para quando precisa ir?

— Tenho que impedir a morte de Dante e Yohan.

— Quando isso aconteceu?

— Ontem.

Skye lutou contra o impulso de usar a máquina primeiro, reconhecendo que seria mais seguro enviar Mordecai. Mas quanta energia isso exigiria?

— Quanto tempo você leva para chegar lá?

Ele pensou por um momento, calculando quanto tempo havia passado até estarem ali.

— O sol está no topo... devo ter levado pouco mais de um dia.

— Um dia... — pensou Skye. — Mas e se você não conseguir um carro?

Mordecai ficou encarando-a sem expressão. Parecia não ter contado com essa possibilidade.

— Você tem razão.

Então se lembrou do que o irmão havia falado sobre o abrigo escondido que ele e os garotos usavam. Contou a Mordecai, tentando orientá-lo na direção onde suspeitava que poderia ficar. Depois, concluiu seu raciocínio.

— A máquina não tem muita energia e eu também tenho pessoas para salvar. Serão dois dias para você. Eu fico com o que sobrar — disse ela, imaginando que teria pelo menos o dobro de dias para voltar até o momento em que seu pai ainda estava vivo.

— O que faço, então?

— Entre na máquina.

Mordecai entrou e, com as instruções em mãos, Skye configurou o tempo exato no painel.

— Você vai fechar a porta e mover essa alavanca — ela o orientou, sendo correspondida com um aceno afirmativo.

Quando estava prestes a fechar a porta, ele a segurou com a mão.

— Espera!

— O que foi? — Skye perguntou, curiosa.

— Será que eu vou te ver de novo?

Ela deixou escapar um sorriso.

— É sempre uma possibilidade — disse antes de fechar a porta.

Skye deu um passo para trás e aguardou. Ouviu Mordecai fechar a porta e acionar a alavanca. Do lado de fora, a máquina não demonstrou o que estava acontecendo, apenas emitiu um som abafado e, em um piscar de olhos, o ar se deslocou ao redor. Nada mais. Nada de grandes campos de energia ou tornados de distorção temporal. Foi rápido e simples, como um passe de mágica.

Ela abriu a porta com a mão tremendo levemente, um medo inconsciente da máquina não ter funcionado, de não haver qualquer chance de salvar sua família. Quando o trinco se abriu e a folha metálica curvada deu passagem para dentro do habitáculo, ela ficou boquiaberta. Mordecai não estava mais ali.

Incrível.

Agora, bastava ajustar as coordenadas e voltar no tempo para corrigir tudo o que havia dado errado.

Ela deu um passo para dentro da câmara.

Uma mão envolveu sua boca e uma lâmina pressionou suas costelas.

— Não grite.

Mordecai

Lá dentro, a atmosfera parecia diferente.

A garota não o havia ensinado a operar a máquina, na verdade, havia dito apenas qual alavanca puxar. Ele fechou a porta, respirou fundo e moveu a alavanca. O habitáculo, que era feito para caber alguém duas cabeças mais altas que ele, e com espaço para, no máximo, duas pessoas, ou uma pessoa grande, no caso de Yohan, tremeu pelo que pareceu uma fração de segundo e tudo ficou no silêncio.

Maldição.

Ele abriu a porta para dar as más notícias.

— Ei, Skye, eu acho que não funcion...

Escuridão. Havia um bloco de pedra maciça cobrindo o lugar onde antes — ou seria depois? — era um buraco considerável na rocha. Mordecai inspecionou a parede à sua frente, empurrando-a com a ponta dos dedos.

E agora, como eu saio daqui?

A máquina havia viajado para o passado, em um ponto onde ele ainda não tinha colocado o disco de Fiapo na parede para abrir a passagem, deixando-o em uma situação difícil. Isso não tinha passado pela cabeça dele e não pareceu ocorrer a Skye, a menos que ela tivesse feito de propósito. Mordecai não pensava que fosse o caso. Avaliou a pequena caverna em volta da máquina com os olhos se adaptando ao escuro logo após fechar a porta. Se não conseguisse achar uma saída e não conseguisse ativar a máquina novamente, poderia ser o seu fim. Ficou agitado por um momento, mas acalmou-se logo em seguida.

Se eu não estava morto dentro da máquina quando a gente abriu, é porque saí daqui.

Seu pensamento tinha fundamento, pelo menos dentro da lógica que Skye havia lhe ensinado. Dois Mordecais. Se ele não tivesse conseguido escapar daquele lugar, teriam o encontrado ali, vivo ou morto. Mas não foi o que aconteceu, então sabia que não morreria ali. Tateou o corpo para ver se tinha mais algum daqueles dispositivos, mas foi em vão.

Calma. Eu sei que não vou morrer aqui.

Olhou ao redor com mais calma. Havia uma luz distante no final de um túnel rochoso logo acima, que subia em diagonal e parecia acomodar uma pessoa. Ele precisou usar a porta como apoio para alcançar as saliências da rocha e subir em cima da máquina. Quando conseguiu, percebeu que estava alinhado com a entrada do túnel, como se tivessem colocado a máquina ali estrategicamente. Mordecai começou a se esgueirar pelo túnel, lutando contra a gravidade e as espadas que roçavam na rocha às suas costas, atrapalhando muito a subida. Ele tirou as amarras e colocou os estojos contra o peito, sabendo que as armas seriam cruciais para o que enfrentaria lá fora.

Subiu tão rápido quanto pôde. A luz se aproximou e ele entendeu como ela chegava no túnel. Havia uma segunda subida, mais inclinada do que a primeira, que dava para alguma saída na montanha. Empurrando as costas na rocha, ele subiu, um passo de cada vez, sentindo o peso do corpo transformado em esforço das coxas.

Quero ver como ela vai subir isso.

Deviam ter arrastado a máquina para fora da parede, mas, ao mesmo tempo, ele pensou que, se tivessem feito isso, não a encontrariam lá. Ou encontrariam? Como era o nome que Skye tinha usado mesmo?

Paradoxo.

Mordecai não tinha a menor ideia do que isso queria dizer ou qual o seu verdadeiro significado, mas, conforme ela havia sugerido, se havia alguma chance de salvar Dante e Yohan, precisaria contar com isso.

O sol tocou seu rosto, fazendo-o fechar os olhos. Segurou nas bordas da rocha e puxou o próprio corpo, arrastando-se para fora do buraco como se a montanha o estivesse parindo. Olhou ao redor e descobriu que estava na encosta rochosa coberta de vegetação. Um imenso arbusto lhe dava cobertura. Ele espiou além das folhas brancas e viu a estrada por onde vieram mais à frente. Não havia sinal de vida.

A grande pergunta que não queria calar: em que dia ele estava? Como teria certeza de que estava no momento certo? Não teria alternativa a não ser chegar em Ruínas o mais rápido possível. Ajustou os estojos das espadas nas costas e começou a descer cuidadosamente.

Uma questão importante que o atormentava desde que teve consciência da sua viagem temporal era como chegaria até lá. O tempo estava correndo contra ele e não poderia arriscar tudo fazendo uma jornada a pé. Precisaria encontrar algum veículo para cumprir a distância entre ele e seus amigos, se ainda estivessem vivos. Lembrou-se do que Skye havia falado sobre uma base avançada usada pelos garotos não muito longe dali, onde guardavam suprimentos para suas rondas.

Pode ser que tenha algo lá.

Caminhou bastante até conseguir enxergar de longe a antena do local onde passara a noite com Skye. Ela havia dito que a base do irmão ficava naquela área. O sol havia se deslocado bastante quando ele encontrou um casebre coberto de vegetação na parte baixa de uma encosta. O telhado era coberto por musgo e folhagens verdes e uma camuflagem havia sido colocada na parte frontal. Ele jamais teria visto se não estivesse procurando.

A casa pareceu agradecer quando ele abriu a porta, permitindo a entrada de ar e sol. O cheiro do mofo e da umidade se impregnou em seu nariz, fazendo-o tossir involuntariamente. Abriu uma janela lateral, também coberta de mata, o que facilitou a circulação do ar, levando aquela atmosfera de casa fechada para o sol. Só então percebeu que, de certo modo, ela era cuidada com carinho pelo irmão de Skye e os amigos. Havia três desenhos de mapas pendurados na parede, que pareciam ser constantemente atualizados conforme as rondas aconteciam. Marcas de "X" indicavam locais que já haviam sido visitados. Ruínas era um deles.

Então vocês também já estiveram por lá.

Continuando sua exploração, ele abriu os armários. Mochilas, facas de caça, cigarros, panelas, talheres, cordas e pederneiras eram alguns dos suprimentos guardados ali. Mordecai não encontrou água, tampouco comida, mas viu pela janela que havia uma bomba manual que desembocava em um tanque. Ele pegou uma panela e foi até lá, bombeou algumas vezes e, depois de soltar um pouco de água salobra, a bomba começou a despejar água limpa. Usando a panela, ele coletou um pouco e deu três longos goles. Estava gelada, provavelmente vinda de algum lugar subterrâneo.

Mordecai encontrou uma garrafa para estocar água, pois sabia o quanto uma caminhada no sol poderia exigir hidratação. Preparou uma mochila com alguns itens básicos para estar suprido, mas ainda ficar leve. Não havia armas ali. Ou os garotos levavam de volta para a Montanha da Caveira ou simplesmente colocavam em um local mais bem escondido para o caso de alguém achar o casebre. Sua última busca foi em uma garagem pequena no final da casa, cujo cadeado teve que arrombar, pois não encontrou as chaves. Quando abriu as placas de madeira, percebeu que seus pedidos tinham sido atendidos: uma antiga moto preta estava estacionada. Junto dela havia três galões de combustível que estavam cheios até a boca.

Quanta sorte.

Girou a chave da moto e viu o painel se iluminar com um tom de amarelo quase apagado. Sorriu sozinho. Começava a ter uma pontada de esperança quanto a salvar os seus amigos. Abasteceu a moto, arrastou-a para fora da garagem, fechou a porta, montou no veículo e deu partida, ouvindo o ronco do motor de dois tempos. Uma pequena trilha de terra o conduziu encosta acima, em direção ao seu destino. Não demorou para que Mordecai estivesse na estrada novamente, motorizado, abastecido e com uma perspectiva esperançosa.

Dirigiu alguns quilômetros sem qualquer interrupção, sentindo apenas o vento acariciar seu rosto. Começava a entender o motivo de Dante gostar tanto da estrada e da velocidade. Não foi difícil dominar a moto, a estrada livre facilitava muito para que Mordecai pudesse aprender a conduzir o veículo, mas ele sabia que se fosse preciso fugir com manobras como as que o mercenário havia feito na Cidade Fantasma, provavelmente estaria em apuros. Encontrou algumas casas no caminho, mas não quis se arriscar em explorá-las.

Fez uma pausa depois de algumas horas na estrada. Viu uma fazenda cercada por um muro feito de eucaliptos bem alinhados. O caminho mais adiante cruzava sobre um descampado e ele sentiu que ali poderia fazer uma pausa com mais segurança antes de seguir sua jornada. Tirou a mochila das costas e os ombros agradeceram. Encontrou um pomar atrás da casa, pegou uma maçã e comeu antes mesmo de lavá-la. Captou o som longínquo de motores e ergueu a cabeça instintivamente. Correu até a frente da casa e escondeu a moto atrás de uma pilha de toras semiapodrecidas que deviam ter sido cortadas há séculos.

Ficou espiando enquanto esperava.

Um carro passou pela estrada, logo depois mais dois e, em seguida, mais cinco. Passaram motos, picapes e três caminhões-baú. Um comboio de respeito, capaz de incitar medo até nos corações mais corajosos. Ele sabia que aqueles veículos estavam destinados a atacar cidades e vilarejos e seu coração se apertou por não poder ajudá-los, mas Dante e Yohan dependiam dele. E, pelo que Fiapo deixara a entender, muitas outras coisas dependiam dele.

Desfazer toda essa merda.

Foram as palavras de Fiapo.

Vasculhou a casa em busca de comida enquanto esperava o comboio se distanciar. Cozinhou três espigas de milho e fez suco com uma laranja, uma refeição que era até decente, considerando o seu histórico. Quando sentiu que poderia prosseguir sem maiores problemas, ligou a moto e seguiu viagem, já revigorado. Era noite quando Ruínas surgiu longe no horizonte, cercada pelo deserto impiedoso. A transição entre floresta e terreno arenoso era abrupta, como se disputassem pela posse de cada pedaço da vasta extensão de terra.

Mordecai parou em uma cidadezinha um pouco antes de entrar no deserto. Em um primeiro momento, julgou que ela estava vazia, que fosse mais uma das cidades desertas que restou naquele mundo, mas, ao rodar próximo às casas, percebeu que estava enganado. O sangue nas paredes, de um vermelho escarlate, e as pegadas espalhadas por toda a cidade indicavam que estiveram ali recentemente e que a visita não havia sido amistosa. Um fedor o conduziu até a parte de trás de uma antiga igreja, onde os corpos foram atirados. Mordecai não quis gastar muito do seu tempo com aquela cena horrenda, mas percebeu que havia homens e mulheres de todas as idades e algumas crianças.

Até crianças. Que tipo de animal faz isso?

Ciente de que o deslocamento seria perigoso, seja pelo farol da moto se destacando na escuridão ou pelos riscos de uma estrada mal iluminada, ele decidiu descansar e partir ao nascer do sol. Encontrou uma boa casa na extremidade da cidade, bem longe do centro, onde só deveriam encontrá-lo se o estivessem procurando. Meditou antes de dormir, pois não desejava ter qualquer tipo de sonho, mas foi em vão. Novamente, viu as imagens das mortes de Dante e Yohan e o que mais lhe atormentava era a dúvida se aquilo fazia parte do seu futuro ou do seu passado.

Quando o sol lançou seus primeiros raios, Mordecai já estava na estrada. Uma espiga de milho cozida na noite anterior junto com uma batata e uma caneca de um resto de café foram a sua refeição. Sabia a importância de estar alimentado se quisesse ter a mínima chance de salvar alguém.

Ruínas foi aumentando de tamanho conforme ele se aproximava, com toda a sua imponência esquálida provida por imensos prédios consumidos até os ossos. A guerra havia acabado com aquela cidade de uma forma que ele não presenciara em nenhum outro lugar. Mordecai aproveitou enquanto pôde a cobertura das pequenas montanhas de terra avermelhada ao redor da cidade, reduzindo a velocidade quando soube que enfrentaria terreno aberto. Pegou o binóculo na mochila e avaliou os muros altos que protegiam a cidade da entrada de pessoas indesejadas, cheios de guardas armados. Havia uma música alta circulando a atmosfera, provavelmente de alguma apresentação de Stephen, alguma luta ou corrida em que vidas seriam perdidas para que outras pessoas pudessem se entreter.

Preciso achar a passagem.

Provavelmente teria mais facilidade à noite, mas não tinha escolha agora. Foram vários anos lidando com o fato de que a noite é um período mortal. O inimigo agora era outro. Esperou por um tempo considerável, quando percebeu a ausência dos guardas, provavelmente entretidos com a chegada de algum veículo, deixou a moto e a mochila escondidas, cobertas com galhos secos e uma lona alaranjada muito parecida com a terra do deserto, e se esgueirou até o muro. Usou o prédio alto como referência, contornando a cidade até o ponto onde havia a fenda no muro.

— É quase bom demais para ser verdade — disse ao chegar no local.

A passagem estava lá. Mordecai espiou além dela, parecia vazia. Tirou as espadas das costas e puxou o corpo para dentro da cidade, correndo para o prédio mais próximo. Esperou para garantir que não havia sido flagrado. Não ouviu qualquer tipo de movimentação e seguiu em frente, buscando o prédio mais alto para acessar o terraço. Havia aprendido que olhar do alto era a melhor forma de se tomar uma decisão, observando todos os pontos de uma área.

Seu objetivo estava duas quadras à frente, era o local por onde ele e Fiapo haviam fugido. Mordecai viu um bom número de pessoas circulando no mercado e tentou se misturar. Os primeiros que o viram direcionaram um olhar curioso, mas que durou pouco tempo. Havia gente suficiente ali e ele era apenas mais um. Chegou ao centro do mercado e conseguiu se orientar de onde estava e para onde precisaria ir. Parou na tenda onde um homem barbudo assava alguns cortes de uma carne duvidosa sobre uma grelha. A brasa estava incandescente, fazendo o assado pingar de tempos em tempos, erguendo uma fumaça gordurosa que atiçava a fome de qualquer um. Um casal aguardava o assado, enquanto o homem falava, empolgado.

— Apostei tudo no Ás de Espadas — disse a ele, empolgado.

— Ele não vai ganhar — a namorada rebateu. — Salazar não vai deixar.

Mordecai parou na esquina próxima, com os ouvidos atentos. O vendedor pegou dois pequenos espetos, entregou ao casal e esticou a mão para pegar as moedas.

— Esse Ás de Espadas é tão bom quanto dizem?

— Se ele é bom? — perguntou o homem. — É o melhor corredor que eu já vi.

— Não é verdade — disse a outra. — Ele teve sorte. Sorte de principiante. E o carro dele é muito bom.

— Ninguém ganha três corridas contando apenas com a sorte.

— Isso é o que vamos ver — ela completou. — Vamos! Acho que já vai começar.

O casal saiu de perto da tenda, indo em direção ao estádio principal de Ruínas, que ficava a alguns metros dali. Por um lado, Mordecai ficou aliviado, pois sabia que havia chegado antes de ver os amigos morrerem, mas não tinha muito tempo.

Onde pode estar Dante agora?

Lembrava que o amigo estava em algum tipo de garagem com os outros carros quando se despediu dele, logo antes da corrida, e que esse local ficava a algumas quadras do estádio. Havia um hotel na frente, com uma imensa placa de uma antiga propaganda. Ele só precisava encontrá-la. Seguiu pelo mercado, buscando alguma rota que o levasse para a avenida principal, na esperança de contar a Dante o que estava prestes a acontecer. Chegou ao final da rua e percebeu que o acesso estava bloqueado por dois guardas armados. Na parte de trás estava a avenida, cheia de pessoas deslocando-se para o estádio. Eles o olharam de longe. Perceberam que ele estava ali.

Essa não!

Mordecai então passou por uma das tendas e entrou na primeira porta que viu, escondendo-se dos dois. Ao se virar de costas, se deparou com, no mínimo, dez dos homens de Stephen lhe encarando de volta, enquanto tomavam cerveja em canecas grandes.

— Não é aquele filho da puta do olho preto?

O outro, um careca, olhou com mais atenção.

— Eita! E não é que é?

Rapidamente a mão foi até o cabo da espada, mas Mordecai não desembainhou a espada mais rápido do que o homem que sacou a pistola da cintura.

— Solta a arma ou morre agora.

Ele hesitou. Sabia que, se perdesse tempo ali, tudo estaria perdido. Calculou quanto tempo levaria para atacar todos aqueles homens ou, pelo menos, incapacitá-los de atacar. Poderia golpear os braços, jogar algumas garrafas e canecas para atordoá-los. Precisava apenas distrair o que lhe apontava a arma por alguns segundos, não mais do que isso. Então sentiu um cano encostando em suas costas.

— Eu sei que vai tentar alguma gracinha. Vamos lá, estou louco para acertar um tiro em você.

Não...

Mordecai soltou a espada e ergueu ambas as mãos. Um dos homens pegou a arma no chão e ordenou que ele ficasse imóvel enquanto pegava a outra. Os homens riram, pareciam lobos olhando para um coelho perdido no meio da alcateia.

— Vou levá-lo para o chefe — disse o que estava atrás de Mordecai, cutucando suas costas com a arma.

— Você vai — disse o primeiro homem que o viu —, mas antes vamos ter uma conversinha com ele, pelo que fez com os homens dentro e fora da arena.

O que estava atrás dele apenas riu, o cano saiu das costas e uma pancada forte atingiu a sua cabeça, jogando-o para frente. Ele tentou se recuperar, mas os homens agarraram seus braços, um de cada lado, mãos firmes como as pinças de um imenso caranguejo, arrastando seu corpo através de uma porta, para a parte de trás do prédio.

— Segurem ele — disse o maior, antes de lhe desferir um soco no estômago.

Quando o punho lhe atingiu, Mordecai sentiu a barriga revirar. Os músculos latejaram e ele nem teve tempo de assimilar o primeiro golpe, quando veio o segundo, direto no rosto. Acabou mordendo alguma coisa no processo, se era a bochecha ou a língua, ele não sabia dizer, pois tudo doía. O terceiro golpe foi no outro lado, perto do supercílio, fazendo o mundo girar um pouco. E assim seguiu uma série de chutes e socos pelo rosto e abdômen. Uma cortina escura foi cobrindo seu mundo.

— Não parece tão durão agora, não é? — perguntou a voz.

Então ele ouviu a música.

A guitarra estridente. O ritmo frenético. O grito das arquibancadas.

— Me... soltem. Eu... preciso...

— Precisa o quê? — indagou o homem.

— Salvar... eles — ele passou a língua nos dentes e cuspiu o sangue.

— Cala a boca — o homem golpeou seu estômago.

— Sabe quem era um dos homens que você matou?

Mordecai negou com a cabeça.

— Meu irmão, seu filho da puta — ele se virou para um dos que assistia à cena. — Traz a espada dele.

Eles não passavam de um vulto embaçado para Mordecai.

— Tem certeza, cara? O chefe não vai gostar de saber que a gente acabou com a raça dele.

— Eu não vou matar, não. Só quero arrancar as orelhas dele. E talvez alguns dedos.

O outro sumiu do seu campo de visão. Mordecai já estava de joelhos, apoiado apenas pelos braços. Pior do que ter seu corpo retalhado pela própria lâmina, era fracassar na única missão que lhe fora destinada novamente. Primeiro, os infectados libertados pela Cidade Fantasma e, agora, a morte de dois homens bons.

Eu sou um fracasso.

— Mas o quê? — veio a voz lá de dentro, antes de vir um grito engasgado e o baque do corpo desabando no chão.

O que se seguiu foi uma série de gritos e tiros. Havia alguma batalha acontecendo no bar, além da porta.

— Que porra é essa? — perguntou seu agressor e, na ausência de respostas, completou — Vai lá ver, seu inútil. Você também.

Um dos braços de Mordecai foi solto. Depois o outro. Ele viu os dois vultos indo na direção da porta e serem atravessados por uma espada na altura da cintura, que foi erguida até a altura do pescoço, cortando tudo o que encontrou pelo caminho. Os dois caíram mortos no chão, banhados em sangue. Então a figura veio caminhando até eles, usando uma capa escura e um capuz sobre a cabeça. Segurava a lâmina apontada para o seu agressor.

— Filho da puta! — gritou ele antes de se lançar a um ataque.

O vulto misterioso esquivou do soco e atacou o joelho do homem, fazendo-o desabar sobre uma das pernas com um grito desesperado abafado pelas vozes do mercado. Com um giro rápido da espada, atacou a mão do homem, arrancando-lhe os dedos. Outro golpe preciso cortou a orelha direita, fazendo o brutamontes cheio de confiança gritar feito uma criança assustada. Por fim, com um único movimento, ele cortou a garganta do homem e embainhou a espada na cintura.

Uau.

Mordecai nunca havia visto tamanha habilidade com a espada. O rosto da figura estava escondido sob o capuz longo que envolvia toda a cabeça. A capa era escura e combinava com ele.

— Obrigado por me salvar — disse Mordecai, levantando-se do chão. O rosto ainda dolorido pelos golpes sofridos.

— Uma vida pela outra — disse ele de forma contundente antes de se virar e partir, deixando Mordecai em meio àquela chacina.

Ele se levantou, mexeu os braços para colocar os músculos no lugar, moveu o maxilar para ter certeza de que estava encaixado da forma certa, tateou o ponto da cabeça que estava latejando, cuspiu mais um pouco de sangue e saiu. A porta do bar estava semiaberta, fora fechada durante o ataque para não chamar atenção e agora havia sido aberta novamente pelo homem que o salvou. Quando chegou na rua, as coisas continuavam iguais, o mercado parecia pouco se importar com o que havia acontecido lá.

Mordecai ouviu uma imensa explosão. Correu pela rua, agora livre, indo até o estádio, cujo pedaço da parte mais alta estava destruído como se um meteoro tivesse aterrissado ali. Muitas pessoas ainda estavam entrando, atrasadas para a corrida, comentando sobre o piloto chamado Ás de Espadas, que já fazia seu show na pista de areia, com o tanque de guerra ao seu encalço.

O disparo veio de cima do estádio. Quanto tempo será que tenho?

Ignorando o caminho que levava às arquibancadas, ele procurou as escadarias de acesso ao anel superior, encontrando-as no final do corredor. Correu o máximo que pôde, o corpo latejando de dor. No segundo lance de escadas, foi até a beirada para olhar a arena através de um buraco na parede. Dante ainda estava intacto, tentando desviar o carro da mira do tanque, que alinhava o imenso cano de disparo sobre o chassi para acabar com a carreira do Ás de Espadas.

Ainda tenho tempo!

Colocou as pernas a trabalhar, subindo furiosamente a infinidade de degraus. No final do terceiro patamar, deparou-se com um guarda morto, recostado na parede com uma cascata de sangue saindo do pescoço.

O quê?

Só poderia ser o homem envolvido com a morte do Dante. Ele subiu os últimos dois lances de escada em segundos, ignorando totalmente os gritos de dor dos joelhos. Sentia o corpo exausto, mas não podia parar. Dante, talvez um dos únicos amigos que lhe restava, estava prestes a morrer. Chegou ao anel superior do estádio procurando qualquer indício de vida nas arquibancadas.

Então viu ele, à distância.

Um homem magro, encostado em uma pilastra, segurando uma arma longa.

Só podia ser ele.

Lá embaixo, na arena, o tanque de guerra acabara de passar por cima de um explosivo, que levantou a esteira esquerda, fazendo a estrutura toda girar para o lado e virando o tanque de cabeça para baixo, como se fosse uma tartaruga. Era exatamente como Mordecai se lembrava. Dante cruzaria a linha de chegada, pararia o carro, acenaria para a torcida e, em seguida, seria morto.

Ele correu até o homem.

A música de rock ainda tocava no carro de Dante. Nas arquibancadas, todos estavam enlouquecidos.

— *Ás de Espadas! Ás de Espadas! Ás de Espadas!*

Mordecai movia-se alternando o olhar entre o Dodge Challenger e o homem, que estava a mais de cinquenta metros. Dante desceu do carro e abriu os braços para seus espectadores, que o aclamavam como uma divindade das pistas. O assassino apontou a longa arma para baixo, além da murada. Apontava diretamente para Dante. Mordecai não acreditou em seus olhos. Era ele, o homem que o ajudara a escapar, aquele que o fizera viajar até a Montanha da Caveira para voltar no tempo.

Era Fiapo.

— *Ás de Espadas! Ás de Espadas! Ás de Espadas!*

— Nãããããooooooo! — gritou Mordecai, sacando a espada, sua voz afogada pelo eco da multidão.

Fiapo engatilhou o rifle para o disparo, mas Mordecai já voava sobre ele, com a espada erguida acima da cabeça para fatiá-lo ao meio.

— Não atire! — golpeou com a espada, sem pensar muito no que estava fazendo, precisava apenas salvar o amigo.

Fiapo não esperava seu ataque. Ergueu o rifle para absorver o golpe da espada, fazendo o metal vibrar quando as armas colidiram. Mordecai aproveitou o recuo dele para atacar novamente, sem dar tempo para ele se recuperar. Se atacasse o suficiente, livraria Dante de ser morto, ainda que Fiapo fosse rápido o bastante para desviar dos golpes com facilidade.

— O que está fazendo?! — gritou ele, recuando até encostar em uma parede e rolando em seguida para evitar que um golpe horizontal o dividisse em dois.

— Você não pode matar o Dante! — disse Mordecai, girando o braço para um novo golpe.

Fiapo esquivou da lâmina, se abaixou para evitar outro ataque e empurrou seu peito com o pé.

— Por quê?

— Você falou para eu voltar. Disse que era para desfazer essa merda.

— Quando?

Então ouviram um silvo agudo vindo do outro lado do anel superior do estádio. Ele se virou a tempo de ver o míssil cruzar a arena em questão de segundos e acompanhou sua trajetória até atingir a lateral do carro de Dante. A explosão retorceu o chassi e atingiu Dante, arremessando-o sem vida mais adiante na arena.

Exatamente como havia acontecido.

Ele olhou para a origem daquele míssil. Havia alguém lá, provavelmente um dos homens de Stephen. Fiapo surgiu ao lado de Mordecai e apontou o rifle. Deu um disparo, acertando-o em cheio.

Entretanto o homem havia cumprido seu objetivo. Dante estava morto.

— Merda! — reclamou Fiapo, recolhendo o rifle. — Quando eu te disse pra desfazer isso?

— Mais tarde, no mercado. Fui atrás da minha coruja e você me encontrou. Disse que recebeu uma mensagem, que era para eu procurar a garota e desfazer isso.

A expressão de Fiapo mudou completamente.

— Ah, merda... Ethan está indo matar o...

Os dois se olharam.

— Yohan! — disse Mordecai.

— Vá atrás dele! Precisa detê-lo, mas não o mate. Ele não pode morrer, isso é muito importante. — disse Fiapo.

— E quanto a Dante?

Fiapo olhou para a arena, as chamas haviam envolvido o Dodge Challenger, erguendo uma imensa cortina de fumaça preta. A arquibancada havia se calado diante do desfecho, todos com olhares curiosos para dentro da arena, onde diversos homens de Stephen começavam a limpá-la para o próximo espetáculo. Uma maca foi levada até onde Dante estava caído, mas não deu para ver nada além da cortina negra de fumaça.

— Esqueça — decretou Fiapo. — Não podemos salvar todo mundo. Salve Yohan. É o que resta.

Mordecai sentiu seu coração quase pular fora do peito. Falhara mais uma vez.

Resignado, desceu as escadas novamente, tentando se orientar mentalmente onde ficava o local que Yohan lutaria. Lembrava-se de que a batalha começava imediatamente após o final da corrida de Dante e, se conseguisse chegar antes que ele entrasse, talvez as coisas pudessem ser diferentes dessa vez. Estava no piso térreo do estádio, onde ficam os portões que davam acesso às arenas. O povo estava exaltado com a corrida mortal, que não tinha esse nome por acaso. Os burburinhos comentavam sobre o desempenho de Dante e sua fatídica morte, mas sem qualquer tipo de lástima.

Somos mero entretenimento.

— Onde é? Onde é? — Mordecai murmurou para si, olhando para ambos os lados, retornando dos seus pensamentos.

Na arena, grandes máquinas com pás arrastavam o que sobrara dos veículos, um emaranhado de metal retorcido e carbonizado. Alguns pilotos ainda estavam lá, tão desfigurados quanto os carros. O narrador já fazia a introdução do próximo espetáculo, prometendo que, após a maior corrida de todas, viria a maior batalha de todos os tempos. Mordecai já sabia que batalha era aquela e o que esperar. Vagou pelos corredores procurando algum acesso que pudesse levá-lo aos lutadores. Foi até uma das arquibancadas e avaliou a arena, procurando os portões por onde eles entrariam e se deparou com a equipe de Yohan sendo anunciada nos alto-falantes. O mecânico entrava por um portão do lado oposto do estádio, seguido por uma fila de guerreiros.

— Merda.

Não havia mudado definitivamente nada até então. Precisava encontrar o local por onde Yohan escaparia e chegar antes do homem sobre o qual Fiapo o havia alertado.

Ethan...

Era ele o homem escondido na capa invisível que atirou em Yohan. Tinha que antecipá-lo, pois essa seria sua última chance. Havia completado mais de meia volta ao estádio, evitando os guardas no meio da multidão, quando encontrou um acesso que descia para o subsolo. Não havia homens de Stephen, pelo menos na entrada. Ele desceu as escadas e deparou-se com um corredor subterrâneo imenso iluminado por lâmpadas velhas. Seguiu até escutar vozes e se escondeu em um nicho onde fora um banheiro.

Dois guardas conversavam, vindo diretamente em sua direção. Mordecai aguardou, sacando a espada para atacá-los. Não hesitaria dessa vez, ou isso poderia significar a morte de Yohan. O som dos passos aumentou e ele apertou a mão em volta do cabo. Aguardou. Tensionou o corpo, prestes a atacar e ouviu um grito abafado, seguido de outro, e, em seguida, um baque surdo. Espiou além da parede que estava e viu os guardas mortos. Não havia ninguém nos corredores, então ele se lembrou da capa invisível. O assassino de Yohan estava ali.

Apertou os olhos para analisar o ambiente escuro e percebeu uma ondulação mais à frente, próxima da lâmpada. Só podia ser ele.

— Ei! Você! — gritou em direção ao estranho.

Percebeu o vulto translúcido parar brevemente e girar um pouco a cabeça antes de sair correndo pelo túnel mal iluminado. O ronco do motor de um caminhão reverberou pelas paredes de pedra, engolindo qualquer som existente ali. Era o caminhão de infectados entrando na arena.

— Ethan! — o grito de Mordecai foi engolido pelo motor. — Não pode matar o Yohan!

Ele pareceu não ter escutado e aproveitou a confusão sonora para fugir, obrigando Mordecai a persegui-lo com passadas rápidas pelos corredores. Depois de fazer uma curva, percebeu mais dois guardas e era tarde demais para se esconder. O vulto passou bem ao lado deles sem que sequer notassem sua presença, direcionando a atenção para Mordecai. Um deles era careca e tinha uma longa barba, carregava um rifle nas costas.

— Parado aí, filho da puta! — gritou o segundo, erguendo a pistola.

Mordecai girou a espada como se fosse uma lança e arremessou a longa lâmina contra ele enquanto sacava a outra da bainha. Antes que o homem pudesse apertar o gatilho, a espada atravessou seu peito, bem próximo do pescoço, fazendo-o se afogar em sangue. O careca estava sacando o rifle das costas quando Mordecai voou em sua direção, golpeando a arma com a espada, jogando-a no chão. O guarda contra-atacou com o cotovelo, acertando Mordecai no meio da testa. A espada rolou para longe de sua mão. Ele tentou se recuperar, mas o guarda já estava em cima, esmurrando sua cara com raiva. O mundo girou por um momento enquanto o som da arena ressoou no túnel. Estava abafado, mas ele conseguia ouvir, um grito agudo, conhecido. O grito do Wendigo vindo de algum sistema sonoro no estádio.

Yohan já ia surgir em algum lugar ali embaixo e tomar um tiro bem no meio da cabeça.

Isso não vai acontecer!

Ele reuniu forças e golpeou de volta, acertando guarda no meio do queixo. O impacto o fez balançar, dando a Mordecai a oportunidade de mexer o outro braço, agarrando o oponente. Conseguiu rolar ambos para o lado e o guarda aproveitou o impulso para rolar mais uma vez, voltando para cima. O careca puxou uma faca da cintura e encarou Mordecai com olhos sádicos. Segurou o cabo e tentou apunhalar seu pescoço. Mordecai defendeu com o antebraço, impedindo a lâmina de matá-lo por centímetros. Uma. Duas. Três vezes.

Olhou para os lados, procurando algo que pudesse ajudá-lo e viu o vulto em pé diante do primeiro homem que Mordecai havia matado, recolhendo a pistola ao lado do corpo sem vida. A pistola que seria usada para matar Yohan. Tentou gritar qualquer coisa, mas todo seu esforço estava concentrado no antebraço que ainda o mantinha vivo. Não poderia morrer ali, não daquele jeito. Esperou que o homem, Ethan, pudesse salvá-lo novamente, mas, aparentemente, sua benevolência não era o suficiente para dois atos de misericórdia no mesmo dia. Além disso, o seu foco estava destinado em acabar com a vida do mecânico. Era essa a sua prioridade.

— Morre, seu filho da puta! — disse o careca sobre ele, colocando todo o peso do corpo no braço que segurava a lâmina.

— Hoje não é um bom dia para morrer — rebateu ele, deixando as palavras escaparem entre os dentes enquanto lutava para não deixar a faca rasgar o seu pescoço.

O estrondo do caminhão derrubando a parede balançou o estádio inteiro. O guarda levou um susto e hesitou por tempo o suficiente para Mordecai reagir. Ele acertou uma joelhada na barriga do agressor, arremessou-o para o lado e enterrou a faca em seu pescoço. O sangue quente verteu generosamente entre os dedos do guarda quando ele tentou contê-lo com o as mãos, no rosto havia um olhar distante e esbugalhado.

Não houve tempo para pensar muito, as batidas na parte interna do caminhão já haviam começado e, se a sua memória estivesse boa, não foram necessárias muitas para eles saírem pela cabine, seguidos por uma quantidade insana de infectados. Mordecai sentia suas pernas doerem como se estivessem esfarelando nas calças, os músculos parecendo cordas grossas presas apenas por um dos fios, prestes a arrebentar. A última vez que se cansara tanto foi durante sua fuga dos infectados, quando ainda estava sozinho. Mas, enquanto naquela época ele corria pela própria vida, agora corria pela vida de outras pessoas.

Estou falhando mais uma vez.

Havia uma bifurcação logo a frente, uma que ele conhecia bem. Então Mordecai viu algo que não esperava, que arrancava todas as esperanças do seu coração. Viu ele mesmo atravessando a bifurcação na direção de onde vinha o som de Yohan. Sabia que àquela altura não impediria mais nada. Ouviu vozes no corredor, era Yohan e os outros. Ouviu Yohan falar algo em tom baixo, com serenidade. Ouviu ele mesmo chamar por Yohan e uma breve conversa logo depois. E então aconteceu o mesmo que havia acontecido. Ethan — agora ele sabia quem era — surgiu apontando uma arma, a que ele havia roubado do homem caído bem próximo de Mordecai, apontou para o mecânico, pediu desculpas e puxou o gatilho.

Yohan caiu para trás.

Estava morto, como havia acontecido.

Mordecai sentia o gosto amargo de ter falhado pela segunda vez.

Sua viagem no tempo havia sido inútil. Skye o havia alertado de que as coisas poderiam acontecer da forma que aconteceram, mas ele queria acreditar que era apenas uma teoria, que poderia ser diferente, que teria a chance de salvar a vida dos homens que também salvaram a sua.

O vulto passou correndo pela bifurcação e seu outro eu foi logo atrás. Dali, eles correriam até o estacionamento, Mordecai seguiria em busca de Fiapo e Ethan desapareceria na cidade. Mordecai então teria a conversa com o homem magro, que naquele momento falaria que ele teria a chance de mudar tudo.

Mudar tudo...

A ideia lhe ocorreu como um relâmpago. Talvez pudesse funcionar. Se descobrisse as motivações de Ethan e por onde ele havia andado antes dos assassinatos, conseguiria detê-lo se chegasse a tempo. Era a única forma de desfazer completamente os acontecimentos que o enviaram ao passado. Porém, para falar com ele, precisaria que estivesse vivo. Então, o primeiro passo era salvá-lo de um guerreiro implacável com as espadas.

Tenho que salvá-lo... de mim?

Seguiu o rastro da fuga alucinada, ouvindo o grunhido dos infectados se afastar para o outro lado, provavelmente entretidos com os amigos de Yohan. Tiros ecoavam de tempos em tempos e logo o corredor pareceu uma trincheira bem no meio da guerra. Ele ignorou o que estava para trás, focado apenas no futuro. Não sabia se chegaria a tempo, ou mesmo se sua ideia fazia sentido, mas era tudo o que tinha naquele momento. Precisava se agarrar a algo para continuar.

O estacionamento parecia mais escuro quando ele chegou pela segunda vez. Ouviu os passos lá dentro. Sua respiração estava acelerada e foi preciso se acalmar para avançar. Ouviu sua voz chamando Ethan, mas com uma raiva muito mais evidenciada. Não havia percebido isso quando vivenciara o momento da primeira vez. A conversa já estava bem adiantada.

— Eu vi o futuro — respondeu o outro com convicção. — E ele não é nada bom. Tudo começa com os cavaleiros.

Mordecai não deu ouvidos para aquilo no momento, mas agora escutava com mais atenção. Ethan havia dito que Yohan e Dante eram como os cavaleiros. Guerra e Fome. O que isso significava ele não fazia ideia, mas uma frase lhe chamou a atenção.

Eu vi o futuro. E ele não é nada bom.

O quanto aquele homem sabia sobre o futuro? Será que ele estava tentando corrigir as coisas da mesma forma que Mordecai? Estava tendo sucesso, ou sua jornada também era marcada por uma sucessão de desastres? Não conseguia acreditar que a morte de Dante e Yohan pudesse significar alguma coisa... boa. Demorou tempo demais e, quando viu, a luta já estava acontecendo. Com os olhos adaptados, ele percebeu que Ethan não tinha a menor chance, defendendo-se por instinto e abusando da sorte contra um Mordecai tomado pela raiva, que dissipava sua frustração no manejo das espadas. Ele queria matar Ethan.

Sabendo o que havia acontecido, então entendeu que era ele o homem que havia impedido a morte de Ethan e ele quem havia falado ao Mordecai do passado para encontrar Fiapo.

— Você morre aqui. Hoje — declarou seu eu do passado.

— Não se eu puder evitar — disse Ethan. — Ainda tenho dois cavaleiros para matar.

Ele se preparou, pronto para interferir na luta. As lâminas colidiram e o Mordecai do passado foi ganhando espaço. Estava dominado pelo ódio, ele lembrava-se bem. Em uma manobra bem executada, Ethan acabou levando um chute nas pernas e caindo no chão. Seu eu do passado ergueu a espada, pronto para acabar com ele e foi então que Mordecai interveio, colocando a lâmina entre o seu eu do passado e o assassino de seus amigos.

Uma vida por outra, ele havia dito mais cedo.

Ethan aproveitou a deixa e fugiu sem pensar duas vezes. Mordecai falou o mesmo que havia ouvido antes, sem saber que eram suas as palavras que dariam direção à própria jornada.

— Procure no mercado. Há um homem magro que atende por Fiapo. Ele vai te indicar o caminho.

Tentou olhar nos olhos, dizer que entendia a dor que o outro estava sentindo, que ele também estava sentindo isso, duas vezes mais. Mas, assim como surgiu, ele baixou a guarda e sumiu para a escuridão, deixando seu eu do passado confuso em busca de respostas, correndo para fora do estacionamento atrás de Ethan.

Mordecai ficou escondido no escuro por alguns instantes, recuperou o fôlego e pensou no que faria dali em diante. Tentaria achar Ethan, entender seus passos e retornar à Montanha da Caveira para uma nova viagem no tempo. Era a sua única, e talvez última, chance de tentar salvar seus amigos, e, como Fiapo havia dito, desfazer toda aquela merda.

Skye

— Não grite.

Curiosamente a voz era conhecida. A mão, envolvida em uma espécie de pano, cheirava a suor, e atrás de si sentia apenas o peito pressionando suas costas. Se fosse algum tipo de abusador, provavelmente teria feito coisa pior do que colocar a faca contra suas costelas. Ela ergueu os braços, em sinal de rendição.

— Não me mate — foi o que conseguiu falar com a boca coberta.

— Eu não vou te matar — disse a voz, com certo pesar. — Deu tudo errado.

Então Skye entendeu que se tratava exatamente de quem ela esperava ser. Virou-se em direção ao agressor, ignorando o perigo, pois a improbabilidade científica daquela situação era muito maior do que qualquer tipo de ameaça. Deparou-se com Mordecai em um estado lastimável. Cabelos desgrenhados, roupas rasgadas e o rosto cheio de hematomas. Era a própria face da derrota.

— Mordecai... Você... — ela apontou para a máquina, incrédula. — Acabou de...

— Não tinha certeza se daria certo de novo, mas foi a única alternativa.

— Você acabou de viajar no tempo.

— É, eu sei.

Skye abriu um sorriso imenso.

— Isso é...

— Um desastre.

— Incrível!

— O quê? — disse Mordecai, perplexo com a energia que emanava de Skye. — Incrível? Eu voltei no tempo e sabe o que consegui? Ver meus amigos morrerem de novo — Ele rebateu, mais em tom de indignação do que amargura.

— Ah… — Skye mudou o tom de voz. — Achei que tivesse notícias melhores.

— Achou que eu tivesse vindo até aqui só para… contar como foi? — as últimas palavras carregavam um tom de absurdo que fez doer.

— Achei que pudesse querer compartilhar a viagem no tempo. O fato de salvar os seus amigos.

— Queria poder te contar isso, de verdade — ele passou por ela e entrou na cápsula. — Mas não posso perder tempo. Há homens vindo para cá. Me manda de novo.

— O quê? — agora era ela quem estava perplexa.

— Me manda de novo — disse ele, determinado.

Skye enfiou metade do corpo para dentro do habitáculo e conferiu o nível de energia que restava na máquina: mais de um terço do pouco que tinha antes havia sido consumido pela viagem de Mordecai. Alguns dias para uma pessoa, mas se mandasse ele de novo não lhe sobraria nada para tentar salvar sua família.

— Qual o problema? — perguntou ele, percebendo que havia algo errado.

— Eu não posso fazer isso — disse ela. — Me desculpe.

— Por que não?

— Não vai sobrar nada de energia na máquina para eu voltar.

— Deve ter um jeito de recarregar — disse ele, simplificando tudo.

Então recarregue você. Ela teve vontade de dizer.

— Não tenho nada aqui para isso, nem sei o que carrega essa máquina.

— Bom. Voltamos juntos então.

— Isso não é justo! — disse Skye, encarando o outro. — Você já teve a sua chance.

Mordecai ponderou a reclamação dela, aparentemente concordando que havia muita razão naquelas palavras. Ele aparentava estar exausto.

— Já parou para pensar que, se não fosse por mim, você não teria a sua chance? O que aqueles homens estariam fazendo com você agora?

Sua mão voou na cara de Mordecai. Foi mais forte do que ela. Como o guerreiro rápido e letal que era, ele agarrou seu pulso e a puxou para bem perto.

— Eu não quero seu mal, mas não vou desistir de salvar Dante e Yohan. Pode ficar aqui ou voltar comigo. Ajudo você, se não atrapalhar a minha jornada.

Ela tinha vontade de esmurrá-lo até que engolisse os próprios dentes, mas sabia que parte de suas palavras também estavam certas. Não havia um trato explícito, nunca houvera. Embora fosse justo que cada um tivesse uma chance, Skye sabia que havia trapaceado um pouco quando deu ao garoto menos da metade da energia, concedendo-lhe um menor tempo para corrigir os terríveis acontecimentos que o levaram até ali. Será que isso tinha impactado diretamente no seu resultado? Caso a hipótese fosse positiva, ela também tinha sua parcela de culpa.

— Está bem — disse ela, entrando na cápsula com Mordecai.

O espaço não era tão grande quanto parecia e os dois precisaram se apertar um contra o outro para ficarem ali. Nunca havia ficado tão perto de um homem, seu pai o mataria e talvez a matasse também. Embora ele pudesse gostar de um homem que tivesse ajudado a filha a voltar do futuro para salvar sua vida, não que ela quisesse qualquer coisa com Mordecai, o pensamento apenas lhe ocorreu.

Ajustou os comandos da cápsula e fechou a porta. As leis da física indicavam que aquela situação poderia dar muito errado, mas, assim como era a única chance de Mordecai, era a sua também. Pelo menos eles iam dispor de mais tempo agora. Teria que funcionar.

— Você disse que tem homens vindo para cá.

— Não consegui despistá-los dessa vez.

— Está pronto? — ela perguntou.

— Não temos outra escolha — ele respondeu.

Não.

Ela apertou o botão e a máquina fez o mesmo som que havia feito minutos atrás, com a diferença que era muito mais intenso para quem estava do lado de dentro. Skye sentiu um frio na barriga. O ruído crescente dava a impressão de que a máquina ia explodir com os dois dentro, mas, diante da tranquilidade de Mordecai, ela obrigou-se a ficar tranquila também. A atmosfera pareceu se distorcer por milésimos de segundos, como se a gravidade tivesse mudado ali dentro, e tudo voltou ao normal em um piscar de olhos.

— Pronto — disse ele, movendo o braço atrás dela para abrir a porta.

— Já?

— Já — disse ele calmamente.

Skye se apertou contra o painel e deu passagem para ele. O exterior da cápsula era pura escuridão, nada do sol que antes inundava a garganta rochosa da montanha, agora barrado pela parede intacta. Estavam no passado, isso ela tinha certeza, mas quão longe no tempo haviam voltado ainda era uma incógnita. O indicador de energia do dispositivo acusava estar esgotado, o que era curioso, visto que, no futuro, encontrariam a cápsula com energia.

Paradoxo. Parece que a cápsula tem sua própria linha do tempo.

— Ei! — Mordecai a chamou, tirando-a dos seus devaneios. Estava com o ouvido colado na parede. — Escute isso.

Ela apoiou as mãos na rocha fria e encostou a lateral da cabeça para entender o que chamara a atenção dele. Ouviu passos, vários deles. Um grande número de pessoas circulava pela montanha a um passo marcado que parecia uma marcha. Eventualmente, um insulto ou outro era desferido contra aquelas pessoas.

— São eles! Já chegaram aqui! — disse ela em um sussurro, buscando amparo nos olhos negros.

— As pessoas que pegaram seu povo?

— Sim.

— Se eles já estão aqui...

As palavras se perderam no ar. Skye voltou para dentro da cápsula e tentou acionar a alavanca várias vezes sem sucesso. Levou a mão ao rosto e começou a chorar. Mordecai se aproximou dela que, sem perceber, se aninhou em seu peito, sendo acolhida em um abraço assustado.

— Seu pai? — ele perguntou.

Ela não respondeu, apenas balançou a cabeça. Sentiu ele apertar o abraço de forma desajeitada.

— Eu sei o que é isso, também cheguei tarde demais. Mas não é tarde para o seu irmão.

Skye ergueu a cabeça e fitou os olhos negros de Mordecai, seu rosto estava iluminado apenas pela fraca luz que vinha do painel da cápsula do tempo.

— Você me ajuda a salvá-lo?

Ele deu um sorriso solene, sem mostrar os dentes.

— Farei o meu melhor.

Apesar de praticamente não o conhecer, Skye sentiu segurança nas palavras. Sua cabeça já estava trabalhando em uma estratégia para contornar aquilo: salvaria Tomáz e descobriria como energizar a máquina do tempo para retornar ainda mais longe, talvez até antes da viagem de Tomáz, e impedir aquele ataque. Mordecai a havia encontrado por um motivo e ela sentia que não havia sido por acaso. Os olhares já haviam se sustentado demais, ela empurrou-se para longe dele, secando as lágrimas.

— Ok. Como saímos daqui?

— Por ali — ele apontou para um buraco sobre a cápsula com convicção.

— Ali?

Os dois subiram pelo túnel vertical e ela agradeceu, mais de uma vez, por tê-lo junto dela. Se estivesse sozinha, provavelmente morreria presa naquele buraco. Enquanto olhava Mordecai usar o apoio das costas para vencer a gravidade, pensou em tudo que ele devia ter passado até chegar naquele momento. A longa viagem até a cidade em que seus amigos morreram, outra tentativa frustrada de salvá-los e o retorno tortuoso até a Montanha da Caveira envolvido pelo desespero de ter falhado e talvez não ter outra chance. Quanto tempo essa jornada havia durado? Para ela, pouco mais de dois minutos, mas e para ele?

— Você dormiu?

— Um pouco quando estava indo — ele admitiu. — Foi meu erro, talvez tivesse chegado antes.

Com o auxílio de Mordecai, Skye saiu pelo buraco, apoiando as mãos na vegetação rasteira que cobria a montanha. Percebeu que um grande arbusto, estrategicamente cultivado ali, impedia que fossem vistos, ainda mais quando o sol estava nascendo. Ela se virou e estendeu a mão para ele.

— Não acho que você tenha falhado por isso.

Mordecai segurou sua mão e saiu do buraco, ofegante.

— Não?

Ela fez que não com a cabeça.

— O que você acha que foi então?

— Princípio da inevitabilidade.

— Ine... o quê?

— Inevitabilidade — repetiu ela enquanto ele espiava além do arbusto —, é um conceito...

A mão dele cobriu sua boca com uma velocidade espantosa, ela arregalou os olhos e viu no olhar dele a mensagem de que havia perigo iminente. Mordecai apontou o dedo indicador na frente dos lábios e ela entendeu, concordando com a cabeça. Ele afrouxou sua mão, deixando-a respirar.

— Onde você e seu irmão estão agora? — ele sussurrou.

— Do outro lado da entrada, mais ao norte.

Ele avaliou o grupo inimigo e o acesso da estrada. Não havia chance de atravessarem sem ficarem expostos.

— Vamos dar a volta.

Skye abriu parte do arbusto com a ponta dos dedos e viu os homens armados colocando todos dentro do caminhão. Marinez era uma das pessoas, reclamando a cada passo. Desejou que deixassem a mulher, para evitar que ela passasse por todo o terror que havia passado, mas ao mesmo tempo pensou que, curiosamente, se não fosse por ela, Skye talvez não estivesse exatamente onde estava naquele momento.

O contingente inimigo era considerável e aparentemente todos tinham armamento sofisticado e algum tipo de proteção balística. Skye queria ter uma imensa arma para poder acabar com todos aqueles homens, mas sabia que atacá-los seria suicídio. Isso teria que esperar. O mais importante agora seria achar o seu irmão.

Onde estávamos a essa hora?

Começou a refazer seus passos mentalmente, iniciando no dia do ataque, a fuga através do Túnel do Afogado, a tentativa de se esconder no comboio inimigo para libertar seu povo, até o momento em que foi descoberta por aqueles homens junto com o seu irmão. Pela posição do sol, calculou que ela e Tomáz deveriam estar em algum ponto na saída ao norte da montanha, esgueirando-se no mato para não serem vistos, um pouco antes de se infiltrarem no caminhão-oficina.

Mordecai conduziu ambos por uma trilha de mata fechada fora da montanha, puxando-a pela mão por vezes. Ele era misterioso. Tinha uma forma gentil de se comunicar, mas lutava com uma ferocidade que parecia não combinar com sua personalidade. Quando se afastaram o suficiente dos homens, ele quebrou o silêncio.

— Você estava falando algo sobre invita... — ele tentou encontrar o restante da palavra.

— Inevitabilidade — ela veio ao seu auxílio.

— O que isso quer dizer?

Ele passou sobre uma raiz retorcida no chão, indicando a ela para que desviasse.

— Obrigada. É um conceito dos livros que falam sobre viagem no tempo. Basicamente, se algo deve acontecer no futuro, não importa o que você faça ou o quanto se esforce para evitar, essa coisa simplesmente *vai* acontecer. É como se o tempo se protegesse para que a cadeia de acontecimentos seguisse sempre a mesma sequência.

— E isso existe mesmo? — ele perguntou, triste.

— A viagem no tempo não era real para mim até agora. Então... — Skye deu de ombros. — A inevitabilidade não tem embasamento na física, até onde sei. É uma especulação que as histórias fazem com a viagem no tempo. Mas, se considerarmos que a viagem no tempo é real, eu diria que esse conceito também pode ser.

Mordecai estava perdido em pensamentos, assimilando o conceito e comparando-o com a realidade.

— Eu sei o que está pensando — disse Skye, tocando o ombro dele. — O que aconteceu lá?

— Não consegui impedir a morte de Dante — começou ele. — Quando cheguei na parte mais alta do estádio, o Fiapo estava lá. Aquele mesmo homem que me mandou te salvar. Apontava uma arma imensa para Dante. Ele ganhou a corrida e saiu do carro. Fiapo estava preparado para o tiro, mas eu o impedi. De repente, houve um disparo vindo do outro lado do estádio, parecia um foguete. Acertou a lateral do carro, como havia acontecido antes. Tentei, então, salvar Yohan, mas um dos guardas acabou me atacando. Vi o assassino pegar a arma de um outro homem que matei e ir acabar com Yohan. Não cheguei a tempo. Ele tomou o tiro do mesmo jeito.

— Deve estar se perguntando se vai conseguir salvá-los dessa vez — sugeriu Skye.

Ele concordou com a cabeça. Skye não queria desestimulá-lo, mas era uma verdade que ele precisava ouvir.

— A lógica das histórias que li diria que não. Que seu amigo Dante *vai* levar um tiro de um lança-foguetes ou seja lá o que for. E Yohan, bem... ele *vai* levar um tiro. Lamento, mas não se culpe tanto.

Mordecai parou por um momento, observou o vento balançar o topo das árvores em um ritmo tranquilo.

— Se nada vai mudar, de que adianta voltar? Por que sofrer tudo de novo?

Skye viu o sol tentando penetrar a parte mais baixa da copa das árvores e lembrou de seu pai.

— Acho que tem a ver com não estarmos prontos para perder as pessoas que gostamos. De poder dizer tudo o que não dissemos, aproveitar os momentos que não aproveitamos.

— Eu... não tenho ninguém que faça eu me sentir assim — confessou Mordecai. — Dante e Yohan... Eles só não mereciam morrer. Eram homens bons.

— Há quanto tempo você os conhecia?

— Uns sete dias, eu acho...

— Sete dias?!

Quem faria isso para salvar alguém que conheceu há uma semana?

— Você não entende...

O ronco do motor do caminhão chegou até os dois, trazido pelo vento, vindo além das árvores. Os homens começavam a se movimentar, colocando os dois em alerta.

— Onde vocês foram pegos?

— No acampamento. Estávamos em um dos caminhões escondidos entre as ferramentas. Um deles me encontrou e Tomáz o acertou. Fomos cercados e ele queria matar todos eles, estava com muita raiva pela morte do *papá*. Lembro que viajamos um bom tempo até chegarmos no acampamento.

— Deve ficar um pouco depois da torre de rádio — sugeriu Mordecai.

Os dois se esconderam ainda mais no interior da floresta. Ficaram de olho na estrada e viram o comboio inimigo passar. Carros, motos e caminhões, lotados de homens armados transportando prisioneiros.

— Por que acha que levariam todos como prisioneiros? — perguntou Mordecai.

— Não faço ideia.

— Não tem nada disso nos seus livros?

— Hum... — ela pensou rapidamente. — Talvez para trabalho escravo. O ser humano adora controlar outros seres humanos.

O último jipe da fila passou por eles e Skye pensou na quantidade de combustível que eles tinham à disposição para rodar com um contingente daqueles. Na Montanha da Caveira mal tinham carros.

— Você viu o caminhão onde você e seu irmão se esconderam?

— Não. E agora? Como vamos acompanhá-los? — ela perguntou a Mordecai.

— Tenho uma ideia — disse ele, avaliando o caminho mais além. — Vamos. Temos que chegar a tempo de salvar o seu irmão.

Afastaram-se um pouco da estrada e chegaram a uma descida de uma encosta, onde as árvores davam uma boa cobertura para uma espécie de casa simples e muito bem escondida.

— O que é isso?

— O refúgio do seu irmão — ele sorriu.

As portas e janelas estavam fechadas e Mordecai pareceu um tanto inquieto. Abriram o velho casebre e o cheiro de mofo os atingiu. O garoto saiu juntando suprimentos, já íntimo do lugar.

— Você esteve aqui?

— Ontem — ele admitiu —, mas não...

A voz dele se perdeu no meio da frase.

— O que foi?

— Não tinha armas aqui antes — disse ao abrir uma das estantes e encarar uma espingarda, um revólver e um facão. Saiu pela porta lateral, acompanhado por Skye e abriu a porta de uma garagem. — Uau. Isso também não estava aqui.

Estavam diante de uma camioneta velha estacionada ao lado de uma moto. Então Skye ligou os pontos.

— Tinha apenas a moto quando voltou a primeira vez?

Ele a encarou e ficou constrangido com a obviedade, levando uma das mãos à testa.

— Eu passo aqui mais tarde, é isso?

Ela fez que sim com a cabeça.

— Como é difícil entender essa coisa de tempo — ele respondeu com a testa franzida.

Ela riu. Gostava da companhia dele. Saíram de lá com duas mochilas, três cantis de água, uma corda, material para fazer fogueira e uma panela, além das armas e do facão. Suprimentos que poderiam ser úteis caso as coisas dessem errado. Pegaram comida e deixaram as coisas do jeito que Mordecai se lembrava de ter encontrado na primeira vez. Ele conduziu a camioneta pela trilha pouco usada, já dominada pela vegetação, e subiu a encosta bravamente. A saída para a estrada era encoberta por galhos secos que se misturavam ao cenário para evitar curiosos.

Seguiram em direção à torre de rádio para ter uma melhor visão dos arredores. Havia hesitação no avanço, pois não queriam dar de cara com o comboio inimigo tanto quanto não queriam perdê-lo de vista. Buscavam uma distância segura. Ao chegarem na torre, Mordecai se empenhou na tarefa de localizar os inimigos enquanto ela preparava algo para comer. Mordecai entrou na torre no exato momento em que ela ia avisá-lo que a refeição estava pronta.

— Achei eles.

— Ótimo. Comemos e partimos.

Fizeram uma refeição modesta de lentilhas cozidas, tomates secos e legumes refogados, temperados com alho e orégano.

— Isso está incrível — disse ele, devorando o conteúdo do prato rapidamente, arrancando um sorriso de Skye.

Ao saírem da torre, ele indicou o local onde estava o comboio: um acampamento que ficava muito próximo de um rio. Embarcaram na camioneta e seguiram na direção dele. O sol já havia mudado de lado no céu e era início da tarde quando alcançaram o inimigo. O som do rio era alto e ajudava a ofuscar o barulho do motor da camioneta. Estacionaram a uma distância segura do acampamento e desceram equipados apenas com as armas.

Skye caminhava sentindo o peso da espingarda nas mãos. Nunca havia atirado de verdade, apenas com a arma de chumbo que o irmão tinha, nas festividades da comunidade, mas imaginava que fazer um disparo capaz de tirar a vida de alguém poderia exigir muito mais do que os seus nervos estariam dispostos a dar. Mordecai preferiu carregar o revólver, pois lhe daria mais agilidade para sacar as espadas caso precisasse.

Esgueiraram-se pelas árvores e logo os veículos do inimigo começaram a aparecer. Os homens haviam montado um acampamento em uma clareira no meio das árvores, perto do rio, de onde coletavam água e usavam para se banhar.

— Você viu o caminhão que vocês estão?

— Não... — admitiu ela.

— Espera. Onde estão os outros? — perguntou Mordecai, percebendo que o grupo estava bem menor.

— Lembro que fomos para outra cidade. Estavam levando as pessoas, colocando todas dentro de um dos caminhões. Devem ir todos para o mesmo lugar. Seria esse um ponto de encontro?

— Só tem um jeito de descobrir — disse Mordecai, olhando para a carreta baú estacionada próxima ao acampamento.

Os dois se moveram entre as árvores, aproximando-se dos caminhões. Moveram-se agachados, o olhar sempre atento aos soldados mais ao longe. Não poderiam chamar a atenção ou seriam pegos. Mordecai aproximou a orelha da porta traseira da carreta e escutou com atenção. Fez um sinal para Skye e ela fez o mesmo. Ele bateu levemente com o nó do indicador no metal, fazendo um pequeno eco no interior do contêiner e ouviu alguns sussurros. Havia pessoas lá.

Será que mamá e Miguel estão aí dentro?

— O que vamos fazer? — ela perguntou. — Não podemos deixá-las aqui, mas também não temos como salvar todo mundo.

— Podemos atrasá-los um pouco enquanto pensamos em uma alternativa — disse ele, sacando uma das espadas e apontando-a contra o pneu.

Skye entendeu o que estava prestes a acontecer.

— Não! — o grito saiu de sua garganta mais alto do que esperava.

Mordecai golpeou o pneu com a espada antes que ela pudesse impedi-lo. A lâmina deslizou pelo pneu como se fosse feito de água do rio, causando um corte profundo de onde uma torrente de ar barulhenta começou a sair. No do baú, as pessoas se empertigaram com o barulho, gritando e batendo contra a lataria de metal.

Péssima ideia, péssima ideia!

Um tiro passou voando perto deles. Ao longe, os soldados começavam a se mobilizar, anunciando os intrusos. Mordecai a puxou de volta para a cobertura das árvores.

— O que você fez? — ele perguntou.

— Eu? O que você fez?

— Eu ia trazer você e seu irmão de volta para cá.

— Estão lá! — gritaram os homens.

Eles entraram na floresta acompanhados pelos projéteis. Um deles arrancou uma grande lasca da árvore.

— Foi assim que ele morreu — disse Skye, ofegante.

— Mas agora podemos evitar — disse ele.

— É a garota! — gritou algum soldado.

Os dois correram na direção do carro. Sabiam que era preciso deixar a poeira baixar para que pudessem ter uma chance de salvar Tomáz. Mordecai ia na frente, correndo com o revólver em uma mão e a espada na outra, procurando por inimigos entre eles e a camioneta. Skye ouviu um silvo no momento em que sentiu uma pancada forte no ombro direito que a atirou ao chão. A primeira coisa que viu foi a copa das árvores. Sua respiração acelerou e o ombro começou a doer como se a montanha inteira estivesse sobre ele. Olhou ao redor e não viu Mordecai, o que só aumentou o seu desespero. Alguns passos ecoaram à sua direita, fazendo um farfalhar nas folhas que aumentava conforme a figura chegava perto dela. Primeiramente, Skye viu um par de botas surradas, depois avaliou o soldado que as utilizava, com um uniforme verde musgo puído, usando luvas que cobriam as palmas das mãos e segurando um fuzil com um longo silenciador na ponta. O bigode ligado ao cavanhaque contornava uma boca miúda e as sobrancelhas grossas pairavam sobre um olhar de pura insanidade. Ele ficou diante dela, cobrindo sua visão, quase tão alto quanto as árvores.

— Ei, ei... é você! Parece que tirei a sorte grande — disse ele, avaliando Skye como um gato faria com um pássaro preso na gaiola. Dobrou a ponta da língua com o polegar e o dedo médio e deu um assovio.

É ele.

Skye oscilava entre o mundo real e a inconsciência, as pálpebras eram duas escotilhas de chumbo e o corpo direcionava todo o sangue disponível para o ferimento no ombro. O soldado, que olhava na direção do acampamento, voltou a atenção para ela.

O assassino de Tomáz.

— Aposto que ele vai adorar saber que fui eu que te achei — ele completou.

Um vulto surgiu às costas do soldado. Ele pressentiu alguém chegar e girou o pescoço ao mesmo tempo que uma espada veio em sua direção. O soldado se encolheu instintivamente para fugir do golpe, mas não o suficiente para evitar a lâmina. O ataque cortou o seu olho direito, espirrando sangue contra a árvore mais próxima, fazendo-o cambalear para o lado. Mordecai surgiu em seu campo de visão, esticando o revólver contra o soldado e puxando o gatilho.

Um. Dois. Três disparos.

Skye ouviu uma rajada de projéteis passando por eles, a maioria delas aparadas pelos troncos das árvores, e as botas do soldado esmagando as folhas secas com rapidez, cada vez mais distante.

— Por favor, Skye, fique comigo. Eu vou te salvar — disse a voz de Mordecai.

Seu corpo foi suspenso do chão e, então, ela apagou.

Alan

A caminhonete já havia reclamado da falta de combustível há alguns quilômetros. Ignorada, deu seu último suspiro na descida de um pequeno barranco, após vencer bravamente várias subidas. Na direção, tudo o que Eric pôde fazer foi usar o restante do embalo que o peso do veículo proporcionava para conduzi-lo em direção a uma pequena entrada próxima de uma rocha, no intuito de escondê-la até que encontrassem algum combustível.

Após saltarem do carro e pegarem as coisas mais essenciais, houve um curto debate sobre buscarem combustível ou partirem a pé até o Armazém. Eric disse que deveriam estar a pouco menos de cinco quilômetros de lá, o que tornava a jornada a pé uma boa opção. Já Alan mantinha firme a sua posição de que tentar achar combustível era a forma mais segura de seguir com o plano.

— Onde você pensa encontrar combustível aqui? — perguntou Eric, em um tom de voz tranquilo, sem qualquer traço de sarcasmo.

— Talvez tenha alguma coisa por ali — apontou para o pequeno vilarejo mais abaixo na estrada.

— O posto de abastecimento mais próximo fica passando o Armazém — disse Eric. — Qualquer combustível que uma vez existiu nos arredores com certeza já foi levado pelas pessoas que estavam indo para lá.

— Não custa procurar — disse Alan na defensiva, enquanto agarrava um dos galões na traseira da caminhonete.

— Será pior se chegarmos lá à noite — advertiu Eric, segurando a alça do galão.

Alan o fuzilou com os olhos.

Não pense que eu tenho medo do seu rifle, seu idiota.

A conversa na noite anterior ainda circulava na sua cabeça e tudo o que ele queria era acertar um soco no meio daquela cara oval. Eric, por sua vez, não parecia bravo, mas tampouco aliviou o peso que colocara sobre o galão, fazendo-o ficar onde estava.

— Ele tem razão, Alan — disse Fox, resolvendo o impasse. Puxou o braço de Eric, fazendo-o soltar o galão. — Pare de brincadeiras, pegue suas coisas e vamos.

— Quer saber? — ele atirou o galão na traseira da caminhonete. — Por que vocês não vão sozinhos para lá? Ultimamente parece que estou só atrapalhando.

Ele jogou a mochila sobre o ombro e começou a caminhada na direção do vilarejo. Eric não reagiu e Fox apenas revirou os olhos.

— Não temos tempo para isso, Alan. Eles vão chegar em Armazém e acabar com todo mundo.

— Que se dane. Já tive a minha parcela de heroísmo. Eles que se salvem agora.

Fox caminhou decidida até Alan e o empurrou com força, fazendo-o desabar no chão. Suas calças foram completamente envolvidas por poeira e grama.

— Seu covarde!

— Eu não sou covarde! — ele gritou de volta, empurrando as mãos contra a grama fofa para se colocar de pé.

— Você sabe o que está prestes a acontecer. Sabe que pode ajudar a lutar contra isso e decide fugir. Não passa de um frouxo, egoísta e mimado. Seus pais teriam vergonha de você.

Alan apertou tanto as mãos que seria capaz de esmagar facilmente uma rocha. A educação que dona Dorothy lhe dera jamais o permitiria bater em uma mulher, ainda que a raiva fosse como lava fervente percorrendo suas veias. Agradeceu por não ser Eric a desferir aquelas palavras, pois ele não pensaria duas vezes.

— Esse é o seu propósito. Não o meu — ficou de pé e encarou Eric. — Além do mais, parece que você já tem alguém mais corajoso para salvar o seu couro quando a coisa ficar feia.

Colocou a mochila nas costas e partiu em direção à cidade, sem olhar para trás. Fox ficou sem reação por uma fração de segundo, mas logo se recompôs, carregando na voz a imparcialidade que lhe era característica.

— Vamos, Eric. Somos só nós dois agora.

Somos só nós dois agora, Eric.

Quase deixou escapar um deboche. Era tudo o que o filho da puta queria desde o começo. E ela, por sua vez, parecia não se importar com as investidas dele.

Que se fodam eles.

Pegou a estrada que conduzia ao vilarejo. Na mochila pesada, trazia alguns legumes que haviam colhido na fazenda. A maioria era batatas, mais fáceis de levar e versáteis para serem preparadas de diversas formas. Mesmo que não encontrasse nada, provavelmente teria comida por umas duas semanas, se soubesse racionar. Na caminhonete, deixaram mais uma fração da pequena colheita, um misto de rabanetes, cenouras, cebolas, radite, couve e tempero verde. As poucas frutas que encontraram não duraram muito além do café da manhã.

O vilarejo era composto por um pequeno grupo de casas próximas umas das outras que cercavam uma estrada de terra. Era quase como a amostra de uma cidade, mas, apesar de pequena, era bem conservada. As casas tinham pinturas recentes e telhados completamente restaurados. A maioria das janelas estava fechada, mas as portas estavam abertas. Não havia sequer uma alma viva por ali, muito menos corpos ou sinais de luta, e ele suspeitou que todos tivessem partido em direção ao Armazém.

Ouviu ao longe os dois seguindo pela estrada, conversando animadamente sobre qualquer coisa, as vozes trazidas pelo vento.

Que se fodam. Vou achar combustível e me mandar daqui.

Lançou um olhar pelas casas, procurando qualquer coisa que pudesse ser útil. Uma floresta circulava o vilarejo, como uma mãe protetora, com exceção de uma área onde uma clareira se estendia. Ao chegar próximo da primeira casa, Alan retirou a carabina das costas e conferiu a munição. Quatro balas era todo o seu poder de fogo. Engatilhou e entrou pela porta assoviando, com o olhar atento.

— Alguém aí?

Nada. Vazia, como fora na casa de Lila, como deveria estar a sua casa agora. A construção havia sido abandonada às pressas. Armários escancarados e completamente vazios indicavam que todo o suprimento que havia ali foi levado junto. Tudo o que conseguiu foi um pouco de álcool e uma boa faca de caça no quarto do casal. As buscas nas duas próximas casas foram um completo fracasso, apenas abandono e solidão.

Por um momento, tudo o que ele ouviu foi o farfalhar das folhas mais altas das árvores dançando conforme o embalo do vento e o assovio de algum pássaro próximo. Ele conhecia o canto. Era um rouxinol. Sua mãe adorava quando ele trazia alpiste da cidade. Ela o colocava no pequeno pedestal de madeira que Alan havia feito e acompanhava o ir e vir dos pássaros, que retribuíam com seu canto para iluminar o final da tarde.

Mãe. Pai...

Não lhe restara nada. Nem seus pais, nem Olivia, nem o seu cavalo. Nem Fox. Não tinha qualquer coisa que fizesse suas pernas caminharem mais um passo. Foi com esses pensamentos que entrou na quinta casa, que estava tão vazia quanto às outras, com exceção de uma carta que havia sido deixada sobre a mesa. Alan olhou para os lados enquanto estendia sua mão em direção à carta, como se estivesse fazendo algo errado e alguém fosse aparecer ali para flagrá-lo bisbilhotando nas coisas alheias.

Riu do próprio pensamento e leu o conteúdo.

"Filho... Espero poder eu mesmo te transmitir essa mensagem. Não sei quanto tempo você vai levar para voltar, mas caso chegue em casa e encontre essa carta, saiba que eu e seu pai fomos obrigados a partir. Implorei a ele que te esperasse, mas ele tinha razão. Há coisas estranhas acontecendo nas redondezas e todos estamos com medo. A carroça do Antônio parou de vir e dois garotos foram até a casa dele para ver se estava bem. Encontraram a fazenda completamente queimada. Casa, plantação e animais, todos viraram ossos e fuligem. Acordamos com o som de tiros na noite passada, parecia ser em alguma cidade próxima, cada vez mais perto daqui. Rezo todos os dias para que você retorne bem. Te amamos."

Alan sentiu um aperto no peito e precisou se apoiar na mesa. Ainda não conseguia entender porque aquelas coisas estavam acontecendo e tinha a forte sensação de que jamais descobriria o motivo de tudo ter virado de cabeça para baixo tão depressa. Lembrava de sua mãe contestando o padre Joseph quando ele fez uma homilia sobre a grande guerra, alegando que aquilo era o julgamento de Deus se derramando sobre os homens.

— A grande guerra nada tem a ver com Deus, padre. Somos grandes o suficiente para assumirmos nossos pecados. Não coloque a culpa da estupidez humana em Deus — disse ela, após se levantar do banco da igreja com dificuldade em uma tarde quente de domingo.

Sua mãe estava certa. Sempre estava.

Ele devolveu a carta à mesa, colocando outro peso para evitar que voasse. Não sabia se o filho do casal já havia chegado na casa ou não, ou mesmo se estava morto, mas não queria ser ele a pessoa a interceptar a mensagem. Fez o sinal da cruz e seguiu sua jornada.

Vasculhou a casa. A única coisa que encontrou foi uma bombona de plástico velha próxima a uma motosserra e uma pilha de lenhas. Além da casa, havia a clareira, repleta de troncos aparados bem próximos da base. Testou a motosserra, puxando a corda de partida uma, duas vezes. O motor reclamou e voltou a dormir, deixando claro que, sem combustível, ele não trabalharia.

Alan pegou a bombona e partiu de casa em casa verificando os carros. Quase no final da rua, encontrou algo promissor: em uma garagem havia uma pequena oficina mecânica, com um carro suspenso por tocos de madeira, com as rodas empilhadas próximas da parede e o motor suspenso por uma pequena grua metálica. Recebia a manutenção, que precisou ser interrompida por motivos óbvios. Havia uma bancada de trabalho trancada, como se ali dentro houvesse a cura para todos os problemas do mundo. Ele tentou forçar a porta, mas ela estava disposta a mostrar resistência, declarando que seria necessária uma chave para acessar o conteúdo.

Investigando a casa, ele encontrou dois corpos no quarto. O primeiro era um homem vestido com roupas cheias de graxa e o crânio partido com um machado. O outro era de uma mulher caída ao lado da cama, a camisola havia sido arrancada e havia diversas marcas de mordidas nos braços e costas. Algo havia rachado sua cabeça também, mas, pelo estrago, parecia ter sido uma arma de fogo. Ambos os corpos tinham manchas azuis nos locais onde as veias estavam mais aparentes. Tateando os bolsos do homem, ele encontrou um molho de chaves.

Isso!

Desceu até a garagem, abriu a porta e sorriu para si mesmo.

Queria que a Fox me visse agora.

Dois tambores de combustível estavam guardados ali dentro, cheios até o gargalo. Alan deixou escapar outro sorriso enquanto trabalhava em uma forma de conduzir os tambores até a caminhonete. Resolveu procurar algum carrinho de mão ou qualquer coisa parecida.

O sol já havia avançado a linha do centro do céu e ele calculava ser próximo do meio da tarde. O vento cessou por alguns instantes, as árvores se calaram e ele ouviu um som peculiar com o qual não estava tão acostumado, mas também não era nenhuma novidade. Grunhidos. Puxando a carabina das costas, ele andou até a extremidade do vilarejo para conferir. Usou uma escada para subir no telhado da casa mais ao leste e observou além das árvores.

Que o bom Deus tenha piedade de nós.

Era uma horda considerável. Grande o suficiente para devastar uma cidade. Não apresentava o mesmo contingente que atacara a Fortaleza de Vidro, mas certamente o Armazém não tinha o mesmo poderio bélico para revidar ou os altos muros para se proteger de uma invasão. Seria um massacre.

Tenho que chegar antes deles.

Um pequeno grupo desgarrado vinha na direção do vilarejo, contornando as árvores com passos trôpegos e acelerados. Nada comparado com a voracidade com que ele já havia sido atacado, mas rápidos o suficiente para pegá-lo ainda na cidade caso ele não se apressasse. Correu como louco de volta para a casa, sacou o machado do crânio esfacelado, deixou a faca de caça pronta para ser usada e preparou a carabina. Encontrou um carrinho de mão na casa ao lado, colocou os tambores e começou a empurrá-lo em direção à estrada.

Ih... Ih... Ih...

A falta de graxa fazia com que o carrinho desse um urro metálico a cada giro do pneu. Ele pensou em ir mais devagar, para diminuir o ruído, mas os grunhidos aumentaram e o instinto o impeliu a acelerar, fazendo o atrito do metal ecoar por todo o vilarejo. Então veio um grito logo atrás, que foi prontamente respondido por outros. Ouviu pernas se movimentando.

Eles estavam vindo.

Começou a correr e o carrinho gritava mais do que nunca.

Ih-Ih-Ih-Ih-Ih-Ih.

Eventualmente, olhava para trás, marcando a posição daquelas coisas medonhas. Lá pela quarta olhada, eles surgiram em seu campo de visão. Seu olhar cruzou o olhar esbranquiçado das coisas e ele sabia que haviam identificado nele uma presa.

Parou o carrinho e puxou a carabina das costas.

— Vocês não vão me transformar em uma coisa dessas, seus desgraçados!

Colocou o primeiro na mira e o grupo, composto por três, logo se tornou oito e não demorou a aumentar para quinze. Mesmo que a sua pontaria fosse melhor que a de Eric, as quatro balas não serviriam para nada. Viu a estrada e calculou se daria tempo de alcançar a caminhonete antes de ser pego. Talvez até conseguisse completar o trajeto, mas não sem levar algumas mordidas.

Tenho que me livrar deles. Mas como?

A distância que o separava dos infectados era de mais ou menos quatro casas. Mais adiante, surgiu uma segunda parte do grupo, vinda do mesmo lugar. Quantos mais viriam ao seu encalço? Alan sabia que abandonar tudo e sair correndo também não era uma opção, ainda mais se partisse ao encontro de Fox e Eric, para onde a horda maior estava se deslocando. A quantos quilômetros eles afirmaram estar do Armazém? Dois? Três? Talvez mais.

O pequeno grupo de criaturas reduziu a distância para três casas, obrigando Alan a sair da inércia dos pensamentos hipotéticos. Precisava agir e tinha que ser agora. Avaliou a casa mais próxima, feita de madeira grossa, teve uma ideia, agarrou uma das bombonas de combustível e entrou. Os infectados grunhiram ainda mais alto, como se tentassem chamá-lo de covarde. Alan retirou a tampa da bombona às pressas e começou a despejar combustível pelo assoalho, envolvendo o interior da casa com um cheiro pungente. Fez isso indo em direção ao quarto, na outra extremidade da casa.

Sabia que seu plano era uma merda, mas não conseguiu pensar em nada melhor.

Os primeiros cruzaram pela porta, mãos estendidas, órbitas leitosas e bocas famintas. Alan entrou no quarto, trancou a porta e recuou na direção da janela. As batidas na placa de madeira eram vorazes e desesperadas. Ele ouviu mais vozes no interior da casa, saltou a janela e puxou uma caixa de fósforos da mochila. Riscou um deles e atirou no rastro de combustível, que se incendiou, criando uma língua de fogo na direção do grupo, passando por baixo da porta.

Contornou a casa pela lateral para buscar o carrinho e conferiu se alguém escaparia pela porta que haviam entrado. Um deles tinha sido pisoteado pouco antes de entrar, mas o restante seguia lá dentro, tentando arrombar a porta do quarto, gritando por ele. A casa começou a ser consumida pelas chamas e os gritos de raiva logo se tornaram excruciantes gritos de dor.

Não muito longe, o segundo contingente o viu e acelerou o passo em sua direção, fazendo Alan agarrar as alças do carrinho e partir em direção à caminhonete, com as rodas gritando um som metálico único, estridente aos ouvidos. Correu mais rápido do que o seu cavalo, sem sequer olhar para trás, chegando ileso ao local onde haviam escondido a caminhonete. Suas mãos tremiam e a adrenalina percorria todo o seu corpo. Abriu o compartimento do tanque, retirou a tampa da bombona, enfiou o funil que levavam na carroceria e começou a despejar o combustível.

Os grunhidos aumentaram atrás dele.

— Anda! Anda! Anda! Anda! Anda!

A bombona despejava o combustível em golfadas ansiosas e a caminhonete o bebia como alguém que encontra um copo de água no meio do deserto. Quanto seria o suficiente?

Se tivessem me escutado, já teríamos saído daqui.

Girou o pescoço, sabendo o que encontrariam. Estavam a pouco mais de cinquenta passos dele e o combustível tinha descido apenas a metade. A metade teria que ser o suficiente. Fechou a bombona, atirou-a na carroceria com o funil e fechou a tampa da caminhonete. Sentiu algo vindo da esquerda e recuou a tempo de evitar que uma das criaturas o agarrassem em pleno salto. O infectado aterrissou na lateral do carro, amassando a chapa metálica e fazendo-o balançar.

— Desgraçado! — reclamou ele, chutando a cabeça da criatura.

Outros dois estavam muito próximos, obrigando Alan a puxar a sua carabina. Nem precisou mirar direito para acertar um tiro à queima roupa no que estava mais à frente. A criatura recuou com o impulso da bala, caindo sobre a de trás. Outras retomaram o lugar pouco antes de Alan entrar na caminhonete. As mãos trêmulas tiveram dificuldades para enfiar a chave na ignição e o motor reclamou para pegar na primeira tentativa.

Ió-Ió-Ió-Ió-Ió-Ió-Ió-Ió-Ió.

Sabe-se lá quanto tempo aquele combustível estava guardado. As criaturas já o haviam alcançado e arranhavam a armadura de metal para tentar pegá-lo. Vinte deles cercaram o carro e, pelo retrovisor, pôde ver que surgiam ainda mais. O vidro da porta de trás foi estourado.

— Anda, merda! — gritou ele, girando a chave com o pé enfiado no acelerador.

Na terceira vez, o motor declarou estar vivo, roncando acima dos quatro mil giros. Alan engatou a ré e enterrou o acelerador o mais fundo que pôde, fazendo os largos pneus gritarem ainda mais do que os infectados. A pesada caminhonete se moveu em direção à estrada, afastando-se dos agressores e arrastando alguns consigo. Ao ficar alinhado com a pista de terra, Alan trocou a marcha e fez o carro acelerar como nunca havia feito antes.

Quando passou pela entrada do pequeno vilarejo e o viu tomado pelas criaturas, percebeu que, se não tivesse encontrado combustível, seria apenas mais um deles agora. Teve sorte, muito mais do que juízo. Avançou pela estrada de terra, ignorando buracos, elevações e as deformidades da pista, subindo até uma parte um pouco mais elevada, que dava uma visão ainda melhor do que tivera no vilarejo. Então viu o real tamanho da horda e calculou que ela deveria ter, pelo menos, umas três vezes o número de habitantes da Cidade Sem Nome. Caminhavam em uma marcha apressada, decidida, com o passo de quem sabe aonde quer chegar.

Subitamente, começaram a correr.

Onde estão aqueles dois?

Havia uma boa distância entre a horda e a estrada, pois eles vinham de um caminho perpendicular a ela, provavelmente cruzando as fazendas distribuídas entre o Armazém e a Cidade Sem Nome, mais ao sul.

Os legumes e hortaliças saltitavam na caçamba e eventualmente uma batata ou outra ficava pelo caminho. Se fosse em outras condições, ele até poderia se importar, mas se permitiu não pensar nisso, pelo menos por ora. Ganhou velocidade ao descer a estrada e entrou em um caminho contornado por árvores. Viu duas pessoas mais à frente, correndo tanto quanto ele correra no vilarejo, e sabia quem eram.

Os infectados começaram a surgir da direita, entre as árvores, gritando na direção de Fox e Eric. O novo guarda-costas de Fox virou, empunhando o seu rifle de precisão, e começou a atirar nas criaturas, eliminando as que estavam mais perto. Quando precisou recarregar a arma, algumas delas os alcançaram. Alan passou o cinto sobre o peito e jogou a caminhonete para cima deles. Esmagou vários, fazendo o veículo balançar violentamente a cada um que era derrubado. Fox abriu um sorriso ao vê-lo e ele devolveu o mesmo sorriso, sabendo que significava muito.

— Vai uma carona aí?

Alan reduziu a velocidade e os dois embarcaram. Fox sacou suas pistolas prateadas e meteu chumbo nos mais próximos enquanto Alan retomava a velocidade. Ouviram grunhidos de raiva que pareceram se espalhar como a própria doença, colocando a horda toda em movimento. Parecia uma onda. Fox abriu a porta e saltou para dentro da cabine. Eric veio logo depois. A mercenária se sentou no banco, vindo ao encontro de Alan para dar espaço ao outro e aproveitou o movimento para dar um beijo em seu rosto.

Foi tão repentino que ele deu um salto.

Quis dizer algo, mas as palavras entalaram na garganta. Ela simplesmente respondeu.

— Acelera essa merda, senão eles vão chegar com a gente.

Aos poucos, a horda foi ficando cada vez menor no retrovisor. Se, por um lado, a doença conferia aos infectados a capacidade de correr como loucos, por outro, não lhes dava mais velocidade. Por sorte, o Armazém não estava tão próximo quanto imaginavam, o que deu a eles uma boa vantagem. Após a curva, no final de um aclive acentuado, puderam ver o complexo de galpões e silos enferrujados que, juntos, davam vida ao que chamavam de Armazém.

— Não sabia que era tão grande — disse Alan, abaixando a cabeça para analisar o lugar através do para-brisa.

Fox observava algum ponto à frente, tão imersa na tarefa que mal o ouviu.

— Nunca veio aqui? — perguntou Eric como se o fato soasse absurdo.

— Nunca produzimos muito além do que precisávamos para manter a casa e a família. Não tínhamos que vir tão longe para negociar — ele deu de ombros. — Além do mais, se o meu pai enfrentasse esse trecho todo com a carroça, chegaria aqui com a coluna em farelos.

— Se negociassem no Armazém, teriam condições de ter um carro. Seu pai não sofreria tanto — disse ele.

— Mas pelo menos ele não tentou me matar ao voltar pra casa. — Devolveu Alan em um tom amargo.

Vai cuidar da sua vida.

Fox se inclinou um pouco mais para frente, com as sobrancelhas erguidas, alheia à conversa.

— Acho que foi porque você o matou antes — disse Eric em tom de escárnio.

— Olha só quem fala — disse Alan. — Você não tem moral nenhuma para me falar sobre cuidar da família.

Eric abriu a boca para argumentar, mas não houve tempo, Fox arregalou os olhos e se agarrou ao volante.

— Cuidado! — gritou enquanto manobrava a caminhonete com violência para a direita.

O tiro passou arrancando o retrovisor esquerdo e raspando a lataria. Somente então ouviram o eco do disparo sobrevoando a floresta ao redor. A caminhonete saiu da estrada e foi em direção às árvores, passou sobre um par de raízes salientes, fazendo os três saltarem na cabine, e avançou contra um tronco grosso que era quase da largura do carro. Alan afundou o pé no freio, mas o terreno lamacento coberto com folhas não permitiu que o atrito dos pneus parasse o carro. Colidiram de supetão. Parte do movimento de Alan foi parado pelo cinto, Eric segurou-se na alça acima da porta e com o outro braço envolveu Fox, mas nada disso evitou que os três colidissem com o para-brisa da caminhonete.

Ele ficou desorientado e sua cabeça começou a latejar.

— O quê... — Alan deixou escapar enquanto o mundo girava ao seu redor.

— PARADOS! Não se mexam ou vamos matar vocês aqui mesmo! — veio o grito além das árvores, na estrada.

Eric e Fox ficaram empertigados, sacando imediatamente suas armas.

— Não queremos seu mal! — gritou Alan de volta com uma das mãos massageando um ponto ensanguentado na cabeça. — Viemos ajudar! Não atirem!

— Cala a boca, Alan! — Fox cuspiu entre os dentes cerrados.

— O que você acha que a gente pode fazer, Fox? Lutar contra eles?

Logo, a figura de um homem apareceu, vestindo um colete e segurando um rifle tão imponente quanto o de Eric. Usava uma calça escura, tinha um punhado de cabelos nas têmporas e um arranhão próximo do olho esquerdo. Tremia do outro lado da arma.

— Saiam com as mãos para cima!

Ele estava suficientemente longe do carro para ser surpreendido com qualquer tipo de ataque, mas perto demais para que um disparo transformasse a cabeça de qualquer um deles em uma mistura de miolos, farelo de osso e pólvora. Seria melhor ter muito cuidado.

— Desçam todos pela porta de cá ou eu mato vocês! — disse ele, enfático.

Com muita calma, Alan ergueu os braços e lentamente abriu a porta, descendo do veículo e ficando de frente para o homem. Fox e Eric desceram também, deixando as armas no interior da cabine da caminhonete. Formaram uma linha paralela à carroceria e, por algum motivo, Alan achou que seriam mortos ali mesmo.

— Estão armados? — quis saber o homem.

Fox quase respondeu, mas Alan se adiantou.

— Na caminhonete — disse Alan. — Um par de pistolas e duas armas maiores.

— Bom — disse ele.

— Por que atiraram em nós? — quis saber Fox.

O homem dobrou o lábio inferior e deu um assovio forte.

— Sou eu quem faço as perguntas por aqui. Quem são vocês e o que querem aqui?

— Viemos negociar algumas armas — disse Eric, se antecipando.

O que esse idiota está fazendo.

— Não queremos a merda das suas armas — disse o homem de volta.

— Nós queremos armas. Trouxemos comida — disse Eric com as mãos erguidas, apontando para a carroceria com a cabeça.

Apareceram mais quatro homens, todos armados. Um recolheu as armas e os outros revistaram os três para evitar surpresas. O homem que os abordou conferiu a carroceria e sorriu ironicamente para os três.

— *Tsc.* Chamam isso de comida? Se eu plantar hoje, em uma semana consigo mais que isso.

— Você não tem uma semana — disse Fox, decidida. — Se não nos escutar, não vai nem ver o sol nascer de novo.

O homem riu.

— Está me ameaçando? — ele encarou a mercenária.

— Estou tentando te salvar — rebateu ela. — Tem uma horda gigante vindo para cá.

Ele trocou olhar com os seus parceiros e, repentinamente, ficou agitado, trocando o peso do corpo de perna, balançando de um lado para o outro.

— Bobagem!

— Quem tá no comando dessa merda? — perguntou Fox.

— Sou eu — disse o homem.

— Não é você. Vejo nos olhos de um homem quando ele está mentindo.

O homem começou a ficar nervoso.

— Vamos ficar com o que tem na carroceria e vocês podem ir andando.

Um dos homens levou a mão ao cotovelo dela para conduzi-la até a estrada e Fox se desvencilhou.

— Eu não vou sair daqui enquanto não falar com quem está no comando. E pelo bem de todos aqui, é bom que você me leve até ele.

— Fox... não complica as coisas — disse Alan.

— Não, Alan. Se a gente não fizer nada, todos vão morrer.

— Já matamos várias dessas coisas antes. Não é um grupo que vai nos assustar — o homem rebateu de forma cética.

— Vocês não viram o que nós vimos.

— De que merda você está falando?

Ela deu um passo em direção ao homem e o encarou no fundo dos olhos.

— Não é "apenas um grupo", seu idiota. Estou falando de guerra, batendo bem na sua porta. E, se não nos deixar ajudar, não vai sobrar nada.

Meredith

Não acredito que estou fazendo isso.

Sua mente era um turbilhão. Foram tantas informações em tão pouco tempo que ela se sentia a ponto de explodir. Sua vontade era de matar todos eles, sem exceção. Pegaria suas adagas e rasgaria as gargantas daqueles mentirosos, uma a uma, para aprenderem a não brincar com a verdade. Outra opção seria mandar todos se foderem e ir para bem longe, começar uma nova vida, uma em que estivesse livre das mentiras.

E viver fazendo o quê?

Matar era tudo o que ela sabia fazer. Tudo o que lhe fora ensinado ao longo de tantos anos. Tudo o que havia praticado desde que o véu da inocência havia se desvanecido com a morte de sua mãe. A vida inteira acreditou que estava sozinha no mundo, agora tinha um irmão e um pai? O Apostador sabia sobre o seu irmão, mas será que sabia sobre o seu pai também? Era óbvio que ele sabia, então Meredith jurou a si mesma que ele pagaria caro por ter lhe escondido isso. Cerrou o punho com força, quase tremendo de raiva.

Só queria poder deixar tudo aquilo para trás.

Parou o carro e ficou encarando a casa de madeira iluminada pelos faróis. Tinha uma varanda bonita, acessada por uma escada de pedras. O pátio ao redor estava malcuidado, mas era amplo e cercado de árvores. Em uma delas, jazia a corda do que um dia foi um balanço. Na porta havia um aviso que ela tinha escrito no papel, pedindo para salvar a garota. Exatamente a mesma cena com que ela havia se deparado antes.

Vá embora, Meredith. Vá embora.

Tudo o que precisava fazer era pisar no acelerador, pegar a estrada e não voltar mais. Havia deixado a menina em melhores condições do que havia encontrado. Ela tinha água e alimento para mais de uma semana, se soubesse racionar e, além disso, havia uma mensagem na entrada da propriedade e na porta.

Eu agi certo com ela. Não sou responsável por sua vida.

O carro seguiu girando o motor, leve como o ronronar de um gato. Ao redor, as cigarras acompanhavam com a sua sinfonia estridente e o vento balançava as folhas das árvores enquanto ia de um lado para o outro. Era um bom local para se morar e, em partes, lembrava da casa de seus pais. Talvez pudesse ser um novo lar para Zoe. Mas como ela vai ficar sozinha?

Por que você se importa, Meredith? Era a pergunta que se fazia.

No fundo, ela sabia que a menina não estaria segura ali. Não havia uma garantia de que pessoas boas a encontrariam, ainda mais se as coisas estavam prestes a piorar como o cientista comentou. E, considerando no que o ser humano poderia se transformar em momentos de crise, lidar com as criaturas azuis seria o menor dos problemas da menina. Ela seria mordida e tudo estaria acabado. Porém, se ela fosse encontrada por homens maus...

Desligou a chave do carro.

Não acredito que estou fazendo isso.

O motor deu um suspiro antes de desligar e os faróis se apagaram como alguém fechando os olhos para dormir. As cigarras dominavam a noite. Meredith caminhou até a porta da casa, fechou o punho e deu três batidas. Ela ouviu a respiração da garota atrás da porta, mas nada foi dito. Zoe havia seguido suas instruções.

A garota é esperta.

Bateu mais cinco vezes, agora no ritmo que haviam combinado.

Toc. Toc-Toc-Toc. Toc.

Toc. Toc. Bateu a menina em resposta.

A porta se abriu, Meredith entrou na casa e Zoe a abraçou afetuosamente.

— Você voltou! — disse a menina, envolvendo a assassina com os bracinhos pequenos. As lágrimas escorriam pelas bochechas.

Uma vela solitária sobre a mesa era a única resistência contra a escuridão. Desajeitada, Meredith colocou as mãos sobre as costas da menina, tentando corresponder.

— Eu disse que voltaria, não disse?

— Eu fiquei com medo — confessou a menina.

— Prometo que nada vai acontecer com você — abraçou a menina com mais força.

— Você tá fedendo — disse a menina, direta.

— Devo estar mesmo.

Mesmo com a constatação, a menina não saiu do abraço. A assassina começou a acariciar os cabelos de Zoe, deslizando os dedos esguios pelos longos fios. Ao chegar na lateral, sentiu que os fios estavam mais ralos, então segurou-a pelos maxilares e inclinou o rosto da menina para avaliar.

— O que você fez com o seu cabelo? — questionou, em tom de reprovação.

Zoe deu um passo para trás e escondeu a sua arte com a mão.

— Ah, isso... — soltou um risinho. — Eu queria ficar igual a você.

— O que você usou para cortar o cabelo?

— Eu achei uma faca — disse Zoe, em tom de confissão —, mas é difícil.

Meredith revirou os olhos e puxou uma adaga de dentro do sobretudo.

— Então me deixe fazer isso direito.

A panela com água cozinhava três batatas sobre o fogão a lenha e o som contínuo da água borbulhando era reconfortante aos ouvidos. Meredith acendeu mais duas velas, uma de cada lado do espelho, pegou uma escova e começou a trabalhar no novo visual da menina. Primeiro, penteou o cabelo para o lado oposto, separando-o na raiz para delimitar o corte, depois disso, removeu a maior parte dos fios para deixar aquela parte bem curta. Então a próxima etapa foi a navalha.

— Você achou o que procurava? — perguntou a menina, com a cabeça estática, fazendo esforço para não se mexer.

— Achei, sim.

— Não parece feliz.

Meredith ponderou a sugestão por um momento, enquanto se concentrava para passar a lâmina na têmpora da menina.

— Descobri que alguém que eu gostava muito mentiu para mim sobre algo muito importante.

— Era sobre a sua mãe?

— Sobre o meu pai.

— Você também mentiu sobre a minha mãe — disse a menina, se encolhendo no banco de madeira —, mas eu já te perdoei. Não pode perdoar também?

— Não dá. Não dessa vez.

— Você está triste? — quis saber Zoe.

Meredith pensou se alguma vez na vida sentiu tristeza e, curiosamente, não se lembrava de ter sentido isso, como se a raiva tivesse reivindicado tudo para si o tempo todo.

— Estou, mas vai passar. Fica quieta para eu não te cortar.

Meredith usou a adaga com delicadeza para raspar todo o cabelo da menina. Não queria deixar direto na pele, mas logo o cabelo ia crescer, ficando no tamanho ideal. Também aproveitou para cortar as pontas do cabelo, deixando-o mais curto. Estavam secos, mas nada que um bom banho e um pouco de tratamento não os deixassem bons de novo. Aquele momento a transportou diretamente para o passado, para junto de sua mãe. Faria tudo para reviver aqueles momentos só mais uma vez. Terminou o corte e colocou Zoe de frente para o espelho. A menina avaliou o resultado e deu um largo sorriso.

— Uau! Eu tô igualzinha a você! — pegou o pente próximo ao espelho e o segurou como se fosse uma adaga. — Agora só falta você me ensinar a lutar e vamos acabar com todos os caras maus.

Meredith deixou escapar um sorriso. Talvez estivesse começando a gostar da garota, afinal. Sentiram o aroma da batata circular pela casa, indicando que estava na hora da refeição. Havia passado muito da hora do jantar, mas ela calculava que ainda estava no meio da noite e ainda haveria algumas horas até o sol nascer. Esmagou as batatas e fez um purê, temperando com folhas de salsa. Ambas comeram com avidez.

— Quero que me prometa uma coisa — disse Meredith com serenidade.

A menina a encarou com atenção, pousando a colher sobre o prato. Meredith continuou.

— Prometa que nunca vai se contentar em seguir ordens dos outros, que vai sempre pensar com a sua cabeça e tomar as suas próprias decisões, que vai viver a vida lutando por aquilo que você acredita.

Pareceu bastante coisa para a menina assimilar, mas ela estava atenta às palavras.

— Prometo.

Meredith esboçou um sorriso e balançou a cabeça positivamente, acompanhada da menina.

— Estou feliz que tenha voltado — disse Zoe, pegando uma colherada do purê e levando à boca.

— Eu também — disse Meredith.

— Quando eu vi as luzes do carro lá na estrada fiquei com medo de não ser você.

— Como assim?

— Pela janela — Zoe a chamou até o segundo quarto da casa e apontou para um buraco.

Meredith fechou o olho esquerdo e espiou com o outro através do buraco. Era possível ver a estrada ao longe, banhada pela luz fria da lua e pelas luzes quentes de faróis.

Faróis.

A assassina aguçou a visão e contou três veículos vindo pela estrada que ela havia usado para fugir da Fortaleza de Vidro. Era muito provável que Chacal havia mandado seus homens para caçá-la, provavelmente porque o maldito cientista havia dado com a língua nos dentes. Havia a placa de aviso no acesso da estrada que as entregaria e eles chegariam armados. Tinham que sair logo dali.

— Recolha as suas coisas, rápido — ordenou à menina, enquanto se dirigia para a cozinha.

— O que foi? — quis saber a garota, espiando também pelo buraco.

— Rápido! — gritou Meredith da cozinha.

A assassina recolheu a comida que ainda tinham, pegou alguns talheres, duas panelas, uma pedra de amolar facas, um cobertor e um travesseiro para Zoe. Levou tudo para o carro e voltou para buscar a garota. Zoe guardava seus lápis de cor e papéis na mochila e teve que se apressar quando as mãos de Meredith agarraram seu braço.

— Não temos tempo para isso!

— Ai! Espera! — disse Zoe, empertigando-se. — É importante!

Ela se agarrou à mochila aberta e aos lápis e foi praticamente arrastada por Meredith para dentro do carro. Já era possível ouvir os roncos dos motores trazidos pelo vento fazerem companhia ao canto das cigarras.

— Coloca o cinto — Meredith deu a ordem antes de engatar a marcha ré e enfiar o pé fundo no acelerador, girando o volante totalmente para a direita.

O carro fez um semicírculo e direcionou o nariz para a estrada. Ela trocou a marcha e acelerou, fazendo os pneus deslizarem rapidamente na grama molhada pelo sereno noturno antes de ganharem aderência. Ela seguiu pela curta estradinha de acesso da propriedade antes de entrar na rodovia principal. Os homens de Chacal ainda não estavam por ali.

Ótimo.

— Por que estamos fugindo? — quis saber Zoe.

— Estão atrás de nós — disse Meredith, avançando pela autoestrada e desviando dos carros enferrujados abandonados por lá.

O indicador de combustível afirmava haver o suficiente para alguns bons quilômetros de fuga, mas Meredith queria poupá-lo porque sabia que fazer o longo trecho até Cassino a pé seria suicídio. Uma mudança de iluminação no retrovisor chamou a sua atenção. A assassina moveu os olhos e se deparou com o primeiro par de faróis mais atrás. Zoe afrouxou o cinto e se ajoelhou no banco, apoiando o queixo no encosto.

— Eles estão atrás de nós — concluiu.

— Ah, jura? — riu Meredith.

Ao que tudo indicava, os carros haviam notado elas, pois avançavam pela estrada a toda velocidade. Se pudesse passar por cima das carcaças metálicas deixadas para trás, provavelmente passariam. Tentou pensar com a cabeça de Dante, pois, se tinha uma coisa que aquele maldito mercenário sabia fazer, era dirigir.

— Estão chegando perto — disse Zoe.

— Eles não devem ter uma garota irritante no carro — disse Meredith.

Ela fez uma manobra para evitar um carro abandonado e um tiro estilhaçou o restante do para-brisa traseiro dele. Por pouco, não foi com elas. Zoe gritou, Meredith a mandou se sentar e pisou ainda mais no acelerador.

Filhos da puta!

Ela sabia o que aconteceria se as pegassem. A morte seria o menor dos problemas. E, caso o cientista tivesse contado a Chacal quem ela era, não ficaria surpresa se a sua cabeça estivesse a prêmio. Nem considerava a possibilidade de serem pegas. Manteve o olhar no retrovisor para tentar acompanhar o movimento dos inimigos quando Zoe chamou a sua atenção.

— Meredith! Ali!

Meredith voltou a atenção para a estrada, para o que estava além dos faróis. Os dois feixes de luz iluminavam uma horda considerável de infectados, caminhando em uma marcha decidida.

— Mas que merda é essa? — reclamou Meredith.

Eles tomavam conta da pista, como se o imenso grupo estivesse atravessando a estrada para ir de um lado da floresta para o outro. Aquilo praticamente tornava impossível elas seguirem adiante. A assassina teve pouco tempo para pensar. Os primeiros se viraram na direção do carro e começaram a correr, invocando os demais para a perseguição. Zoe gritou e Meredith apertou as mãos ao redor do volante.

Não vou voltar.

Viu um caminho à direita, uma trilha que cortava as árvores, provavelmente o acesso de alguma propriedade. Ela nem hesitou, virou à direita para evitar as primeiras criaturas. O carro começou a sacudir com a súbita mudança de terreno, a suspensão trabalhando a contragosto. Da esquerda, a horda começava a correr na direção delas, até que a atenção foi destinada aos veículos do Chacal, vindo logo atrás.

Meredith lutou contra o volante para manter o carro deslizando entre as árvores que contornavam aquele acesso, sentindo nas mãos toda a dificuldade que os pneus tinham para avançar. Os sons de tiros começaram lá atrás, misturado a gritos e grunhidos. Pneus cantaram e, logo depois, ela ouviu o som de um carro capotando. Algum deles deveria ter tentado fugir e não teve muito sucesso, era difícil saber o que estava acontecendo. O fato era que os infectados pareciam estar ficando para trás.

— Ali! — disse Zoe, apontando seu dedinho para o para-brisa.

Um dos infectados surgiu entre as árvores e se atirou contra o carro, agarrando-se ao capô. Zoe começou a gritar. Meredith percebeu que mais deles estavam chegando pela esquerda, vindos da estrada. O grupo havia se dividido entre elas e os homens de Chacal.

— Sai daí, seu desgraçado! — ela gritou para a criatura.

Meredith acelerou para se distanciar, usando as árvores nas laterais como referência. O rosto deformado da criatura no para-brisa era assustador e fez com que Zoe se encolhesse no banco. Afastaram-se dos perseguidores e chegaram a um declive, onde o carro ganhou velocidade. A assassina pisou fundo no pedal do freio, mas o terreno lamacento não colaborou com os pneus e o carro deslizou estrada abaixo. Zoe gritou ainda mais e Meredith retesou o corpo no banco, segurando o volante na esperança de não perder o controle. No final do caminho, elas colidiram de frente com uma árvore, sendo jogadas contra o painel e salvas pelos cintos de segurança.

— Você está bem? — quis saber Meredith.

— Acho que sim — falou Zoe, ainda desorientada. — A gente bateu?

— Parece que sim — admitiu a assassina.

— Ele morreu? — perguntou Zoe, olhando para a criatura inerte no para-brisa, esmagada contra a árvore.

— Não conte com isso. Essas coisas não são fáceis de matar — disse ela, abrindo a porta. — Vem. Vamos sair daqui.

Meredith abriu a porta do carro para sair. Não via nada além de cinco metros. As árvores se espalhavam para todos os lados, dificultando a definição de uma rota de fuga. Caminhar com a menina ali, no escuro, seria suicídio. Então ouviu os sons distorcidos daquelas coisas no alto do caminho por onde o carro havia começado a deslizar, deviam estar a menos de duzentos metros dela.

Estamos encurraladas.

Rapidamente, seu instinto de sobrevivência a fez trabalhar em todas as hipóteses possíveis. Na primeira delas, elas sairiam correndo em meio ao desconhecido, mas provavelmente seriam mortas antes de encontrarem uma forma de escapar; A segunda hipótese era subir em alguma árvore, mas ela duvidava que chegariam a um ponto em que estariam salvas, considerando que as criaturas escalaram o muro da Fortaleza de Vidro.

As alternativas de Meredith conduziam a um único caminho: a morte.

Para piorar a situação, sua hesitação havia reduzido o tempo para a fuga.

Então Zoe viu as criaturas pelo retrovisor e agarrou o braço de Meredith.

— Meredith, eles sabem que estamos aqui?

— Sabem — disse determinada.

Zoe começou a chorar.

Espera. Sabem? Como essas coisas caçam? Pelo cheiro? Movimento?

Meredith fechou os vidros e as travas das portas e saltou para o banco de trás, sentando-se no assoalho atrás do banco do carona.

— Vem comigo, Zoe. Rápido!

A menina se ajoelhou sobre o banco, colocando-se em movimento.

— O que vamos fazer?

— Vamos enganar eles — disse Meredith, pegando o cobertor sobre o banco de trás. — Senta aqui comigo.

Zoe a abraçou e escondeu a cabeça em seu peito, pois não queria encarar as monstruosidades quando chegasse ali, como era de se esperar para uma criança tão nova. Meredith estendeu o cobertor sobre as duas, escorou as costas nas paredes internas do carro e esperou. O mundo ficou pura escuridão, reduzido aos sons dos infectados e ao tremor que suas pisadas causavam no carro.

— Não grite. Não importa o que aconteça, não grite.

— Eu tô com medo — confessou a garota em um sussurro.

— Não deixarei que nada de ruim te aconteça.

— Promete?

— Prometo — respondeu Meredith, enquanto a horda avançava lá fora, mesmo sem ter certeza, mesmo que sua mão já estivesse segurando uma adaga para dar cabo da vida das duas caso as coisas dessem errado.

Zoe abaixou a cabeça e fechou os olhos, agarrando-a com mais força. Meredith recordou seu tempo de menina, quando o mundo era a fazenda de seus pais e os problemas não envolviam tantas mentiras de pessoas próximas. Era como se, de algum jeito, a fase adulta trouxesse à tona o pior do ser humano. A dúvida era se isso surgia ou se estava lá desde o começo, mas essa resposta não importava no momento. Os grunhidos aumentaram, como se agora estivessem ali dentro com elas e o carro começou a balançar violentamente.

A menina tremia contra o seu peito e a assassina fez o que provavelmente sua mãe faria: a envolveu em seus braços e apertou seu pequeno corpo.

Se soubesse rezar, certamente o faria.

Mordecai

Skye abriu os olhos lentamente, observando tudo ao redor em seu próprio tempo, como o sol fazia todas as manhãs. Viu seu corpo deitado sobre o colchão, olhou para o ombro enfaixado e depois para os pés, onde Mordecai estava em pé, lhe observando ao lado da cama. Ele deu um imenso suspiro de alívio, como se apenas agora pudesse soltar o ar.

Não posso perder você também.

A garota tentou sentar-se na cama, mas o seu ombro ainda estava dolorido.

— Você está segura agora — disse Mordecai com as mãos estendidas.

Uma fogueira improvisada crepitava no meio da sala da casa semidestruída, elevando a fumaça além do buraco no teto. Ela subitamente teve consciência de algo que Mordecai não fazia ideia do que era e seus olhos se arregalaram.

— Onde estamos?

— Longe do acampamento, próximo de Ruínas.

— Você matou meu irmão! — acusou ela em um grito seguido de um choro.

Eu o quê?

Mordecai fez sinal com as mãos como se estivesse lidando com uma fera presa em uma armadilha.

— Olha. Ele não estava lá, vocês não estavam lá.

— Não percebe que ele morreu por minha causa?

— Me contou a história...

— Você não está entendendo. Aquele homem que você atacou foi mesmo o que matou meu irmão, o que tentou... Diga que aquele homem morreu. Por favor, diga que você o matou dessa vez...

— Eu... — ele pensou em como contaria aquilo. — Ele escapou. Ia atravessar ele com a espada, mas ele se virou e eu tive que atacar. O golpe foi de raspão e, quando tentei atirar, ele rolou para trás de uma árvore, atirou de volta e começou a correr.

— Ele matou o Tomáz pensando que era você. Como não previ isso antes?

Ela levou as mãos ao rosto e começou a chorar. Mordecai não sabia muito bem o que fazer, pois a única mulher com quem havia realmente tido uma convivência não parecia ser muito dotada de sentimentos.

— Foi tudo minha culpa, tudo minha culpa... — dizia ela sem parar.

Fazia sentido, assim como as coisas que Mordecai fez haviam resultado na morte de Dante e Yohan.

— Eu sei o que está sentindo.

— Como pode saber?

— Esqueceu por que eu voltei até a montanha? — ele deixou a pergunta no ar para que ela raciocinasse.

O choro parou e ela ergueu o olhar até ele. Seu rosto bonito era iluminado pelas chamas, um rosto triste de quem havia perdido alguém.

— Como as coisas aconteceram lá? — ela quis saber.

Mordecai fez um sinal para ela esperar. Esticou o corpo e pegou uma panela com batata e cebola cozida que havia mantido a uma distância segura o suficiente do fogo para manter o alimento quente, serviu uma porção e entregou para ela. Skye sentou-se na cama e encolheu os joelhos para acomodar o prato.

— Eu não consegui impedir o homem que realmente matou Dante e atraí a atenção dos homens que poderiam deter o assassino de Yohan. Minha presença lá só facilitou as coisas. Por isso voltei. E, por isso, te tirei daquele acampamento. Você pode ter uma nova chance de viajar no tempo. Se estiver viva.

Mordecai podia não ter a eloquência de Dante ao argumentar, mas sabia que seu raciocínio fazia sentido. Ela baixou a cabeça enquanto mastigava um pedaço de batata. Pela expressão de dor, até o movimento do maxilar fazia seu ombro doer.

— Deve ter um jeito de viajar de novo — Mordecai tentou encorajá-la.

— A máquina não tem mais energia e não faço ideia do que pode fazê-la funcionar.

— Você tem o livro, não tem?

— Tenho.

— Então pode descobrir. Eu sei.

Ela mastigou um pedaço de cebola cozida e sorriu com o canto da boca.

— Gostaria de ter o seu otimismo, mas meu pai está morto, meu irmão está morto e provavelmente eu vou morrer se isso infeccionar.

Mordecai não tinha como argumentar com aquilo.

— Esses seus amigos, por que morreram? Digo... na primeira vez?

— Dante e eu fomos pegos pelos homens de Salazar e Yohan, eu não sei como foi parar lá. Nos fizeram participar de lutas, queriam que Yohan e eu matássemos um ao outro. Enquanto Dante... bem, ele tinha que correr em uma pista onde todos os carros estavam equipados com armas e explosivos.

— Nossa! Isso é sádico.

— Havia pessoas assistindo, divertindo-se com isso.

— Então, vocês lutavam para viver.

— Basicamente. Eu achei que eles tinham sido mortos porque o homem que comanda a cidade não os queria vivos, mas estava errado. Foram mortos por outro motivo.

— Outro motivo? — Skye havia quase terminado o prato.

— Já ouviu falar em cavaleiros?

Skye franziu a testa com a pergunta como se soasse ridícula.

— Li isso nos livros. Mas cavaleiros eram homens honrados que serviam o rei.

Então Mordecai quem franziu a testa.

— Não. Deve estar errado. Ele disse que Yohan era o cavaleiro da guerra e Dante, o cavaleiro da fome.

O queixo da garota caiu.

— Uau. Não pode ser verdade.

— Você leu sobre esses cavaleiros em seus livros?

— Sim. Na bíblia sagrada — ela alternava o olhar entre as chamas e algum ponto no chão. — São os cavaleiros do apocalipse: Peste, Guerra, Fome e Morte.

O nome não dizia nada para Mordecai. Seu mestre nunca havia sequer mencionado sobre isso em suas orientações e conselhos. Ensinara-o sobre a peste, mas nunca havia mencionado cavaleiro. No entanto, ele havia sonhado com o homem acima do prédio, com a capacidade de comandar os infectados da mesma forma que Wendigo era capaz. Pensou em contar a Skye sobre a peste, mas não queria desviar o assunto dos cavaleiros. Reparou que ela havia terminado o prato.

— Quer mais comida? — perguntou ele, esticando o braço.

— Não. Obrigada.

— E o que fazem esses cavaleiros?

— Bem... na verdade, nunca fui muito estudiosa da bíblia, mas o Livro do Apocalipse me fascinava muito. Os quatro cavaleiros são enviados para a Terra antes do fim de todas as coisas — ela buscou amparo nas memórias, adotando uma entonação que tornava sua narrativa, iluminada por chamas, extremamente sinistra. — Descem do céu quando os seis selos do apocalipse são abertos, cavalgando cada um deles um cavalo de cor característica: branco para a peste, vermelho para a guerra, preto para a fome e amarelo para a morte. Eles espalham exatamente aquilo que é característico de seus nomes — completou ela em um tom sombrio, parecendo ter medo das próprias palavras. — Mas isso é coisa de um livro que, na verdade, não faz muito sentido.

— Na verdade, faz... — disse Mordecai com o olhar perdido.

Nenhum deles tinha cavalos, isso Mordecai sabia. Mas não pode deixar de pensar que Yohan estava sempre com sua grande chave vermelha e que o carro de Dante era preto. Talvez fosse apenas uma grande coincidência. De repente, lembrou da fenda que ele havia aberto na barreira entre os prédios da Cidade Fantasma, quando libertou todos aqueles os infectados, espalhando-os para todos os lados, inclusive para as cidades mais ao sul. Diana não era um cavalo, mas era branca, seguindo a referência de cores dadas por Skye. Seria ele uma espécie de cavaleiro da peste? Seria isso que o ligava aos outros dois?

Não pode ser.

O bilhete que o mestre havia enviado através de Diana dizia que os infectados se espalharam e que estava havendo guerra por todos os lados, as pessoas estavam desesperadas para salvar o pouco que tinham e colheitas estavam sendo queimadas. Era a guerra, vindo logo depois da peste. Depois vinha a fome e então...

— O que diz sobre a morte no livro?

Skye, que tentava avaliá-lo enquanto pensava, pareceu surpresa com a pergunta.

— Dizem que o inferno o seguiu; e foi-lhes dado poder para matar a quarta parte da terra, com espada, e com fome, e com mortandade, e com as feras da terra.

Mordecai se encolheu só de pensar. Se os infectados tornavam a peste algo aterrorizante e a amostra da loucura dos homens daquela cidade tornavam a guerra ainda mais aterrorizante, ele nem queria saber o que viria a seguir. Diante de um cenário tão desesperador, em que Yohan e Dante pareciam apenas colaborar para um final caótico, uma única pergunta circulava a sua mente.

— Por que o mestre quer que eu os salve?

— Mestre?

— O homem que me treinou. Foi ele quem me disse para salvá-la e salvar Yohan e Dante também.

Skye se levantou da cama com um pouco de dificuldade e esticou a coluna. Sentiu dor no ombro a cada mínimo movimento.

— Eu não faço ideia de quem seja esse seu mestre ou o homem que afirma existir os cavaleiros, mas meu pai sempre me dizia para seguir o coração. Se você pudesse escutar o seu, o que ele diria?

— Escutar meu coração? — as palavras soaram quase como o bilhete do mestre. — Eu sinto que Dante e Yohan não são pessoas más, nem capazes de causar tudo isso escrito no livro. Eles fizeram coisas erradas, sim, mas eu já matei muita gente desde que saí da Cidade Fantasma, não sou melhor do que eles — deu de ombros. — Sinto que tenho que salvar os dois.

Skye sorriu.

— Então, é exatamente isso que deve fazer. Quando partimos? — perguntou ela, com um traço de empolgação por trás do luto ainda evidente.

— Você quer ir comigo? Será perigoso lá.

— É óbvio. Agora estamos juntos nisso até que todo mundo esteja vivo e a salvo.

— Está bem — disse ele, aliviado. — Prometo que depois que isso acabar, vamos dar um jeito de consertar a máquina, salvar o seu pai e o seu irmão.

Esticou a mão para Skye e ela a apertou. Sem qualquer expectativa de futuro, eles fizeram um pacto e Mordecai sentiu naquele momento que essa promessa aparentemente simples o atormentaria pelo resto de seus dias.

— É... Vi um comboio inimigo na estrada pouco antes de você acordar — disse Mordecai. — É meio da noite, logo vai amanhecer. Por que não descansa mais um pouco?

A garota levantou-se e foi em busca de um banho, passou por ele e tocou seu ombro, fazendo o corpo dele arrepiar completamente. Ela era uma pessoa curiosa e parecia conter todo o conhecimento do mundo dentro da sua cabeça. O restante da noite foi longo e exaustivo. Mordecai não conseguiu dormir, pensando em tudo o que haviam conversado e tampouco queria dormir, com medo de sonhar coisas que não gostaria de ver. Sua cabeça era golpeada por perguntas às quais não tinha qualquer ideia de resposta. Sobre os cavaleiros, sobre a possibilidade de salvar Dante e Yohan, se realmente queria salvá-los, sobre o rumo que as coisas estavam tomando por todos os lados. Sobre os infectados.

Eu deveria limpar a cidade, acabar com os infectados, não os espalhar pelo mundo. Eu deveria ser a cura, não a doença.

Isso, somado às últimas derrotas que havia sofrido, o perturbava profundamente. Estava vendo o nascer do sol sentado sobre o telhado no segundo andar da casa, quando sentiu uma mão tocar o seu ombro e uma caneca de um líquido verde claro ser oferecida a ele. Virou-se e viu Skye, segurando também sua própria caneca, com um belo sorriso. A presença dela lhe fazia bem.

— O que é isso?

— Um tipo de chá. Beba, vai lhe fazer bem.

Ele agradeceu e pegou a caneca.

— Posso me juntar a você?

— Claro — disse ele, olhando para o sol que começava a se levantar no horizonte, para onde teriam que ir.

— Algum sinal do inimigo?

— Já faz um tempo desde que passou o último veículo na estrada.

A caneca levantava o vapor que rodopiava em frente ao seu rosto, exalando um cheiro muito bom. Ele bebericou um pouco e sentiu o chá revitalizá-lo.

— Me desculpe por ontem — disse ela. — Eu fiquei muito frustrada de não conseguir pelo menos avisar ninguém. Não fiz qualquer diferença.

— Tudo bem — disse Mordecai. — Sei como deve estar se sentindo. Lamento de verdade pela sua família.

Ela deu um sorriso de boca fechada e os dois admiraram o nascer do sol lado a lado.

— Estava pensando... — disse Mordecai, reflexivo, atraindo a atenção de Skye. — Aquela coisa que você disse, invenita...

— Inevitabilidade.

— Acha mesmo que não tem um jeito de salvar Dante e Yohan?

Skye tomou um gole de chá e deu um longo suspiro.

— Minha mãe é muito religiosa. Ela acredita que há um propósito para tudo o que acontece. E, mesmo quando voltamos no tempo, isso faz parte de tudo que aconteceu — ela segurou a caneca com as mãos e começou a passar o polegar na borda, em movimentos circulares. — Parece que, no fim das contas, as coisas realmente acontecem como tem que acontecer. Isso te assusta?

— Sim — confessou Mordecai. — Porque eu não sei como vai ser se tudo der errado dessa vez.

— Suas preocupações são válidas, mas extremamente inúteis. Será como já foi, da primeira e da segunda vez: você seguirá em frente — vendo que ele baixou a cabeça, Skye pousou a mão em seu ombro. — Quando íamos pescar, meu pai sempre dizia para jogarmos a rede com a certeza de que pegaríamos algum peixe, pois isso nos faria dar o nosso melhor. Acredite que pode salvá-los, assim como você me fez acreditar que ainda posso salvar meu pai e meu irmão.

Ela esticou a mão para ele.

— Temos um trato?

Mordecai sorriu de volta e apertou a mão dela.

— Cozinhei dois milhos para nós, devem estar prontos — disse Skye.

— Seria bom comer algo antes de partir — comentou Mordecai.

Fizeram a primeira refeição da manhã, uma mistura estranha de milho, chá e frutas silvestres, pelo menos para Mordecai. Por um momento, sentiu saudades de Diana e se perguntou como ela deveria estar. Jamais haviam ficado tanto tempo distantes. Apagaram a fogueira, recolheram as coisas e as colocaram na camioneta.

— O que vai fazer depois de salvar seus amigos? — perguntou Skye.

O que farei?

Era uma excelente pergunta para a qual ele não tinha resposta.

— Vou procurar meu mestre e, provavelmente, seguir com a minha missão. Mas eu prometi que te ajudaria e manterei a promessa, podemos começar libertando a sua família.

— Acha que consegue acabar com aqueles caras?

— Não sozinho — admitiu Mordecai —, mas Yohan é um ótimo guerreiro e ainda melhor mecânico. Se o salvarmos, ele pode ajudar com os soldados. Talvez possa até nos ajudar com a máquina.

Skye deu um sorriso satisfeito e entrou no carro.

— O que estamos esperando, então?

O sol já havia saído de seu esconderijo quando eles pegaram a estrada, indo em direção ao deserto. Pela posição do sol, Mordecai imaginava ser um pouco mais cedo do que quando ele retornou sozinho da primeira vez. Em sua mente, tentava refazer os passos da primeira viagem, para descobrir onde estaria naquele momento. Lembrava-se da casa onde havia se escondido, do comboio passando por ela. Ficava um pouco à frente na estrada. Teria que ser rápido para não desperdiçar a sua chance. Agora, pelo menos, sabia o que precisava fazer.

A viagem até Ruínas foi rápida. Cruzaram por alguns homens na estrada, mas subiram os vidros e não tiveram maiores problemas, talvez por eles reconhecerem o carro, pensando que era de Ruínas também. Skye contou um pouco sobre a sua vida na Montanha da Caveira e Mordecai contou um pouco sobre os dias na Cidade Fantasma. Apesar dos dois serem muito diferentes, ele sentiu nas palavras da garota que ela também se sentia solitária, mesmo estando perto de tantas pessoas, como se lá não fosse o lugar mais adequado para ela.

Por fim, quando acabou o assunto, ela pediu para Mordecai repassar tudo o que faria na cidade, garantindo que o planejamento o faria ter sucesso em seu objetivo.

— Tudo acontece no estádio. Primeiro, preciso chegar até o anel superior e deter o homem que vai atirar nele no final da corrida com um tipo de "coisa voadora".

— Um míssil?

— Deve ser. Ele estará na parte leste, então preciso acessar o outro canto.

— E depois?

— Depois, preciso descer para o subsolo e encontrar o homem que matou Yohan antes que ele lhe dê um tiro na cabeça. Ele usa uma espécie de roupa que o deixa invisível.

— Uau! — disse ela. — Como o Harry Potter?

— Harry quem?

— É a história de um bruxo. Ele usa uma capa de invisibilidade.

— O que é um bruxo? — quis saber Mordecai.

— Uma pessoa com poderes mágicos! Como Geralt de Rívia.

— Geralt?

— Não tinha livros na tal Cidade Fantasma?

Mordecai deu uma breve risada. Pensou em explicar melhor tudo o que realmente havia lá, mas não queria perder o foco da conversa.

— O maior problema é que não faço ideia de onde esse tal... bruxo possa estar — então Mordecai pensou nos últimos acontecimentos e teve um estalo. — Na verdade, sei, sim!

O rosto de Skye se iluminou, mas ela o aguardou organizar as ideias em sua cabeça. Mordecai desviou de um carro abandonado na pista e continuou sua linha de raciocínio.

— Na primeira vez que voltei, fui atacado em um bar. Eram amigos dos homens que eu havia matado quando cheguei na cidade, em uma noite... — como falaria para ela? — Infeliz. Foram eles que fizeram isso com o meu rosto e algo me diz que eles não iam parar até que me matassem.

Então, esse homem apareceu e acabou com os caras, fatiou todos, um por um. Quando terminou, ele me encarou com o rosto escondido sob aquela capa e disse algo para mim.

— O que foi? — quis saber Skye.

— Uma vida por outra — Mordecai tinha o olhar perdido no horizonte arenoso. — Depois eu o salvei quando estava lutando comigo.

Skye franziu a sobrancelha.

— O primeiro você, no caso. Da linha original.

— Isso. Eu disse a mesma coisa para ele. *Uma vida por outra*. É uma troca bastante justa. Quando era eu vivendo aquilo, jamais pensaria que outra versão minha salvaria o homem que matou Yohan, mas Fiapo disse que ele é a chave de tudo.

— De tudo o quê?

— Não sei. Por isso quero encontrar o Mestre, para entender melhor as coisas. Me sinto perdido.

Não houve resposta da garota e Mordecai olhou brevemente, deparando-se com uma Skye maravilhada com algo além do para-brisa.

— Aquilo é Ruínas?

Ele avaliou a cidade que se erguia próxima da linha do horizonte, sem vida, com os tons cinzentos e amarelados dos prédios, consumidos pela poeira e pela guerra.

— Sim. É lá que o destino de Dante e Yohan será selado.

— E o nosso também — ela o recordou.

Mordecai deslocou a camioneta até próximo do ponto onde havia deixado a moto. Sabia que não poderia deixar no mesmo local, pois não estava lá quando retornou no dia anterior, no mesmo momento que deveria ocorrer em breve. Então achou outro conjunto de rochas avermelhadas no meio do deserto onde poderia guardar o veículo. Não por coincidência, o mesmo local que a encontrou em sua segunda fuga. E, dando-se conta disso, ele percebeu que fora o mesmo veículo que havia deixado com a porta aberta para os dois ao trocar pela moto.

Nossa! Como é confusa essa coisa de viagem no tempo.

Desceram da camioneta e arrumaram as coisas. Skye levava uma mochila que haviam encontrado na casa, estava suja e puída, mas deveria dar conta do recado. Mordecai levava suas inseparáveis espadas, a pistola de festim que havia ganho de Dante, guardada na sua cintura, e um dos rifles que havia pegado dos homens que matara no acampamento. Encontraram algumas roupas dos soldados no porta-malas do carro. Fediam horrivelmente e, apesar de Mordecai pensar que poderiam ajudá-los a se disfarçarem, Skye se recusou a usar.

Caminharam um bom trecho até chegarem a uma encosta próxima de Ruínas. Mordecai realizava o trajeto sempre atento se havia atiradores no topo das rochas e nos muros. Não encontrou nenhum. Ruínas não era o tipo de cidade que alguém entraria para saquear. Além disso, o poderio bélico que eles tinham era considerável e uma batalha poderia acabar mal para os invasores.

— Essa não — disse ele, ao se deparar com homens armados cuidando da passagem que havia entrado no primeiro retorno. — Vamos ter que achar outro lugar para entrar.

Contornaram uma parte da cidade procurando um lugar para entrarem.

— Mordecai, ali! — apontou Skye.

Havia uma parte do muro que estava mais desgastada do que o restante, com vergalhões à mostra, como os ossos de uma fratura exposta. Não era baixo o suficiente para eles simplesmente pularem, mas conseguiriam alcançar se ajudassem um ao outro. Então, Mordecai procurou soldados ao redor e, vendo que estava tudo tranquilo, juntou as mãos para servir de apoio. Skye colocou as mãos no ombro dele e se impulsionou em direção ao muro, agarrando-se aos vergalhões. Mordecai a empurrou pelos pés, facilitando a subida. Depois de subir, ela apoiou a barriga sobre o muro e estendeu o braço, servindo de apoio tempo o suficiente para ele se agarrar à parte metálica do topo do muro. Os dois saltaram para o outro lado.

Estavam dentro de Ruínas.

— Para onde agora?

— Não faço ideia — confessou ele. — Essa cidade é imensa e eu entrei por aquela passagem, mas precisamos achar o mercado. Encontrando o mercado, encontramos o resto.

Fizeram uma incursão entre os prédios decrépitos e abandonados. Apesar do grande volume de pessoas circulando por Ruínas, a impressão era de que havia mais prédios do que habitantes. Outro ponto que chamou a atenção de Mordecai foi o fato de não haver tantas residências quanto na Cidade Fantasma. Enquanto na cidade onde ele estava havia vestígios de civilização, com casas decoradas, aparentemente abandonadas às pressas, em Ruínas havia apenas uma casca do que um dia puderam chamar de lar. Com exceção do mercado, Ruínas era só degradação.

Levaram um bom tempo circulando pelas ruas estreitas e evitando os guardas para chegarem até o Mercado. Mordecai pensou em ir até Yohan, mas sabia que perderia ainda mais tempo e não fazia ideia de onde ele estava, pois só foi encontrá-lo depois da batalha. Sugeriu abordar Dante antes da corrida, mas Skye disse ser uma péssima ideia, pois encontraria sua outra versão e, geralmente, coisas assim não acabavam bem nos livros. Pelo menos, em relação a Ethan, ele tinha alguma pista para seguir. Sabia que o homem misterioso o salvaria do ataque do bar. Os alto-falantes instalados em alguns pontos da cidade já anunciavam a maior corrida mortal de todos os tempos, convocando todos para o estádio e prometendo fortes emoções.

Mal sabem eles.

Mordecai pensou na primeira vez que assistiu à corrida, sem estar lutando contra o tempo para salvar Dante. Pensando friamente como espectador, era, de fato, um belo espetáculo assistir os carros disputando para ver quem cruzaria a linha de chegada inteiro, fugindo de um tanque de guerra cuja única missão era destruir todos os outros competidores. Ele já havia acompanhado a habilidade de Dante de dentro do carro, mas vê-lo da arquibancada era de encher os olhos. Ele deslizava o veículo com maestria, fazendo tudo parecer muito fácil. Essa percepção só ficou mais evidente ainda quando Mordecai precisou dirigir um carro em fuga, encolhendo-se a cada tiro disparado.

— Olha! — disse Skye. — O mercado.

Ela apontou para um local além do beco, entre dois prédios. Lá estava a praça. Apinhada de barracas, vendedores e pessoas curiosas para cima e para baixo, onde praticamente tudo era comercializado. Mordecai a puxou pela mão, trazendo-a sempre perto de si. Precisava achar um local seguro para deixá-la, pois sabia que ela não poderia acompanhá-lo quando fosse a hora.

— O que estamos procurando exatamente? — perguntou ela, varrendo tudo com os olhos.

Mordecai pensou um pouco.

— Eu acho... Lembro que estava com um capuz e passei perto daquela barraca lá — apontou para o outro lado do mercado. — O outro que procuramos também usa capa, mas vai ser difícil de achá-lo se estiver invisível.

— O bruxo — disse Skye.

— O bruxo — confirmou Mordecai. — É naquele beco que ele...

Apontou com a cabeça para o outro prédio e quase não acreditou em seus olhos. Branca como a neblina, um pedaço de algodão salpicado de preto voando no céu, Diana planava graciosamente, fazendo círculos acima da cidade. A saudade era imensa.

— O que foi? — perguntou Skye.

— Vem!

Mordecai arrastou a garota, misturando-se entre as pessoas do mercado. Viu um dos soldados em uma esquina próxima e virou o rosto. Não tinha certeza se o reconheceriam, mas, considerando o que haviam lhe dito em seu primeiro retorno, seu rosto não era estranho aos olhos dos homens de Stephen. Dividindo a atenção entre a terra e o céu, acompanhou o voo de Diana até que ela pousasse em um prédio mais alto. Felizmente, ela escolheu um do qual ninguém se importava mais, sem qualquer soldado ou morador, apenas mais um dos esqueletos de concreto responsáveis por compor e dar nome à cidade.

— O que estamos fazendo? — perguntou Skye, confusa.

— Buscando respostas — disse Mordecai.

As escadas pareciam prestes a se esfarelar a cada pisada, mas aguentaram a subida dos dois até o terraço, fazendo-o se lembrar da fuga na Cidade Fantasma com Yohan e a outra mulher. Na hora, ele temeu a morte, mas agora que havia passado por aquilo, lembrava-se do momento como um dos mais emocionantes da sua vida. O sol os abraçou quando cruzaram a porta que dava acesso ao terraço do prédio. Com as mãos na frente do rosto, ele viu a pequena silhueta na murada.

Uma bela visão.

Quando o reconheceu, Diana voou até Mordecai, pousando em seu antebraço, piando sem parar. Ele trouxe a ave contra o peito e não conteve a lágrima de saudade. Com tudo que havia acontecido, quase sentia falta de quando eram apenas os dois contra o mundo. Acariciou suas penas e lhe deu um beijo na cabeça. Uma camada fina de poeira cobria sua amiga.

— Senti sua falta!

— *Uh-uh* — piou a coruja.

Skye olhava para os dois com curiosidade e Mordecai lembrou-se dela.

— Essa aqui é a coisa mais importante que eu tenho no mundo. Minha amiga e parceira, que já me salvou várias vezes. Ela se chama Diana.

As duas se encararam. Skye parecia deslumbrada e esticou a mão delicadamente para tocar a cabeça da ave, mas, quando Diana girou a cabeça quase que completamente para ela, a garota se assustou, arrancando gargalhadas de Mordecai.

— Eu nunca vou me acostumar com isso — confessou.

A coruja deixou que a garota a acariciasse, o que era um ótimo sinal para Mordecai de que poderia confiar nela.

— O que é isso no pé dela?

— Um bilhete do mestre. Diana leva e traz mensagens. Estique seu braço igual o meu.

Ela hesitou.

— Tem certeza? Ela parece tão bem com você.

— Confie em mim.

Skye se posicionou e deu um pequeno pulinho quando a coruja saltou para o braço dela. Mordecai desamarrou o barbante fixo em dois pontos da perna do animal e puxou o bilhete, desenrolando com cuidado, como era de costume.

Leu o conteúdo e seus ombros caíram.

— O que diz aí? — perguntou Skye.

Ele entregou o bilhete a ela, que leu em voz alta.

— Fiapo. Esqueça tudo o que sabemos. Meu retorno mudou as coisas e nada é como foi no futuro. Os homens que deveriam ser os cavaleiros escolheram caminhos diferentes e receio que o destino tenha colocado outros no lugar, pois começo a suspeitar de que há coisas que não podemos mudar. Traga Ethan e me encontrem no Hangar — ela encarou Mordecai. — Seu mestre é um viajante do tempo também?

— Eu... não sei — Mordecai não havia se atentado ao fato sobre o retorno, estava mais focado em outras seis palavras. — Há coisas que não podemos mudar, ele disse. Não foi o que ele disse para Fiapo!

— Fiapo? — perguntou Skye, assustando-se quando Diana saltou do braço dela para o ombro de Mordecai.

— Sim. Ele recebeu um bilhete dizendo que Yohan e Dante deviam ser salvos, que deveríamos mudar as coisas.

— Quando foi isso?

— Depois das mortes. Foi isso que me enviou até você, à máquina do tempo e toda essa coisa que está acabando comigo.

Skye colocou a mochila no piso do terraço, abriu e começou a vasculhar.

— O que está fazendo? — ele perguntou.

— Ouroboros — disse ela em um sussurro para si mesma.

— O quê?

— Já pensou que o bilhete que ele recebeu... — disse ela, sugestiva.

Mordecai nem precisou pensar muito.

— Pode ter sido enviado por nós?

O pensamento de Skye era tão lógico quanto absurdo, fazendo-o pensar em todos os desdobramentos que aquilo resultaria, fazendo-os chegar até aquele exato momento. Ela tirou a mochila com dificuldade por causa do ombro, encontrou um lápis e um pedaço de papel e entregou os dois a Mordecai. Ele refutou com a mão.

— A minha letra é horrível e, se Fiapo está mesmo com o mestre, pode acabar reconhecendo.

A garota assentiu.

— O que quer escrever?

Mordecai ditou a mensagem, tentando recordar-se das palavras de Fiapo, para que não alterasse os eventos que culminaram no seu retorno ao passado. Amarraram a mensagem delicadamente no pé de Diana e Mordecai se despediu dela com um beijo no topo da sua cabeça, esticando o antebraço além da beirada do prédio para vê-la alçar um voo gracioso.

Que logo foi interrompido por um tiro.

A bala zuniu à direita da coruja, passando de raspão por sua asa e fazendo o animal instintivamente dar uma guinada para a esquerda. Um segundo tiro passou muito perto e só não a acertou devido a exímia manobra evasiva do animal.

Mordecai e Skye varreram as ruas abaixo, procurando o responsável pelos disparos.

— Lá — indicou Skye, apontando para um grupo de soldados que bebia e fumava em uma rua paralela. Um deles segurava uma arma e apontava para os céus, tentando acertar a coruja, sendo encorajado pelos outros.

— Idiota! — disse um dos homens, puxando o rifle de precisão das costas. — Deixa que eu acerto ela.

— Filhos da puta! — reclamou Mordecai, procurando no terraço algo que pudesse usar.

Destroços eram o que não faltava por ali. Skye pegou dois pedaços pesados de concreto e entregou um a ele. Mordecai retornou até a beirada, lembrando-se da capacidade destrutiva de um objeto arremessado lá de cima, caindo com o peso de um carro. O homem já estava erguendo a arma para mirar em Diana, que voava em direção a cobertura de um prédio. Mordecai calculou a trajetória e lançou a pedra, seguido por Skye.

— Ei! — gritou para os homens.

O grupo levantou o olhar, seguido pelo atirador, que não teve tempo de pensar. O bloco de concreto o atingiu no meio da cara, afundando o crânio e espirrando sangue nos companheiros. As mãos do rifle ficaram frouxas e o corpo desabou para o lado. Os homens, que até então estavam inertes com a surpresa do ataque, voltaram a si.

— Eles mataram o Werneck! — gritou um deles, pegando o rifle do corpo do defunto para mirar no topo do prédio.

Os outros seguiram correndo em direção à entrada do prédio, no térreo, todos armados, e Mordecai sabia o que aquilo significava.

— Chegarão aqui em minutos — disse para Skye, arrastando-a escadaria abaixo pela mão.

Ela não poderia ser pega ou sofrer qualquer outro dano, era a única garantia que ele tinha de voltar ao passado novamente caso precisasse, o que, do jeito que as coisas estavam acontecendo, parecia inevitável.

Quantas vezes um homem precisa reviver seus erros até que acerte? Quantas chances de errar ele tem?

A segunda dúvida o assolava muito mais do que a primeira, pois a máquina do tempo contrariava a lógica da vida, permitindo que uma pessoa pudesse interferir em como as coisas aconteceram, ainda que ele não tivesse essa certeza, pois, em seu caso, a máquina o fizera correr apenas para ter os mesmos resultados.

Haviam descido dois lances de escadas quando ele viu os homens alguns andares abaixo, com armas em punho e as pernas trabalhando incansavelmente. Então, Mordecai decidiu que não desceriam e puxou Skye para um dos apartamentos. Entre mobílias carcomidas por cupins, tapetes mofados e pintura descascada, ele achou um lugar para esconder a garota, em um antigo armário. O cheiro não era dos melhores, mas, sob protestos, ela concordou em ficar ali. Ele puxou as duas espadas dos estojos e aguardou pacientemente, espiando o corredor por uma fresta na parede.

O grupo chegou ao andar e se espalhou, alguns seguiram até o terraço e outros foram vasculhar os quartos. Não eram muitos. Ainda. Mordecai não pretendia matá-los além do necessário, mas decidiu que não colocaria a vida de Skye em risco, independente do preço. Um dos homens entrou pela porta com a pistola empunhada à frente do corpo. O golpe vertical veio de cima para baixo, amputando os braços na altura dos cotovelos. O sangue verteu em abundância e, antes mesmo que ele pudesse gritar, antes de sequer entender o que havia acontecido, Mordecai atravessou a espada por baixo do queixo, em direção ao cérebro. Os olhos do homem reviraram e ele desabou nos joelhos.

Mordecai arrastou o corpo para dentro do apartamento e aguardou. Quando viu o segundo aparecer no corredor, atacou pelas costas, matando-o facilmente. Guardou as espadas, pegou as armas, conferiu a descida e chamou Skye, arrastando-a prédio abaixo. Era questão de tempo até que encontrassem os mortos. Estavam no segundo andar quando o grito veio lá de cima, xingando-os. Não esperou eles descerem, continuou até o térreo conferindo o perímetro. Parecia seguro.

Assustada e ansiosa para sair dali, Skye correu para a saída.

Ele a agarrou pela parte de trás da gola, puxando-a para dentro segundos antes de um projétil estourar a sua cabeça. A bala passou zunindo, enterrando-se em uma das paredes, onde arrancou um bloco de concreto. Ela caiu sentada próxima dele, ofegante e agradecida. Uma troca de olhares foi o bastante para dizer o que precisava ser dito.

— Estão aqui! — gritou alguém da rua.

— Lá embaixo! — veio o grito do último andar.

— E agora? — perguntou Skye.

— Aqui fora! — ele gritou, pouco antes de arrastá-la pela mão, subindo o lance de escadas até o segundo andar. Passos apressados acima indicavam que o resto do grupo estava próximo. Eles se esconderam no apartamento mais próximo e escutaram três homens descendo com rapidez. Ao cruzarem a porta, um tiro acertou o que ia na frente e outros dois gritaram desesperados. Skye fitou Mordecai com os olhos do tamanho de um pires.

— Isso foi esperto — ela cochichou.

— Vem — disse ele, levando-a até a parte de trás do prédio.

Os homens gritaram insultos e retornaram pelas escadas. Na rua, os alto-falantes anunciavam que a corrida estava próxima de começar e Mordecai dividia seu raciocínio entre a fuga e as lembranças de onde sua versão mais jovem de viajante estaria naquele momento. Chegaram em uma janela e ele conferiu a passagem. A queda não era alta e o solo lá embaixo era coberto de musgo, o que atenuava o impacto. Ele guardou a espada no estojo e saltou, flexionando os joelhos ao tocar no chão.

— Pula! — disse para Skye, com os braços esticados, oferecendo uma cama.

Diante dos gritos próximos dos homens, ela nem hesitou. Apoiou a mão sobre a estrutura podre da janela e saltou, caindo nos braços de Mordecai. Ela era leve, mais do que ele esperava. Fugiram dali antes que os homens pudessem localizá-los, deixando o prédio ecoando gritos frustrados enquanto retornavam na direção do mercado. As pessoas já começavam a ir em direção ao estádio para assistir à corrida do grande Ás de Espadas e Mordecai sabia que o tempo não era mais um aliado naquele momento.

— Temos que nos camuflar — disse ele, pegando duas capas em uma barraca, aproveitando a distração do comerciante com o fluxo de pessoas.

Misturaram-se à multidão para não serem vistos. O capuz impediria que fossem identificados do alto dos prédios, pois os homens passariam a procurá-los agora. Ele, por sua vez, precisava encontrar o bruxo Ethan e impedir que ele assassinasse Dante e Yohan. Precisava avisá-lo que aquilo era um erro terrível.

Onde fica aquele bar?

Vagaram entre a multidão cada vez maior. Em determinado momento, ele sentiu uma mão delicada segurar a sua. Era Skye, os olhos denunciando o medo de perder-se, de ficar sozinha. Ele pronunciou um *tudo bem* sem emitir som e ela assentiu com a cabeça. Ele começou a reconhecer o caminho que havia feito mais cedo, se desvencilhou da multidão e cruzou uma viela entre dois prédios decrépitos.

— Você achou?

— Sim. Fica ali na frente.

Chegaram ao final da viela e ele espiou a rua. Uma parcela menor de pessoas cruzava por ali, fosse indo em direção à corrida ou passando pelas barracas. No outro lado, estava a porta do bar e, na bifurcação mais adiante, dois dos soldados que eles deixaram para trás no prédio, inspecionando tudo ao redor. Então, Mordecai o viu. Era sua versão mais jovem, vindo do mercado, como havia acontecido. Os soldados que tentaram matar Diana o reconheceram, ele entrou no bar e os homens o seguiram.

— É você — observou Skye.

— Sim.

— E agora?

— Logo ele chega aí e me salva.

Esperaram.

Uma briga acontecia no bar. Mordecai sabia bem qual era.

Esperaram.

Nada.

— Será que mudamos algo? — perguntou a Skye.

— Ele já deveria ter chegado?

— Sim. Ele chega e começa a matar todo mundo com a espada. Está usando uma capa escura e...

— Tipo essa sua?

Mordecai nem continuou o seu raciocínio.

— Merda! Fique aqui! — disse, antes de sacar as espadas e partir em direção ao bar.

Correu sem olhar para trás. Lembrou-se de que o tempo havia sido quase o suficiente para que tivesse perdido a consciência. Entrou chutando a porta, com as espadas na mão, sedento por sangue. O grupo de homens o encarou, perplexo, pois era o mesmo homem que estavam espancando lá atrás. O primeiro abriu a boca para manifestar a sua idiotice e recebeu um talho certeiro no pescoço. Com as espadas dançando nas mãos, o ódio e a frustração pulsando no coração, Mordecai fez uma verdadeira chacina no bar. Pela porta de trás entraram dois homens, encarando-o com medo, apressando-se para tirar as armas do coldre.

Vocês vão pagar, filhos da puta.

Não havia ensinado o coração a sentir tanto ódio, mas a situação exigia. Soltou uma das espadas, avançou para cima deles e atravessou ambos com a lâmina, empurrando-os de volta pela porta por onde haviam entrado. Fez um giro para cima e rasgou os homens ao meio sem muita dificuldade. Então, viu o último dos homens que o agrediram e a própria figura encolhida no chão, em um estado deplorável. Seu corpo quase reproduziu a dor ao ver os ferimentos. Eliminou o líder dos homens de forma brutal, cortando seu joelho, dedos, orelhas e a garganta.

Então havia sido ele esse tempo todo, fazendo as coisas acontecerem como havia acontecido.

Diante dessa verdade, uma sombra crescia em seu coração.

Dante vai mesmo morrer.

Yohan vai mesmo morrer.

Mas não poderia lamentar mortes que ainda não tinham acontecido. Retomou a atenção no presente. Estava diante de si e tinha algo a dizer, mesmo que fizesse menos sentido agora do que quando acreditava que Ethan o havia salvado.

— Uma vida por outra — disse e virou as costas.

O Mordecai do passado ficou ali, se recompondo enquanto ele deixava o bar. Deveria ter dito algo diferente? Poderia perder tempo tentando mudar as coisas ali, mas preferiu seguir sua jornada. Aquele Mordecai não sabia tanto quanto ele sabia. Além do mais, se ele tivesse dito, isso já teria acontecido na primeira vez que vivenciou o momento.

As coisas acontecem como devem acontecer, disse Skye.

— Skye?

Atravessou a rua torcendo para que estivesse louco. Torcendo para que ela tivesse se escondido em algum lugar, que tivesse visto alguém que poderia reconhecê-la e ter buscado cobertura. Mas ela havia sumido. A porta do bar se abriu e sua outra versão saiu cambaleando em direção ao estádio. Daquele ponto, até a morte de Dante, o tempo era muito curto.

— Merda! — reclamou.

Correu para o estádio. Teria que procurar Skye depois, caso as coisas dessem errado novamente. Fez o contorno nos prédios, buscando acessar pelo outro lado. Sua primeira versão lidaria com Fiapo, então ele teria que lidar com o atirador de mísseis, no lado oposto das arquibancadas. Seria difícil não chamar atenção dos guardas sendo o único a correr no meio da multidão, então ele se resignou a um caminhar decidido, com pequenos intervalos de corrida quando tinha a oportunidade. Ao fazer a curva de acesso para a parte leste do estádio, viu dois guardas caminhando em direção às escadas inferiores.

Não eram quaisquer soldados. Um deles era aquele careca, com barba longa e rifle às costas, acompanhando o segundo, do qual o bruxo havia roubado a arma. A arma que mataria Yohan.

— Vou dar uma mijada — ele anunciou ao careca. — Te encontro lá embaixo.

Seu companheiro deu de ombros e seguiu descendo as escadas, enquanto ele se encaminhou para uma parede, abrindo o zíper da calça.

O que faço agora? Mato ele?

Mordecai sabia que isso seria pouco efetivo, pois Ethan estava determinado a atirar em Yohan. Aquilo ia mesmo acontecer. Matá-lo não seria uma opção, mas ele poderia impedir o bruxo de cumprir sua missão, deixá-lo imobilizado tempo suficiente para que Yohan fugisse. Talvez funcionasse. Tateou o corpo buscando sua adaga e tocou a pistola de Dante. Tirou ela do cinto e pensou em ameaçar o homem com ela, como se ele fosse se assustar com uma arma de festim.

Festim...

Aproximou-se do homem, que soltava um gemido satisfeito enquanto molhava a parede e o abordou sorrateiramente, encostando a lâmina em seu pescoço.

— Não se mexa ou eu te mato aqui mesmo.

O homem demorou para entender o que estava acontecendo, mas a ênfase de Mordecai o fez erguer as mãos.

— Eu quero que escute com atenção — disse enquanto retirava a arma da cintura dele para trocar pela sua, sutil feito um ladrão. — Vai ter um homem lá embaixo que quer ajudar os prisioneiros a fugirem. Ele é invisível e vocês têm que pará-lo.

— Vai se foder, idiota — disse o homem.

— Falo sério, seu babaca. Ele não pode conseguir...

O homem agarrou sua mão e tentou se livrar, contorcendo-se sobre o aperto de Mordecai.

— Então vai ter que ser do jeito difícil — disse Mordecai triste, dando uma coronhada na cabeça dele.

O homem desabou na sua frente, semiconsciente. Por um momento, ele pensou que poderia ter estragado tudo, mas confiou no poder da inevitabilidade que Skye tanto falava.

As coisas acontecerão como tem que acontecer.

Correu até a entrada do acesso para a parte subterrânea do estádio e gritou para o companheiro do guarda caído, fugindo antes que pudesse ser descoberto. A conversa havia sido esquisita, é verdade, mas, se tudo desse certo, talvez tivesse uma chance.

Talvez.

Agora seu único objetivo era tentar salvar Dante, ou tudo teria sido em vão. Enquanto corria até a entrada do estádio, uma pergunta martelava a sua cabeça. Seria possível salvar os dois? E outra pior nasceu dessa: e se tivesse que escolher apenas um deles? Era uma possibilidade que ele não queria considerar, até porque não era apenas a máquina que estava sem energia para mais uma viagem daquelas.

Preciso achar Skye depois disso, independentemente do que acontecer.

Passou pelos portões do estádio, desviando dos espectadores atrasados, praticamente como havia acontecido antes, no acesso mais ao sul. Encontrou as escadas e começou a subida. Lá na pista, Dante fazia sua corrida magistralmente pela terceira vez, pelo menos para Mordecai. Houve um disparo do tanque de guerra, mas ele sabia que Johnny não seria atingido. O que acabava com ele estava alguns andares acima da sua cabeça.

No segundo andar, encontrou um guarda andando de um lado para o outro. Mordecai foi mais rápido, sacando a pistola da cintura e atirando nele com estalidos secos que só não ecoaram pelo estádio por já estar preenchido o suficiente com sons de tiros e explosões. Um disparo foi o suficiente. Não porque Mordecai era exímio atirador, mas pelo fato de ser à queima-roupa. Era assim que Yohan havia morrido, com aquela mesma arma, que, pelo menos dessa vez, estava agindo a seu favor.

Parece que as coisas estão mudando.

Pegou a submetralhadora do soldado e seguiu pelas escadas. Havia pelo menos mais quatro lances até o topo. Não encontrou resistência no primeiro, mas três homens o aguardavam no próximo patamar. Observavam a corrida e conversavam sobre como Salazar não permitiria a vitória do mecânico. Mordecai não hesitou em descarregar o poderio de fogo que havia conseguido, talvez não tão letal quanto a lâmina ao acertar pontos não vitais, mas, ainda assim, efetivo. A submetralhadora engasgou sem munição quando ele mirou no último homem, que segurava uma barra de ferro. O inimigo olhou para as armas dos companheiros caídos e tentou pegar uma delas. Mordecai jogou a arma para o lado, sacou as espadas e partiu para o ataque.

Depois de limpar o sangue das lâminas, seguiu para o último patamar. Dante já havia conseguido fazer o tanque de guerra capotar e seguia para a linha de chegada. Faltava pouco. Dois homens estavam a postos no anel superior do estádio. Um estava armado com uma metralhadora e o segundo segurava um lança-mísseis. Mordecai atacou o homem da metralhadora com um corte vertical, que foi absorvido pelo corpo da arma. Com um segundo ataque, conseguiu fazê-lo soltar a arma e o homem voou sobre ele, derrubando-o no chão.

Mordecai rapidamente mapeou toda a situação enquanto lutava.

Dante desceu do carro lá embaixo.

Fiapo estava no outro lado do estádio, aguardando para atirar.

Sua outra versão apareceu correndo na direção de Fiapo, lá do outro lado.

O segundo guarda mirava o lança mísseis em direção à Dante.

Dante acenava para a multidão, feliz com a vitória.

Fiapo defendia-se do ataque da sua versão mais nova.

Mordecai conseguiu atravessar o seu agressor com a espada e estava livre para matar o homem do lança-mísseis.

Ele conferiu do outro lado, Fiapo e sua outra versão ainda brigam.

Com a mira alinhada no Dodge Challenger e um sorriso sádico no rosto, o homem de Salazar levou a mão ao gatilho. Mordecai pegou a primeira pedra que encontrou e arremessou contra o soldado. A mira foi boa, acertando-lhe a cabeça e fazendo-o recuar um pouco, mas não o suficiente para evitar o disparo. O míssil infernal desceu com fúria para destruir Dante e seu veículo, exatamente como havia acontecido.

Ele morreu.

O mundo desacelerou enquanto a verdade o assolava. Não percebeu que o guarda se virou para atacá-lo, mas viu que, do outro lado do estádio, Fiapo apontou a arma na direção deles. Atirou-se no chão para se esconder atrás de um bloco de pedra e o disparo acertou o guarda em cheio, arremessando o corpo morto pelo menos três metros para trás.

Mordecai permaneceu ali, deitado, escondido, lidando com o que havia acabado de acontecer.

Eu deixei Dante morrer.

Dante estava naquela corrida para salvá-lo. Para salvar Yohan. E acabou morto por causa deles, como uma piada de mau gosto do destino. Ele cerrou os dentes e bateu com os punhos fechados no concreto carcomido do estádio, mesmo sabendo que nada daquilo serviria para melhorar a situação. Não havia tempo para lamentações. Ainda restava Yohan para ser salvo.

Desceu os degraus do estádio com o coração apertado.

As lágrimas deixavam a visão turva, tornando tudo um borrão decrépito. As arquibancadas eram puro fervor. Alguns homens recolheram o corpo de Dante enquanto uma imensa máquina limpava os restos dos carros. Chegou até o térreo e tomou a direção contrária à que havia tomado anteriormente, acessando as galerias subterrâneas, coberto por sua capa escura.

Queria evitar cruzar com a sua outra versão e com os homens que o pegaram, os mesmos que ele havia agredido e feito a troca das armas. Teria que funcionar dessa vez. E, com a ajuda de Yohan, ele recuperaria Skye, voltaria no tempo e salvaria Dante.

Teria que funcionar.

Correu pelas galerias, contornando a pista do estádio. Ouviu as mesmas coisas que da primeira vez, os gritos, a torcida e o ronco do caminhão. Chegou a um *hall* que ficava no centro da galeria, unindo ambos os lados. Olhou além dos corredores que seguiam e não encontrou Ethan, o bruxo. Os grunhidos se fizeram presentes. Eram os infectados tomando conta da arena.

Onde o caminhão vai entrar?

Encontrou uma sala indicada por uma placa como depósito e ouviu vozes. Espiou pela fresta da porta e constatou que havia pelo menos uma dúzia de homens, aguardavam ansiosos, conversando sobre a batalha, sobre os "bichos" escaparem e sobre como os capacetes evitariam serem mordidos. O ambiente era iluminado por uma lâmpada solitária e o interruptor ficava perto da porta.

Se Yohan escapasse da tentativa de assassinato de Ethan, aqueles homens certamente seriam um problema. Então, o caminhão quebrou a parede do corredor e Mordecai aproveitou a deixa, sacou as espadas, apagou a luz e partiu para o ataque. O caos começou após os gritos do primeiro, que teve o peito atravessado até a metade por uma das espadas. Foi um banho de sangue. Confusos pelo ataque surpresa e desorientados pela falta de luz, eles sucumbiram rapidamente. No fundo da sala, um deles conseguiu pegar sua metralhadora e atirou furioso contra a escuridão. Mordecai teve pouco tempo entre ver o fogo cuspido da boca da arma junto com as balas e se atirar no chão.

— Eu vou te matar, seu filho da puta! — gritou o outro, com o dedo no gatilho.

Ele tateou o corpo para conferir se não havia algum ferimento camuflado pela adrenalina e esperou que a arma ficasse sem munição. Quando isso aconteceu e ele estava prestes a atacar, outro sobrevivente cobriu o intervalo, descarregando um rifle semiautomático. Mordecai buscou cobertura em um dos armários de metal e contra-atacou com a metralhadora, acabando com os dois. O som de metal se retorcendo rasgou o ambiente da galeria subterrânea, trazendo consigo os grunhidos, agora mais audíveis. Vozes surgiram mais adiante, além da curva do corredor. Mordecai correu até lá, venceu a curva e os guerreiros entraram em seu campo de visão: Yohan e mais dois deles olhavam para o lado oposto. Para o bruxo.

Mordecai levou a mão à arma. Tarde demais.

— Yohan... me desculpe — disse o assassino, erguendo a pistola em direção ao mecânico.

Infectados começavam a sair do caminhão, com olhares determinados para cima dos três. Atrás, os soldados com suas armas de imenso poder de fogo. Mordecai puxou a pistola da cintura ao mesmo tempo que Ethan puxava o gatilho. O disparo foi feito, o estampido ecoando nos ouvidos. Inevitabilidade, como havia dito Skye. Aquele tiro seria dado, de uma forma ou de outra. Ele viu Yohan largar a chave grifo e desabar para trás, uma reação natural dos músculos de um corpo diante do perigo. No final do corredor, viu sua outra versão paralisada pela surpresa. Agora era o momento em que o mecânico ficaria no chão com o sangue vertendo em abundância do buraco feito na testa.

Ao invés disso, nada aconteceu.

Mordecai disparou contra ele, fazendo-o fugir pelo corredor. Sua fuga foi acompanhada pela sua primeira versão, pensando que Yohan estava morto, mais inteira e menos desiludida.

Paradoxo.

Então, Yohan se levantou.

Ele está vivo. Ele está vivo!

Os primeiros infectados saltaram através do buraco da cabine. Yohan e seus amigos se encolheram contra a parede, buscando refúgio. Os dois homens que estavam com ele, um segurando uma espada e o outro com dois braços de metal, lidavam com os infectados cheios de fúria que entravam pela parede sem parar.

— Yohan! — ele gritou, cheio de felicidade, e, vendo que o mecânico o havia reconhecido, atirou sua pistola para ele.

O guerreiro dos braços de metal e o terceiro homem retaliavam infectados próximo ao caminhão, mas eles não paravam de surgir. Era como tentar conter o fluxo de um rio atirando com uma metralhadora.

— Você estava lá agora há pouco — disse Yohan, segurando seu ombro. — Como está aqui agora?

— Longa história! — gritou Mordecai. — Eu sei onde tem armas. Vem comigo!

O mecânico pegou sua chave grifo, acertou dois infectados e foi atrás de Mordecai, seguido dos outros homens. Não demorou para que o corredor se enchesse daquelas coisas azuis, todos correndo atrás deles. Os quatro avançaram pela galeria e Mordecai indicou a sala onde havia eliminado os homens.

— Aqui dentro tem armas e capacetes.

Tateou e encontrou o interruptor, iluminando parcialmente o ambiente. O homem dos braços de metais entrou primeiro.

— Puta merda!

O segundo entrou e Yohan espiou da porta.

— Foi você quem fez isso?

Mordecai deu de ombros porque sabia que era a resposta certa a dar. Fez o que tinha que fazer.

— Mecânico! — gritou um homem lá de dentro.

Os infectados surgiram no corredor e Yohan segurou firme sua chave.

— Vá! — disse Mordecai. — Eu seguro os primeiros. Coloquem os capacetes, vão proteger vocês. E traz um para mim.

O gigante hesitou, avaliando se aquilo era um bom plano.

— Vai! — insistiu Mordecai.

Yohan correu para dentro do depósito e correu em direção aos primeiros infectados, com duas espadas em punho, revivendo a adrenalina da luta com o Wendigo, onde quase perdera a vida. Com movimentos graciosos, ele retaliou seis, amputou mais dois e estocou a espada na cabeça de um nono. O volume das criaturas aumentou, empurrando-o para a sala. Os três homens saíram pela porta armados com metralhadoras, rifles e escopetas, presas no corpo pela bandoleira. Começaram a atirar e Yohan fez sinal para ele.

— Mordecai! Vamos!

Uma granada voou na direção deles. Tinha formato cilíndrico com uma espécie de gatilho na parte superior. Tentaram fugir, mas não houve muito tempo de reação. A granada explodiu, mas não lançou qualquer tipo de fragmento. Um clarão tomou conta de tudo, acompanhado de um zunido contínuo. Mordecai viu tudo em um borrão, imagens difusas por todos os lados.

Yohan e os outros dois recuperando-se do ataque da granada.

Soldados vindo do caminho que conduzia à saída.

Sentiu uma dor lancinante no interior do antebraço esquerdo, ouviu um grito e sentiu algo sendo colocado na sua cabeça.

Um tiro ecoou muito próximo e um infectado desabou ao seu lado.

Depois disso, viu o grupo de infectados passar por eles, indo em direção aos homens na saída.

Houve uma troca de tiros e muitos gritos enquanto os homens eram atacados. Yohan o ajudou a ficar de pé e o outro homem entregou as suas espadas. Os infectados passavam por eles como um rio contorna uma pedra.

— Como é possível? — Perguntou o que estendia o cabo da espada para Mordecai.

Ao esticar seu braço na direção da arma, sentiu ele doer de novo. Analisou o que havia acontecido e ficou aterrorizado com o que viu: havia uma marca circular de mordida em seu antebraço.

Não...

Sabia exatamente o que aquilo significava.

Yohan encarava a ferida, desesperado. Não conseguiu compor sequer uma frase.

— Eu não tenho muito tempo — disse Mordecai. — Vá logo.

— Mas... — Yohan começou.

— Vai! — gritou Mordecai. — Dante está morto, não sei como desfazer. Não pode ter sido em vão. Procure Skye. Se alguém pode reverter isso, é ela.

O contingente de infectados seguia em direção à rua. Aquela cidade se tornaria um caos. Yohan ergueu a arma em direção à Mordecai.

— Quer que eu...? — deixou o resto da pergunta no ar.

— Não — disse ele determinado, sentindo o braço latejar. — É meu propósito acabar com eles. Vou levar tantos quanto puder comigo. Quando chegar a hora, eu mesmo faço.

Yohan fez um aceno positivo. Saiu, levando os demais consigo.

Mordecai pegou suas espadas e encarou a multidão de infectados. Acabaria com quantos deles pudesse antes do fim.

Eu consegui. Ele está vivo.

Yohan

O caos começava a se formar ao seu redor.

Ele foi mordido.

Havia tiros, homens de Stephen chegando e infectados brotando do túnel como uma tubulação de petróleo partida.

Mordecai foi mordido.

O garoto já não estava mais no seu campo de visão. Dissera algo sobre uma pessoa que poderia mudar as coisas. Uma garota cujo nome não se fixara na mente de Yohan. Logo após isso, em um ato suicida, sacou as espadas e partiu para dentro da horda, amputando e decapitando quantos infectados conseguisse antes de...

Eu falhei.

Uma bala ricocheteou na parede ao lado. Luther contra-atacou, usando o rifle de um soldado que havia abatido. Nacho vinha com eles, praticamente empurrando Yohan pelo corredor escuro.

Ele me pediu apenas uma coisa e eu falhei.

O pensamento ativou algo enterrado bem fundo na memória, uma lembrança que ele não queria mais que fosse acessada, uma que havia trancado e jogado a chave fora. Porém, deixar Mordecai ser mordido trazia aqueles monstros à tona novamente. Estavam lá agora, batendo e arranhando a porta.

O barulho de uma granada detonada contra a horda fez o estádio todo tremer. Se era uma medida de defesa dos homens de Stephen ou o ato de sacrifício de Mordecai, ele não saberia dizer. Uma saraivada de tiros picotou os tijolos do túnel à esquerda deles.

— *Hermano*! — gritou Nacho, fazendo-o se abaixar.

Luther, mais uma vez, mostrou sua letalidade, eliminando dois homens que vinham do alto das escadas. Ao se virar para Yohan e Nacho, matou mais três infectados que vinham pelo corredor.

— Não sei quem era ele, mas não pode mais ser salvo. Precisamos de você aqui — disse ele para Yohan, encarando-o de igual para igual.

Ele está certo. Não posso deixar que isso me afete.

Empunhou o rifle de assalto, acomodou a chave nas costas e seguiu com os três no corredor. Os degraus se estendiam em uma diagonal até a saída do túnel. Devido à intensa luz branca que emanava de lá, parecia até que estavam indo para o céu. Luther buscou proteção na parede antes de verificar a rua.

— Limpo.

Yohan e Nacho saíram do túnel e os olhos reclamaram até se acostumarem com a claridade. Um sinal de alerta soava sem parar lá fora. A sirene, que antes convocava os espectadores para a arena de batalha, agora berrava a plenos pulmões, avisando que as coisas saíram do controle. A cidade era puro caos.

— Isso aqui vai encher de gente armada — disse Luther. — Se tentarmos sair pelos portões, estaremos mortos.

— Precisamos de mais homens e mais armas para equilibrar o jogo — disse Yohan.

— Mais deles ao norte! — anunciou Luther, antes de fazer sua arma cuspir balas novamente.

Rechaçaram os agressores e se refugiaram naquilo que a cidade mais fornecia: construções semidestruídas. O prédio, apesar de esfacelado pela guerra, ainda tinha paredes robustas que se negavam a cair. Eliminaram os dois homens e se refugiaram no hall de um antigo prédio comercial. Após estarem protegidos pelas paredes grossas, começaram a conferir munições e recarregar as armas.

— Ele disse o nome de alguém que poderia desfazer isso.

— Quem? — perguntou Luther.

— Mordecai. Após ser mordido — encaixou outro pente na arma. — Não consigo recordar o nome…

— É Skye — disse Nacho, com convicção, ainda que visivelmente desconfortável.

— Você a conhece? — perguntou Yohan e, quando ele assentiu, completou a pergunta.

— Desde que era *una chica*.

— Faz algum sentido o que ele disse?

— Não faço ideia, *hermano* — disse Nacho, conferindo as entradas e os arredores do prédio.

Yohan assentiu.

— Nacho, você disse que tinha um plano. Precisamos muito dele agora.

Ele tirou o sapato e enfiou a mão no interior do calçado, retornando com um pequeno rolo de papel que ele abriu e estendeu entre os três. Luther e Yohan se agacharam para ver o que era. Um mapa feito à mão de forma rudimentar estava estampado no papel em uma tinta desbotada.

— É Ruínas?

— É.

— Você fez isso?

— Fiz.

— Com caneta? — quis saber Yohan.

— Não.

— Com sangue? — perguntou Luther.

— Com sopa — ele riu rapidamente pelo nariz. — Aquilo era uma porcaria mesmo.

Apontando o indicador para uma forma oval, ele começou a explicar.

— Aqui é o estádio, onde devemos estar. Aqui ficam as celas onde nos deixavam presos, é onde teremos ajuda dos prisioneiros. Fiz amizade com muitos deles.

— Tem certeza de que vão nos ajudar? — perguntou Luther de forma objetiva.

— Considerando que estão condenados a lutar até morrerem, eu diria que eles fariam qualquer coisa pela liberdade.

Yohan estudava o mapa atentamente. Ouviram gritos e movimentação nas ruas, um indicativo de que, fosse qual fosse, deveriam definir o plano depressa.

— E onde encontraremos armas? — quis saber Luther.

— Eles têm um depósito aqui — disse Nacho, o dedo vacilando sobre o papel.

— Mas é do outro lado da cidade — o outro observou. — Não chegaremos vivos até lá. Será um massacre.

— Temos que levar as armas até os homens primeiro — disse Yohan. — Enquanto estiverem nas celas, estarão protegidos.

Do acesso subterrâneo do estádio, começaram a sair os infectados e os tiros ganharam as ruas. A parede próxima de Yohan recebeu alguns projéteis que arrancaram pedaços de concreto farelento.

— Só nós três? — Perguntou Luther. — Seu plano é tão ruim quanto o dele. Somos alvos fáceis.

— Se formos nós três, sim. Mas podemos virar o jogo a nosso favor. Temos que criar uma distração e já sei onde vamos encontrar reforços — disse Yohan e apontou para o mapa.

Seus dois companheiros trocaram olhares.

— Você é louco — limitou-se a dizer Luther.

Recolheram as coisas, prepararam as armas e saíram pela parte de trás do prédio. O estádio tinha várias construções em seu entorno, um lembrete da importância que o esporte tinha para a humanidade nos tempos antigos. Agora ele era um lugar de carnificina espetacularizada, fruto da mente de um sádico doente. Avançaram três quadras pela parte de trás do prédio sem qualquer resistência. Na rua paralela, lá do outro lado, a batalha contra os infectados se mostrava até mais intensa do que fora com eles no estádio.

Se não estiverem preparados, não terão a menor chance.

Yohan havia visto aquelas criaturas na Forja e, depois, na Cidade Fantasma. Não era como lutar contra pessoas normais. Eram imprevisíveis, não sentiam dor e não tinham medo. Mas o seu ponto mais forte era que não tinham nada a perder. Como se luta contra alguém assim?

Nacho buscou proteção em uma parede de esquina e espiou além do prédio.

— Tem um monte deles vindo para cá.

— Vamos por ali — indicou Yohan.

Fizeram o contorno atrás de escombros que um dia foram uma casa. A batalha acontecia a não mais que cem passos deles, onde a mistura dos sons de disparos, grunhidos e gritos de terror estavam a apenas um prédio de distância. A força armada de Stephen sofria para conter os infectados, sendo obrigada a recuar para abrir espaço e alvejá-los. Parte dos homens se moveu na direção dos três companheiros de arena. Nacho empunhou a arma, mas Yohan fez um sinal negativo.

Ainda não era o momento.

Como se pudesse sentir o cheiro dos três, um pequeno grupo de infectados veio atrás deles pela mesma rota que estavam usando para sua fuga.

— Mecânico! — disse Luther, alto o suficiente apenas para vencer o som dos tiros, apontando sua arma em direção às criaturas.

— Se atirar, vão nos achar. Rápido! Os capacetes — disse Yohan, lembrando-se da recomendação de Mordecai.

Nacho entregou um para Yohan e outro para Luther, colocando o que restara. Os mortos estavam perto agora.

— Como isso funciona? — perguntou Luther, erguendo a mira para acabar com a raça do primeiro.

— Espere — disse Yohan.

Da mesma forma que um predador perde o rastro do cheiro da presa, o infectado desacelerou. Seus olhos leitosos vagaram pela decadência da cidade com uma expressão perplexa, mesmo para sua face horripilantemente inexpressiva. Seguiu caminhando na direção deles, mas sem nenhum traço do ímpeto que antes o acompanhava. Com a arma em riste, pronto para atirar, Luther quase não acreditou no que estava vendo. Então, o grupo de criaturas voltou a atenção para os soldados da cidade e partiram para o ataque, pegando-os desprevenidos.

Distribuíram algumas mordidas e, pouco tempo depois, o contingente inimigo estava sendo reposto. Aquilo não era necessariamente uma novidade para Yohan, que já tinha ouvido histórias sobre o contágio, mas Nacho e Luther assistiram o ataque impressionados.

— *La madre de Dios!* — disse Nacho, fazendo o sinal da cruz.

— Que merda de doença é essa? — disse Luther.

— A merda de doença que acabou com o mundo — disse Yohan. — Vamos.

Foi fácil escapar da batalha agora que não precisavam revidar contra os infectados. Quanto tempo e em que condições aqueles capacetes funcionariam era difícil de mensurar, mas ele esperava que pelo menos até conseguirem completar a primeira parte do plano. Enquanto se movimentavam entre os prédios destruídos da parte mais deserta da cidade, longe o suficiente dos muros para não precisarem lidar com os homens convocados para a guerra que vinham no sentido contrário, Yohan pensava em algo que até então havia lhe passado despercebido. Algo que Mordecai havia falado.

"Dante está morto e não sei como desfazer."

Dante está morto?

Dante não era o tipo de pessoa fácil de matar. Ele havia vencido a corrida, Yohan conseguiu escutar o locutor anunciar sua vitória mesmo estando na parte de baixo do estádio. Então o que será que havia acontecido?

Um disparo ricocheteou na parede próxima de Nacho, fazendo o *hermano* se agachar. Luther e Yohan o acompanharam.

— Acham que podem foder com a minha cidade e simplesmente se esconderem? — veio o grito de fora do prédio.

— Salazar — disse Luther.

Outra saraivada de balas varreu o lado de fora da parede.

— Saiam da toca, seus ratos covardes.

— Quão longe estamos dos contêineres? — perguntou Yohan.

Nacho se esgueirou até a saída do prédio e avaliou a situação.

— Acho que mais umas quatro quadras, talvez três.

Salazar decidiu que tinha cansado de esperar.

— Tá bom. Acaba com esses filhos da puta — ordenou a um de seus homens.

Luther espiou pela janela e sua expressão denunciou o que estava prestes a acontecer.

— Bazuca! Corre! — disse ele.

Saíram do prédio e o chiado do míssil ecoou pela cidade. Quando colidiu com a construção, as paredes se quebraram como se fossem feitas de isopor, trazendo a estrutura abaixo. Uma corrente de fumaça e poeira foi cuspida para todos os lados, envolvendo os três completamente. Não era possível ver nada.

Yohan fez sinal para Luther e Nacho chegarem até os contêineres.

— Então, mecânico, vai ficar se escondendo ou vai lutar que nem homem? — perguntou Salazar.

— Você sabe o que é lutar que nem homem? — a voz de Yohan veio da nuvem de poeira.

Seu rifle de assalto cuspiu balas furiosamente contra os homens de Salazar, fazendo-os recuar na direção dos escombros e veículos de combate. Ele recuou e conseguiu outro abrigo de concreto.

— Tem um problema maior que nós agora — disse Yohan. — Por que não vai lá resolver?

— Temos que matar os problemas enquanto são pequenos.

Com os olhos apertados para enxergar no meio da fumaça, o mecânico conseguiu ver que o soldado da bazuca se preparava para um novo disparo. Eles não iam parar enquanto não matassem os três. Yohan empunhou a arma e alinhou a mira na direção do homem. Não era um exímio atirador, mas não era dos piores. Puxou o gatilho e sentiu a arma dar socos contra o seu ombro a cada projétil disparado. O ataque serviu para retardar o disparo de bazuca e, quando a arma deu o clique seco para informar que estava sem munição, ele conferiu se a chave estava bem amarrada às costas e se preparou para correr.

A fumaça começava a assentar e logo não haveria mais a barreira visual entre os inimigos.

— Isso é tudo o que você tem? — riu Salazar.

— Eu posso perguntar o mesmo — disse Yohan. — Achei que fosse o melhor homem de Stephen.

Salazar não respondeu e ele sabia que havia ferido gravemente seu ego inflado. Quando estavam perto da saída do prédio, ele também veio abaixo. Contornou o outro por trás e agradeceu a decisão quando um terceiro disparo de bazuca o colocou abaixo também. Eles não estavam para brincadeira.

No final do quarteirão, ele encontrou os contêineres. Luther e Nacho já estavam chegando neles, aproveitando a distração que Yohan havia conseguido. Usaram a coronha das armas para esmurrar os cadeados.

O ar fedia a infectados e o som de grunhidos era ensurdecedor.

— Tem certeza, mecânico? — perguntou Luther antes de abrir.

A verdade era que Yohan não tinha certeza tanto quanto não tinha alternativas. No momento, era a melhor opção que havia pensado, apesar de saber que as consequências poderiam ser catastróficas dentro de Ruínas. Seu único conforto era pensar que, se Dante e Mordecai estavam mortos e as pessoas que deveriam salvar estavam presas, não tinha muito a perder.

— Abra.

Nacho deu outra coronhada no cadeado e ele se abriu, ambas as partes separadas por um golpe preciso. Luther puxou a alavanca da porta e girou, destravando. Uma fresta da porta se abriu, não era maior do que um dedo magro, mas foi o suficiente para aumentar o som dos grunhidos e intensificar o cheiro de morte.

O prédio que os separava das forças de Salazar veio abaixo, levantando uma nova onda de poeira densa, como uma imensa cortina de areia. Os tiros cessaram, pois, provavelmente, achavam que eles estavam mortos. Eles não estavam, mas havia mortos ali. Yohan acenou com a cabeça e Luther puxou a porta, escancarando-a na direção dos homens de Salazar.

As primeiras criaturas começaram a sair, trôpegas e desorientadas. Chegaram a encarar os três, mas, para o alívio de Yohan, seguiram adiante.

— Eu ouvi alguma coisa — disse alguém do lado de lá do nevoeiro.

Foi o suficiente.

O primeiro dos infectados arqueou as costas e bradou na direção da voz, partindo para cima dele em um frenesi que contagiou os demais. O contêiner se esvaziou em segundos e, logo depois, os gritos e tiros recomeçaram. Os três passaram para o segundo contêiner e logo estavam atacando de volta com um exército tão grande quanto o de Salazar. Conforme a nuvem de areia ia se dissipando, era possível ver os vultos em uma luta entre a vida e a morte. Os infectados eram rápidos e letais quando estavam atacando e, naquele momento, Yohan entendeu porque a doença havia sido criada e como ela havia acabado com o mundo muito mais do que a guerra.

Não tem como se controlar uma coisa dessas.

— *Hermano, mira* — apontou Nacho para os escombros de um prédio.

Uma silhueta imensa surgia no meio da cortina de areia. Era um homem composto de pura massa bruta, com braços cheios de músculos bem exercitados, peito largo e uma imensa sede de sangue. Usando um capacete similar ao de Yohan, ele trazia à mão um rifle de assalto, cuja munição havia sido gasta completamente na horda. Então ele jogou a arma no chão e puxou da bainha presa à cintura uma longa espada com o gume sujo de um sangue escuro. Yohan ainda segurava seu rifle de assalto e tinha a chave grifo presa às costas.

— Vão. Peguem os carros e encontrem os outros. Eu cuido dele — disse Yohan a Luther e Nacho com convicção.

Eles hesitaram, mas sequer questionaram a decisão. Deram um aceno positivo e seguiram por dentro do próximo prédio que estava de pé, contornando a batalha entre infectados e soldados.

— Olha só para você, mecânico. Conseguiu mais do que se aliar ao inimigo. Conseguiu o respeito deles.

Yohan o encarou, mas não respondeu. A areia que pairava pelo ar já havia assentado, revelando o resultado do campo de batalha. Havia sido um massacre. Um imenso massacre. O prédio recém-derrubado e a cidade em ruínas ao fundo formavam um belo complemento para um quadro macabro pintado a sangue.

— Tem alguma munição nessa arma ou você vai me encarar de homem para homem?

Rapidamente, Yohan ergueu o rifle na direção dele e puxou o gatilho. Foi rápido e não deu a Salazar muito tempo para fazer qualquer coisa, ele apenas flexionou as pernas e retraiu o corpo por puro instinto. A arma não cuspiu um projétil sequer, estava vazia. Ambos sabiam disso.

Yohan riu como há muito não fazia.

— De homem para homem, é?

Salazar era puro ódio. Endureceu o maxilar e correu em direção à Yohan.

O mecânico atirou a arma para o lado e puxou a chave grifo das costas. A ferramenta era imensa, quase do tamanho da espada. Manejada por mãos grandes e habilidosas como as do mecânico, aquela chave se tornava intimidadora.

Vem me pegar, seu idiota!

Seu oponente jogou a espada para as costas e aproveitou o movimento do corpo para fazer um arco mortal na direção de Yohan. A lâmina desceu cortando o vento e colidiu com o corpo da chave, que vinha na direção contrária.

A colisão arrancou faíscas dos metais e jogou a espada de Salazar para suas costas com o impacto. Yohan girou a chave para um segundo ataque, aproveitando também o movimento para fazer um arco por baixo do braço e atacar as pernas do oponente. Salazar percebeu o movimento e recuou, fazendo a chave grifo passar no vazio.

Salazar se afastou, jogou a espada sobre o ombro e avaliou Yohan.

— Sabe, mecânico, me disseram que te acharam perdido na Cidade Fantasma, quase morto no chão da instalação em que testávamos coisas como essa — apontou para o capacete.

Yohan segurava a chave e o encarava com o ódio estampado no olhar. Sem resposta, o outro continuou.

— Me disseram que, quando te encontraram, tinha dezenas de cortes no corpo, como um maldito porco retalhado.

Ele continuava caminhando lentamente ao redor de Yohan, falando com uma confiança arrogante. O mecânico se recusou a entrar no jogo e manteve a posição.

— Também me falaram que viram uma mulher fugindo de lá, muito ao longe, indo para o sul. Foi ela quem te cortou todo, não foi?

Yohan rosnou para ele.

— Eu imaginava — riu Salazar.

Os sons da guerra já haviam se dissipado um pouco, como se estivessem prestes a ir embora, mas não sem antes acompanhar a luta dos dois. Ao longe, uma granada explodiu, indicando que a batalha em Ruínas estava longe de terminar. Salazar não deu atenção a isso.

— Queriam trazer outro homem que estava perto de você, mas ele era... como posso dizer isso? — com o indicador, ele fez uma linha imaginária no pescoço, de orelha a orelha. — Meio inútil para trazer até Ruínas.

Cisco...

Atrás de Salazar, ele a viu novamente. A assassina de Cisco, sorrindo do seu fracasso.

— Parece que você é um fracasso, mecânico.

Yohan não soube definir qual dos dois lhe disse aquelas palavras, apenas sentiu o furor percorrer suas veias, os dedos se fecharem como uma prensa ao redor do cabo da chave grifo e o maxilar esmagar os dentes uns contra os outros. Precisou de apenas dois passos para pegar impulso, jogou a chave contra as costas e em um arco lateral atacou Salazar com brutalidade. Ele desviou da primeira investida, bloqueou a segunda com a espada e acertou o cabo na cara de Yohan, jogando o seu capacete longe.

O mundo todo girou.

Quando o mecânico voltou a si, a espada descia para dividir seu crânio ao meio. Ele usou a chave para aparar o gume, que deslizou pelo cabo e acertou o indicador da mão esquerda, abrindo um corte profundo. O mecânico recuou. A mão começava a verter sangue pela ponta do dedo e isso não lhe trouxe boas recordações.

— Foi assim que ela fez, não foi? — provocou Salazar, com um sorriso debochado.

Yohan segurou a chave e a posicionou sobre o ombro.

Não posso deixar que ele me abale.

— Você é uma farsa, mecânico. Pessoas morrem à sua volta, por sua causa, e o que você faz?

A espada pendia junto ao braço direito de Salazar, parecia nova e com uma lâmina muito bem amolada.

— Vai se foder! — disse Yohan.

— Não. Você vai.

Salazar, então, puxou algo do bolso, um pequeno dispositivo que apertou com o polegar. Um ruído agudo saiu do dispositivo e Yohan sabia exatamente do que se tratava. Ouviu o mesmo som depois de transformar em destroços as pernas da criatura que Cisco chamava de Wendigo. Era um chamado para os infectados, em um volume muito menor, mas, ainda assim, perigoso.

O capacete!

Yohan girou o pescoço para procurar o capacete, mas Salazar não estava disposto a lhe dar tempo para isso. Avançou com a espada e um grito de batalha e atacou. Uma. Duas. Três vezes. Yohan absorveu o impacto do quarto golpe, tentou contra-atacar e levou um encontrão que o desequilibrou, fazendo-o cair de costas na rua cheia de fragmentos de concreto. Sobre os destroços do prédio, ele viu as primeiras criaturas chegando.

Salazar deu um sorriso sádico.

Yohan varreu a rua em busca do capacete. Estava próximo da calçada, no outro lado da pista de concreto. Seu oponente entendeu suas intenções e partiu para o ataque novamente. Yohan deu um giro para evitar que a espada amputasse seu braço, apoiou a mão direita no concreto e se colocou de pé, puxando a chave grifo contra o peito. O ataque da espada explodiu na liga metálica da chave, jogando-a para trás novamente. Yohan enfiou um soco na cara de Salazar com a mão ensanguentada e tentou arrancar o capacete dele, mas o desgraçado esquivou a cabeça.

Os infectados estavam prestes a entrar naquela luta. Havia pelo menos dez, cinco deles tomavam a dianteira do ataque.

Ganhando fôlego, ele correu para o outro lado da rua. Ouviu Salazar rir enquanto seus reforços o contornavam como o rio faz com uma pedra. Os grunhidos denotavam uma fúria, recordando Yohan do ataque no prédio. Estava quase pegando o capacete quando o primeiro par de fileiras de dentes tentou mordê-lo. Ele bateu com a chave na boca do infectado, quebrando-lhe a mandíbula, e esfacelou o crânio de outro com um golpe certeiro.

Um caiu e quatro retomaram seu lugar. Yohan recolheu o braço prestes a levar uma mordida e enfiou um soco na cara do agressor. Arrasou mais dois com a sua chave e derrubou o quarto para esmagar seu crânio com os pés. Esticou a mão na direção do capacete, em uma vã esperança de poder alcançá-lo, mas Salazar já estava em cima dele novo. Com um potente chute no meio do peito, Yohan foi derrubado sobre uma pilha de destroços, a menos de um metro do capacete.

Salazar subiu em cima dele e seus punhos começaram a trabalhar na tarefa de deixar o rosto do mecânico irreconhecível.

Yohan precisou se recolher, trazendo os braços na frente do rosto para não acabar inconsciente, pois sabia que, dessa vez, não teria nada para salvá-lo. Conseguiu segurar um dos punhos de Salazar e depois o outro.

— Você não joga limpo — sibilou entre os dentes com dificuldade.

— Não existe jogo limpo em uma guerra — disse ele sob o capacete.

Os grunhidos ficaram mais próximos. Salazar parecia satisfeito, usando todo o seu peso para imobilizar o mecânico. Yohan soltou o braço do seu agressor e o esticou na direção do capacete. Um segundo a mais e seria mordido. O dedo ensanguentado estava próximo da alça. Salazar percebeu a manobra e tentou puxar a mão de Yohan para o lugar. O infectado que vinha correndo pareceu entender aquilo como uma oferenda e se preparou para saltar com os dentes sobre Yohan.

O capacete estava quase.

Quase.

Yohan imprimia toda a sua força para vencer o peso de Salazar o suficiente para se esticar mais alguns centímetros.

Não deu tempo.

O infectado saltou na direção do braço esticado do mecânico. Olhos arregalados, boca escancarada, a saliva pestilenta escorrendo pelos dentes.

Salazar sorriu em deleite.

Yohan estava prestes a fechar os olhos quando a viu.

Sobrevoando os céus com graciosidade, as penas brancas formavam as asas completamente esticadas. Não saberia explicar o motivo, mas aquela imagem, mesmo que por um fragmento infinitesimal de tempo, trouxe paz para o seu coração.

Ouviu o disparo pouco depois de sentir o sangue quente respingar contra o seu rosto. Quando virou a cabeça, percebeu, além do rosto surpreso de Salazar, que a cabeça do infectado já não existia mais. O outro, que vinha correndo pela sua direita, recebeu o mesmo tiro certeiro na nuca. Sua cabeça explodiu e o corpo sem vida caiu do lado de Yohan.

Salazar saltou de cima do mecânico, pegou o segundo capacete e começou a correr na direção do prédio mais próximo. Yohan se colocou de pé, pegou sua chave entre os miolos ensanguentados dos infectados e procurou ao redor quem o havia livrado de morrer. Não encontrou nenhuma silhueta nos prédios vizinhos, mas sabia de quem se tratava. Caminhou até o local onde o dispositivo de Salazar jazia no chão, gritando feito um animal esfaqueado, e até pensou em silenciá-lo com o calcanhar, mas se deteve. Aquilo poderia ser útil.

Com apenas um toque, o dispositivo silenciou e Yohan o guardou no bolso.

Ainda havia infectados vindo para lá, entretanto, o dispositivo não convocaria mais. Outra coisa que confortava Yohan era o fato de pensar que estaria ganhando tempo para Nacho e Luther pegarem as armas e salvarem os prisioneiros, pois só assim conseguiriam formar uma resistência forte o suficiente para acabar com a tirania daquela cidade.

Outros tiros vieram de muito longe para acabar com os infectados que estavam chegando.

Fiapo?

Sabendo que teria cobertura, ele ignorou o contingente que estava chegando e foi atrás de Salazar. Precisava acabar com o filho da puta de uma vez por todas. Enquanto corria, sentiu que a mão esquerda começava a formigar, como se os nervos estivessem sendo extraídos lentamente com o sangue. Entrou no prédio com cautela e se deparou com seu capacete dividido em dezenas de fragmentos.

— Eu vou te matar, Salazar.

O prédio era amplo e as janelas eram buracos no concreto. Quase não havia mobílias, saqueadas ou consumidas pelo tempo. As pegadas de Salazar indicavam que ele havia subido pelas escadas para o segundo andar. Na rua, os disparos do seu salvador rasgavam a atmosfera empoeirada da cidade para finalizar sua trajetória em algum infectado.

— Vem aqui me enfrentar, covarde! — gritou para provocá-lo.

Subiu as escadas de forma apressada, tentando prever qualquer ataque que pudesse surpreendê-lo. O segundo andar era cheio de máquinas. Uma extensa linha de produção conectada por esteiras que há muito não se moviam sofria com a deterioração imposta pelo tempo. Varreu o local com os olhos, procurando por Salazar. Ouviu um eco metálico ressoar mais ao fundo da sala, ampliando-se pelo local deserto. Das escadas, veio o som de passos apressados, fazendo Yohan preocupar-se também com a retaguarda. Estava sem o capacete e, certamente, isso seria uma desvantagem.

Saltou sobre uma esteira para colocar um obstáculo entre ele e os infectados, mas subitamente os passos cessaram. Yohan apertou ainda mais o cabo da chave grifo, limpando o sangue da mão esquerda no próprio macacão. O volume perdido começava a fazer falta, mas ele prometeu para si que, dessa vez, não ficaria inconsciente. Seguiu caminhando entre os equipamentos, olhos e ouvidos atentos a qualquer coisa que denunciasse a presença de Salazar.

— É assim que você luta, então? Como um covarde?

Talvez tenha sido uma respiração, talvez algum som quase imperceptível para a sua consciência. Yohan se virou a tempo de ver Salazar saltando sobre ele, com a espada alta sobre a cabeça, pronta para um golpe devastador. Deu um passo para trás e suas costas colidiram contra a viga que servia de suporte para uma das esteiras. Sem espaço para esquivar, rolou para o lado e a espada de Salazar desceu riscando o concreto com violência, arrancando alguns detritos.

Yohan se recuperou e jogou seu corpo contra o de Salazar, fazendo-o se desequilibrar. Acertou uma cabeçada no rosto dele, bateu com o cabo no estômago para roubar-lhe o ar e deu um soco com a mão esquerda, que só não acertou o queixo porque Salazar se esquivou a tempo. Ele segurou a chave com as duas mãos enquanto seu adversário fazia o mesmo com a espada. Estavam cercados por máquinas e esteiras, o que tornava a arena de combate deles não muito maior do que a cela onde Yohan ficava. Mas, se havia uma coisa para a qual aquela cidade infernal o havia preparado, era para combater adversários experientes em lugares com pouco espaço. Além do mais, ninguém poderia ser mais mortal com uma espada do que Mordecai.

Mordecai.

Ódio era o único sentimento que percorria seu corpo naquele momento e o único que ele queria nutrir. Avançou para cima de Salazar, girando a chave grifo com violência. Não estava muito preocupado em acertar um ponto específico. Desde que o atingisse, qualquer lugar que sofresse o dano serviria. Salazar recuou, escapando do golpe, e Yohan usou a força de pêndulo da chave para lançá-la de volta na direção dele. Colidiu com a perna esquerda de Salazar, fazendo-o soltar um grito de dor.

— Filho da puta!

Se os ossos haviam se partido, fizeram isso em segredo, pois a calça dele não apresentava nem sequer manchas de sangue. A espada, porém, escorregou da mão de Salazar. Yohan foi chutá-la para longe e, naquele momento, Salazar aproveitou a distração para se lançar sobre ele. Os dois aterrissaram no chão e o prédio todo tremeu, como se um estádio estivesse vindo abaixo. Na queda, Yohan deixou a chave escapar enquanto tentava tirar as mãos do agressor do seu pescoço. Ouviu grunhidos. Olhou para a porta e percebeu que não estavam mais sozinhos. Alguns infectados vinham em seu encalço.

Merda!

Salazar começou a golpeá-lo no rosto e pescoço, o punho direito parecia uma marreta. Yohan se defendeu com o antebraço direito e o acertou com o cotovelo esquerdo, conseguindo girar sobre ele. A chave grifo não estava longe. Os infectados também não. Agitavam-se sobre a esteira para poder ultrapassá-la. Esticou o braço para pegar sua chave e foi puxado por Salazar. Ele sabia que bastaria imobilizá-lo por tempo suficiente para vencer aquele combate.

— Vá para o inferno, mecânico! — disse ele, vendo que o infectado havia saltado a esteira.

Com a mão direita fechada, Yohan fez a sua própria marreta, descendo com ferocidade em direção ao capacete de Salazar. O golpe o atordoou e permitiu que Yohan saltasse na direção da chave no momento que o infectado saltou sobre ele. Conseguiu pegar sua ferramenta e atravessar o cabo na frente do seu rosto para se proteger. A mordida do infectado foi barrada com cabo da chave, emitindo um barulho abafado de metal. Usando o pé, Yohan o jogou para trás.

Foi se virar para acabar com ele, mas Salazar voou sobre ele, agarrando-o pelas costelas e levando-o ao chão novamente.

Inferno!

Yohan avaliou os outros infectados. Um estava terminando de pular a esteira e o outro estava quase na mesma situação. O que havia sido jogado começava a se levantar, gritando e mexendo os braços. Salazar envolveu o pescoço do mecânico com ambas as mãos, mantendo-o parado no chão. Yohan sentiu o sangue prender-se do pescoço para cima e o ar começava a lhe faltar. Tentou golpear Salazar no rosto, mas tudo o que conseguiu foi acertar o capacete com os dedos.

O capacete.

Preso por uma jugular, a proteção se mantinha incólume sobre a cabeça do agressor. Mas ela servia para garantir que o capacete não saísse da cabeça por cima e não por baixo. Yohan enfiou os dedos entre a tira jugular e o pescoço de Salazar e a puxou para baixo com todas as forças que lhe restavam. Os infectados estavam a menos de dois passos deles. Com um puxão, a tira de segurança cedeu e o capacete deslizou para frente, sendo arrancado da cabeça de Salazar.

Foi tudo muito rápido.

Yohan viu os olhos de Salazar se arregalarem de pavor quando a primeira das criaturas mordeu seu ombro. A outra saltou contra o braço esquerdo dele, o que o fez soltar o aperto do pescoço de Yohan. A terceira estava perto quando Yohan conseguiu se encolher o suficiente para enfiar o pé no peito de Salazar e empurrar ele e os infectados para trás. O soldado de Stephen caiu gritando e tentando revidar com socos e chutes.

Era tarde demais.

Mais deles irromperam pelas escadas, os olhos sedentos na direção do mecânico. Correram em direção à esteira, saltando-a como se isso fosse lhes garantir a cura daquela doença desgraçada. Os três que estavam sobre Salazar levantaram-se com pressa, todos olhando para Yohan. Ele avaliou possíveis rotas de fuga, mas, exausto, seu corpo não colaborava para que pudesse ir muito longe sem levar umas mordidas.

Já havia mais seis criaturas naquele minúsculo espaço. Yohan, então, usou o único recurso que tinha em mãos, sabendo que, se falhasse, estava perdido. Levou o capacete até a cabeça. Uma das criaturas saltou em sua direção. De costas para o chão, ele a parou com o pé, arremessando-a contra a máquina.

Quase.

A segunda veio se arrastando, sendo recebida com três chutes na cara. O capacete estava escorregando pela nuca, quase no lugar. A mão ensanguentada, somada ao nervosismo, não ajudava muito no processo. Outras duas avançaram com guinchos agudos de desafio. A que foi jogada já se virava para atacá-lo.

Capacete no lugar.

O olhar das criaturas se perdeu pela ampla sala. Os que vinham em sua direção seguiram caminhando bem próximos dele, mas sem qualquer indício de violência. Era como se Yohan tivesse se tornado invisível.

Ele não havia percebido, mas seu coração batia mais rápido que um motor de seis cilindros.

— Porra! — disse ele, fechando os olhos e permitindo-se respirar um pouco.

Seu corpo todo doía.

Ouviu um barulho além dos passos e gemidos dos infectados. Salazar levantava-se do chão em forma de monstruosidade. Se, antes, era um homem desprezível, agora, se tornava uma criatura ainda pior. Yohan decidiu que não queria mais ficar ali e procurou por sua chave grifo.

Era hora de acabar com aquilo.

Alan

— Quem são vocês? — perguntou o homem chamado Craig, que, aparentemente estava no comando do Armazém.

Fox bufou com a pergunta, pois sabiam que estavam com pouco tempo para formalidades. Os três estavam no escritório da parte superior de um dos galpões. Após subirem o íngreme conjunto de escadas e contornarem internamente a construção pelas passarelas de tábuas semiapodrecidas, haviam finalmente ficado cara a cara com o homem que mandava ali.

E Fox parecia não ter gostado muito dele.

— Somos os anjos do Senhor anunciando a sua desgraça — debochou a mercenária.

O homem fechou a cara como se tivesse chupado uma laranja muito azeda. Fez um sinal para um de seus capangas e uma mão imensa desceu na cara de Fox, estalando alto.

— Seu filho da puta! — gritou Alan.

Ele se exaltou e armas foram apontadas para os três. Percebeu que o olhar da mercenária se tornou fogo puro, mas as coisas não poderiam seguir naquele caminho ou todos eles, e principalmente os três, se dariam muito mal.

É difícil raciocinar com uma arma apontada para a cabeça.

— Estamos aqui para ajudar — disse Alan, tentando soar apaziguador. — Tem uma horda daquelas criaturas vindo na direção do Armazém.

— Devem ser milhares — disse Eric.

— Vocês precisam se preparar — disse Alan.

— Vocês precisam ir embora — disse Eric. — Não tem como vencer aquelas coisas.

— Deixe que esses idiotas morram — disse Fox. — Vamos reunir quem quer ser salvo e sair daqui.

— Esse é o seu jeito de trabalhar, não é mesmo, Fox? — disse uma voz vinda da porta. — Deixar aqueles que trabalham com você para trás.

Os três olharam para o homem que entrava na conversa. Botinas, uma calça jeans surrada, camisa verde e uma jaqueta leve. Os cabelos caíam na altura da orelha e a pele estava surrada pelo sol. O rosto demonstrava força, mas não brutalidade. Em uma primeira avaliação, parecia ser um homem imprevisível. Alan não fazia ideia de quem era e tampouco Eric, pela sua expressão de indiferença, mas Fox parecia conhecê-lo bem.

— Dominic? — sua expressão era de surpresa. — Disseram que você...

— Sei bem o que disseram sobre mim. Você nem se prestou a confirmar.

— Eu tinha mais pessoas para cuidar, me desculpe se não te dei exclusividade — disse ela com amargura e Alan começava a perceber um padrão de resposta em Fox toda vez que era afrontada. — Mas, já que é amigo desses idiotas, poderia dizer a eles que tem um exército de mortos-vivos vindo para cá que não dá a mínima para o quanto a gente se gosta ou se odeia?

Depois que Dominic entrou, em nenhum momento ela deixou o olhar dele se perder do seu. Precisava dizer aquelas palavras olhando nos olhos, o que, para Alan, era algo que demonstrava honestidade ou uma dissimulação muito fria e calculada, na pior das hipóteses. Esperava que fosse a primeira. Dominic caminhou até Craig e cochichou algo em seu ouvido. Imediatamente, o homem ordenou que alguém pegasse um carro e fosse na direção de onde os três surgiram para confirmar a informação.

— Estamos falando a verdade. Vai precisar de atiradores — disse Alan.

— Por que vieram para cá? — Dominic perguntou à Fox.

— Estou procurando o nosso pessoal, achei que estariam aqui. Deixei eles em uma base feita nas ruínas de um antigo metrô com as pessoas que conseguimos salvar. Parti para negociar proteção na Fortaleza de Vidro e, quando voltei, eles haviam sumido. Várias pessoas estavam mortas.

Fox não estava mentindo, mas também não estava necessariamente dizendo a verdade. O motivo de estarem ali se devia a buscarem comida o suficiente para abastecer a Fortaleza de Vidro e receber as pessoas. Mas Alan também considerava prudente omitir essa informação, pelo menos por ora.

— Eu sempre te disse que eram uns covardes — disse Dominic, cuspindo no chão.

— O que sabem sobre os arredores? — perguntou Eric.

— Não muito — confessou Dominic. — Está tudo um caos. Tem essas coisas andando por todos os lados e, na última semana, descobrimos que há um exército queimando tudo pelo caminho: casas, árvores, plantações. Tudo que se mexa ou forneça alimento vai pro fogo.

— O Armazém pareceu o lugar mais óbvio a ser protegido — disse Craig.

Fox comprimiu os lábios e girou o pescoço levemente.

— Vocês não vão conseguir acabar com aquela horda.

— Meu palpite é de que vamos — disse Dominic e, olhando para os capangas, fez um sinal. — Tragam eles aqui.

Os três foram conduzidos para fora da sala até uma passarela lateral que permitia uma ampla vista lá para baixo. Havia diversos homens trabalhando ao redor de caixas. Uma delas foi aberta com um pé de cabra, revelando o conteúdo no interior: armas. Várias delas.

— Fizemos um bom negócio… — disse ele, erguendo as sobrancelhas, orgulhoso.

— O Negociador… — deixou escapar Fox. — Me diga, Dominic, bom negócio para quem?

— Está me chamando de burro, Fox?

— O que pediram em troca?

— O que o Armazém tem para oferecer, é claro: comida.

— E, então, surge um exército queimando todas as plantações nos arredores e o Negociador quer trocar armas por comida. Não te parece nem um pouco estranho? Com tanta comida nas fazendas, ele quer negociar com vocês em troca de armas?

— Estranho ou não, não dá pra lutar contra aquelas coisas com machados, foices e facões.

— Não dá pra lutar contra aquelas coisas se vocês morrerem de fome — rebateu Fox, apontando para as armas. — Isso deve ter custado caro.

Craig acompanhava a conversa com um semblante de indignação.

— Não devemos explicações a ela, Dominic.

Dominic lançou um olhar de reprovação para ele e segurou Fox pelos ombros.

— Ainda temos comida o suficiente aqui.

— Por quanto tempo? Quem você pretende armar com tudo isso?

— Todos que puderem lutar.

Fox abriu a boca para argumentar, mas foi interrompida por um grito vindo lá de baixo.

— Dominic! — era um dos soldados, entrando correndo no saguão, chamando a atenção de todos.

— Fala, Josh. Tô aqui em cima.

— Estão vindo! São tantos que nem consegui contar, dá pra encher isso aqui.

Dominic e Craig trocaram olhares.

— Parecem que estavam certos — disse Dominic.

— Eu quero todos armados! — gritou Craig de cima da passarela. — Vão! Vão! Vão!

Fox segurou seu antigo companheiro pelo braço.

— Precisam fugir daqui, Dominic. Eles vão matar todo mundo.

— Não tem pra onde fugir, Fox — disse ele de forma contundente. — Nosso lugar é aqui.

Os dois homens no comando do Armazém saíram em direção ao escritório para traçarem os planos de batalha. Fox girou nos calcanhares e desceu as escadas bufando de raiva. Homens corriam de um lado para outro, carregando armas e munição, montando barricadas.

— Parecem organizados — disse Eric.

— Parecem uns idiotas — rebateu Fox. Saindo do saguão.

Alan ainda observava os homens trabalhando às pressas para estarem minimamente preparados para os visitantes.

— Você não vai ajudar? — perguntou à Fox.

Aquilo pareceu soar como uma ofensa, fazendo-a se virar com os olhos flamejantes.

— Isso aqui não dura até o amanhecer. É uma causa perdida.

Alan olhou na direção do sol. Era fim de tarde e o círculo alaranjado que iluminava o dia estava começando a se esconder no horizonte. Tinham mais uma ou duas horas de claridade, talvez menos. Nada indicava a chegada dos infectados. Olhou os imensos silos e calculou quanto tempo levariam para acumular aquela quantia de comida.

Não podemos entregar isso de graça.

— Eu vou ajudar — disse, decidido, virando-se para Eric. — E você deveria ajudar também. Tem boa mira.

Eric hesitou e Alan percebeu que ele não queria contrariar Fox. Ela tinha essa atmosfera autoritária que a envolvia, tornando muito difícil discordar de uma ideia sua encarando-a nos olhos. Alan sabia que precisaria persuadi-lo. Talvez convencesse até a mercenária.

— Vamos lá, cara. Se não conseguirmos manter o Armazém de pé, o que vai sobrar? Onde vamos achar comida? Onde vamos achar abrigo?

Homens passaram correndo com várias armas em um carrinho de mão, voando em direção aos portões mais ao sul.

— Você não entende que esses idiotas não vão nos deixar ficar? — rebateu Fox.

— Você não entende que esses idiotas são tudo o que sobrou? — Alan disse encarando-a nos olhos e voltou a falar com Eric. — Eric... eu sei que aquele javali não foi sorte, sei que você é capaz de atirar muito melhor do que eu e cada bala vai contar...

Fox era um vulcão prestes a explodir.

— Corta o papo furado, Alan!

— Cala a boca, Fox! — rebateu, apontando o dedo para ela. Saiu mais alto e atraiu mais atenção do que previa. — Partimos em busca de um lugar para as pessoas e olha o que aconteceu. Não dá pra proteger quem já morreu. Esqueça a Fortaleza de Vidro. Essa vai ser a nossa fortaleza agora.

— Então se junte aos idiotas. Eu vou embora — disse ela virando de costas. — Vamos, Eric.

Eric não se moveu. Ao perceber isso, ela se virou com uma das sobrancelhas levantada.

— Fox... Ele está certo. Há famílias e crianças aqui. Precisamos lutar por alguma coisa.

— Então vamos levar eles embora — ela rebateu.

— Para morrerem de fome em poucos dias? — disse Alan.

Ela encarou os dois, a raiva percorrendo seu corpo.

— Vocês vão matar todos nós. Espero que estejam felizes.

Alan e Eric voltaram para o saguão deixando-a lá, com os punhos cerrados a ponto de as unhas fazerem sulcos na palma da mão e o rosto vermelho de raiva.

— Sabe que ela não vai te perdoar, né? — disse Eric.

— Cansei de viver em função de outras pessoas. Hora de pensar com a minha própria cabeça.

Acessaram o saguão e subiram as escadas. Dominic e seus homens estavam debruçados sobre dois mapas, terminando de traçar algum tipo de plano para tentar conter a invasão. Ambos ergueram as mãos quando as armas foram apontadas. Craig percebeu a chegada dos dois com uma olhada rápida.

— O que querem?

— Vamos ajudar — disse Alan. — Somos bons atiradores.

Craig e Dominic trocaram olhares e chegaram a algum acordo tácito. Então, Dominic falou.

— Peguem armas e munição lá embaixo e vão para o portão sul ajudar a protegê-lo contra a horda.

— Não vai funcionar — disse Alan, sem mover um músculo.

Os seis homens ao redor da mesa lhe direcionaram um olhar coberto de aborrecimento. Certamente, tudo o que não precisavam ouvir agora era que o único plano que tinham ia falhar. Alan sabia disso, então chegou próximo do mapa com passos decididos.

— Quem de vocês já lutou contra uma horda dessas coisas?

Nenhum deles falou uma palavra.

— Eu estive na Fortaleza de Vidro quando ainda eram um grupo pequeno. Devem conhecer a fama dos muros do Chacal. Eles pularam como se fosse a cerca de uma fazenda. Essas coisas não são normais, sobem uns em cima dos outros. Esse muro de vocês não dura nem cinco minutos.

— Ok, combatente, — debochou Craig — que vai ser uma merda, nós já sabemos. Qual a sua brilhante ideia para a nossa salvação?

— É... — Alan olhou o mapa com cautela. Um pequeno disco de madeira indicava o armazém e outro menor indicava o inimigo. Avaliou o segundo mapa. Era um desenho menor, feito à mão, de uma planta do Armazém, com o seu galpão principal e as outras instalações. Seis enormes círculos lhe chamaram bastante a atenção.

— O que é isso aqui?

— Os silos de armazenamento. Era onde guardavam a maioria das colheitas negociadas aqui.

— Estão todos ocupados?

— Esse aqui — apontou Dominic. — Está vazio. Tem outro pela metade.

Um grito desesperado veio da rua, anunciando que a horda estava próxima. Já haviam reduzido a distância do Armazém para pouco mais de um quilômetro.

— Vamos montar a guarda próximo dos portões — Craig começou a dar ordens para os homens.

— Não. Espera. Acho que tem um jeito melhor — disse Alan, encarando aquele círculo no mapa.

— Seja lá o que tem em mente, seja rápido.

Alan saiu da mesa e avaliou o silo pela janela. A estrutura parecia forte o suficiente para o seu plano. Um conjunto de escadas saía do topo, conectando-se com o outro silo através de uma ponte metálica a mais de trinta metros de altura.

— Tem escadas por dentro?

— Até uma parte, apenas. Acho que usavam para manutenção.

— Está bem. Vamos precisar de uma corda bem comprida, uma moto, um pouco de combustível e fogo.

— O que está pensando em fazer? — perguntou Craig.

— Vamos queimar esses filhos da puta.

Alan explicou o plano rapidamente, que consistia, basicamente, em manter todas as pessoas dentro do saguão enquanto eles lidavam com os infectados. Craig e Dominic acharam sua estratégia um tanto suicida, mas, quando Alan se candidatou para conduzir a missão, eles concordaram. Afinal, a lógica não era tão absurda assim. Espalharam comandos e muitos homens saíram correndo com tarefas específicas. Reunir as pessoas, organizar armas, encontrar a corda e o combustível. Estariam preparados se tudo desse errado. Outro grito ecoou pelo Armazém.

— Eles chegaram!

A horda já podia ser vista no horizonte.

Ofereceram uma metralhadora a Alan, mas ele negou, pedindo sua carabina e munição adicional. Eric também teve sua arma de volta e ambos estavam se preparando para a batalha em uma das mesas do lado de fora.

— Eu quero te pedir uma coisa — disse Alan.

Eric inclinou o rosto para encará-lo.

— Cuide da Fox se as coisas derem errado.

O rapaz riu.

— Na verdade, se tudo der errado, não haverá quem cuidar — ele bateu no ombro de Alan. — Então, faça dar certo.

— Onde você vai ficar?

— Lá em cima — Eric apontou para o topo do silo. — Vou cuidar para que uma daquelas coisas não te pegue.

Alan balançou a cabeça de forma afirmativa, esticou o braço e apertou a mão de Eric, dando-lhe três tapas nas costas. Colocou a carabina nas costas, prendendo-a ao corpo com uma bandoleira nova, subiu na moto e acelerou em direção ao portão. Lançou um olhar para trás, tentando achar Fox, mas não encontrou a mercenária.

Deve estar se preparando caso tenha que lutar. Está magoada, mas é uma boa pessoa.

A moto era uma coisa velha e enferrujada. Estava funcionando apenas por um milagre, com seus pneus desgastados e correntes que rangiam a cada giro na coroa. Ele teve dificuldades para se equilibrar no início, mas logo pegou o jeito da coisa. Preferia estar em cima do seu cavalo, mas, considerando a missão que estavam prestes a fazer, provavelmente condenaria o cavalo à morte. No portão, havia alguns homens apontando para a horda com as mãos trêmulas. Alan sabia o quão difícil era encarar aquelas criaturas bizarras vindo para cima com o ímpeto da loucura e da raiva estampado na face. O medo entre eles era palpável.

— Abram os portões! — gritou Alan.

Dois homens de cada lado correram para escancarar os portões, como um convite para os infectados.

— Podem ir. Eu assumo daqui.

Ele fez uma meia lua com a moto, colocando-a na direção do silo, e girou o manete do acelerador, fazendo-a roncar alto. Os grunhidos ficavam cada vez mais altos à medida que a horda avançava, um batalhão de pessoas adoecidas por um vírus criado pelo próprio ser humano. Quando a distância entre ele e os infectados diminuiu para pouco mais de cem metros, ele soltou os freios e a moto respondeu, deslizando suavemente sobre as rodas. Os infectados corriam a uma velocidade incrível para uma pessoa, obrigando Alan a acelerar ainda mais para não ser pego. Os primeiros começaram a chegar perto demais e Alan acelerou o máximo que pôde. Sentiu o impulso do vento empurrar seu peito para trás e, quando girou a cabeça para espiar a horda, um deles saltou sobre a moto, sendo alvejado por um potente tiro que o jogou para trás. Alan olhou para o topo do silo e viu Eric engatilhando o rifle para um novo disparo.

As portas que haviam sido criadas para o silo estavam abertas e ele pôde notar a corda o aguardando lá dentro, vindo do topo. Os portões afunilaram o ataque da horda, que compensava isso com um ímpeto que os fez acessar a área do Armazém com muita facilidade. Os infectados perseguiam Alan como se fosse o único copo de água em um deserto inteiro. Ele aproveitou que estava tendo toda a atenção do inimigo e acelerou em direção ao silo. Percebeu que vários pares de olhos curiosos e apavorados lhe observavam pelas janelas da construção principal.

Estão dependendo de mim. Faça dar certo.

Precisou fazer um pequeno contorno para a esquerda e viu outro infectado que se aproximava ser alvejado no peito. Eric estava realmente comprometido com a sua segurança, como havia falado. A moto cruzou a entrada do silo completamente vazio. Havia uma escada interna que se estendia até lá em cima. Uma corda pendia da entrada no teto e descia até o chão, onde um pequeno laço o aguardava. Dois galões de combustível haviam sido deixados lá.

Alan percebeu que precisava ter feito uma distância maior para colocar o plano em prática, mas agora era tarde para lamentações. Passou o laço em volta do corpo, chutou os dois galões para espalhar o combustível pelo piso do silo e começou a subir os degraus. O fedor dos infectados atingiu suas narinas. Era pungente. Cheiro de doença, de morte. Estava no sexto degrau quando uma mão roçou seu calcanhar. Não fechou o aperto por muito pouco.

— Anda, Alan! — gritou Eric lá de cima.

Ele continuou subindo o mais rápido que pôde. Da entrada do silo surgiam mais e mais infectados, atirando-se contra a escada, subindo uns em cima dos outros como haviam feito nos muros da Fortaleza de Vidro.

Isso, seus desgraçados, venham.

A pilha abaixo dele crescia de forma preocupantemente desproporcional à sua subida, um fluxo crescente que entrava pela porta e enchia o silo cada vez mais. Alan estava na metade da escada quando se atreveu a olhar para baixo, compreendendo o tamanho descomunal daquela horda. Teve medo de que o silo pudesse ruir, mas a estrutura era feita para armazenar milhares de toneladas de grãos, deveria bastar para os infectados também.

Isso tem que dar certo.

A horda subindo atrás dele era uma coisa bizarra. Infectados escalavam nas costas uns dos outros e se atiravam contra as paredes do silo em direção à Alan, tentando pegá-lo. Alguns caíam sobre a pilha novamente e outros despencavam lá embaixo, a mais de quinze metros de altura. Talvez ele ouvisse os pescoços quebrando e ossos estralando se não fosse o som do grunhido reivindicando toda a atmosfera do silo para si.

— Agora! Vai, vai, vai! — gritou para Eric quando viu que boa parte do volume da horda se encontrava dentro do silo.

— Sobe até aqui, Alan! — gritou Eric, sabendo o que aconteceria se colocasse o plano em prática naquele momento.

Uma vida por várias. A conta é fácil.

— Anda logo! — gritou de volta.

Ele já havia subido uma boa parte, e, até então, Eric estava puxando a corda para acompanhar a subida de Alan e evitar criar uma barriga que pudesse ser agarrada pelos infectados. Na discussão sobre colocar o plano em prática ou não, a corda não foi mais puxada, ficando abaixo do nível que Alan estava. Algum dos infectados se enroscou nela e foi tragado pela outra onda, sendo engolido para o meio da pilha e esticando a corda consigo. Alan não foi puxado de supetão, mas sentiu a corda retesar abaixo de si. Abraçou-se aos degraus, ciente de que a sua vida dependia de não os soltar. Os músculos dos braços saltaram-se, proporcionais à força que fazia para não ser levado.

Abaixo dele, a pilha aumentava.

— Eric! Corta a corda!

Eric avaliou a situação lá de cima. Puxou o rifle e atirou em um deles que se aproximava de Alan. O projétil perfurou a cabeça e a parede metálica do silo.

— Corta a corda, porra! Toca fogo nesses filhos da puta!

Ele atirou em mais um, mas viu que não havia muitas alternativas.

— Merda! — reclamou lá de cima. Puxou a faca do bolso e começou a serrar a corda.

Alan sentiu uma mão se fechar em seu tornozelo esquerdo. Fez força para levar o corpo para cima. A corda arrebentou, despencando lá de cima e ecoando o som de um chicote pelo silo. A tensão na parte que o puxava para baixo cedeu e ele conseguiu subir um degrau, livrando-se da mão e escapando da mandíbula que se fechou sobre o degrau metálico. Três degraus acima, ele se livrou do laço, sabendo que agora não teria como escapar.

Era tudo ou nada.

— Vai, Eric! Vai! Vai! Vai!

Eric não hesitou dessa vez. Trouxe uma bombona de combustível até o buraco do teto, enfiou um pedaço de pano em chamas no gargalo e o deixou cair sobre a pilha.

— Lá vai!

Alan se virou a tempo de ver a bombona despencar do telhado. No primeiro impacto com a horda, o recipiente rodopiou, espalhando combustível sobre vários deles. Quando as chamas se encontraram com o líquido inflamável, duas línguas de fogo se ergueram em um rastro que acompanhou a descida da bombona até lá embaixo. O fogo começou tímido e foi apenas na terceira bombona jogada por Eric que as chamas ganharam corpo de verdade. Com a primeira camada de infectados em chamas, os que estavam em baixo não tiveram como escapar.

A pilha virou uma pira funerária.

Queimem, seus filhos da puta.

Alan ouviu os mesmos gritos que havia escutado no interior da casa do pequeno vilarejo. Gritos excruciantes de agonia que serviam para lembrá-lo de que, sob aquela casca doente, um dia houve pessoas. Pais, mães, filhos, amigos e pessoas amadas. Ele já estava no último degrau da parte reta do silo e não havia qualquer tipo de escada ou plataforma que o conectasse com o acesso no topo da parte cônica que compunha o teto.

Entre ele e Eric deveria haver uma distância de pouco mais de cinco metros de altura.

— Eu vou jogar mais corda! — gritou Eric.

— Ela não vai chegar até aqui! — ele gritou de volta, avaliando a pilha de infectados em chamas abaixo de si.

Eric desceu a corda o máximo que podia. Ela baixou até o nível em que Alan estava, porém, no meio do silo, a mais de dez metros de distância, impossibilitando qualquer salto.

— Eu disse! — lamentou ele, resignado.

O fogo agora aumentava substancialmente na parte de baixo, como acontecia quando seu pai alimentava o fogão à lenha. No início, demorava a gerar uma brasa, mas, depois que o calor se estabelecia, qualquer pedaço de madeira ardia quase que instantaneamente. A escada de ferro estava começando a ficar quente e ele sabia que logo não conseguiria mais se segurar. O calor lambeu a sola dos seus pés como se o próprio inferno estivesse vindo buscá-lo.

Ele olhou para cima. Eric havia recolhido a corda.

Merda. Não achei que seria assim.

A fumaça começava a tomar conta do silo, uma mistura de fedor de carne podre derretida, tecido queimado das roupas dos infectados e o vapor oleoso do combustível.

— Alan! — veio o grito lá de cima.

Ele ergueu a cabeça e viu um pedaço de engrenagem descer amarrado na ponta da corda. Eric usou o peso da peça para fazer um pêndulo enquanto descia a corda, jogando a engrenagem de um lado para outro, aproveitando a força do movimento. O degrau sob a mão de Alan repentinamente pareceu a chapa superior do fogão a lenha quando estavam cozinhando pinhão. Ele cobriu as mãos com as mangas para se manter preso. O solado das botas parecia se conformar no degrau quente abaixo dos pés.

A fumaça negra tomou conta de tudo, dando um contraste nebuloso para o alaranjado das chamas abaixo de si. Ainda que as janelas de respiros do silo ajudassem a liberar a fumaça, lá em cima, Eric começava a ter a visão prejudicada e precisou se manter firme. Abaixo de Alan, o fogo devorava a horda lentamente e ele estava tranquilo sabendo que a sua morte tinha salvado pessoas.

Talvez Fox até sinta orgulho de mim. Meu pai e minha mãe, onde estiverem. Acho que Olivia também sentiria.

— Alan! — veio o grito novamente.

Então, a corda surgiu em sua direção, vindo do meio da fumaça com a engrenagem amarrada na ponta. O tecido que protegia sua mão começava a chiar no calor do metal da escada. Alan não teria outra oportunidade. Se encolheu e mirou na corda. Não parecia embalada o suficiente. Um erro e estaria morto. Queimado ou mordido, não fazia muita diferença, só pediu a Deus que fosse rápido.

A engrenagem lançou-se em sua direção e ele decidiu que era o momento, soltou a escada e pulou na direção da corda. Ficou no ar por não mais que dois segundos e não ousou olhar para baixo. As mãos se fecharam como uma morsa de bancada, apertando o tecido fibroso da corda. Ele escorregou um pouco, mas a engrenagem o impediu de cair.

Desabou a centímetros da pilha de infectados em chamas e uma mão se agarrou no seu pé.

— Puxa! Puxa! — gritou para Eric.

Estava na dúvida se tinha sido escutado ou não, mas, aos poucos, começou a subir. O infectado grudado em seu pé veio junto, sendo fisgado do meio da pilha como um peixe que não quer largar a isca. Alan ousou olhar para baixo e, mesmo com seus olhos ardendo por causa da fumaça, conseguiu enxergar um par de olhos esbranquiçados o encarando de volta. O infectado tinha os braços queimados, mas seguia inabalável na intenção de pegá-lo.

Ele sacudiu as pernas e os dois começaram a balançar de um lado para o outro. Repentinamente, houve um estalo lá em cima e ele sentiu que caiu um pouco.

— Para de se mexer ou a corda vai arrebentar! — gritou Eric.

Estava sendo puxado no meio da parte mais densa da fumaça e começou a tossir, seus pulmões informando que não aguentariam muito tempo sem um novo estoque de ar. As chamas subiram, lambendo as pernas do infectado, que logo entraria em combustão também. Alan sabia o que acontecia com o fogo e sabia que precisava se livrar daquela coisa. Sacudiu a perna esquerda, mas a criatura agarrou seu tornozelo direito e não parecia disposta a soltar.

Ele enfiou um chute na cara dela. Dois. Três.

Me solta, desgraçado!

O infectado apenas grunhiu de volta, respondendo o insulto na sua própria linguagem. Estava a três metros da boca do silo. Conseguia ver a silhueta de Eric além da fumaça, dando braçadas cautelosas para puxar a corda. Conforme subiu, pôde entender porque a corda estava se desfiando. Ela estava atritando no metal, o que colaborava para desfiar as tramas da alma da corda. Assim como ele, Eric percebeu o infectado agarrado em sua perna, esforçando-se para pegá-lo.

Se eu não morri até aqui, não é você que vai me levar.

Alan firmou a mão direita para aguentar o peso dos dois e, com o braço esquerdo, deu uma volta na corda, formando um laço com o próprio braço. Soltou o braço direito e ficou pendurado apenas pelo esquerdo. A corda grossa sentiu o soco do peso dos dois, mas não cedeu. Ele buscou a carabina nas costas, jogou levemente a arma para cima e apegou pelo cabo. Desceu a boca da arma e apontou para a cabeça do infectado.

— Te vejo no inferno, desgraçado.

Os olhos encaravam o cano da arma com fúria. Alan puxou o gatilho e o tiro ecoou pelo silo, pedaços de miolo e parte da cabeça do infectado caíram nas chamas, seguido pela criatura, sem vida. O peso em suas pernas desapareceu enquanto ele era suspenso até o topo.

A corda começou a desfiar rapidamente. Eric seguiu suas braçadas, ciente de que quanto antes Alan chegasse no topo, menor o risco de tudo dar errado.

Ele foi elevado acima da fumaça e respirou ar um pouco mais puro.

Dois metros. A corda perdeu mais duas tramas.

— Eric!

Ele despencou um pouco e olhou para baixo. O fogo que consumia a horda desejava a sua carne.

Um metro. Outro pedaço desfiou, preenchendo de pavor o seu coração.

— Eric! A corda!

Meio metro. A corda estava praticamente apenas na alma central, frágil para mantê-lo, prestes a romper-se.

— Eric!

A corda arrebentou e o corpo de Alan ficou suspenso sobre o ar por meio segundo antes de começar a desabar. Algo tocou sua mão e ele fechou o aperto, sentindo a saliência metálica na palma da mão. Era o cano do imenso rifle de Eric, sendo segurado por ele do outro lado.

— Te peguei! — disse o outro, sorrindo, mais de pavor do que de felicidade.

Alan olhou para baixo e pôde ter uma melhor visão do estrago que havia feito. A horda de infectados tornava-se uma massa derretida de carne podre, como se fossem todos um único ser. Alguns poucos fugiram pela porta de acesso, mas foram alvejados pelos homens de Craig e Dominic. O calor estava começando a ficar insuportável dentro do silo e o oxigênio que havia ali fora todo reivindicado pelo fogo.

— Me tira daqui — disse Alan, tossindo por causa da fumaça.

Eric usou toda a força que aplicava nas lidas do campo para içar o homem através da porta de acesso do silo. Foi mais difícil do que imaginava, mas logo Alan pôde respirar o ar puro do início da noite, enquanto recuperava as forças deitado na plataforma que conectava os silos.

Notou que o céu estava estrelado e não demorou para a cabeça de um Eric eufórico, iluminado pelo alaranjado das chamas que escapava pela portinhola, surgir no seu campo de visão.

— Você conseguiu! Você conseguiu, Alan! — disse ele, sacudindo-o pelos ombros.

— Matamos muitos deles?

— Se matamos muitos deles? — ele soltou uma gargalhada. — Acabamos com os desgraçados.

Alan se levantou e avaliou o local lá embaixo. O silo dava uma visão privilegiada do Armazém. No pátio, ainda havia alguns deles correndo, mas não iam muito longe sem que uma bala certeira os mandasse de volta para o descanso eterno.

— Fox não mentiu sobre você.

Fox falou de mim para o Eric?

— O que ela disse? — perguntou, se virando.

— Muita coisa. Mas, basicamente, que você era louco e tinha coragem. Ela aprecia isso. E eu também.

Ele nem soube o que dizer. Acreditou ter ficado vermelho com o elogio.

— Vamos descer daqui antes que eu vire um pinhão assado na chapa — disse ele, rindo.

Os dois fugiram pela passarela, encaminhando-se para o topo do próximo silo. Conforme se distanciavam, o calor diminuía, o que era positivo, considerando que não estava nos planos transformar o conjunto de silos em um imenso forno.

— Para onde vamos agora? — perguntou Eric.

— Eu pensei em ficarmos.

— Ficar?

— Temos comida e armas. Há pessoas que precisam de proteção aqui — disse Alan. — Achei que a Fortaleza de Vidro era o local certo, mas agora vejo que o Armazém também pode ser. Não vamos depender do Chacal, nem de mais ninguém. Vamos construir o nosso próprio refúgio.

Ethan

Essa foi por pouco.

Seu peito subia e descia enquanto tentava recuperar o fôlego, escondido em um dos prédios abandonados de Ruínas. Havia falhado em todas as chances que teve de acabar com o mecânico chamado Yohan. Primeiramente, havia hesitado quando teve a oportunidade de matá-lo em sua cela, atravessando-o com a espada. Depois da luta naquela arena escura onde matou vários homens, ele passou a ser vigiado constantemente, como se os seus algozes temessem que a fera fugisse da jaula e matasse a todos. Ethan tinha esperança de que ele morresse em batalha, o que pouparia o seu trabalho. Mas, após vencer todos os desafios e estar prestes a fugir, o fazendeiro ficou cara a cara com ele e teve sua grande chance. Entretanto, a pistola fez o disparo, ele sentiu o coice na sua mão, viu as fagulhas saírem pelo cano e o mecânico até caiu, assustado com o ataque surpresa, mas continuou vivo, como se fosse à prova de balas. Ethan mal teve tempo de raciocinar, de sacar a espada, e as balas voaram em sua direção, obrigando-o a fugir às pressas dali.

Será que eu errei aquele tiro?

Não. Não podia ser. Pegou a arma diretamente do coldre do soldado enquanto eles atacavam alguém. Apontou à queima-roupa, ninguém erra um tiro desses.

Depois disso, teve o garoto.

O mesmo jovem que lutou na arena escura, e depois contra Yohan, que teve a chance de matá-lo, agora parecia disposto a vingá-lo. Algo que não fazia o menor sentido. Carregava consigo duas espadas ligeiramente mais curtas e uma habilidade fora do comum. Ethan quase foi partido ao meio, se não fosse aquele desconhecido lhe poupar a vida.

Por quê?

Era tanta coisa para se pensar que ele nem sabia por onde começar.

Ficou escondido por um bom tempo, sem qualquer capacidade de reação. Estava em choque, por não conseguir matar, por quase morrer. A mente o afogou com imagens dos acontecimentos recentes e foi apenas depois de processar tudo que o seu coração começou a bater em um compasso mais próximo da normalidade. A adrenalina se diluiu conforme ele conseguiu respirar mais calmamente. Sua mente era um turbilhão de perguntas sem respostas, questionamentos que apenas uma pessoa seria capaz de responder. O suor escorria por seus cabelos, parando na gola da camiseta. Apesar da capa se mostrar ideal para protegê-lo do sol, não era capaz de resfriar o corpo durante uma corrida.

Ouviu passos do lado de fora do prédio. Parecia uma pessoa apressada e determinada. Rapidamente, ele pensou que poderia ser o garoto e o seu coração se encheu de medo. Não estava em condições de encará-lo novamente, ainda mais se ele estivesse com raiva por tê-lo deixado escapar. Colocou o capuz sobre a cabeça, cobriu o corpo com a capa e apoiou a palma da mão sobre o cabo da espada. Os passos se amenizaram e ele viu uma figura surgir na porta do prédio. Uma silhueta fina, carregando uma arma quase maior do que ele nas costas.

Fiapo!

— Aqui! — disse ele, tirando o capuz e caminhando na direção do outro.

Fiapo não falou nada, mas suspirou de alívio. Caminhou até Ethan e o inspecionou em busca de cortes ou ferimentos fatais.

— Ele não te acertou?

— Não.

— E Yohan?

Ethan baixou a cabeça.

— Eu errei o tiro. Quer dizer… acertei o tiro, mas a bala não saiu. Não faço ideia do que aconteceu.

Fiapo o agarrou pelos ombros.

— Está dizendo que o mecânico está vivo!?

— Sim, eu ia atrás dele, mas… — confirmou Ethan, confuso.

Curiosamente, o rapaz o abraçou.

— Rá! Isso é incrível!

— O quê?

— Para que lado ele foi? — Fiapo ficou agitado repentinamente.

— Ele seguiu correndo pelo túnel. Não consegui ver muita coisa com tantas balas voando na minha direção — apontou para o lugar de onde viera.

Fiapo girou nos calcanhares e estava prestes a sair quando ele o segurou pelos ombros.

— Espera! O que aconteceu?

— As coisas mudaram! — riu Fiapo. — As coisas mudaram! Temos que salvá-los agora.

O quê?

— Dante também?

A expressão de Fiapo se tornou sombria.

— Não posso dar certeza, mas acho que seu amigo não teve tanta sorte — então, repentinamente, seus olhos se abriram com uma ideia que surgiu naquela cabeça de palito de fósforo. — Eu salvo Yohan e você vai atrás de Dante.

— Por que não seguimos cada um com a sua missão?

— Você tentou matar o Yohan. O que espera que vai acontecer quando ele vir você?

Ele sorriu e desapareceu do prédio, deixando Ethan ainda mais confuso.

Por Deus, estou lidando com malucos.

Antes, precisavam desesperadamente matar o mecânico e agora ele precisa ser salvo? Que loucura era aquela? A mesma coisa para Dante?

Algo lhe dizia que fazer perguntas demais não lhe ajudaria em nada, então concentrou-se na tarefa que Fiapo havia passado.

Acho que seu amigo não teve tanta sorte.

Será que Dante estava morto? Aquele Dante?

Ele se recusava a acreditar em uma coisa daquelas. Pessoas como Dante não morriam facilmente. Ou morriam?

Por fim, decidiu sair da inércia. Deixou o prédio e enfrentou a claridade do sol de início de tarde, com seus raios quentes e vívidos descendo direto entre os prédios em frangalhos de Ruínas. Fiapo já havia desaparecido no horizonte, correndo como nenhum outro homem que Ethan já tivesse visto.

Avançou duas quadras e viu as ruas se encherem de soldados. Usou a camuflagem da capa para ganhar vantagem e passar despercebido entre eles. Pareciam agitados. Corriam armados na direção do estádio, onde algo grande acontecia. Ele escutava os gritos, que não eram muito diferentes de quando havia pessoas nas arquibancadas torcendo para os lutadores, os gritos apenas pareciam mais… desesperados?

Ethan se escondeu atrás de um contêiner de lixo e espiou mais além. De uma das ruas que ligavam os estádios, surgiu uma das criaturas. Foi a primeira que ele viu desde que Corvo lhe concedera aquela visão sombria do futuro. Sem dúvida nenhuma, eram as mesmas criaturas.

Ela correu na direção de um dos soldados, que até levantou a arma e alvejou seu peito com dois disparos, mas sem conseguir impedi-la. Com um salto, ela deu um abraço mortal e jogou o soldado no chão, mordendo seu rosto com uma voracidade assustadora. O soldado gritava e esperneava sob o ataque, até que um companheiro chutou a criatura e, junto com mais dois soldados, descarregaram as armas, fazendo-a quicar no chão a cada tiro recebido.

Que o Senhor tenha piedade.

Da mesma rua que veio aquela, vieram outras. Algumas com roupas surradas e peles mais maculadas pelas manchas azuis espalhadas como hematomas intensos e outras com roupas novas sujas de sangue e manchas mais suaves. Recém-transformadas. Os soldados abriram fogo e foram recuando conforme o contingente de criaturas aumentava. Os gritos no estádio se intensificaram e Ethan só conseguia imaginar que tudo havia saído completamente do controle.

Como vou chegar lá?

Avaliou o caminho e decidiu que deveria contornar o conflito pela esquerda. Talvez, se tivesse um pouco de sorte, passaria ileso pela batalha. Queria apenas evitar uma bala perdida ou uma mordida, ambas distribuídas a esmo. Então ele correu e atravessou a rua, passou em frente a um grupo de homens que chegava para reforçar a defensiva, que sequer o notaram. Entrou no prédio mais próximo e logo foi acompanhado por cinco soldados que faziam um recuo estratégico buscando cobertura.

Não demorou para que o prédio se enchesse de criaturas. O coração de Ethan voltou a acelerar, bombeando sangue cheio de adrenalina para todas as extremidades do corpo. Ele ia precisar de toda a agilidade que tivesse. Fugiu para outra ampla sala, cuja parede havia desabado, criando uma porta indesejada. Três criaturas entraram por ali e, olhando além, dos ombros delas, Ethan entendeu a dimensão do grupo de infectados que atacava os soldados.

Nada daquela luta lhe dizia respeito, pelo menos não por ora.

Encontrar o Dante, repetiu para si.

Percebeu que um dos infectados que havia entrado pela parede cambaleava em sua direção com o queixo erguido e olhar vagando pela sala.

Ele não me vê. Como sabe que estou aqui. Cheiro?

Ethan apertou a mão em volta do cabo da espada e puxou parte da lâmina para fora. No cômodo ao lado, o som dos tiros diminuíra para dar lugar aos gritos de desespero e, em seguida, aos grunhidos. O pequeno exército de homens estava sucumbindo. Pior que constatar isso, foi perceber que muitos deles se levantavam dispostos a lutar pelo exército inimigo.

Eles se transformam de verdade?

Ethan atacou a criatura e foi como cortar manteiga. Separou ela em duas partes com um corte que iniciava no ombro esquerdo, próximo do pescoço, e terminava um pouco abaixo da costela. A segunda recebeu um corte horizontal que devastou o seu pescoço e a terceira teve a perna decepada e ficou abandonada ali no chão, grunhindo em um lamento fúnebre.

Ao olhar para a rua, ele percebeu que precisaria enfrentar mais delas para chegar no estádio. Os tiros passaram voando, cortando a areia que pairava no ar e atravessando diversas das criaturas. Um novo contingente de soldados chegava para contra-atacar. O estádio esvaziava-se de forma caótica, como um formigueiro que recebe uma boa dose de água fervente. As pessoas não sabiam o que estava acontecendo, movidas por um frenesi de puro pavor. Os infectados atacaram as saídas, transformando muitos dos espectadores em novos aliados em questão de segundos.

Onde vou achar o Dante?

Ethan estava nas arquibancadas quando viu o mercenário voar para longe do carro após um míssil acertar o Dodge Challenger. Após isso, um grupo de homens o recolheu em uma espécie de maca e um trator de esteiras varreu os veículos destruídos para fora da arena. Ele sabia que nem adiantaria procurar dentro do estádio, pois, ao que tudo indicava, aquele lugar logo se tornaria o epicentro da doença, a realização daquela imagem que ele que viu sobre o futuro.

*Acho que seu amigo n*ão teve tanta sorte, dissera Fiapo.

Ele ainda se recusava a acreditar que aquele Dante, o mercenário confiante que havia conhecido, que flertava com o perigo e arriscava-se junto ao seu inseparável companheiro de quatro rodas, estava morto. Algo dentro de si lhe dizia o contrário e ele decidiu seguir o seu instinto. Ao invés de procurar o mercenário, procuraria o carro, pois sabia que uma coisa levaria a outra.

Contornou o estádio procurando uma saída na qual os detritos metálicos pudessem dar uma pista de onde veículos teriam sido levados e a encontrou na parte norte. Sua capa o ajudou a evitar a multidão e os infectados, passando pelo meio da guerra entre vivos e mortos sem ser detectado. Uma explosão ecoou a algumas quadras dali, seguida pelo som de um dos prédios desabando e dos tiros incessantes. A sinfonia da guerra. Os rastros de metal, borracha queimada e cacos de vidro conduziam até um galpão do outro lado da rua.

Estavam lá. Três fileiras de carros desfigurados, dispostos lado a lado como as lápides de um cemitério, os chassis metálicos retorcidos de forma a deixá-los irreconhecíveis. Muitos deles estavam carbonizados a tal ponto que não se via quase nada da pintura. Havia dois homens operando um reboque de forma apressada, o gancho na ponta do cabo de aço puxava para cima da plataforma um veículo cujo lado direito estava destruído, mas o esquerdo ainda mantinha as marcantes características que o tornavam único. Era ele.

Johnny.

Talvez o único carro com nome que Ethan havia conhecido em toda a sua vida. Eles fixaram o chassi com alguns ganchos e a plataforma começou a ser recolhida, alinhando-se horizontalmente junto ao chassi do pequeno caminhão novamente. Os homens pareciam ansiosos e Ethan não perdeu tempo, correndo na direção do reboque. Não sabia para onde iam levá-lo, mas achava que era uma boa, e talvez a única, chance de encontrar Dante, caso ainda estivesse vivo.

— Anda logo, porra! — um dos homens xingou a lentidão da plataforma após outra explosão ecoar lá fora.

— Por que não deixa essa merda aí? — questionou o outro. — Está todo fodido.

— Stephen disse que esse era o favorito do Negociador — retrucou o primeiro. — Deve valer alguma coisa.

O galpão foi invadido por grunhidos. Um grupo de criaturas tomadas pela raiva procurava algo para atacar. Os homens perceberam o ataque e apressaram-se para saírem dali.

— Vai, vai!

Ethan saltou sobre a plataforma no mesmo momento que os dois embarcaram na cabine. Teve tempo apenas de se segurar na coluna do para-brisa antes que o reboque começasse a rodar. O banco direito era apenas um esqueleto deplorável de metal e estofado queimado, mas o do motorista, apesar de também estar bem castigado, ainda mantinha alguma coisa do que fora um dia. O fazendeiro se acomodou no lugar onde Dante havia estado boa parte da vida e se segurou, sentindo o vento atingi-lo através do buraco onde antes havia o para-brisa.

O pequeno caminhão saiu pelo outro lado do galpão, seguido pelos infectados, e, quando voltaram às ruas, Ethan percebeu o imenso estrago que Ruínas estava sofrendo. Todas aquelas pessoas que ele havia visto na cidade estavam se tornando novos integrantes daquele exército implacável, a doença espalhava-se como o fogo em um milharal. Ao acessarem a avenida principal em um cruzamento, mais infectados vieram das ruas paralelas e os soldados precisaram acelerar o reboque para evitar serem pegos.

Quem consegue escapar de um ataque assim?

Fazia sentido tudo o que Corvo havia dito sobre a doença. Não havia como controlá-la. Se em poucos minutos ela havia tomado conta de Ruínas, que era uma cidade constantemente vigiada por um imenso contingente armado, o que seria lá fora se atacassem as cidades? Aniquilação total da raça humana.

Um disparo ecoou sobre os prédios, engolindo os grunhidos e os tiros que ainda pipocavam aqui e ali como um grito de guerra da última resistência humana. Ele já havia escutado aquele som antes.

Fiapo. Um segundo e um terceiro tiro ecoaram logo atrás do primeiro. O magricela estava aumentando a sua contagem de mortes. Restava apenas a dúvida se os projéteis estavam sendo destinados a humanos ou infectados.

Não que isso faça diferença, pois todos parecem inimigos agora.

Serpentearam por mais algumas ruas e chegaram à frente de uma pequena fortaleza, completamente cercada por muros. Nada perto da imponência das imensas paredes ao redor da cidade, mas o suficiente para manter o interior sob proteção. O soldado que conduzia o reboque trocou algumas palavras com os homens acima dos portões e a entrada foi liberada. Enquanto acessavam, as metralhadoras sobre os muros trabalhavam contra os infectados que surgiam mais próximos.

O reboque foi conduzido até a principal construção do lugar, os homens saltaram e entraram correndo. Ethan saiu do carro e avaliou o interior da fortaleza do líder da cidade. O caos e o medo imperavam ali. Homens corriam de um lado para o outro, ordens eram gritadas e armas eram retiradas do interior de um pequeno caminhão. Ele seguiu os motoristas, em busca de informações. Cruzou a porta de acesso e caminhou pelo longo corredor, seguindo o som dos passos dos dois até o escritório principal.

— Ótimo — disse uma voz lá de dentro. — Abasteçam o reboque e, assim que houver uma oportunidade, saiam pelo acesso norte e levem o carro.

— Mas... — hesitou um dos homens. — A cidade está tomada, para todo lugar que se olha, há aquelas coisas.

Um punho desceu com violência sobre a mesa.

— Aquele mecânico filho de uma puta. Não se preocupem, vamos matar todos os desgraçados.

— *Stephen! Stephen!* — o chamado veio de uma voz metálica. — *É o Richard. Está me ouvindo?*

— Alto e claro — ele respondeu. — Onde está Salazar? Preciso dele aqui.

— *Salazar morreu.*

— Morreu?

— *O mecânico o matou.*

— Filho da puta! — outro soco na mesa, seguido de um pequeno chiado. — Reúna os homens e volte para cá — disse de forma a encerrar a conversa.

— *Espera, Stephen.*

— O que foi?

— *É o mecânico.*

— O que tem ele?

— *Ele matou todos e tá indo aí.*

— Deixe que venha. Eu mesmo vou matar esse desgraçado.

— *Ele não tá sozinho, tá levando um exército dessas coisas junto.*

O silêncio pairou por alguns instantes no escritório. Ethan espiou além da porta e viu o líder da cidade debruçado sobre a mesa, encarando os dois soldados, incrédulo.

— Como esse filho da puta conseguiu? — sussurrou a pergunta de forma retórica.

Os dois soldados apenas se entreolharam embasbacados, sem saber o que dizer. Então, Stephen retomou a compostura e encarou os dois.

— Peguem o que tem que pegar e saiam logo daqui. O mercenário já saiu da cidade, então levem o carro, vai ser um problema a menos para eu lidar depois.

Os dois fizeram um sinal afirmativo e giraram nos calcanhares. Ethan retornou ao Dodge Challenger antes que fosse descoberto e aguardou. Os dois surgiram correndo, entraram no pequeno caminhão e o conduziram até um pequeno tanque de combustível para abastecer. Stephen saiu do prédio e informou aos demais homens que ficassem atentos e atirassem em tudo o que se mexesse lá fora.

Minutos depois, o reboque estava deixando o complexo por um dos portões auxiliares em direção à saída da cidade. Ethan viu uma imensa horda vindo pela rua principal. À frente dela estava um carro, conduzido por aquele homem chamado Yohan. Um mecânico hábil na arte de matar e ainda mais na de propagar a violência ao redor de si.

Quando o caminhão reboque dobrou em uma esquina mais ao norte, a última imagem que ele viu foi de um exército de infectados se lançando sobre os muros, sem recuar sob os disparos desesperados dos homens de Stephen. O homem que promovia lutas por entretenimento teria uma agora bem na sua casa. Seu controle havia se dissolvido no meio do caos.

A vantagem havia mudado de lado, tudo graças a um homem.

Talvez ele seja mesmo o cavaleiro da guerra.

Meredith

Mesmo sem abrir os olhos, Meredith sentiu a luz do sol em seu rosto. Despertou devagar, tentando assimilar os últimos acontecimentos.

Os monstros!

Ergueu um pouco a cabeça, tentando espiar além da janela do caroneiro. Zoe dormia sobre seu peito com uma respiração pesada, aquele tipo de sono que o corpo tem após ser levado à exaustão. A noite havia exigido um pouco além do que os nervos dela poderiam suportar. Meredith ficou observando-a dormir por um momento, os pulmões bombeando ar, o coração batendo, o calor do corpo. Haviam sobrevivido, afinal.

Então, tratou logo de acordar a menina e empurrá-la para longe.

— Ei, menina! Eles já foram. Pode acordar.

Zoe se sentou no banco e limpou os olhos com os punhos fechados, soltando um largo bocejo. Depois, espiou além da janela do carro, abrindo o vidro para respirar ar puro. Os únicos sons lá fora eram o do vento soprando a copa das árvores em um embalo agradável, misturado com o canto de pássaros, não muito longe. Nada de tiros, grunhidos ou a marcha enfurecida daquelas coisas, como se tudo não tivesse passado de um grande pesadelo.

— Para onde será que foram?

— Tanto faz — disse Meredith, enquanto tentava dar partida no carro.

— Será que mataram mais alguém?

— Provavelmente. Faz diferença para você?

— Fez quando foi minha mãe — Zoe baixou a cabeça. — Deve fazer para outra pessoa também.

Família. No fim, tudo se resume a isso.

Meredith estava tão acostumada a tirar vidas que, com o passar do tempo, nomes e rostos começaram a perder a importância. Então, descobriu que seu irmão estava vivo, e agora o seu pai. Não sabia explicar o motivo, mas faria de tudo para encontrá-los.

Custe o que custar.

Depois de doze tentativas, ela desistiu de tentar ligar o carro. A colisão devia ter estragado o motor ou algo do tipo. Ela ordenou que Zoe pegasse apenas o que fosse importante para seguirem o trajeto em direção ao norte. Provavelmente encontrariam outro carro no caminho.

— Para onde estamos indo? — quis saber a menina, enquanto colocava a comida na mochila.

— Eu preciso ir conversar com um velho amigo. Mas, no seu caso... vou achar um lugar para você. Tinha alguém da sua família que não morava com vocês?

— Mamãe disse que meu tio foi morar em outro lugar.

— Sabe o nome desse lugar?

— Eu... não me lembro — disse ela, desanimada. — Posso ficar com você?

— Não.

— Por quê?

— Porque você me atrasa — completou, apontando para o carro.

Zoe não respondeu. Cruzou os braços e começou a caminhar atrás da assassina. Meredith agradeceu o final da conversa, pois já estava quase relembrando os dias em que passara ao lado do mercenário irritante e tagarela. Aos poucos, se dava conta do problema que havia encontrado para si, apenas pela história da menina ser tão parecida com a sua.

Será que realmente havia se tornado fraca?

Quando saíram do bosque e pegaram a estrada, um aclive as levou até uma planície que se bifurcava em direção a várias cidades. Meredith observou o vale, tentando identificar para onde a horda teria ido. Havia um conjunto de casas mais ao sul que não necessariamente era uma cidade, parecia mais um povoado. Além da fumaça que os telhados das casas exalavam, as ruas estavam cobertas de detritos, móveis quebrados e alguns corpos ensanguentados aqui e ali.

— Todos morreram? — perguntou Zoe.

— Todos foram transformados.

— E não é a mesma coisa? — rebateu a menina.

Praticamente.

Caminharam mais alguns quilômetros sem maiores problemas. Desviaram o caminho até uma pequena cidade em busca de suprimentos. A menina estava reclamando constantemente de fome e sede, e, mesmo que Meredith não sentisse tanto quanto ela, também tinha suas necessidades. Levaram algumas horas na tarefa de encontrar água, cozinhar algo e fazer a refeição.

— Eu te falei que você me atrasa — disse ela, enquanto Zoe mastigava avidamente.

Retornaram para a estrada e procuraram qualquer carro que pudesse oferecer um descanso para as pernas. Encontraram dois postos no caminho, mas estavam completamente abandonados, sem nem uma gota de combustível nos tanques e os carros deixados lá não ofereciam a menor condição de rodar. Meredith começou a investigar os carros parados que encontrava pela estrada, mas teve tanta sorte quanto com os dos postos.

Não é possível!

Seguiram viagem e já passava da metade da tarde quando Meredith decidiu subir em uma árvore para ver quão longe estava a próxima cidade. Dormir ao relento não seria uma opção. Zoe esperou lá embaixo e reclamou das dores no corpo, enquanto massageava as panturrilhas.

— Falta muito para chegar? — perguntou a menina.

— Tem uma cidade grande a oeste. Deve ter algum carro, mas está bem distante daqui — disse Meredith ao descer da árvore.

— E vamos caminhar até lá? — perguntou Zoe, com os olhos arregalados.

— Sim — disse Meredith, para desespero da menina. — Mas não hoje, tem um lugar aqui perto para passarmos a noite.

Começaram a caminhar em direção à cidadezinha. Meredith constantemente se perguntava por que estava levando uma menina tão lenta e tão irritante. Chegaram na pequena cidade pouco antes do pôr do sol, cujo prédio mais conservado era a antiga escola.

— Parece deserto — disse a menina.

— Vamos passar a noite aqui — disse Meredith, optando pela escola.

Zoe sugeriu fazer uma fogueira, mas Meredith disse que não seria burra de anunciar a localização delas assim tão fácil. Mesmo que a fumaça não escapasse em direção aos céus, podendo ser vista a quilômetros de distância, como se fosse um maldito farol, a luz do fogo certamente as entregaria. Não sabia se aquelas coisas raciocinavam a ponto de seguirem a luz, mas não queria arriscar topar com outra horda tendo apenas suas adagas.

Travaram a entrada principal com um banco e foram conferir todas as salas. A construção de dois andares tinha um formato retangular, com corredores cheios de salas de aula. Na parte superior, ficavam o auditório e a sala da diretoria. Na parte inferior, a enfermaria e o refeitório, conforme indicavam as placas. O piso estava coberto pela terra avermelhada trazida pelo vento e as paredes apresentavam grandes manchas de mofo. Começaram de cima para baixo e, constatando que a escola estava vazia, direcionaram a atenção ao refeitório.

— Será que tem comida lá? — perguntou a menina.

— A pergunta certa é: será que a comida ainda presta?

Meredith puxou uma adaga do sobretudo e caminharam até a porta. Abriram com cuidado. Havia sangue pelas paredes, o quadro principal estava no chão e as cadeiras e mesas estavam reviradas, mas, fora isso, nenhum sinal das criaturas. Zoe revirou os balcões. O pouco que havia estava completamente estragado e carcomido pelos ratos.

— Não tem nada...

— Ainda tem aquelas espigas de milho na sua mochila?

— Tenho — disse a pequena.

A assassina se abaixou e pegou uma panela grande. Abriu a torneira da pia, que, para sua surpresa, ainda tinha água, salobra inicialmente, mas que foi melhorando conforme a água percorria pelos canos. Ela pegou uma das espigas e deu a outra para a menina.

— Vamos cozinhar o milho — disse, puxando a folha verde.

— Mas não precisa de fogo?

— Precisa, sim.

— Você disse que...

— Eu sei o que eu disse — interrompeu Meredith. — Mas não há janelas aqui e a parte de trás da escola dá para um bosque. Estaremos seguras.

O fogão a gás estava bastante enferrujado, cheio de furos na tubulação e com parte do centro praticamente se esfarelando. Sobre o balcão que guardava os talheres estava um antigo forno de micro-ondas que há muito não era usado. O plástico já estava amarelado e o interior estava coberto por mofo.

— Deve servir — disse satisfeita.

Quebrou a tampa de vidro e o colocou com a grande boca virada para cima. Conseguiram galhos e madeiras suficientes para gerar o fogo e colocaram a panela em cima. Agora, só restava esperar.

— Disse que viu sua mãe morrer... — iniciou a menina, olhando o fogo enquanto abraçava os próprios joelhos. — Como foi que ela morreu?

— Ela foi assassinada.

Zoe ficou boquiaberta.

— Sente saudades?

— Todos os dias — admitiu Meredith. — Se eu pudesse fazer qualquer coisa para voltar atrás e impedir que ela morresse, certamente faria.

— Eu também — disse a menina.

Meredith ergueu uma das sobrancelhas.

— E como faria isso?

Zoe cerrou os punhos.

— Eu ia treinar todos os dias para ficar forte, igual a você.

Meredith desviou o olhar.

— Não queira ser igual a mim.

— Por quê?

— Não importa. Só esqueça isso.

A pequena até pensou em retrucar, mas mordeu o lábio e baixou o olhar.

O som de vidro se estilhaçando veio do segundo andar, fazendo as duas erguerem as cabeças automaticamente. A menina olhou para Meredith, que correspondeu e depois fitou o teto novamente enquanto aguçava sua audição.

O prédio é alto para aquelas coisas entrarem.

— O que ser...

— *Shhhhhh.*

Outro som. Agora de algo aterrissando no cômodo sobre o refeitório, seguido por passos. Meredith sacou duas adagas e caminhou em direção à porta.

— Fique aqui.

— Prometeu que a gente não ia se separar.

— Prometi que não deixaria nada te acontecer.

— Então, a gente não pode se separar — pediu a menina com olhos suplicantes.

Meredith acompanhou o som dos passos com o olhar, parecia que estavam se direcionando para o corredor. Soltou um longo suspiro.

— Tá... vem comigo — ergueu o dedo em sinal de advertência. — Mas fica atrás de mim e não fala nada.

— Tá bom.

Meredith incendiou um pedaço de madeira para fazer uma tocha e as duas partiram em direção às escadas. A escuridão já havia caído lá fora, cobrindo tudo com o seu manto negro, e, pelas janelas, não era possível enxergava muita coisa. Ao chegar no topo da escadaria de acesso, ela se deparou com um imenso corredor escuro. Não conseguia mais ver as portas, nem o bebedouro que havia no meio do corredor. Avançaram alguns passos, uma adaga ia presa entre o indicador e polegar e a outra lâmina descia de seu punho. Uma para estocar, outra para apunhalar, ambas prontas para o uso. Mais adiante, a porta de uma das salas estava aberta, sacudida levemente pelo vento.

Zoe se agarrou ao sobretudo de Meredith.

— Segura isso — entregou a tocha à pequena. — Se algum monstro vier te atacar, queima ele.

Enquanto a menina segurava a tocha de madeira improvisada, ela foi na frente. Queria matar logo o que quer que fosse antes que o milho passasse do ponto. Não havia a menor condição de acabar aquele dia comendo milho duro. Cruzou o umbral da porta e mergulhou na escuridão, seus olhos rastreando o menor movimento que fosse.

Estava tudo quieto. Quieto até demais.

Não havia onde a criatura se esconder ali. Talvez em outra sala.

Saiu pela porta e virou a cabeça em direção à menina. Seu coração pareceu congelar por um momento.

A tocha queimava, caída no piso frio, com a sua tímida chama iluminando algo enorme que segurava a menina com uma potente gravata feita pelo braço esquerdo. Na mão direita tinha uma arma. O metal reluzindo o vermelho alaranjado do fogo. Não era uma daquelas criaturas azuis com as quais havia cruzado. Era algo muito pior. Algo que ela nem imaginava que fosse possível acontecer.

Filho de uma puta.

— Eu matei você.

Os olhos de Gunnar estavam escondidos pelas sombras do seu rosto, dando-lhe o aspecto macabro de um fantasma. Um espectro. A menina se debatia suspensa do chão, com a boca calada pela enorme mão do seu antigo parceiro.

— Onde está o cientista?

— Está na Fortaleza de Vidro. Solta ela.

— O que significa isso? — ele se referiu à menina. — Está brincando de mamãe e filhinha agora?

Meredith não respondeu.

— Por que não o está levando para o Apostador?

— Decidi que não trabalho mais para o Apostador.

Ela não poderia afirmar, mas seria capaz de apostar que ele franziu a testa. A pequena chama da tocha se apagou no chão, como se não quisesse mais fazer parte daquilo, lançando os três na penumbra. O mercenário e a menina foram engolidos pelas sombras e, nesse momento, Gunnar ficou parecendo um monstro.

— Desde quando?

— Não é da sua conta.

O revólver encostou na cabeça da menina.

— Parece que é.

— Tire as mãos dela ou eu acabo com você dessa vez.

— Não acho que você esteja em posição de fazer ameaças.

— Estou falando sério, Gunnar.

— O que aconteceu com você? — perguntou ele, em um tom que demonstrava certo rancor.

— Meredith, eu tô com medo... — choramingou a menina, presa no imenso alicate formado pelo braço de Gunnar.

— Mentiras, Gunnar. Estou cansada de mentiras. Você mente. O Apostador mente. O Corvo mente. Todos mentem.

— Do que está falando?

— Do meu passado! Meu irmão está vivo, e agora descubro que meu pai também está. Todos vocês sabiam e nunca me falaram deles.

— Então, é isso...

Gunnar deu dois passos à frente. Suas botas esmagaram pequenos pedaços do concreto que havia se desprendido das paredes, emitindo o único som que reverberava pelos corredores além do choro baixo da menina.

— Você era a melhor que havia em Cassino, a ferramenta perfeita. Recebia uma ordem e executava. Recebia um nome e levava a pessoa até o Apostador. Agora está aí remoendo o passado, por quê? Desde quando isso te interessa?

Meredith não deu a resposta de imediato porque não tinha ela em mente. Não sabia dizer o que de fato lhe incomodava, mas havia algo ali. Desde sempre.

— Eu não sei, Gunnar. Eu preciso saber quem eu sou.

— Você é uma assassina, Meredith! Falou isso para a garota? Ela sabe que está andando com alguém que já matou centenas de pessoas só porque era seu trabalho?

— Meredith... — os olhos da menina brilhavam, mesmo na escuridão. — Você prometeu...

Gunnar deu mais um passo em direção à Meredith. A assassina manteve o olhar no revólver. Quão rápido poderia atirar sua adaga? Acertaria Gunnar antes que puxasse o gatilho? Preparou cada músculo para a ação.

— Pela última vez: solta ela — rosnou entre os dentes.

— O que você precisa, Meredith, é deixar o passado para trás. Chega de brincar de casinha, está na hora de voltar para a sua realidade.

— Nããããão!

O disparo foi seco. A chama que saiu do cano do revólver durou tempo suficiente para iluminar Gunnar e a menina logo abaixo. Meredith viu tudo em câmera lenta: a bala atravessou o crânio pequenino e espirrou sangue nas paredes sujas da velha escola. Gunnar afrouxou o braço e o corpo desabou no chão. Meredith havia perdido os seus pais, mas, pelo menos, teve a chance de se vingar, diferente da menina, que perdeu a vida apenas para causar aborrecimento à assassina.

Meredith não havia puxado o gatilho, nem manejado suas lâminas, mas certamente aquela morte estava na sua conta. Encarou o corpo de Zoe inerte no chão e seu olhar subiu até Gunnar. Ele ainda segurava o revólver e permanecia ameaçador. O mercenário percebeu o ódio fazendo seu corpo todo tremer e simplesmente deu de ombros.

— Eu podia ter matado vocês duas no caminho para cá. Tive sua cabeça bem no meio da minha mira, mas não achei justo que morresse sem saber que tinha sido eu.

Ela não queria mais escutar uma só palavra.

— Anda logo, Gunnar. Acaba com isso ou eu vou te matar.

— Puxar o gatilho é muito fácil — ele guardou o revólver no coldre, na parte de trás do cinto, e puxou uma faca de caça, a lâmina afiada reluzindo na escuridão. — Eu vou te matar com as minhas próprias mãos.

Meredith sentia a raiva percorrendo suas veias como uma droga estimulante. Arremessou uma das suas adagas no antigo parceiro e avançou contra ele enquanto buscava outra lâmina dentro do sobretudo. Gunnar pagaria. Por Zoe, por sua mãe, pelas mentiras que havia contado. Por tudo. Estocou a adaga na direção do pescoço dele. Bastou um movimento de braço para o grandalhão desviar o ataque. Tentou atacar com a outra adaga, mas a lâmina mergulhou no vazio. Então um punho encontrou seu rosto e ela pôde sentir os dentes estralarem enquanto cambaleava para trás. Em um acesso de fúria, tentou contra-atacar. Gunnar defendeu o golpe com a sua lâmina, fazendo o som metálico ecoar pelo corredor. Meredith deu um passo para trás, estudando a silhueta na escuridão.

Esse filho da puta não era tão rápido assim.

Gunnar esperou seu ataque, com um toque de arrogância até, como se quisesse brincar antes de matá-la. Logo abaixo dele, jazia o corpo de Zoe, aquela a quem Meredith prometeu que nada de mal aconteceria.

Não vou deixar nada de mal te acontecer, eu prometo.

Sentiu o coração arder de ódio no peito, algo que só a morte de Gunnar aplacaria. Avançou contra ele e a dança das facas recomeçou. Deu uma estocada, esquivou do golpe que separaria sua cabeça do corpo e tentou acertar o pescoço de Gunnar também. O brutamontes aparou o antebraço de Meredith com o seu, girou para baixo e acertou uma cabeçada no meio do rosto da assassina.

— Você não era tão ruim assim — zombou ele. — Onde está o temível Anjo da Morte?

Meredith sentia o nariz latejar.

— Cala a boca, filho da puta.

O mercenário deu um sorriso sádico de satisfação e ela partiu para o ataque novamente. Girou as lâminas, mudando a forma de pegar o punho, agora ambas as lâminas desciam abaixo do seu dedo mínimo, prontas para apunhalarem. Quando chegou perto dele, ela se abaixou e golpeou uma das pernas bem no ponto onde corria a veia principal. Se fosse uma pessoa normal, uma cascata se formaria e em pouco tempo estaria desmaiando com a falta de sangue, mas, como se tratava *dele*, a única coisa que conseguiu foi criar uma pequena centelha na escuridão.

Merda!

Como recompensa pela falta de memória, tomou uma joelhada que a derrubou, seguida de um chute que a jogou contra a parede. Pôde sentir o concreto velho esfarelar às suas costas com o impacto, suas costelas pareciam ser feitas de vidro naquele momento. Uma adaga se perdeu na escuridão, parando próximo ao pé do inimigo.

— Sorte minha que você arrancou minhas pernas com a porra de uma escopeta — Gunnar se abaixou e pegou a adaga. — Hora de fazer um acerto de contas, o que acha?

Meredith rosnou contra ele. Sentiu algo subir à boca, mas não sabia dizer se era sangue e tampouco se importava.

— Você matou minha mãe — sibilou em tom acusativo.

Ele hesitou. Hesitou porque era verdade. Hesitou porque não tinha coragem de confessar o seu crime.

Até então.

— Sim. Fui eu que matei ela — ergueu a faca, que refletiu a pálida luz prateada que vinha da rua —, com essa faca aqui. Enfiei abaixo das costelas até chegar no coração.

— Filho da puta!

— Ela também estava atirada no chão, que nem você. Mas ela não me xingou. Não. Sabia que ia morrer, acho que até queria morrer.

— Cala a boca!

— Na verdade, ela mal conseguia respirar, ficou só me olhando com aqueles olhos esbugalhados.

— Cala a boca!

— Eu teria me divertido com a sua mãe e só não fiz porque, infelizmente, não tive tempo. Mas eu tenho tempo agora e vamos nos divertir muito antes que eu te mate.

— Não se pode matar a morte, seu filho da puta.

Meredith levantou-se em um salto e avançou contra ele. Gunnar esperou o ataque, os punhos na frente do corpo. A assassina deslizou no piso, mas, ao invés de golpear as pernas novamente, arremessou a adaga contra o rosto do ex-parceiro. Gunnar esquivou por instinto, mas não sem que a lâmina lhe abrisse uma fenda na orelha. Meredith usou a parede para pegar impulso, enquanto sacava outras duas lâminas do sobretudo. Voou contra as costas de Gunnar, fazendo dois cortes transversais. Desnorteado, ele tentou golpeá-la de volta, os ataques atravessando o vazio. Meredith aproveitou para fazer cortes nos braços, do mesmo modo que havia feito com o mecânico. Faria ele sangrar até a morte como um porco, se fosse preciso.

Depois de entrar o primeiro golpe, ela assumiu o controle da luta, aumentando a velocidade dos ataques, que encontravam certa resistência contra a faca de caça e a outra adaga, mas, quando acertavam o alvo, rasgavam couro, pele e tecido. Gunnar recuou até bater com as costas em um vidro, espalhando os estilhaços pelo chão. Ele desviou a atenção por um segundo e Meredith voou com a lâmina em seu pescoço. A centímetros da garganta, seu punho foi agarrado e ela foi arremessada para dentro de uma das salas. Seu corpo derrubou duas mesas e algumas cadeiras. A pancada foi mais dura do que ela esperava que fosse.

Eu vou te matar, desgraçado!

Quando conseguiu se levantar, Gunnar já estava vindo em sua direção, com os braços abertos para pegá-la, a raiva tão explícita em si quanto era nela. Atirou-se sobre a assassina, que nem teve tempo para a esquiva, lançando os dois sobre outras mesas. Meredith levou a pior. Ouviu algo estralar dentro de si, feridas que só o fim do efeito da adrenalina revelaria, caso ela ainda estivesse viva para sentir. Os braços trabalharam com as adagas, desferindo vários golpes nas costas do ex-parceiro.

Ele se ergueu, estava sentado sobre a cintura dela, tornando as pernas de Meredith inúteis para a defesa. Ela tentou acertar a têmpora, mas seu golpe foi bloqueado e a adaga foi arremessada para longe. Tentou enfiar a outra no coração dele, mas Gunnar agarrou seu punho e apertou até que ela sentisse os ossos se partindo a ponto de gritar de dor e soltar a adaga.

— Você não é nada sem as suas facas traiçoeiras.

— Vai se foder!

— Sempre te achei insuportável — ele a agarrou pela gola do sobretudo e fechou um punho. — Hora de te ensinar bons modos.

O soco desceu como um relâmpago no objetivo de esmagar o crânio dela. Meredith jogou a cabeça para o lado e o punho golpeou o velho piso seco e farelento. Foi como se um terremoto tivesse passado por ali. Um segundo soco passou raspando pela orelha do lado oposto e castigou o concreto envelhecido. O terceiro encontrou os braços dela cruzados em frente ao rosto, assim como os demais. Meredith se escondeu atrás dos braços, como uma tartaruga em sua carapaça, enquanto Gunnar seguia com o seu ataque de fúria. A cada golpe, toda a escola tremia, quase à beira de um colapso.

Não posso morrer assim.

O chão cedeu abaixo de si, cada vez mais. Gunnar deveria perceber, mas estava tão concentrado em transpassar o bloqueio para matá-la que sequer notou tudo ruindo à sua volta. Então, o bloco de concreto se rachou, desprendendo-se das vigas enferrujadas. Um buraco se abriu no chão e ambos despencaram.

Caíram sobre uma mesa comprida do refeitório. Meredith permaneceu deitada no bloco de concreto, mas Gunnar foi arremessado para o lado. Ela se recuperou mais rápido, pulou sobre uma mesa e acertou um chute na cara do ex-parceiro. Ele cambaleou, ainda tentando se colocar de pé. Meredith pegou um fragmento do concreto que se despedaçou na queda e arremessou contra Gunnar. A bola de concreto explodiu na cabeça dele, jogando-o para trás, a centímetros da panela de água fervente que ainda cozinhava o milho.

— Sua cabeça ainda é de carne e osso, não é?

Gunnar tentou pegar o revólver no coldre, mas Meredith o golpeou com a tábua de uma das mesas, devolvendo-o para o chão.

— Então, vamos trocar ela também.

Meredith chutou o forno micro-ondas, fazendo a panela desabar sobre o rosto de Gunnar. A água fervente fez a carne do seu rosto cozinhar na hora. Ele gritou e se contorceu, com as mãos tentando consertar a bagunça repugnante que estava se tornando a sua face. Meredith encontrou uma de suas adagas próxima do bloco de concreto, pegou-a do chão e caminhou lentamente na direção dele para acabar com o serviço. Gunnar tinha começado a convulsionar, o corpo todo dando espasmos involuntários.

Meredith não sentiu pena. Nem remorso.

Só queria que ele pagasse pelo que tinha feito.

— Aqui está o Anjo da Morte, seu idiota.

A lâmina trabalhou para transformar o pescoço do mercenário em uma peneira, cada punhalada entumecida pelo ódio. Quando sangue formou uma poça considerável e Meredith considerou que ele já estava morto o suficiente, recolheu suas adagas, pegou o revólver de Gunnar e foi até o segundo andar. O corpo de Zoe repousava dando a impressão de que a menina estava apenas se escondendo, encolhida, com medo do escuro. Meredith a acolheu em seus braços e saiu da escola.

Acharia um local decente para enterrar a menina.

Cavaria a noite toda, se fosse preciso.

E depois...

Você me paga, Apostador.

Isaac

Isso é incrível.

Eram como as ruas de Las Vegas.

Isaac quase não acreditou quando chegaram à cidade que recebia o nome de Cassino. A viagem não havia sido tão desconfortável quanto achou que seria e o grupo de homens que o capturou se mostrou decente, a ponto de até se esquecer que era prisioneiro. Ainda naquela noite, passaram por uma cidade reduzida praticamente a cinzas e escombros, que ele somente soube que era Trincheira porque o líder falou.

— Fizemos um estrago, não é? — gabou-se triunfante enquanto fumava outro cigarro.

Isaac ficou se questionando sobre o outro grupo da Forja liderado por Comediante, que Alanna havia mencionado. Estariam mortos ou bateram em retirada? Seguiram mais ao norte, atravessaram uma ponte sobre um imenso rio e continuaram mais algumas horas em direção ao oeste, até finalmente chegarem na cidade cercada por muros tão altos quanto qualquer penitenciária de segurança máxima que Isaac tivesse visto na vida.

— Aí está: Cassino — disse o líder. — Peça para entrar e pague para sair.

Cassino.

Lembrava-se de algo relacionado a Cassino quando havia conhecido o viajante do tempo do futuro que atendia por uma miríade de nomes. Ele havia comentado algo sobre destruir o Cassino de dentro para fora, mas, quando os grandes portões se abriram para a passagem do carro e ele viu a cidade pulsar vida, calculou que o plano de Corvo provavelmente havia falhado.

Aquela cidade poderia receber inúmeros adjetivos, mas "destruída" não era algo possível de relacionar. Na verdade, era a cidade mais incrível que ele havia visitado desde que chegara no futuro, o mais próximo da sociedade que tinham no passado. As pessoas pareciam felizes e despreocupadas, nada parecido com as expressões que ele havia visto durante o ataque da Forja.

O carro desacelerou para circular adequadamente pelas ruas. Isaac observava os grandes prédios incrivelmente conservados, decorados com luzes que dançavam na noite e chafarizes que faziam malabarismo com pequenos jatos de água. Artistas cuspiam fogo e mantinham longas facas no ar, recebendo aplausos e moedas de cobre.

Se soubessem o que está acontecendo lá fora... A ignorância é uma bênção.

Passaram pela frente de um prédio que recebia o nome da cidade do pecado. Isaac pensou que quem havia construído aquilo sabia exatamente o que estava fazendo.

O que podem querer de mim aqui?

Lutou contra o pensamento invasivo de que estava perdendo tempo novamente. Agora que a infecção havia se espalhado, era questão de pouquíssimo tempo até que todo mundo estivesse coberto por raiva e chagas azuis e ele não havia avançado nada na descoberta de uma cura. Pelo contrário, apenas descobriu que todo o trabalho que já teve foi em vão. Recusava-se a pensar que as coisas que aconteceram a partir de 2045 fossem inalteráveis. O dia que acreditasse nisso, o seu propósito estava perdido.

Após deixarem o centro da cidade, tomando uma estrada mais reclusa, surpreendentemente cercada por árvores, chegaram em uma propriedade digna de alguém capaz de comandar Cassino. Isaac ficou impressionado com a sofisticação do local. Nunca viu nada parecido, nem quando alugou a casa de campo do seu chefe para tirar férias com a família. Mesmo em um futuro desolado, poder e miséria continuavam coexistindo no mundo, como se precisasse haver essas forças opositoras para manter o equilíbrio das coisas.

O carro parou ao lado do interfone e o líder anunciou a chegada deles.

— Diga ao Apostador que chegamos com uma encomenda especial.

Apostador.

Foram liberados e atravessaram o belo jardim onde dálias e tulipas eram cultivadas, combinando com o bonito chafariz que havia lá. A guarda pessoal do Apostador era composta por um número considerável de homens, distribuídos por todos os lados. Eles pararam em frente a uma imensa porta de cerejeira e o cientista foi convidado a entrar. Sem qualquer outra opção possível em sua mente, lhe restou apenas obedecer. Desceu do carro e suas pernas agradeceram. O ar era fresco e limpo, bem diferente da atmosfera poeirenta do deserto ou do ambiente claustrofóbico fedendo a fumaça que era o interior do carro.

Caminhou em direção à porta sob os olhares dos guardas do Apostador. Todos atentos, com o dedo no gatilho. Um criado o recebeu na porta, usando um traje digno de um casamento, fazendo uma mesura cortês para que entrasse.

— Olá, senhor Isaac. O Apostador o receberá em seu escritório.

Já sabem o meu nome? A comunicação entre eles é boa.

Isaac apreciou cada pedaço da casa. Parecia ter saído diretamente de uma revista de arquitetura, daquelas que somente os ricos tinham acesso. Certamente estava em uma boa posição na escala do bom gosto. O que mais lhe despertou a atenção foi a sala. Com uma imensa lareira contornada por um confortável conjunto de sofás, era decorada por um tapete feito diretamente da pele de um urso, com cabeça e tudo, como se tivesse sido alvejado ali mesmo, algo que o cientista pensou que veria apenas em filmes.

E havia os quadros.

Ainda que Isaac não fosse um conhecedor de pinturas, conseguiu reconhecer as obras renascentistas, passando por cubismo e coisas mais abstratas. Independente do estilo, o Apostador tinha um bom gosto para a arte. Entraram no escritório e ele foi orientado a esperar na poltrona, apreciando a mesma sofisticação na decoração que havia no resto da casa.

Nem precisou aguardar muito, logo ouviu os passos ecoando no chão de madeira. *Tac. Tac. Tac. Tac.* A porta atrás de si abriu com um ruído suave e Isaac segurou firme nos braços da poltrona. O ar pareceu ficar pesado com a presença do anfitrião, que caminhou até o lado da poltrona e lançou um sorriso ao convidado.

— Isaac Mendes, o cientista — esticou a mão. — É um prazer conhecê-lo, finalmente.

Isaac o avaliou rapidamente e a sua mente buscou a referência de Will Smith no filme *As Loucas Aventuras de James West*, um filme que ele gostava bastante. O Apostador vestia um traje bordô que combinava com a cartola. O rosto astuto era emoldurado com uma barba bem aparada, ainda que espessa. Os óculos escuros acima do nariz eram redondos e combinavam com os sapatos de bico quadrado, com fivelas nas laterais, devidamente engraxados. Usava uma camisa preta e uma gravata igualmente preta e ao lado esquerdo do corpo havia um coldre, onde repousava um imenso revólver.

O cientista engoliu em seco quando viu esse último item, mas se levantou e apertou a mão do anfitrião.

— Obrigado — respondeu, meio sem jeito.

O Apostador indicou a poltrona, contornou a mesa e se sentou confortavelmente em sua cadeira, abriu a gaveta e puxou um cachimbo. Estava em êxtase. Esticou os pés sobre a mesa e acendeu o fumo com um isqueiro enquanto sorria ao seu mais novo convidado.

— Fiquei sabendo que não fuma, mas bebe algo?

— Água, se tiver — disse Isaac. — O deserto era bastante seco.

O Apostador deu uma gargalhada sonora.

— Sério? — ele ergueu as sobrancelhas e fez um bico. — Bem. Isso é uma surpresa, senhor Isaac. Tenho uísque dos bons, se quiser.

— Não sou adepto de bebidas alcoólicas.

— Água, então — disse ele, um pouco decepcionado. Fez um aceno para o guarda e isso bastou para passar a mensagem. O homem desapareceu do escritório e o anfitrião voltou a atenção para o cientista. — O que achou da minha humilde cidade de Cassino?

— Nossa — disse o cientista olhando ao redor, como se pudesse ver a cidade dali. — Achei incrível. Para ser honesto, não lembro de nada parecido no passado.

— Eu caprichei aqui, não é mesmo?

— Mas o que é essa cidade? O que vocês fazem aqui?

— Algo que eu chamo de fuga da realidade — disse o Apostador. — Você entra no Cassino para esquecer que tem uma vida medíocre, seus problemas ou qualquer merda que você queira esquecer. Aqui, nós te tratamos como a pessoa mais importante do mundo inteiro. Bebidas, comida, jogos, prazer... — ele mexeu as sobrancelhas. — Tem tudo o que quiser. Faz sentido para você?

— Acho que... sim.

— Não esconda o jogo, Isaac. Sei que veio do passado. Faz sentido para você?

— Na minha época, isso era chamado basicamente de internet. Você achava o que quisesse na internet.

O Apostador riu novamente, levantou-se e serviu uma boa dose de uísque. O guarda chegou com o copo de água, entregou ao cientista e ele deu dois longos goles.

— E como era na sua época?

— Fala da internet?

— De tudo. Pessoas, relações, tecnologia. A hierarquia social. Como seu mundo era liderado? Como se comunicavam? Quero entender como o passado funcionava.

O cientista moveu-se desconfortavelmente na cadeira e esvaziou o conteúdo do copo, erguendo-o em direção ao Apostador.

— Bem... acho que para contar tudo vou precisar de mais um pouco de água.

— Isaac, Isaac... É claro. Temos muito a conversar. Não faz ideia de quanto tempo esperei para poder te conhecer.

— Sério? — ele entregou o copo ao guarda.

— Ah, sim. Muito sério. Tinha muita gente te procurando — ele puxou o ar através do cachimbo, fazendo o fumo incandescer antes de devolver uma fumaça negra para o ar em forma de redemoinho. — Felizmente, seus homens tentaram fazer um acordo que não deu muito certo para eles.

— Por que matou os homens da Forja?

O Apostador adotou uma expressão mais séria no rosto.

— Eram homens do Corvo. Ele fez um estrago grande por aqui e eu prometi que daria o troco.

— Como sabe que eram homens do Corvo?

O anfitrião deu uma longa tragada no cachimbo e riu para Isaac. Um dos dentes estava revestido com uma placa de prata. Ele sacou o revólver do coldre e o girou na mão esquerda, mostrando habilidade com a arma.

— Ah, meu bom cientista. Não faz ideia de como as pessoas ficam... falantes com o meu amigo aqui apontado para a cabeça — depois de um novo giro, guardou a arma no coldre.

Isaac pensou que, com tanta informação, ele não poderia estar desinformado quanto aos problemas dos infectados. Talvez pudesse articular em busca de uma aliança.

Não custa nada tentar.

— Se falam tanto para você, deve saber que tem uma doença se espalhando rapidamente pelo continente.

O Apostador parou a tragada, deu um gole no uísque e fez um sinal afirmativo.

— Sim. Estou ciente do que está acontecendo fora dos meus portões.

— Então sabe que não devia matar qualquer humano, pois, no final das contas, seremos nós contra eles.

— Eu imagino que tenha passado momentos difíceis na sua... época. E estou ciente da proporção que essa situação pode tomar. É por isso que vou mandá-lo para um lugar muito especial, onde poderá usar todo o seu potencial. Um lugar que chamamos de Cidade do Futuro.

Cidade do Futuro?

— O que você quer de mim, Apostador? — perguntou o cientista, sem maiores rodeios.

Entre uma tragada e outra, o dono de Cassino lhe direcionou um olhar taciturno.

— Me diga você, Isaac. O que veio fazer aqui na *minha* época?

— Eu vim para lutar contra a doença, vim para achar uma cura.

— Bem... E por que acha que estou te mandando para a Cidade do Futuro? — ele exalou a fumaça pelo nariz. — Vá achar uma cura.

Epílogo

No prédio mais fabuloso da Cidade do Futuro, um homem olhava pela janela de vidro, admirado com o que havia construído até então. Quando chegou ali alguns meses atrás não existia nada além de prédios decrépitos, ferrugem e abandono. Agora havia pessoas, tecnologia. A cidade estava viva. Ele sabia que aquela cidade poderia mudar as coisas, ainda mais após a chegada do cientista que com certeza colocaria tudo em um novo patamar.

Toc. Toc. Toc.

— Pode entrar — disse ele, enquanto coçava a barba rala. Ouviu os passos do seu homem de confiança entrando na sala sem tirar os olhos da rua iluminada pelo sol mais abaixo. Concentradas em suas tarefas, as pessoas iam e vinham despreocupadamente. — Boas notícias, eu imagino.

— Sim, senhor. Na verdade, excelentes notícias — disse ele, orgulhoso. — Achamos a garota.

A mensagem demorou alguns instantes para ser processada, mas a reação foi imediata. Ele girou a cadeira na direção do homem.

— Tem certeza?

— Sim, senhor. Ela está sendo trazida para cá.

— Onde a encontraram?

— Em Ruínas, senhor. Pouco antes de tudo se tornar um caos.

Somada à notícia da captura do cientista pelo Apostador, isso começava a simbolizar o triunfo do seu plano pacientemente executado. Entretanto, não poderia demonstrar euforia diante do seu subordinado, não seria digno de um líder prestes a ditar o rumo da humanidade.

— Ótimo — disse de forma prática. — Quero falar com ela quando chegar.

— Sim, senhor — disse o outro, sem se mover, ficando em silêncio por um tempo, como se aguardasse qualquer ordem para sair da inércia.

— Mais alguma coisa?

— Encontramos a outra cápsula do tempo, senhor.

Não pode ser verdade.

— Onde estava?

— Na montanha, junto com a garota.

— Não acredito. Como aquele homem... — esticou o indicador ao subordinado, pedindo auxílio.

— Rojo, senhor.

— Como Rojo não encontrou nada?

— Estava escondida em uma espécie de nicho.

— E como encontraram se estava escondida? — O homem não podia evitar seu ceticismo, estava em busca dessa cápsula há tempos.

— Os homens estavam perseguindo um jovem que atacou nosso acampamento. Ele os guiou até a montanha, mas quando chegaram lá encontraram apenas uma parede quebrada e a cápsula vazia. O garoto tinha sumido.

Sumido...

Ele sabia bem o que aquilo queria dizer, mas as coisas permaneciam dentro do plano, então bastava se manter vigilante. A aventura de Stephen na cidade, apesar de ter fugido do controle, tinha saído melhor do que haviam planejado. Reuniram milhares de pessoas e as entregaram aos horrores da peste. Um sacrifício necessário para o mundo que queria construir a partir de então. Seu trabalho seria com os sobreviventes, os espólios da guerra.

— Onde está essa cápsula agora?

— Entrando na cidade, senhor. O que deseja fazer com ela?

O homem pegou o copo sobre a mesa e serviu um pouco de água enquanto pensava. Admirou sua cidade pela janela. Seu plano não poderia ser arruinado em hipótese alguma. Corvo havia lhe roubado a vidente, era verdade, mas sem a cápsula ele não poderia fazer nada além de prever o inevitável.

— Destrua — disse por fim.

— De-destruir, senhor? — Hesitou seu subordinado.

— Leve até a fábrica e mande que destruam a cápsula completamente. Agora!

— Sim, senhor — disse o homem antes de girar nos calcanhares e desaparecer no corredor.

Minutos depois, o caminhão passou pela rua lá embaixo, partindo em direção à fábrica para eliminar a única coisa que poderia colocar em risco a Cidade do Futuro. Sabia que com a cápsula destruída, ninguém mais poderia mudar o rumo das coisas. O homem ergueu o copo de água, satisfeito.

Um brinde ao futuro.

Agradecimentos

Desde que me tornei escritor, comecei a ter uma percepção diferente dessa parte dos livros. Não se trata apenas de agradecer. Você revive cada etapa da jornada, lembra-se de conselhos, revisita alguns traumas e tenta transcrever tudo em um texto de poucas páginas. É quase como um transbordo do coração.

Quero começar agradecendo a Deus. Sei que vai soar clichê por vários motivos, mas eu realmente consigo perceber a presença d'Ele em minha vida. Todas as vezes que Ele aproximou ou afastou alguém de mim, para que eu pudesse dar mais um passo na jornada, prova o quanto Ele quer o meu bem. As coisas foram acontecendo porque Ele estava no comando e sempre estará. Agradeço todos os dias, mas sei que nunca será o suficiente.

Papai, ocê tá tabaiando? O que cê tá fazendo?. A escrita deste livro nasceu junto com a coisa mais importante que eu tenho na vida: meu filho Miguel. Esse cara veio pra mudar tudo, para abalar as estruturas da minha vida e definitivamente ressignificar o que é prioridade, me ensinar sobre as coisas realmente importantes. Você é a melhor coisa que já aconteceu na minha vida, filho. E agradeço à minha esposa Cheila, que, além de ter me dado esse querubim de presente, sempre lutou com forças para manter a nossa família, nos meus melhores e, principalmente, nos piores momentos.

Agradeço à minha família que sempre me apoiou, desde o primeiro livro, mas que agora está com o coração mais tranquilo por ver que essa minha loucura tem algum futuro. Em especial minha mãe Ana Maria. Jamais esquecerei do abraço e da bênção que recebi antes de embarcar de carro para o Rio de Janeiro, em uma viagem de mais de 1.500 km para a Bienal. *Vai lá e mostra quem tu é, filho. Não te preocupa com a campanha do terceiro livro que a gente vai fazer dar certo.* Obrigado pelo apoio incondicional, mãe. Te amo de todo o coração.

Quero agradecer uma pessoa especial, chamada Ellen Alencar. A Ellen foi a força motriz que fez a campanha de *A Máscara da Peste dar certo*. Ela arrecadou apoio de muitas pessoas e, por não terem intimidade com a plataforma, colocou os apoios em seu nome, me indicando as pessoas depois. Pois não é que ao fazer a lista dos colaboradores eu coloquei todo mundo, menos quem? Exato. Ellen te peço desculpas pelo erro e agradeço o carinho e apoio que você sempre demonstrou. Amizades como a sua são raras.

Existem diversas pessoas especiais que fazem parte dessa jornada, mas gostaria de destacar algumas. Aline Lima, pela amizade de longa data, apoio, leitura, surtos e frase na orelha da capa; Lara Borges, pela presença na minha vida de autor, ainda que milhares de quilômetros nos separem, a amizade permanece forte. Adorei te conhecer pessoalmente; Leo Heffer, pela amizade e por ser a conexão que trouxe tantas pessoas especiais para a minha vida; Giovani Morais, por estar sempre me motivando e exigindo nada menos do que o melhor que eu posso dar e Álvaro Schnuer, por fazer da estrada de volta para casa um momento de compartilhamento de ideias e filosofias sobre a vida no melhor estilo Bukowski.

Ninguém realiza um sonho sozinho, por isso, eu gostaria de agradecer a toda a equipe da Editora Lura. Em 2023, a experiência na Bienal do Livro do Rio de Janeiro foi a melhor coisa que me aconteceu enquanto autor até o momento em que escrevo estes agradecimentos. Me senti em casa na companhia dos queridos Roger, Aline, Eduardo, Débora, André e Diego. Tenho certeza de que muitos momentos como esses se repetirão e não canso de dizer ao Roger o quanto a equipe dele é especial.

Com muito amor no coração quero mencionar três grupos diferentes aos quais tenho o mesmo sentimento de carinho e gratidão: os leitores.

O primeiro deles, são os apoiadores da campanha do Catarse de Os Espólios da Guerra. Muitos de vocês já acompanham meu trabalho desde o início, incentivando, dando sugestões, me motivando e me cobrando: *Quando sai o próximo livro, Márcio?*. Vocês são fundamentais na minha carreira e agora deram mais um passo importante: apoiaram com recursos financeiros para que o terceiro livro fosse para o papel. Este livro não nasceria sem o apoio de vocês. Então, tenho orgulho ao mencionar cada nome na lista que segue esses agradecimentos. Que Deus ilumine e abençoe a vida de vocês inúmeras vezes mais.

O segundo grupo de pessoas refere-se a todos com quem eu tive contato na Bienal do Livro do Rio de Janeiro. Eu tive tantos momentos especiais lá que seria difícil definir um único. Lembro-me como se fosse ontem quando a ideia surgiu e eu só queria passar ela logo para o papel na esperança de que mais pessoas pudessem gostar também. Na Bienal, eu encontrei essas pessoas. E o mais louco: Os Apocalípticos não têm idade, gênero, credo, classe, religião ou qualquer tipo de rótulo. O Pós-Guerra acolhe todo mundo e eu vi isso na prática. Era um ser humano se conectando com outro ser humano através de histórias. Foi mágico, surreal e faz todo esforço valer a pena.

O terceiro grupo, não menos importante, são os leitores que eu talvez nem conheça nem saiba o nome, mas que estão por aí lendo minhas histórias e me indicando para os amigos. Vocês são o combustível que mantém a chama acesa. Não é fácil ser escritor independente no nosso país, tendo que conciliar família, trabalho, vida pessoal e tudo mais; entretanto, vocês não apenas tornam isso possível como fazem valer a pena. Eu escrevo e estudo narrativa para entregar boas histórias, porque vocês merecem. Obrigado, de coração.

Se *O Senhor do Tempo* foi um processo árduo pela falta de experiência e *A Máscara da Peste* foi um desafio justamente pelo primeiro ter dado certo, em *Os Espólios da Guerra*, eu senti o peso da responsabilidade de entregar uma continuação digna que preparasse terreno para o que vem depois. Se você acha que as coisas ficaram complicadas neste volume, é porque você não faz ideia do que lhe espera em *O Refúgio da Fome*.

Te espero lá.

Um forte abraço.

Márcio Pacheco

Lista de Apoiadores do Catarse

OS APOCALÍPTICOS

Adriano Campos
Alain López de Armas
Alícia Santos
Aline de Rosa Lima
Aline Fiorio Viaboni
Aline Silveira
Alvaro & Erika
Álvaro Schnuer
Ana Cândida
Ana Maria Cardoso Pacheco
André Almeida da Silva
André Borges
Andréia Pacheco
Andressa Lopes Ribeiro
Andriele Locks Mashcke
Anny Konrath
Antônio Tavares
Bruna Eduarda Lemke Rodrigues
Bruna Latorre
Bruno "Steve" Canavezi
Cândido Berto
Casal Stone Adventure
Cassiano Ramos
Catarina Griebeler
Cheila Rodrigues Macedo
Ciro Liutti
Cláudia Lina Farias
Clube Planetário Polarys
Cristine Balliego
Cristopher Cruz
Daiane Meller
Daniel Renattini
Danielle Tavares
Débora Barbosa
Diego Dornfeld

Eduarda Junges
Eduardo Carvalho
Eluan de Jesus Correia
Eraldo Medeiros da Silva
Fabio William Ferreira
Fernanda Lermen Nunes
Gabriel Freitas
Gilberto Rocca da Cunha
Giovanna Salomão
Guilherme Camargo Alves
Guilherme Campos Velasco Brandani
Guilherme Decarlo Ferreira
Henrique Leorte Odina
Henrique Martelli
Ícaro W. R. G. Alonso
Indiara Bernardo do Amaral
Jaqueline Rocha
Jeferson Muniz
Jeferson Schirmer Brum
Joalisson Silva
João Victor Terra
Jonas Cleiton Kuhn
José Roberto Cardoso
Joyce da Rocha Fagundes Johnson
Karina Cardoso Silveira
Karla Souza Gonçalves
Lara Karina
Leonardo Heffer
Leonardo Prestes Ramos
Lilian Veras
Lucas de Souza
Lucas Henrique Pereira Sirtuli
Luciana M. Y. Harada
Luis Cristóvão Rosa
Marcelo Victor Reis
Marcos "Galfo" Vasconcelos

Mariana Correia
Mariana Dias
Natália Fukuda Rocha
Nataniel Dias
Néka Martins
Newton Galiza
Nícolas Emerick Da Roza
Nicolás Irurzun
Oystani Carlos Alves de Oliveira
Paula Cordovil Monteiro Ribeiro
Pedro Pacheco
Rafael Tonholi
Raimundo Marcos dos Santos Neto
Raphael Fraemam
Regina Sardim Motta
Rick Bzr
Rick Mesquita
Rosane Baltazar
Rosy Freitas
Sara Bielinski
Sara Férrer
Sidinei Neubert Pereira
Silvana Colombo
Tadeu Linces
Talita Chahine
Tamara Pereira
Tati Klebis
Thalita Tyeme Naviskas
Thiulie Karoline Gallas
Tiago Rodrigues Almeida
Tiago Carvalho
Tio Loro
Uri
Vilto Reis
Wellington Schultz
Weslley